STEPHEN CARTER

En 1985, Stephen Carter est le premier professeur noir à obtenir une chaire à l'Université de Yale. Depuis, ce juriste reconnu a signé de nombreux essais sociopolitiques qui ont fait grand bruit outre-Atlantique.

Vingt ans lui ont été nécessaires pour élaborer *Échec et mat* (Robert Laffont, 2003), son premier roman. Depuis, il a publié, chez le même éditeur, *La Dame noire* (2009) et *Un roman américain* (2012).

UN ROMAN AMÉRICAIN

DU MÊME AUTEUR
CHEZ POCKET

ÉCHEC ET MAT
LA DAME NOIRE
UN ROMAN AMÉRICAIN

STEPHEN L. CARTER

UN ROMAN AMÉRICAIN

Traduit de l'anglais (États-Unis)
par M. G. Hovnanian

ROBERT LAFFONT

Titre original :
PALACE COUNCIL

MIXTE
Papier issu de sources responsables
FSC® C003309

Pocket, une marque d'Univers Poche, est un éditeur qui s'engage pour la préservation de son environnement et qui utilise du papier fabriqué à partir de bois provenant de forêts gérées de manière responsable.

ISBN 978-2-266-23086-5

À Eric, Leslie, Lisa et John qui l'ont vécu avec moi

« Oh, que le temps ait une langue ! »

Eloise Bibb

Prologue

Le Grand Conseil

L'avocat était tendu, et c'était plutôt inhabituel. Plus étonnant encore, ses mains tremblaient sur le volant. Il avait appris à la guerre qu'il n'y a pas de honte à avoir peur tant qu'on n'en montre rien. Le courage est affaire de discipline. La confiance en soi aussi. Dans la grande salle de Wall Street, l'étendue de ses connaissances et sa vivacité d'esprit imposaient le respect. Dans les conseils d'administration de ses clients, il était inégalable. Quand il lui arrivait de s'aventurer en salle d'audience, son intelligence séduisait les juges et sa force de persuasion achevait de les convaincre. Il avait commandé une compagnie de rangers en Afrique du Nord et en Europe. Il offrait à la femme qui l'adulait et à leurs enfants une maison moderne tout confort, dans une banlieue chic. On était l'été 1952, la belle époque pour les hommes de sa trempe. L'Amérique s'apprêtait à élire un militaire à la présidence. Les magnats de l'acier avaient écrasé une grève d'ampleur nationale. Le Congrès songeait à confier la nation à la garde de « Dieu » dans le serment d'allégeance. La technologie américaine permettait désormais de téléphoner de la Californie à New York sans passer par un opérateur. Certains s'évertuaient à montrer les failles du système. Mais l'avocat croyait à la force tranquille du progrès. Au développement graduel. Le pays avancerait à son rythme. Allons, du calme, s'ordonna-t-il, contrarié de découvrir que ses doigts tapotaient nerveusement le tableau de bord.

Il les resserra sur le volant.

Les voitures se suivaient dans l'allée qui menait à une maison basse, tout en longueur. La lumière dorée qui scintillait aux fenêtres invitait à entrer. Pourtant l'avocat hésitait. L'air pesant d'août, chargé d'une odeur de terre humide, pénétrait par les vitres ouvertes de la voiture. De gros nuages noirs cachaient la lune, mais l'averse n'éclatait pas. Saisi d'un funeste pressentiment, l'avocat leva les yeux vers le ciel lugubre. Il frissonnait. Pour vaincre le malaise qui l'envahissait, il invoqua le visage rayonnant de sa femme. Ferma les yeux pour se rappeler son accent chantant de Caroline du Sud. Plus détendu à présent, il se remémora ce qu'il était venu faire ici.

Dîner et conversation, avait indiqué son hôte en souriant, attablé devant un café à Manhattan. *Entre hommes. Sans les épouses*.

Pas de femmes, pourquoi ? avait demandé l'avocat – une question légitime.

Faites-moi confiance.

L'avocat était assez fin pour ne pas insister. Son hôte avait des relations, des relations qui elles-mêmes avaient des relations. En outre, il avait élevé la pratique du renvoi d'ascenseur au rang d'œuvre d'art. On se battait pour entrer dans ses bonnes grâces. L'avocat pouvait se targuer d'une belle réussite, mais il n'avait pas encore atteint le sommet de l'échelle. Autant par courtoisie que par curiosité, il avait donc exprimé de l'intérêt. Et l'hôte n'avait eu qu'à citer quelques noms ayant confirmé qu'ils en seraient pour que l'avocat morde à l'hameçon.

Il descendit de voiture.

Des rires s'échappaient de la maison et, en sourdine, un air lancinant. L'avocat se composa le sourire qu'il réservait aux audiences. L'air de la musique qu'il entendait était classique, mais mièvre. Son hôte n'était pas un érudit ; aucune raison de se sentir intimidé. La discipline qu'il avait acquise à la guerre lui rendit sa confiance en lui. Il gravit les marches du perron d'un pas leste, certain qu'il serait la star de la soirée.

Au moment où il s'apprêtait à sonner, il remarqua sur la pelouse un homme beaucoup plus jeune qui semblait tout à fait à son aise. Son visage était dans l'ombre, mais ses fins cheveux clairs reflétaient la lumière qui filtrait des fenêtres. Curieux. Aucun assistant, avait insisté leur hôte. Pas de chauffeur. Pas de garde du corps. Alors même que certains convives en avaient plusieurs.

L'avocat sonna à la porte, puis se retourna vers le jeune homme dans l'intention de le saluer, mais celui-ci s'était évanoui dans la nuit d'encre, si subrepticement que l'avocat douta de l'avoir vu.

Tant pis. À présent il fallait se concentrer. Briller. Impressionner.

La porte s'ouvrit. L'avocat entra.

Quand il ressortit, étourdi tant par la fatigue que par l'excès de bonne chère et l'excellent clairet, il était plus de quatre heures du matin. Il était parti parmi les derniers. L'hôte avait décidé de l'ordre de leur départ, selon une règle connue de lui seul. Pourtant, tous s'y étaient pliés, acceptant sans rechigner de se prémunir contre des menaces qu'il se refusait à leur expliquer. L'avocat lui avait trouvé une force de persuasion quasi hypnotique. Fascinant. Il aurait fait un malheur dans un tribunal. Tout avait été prévu avec soin. Jusqu'au nombre de convives qui symbolisait leur entreprise.

Debout à côté de sa voiture, l'avocat laissa courir ses doigts sur la portière sans l'ouvrir. La rosée rendait la carrosserie luisante. Il frissonnait plus fort qu'à son arrivée. Ce n'était pas de froid. Leur hôte avait dévoilé un plan qui, à son image, s'était révélé brillant, complexe, efficace. L'avocat était resté assis avec les autres, abasourdi par cet homme qui allait et venait devant le feu, les yeux étincelants, exposant certains détails, laissant d'autres points dans l'ombre pour plus tard. L'un après l'autre, ils avaient acquiescé. Oui. Oui. Oui. Ils en seraient. L'avocat avait hoché la tête comme les autres, mais il avait menti.

Le plan, aussi intelligent soit-il, était infernal.

Il n'y avait pas d'autre mot.

Le projet atteindrait peut-être ses objectifs. Plus d'un plan diabolique l'avait fait. L'avocat avait suffisamment vécu pour savoir que la victoire du bien sur le mal n'a rien d'inévitable. Du reste, pendant la dernière guerre, la victoire du bien avait coûté au monde des millions de vies.

Il se glissa au volant. Qu'y avait-il en lui pour que leur hôte ait pu croire qu'il s'associerait à un projet si maléfique ? Cet homme avait-il une aussi piètre opinion de lui ? Peut-être. Peut-être n'avait-il pas tort. L'avocat repensa aux autres convives, fumant le cigare, dégustant le vin, opinant du chef. Sa carrière décollerait sans doute s'il marchait dans leur combine. L'avenir s'ouvrirait devant lui telle une longue avenue dorée.

Au bout de laquelle l'attendrait un abîme de soufre.

Il savait ce qu'allait dire son épouse. C'était une femme merveilleuse, mais elle avait été dorlotée et protégée toute sa vie. Elle ne comprenait pas pourquoi, dans le monde des hommes, il fallait quelquefois dîner avec le diable, au moins pour un temps, afin de...

— Avez-vous besoin de quelque chose, monsieur ?

L'avocat tourna brusquement la tête. Le jeune homme blond était penché par la vitre ouverte, souriant poliment. Il s'était approché de la voiture sans le moindre bruit. Même dans les rangers, l'avocat n'avait jamais vu personne d'aussi furtif. L'avocat ouvrit la bouche pour répondre, puis se reprit. Les yeux de cobalt disaient que l'inconnu connaissait chacune de ses pensées. Son regard était à la fois compatissant et froid : le regard d'un tueur.

— Tout va bien, répondit l'avocat une fois la première frayeur passée. Très bien, merci.

— Réunion intéressante ?

— Oh oui. Absolument.

— Faites attention sur la route, monsieur.

— Je n'y manquerai pas. Merci encore.

En s'éloignant, l'avocat ressentit un grand soulagement, comme s'il venait d'échapper à l'enfer. Son assassinat n'aurait lieu que trente mois plus tard.

Première partie

New York - Londres - Boston
1954-1958

1

Arrivée en ville

I

Si Eddie Wesley avait été un homme moins dévoué, il n'aurait jamais trébuché sur le cadavre, ni suivi la trace de Junie jusque dans le Tennessee, ni pris les démons au collet et contribué à renverser un président. Mais Eddie était béni – ou peut-être maudit –, car il faisait preuve d'un dévouement qui confinait à l'imprudence. De toute sa vie il n'aimerait que deux femmes. Il les aimerait toutes les deux avec une telle intrépidité qu'il en deviendrait difficilement fréquentable, et c'est ainsi que, le moment venu, il parviendrait à sauver le pays qu'il avait fini par haïr.

Un homme plus circonspect aurait sans doute échoué.

Aurelia, pour sa part, avait ses propres priorités, très conventionnelles, très américaines et, par là même, très différentes de celles d'Eddie. Une fois que leurs routes se furent séparées, il n'y avait aucune raison de croire que ces deux-là joindraient leurs forces, même après les événements de ce triste dimanche des Rameaux ou après ce qui se passerait à Hong Kong, et pourtant ils feraient équipe, plus par nécessité que par choix, et ils continueraient de se battre seuls quand tous les autres auraient renoncé ou trouvé la mort.

Du moins presque tous.

II

Edward Trotter Wesley Junior débarqua à Harlem en mai 1954, quelques jours après que la Cour suprême eut déclaré illégale la ségrégation dans les écoles publiques, décision historique qui, Eddie en était sûr, cachait quelque chose. Il avait en poche un diplôme de premier cycle d'Amherst, quelques cours de maîtrise à Brown, une poignée de relations du côté de sa mère et une proposition d'emploi à l'*Amsterdam News* – journal qu'il quitta dégoûté au bout de trois mois. Il n'avait pas mesuré au départ, écrivit-il dans une lettre à sa sœur bien aimée, à quel point c'était un job insignifiant. Junie, d'humeur facétieuse, fit suivre la lettre à leur père, un pasteur et pamphlétaire de Boston, qui désapprouvait fortement toute l'aventure. En réalité, le pasteur se trouvait à ce moment-là à Montgomery, en Alabama, où il participait à l'organisation d'un boycott des commerçants locaux qui refusaient d'appeler leurs clients noirs « monsieur » ou « madame ». Wesley Senior, comme il aimait à se présenter, était un cousin éloigné de William Monroe Trotter, le journaliste noir qui avait été arrêté pour avoir interrompu un discours de Booker T. Washington en lui jetant du poivre ; il avait hérité du tempérament fougueux de cette partie de la famille. Dès son retour à Boston, il s'empressa d'adresser à Junie un chapelet de citations du Nouveau Testament sur le sens de l'effort en lui enjoignant d'en faire profiter son frère. Eddie les lut toutes. Le verset 3 : 10 de la seconde épître de Paul aux Thessaloniciens le mit dans une rage telle qu'il n'écrivit pas à ses parents de tout un mois, car Eddie avait lui aussi un sacré tempérament. Quand, à force de petits boulots, il eut rassemblé assez d'argent pour s'offrir une ligne de téléphone, il refusa de leur communiquer le numéro. Pour Wesley Senior, Eddie était paresseux. Mais Eddie, qui voyait les choses autrement, savait qu'il était concentré sur un objectif précis. Il n'avait pas l'intention de tenir la rubrique des chiens écrasés ni de commenter les discours des grandes figures du mouvement naissant pour les droits civiques. Non. Il voulait écrire des nouvelles et des romans, et il avait décidé, comme de nombreux écrivains avant lui, qu'un travail alimentaire ferait fuir sa muse. C'est ainsi que, pour le moment, il vivait d'expédients.

Sa mère lui envoyait de l'argent, et il lavait des voitures, distribuait des journaux, servait des repas. Au coin de sa rue, il y avait une épicerie juive – qu'on appelait comme ça par référence à ses propriétaires, rien à voir avec ce qui y était vendu – et Eddie s'assurait un deuxième revenu en y tenant la caisse la nuit. Il pouvait lire et écrire tranquillement sans être trop dérangé par les rares clients. Puis quelqu'un lui avait fait une meilleure offre. À l'époque, les bas-fonds de Harlem étaient tenus par un caïd du nom de Scarlett, qui avait pris le pouvoir après que Bumpy Johnson, le roi du racket des Noirs, avait été emprisonné pour la troisième fois. Scarlett possédait un night-club sur la 128e Rue et pas mal d'autres sources de revenus ; on racontait qu'il était protégé par Frank Costello, le successeur de Lucky Luciano, alors le plus gros ponte de la Mafia à New York. Scarlett était un Jamaïcain élégant qui avait émergé du gang des Quarante Voleurs avec Bumpy. Il était populaire. Quand il entrait chez un commerçant, il adorait sortir une énorme liasse de billets de son costume de marque et acheter une babiole avec une grosse coupure en disant au patron ravi de garder la monnaie, confortant ainsi sa réputation de générosité – peu importait qu'une semaine plus tard, ses gars passent chez le même commerçant exiger qu'il paie pour leur protection. À vingt-sept ans, son service militaire derrière lui, Eddie Wesley n'avait rien d'un voyou, mais il connaissait quelqu'un qui connaissait quelqu'un et, sans s'en rendre compte, il se retrouva à faire des petits boulots pour des types louches qui étaient plus ou moins connectés à Scarlett. Ce n'est qu'un gagne-pain, se répétait Eddie, qui n'en parlait pas à ses parents, ça ne durerait que jusqu'à ce qu'il perce comme romancier, en outre ça nourrirait ses fictions futures. Lorsque ses principes instillaient le doute en lui, il se souvenait que Richard Wright, dans *Black Boy*, avait avoué des crimes de jeunesse. Il est vrai que Wright n'avait chapardé qu'une poignée de billets à la propriétaire d'un cinéma alors qu'Eddie transportait de mystérieux paquets d'un État à l'autre, mais il se consolait avec la phrase de Wright disant que l'homme blanc avait commis tant d'atrocités qu'on ne faisait rien de mal en le volant. Et lorsque sa conscience lui soufflait que ce n'était pas l'homme blanc que Scarlett dépouillait, Eddie pensait à autre chose.

— Qu'est-ce que tu fabriques dehors en pleine nuit ?

C'est la question qu'avait fini par lui poser Aurelia, sa petite amie si bien née qu'elle lui était inaccessible et qu'il s'amusait à la séduire en récitant *De Amore* d'André le Chapelain : la littérature médiévale avait été l'une de ses matières préférées à Amherst. Ils fricotaient, selon le terme consacré à l'époque, dans un box retiré du club de Scarlett, le genre d'endroit que ne fréquentaient pas les amis d'Eddie et encore moins ceux d'Aurie.

— Tu es tellement cachottier...

Comme si elle ne l'était pas !

— Si je te le disais, tu ne me croirais pas.

Aurelia était beaucoup plus vive qu'Eddie – elle l'avait toujours été.

— Ce n'est donc pas une autre femme.

— C'est toi qui dis ça !

— Oui, je sais...

Elle but une gorgée de son pink gin-fizz qu'elle prenait avec du kirsch, cocktail qui l'avait rendue célèbre dans tout Harlem. Elle tenait une chronique au *Seventh Avenue Sentinel*, le deuxième journal noir de la ville, et se faisait l'écho des petits scandales de tout le monde, sauf des siens.

— Oui, c'est moi qui dis ça. (Elle se leva et le tira par le bras.) Allez, viens danser.

— Nous risquerions d'attirer les regards, répondit-il avec l'affectation qu'il cultivait depuis Amherst et dont ses amis se moquaient mais que les femmes adoraient.

— Voyons, cher ami ! répondit-elle sur le même ton.

Au fond, elle avait raison, ils ne risquaient rien car, dans la boîte de Scarlett, on se souvenait toujours d'oublier que l'on vous y avait vu. Ils n'eurent pas le temps d'atteindre la piste de danse que l'un des loulous attira Eddie à l'écart et se mit à lui parler à voix basse. Eddie, tout excité, expliqua ensuite à Aurelia qu'il devait la raccompagner de bonne heure, révélant par son attitude ce qu'il n'osait pas dire tout haut. Mais Aurie ne se laissait pas si facilement impressionner : son arbre généalogique, dont elle faisait mention à la moindre occasion, comptait des bandits aussi bien que des membres du Congrès de la période de la Reconstruction, de même que le premier Noir à avoir gagné un million de dollars dans l'immobilier.

— Tu ne peux pas t'acoquiner avec ces types, dit-elle.

Ils marchaient sous la pluie grasse de Harlem. Elle portait des caoutchoucs bon marché par-dessus ses chaussures, mais son parapluie venait de Paris où sa tante chantait du jazz.

— Je ne m'acoquine pas au sens où tu pourrais le croire.

Elle connaissait ses justifications par cœur.

— Laisse-moi deviner. C'est pour des recherches en perspective de ta grande œuvre romanesque.

— Quelque chose dans ce goût-là.

Ils étaient arrivés au niveau de la bibliothèque municipale de la 135e Rue, à trois blocs de l'appartement qu'Aurie partageait avec deux autres jeunes femmes. Les voitures étaient garées si serré le long du trottoir que c'était un miracle de pouvoir les en ressortir. Eddie n'avait pas la permission d'aller plus loin. Aurelia l'embrassa. Ses sourcils étaient doux, elle avait le visage d'un petit écureuil brun. Quand elle était contente, elle prenait un air espiègle. Quand elle était sérieuse, ses traits se durcissaient et elle ressemblait aux institutrices dans les films d'Hollywood. Ce soir, il était face à la maîtresse d'école.

— Ma famille a des ambitions pour moi. Je suis fille unique. Mon avenir les préoccupe. Sérieusement.

— Tu me l'as déjà dit.

— Parce que c'est vrai. (Elle plissa le front.) Tu sais, Eddie, mon oncle, dans son affaire d'hôtellerie, a...

— Je suis écrivain.

— Il possède des hôtels dans sept...

— Je ne peux pas.

— Il gagne bien sa vie. Et ça va continuer. Peu importe ce que dit la Cour suprême. Nous aurons encore besoin d'hôtels pour gens de couleur pendant les cinquante années à venir. Peut-être plus. (Eddie lui caressa la joue.) Je voulais t'en parler une dernière fois, parce que...

Il lui mit gentiment la main sur la bouche. Cela faisait des années qu'ils avaient cette conversation. Ils en connaissaient tous les deux l'issue. Comme de vieux acteurs, ils récitaient machinalement leur rôle.

— J'ai besoin d'écrire, Aurie. Ma muse l'exige. Je n'ai pas le choix. C'est une nécessité.

— Dans ce cas, il fallait garder ton emploi au journal.

— Ce n'était pas de l'écriture au vrai sens du terme.

— Mais c'était un vrai salaire.

Plus tard dans la soirée, Eddie sortait de la gare à Newark quand deux brutes le bousculèrent et le bourrèrent de coups de pied avant de lui arracher le paquet qu'il transportait bien ficelé dans du papier kraft et de filer. Cela faisait des semaines qu'ils le tenaient à l'œil, guettant sa première imprudence. L'un des gars de Scarlett lui expliqua par la suite que les gamins avaient avoué leur crime. Pas à la police. À Scarlett qui, disait-on, n'avait pas son pareil pour délier les langues. Eddie n'en doutait pas. Maceo Scarlett était surnommé « l'ébéniste », en référence au destin tragique de son prédécesseur, dont il avait été le bras droit, du temps où le pauvre homme avait encore un bras droit : il était question de clous et d'une scie. Un voisin du nom de Lenny, un petit homme à la peau très noire et au physique de lutin, qui avait entraîné Eddie sur la pente où se trouvait Scarlett, lui assura qu'il n'aurait pas de gros ennuis, rien de sérieux, pour s'être laissé délester du paquet : s'il se retirait maintenant, il ne se passerait rien. Du coup, lorsque les gars de Scarlett lui offrirent une deuxième chance, Eddie refusa respectueusement. Pendant le mois qui suivit, il s'abstint de lire les journaux ; il ne voulait pas savoir ce qui était arrivé aux gamins.

III

Il recommença donc à laver des voitures et des sols. Ses revenus étaient maigres, son épargne nulle, car ce qu'il ne dépensait pas avec Aurelia, il le partageait avec ses amis et ses voisins. Il s'était taillé une réputation de cœur tendre. Il suffisait de le lui demander pour qu'il vous tende son dernier dollar. Ce n'était pas de la générosité au sens habituel du terme, ni l'effet d'aucun calcul : il vivait si intensément dans le présent qu'il ne songeait pas à garder un sou pour le lendemain. Le plus politisé de ses copains, Gary Fatek, aimait à parodier Lénine en disant qu'au jour de la révolution, Eddie donnerait de l'argent au bourreau pour qu'il achète une corde, mais Gary était blanc, et riche, il ne traînait dans Harlem que pour prouver sa bonne foi. Aurie se laissait attendrir par le peu de cas qu'Eddie faisait de l'argent, tout en estimant que cela laissait planer le doute sur sa capacité à subvenir aux besoins d'une famille.

— Le moment venu, le succès me sourira.

— Le moment venu, le mariage me sourira... tu ferais bien de te méfier.

Des rires gênés accueillirent cette remarque d'Aurie au cours du petit dîner donné par Claire et Oliver Garland dans leur appartement de la 93ᵉ Rue Ouest à l'occasion de l'entrée d'Eddie dans le monde des écrivains publiés. L'une de ses nouvelles avait enfin été acceptée par un journal sérieux. Ralph Ellison lui envoya un message. Langston Hughes porta un toast au brillant avenir du jeune auteur. Eddie, qui n'avait jamais rencontré ce grand nom de la littérature, était plutôt nerveux. Mais Hughes, la plus célèbre plume de Harlem, mit le jeune homme à l'aise. Orateur de la vieille école, il arborait un sourire chaleureux. À l'heure des cigares et du cognac, il raconta son dernier séjour à l'étranger. Eddie était aux anges : Hughes menait la vie dont il rêvait. Rien à voir avec la gestion des hôtels de l'oncle d'Aurelia. Oliver Garland, le seul avocat noir de Wall Street, semblait lui aussi avoir parcouru le monde. Avec son cousin Kevin et Langston Hughes, ils comparaient leurs impressions sur les restaurants de Florence. Eddie, fils d'un pasteur et d'une infirmière, avait jusqu'alors rencontré peu de Noirs de cette envergure.

Gary Fatek aussi était de la partie, avec quelques autres Caucasiens, car les jeunes de la classe cultivée de l'Amérique blanche s'enorgueillissaient de ne pas observer la prudence raciale de leurs aînés. À la fin de la soirée, Gary joua son numéro politique préféré : il appela un taxi à qui il demanda, après y être monté avec Eddie et Aurelia, de déposer ses amis dans Harlem avant de redescendre vers son appartement de Greenwich Village. Tout le monde savait qu'aucun taxi new-yorkais n'aurait sinon accepté de s'aventurer au nord de l'université Columbia. En l'absence d'Aurelia, Eddie, qui avait sa fierté, aurait refusé de participer à cette farce, et Gary n'aurait probablement pas tenté le coup. Il était important d'avoir des amis blancs, c'est ce que Wesley Senior avait toujours martelé à ses enfants : ce sont eux qui détiennent le pouvoir et, selon toutes prévisions, c'est dans leurs mains qu'il restera.

Eddie et Aurelia s'installèrent sur la banquette arrière tandis que Gary dépliait le strapontin et s'accrochait à la poignée. Pendant que le chauffeur les conduisait de mauvais gré *uptown*, il leur fit un cours de politique révolutionnaire. C'était un rouquin, à la fois doux et sûr de lui. Selon lui, la nouvelle d'Eddie témoignait de l'émergence d'une conscience, mais guère plus. Aurelia fit semblant d'avoir pris froid pour pouffer à l'abri de ses mains gantées de blanc. Déjà à l'université, où ils s'étaient rencontrés tous les trois, tout le monde savait qu'Eddie était complètement apolitique.

Pour Eddie, son texte n'avait rien de radical. Sa principale qualité à ses yeux était d'être achevé. La nouvelle avait été publiée dans le *Saturday Evening Post* sous le titre « Prière du soir ». On s'attendait à ce qu'elle soit primée. C'était l'histoire d'une journée de ségrégation, dont le narrateur était un petit garçon qui relatait l'humiliation subie par son père, un homme fier et sévère, diacre de son église, qui travaillait comme portier dans un hôtel. À la fin, le petit garçon se mettait à genoux, joignait les mains en prière et formait le vœu que, quoi qu'il advienne, quand il serait grand, il ne soit jamais un Nègre. La mère d'Eddie lui avait écrit qu'elle avait pleuré pendant une heure après l'avoir lue. Aurelia en avait fait l'éloge dans sa chronique du *Sentinel*, en qualifiant son auteur de « célibataire le plus en vue de Harlem » – une façon de le taquiner de loin. L'agent d'Eddie s'efforçait de négocier un contrat pour son premier roman. C'est dans cette nouvelle qu'Eddie avait inventé l'expression « obscure nation » pour décrire l'Amérique noire – ce qui, selon lui, rendait compte à la fois de la solidarité qui existait entre ses membres et de ce qui les distinguait. Même si le terme « Black » devait s'imposer assez rapidement, pendant un temps l'« obscure nation » fut sur toutes les lèvres de la haute société de Harlem.

Le nom d'Eddie, même s'il commençait à circuler, ne figurait pas encore sur les listes de lecture du gotha noir. À cette époque, Harlem était divisé en classes. Le prestige avait son importance et plusieurs couches séparaient la classe supérieure de la moyenne, sans parler de l'inférieure. Certaines adresses étaient plus chics que d'autres. C'était pareil pour les clubs, les épouses, les amis et les soirées. Ces distinctions sociales avaient peu d'importance pour les masses noires, mais, malgré lui, Eddie avait été élevé en ayant conscience du rang de chacun. Son père, le grand pasteur, se voulait au-dessus de ces fadaises, mais sa mère avait néanmoins abreuvé Eddie d'histoires fabuleuses, dont certaines, se disait-il, devaient être vraies. Marie Wesley lui décrivait les élégants salons de Harlem où il n'était pas rare que Gershwin et Duke Ellington fassent un duo au piano, les maisons aussi richement décorées que les appartements des hauts immeubles de Park Avenue. Maintenant que sa nouvelle lui en ouvrait les portes, Eddie était pressé de s'y engouffrer. Dès que l'occasion se présenta, sa solide érudition lui donna les moyens de briller. Son ascension était lancée. Il pouvait citer aussi bien Shakespeare et Dante que Douglass ou Du Bois. Il savait plaisanter, charmer, flatter.

Un soir glacial de février 1955, il se rendit à une grande réception dans un hôtel particulier de Jumel Terrace, jolie petite enclave pavée près de Saint Nicholas Avenue, entre les 160e et 162e Rues. La fête était donnée pour annoncer de royales fiançailles. Le prince de l'un des plus vieux clans de Harlem allait épouser une princesse issue de l'un des royaumes du Midwest de l'obscure nation. Tous ceux qui comptaient étaient présents, y compris plusieurs politiciens blancs et des personnalités trop célèbres pour qu'Eddie ose les approcher. Robert Wagner, le maire de New York, leva son verre en l'honneur du jeune couple, Frank Sinatra leva le sien. L'atmosphère était gaie, mais Eddie, qui se limitait habituellement à un seul verre, but ce soir-là beaucoup plus qu'à l'accoutumée. Il était venu par sens du devoir et il le regrettait.

Il était épris de la fiancée.

À mesure qu'Eddie observait le couple radieux et entendait les toasts portés en l'honneur d'Aurelia Treene et de Kevin Garland, sa gaieté coutumière s'assombrissait. Il se mit à bougonner dans son coin. Un murmure de surprise parcourut l'assemblée. Eddie Wesley était toujours si doux, si plaisant. Ce soir, pourtant, il se chamaillait avec tout le monde. Au point qu'un jeune homme dans la famille duquel Eddie avait autrefois passé l'été à Martha's Vineyard se vit confier la tâche de le prendre à l'écart et de le calmer. Eddie revint à la charge. Harry Belafonte intervint. Eddie revint à la charge. Langston Hughes essaya à son tour. Eddie revint à la charge. Une triste phalange d'hommes de Harlem proposa aimablement de jeter l'importun dehors, mais la future mariée s'interposa. Au vu et au su de tout le monde, elle attrapa Eddie par le bras et l'entraîna dans la cuisine. Il ne réapparut pas. Les commentaires allaient bon train. La cuisine grouillait de personnel engagé pour l'occasion et tout ce petit monde en uniforme impeccable ne quittait pas la princesse des yeux tout en faisant semblant de regarder ailleurs.

Aurelia était furieuse.

— C'est comme ça. Ce n'est peut-être pas ton univers et je ne peux sans doute pas te demander de comprendre. Mais j'ai des responsabilités à l'égard de ma famille.

— Et à ton égard ? À ton égard, tu n'en as aucune ? Aurelia était plus maîtresse d'école que jamais.

— Comment peut-on préserver ses valeurs si l'on fait passer son intérêt personnel avant tout ?

— Il ne s'agit pas de mon intérêt personnel. C'est toi qui comptes le plus pour moi.

— Seule ton écriture compte pour toi.

— Je t'aime. (Ces mots lui plombaient la bouche.) Je t'aimerai toujours.

Aurelia s'adoucit un instant. Elle lui caressa la joue.

— Peut-être que si tu avais accepté de travailler avec mon oncle... (Puis, comme sous l'effort de son implacable volonté, la maîtresse d'école reprit sa place.) Il y a des choses contre lesquelles on ne peut rien. C'est la vie... (Un credo auquel Eddie ne trouva rien à répondre.) Et maintenant, ressaisis-toi, conclut-elle.

Aurelia retourna à ses admirateurs et à son fiancé, qui ne cachait pas sa désapprobation. Eddie décida qu'il était temps de partir. Un ami ou deux lui offrirent de l'accompagner, mais il déclina. Du coup, il était seul quand, trente minutes plus tard, il découvrit le corps.

2

La croix

I

Les quelques cadavres sur lesquels Eddie Wesley avait eu l'occasion de poser les yeux avaient toujours été ceux de gens qu'il connaissait et dont la dépouille était exposée au funérarium ou dans l'église de son père à l'occasion des offices dits de « retour à la maison ». Il avait fait son service militaire à l'intérieur des frontières nationales et, même à l'époque où il travaillait pour Scarlett, il ne s'était jamais approché de l'« heureuse conclusion de l'affaire », selon l'expression consacrée par Lenny. Il était plus de minuit quand Eddie, pour la première fois de sa vie, buta sur un corps inconnu. Il errait au milieu de la végétation touffue de Roger Morris Park, face à Jumel Terrace où la fête se poursuivait, tentant de se calmer en se rappelant les paroles de son père qui avait toujours mis ses enfants en garde contre le danger de croire que le désir confère un droit sur l'objet convoité. Le parc était fermé au public la nuit et on le disait hanté de surcroît, mais Eddie était au-dessus des conventions et des règles, sauf en littérature, où il les respectait toutes. Ce parc avait abrité le plus célèbre hôtel particulier de Manhattan, le riche palais palladien, où, un siècle et demi plus tôt, résidait Madame Jumel, qui était sans doute la femme la plus riche de l'État. C'était à l'époque de l'achat de la Louisiane, à l'époque où Harlem Heights était encore une enclave rurale éloignée, réservée aux Blancs fortunés de la ville polyglotte. Harlem à l'ère d'Eddie, après soixante années de négrification, ne comptait guère de sites touristiques à l'exception de Jumel Mansion, même si son principal attrait n'était que le fantôme de Madame que l'on devinait parfois penché à la fenêtre de l'étage d'où elle surveillait les visiteurs indisciplinés ou traversant le hall à la recherche du magot que son deuxième mari aurait dérobé. La plupart des habitants de Harlem se moquaient de cette histoire de fantôme dans la journée, mais évitaient soigneusement Roger Morris Park la nuit.

Le monde des esprits laissait Eddie indifférent, il estimait que c'était le domaine de Wesley Senior.

Il trébucha sur le corps à l'ombre d'un orme mort, si près de la grille en fer forgé qu'un passant l'aurait forcément aperçu depuis le trottoir dès le lendemain matin. Il s'étala de tout son long car il marchait sans regarder où il posait les pieds : son regard triste ne parvenait à se détacher de la bâtisse où chaque instant qui passait éloignait Aurelia de lui. Son torse atterrit sur un coussinet de neige craquante. Il se retourna et, voyant un type allongé juste derrière lui, bondit sur ses pieds comme un chat – le souvenir de son agression à Newark était encore frais. Puis il s'approcha. Remarqua l'élégant costume et la montre à gousset en or, l'absence de pardessus dans la nuit glaciale de février, la peau blanche, le visage heureux et bien nourri, les yeux fermés et les mains immobiles. Eddie était certain qu'on avait mis le corps à dessein sur son chemin, parce que, cinq minutes plus tôt – détail dont, des années plus tard, il ne démordrait toujours pas –, lors de son premier passage le long de la grille, le cadavre n'était pas là.

— Hé.

Eddie sentit sa colère s'apaiser tandis qu'il regardait l'homme de plus près. Il le secoua par l'épaule.

— Hé...

Une neige fine tombait sur la ville et de légers flocons venaient se poser sur le front, les lèvres et les mains croisées sur la poitrine imposante de l'inconnu qui ne bougeait toujours pas.

— Ça va ? Hé, réveillez-vous !

Eddie savait déjà qu'il y avait peu de chances que l'homme se réveille. Un Blanc, mort dans Harlem. La presse allait en faire ses choux gras. Il n'avait pas peur mais, pour une fois, il ne savait pas quelle conduite adopter. Il s'agenouilla sur le sol gelé, décroisa les mains potelées du type dans l'intention de lui tâter le pouls, bien qu'il ne sache pas du tout comment procéder. Quand il lui desserra les doigts, il vit scintiller un objet en or qui tomba dans la neige. Eddie le ramassa. Une croix. Elle devait mesurer quatre ou cinq centimètres de long, joliment ciselée, et portait une inscription qu'il ne parvint pas à déchiffrer dans la lueur blafarde du réverbère qui se trouvait de l'autre côté de la grille. Il s'aperçut que les mots étaient écrits de bas en haut. Il retourna la croix et, en l'orientant de façon à attraper la lumière, réussit à déchiffrer « nous », mais guère plus. Le mot suivant était peut-être « serons » ? La nuit était trop noire pour l'affirmer.

La croix pendait au bout d'une chaîne en or et, curieusement, l'anneau avait été monté au pied de la croix, de sorte que si l'homme l'avait portée autour du cou, elle aurait été à l'envers, remettant l'inscription à l'endroit. Eddie se demanda pourquoi l'homme l'agrippait ainsi. Peut-être cherchait-il une protection. Mais contre quoi ? En y regardant de plus près, Eddie découvrit un premier indice. Dans un repli du cou, enfoncé dans la chair blême, il entrevit un lacet de cuir. L'homme avait été étranglé.

Eddie se redressa, tous les sens en alerte. Si le corps n'était là que depuis quelques minutes, l'assassin ne devait pas être loin. Il tendit l'oreille, mais n'entendit que la neige craquer tout autour. Il tenta de percer l'obscurité, mais ne distingua que l'ombre des arbres. Eddie n'était pas bête. Un garrot désignait Scarlett ou un type du même acabit, et les Scarlett de ce monde avaient une dent contre les témoins.

Il essuya soigneusement la croix, la replaça dans les mains froides et sans vie puis fila sans demander son reste. Il eut plus de mal que d'habitude à se glisser entre les barreaux de la grille, mais peut-être tremblait-il. Tout en bataillant pour repasser sur le trottoir, il s'attendait à tout moment à sentir un lacet se serrer autour de son cou. Il leva les yeux en direction de l'hôtel particulier, mais l'humiliation avait été trop forte pour qu'il envisage d'y retourner. Il fonça vers le sud. Fat Man's, le célèbre bar-gril de la 155e, était ouvert tard, bondé comme toujours de toutes les célébrités du monde noir. Si l'on vous laissait entrer, Fat Man's était l'endroit parfait où se montrer et, à cet instant précis, Eddie voulait être vu aussi loin que possible de Roger Morris Park. Il appela la police de la cabine au fond du bar sans prendre la peine de donner son nom. Il but un verre. Tous les regards semblaient se tourner vers lui. Peut-être parce qu'il n'était pas à sa place. Ou parce qu'il tremblait et suait à grosses gouttes. Peut-être que personne ne le regardait, après tout, mais Eddie ne prit aucun risque. Il posa de l'argent sur le comptoir sans compter. Ce devait être assez puisque le barman le remercia et lui donna du « monsieur ».

Son appartement se trouvait dans un immeuble étroit, sans ascenseur, bruyant et mal ventilé de la 123e Rue, une adresse qu'il n'avouait à personne en dehors de son cercle d'intimes, car la « Vallée », comme l'appelaient les connaisseurs, était loin de figurer parmi les coins prisés de Harlem. Pour recevoir les lettres de sa famille, il avait prudemment investi dans une boîte postale. Au deuxième étage, dans son minuscule appartement, Eddie transpira toute la nuit, assis sur son lit cabossé mais soigneusement fait, un journal sur les genoux et une batte de base-ball à portée de main, les yeux rivés sur l'impasse fétide qu'ils emprunteraient forcément pour entrer par la porte de derrière quand ils viendraient lui régler son compte.

II

Le lendemain matin, la ville bruissait de rumeurs. Le cadavre était celui d'un avocat du nom de Castle. Eddie n'avait jamais entendu parler de lui, mais il lut toutes les nécrologies qu'il put trouver. Philmont Castle était de toute évidence l'un des titans de Wall Street. Les grandes entreprises de tout le pays lui rendaient hommage. Plusieurs acteurs de cinéma aussi. Eddie tournait les pages. L'avocat semblait connaître tout le monde. Le président Eisenhower annonça que la nation tout entière regretterait Phil Castle. Il promit une aide fédérale pour retrouver celui qui avait commis une telle « ignominie » – ou quelque chose d'aussi fort. L'avocat avait été un important bailleur de fonds du parti républicain. Un mari et un père dévoués. Un membre actif de son église. Et l'invité, la nuit du meurtre, de fiançailles dans Harlem.

Eddie reposa le journal d'un coup sec.

Il avait beau s'y efforcer, il ne réussissait pas à remettre le visage qui s'affichait souriant en une sur aucun des Caucasiens présents la veille au soir. Mais ils étaient si nombreux et il fallait bien admettre qu'Eddie n'avait eu d'yeux que pour la fiancée. Il replongea dans le journal. Rien sur la cause du décès, hormis qu'il s'agissait d'un meurtre. Le portefeuille de Castle avait disparu. La police parlait de vol avec voie de fait, un délit commun dans Harlem, à ceci près que la presse blanche semblait ignorer qu'il était rare, à cette époque, qu'un crime soit commis dans les beaux quartiers de Harlem. Personne ne semblait s'interroger sur les raisons de la présence de l'avocat de Wall Street dans le parc de Jumel Mansion. Aucune mention d'une quelconque croix dans les mains du cadavre, ni à l'endroit ni à l'envers. Rien non plus sur un écrivain noir à moitié ivre et en colère qui aurait quitté la soirée en même temps que Castle.

Les autorités n'interrogèrent jamais Eddie. Le temps passa. Le souvenir de cette croix l'obsédait. Il regrettait de ne pas avoir eu le temps de déchiffrer le reste de l'inscription. Il s'avança même jusqu'à écrire à Wesley Senior, une fois n'était pas coutume, afin de le questionner à ce sujet sans pour autant lui dire pourquoi. Le pasteur répondit par retour du courrier. Étonnamment, le ton de sa lettre était plein de longanimité. Il adorait donner des leçons. Cette croix portée à l'envers était souvent appelée la « croix de saint Pierre » car, selon la tradition, le chef des apôtres aurait été crucifié ainsi. L'Église catholique romaine considérait ce symbole comme sacré. Au fil des siècles, poursuivait-il, la croix inversée avait été adoptée et vénérée par les admirateurs de Satan ou, selon les termes de Wesley Senior qui citait les Écritures, les « disciples du démon et de ses anges déchus ».

Eddie décida que ce n'était qu'une coïncidence.

3

Emil et Belt

I

Eddie aurait probablement dû oublier toute l'histoire. La croix était peut-être une énigme, mais il ne lui appartenait pas de la résoudre. Il ne connaissait pas la famille du défunt et ne lui devait rien. En revanche, il lui incombait de réussir sa carrière, d'impressionner son père et de faire le deuil de sa relation avec Aurelia. Il aurait dû oublier cette histoire et l'aurait fait si trois événements sans lien apparent entre eux n'avaient, avec du recul, commencé à faire sens.

Le premier eut lieu par hasard, chez le coiffeur, sur Amsterdam Avenue, deux mois après sa découverte du corps de l'avocat. C'était un samedi après-midi d'avril, étonnamment chaud pour Manhattan au printemps. Les femmes de Harlem avaient sorti leurs tailleurs pastel. Les hommes avaient ôté leur veste qu'ils portaient sur l'épaule, mais pas leur chapeau. Après un hiver rigoureux, l'obscure nation appréciait ce doux répit. Les États du Sud avaient déclaré qu'ils « rejetaient » la déségrégation décidée par la Cour suprême. Harlem tremblait et bruissait de rumeurs annonçant une deuxième guerre civile. Dix jours plus tôt, à la fin mars, Walter White, le leader légendaire de la NAACP[1], était décédé. La communauté venait de perdre un chef. Dans le salon de coiffure, tout le monde le regrettait. Eddie était là pour se faire couper les cheveux, mais plus nombreux étaient ceux qui venaient s'approvisionner, entretenant un va-et-vient constant, car le coiffeur était aussi connu pour vendre de la *sinsemilla*, terme sous lequel Harlem désignait la marijuana de qualité supérieure. Il suffisait de glisser quelques billets à l'un des garçons coiffeurs, et un autre vous retrouvait quelques minutes plus tard près des immondes toilettes pour hommes à l'arrière. Eddie ne s'intéressait pas au commerce d'appoint du coiffeur. Il y allait pour glaner des histoires. Le premier garçon, Mr Pond, en connaissait des centaines, dont certaines peut-être vraies, qui dataient du temps où il jouait du piano dans les clubs de jazz, dans une autre vie – à l'Exclusive, au coin de 136e Rue et de Lenox Avenue, au Yeah Man, sur la 7e Avenue, et même au célèbre Rhythm Club –, il en racontait d'autres sur les célébrités à qui il aurait coupé les cheveux dans le temps, de Lonnie Johnson à Willie « le Lion » Smith, de Fats Waller à Jerry Roll Morton. Peut-être vraies. Peut-être pas. Eddie était vêtu ce jour-là d'un pantalon ample de couleur vive serré par un large ceinturon, une tenue qui n'était pas vraiment à son goût mais dont ses amis lui avaient assuré qu'elle était du dernier cri. Un écrivain à succès, disaient-ils, doit être à la mode et, bien qu'il ne soit pas encore célèbre, Eddie avait cédé à contrecœur. Calé dans son fauteuil de barbier, alors que les personnages de sa prochaine nouvelle se

1. National Association for the Advancement of Colored People. *(N.d.T.)*

bousculaient dans sa tête, Eddie entendit deux hommes derrière lui rigoler à propos d'une certaine ceinture – *belt* – et piqua un fard. Il tendit l'oreille et se rendit compte que ce n'était pas de son accoutrement que l'on se moquait mais d'un dénommé Belt. Un *Docteur* Belt, l'homme faisait ronfler le titre avec tout l'émerveillement moqueur dont Harlem avait le secret, surtout dans la Vallée où les Noirs éduqués n'étaient pas légion. Le docteur Belt avait débarqué dans Harlem, disaient les types à qui voulait les entendre, et les barmen n'avaient qu'à bien se tenir.

Eddie n'était pas vraiment homme à fréquenter les bars car il avait été élevé, contre son gré, dans le mépris d'un certain genre de Noirs. Quand il buvait, c'était dans des clubs huppés ou dans les salons. Mais le docteur Belt aussi. Ce nom lui disait quelque chose. Eddie avait conservé tous les articles sur Castle. Rentré chez lui, il les relut et retrouva, dans l'*Amsterdam News*, une liste des Noirs importants qui figuraient parmi les amis de l'avocat. Le docteur Belt en faisait partie, sous le titre de « fonctionnaire du gouvernement ». Les jours suivants, Eddie apprit que Belt était physicien, ancien maître de conférences à l'université de Stanford, et qu'il poursuivait à présent une belle carrière dans un laboratoire privé sur la Côte ouest. Cela suffit à éveiller sa curiosité. Il n'avait guère rencontré de scientifiques noirs bien qu'il ait rêvé à un moment de suivre cette voie. Albert Einstein était mort quelques jours plus tôt à Princeton, New Jersey, et les pages des quotidiens étaient truffées d'articles sur le « siècle de la technologie ». Les scientifiques étaient les héros du jour. La technologie gouvernait le monde. On pouvait guérir la polio. On venait d'inventer une machine qui non seulement lavait la vaisselle, mais la séchait. On parlait sérieusement d'envoyer un homme sur la Lune. Il était devenu possible d'incinérer des milliers de personnes en un battement de cils. L'obscure nation était en proie à la même excitation. L'un des rédacteurs de l'*Amsterdam News* publiait encore de temps à autre un article d'Eddie. Il lui vint l'idée qu'il pourrait obtenir une courte interview du docteur Belt et proposer un regard noir sur le siècle de la technologie.

Belt ne se montra pas coopératif. Il refusait d'entendre parler d'Eddie et de le rencontrer. Or Eddie était le genre d'homme qui prenait tout refus pour un défi à relever. Il tenait de Wesley Senior, ancien maître dans l'art de la politique et pas seulement de la prêtrise, qu'il était bon d'avoir des relations et de s'en servir. Les puissants aiment à rendre service afin que l'on devienne leur obligé. Il s'adressa donc à Langston Hughes envers qui tout le monde avait une dette quelconque. Hughes répondit à l'appel et sut convaincre Belt de prendre un verre avec Eddie au Savoy. Le physicien refusa de parler de son travail en disant que s'il avait su que c'était le sujet de l'entretien, il n'aurait jamais accepté l'invitation. Non, non, lui expliqua Eddie, il ne s'agissait pas de ses travaux mais de recueillir ses impressions en qualité de scientifique noir. Belt lui jeta un regard méprisant derrière ses verres épais. La science est la science, répondit-il à côté de la plaque. Il n'y a pas de science noire ou blanche, il y a juste la bonne et la mauvaise. Belt fit signe au serveur de lui apporter un autre scotch. Il était froid et ventripotent, le teint sombre et velouté comme un Père Noël en chocolat. Il buvait beaucoup et avec application. Il buvait comme on boit pour oublier ses soucis, pas pour en parler. Il était en ville pour voir des amis, dit-il. Il avait raté l'enterrement de Phil. Il voulait présenter ses condoléances à sa veuve avant de repartir en Caroline du Sud. Eddie s'efforça de ramener la conversation sur le terrain de la science. Belt l'ignorait. Il regardait souvent vers la porte comme s'il s'attendait à voir entrer un ami, à moins que ce ne soit un ennemi. Le Savoy était l'un des music-halls les plus cotés de New York. Il y avait autant de clients blancs que noirs. Un couple d'acteurs de cinéma était installé à une table près de l'orchestre. D'épais nuages de fumée flottaient dans l'air. Les serveurs daignaient à peine prendre votre commande. Belt fit une remarque comme quoi les gens étaient plus aimables chez lui. Mais il ne précisa pas où était chez lui. Une pile d'assiettes s'écrasa sur le sol et Belt sauta sur ses pieds, tremblant de tout son corps. Il jeta un œil inquiet à la ronde et fonça vers la porte.

— De quoi avez-vous peur ?

Eddie l'avait rejoint dans l'entrée, près du vestiaire où Belt achetait des cigarettes. Le physicien ne répondit pas. Eddie se jeta à l'eau :

— Y a-t-il un lien avec ce qui est arrivé à Phil Castle ?

Cette fois, au moins, Belt posa sur lui ses yeux humides et dédaigneux cachés derrière leurs verres épais.

— Je n'ai peur de rien, répondit-il en jetant un regard par-dessus son épaule.

Eddie n'en resta pas là.

— Ou peut-être avec la croix... (Eddie s'efforçait de se souvenir de la lettre de son père.) La croix de saint Pierre ?

Une ombre passa sur le visage sombre et tendu. Rien de plus. Mais le physicien avait tout de même réagi. Puis il renâcla et reprit son air dédaigneux.

— De quoi s'agit-il ? D'un test ? Les démons

ont vraiment touché le fond pour envoyer quelqu'un comme vous.

— De quels démons parlez-vous ?

Belt ne répondit pas. Il s'éloigna, plein d'arrogance, puis, pivotant brusquement avant de sortir, il lança :

— Dites-leur de ne pas s'approcher de moi.

II

Le deuxième des trois événements qui propulsèrent Edward Wesley Junior vers son destin se produisit en juillet de la même année, en 1955 – pour se placer dans un contexte plus large, quelques jours après que Disneyland eut ouvert ses portes en Californie et, à l'échelle d'Eddie, le jour du merveilleux mariage d'Aurelia avec Kevin Garland. Eddie avait au départ prévu de ne pas s'y rendre mais sa jeune sœur, Junie, l'avait convaincu du contraire. Junie étudiait le droit à Harvard, elle était la seule femme de l'obscure nation de sa promotion. Depuis qu'ils étaient petits, Junie était souvent la muse de son frère aîné.

— Quel message essaies-tu de faire passer en n'y allant pas ? Que tu aimes Aurelia ? Tout Harlem le sait déjà. La seule chose que ça dit, c'est que tu es trop mufle pour lui souhaiter bonne chance.

Il avait appelé Junie en longue distance depuis le téléphone du voisin. Piégé, il tenta de s'en tirer par une pirouette.

— Imagine que je perde mon sang-froid et que je balance un coup de poing à Kevin.

— N'y songe même pas !

Il sentit sa sœur frémir au bout du fil. Elle avait toujours eu horreur de toutes les formes que la violence des hommes pouvait prendre. Quand ils étaient au lycée, en pleine guerre, Eddie l'avait taquinée comme tous les grands frères à l'époque en lui demandant si elle tuerait Hitler si l'occasion se présentait. Junie avait répondu qu'elle tirerait sans doute mais devrait se donner la mort ensuite.

— Excuse-moi, dit-il, sincèrement cette fois.

— Va à ce mariage. Porte-lui le plus beau toast.

Il avait ri et y était allé. D'ailleurs Junie, qui n'avait aucunement l'intention de laisser son incontrôlable frère sans escorte, l'avait accompagné. Cela faisait un bail qu'elle n'était pas venue à New York, avait-elle prétexté, c'était le moment d'en profiter. Bien qu'Aurelia soit de Cleveland, sa famille tenait à la marier dans les beaux quartiers de Harlem. La cérémonie avait lieu à l'église épiscopale Saint Philip, sur la 134e Rue. Kevin Garland faisait partie du conseil de paroisse et du reste les Garland, l'une des plus grandes familles de Harlem, y étaient comme chez eux. Hélas, à la dernière minute, les parents d'Aurelia durent renoncer à faire le voyage : suite à une mauvaise chute, son père avait dû être hospitalisé. Eddie était assis stoïquement, chaque respiration le rapprochait de la mort. Il se demandait comment Aurie pouvait entrer dans une famille qui avait insisté pour que le mariage se déroule comme prévu, que les parents de la mariée soient là ou pas. Il se demandait si c'étaient vraiment les parents d'Aurelia qui exigeaient qu'elle entre dans une grande famille ou si lui, Eddie, n'avait été pour elle qu'une dernière passade. Peut-être ce mariage de conte de fées était-il ce qu'Aurelia avait toujours voulu. Lorsque le pasteur demanda au futur époux d'embrasser la mariée, Eddie ferma les yeux en s'efforçant, en vain, de se rappeler qui avait écrit que tous les bons romans sont ceux d'un amour perdu.

Junie, à qui rien n'échappait jamais, lui donna un coup de coude dans les côtes et siffla :

— Arrête de t'apitoyer sur ton sort. C'est leur journée, pas la tienne.

La réception se déroulait dans la salle de bal de l'hôtel Savoy, décorée à grands frais pour l'occasion en palais vénitien avec des plafonds peints, des fresques murales et des piliers dorés. C'était le style de l'époque. Les matrones qui régnaient sur la bonne société harlémite – les « Tsarines à la peau claire », comme les avait surnommées Adam Clayton Powell, ce qui n'avait rien d'un compliment – faisaient de fréquentes escapades en Europe d'où elles revenaient fourmillantes d'idées obsolètes. Un quart, voire plus, des invités étaient blancs. Eddie bafouilla son discours aux mariés, mais Gary Fatek, l'ami riche qu'il s'était fait à Amherst College, fut brillant. Gary était grand, élancé, gracieux. Même sa tignasse rousse forçait le respect. À peine ouvrait-il la bouche que le chœur se tenait prêt à l'accompagner. Il fit rire l'assemblée et réussit à rappeler qu'Eddie et lui avaient rencontré Aurelia ensemble à une soirée étudiante, au mois de novembre de leur première année, ce qui permit à tous de marquer la fin d'une histoire d'amour qui avait duré huit ans sans que personne n'ait à prononcer le mot. Gary était dans son élément : non seulement au pupitre mais dans Harlem. En d'autres occasions, selon ses propres termes, il s'employait à prêcher la révolution dans les bibliothèques et les salles de paroisse, prônant une alliance glorieuse des étudiants et des ouvriers, surtout parmi les Noirs. Les Tsarines persiflaient que Gary pouvait bien perdre son temps à ces fadaises parce qu'il était à demi Hilliman et n'avait pas à gagner son pain. Si l'on posait la question à

Gary, il répondait en riant qu'il le faisait surtout pour draguer les filles.

Après les toasts, l'alcool coula à flots. Chaperonné par Junie, Eddie but beaucoup moins qu'aux fiançailles. C'est donc en pleine possession de ses moyens qu'il observait la soirée, la mine sombre.

— Souris !

— C'est ce que je fais.

— Pas comme ça. Un vrai sourire.

Eddie faisait de son mieux, mais il se souvenait de la dernière soirée qu'il avait passée à célébrer le couple au milieu d'inconnus et de la façon dont elle s'était terminée. Il n'avait pas encore parlé de sa découverte du corps à Junie ni à Gary.

— Va t'amuser un peu ! ordonna Junie qui n'avait pas l'intention de laisser son frère se lamenter.

Elle l'épuisa en l'obligeant à enchaîner les danses l'une après l'autre, la plupart avec Mona Veazie, la demoiselle d'honneur d'Aurelia. Mona, qui à cette époque passait pour l'un des meilleurs partis de Harlem, avait fait de l'œil à Eddie toute la soirée, mais elle commençait à se lasser de voir qu'il ne pouvait détacher son regard de la mariée et finit par se rabattre sur Gary. D'après la rumeur, de toute façon, elle préférait les Blancs. Junie, quant à elle, resta assise quasiment tout le temps. Quelques audacieux vinrent l'inviter à danser, mais elle les repoussa d'un sourire timide en baissant la tête. Son attitude ne manquait pas d'attirer les regards appuyés et les murmures des ténors de Harlem, qui au fond l'avaient toujours trouvée bizarre. Les Tsarines ne savaient que penser de Junie qui étudiait le droit et ne montrait aucune disposition pour le mariage. Le rang social de la famille aurait pu amender une telle bizarrerie : Mona Veazie, par exemple, avait pour originalité de poursuivre un doctorat, mais les Veazie, architectes depuis six générations, pouvaient se permettre de telles excentricités. En revanche, sauf le respect qui était dû à Wesley Senior en raison de son engagement dans le mouvement pour les droits civiques, sa famille n'était pas vraiment de celles qui...

Tout à coup la rumeur se tut parce que Junie aussi dansait, et son cavalier n'était pas d'un rang aussi insignifiant que le sien : il s'agissait de Perry Mount, le *célèbre* Perry Mount, le golden boy de Harlem, celui dont tous les clans rêvaient que leur fille l'ensorcelle. Les plus belles débutantes de l'obscure nation se trouvaient dans la salle et c'est avec Junie que Perry Mount avait choisi de danser ! Les Tsarines échangeaient des regards perplexes. Eddie écarquillait les yeux. Il n'avait jamais aimé Perry, peut-être à cause du béguin que ce dernier affichait pour sa sœur et qui remontait aux étés partagés de leur enfance. Perry aujourd'hui courait après toutes les filles et Eddie était bien décidé à protéger sa sœur d'une peine de cœur. Il ne lui vint pas à l'esprit qu'à cet instant précis, Perry la rendait peut-être heureuse.

Gary Fatek, qui avait repris sa place à côté d'Eddie, lui tendit un club soda et se divertit un instant en observant son ami observer Junie.

— Voyons le côté positif des choses, dit-il au bout d'un moment. Au moins tes yeux ne sont plus rivés sur Aurie !

III

L'orchestre entama une marche, semant le désordre sur la piste le temps que les invités s'organisent pour former une allée. Les mariés s'apprêtaient à quitter le palais, main dans la main, dans leur tenue de voyage. Eddie applaudit avec les autres, parce qu'il n'y avait rien d'autre à faire et que les ongles de Junie étaient plantés dans son bras. Le chef d'orchestre annonça que la piste resterait ouverte jusqu'à minuit pour ceux qui le souhaitaient. Eddie n'avait qu'une envie : foncer vers la sortie. Gary et Mona s'étaient installés confortablement dans un coin sombre. Eddie se mit en quête de sa sœur. Chevaleresque, Perry la remit à son bras en s'inclinant. Junie était radieuse.

Eddie était prêt à parier que Perry ne l'appellerait pas pendant six mois.

Il avait presque réussi à s'échapper, tenant sa sœur par la taille, quand une voix impérieuse lui intima de s'arrêter.

Amaretta Veazie, la doyenne des Tsarines de Harlem, réclamait son attention. Amaretta était grande, charpentée et excessivement cambrée, ce qui lui voûtait le dos. Les mauvaises langues prétendaient que c'était à force de se courber pour sniffer. Son teint entre miel et crème révélait des générations de métissage méticuleux, une planification qui suscitait l'admiration des clans. Sa langue était l'arme la plus acérée de tout Sugar Hill. En se retournant pour lui faire face, Eddie s'imagina qu'il allait devoir rendre compte de ses intentions à l'égard de sa fille, Mona. Mais Amaretta souriait : la vipère était de bonne humeur.

— Oh, Mr Wesley, roucoula-t-elle en passant son bras charnu autour du sien. Il y a par ici un homme tout à fait charmant qui se dit l'un de vos admirateurs. Il est trop timide pour vous le demander, mais il serait honoré si vous acceptiez d'inscrire une dédicace*...

* Les mots suivis d'un astérisque sont en français dans le texte. *(N.d.T.)*

Elle avait dit le mot en français, mais avec une faute de prononciation.

— Avec grand plaisir, répondit Eddie, interloqué, tandis qu'elle le conduisait à travers la pièce (interloqué car il n'avait publié qu'une seule nouvelle).

— Il s'appelle Emil quelque chose, lui dit la Tsarine en ouvrant la voie. C'est un Blanc. Il est venu avec le cousin de Kevin, Derek. Le fils d'Enid Garland. N'étiez-vous pas à l'école avec Derek Garland ?

— Non, madame.

— J'imagine qu'ils ne sont qu'amis. Toutefois, je ne suis pas sûre d'être tout à fait favorable à ce que des hommes accompagnent d'autres hommes. Et vous, Mr Wesley ?

— Je n'y ai pas beaucoup réfléchi, madame.

— Derek était-il déjà si curieux à l'école ? De politique et de ce genre de choses ? (Elle baissa la voix pour continuer.) Cet Emil est une sorte d'artiste. Et vous savez comme *ils* sont...

Pourtant Emil, une fois que les deux hommes furent seuls, avait plutôt des allures de flic, et Eddie se tint sur ses gardes. Il devait avoir la cinquantaine, des cheveux sombres épars et des yeux capables de percer un mensonge avant même que vous ayez fini de l'énoncer. Il buvait de l'eau et parlait avec un léger accent.

Eddie l'interrogea du regard.

Emil expliqua qu'il était photographe et artiste peintre, qu'il avait émigré d'Allemagne juste avant la guerre. L'éducation qu'Eddie avait reçue de Wesley Senior lui avait appris à centrer toute nouvelle conversation sur l'autre. Il félicita Emil du fait que l'Allemagne de l'Ouest venait d'acquérir le statut d'État souverain.

Soit Emil n'avait pas de conversation de salon, soit il se fichait de son pays d'origine, parce qu'il se contenta de hausser les épaules comme l'aurait fait un esprit sophistiqué écoutant des vétilles. Puis il en vint au fait.

— Cet homme qui est mort. Ce Castle. Vous le connaissiez ?

— Pardon ?

— L'avocat capitaliste qui s'est fait assassiner par des malfrats.

— Je ne l'ai jamais rencontré.

— J'ai cru comprendre que vous le connaissiez.

— Vous aurez mal compris, répondit Eddie en secouant la tête.

— Mais vous connaissez ses amis, insista le photographe. Une de mes connaissances vous a vu avec Joseph Belt. Le physicien. C'était bien vous, n'est-ce pas ?

Un chef de section du parti démocrate vint lui dire à quel point il avait aimé sa nouvelle. C'est tout juste si Eddie le remarqua. L'Allemand le mettait mal à l'aise. Il n'avait pas l'air d'être le genre d'homme qui venait à un mariage pour le plaisir. C'était peut-être lui dont Belt avait peur.

— J'avais rencontré ledit Castle, poursuivit Emil. C'était un homme bon. Il était très préoccupé du sort réservé aux Noirs ici, comme je le suis moi-même, ainsi que tous mes compatriotes.

— Bien entendu...

Le sourire d'Eddie fut accueilli par une grimace comme si toute légèreté était proscrite.

— J'avais fait des photos pour Castle. Son fils participait à une cérémonie. Je crois que c'était avec les boy-scouts. (L'Allemand marqua une pause et Eddie sentit qu'il le jaugeait.) Mr Castle m'avait emprunté les négatifs qui m'appartiennent. (Les yeux froids continuaient de le sonder.) J'ai besoin de les récupérer. Mais vous dites que vous ne le connaissiez pas.

— Non, je regrette.

— J'en donnerai un bon prix. Peut-être pourriez-vous les demander à son ami, Belt.

Eddie sentit ses poils se hérisser. Qu'avait-il pu dire pour que cet homme s'imagine qu'il pouvait se livrer à ce type de tractation ?

— Demandez-le-lui vous-même.

— Je ne peux pas.

Comme l'Allemand n'ajoutait rien, Eddie reprit.

— Avez-vous demandé à sa veuve ? Elle s'est installée dans le Sud.

Le visage d'Emil marqua la désapprobation, comme si Eddie avait commis un deuxième faux pas*.

— Ce n'est pas si simple, finit-il par admettre.

— Je le regrette, mais...

— Si vous acceptiez de m'aider, vous trouveriez ces originaux dans une grande enveloppe rose, avec un nombre inscrit au crayon sur l'un des coins, 17 ou 18.

— Vraiment, je ne crois pas que...

— J'en donnerai une belle somme, dit Emil en lui tendant sa carte de visite. Réfléchissez à mon offre.

— Je peux vous donner ma réponse tout de suite...

Mais l'Allemand avait déjà traversé la moitié de la pièce. Eddie le regarda partir.

Gary vint se planter à côté de lui.

— Qui était-ce ?

Eddie le lui expliqua tandis que son ami saluait de la main Mona Veazie qui partait avec un groupe d'amies.

— T'ai-je dit que je connaissais un peu Castle ?

Sourire indulgent.

— Une ou deux fois.

— Sa compagnie avait représenté l'un des trusts de la famille Hilliman. Phil avait fait quelques recherches sur des sociétés que nous nous proposions d'acquérir... Et disons que nous avions appris à nous connaître.

(Gary faisait de grands gestes avec son verre pour paraître désinvolte.) Bref, un jour, je suis allé naviguer avec Phil, sa femme et ses enfants. Quatre gosses.

— Et alors ?

— Eh bien, cet Emil t'a dit qu'il avait fait des photos du fils de Phil à une cérémonie pour les boy-scouts et qu'il voulait récupérer les négatifs.

— C'est exact.

— Tu t'es demandé pourquoi il t'avait choisi, toi.

Eddie haussa les épaules.

— Quelqu'un m'a vu avec Joseph Belt et Emil en a conclu que j'étais un ami de Castle.

— Phil Castle ne manquait pas d'amis. Il n'y a aucune raison pour qu'Emil t'ait choisi, toi plutôt qu'un autre. Et je ne sais pas ce qu'il cherche à récupérer mais ce ne sont pas des négatifs de photos prises à une cérémonie de boy-scouts.

— Comment sais-tu ça ?

— Phil Castle n'avait que des filles.

4

Œuvres d'imagination

I

Aurelia savait que la vie avec un Garland serait différente, mais elle ne savait pas à quel point. Kevin Garland, de neuf ans son aîné, était directeur de la petite société d'investissement de son père, il avait un joli sourire, un bon sens de l'humour et des liquidités plus que suffisantes. Les grandes familles avaient évidemment lancé leurs filles sur ses talons, mais Kevin donnait l'impression d'être heureux seul – ce que les Tsarines ne pouvaient admettre. À voix basse, elles en étaient venues à se demander s'il n'*en* était pas. Aurelia avait tout changé. Dès le premier mois de son arrivée à Harlem, elle avait attiré une foule de prétendants et Kevin, avec Eddie Wesley, menait la meute. Eddie était plus intelligent, Kevin plus distrayant. Eddie était toujours sérieux, Kevin adorait raconter des blagues. Eddie était très mauvais danseur et pas très romantique, mais il lui apprenait des choses en histoire et en politique. Ne pouvait-elle pas en apprendre autant dans les livres, si elle s'en donnait la peine ? Kevin lui envoyait des fleurs au moins une fois par semaine et dansait merveilleusement. À l'inverse d'Eddie, il ne se montrait jamais condescendant à son égard. Il connaissait tout le monde et pouvait lui faire découvrir des endroits qui n'étaient pas décrits dans les livres. Il est vrai que Kevin n'avait pas l'intention de bouleverser l'ordre établi, mais il pouvait lui offrir une vie de princesse, réaliser tous ses rêves de petite fille.

Un soir, pendant qu'il faisait sa cour, Kevin lui annonça qu'il avait une surprise. Ils prirent un taxi pour un hôtel huppé sur Central Park South, le genre d'établissement où aucun Noir n'aurait osé entrer, même si un bar leur avait été officiellement réservé. Kevin traversa le hall comme s'il lui appartenait. Ils prirent l'ascenseur vers une suite qui dominait le parc. Deux gardes du corps encadraient la porte. Une fois entrés, Kevin lui présenta Richard Nixon, le Vice-Président des États-Unis. Nixon fit gauchement grand cas d'elle. Il lui vanta les mérites des Garland, des gens merveilleux en tête du combat contre la menace rouge. Il donna force accolades à un Kevin gêné, en le présentant comme un des futurs leaders de la communauté noire. Nixon était en ville pour prononcer un discours aux Nations unies, où l'Amérique, à cette époque, était enviée et crainte, mais pas encore haïe. Son visage était triste, timide, il avait les joues tombantes, la démarche d'un homme qui a les pieds plats et une curieuse façon de pencher la tête vers l'avant sans courber les épaules tout en continuant à vous observer. Il souriait sans avoir l'air de savoir pourquoi.

— Nous ne voulons pas nous imposer trop longtemps, monsieur.

— Votre mari est un héros, lança le Vice-Président en agitant le doigt. Un jour cela se saura.

Nixon fit un clin d'œil. Kevin regardait ses pieds.

— Ce n'est pas mon mari, dit Aurelia. (Voyant

la mine déconfite de Kevin, elle se sentit obligée de poursuivre.) Pas encore.

— Dans ce cas, ne le laissez pas s'envoler. C'est un homme riche... (Le Vice-Président était connu pour ne pas l'être. Son costume était tristement bon marché. Quelques années plus tôt, il s'était tiré d'un scandale pour trafic d'influence en annonçant publiquement à la télévision que sa femme, Pat, portait un modeste manteau de laine.) Et un homme bon. Souvenez-vous-en.

— Merci. Je ne l'oublierai pas.

— On m'a parlé de vous en bien.

— De moi ?

— Votre chronique. Vous avez des admirateurs partout.

Le sourire timide réapparut au moment où un conseiller entra pour prévenir le Vice-Président qu'il était l'heure de se préparer. Nixon serra la main de Kevin en lui répétant de ne pas hésiter à l'appeler s'il avait besoin d'un service.

Kevin jeta un œil à sa bien-aimée, puis baissa la voix pour s'adresser au Vice-Président. Mais Aurelia avait l'ouïe particulièrement fine.

— Nous n'avons besoin que d'un seul service...

(Plus tard Aurelia le prendrait à partie pour avoir osé dire « nous ».)

Le sourire de Nixon se figea.

— Mes gens n'ont trouvé aucun indice. Nous vous serions reconnaissants de poursuivre les recherches, monsieur.

— Je ferai mon possible.

Une fois dans la rue, Kevin eut à peine levé la main qu'un gros taxi jaune s'arrêta. Aucun Noir ne pouvait héler un taxi au centre de Manhattan, tout le monde le savait, mais pour l'élégant Kevin Garland, les règles étaient différentes. Aurie grelottait, et ce n'était pas de froid. Kevin ne lui demanda pas où elle voulait aller. Il donna au chauffeur une adresse à Brooklyn Heights, où il avait, disait-il, sa garçonnière, ce que le taxi semblait avoir deviné : bien qu'il soit un inconditionnel de ses salons, Kevin n'avait pas l'allure d'un habitant de Harlem.

Alors qu'ils roulaient vers le sud de la ville, Aurelia voulut savoir comment il connaissait Nixon.

— Par mon père.

— Qu'est-ce qu'il a voulu dire par « des admirateurs partout » ? J'écris des ragots dans une feuille de chou noire.

Kevin sourit.

— Dick est un politicien... la flatterie est son métier.

— Je ne pourrais pas faire un boulot pareil.

— Je suis bien placé pour le savoir.

— Qu'est-ce que tu veux dire par là ? répliqua-t-elle, prête à exploser.

— Que la flatterie n'est pas ton fort. (Son sourire s'élargit.) Mais j'imagine que je n'en ai pas besoin, je fais mon propre éloge.

Aurelia ne releva pas.

— J'ai entendu tes messes basses avec Nixon.

— Hmm.

— Qu'est-ce qu'il cherche ? Quel est votre grand secret ?

— Il faisait des affaires avec mon père.

Les yeux d'Aurelia étincelèrent.

— Et ton père, comment l'a-t-il connu, Nixon ?

Kevin prit son temps avant de répondre.

— Tu te souviens du gros scandale qui a éclaté en 1952 ? Lorsque Nixon a été accusé d'entretenir un fonds secret pour salir ses adversaires, un fonds alimenté par ses amis millionnaires de Californie ?

— Non. (Aurelia ne feignait pas.)

— Eh bien, les millionnaires n'étaient pas tous blancs, poursuivit-il en lui tapotant la main.

II

Ils soupèrent tard et Kevin la régala d'anecdotes sur les années qu'avait passées son père en Californie, juste après la guerre, à monter affaire juteuse sur affaire juteuse.

— De toute évidence, certaines d'entre elles ont porté leurs fruits.

— Et d'autres auraient pu l'envoyer en prison.

Elle passa la nuit avec Kevin – pour la première fois – mais se réveilla quatre heures plus tard, en larmes. Il était trop bien élevé pour lui poser des questions. Il se contenta de lui caresser le dos. Lorsque, quelques jours plus tard, il lui demanda de l'épouser, Aurelia lui répondit qu'elle avait besoin de temps. Kevin ne laissa rien paraître de sa déception et, plein d'égards, lui offrit de prendre tout le temps dont elle aurait besoin.

Elle rentra à Harlem. Eddie l'emmena dîner. Elle l'autorisa à l'embrasser pour lui souhaiter bonne nuit, mais rien de plus. Elle comparait les deux hommes. Kevin l'excitait et la gâtait, mais avec Eddie, elle ressentait une tendresse dont elle ne se savait pas capable. Assise dans l'appartement qu'elle partageait avec deux autres jeunes femmes, elle contemplait la montagne de cadeaux que Kevin lui avait offerts en un an. Le lendemain soir, elle éloigna ses colocataires et prépara à dîner pour Eddie. Elle utilisa tout son savoir-faire pour glisser quelques indices, mais Eddie n'avait que son écriture à la bouche. C'était sans doute la plus grande différence entre les deux hommes. Ils l'aimaient tous les deux, mais Eddie avait une autre passion, tout aussi puissante : leur vie se résumerait à un ménage à trois*.

L'après-midi suivant, elle alla surprendre Kevin à son bureau. Il quitta une réunion pour l'accueillir. Elle ne put s'empêcher de se demander si Eddie en aurait fait autant.

— Pourquoi veux-tu m'épouser ?

Il eut l'air de ne pas comprendre la question. Ils se trouvaient au milieu des bureaux ouverts, les employés n'en perdaient pas une miette.

— Je t'aime, répondit-il, la main sur le cœur.

Il jouait pour la galerie, mais de façon adorable. Elle se souvint de la phrase d'Eddie chez Scarlett : « Nous risquerions d'attirer les regards. » Kevin, lui, aimait qu'on le remarque avec elle.

— Dis-moi ce que tu aimes en moi.

— Tout.

Leurs fiançailles furent annoncées deux jours plus tard. Kevin voulait se rendre à Cleveland pour demander sa main à ses parents, mais elle l'en dissuada.

— Ils peuvent se montrer difficiles. Mieux vaut que je gère ça.

— Quand les verrai-je ?

— Au mariage.

Les Treene, hélas, n'y assistèrent pas, le père ayant fait une mauvaise chute. Kevin proposa qu'on reporte la cérémonie, mais sa mère ne voulut rien entendre. Aurelia non plus.

III

Pour leur lune de miel, ils partirent voyager six semaines en Europe. Des suites leur avaient été réservées dans les plus grands hôtels de Londres, de Paris, de Rome, des villes qu'elle ne connaissait qu'à travers les livres illustrés empruntés à la bibliothèque. Ils en visitèrent aussi d'autres dont elle n'avait jamais entendu parler, en Toscane et dans le Sud de la France. Kevin connaissait du monde partout. Dans chaque hôtel, ils étaient traités comme des aristocrates. La première semaine, ils furent inséparables. Puis il commença à se produire des choses étranges. Des hommes prenaient son mari en aparté dans les halls des hôtels et, après ces conversations à voix basse, il revenait à elle avec une mine renfrognée. Des enveloppes étaient livrées dans leur suite, après quoi Kevin hochait la tête et restait muré dans le silence des heures durant. De temps à autre, il l'embrassait tendrement en lui annonçant qu'il devait s'absenter un moment, puis il disparaissait sous les étoiles pour ne rentrer qu'au petit matin, glacial, l'air grave et inquiet. Il lui demandait de l'excuser mais n'avançait aucune explication, juste que c'étaient les affaires. Aurie n'avait pas répété pour ce rôle. Elle ne savait pas si elle devait ignorer son inconduite, la lui reprocher ou lui proposer de l'aider. Une nuit, à Paris, elle décida de le suivre, mais le portier du George V mit si longtemps à lui trouver un taxi que Kevin lui échappa. Aurelia ne comprit qu'*a posteriori* que l'incompétence du portier était feinte. À Athènes, elle parvint à attraper un taxi dans la file, mais lorsque le chauffeur réalisa dans quelle partie de la ville leur cible s'engouffrait, il refusa d'aller plus loin : il lui proposa de la ramener à l'hôtel ou de la laisser au coin de la rue avec les autres prostituées. Aurelia choisit de rebrousser chemin. Quand Kevin revint dans leur suite à trois heures du matin, sa femme était prête à lui montrer de quel bois elle se chauffait, mais il n'était absolument pas débraillé et, plus tard, lorsqu'elle fut en position d'inspecter le corps de son mari, rien ne permettait de croire qu'il avait vu une autre femme. Le soir suivant, pour se faire pardonner, Kevin organisa une visite privée de l'Acropole après la fermeture du site. Le guide leur expliqua que tous les adultes mâles d'Athènes, soit plusieurs milliers d'hommes, se rassemblaient ici pour voter les décisions importantes. Sans qu'elle sache pourquoi, Kevin se montra à nouveau contrarié et distant. Dans la voiture qui les ramenait à l'hôtel, il déclara que le problème de la démocratie venait du fait que chacun avait son mot à dire.

— N'est-ce pas pour cela que nous nous battons ? Pour que notre peuple puisse avoir son mot à dire ?

Les rides du front de son mari se creusèrent.

— Il y a peuple et peuple, marmonna-t-il.

Quand ils furent couchés, Kevin lui fit savoir qu'il attendait d'elle qu'elle arrête de travailler. Aurelia, pour la première fois depuis leur mariage, se mit en colère. Il s'adoucit et fit marche arrière.

— Je voulais simplement dire que tu n'as pas besoin de travailler. Cela me gêne. Les gens vont croire que je ne peux pas subvenir aux besoins de ma femme.

— Tu es un Garland, cingla-t-elle. Personne ne va s'imaginer que tu n'as pas les moyens de subvenir à mes besoins. Ils penseront simplement que je suis bizarre.

À force d'arguments, ils finirent par tomber d'accord pour qu'Aurie ne reprenne qu'un poste à mi-temps au *Sentinel* et ce jusqu'à ce qu'ils aient des enfants.

« ... au moment où le cerveau des femmes arrête de fonctionner », écrivit-elle le lendemain dans une lettre à Mona Veazie.

Leur dernière escale était Londres, où Kevin la laissa seule pendant trois jours, ayant pris soin, cette fois, de la prévenir, lui expliquant patiemment, au moment où elle avait lancé sans conviction un sèche-cheveux dans sa direction, qu'il n'avait pas le choix. Le personnel du Dorchester satisferait ses moindres caprices, précisa-t-il. Lorsqu'elle menaça de rentrer aux États-Unis, Kevin baissa les yeux.

— Tu peux si tu veux. Le concierge changera ton billet. Mais j'ai besoin de toi ici.

— Tu as *besoin* de moi ! Mais tu me laisses seule.

— Je veux dire que j'ai besoin de toi *ici*, dans cette suite. Je t'en prie. (Il lui caressa le visage.) Je suis désolé, chérie. Je ne peux faire confiance à personne d'autre pour le moment. (Il l'embrassa.) Après ça, c'est fini, je te le promets.

Il ne précisa pas ce qu'il entendait par « ça ».

Aurelia resta et se rongea les sangs. Elle se vengeait sur les boutiques et faisait adresser les factures à l'hôtel. Mais elle se dépêchait toujours de rentrer parce que Kevin avait dit qu'il avait besoin d'elle dans la suite. La montagne de paquets la narguait. Elle avait acheté plus que ce que ses bagages pouvaient contenir, mais lorsqu'elle aménagerait son nouvel appartement d'Edgecombe Avenue, elle serait la femme la plus à la mode de Harlem.

Du moins, c'est ce qu'elle avait prévu.

Aurelia avait toujours eu horreur d'attendre ; attendre seule dans un hôtel, c'était l'enfer. La suite surplombait Hyde Park. Elle sortit se promener, mais tous les autres promeneurs promenaient leur chien. Si quelques hommes portèrent la main à leur chapeau, la plupart ne la virent même pas. Une fois rentrée, elle marcha comme une possédée de long en large dans les trois pièces qui composaient la suite. Les meubles étaient anciens et lourds. Le personnel obséquieux et les femmes de chambre ne croisaient jamais son regard. Elle se demandait ce qu'ils pensaient d'elle. Il n'y avait aucun autre Noir, ni parmi les clients ni parmi le personnel. Elle se plongea dans les mots croisés du *Times*, s'améliorant chaque jour. Elle visita la ville. Alla au zoo. Puis à Westminster. Le deuxième jour de l'absence de son mari était un dimanche. Aurelia se para de ses plus beaux bijoux pour assister à l'office à Saint Paul. Tous les regards se posèrent sur elle. Elle eut le sentiment d'être trop habillée, mais il valait mieux ça que le contraire. Elle écrivit une lettre à Mona sur le papier à lettres de l'hôtel. Elle écrivit une colonne pour le *Sentinel* datée de Londres et demanda au concierge de l'expédier par avion. Elle écrivit une longue lettre à ses parents, mais ne la posta pas. Au contraire, elle la laissa bien en vue sur le bureau et y ajoutait une ligne de temps à autre. Le troisième soir, le portier apporta une grosse enveloppe cachetée, sur laquelle était inscrit le nom de Kevin. Aurie s'étonna qu'on lui demande de signer pour en accuser réception. Elle la posa sur la commode. Elle était la seule personne à qui il pouvait faire confiance. Eh bien, cela restait à voir. Si Kevin n'était pas de retour pour le déjeuner, elle l'ouvrirait.

Peut-être même avant.

Kevin rentra au Dorchester pour le petit déjeuner. Il se glissa dans la suite derrière le groom. Aurelia se leva d'un bond. Son mari avait les yeux rouges. Ses vêtements étaient sales.

— Ils ont failli ne pas me laisser entrer.

Il passa sa commande, puis lui attrapa la main pour tenter de l'embrasser, mais elle se détourna et l'envoya se laver.

— Cette enveloppe est arrivée pour toi, dit-elle quand il revint dans la pièce.

— Bien, répondit-il en l'embrassant. (Il attrapa l'enveloppe et inspecta le rabat.) Tu l'as ouverte ?

— Non.

Kevin l'observait.

— Non, chéri.

Il ne la quittait pas des yeux. Elle était prête à hurler, mais se contenta de demander :

— Où es-tu allé ? Pour quoi faire ? Tu ne peux pas me le dire...

Kevin soupira et secoua la tête, son visage aux traits délicats accusait la fatigue.

— Phil a laissé une sacrée pagaille derrière lui.

— Phil Castle ?

— Il était en affaires avec la société de mon père.

— À Athènes ? En Toscane ?

Il l'écoutait à peine. Il parcourait les pages qu'il venait de sortir de l'enveloppe.

— C'est une longue histoire...

Elle savait que Kevin ne la lui raconterait jamais et qu'il regrettait déjà d'en avoir trop dit.

Ce soir-là, ils étaient invités à dîner chez un baronnet, et Aurelia séduisit tellement son hôte que leur hôtesse se retira de bonne heure. Dans le taxi qui les ramenait à l'hôtel, Aurelia demanda à Kevin comment il avait bien pu rencontrer un homme pareil.

— Papa connaît tout le monde.

Aurelia avait un peu trop bu.

— Il ne peut pas connaître *tout* le monde, répondit-elle en riant. C'est physiquement et psychologiquement impossible.

— Si, tout le monde, répéta Kevin d'un air sombre. Tu verras.

Au lit, cette nuit-là, quand elle s'approcha de lui, il se retourna sans un mot. Après un silence gêné, Aurelia, toujours prête à en découdre, lui demanda ce qui n'allait pas.

— La lune de miel est terminée, répondit-il.

Silence.

— Kevin ?

— Oui, chérie ?

— Est-ce ma faute ?

— Ne sois pas ridicule !

Un long silence. Si au moins il s'était tourné vers elle pour lui parler dans le noir.

— Est-ce que tu l'as trouvé ?

Elle aurait aimé que sa voix soit plus assurée.

— Trouvé quoi ?

— Ce que tu cherchais.

— Pas encore, dit-il avant de sombrer dans le sommeil.

Le lendemain, ils montèrent à bord du *Queen Mary* qui partait pour New York. Ils occupaient la suite « Winston Churchill », la deuxième suite la plus belle du navire. Kevin passa le voyage à télégraphier, échangeant de longs messages cryptés et très coûteux avec son père.

Aurelia le passa à se demander qui elle avait épousé.

IV

Quelquefois Aurelia rêvait de sœur Dorcas, une religieuse corpulente et sévère de l'école de son enfance, qui lui rappelait au moins deux fois par semaine que le mensonge était un péché contre ce don merveilleux de Dieu qu'est la parole. Un jour, la petite Aurie, alors âgée de huit ans, avait volé un biscuit dans le panier-repas d'une autre écolière. Ensuite, elle avait menti pour cacher son larcin. Sœur Dorcas l'avait obligée à avouer son double crime devant toute la classe – le vol et le mensonge. Aurelia était convaincue que cela la conduirait droit en enfer, mais lorsque sœur Dorcas l'avait envoyée voir sœur Immaculata, la religieuse en charge de la discipline, la vieille femme, qui venait, disait-on, de Russie ou d'Australie ou de l'un de ces pays dont on garde l'accent, l'avait simplement grondée et lui avait fait apprendre par cœur un distique de George Herbert sur le courage de dire la vérité car rien ne mérite un mensonge.

Quelque chose dans ce goût-là.

Bref, la leçon avait porté. Adulte, Aurelia avait toutes les peines du monde à gérer le mensonge. Elle parvenait à s'y résoudre, surtout si c'était pour une bonne cause, mais le poème de sœur Immaculata lui revenait sans cesse sur les lèvres. Au lieu de mentir, elle s'autorisait ce qu'elle appelait des « œuvres d'imagination ». Lorsqu'elle devait se partager entre deux amants, Kevin et Eddie en l'occurrence, avant ses fiançailles, Aurelia n'avait jamais menti à l'un à propos de l'autre. Non. Elle mettait son imagination à l'œuvre. Elle inventait des histoires pour éviter que l'un de ses prétendants ne s'inquiète de l'autre. Même sœur Dorcas autorisait les œuvres de fiction.

— Ça m'a quand même tout l'air d'un mensonge, avait rétorqué Mona quand elle avait essayé de lui expliquer sa théorie.

— C'est parce que tu n'as pas d'imagination.

Aurie, pour sa part, en avait. Son imagination était aussi riche et fertile que celle d'un romancier. Elle la mettait souvent à contribution pour inventer des fictions plutôt que des mensonges. Aussi, lorsqu'elle avait dit à son mari qu'elle n'avait pas ouvert l'enveloppe qui avait été livrée en son absence, Aurelia n'avait pas menti. Elle avait simplement imaginé qu'elle s'était comportée en femme digne de confiance, qui n'avait pas cédé à la tentation, aussi forte soit-elle, d'ouvrir l'enveloppe qui la narguait sur la commode. Voilà ce qu'elle avait raconté à Kevin : ce n'était pas un mensonge, mais une courte histoire au sujet d'une autre femme, une femme qu'Aurelia admirait, mais qu'elle ne parvenait pas toujours à incarner.

L'autre Aurelia, celle qui ne se maîtrisait pas toujours, avait ouvert l'enveloppe, elle avait soigneusement glissé son doigt sous le rabat, dans un mélange de peur, d'anxiété et de rage solitaire, après avoir prudemment emprunté de la colle au concierge, afin de pouvoir la refermer après. Ce n'était pas sa faute, s'était-elle dit, mais celle de Kevin qui l'avait abandonnée en pleine lune de miel en prétendant que c'était pour affaires alors que ça avait tout l'air de...

Aurie ne savait pas de quoi ça avait l'air, mais elle savait exactement ce qu'elle ressentait. Elle avait bien l'impression que son mari s'était adonné à une petite œuvre d'imagination, lui aussi.

Elle avait donc décacheté l'enveloppe, en avait sorti une liasse de feuillets colorés, tous vierges, au milieu desquels était glissée une courte lettre. Intriguée, elle était restée dubitative, mais en bonne espionne, elle avait compris que les feuilles vierges avaient pour fonction d'empêcher que l'on puisse déchiffrer la lettre en tenant l'enveloppe à la lumière. Bizarrement, la lettre commençait par « Cher Auteur », comme si elle était adressée à un écrivain ou à un journal.

Aucun interrogatoire n'a donné de résultat. Aucune source n'a fourni de piste. Le testament est sans doute de votre côté de l'océan. Merci d'informer notre ami commun que la dette est acquittée. Nous ne pouvons plus être d'aucune assistance.

La lettre n'était pas signée.

Finalement, c'étaient peut-être les affaires, s'était

dit Aurie en badigeonnant le rabat de colle, espérant que personne ne penserait à vérifier les empreintes.

Après, elle s'était glissée dans le lit où elle avait attendu le matin sans fermer l'œil. Elle s'était tournée et retournée toute la nuit, en proie à mille questions. Son mari recevait des missives non signées de personnes qui procédaient à des *interrogatoires*, qui avaient des *sources* et pouvaient affirmer qu'elles n'avaient fourni *aucun indice*, de personnes qui aidaient l'*Auteur* en raison d'une *dette* envers un *ami commun*. Il avait traîné sa jeune épouse à travers l'Europe à la recherche d'un *testament* qui se trouvait sans doute aux États-Unis.

Un testament !

Ce que laissent les gens après leur mort.

Maintenant que son mari était rentré, Aurie commençait à y voir un peu plus clair. *Phil a laissé une sacrée pagaille derrière lui*, avait laissé tomber Kevin que l'épuisement avait rendu imprudent. Apparemment, Castle ne s'était pas contenté de léguer une sacrée pagaille. Il y avait également une sorte de testament. La note faisait peut-être référence à sa succession, aux dispositions qu'il avait prises dans ce sens, mais la quête effrénée que menait son mari suggérait autre chose. Non. Aurelia en était certaine, le testament était d'un autre type. Il n'avait rien à voir avec une fortune ou des biens. Et, quel qu'il soit, Kevin Garland était prêt à tout pour le trouver.

5

La croix de saint Pierre réapparaît

I

Le troisième événement qui scella le destin d'Eddie se produisit au début de l'année 1956, quelques mois avant la parution du roman qui allait le rendre célèbre : *La Théorie des champs unifiés*. C'était l'histoire d'un physicien noir qui avait consacré sa vie, pleine de colère et de dépit, à la recherche du Graal que même le grand Einstein n'avait pu approcher : ladite théorie visait à unifier les forces fondamentales connues, la gravitation et l'électromagnétisme. Si *a posteriori* l'inspiration du roman semble évidente, ce n'était pas vrai à l'époque, du moins pas pour le public. Les épreuves avaient commencé à circuler et la rumeur parlait déjà d'un prix littéraire national. Les amis harlémites d'Eddie se moquaient gentiment de lui. Ils répétaient à tout-va les blagues habituelles. Quelle est la ressemblance entre un écrivain noir et une girafe ? Plus il est grand, plus il est ridicule. Quelle est la différence entre un écrivain noir et un concierge ? Le concierge, lui, peut vivre de ses revenus. Pourtant, ils étaient fiers de lui, tout comme l'était sa mère, et sans doute son père, bien qu'Eddie n'ait que la parole de sa mère pour le croire.

Son père était redescendu dans le Sud contribuer à l'organisation de nouveaux boycotts.

Eddie s'en moquait. À présent, les salons de New York, les blancs comme les noirs, lui étaient ouverts. Il était devenu celui qu'il rêvait d'être, un homme en pleine ascension. La célébrité compensait à peine la perte d'Aurelia qui, à son grand désarroi, était déjà enceinte et radieuse. Il la croisa au milieu d'un après-midi de mai particulièrement gris, devant les bureaux du *Sentinel*, sur la 7e Avenue. Ils échangèrent une accolade froide et, le regard fier, Aurelia s'enquit de la rumeur selon laquelle il voyait Mona Veazie.

— À ma connaissance, Gary la voit.

— Et Torie Elden ? dit-elle en posant avec arrogance la main sur sa hanche tandis que l'autre caressait son ventre arrondi. Quelqu'un vous a vus ensemble au Craig's Colony Club l'autre soir et...

— Je ne sors avec personne.

— Eh bien, tu devrais. (Elle leva la main pour couper court à toute velléité de réponse.) Nous avons les vies que nous nous sommes données, Eddie. Accepte-le.

Son emploi du « nous » choqua Eddie ; il le trouva parfaitement inapproprié. Aurelia avait épousé un Garland. Elle portait l'enfant de Kevin. Eddie entendit la voix de Wesley Senior lui murmurer à l'oreille qu'elle aurait dû chanter les louanges de son mari au lieu de laisser entendre à son ex qu'elle avait peut-être des regrets. Esquissant un sourire forcé, il s'obligea à lui demander comment allait son merveilleux mariage.

Aurelia baissa rapidement les yeux.

— Oh, tu connais Kevin...

— Je suis sûr que vous êtes très heureux tous les deux.

Les mots lui coûtaient.

— J'en suis sûre, répéta-t-elle docilement.

L'éducation d'Eddie lui interdisait de chercher à en savoir plus. Ils avaient les vies qu'ils s'étaient données. Quand Aurelia, au prix d'un gros effort, commença à rapporter une anecdote hilarante qu'aurait racontée Thurgood Marshall l'autre jour dans le salon d'Amaretta Veazie, Eddie ne l'arrêta pas et eut la grâce de rire aux moments où il le fallait.

— Je suis content de te savoir heureuse, dit-il avant qu'ils se séparent. Si jamais tu as besoin de...

— Un autographe ? le coupa Aurelia avant qu'il ne dise une bêtise. Quand tu seras suffisamment célèbre, ajouta-t-elle d'un ton taquin, je te supplierai de m'en donner un.

Deux soirs plus tard, Eddie était invité à dîner dans un beau duplex de Central Park South, chez un couple de Blancs fortunés, patrons des arts et amis de Langston Hughes, à qui il devait son invitation. En réalité, la soirée avait commencé comme une mauvaise farce. Eddie était entré dans le hall de l'immeuble, absorbé dans ses pensées – il se demandait ce qu'Aurelia avait tenté de lui dire –, et sa mise n'avait aucunement impressionné le portier qui refusa tout bonnement de croire qu'il figurait sur la liste des invités. Il refusa aussi de sonner à l'appartement pour vérifier et menaça d'appeler l'adjoint du divisionnaire qui habitait au quatrième si Eddie ne déguerpissait pas immédiatement. Abhorrant l'humiliation plus que toute autre chose, Eddie avait croisé les bras et campé sur sa position. C'est à ce moment-là qu'était arrivé un professeur de Columbia, un philologue quelconque.

Il fit mine d'ignorer la scène quand sa femme le tira par la manche en claironnant d'une voix à réveiller les morts : « Oh, ce doit être le Nègre dont nous a parlé Helen. »

Là-haut, Eddie ne trouva qu'un seul autre « Nègre », Mona Veazie, qui avait fait son entrée au bras de Gary Fatek. À demi Hilliman ou pas, Gary adorait la provocation. Des chaises avaient été installées dans la galerie du salon. Un pianiste renommé jouait une sonate. Le philologue de Columbia, qui rentrait d'un voyage en Afrique de l'Est, fit part de ses trouvailles quant à l'utilisation des participes en kiswahili. Puis ce fut à Eddie de prendre la parole au nom de Langston Hughes, retenu à l'étranger. Il était nerveux, son talent c'était d'écrire. Il marmonna quelques mots sur la place de l'imagination littéraire dans le mouvement pour les droits civiques, des deux côtés, et risqua une modeste critique du portrait que Faulkner avait fait de l'obscure nation. Il remercia chaleureusement ses hôtes. On l'applaudit.

Ensuite il bavarda avec Mona et Gary, mais il était évident que ces deux-là avaient prévu de ne pas rester tard et n'étaient venus que pour l'écouter. Avant qu'Eddie réussisse à s'éclipser lui aussi, il se fit alpaguer par un vieil homme à l'haleine fétide qui tenait à le féliciter de son récent succès à Broadway. Un jeune couple guilleret voulut savoir s'il était disponible pour participer à d'autres soirées. Une femme d'une vingtaine d'années, joliment ronde et d'humeur badine, vint lui demander s'il croyait à tout cela ou si ce n'était qu'une posture.

— Tout quoi ?

— À propos de l'écriture. Écrivez-vous pour la justice ? Pour l'argent ? Ou parce que votre muse vous y oblige ?

Eddie l'observa plus attentivement. Ses cheveux bruns, touffus, étaient emmêlés, mal peignés. Comme si elle s'en fichait. Ses yeux verts scintillaient sous ses épais sourcils. Elle se prénommait Margot et il y avait un « van » au début de son patronyme. Elle vivait et travaillait en ville. Elle était venue accompagnée de ses parents qui semblaient prospères et laxistes. Margot suivit son regard. Elle lui assura que ses parents habitaient Washington et qu'ils prendraient le dernier train pour y rentrer. Sa mère, toute mince, avait le teint bistre et un certain exotisme qu'il catalogua comme grec. Son père, la calvitie avancée, avait le même visage rond et mobile que sa fille. Eddie put reconstituer le nom, c'était Elliot Van Epp, sénateur conservateur d'un État agricole du Midwest, dont on disait souvent qu'il avait l'étoffe d'un président. Maintenant qu'il savait à qui il avait affaire, Eddie se demandait si son rang social devait l'inciter à la conquête ou au repli. La décision s'imposa dès qu'il aperçut une croix en or autour du cou de la jeune femme : elle était identique à celle qu'il avait trouvée dans la main de Phil Castle, dont le meurtre l'année précédente n'avait pas été résolu – et qui était à présent presque oublié.

Margot portait la même croix.

La même croix, à l'endroit cette fois : les ornements intriqués étaient facilement reconnaissables. Eddie, qui avait une excellente vue, pouvait même distinguer le début de l'inscription inversée qu'il n'avait pas réussi à déchiffrer la première fois : « Nous serons... » La suite, perdue dans l'échancrure du pull-over de la jeune femme, continuait de lui échapper.

Margot sourit.

— Qu'observez-vous ainsi, Mr Wesley ?

Découvert. Il adoucit son regard. À ce moment précis, cela tombait presque bien. Aurelia était loin, et ses aventures successives avaient successivement mal tourné. Cela faisait un moment que...

— Que pensez-vous que je regardais ?

— Ce que les hommes regardent en général, Mr Wesley.

— Appelez-moi Eddie, dit-il en souriant à son tour.

— Très bien, Eddie. Avant que vous ne vous fassiez des illusions, laissez-moi vous dire que je suis fiancée.

— C'est une dangereuse maladie qui, tôt ou tard, frappe la plupart des jolies femmes, rétorqua-t-il en s'inclinant. Vous n'êtes pas le premier cas que je vois.

— Vraiment ?

— J'en ai rencontré plusieurs. Mais je ne vous en tiendrai pas rigueur, promis.

Trois nuits plus tard, Eddie, assis dans sa chambre, observait la croix de près. Il la triturait entre ses doigts. Il n'y connaissait pas grand-chose en bijoux, mais l'or était doux et brillant, et son poids l'avait surpris. L'inscription à l'arrière disait : « Nous serons libres ? », mais les mots étaient écrits de droite à gauche, ce qui suggérait que la croix devait être portée à l'envers. Les quatre extrémités étaient marquées d'étroites pointes de flèche, coupées au milieu par une ligne horizontale comme pour former un A. Eddie, perché sur le rebord de la fenêtre, se demandait comment une jeune fille de bonne famille et un juriste de Wall Street en étaient venus à posséder la même croix, aux ornements étranges, que la légende disait inversée. Il se souvenait de la lettre de son père, mais ne parvenait pas à imaginer Philmont Castle ou Margot Van Epp en adorateurs du diable. Convaincu que quelque chose d'évident lui échappait, Eddie, qui était un homme d'action, réveilla la jeune femme pour savoir d'où elle tenait un tel bijou.

— De ma mère, répondit-elle d'une voix endormie.

Dans la pénombre, son corps luisant de sueur paraissait inerte. En jeune femme pieuse, elle avait ôté sa croix avant le sexe.

— Viens te coucher.

— Où l'a-t-elle eue ?

— En Italie, je crois. Je ne me souviens plus.

— En Italie ?

— Avant la guerre. J'étais petite. Ma mère est italienne. À moitié italienne. Maintenant, repose-la et viens te coucher.

— Tu es catholique ?

Elle réfléchit un instant, le regard vague car elle était encore un peu dans les vapes, puis haussa ses pâles épaules tombantes.

— Pas vraiment. Nous n'avons pas de religion, sauf en période d'élections... (Un bref sourire. Elle avait d'aussi grandes dents que celles, plus célèbres, de son père. Margot s'apprêtait à quitter la ville dans quelques jours, elle ne serait plus célibataire à son retour.)... où nous les avons toutes.

Eddie indiqua l'inscription.

— Ces mots, que veulent-ils dire ? Est-ce une citation quelconque ?

— Je ne sais pas.

— Sont-ils tirés de la Bible ?

— Je te l'ai dit, Eddie, je n'en sais rien. Viens te coucher.

— Pourquoi l'inscription est-elle inversée ?

— Je ne sais pas. (Bâillant à nouveau, elle promena son regard sur l'espace confiné où elle se trouvait.) C'est ridicule. Je n'ai rien à faire ici.

Eddie était trop concentré pour gaspiller son énergie à lui faire du charme.

— Et ces ornements, là. Est-ce qu'ils représentent la lettre A ? poursuivit-il en les désignant du doigt.

Cette fois, elle se contenta de hausser les épaules.

— Est-ce qu'il existe d'autres croix comme celle-ci ?

— J'imagine que oui.

Sa désinvolture l'agaçait.

— Tu n'as jamais posé la question ? Tu la portes autour du cou, mais tu ne sais rien d'elle ?

Margot se redressa, le drap autour de la taille. Elle l'invita à la rejoindre d'un doigt flegmatique.

— Viens te recoucher. Sinon je m'en vais.

— Le quartier est dangereux la nuit.

— C'est dangereux partout.

— Ici, à l'intérieur, non.

— Toi, où que tu sois, tu es dangereux, dit-elle en lui tournant le dos.

II

À cinq heures du matin, Eddie raccompagna Margot au bas de l'escalier froid et humide, à l'arrière de l'immeuble, et la fit monter dans un taxi clandestin conduit par son vieux copain Lenny, du gang de Scarlett, qui ne dormait jamais et que ces aventures amusaient, et qui, lui avait juré Eddie, était de toute confiance. Sur le trottoir, Margot lui prit la main, mais ne l'embrassa pas.

— La prochaine fois que tu me verras, je serai Mrs Lanning Frost.

— Et après ? Première Dame dans quinze ans ?

— Peut-être vingt. (Ses yeux verts étincelèrent.) Mais d'abord, il faut que nous fassions entrer Lanning au Congrès – il dit toujours « élire au Congrès », cet idiot est si pédant –, ensuite il faudra attendre que notre vieux sénateur, ou peut-être papa, prenne sa retraite. Après une législature ou deux au Sénat, nous serons prêts.

— Nous ?

— Moi et Lanning. (Elle éclata de rire et ses lèvres lui frôlèrent la joue.) Ne t'inquiète pas, je demanderai aux services secrets de t'amener discrètement. Nous ferons ça dans l'East Room.

— Je me réjouis d'avance, répondit-il d'un ton badin alors qu'ils savaient tous les deux qu'il était pressé d'être débarrassé d'elle.

Au bout de l'impasse, un bus toussota, suivi par le vacarme du camion-poubelle. Le Harlem des ouvriers, la majorité, se mettait en route.

— Eddie ?

— Oui, Margot ?

— Pourquoi m'as-tu posé toutes ces questions sur ma croix ?

Il prit un air indifférent. Au volant, Lenny Rouse commençait à montrer des signes d'impatience.

— Je n'en avais jamais vu de pareille avant.

Quelques minutes s'écoulèrent pendant que les yeux perçants le jaugeaient.

— Bien sûr que si, finit-elle par dire.

Elle se hissa sur la pointe des pieds pour lui déposer un baiser sur la joue et lui glisser à l'oreille :

— Je ne sais pas à quoi tu joues, mais tu ferais mieux de laisser tomber.

— Laisser tomber quoi ?

— Certaines choses ne peuvent pas s'arrêter, Eddie.

— Margot...

— Et d'autres ne doivent pas l'être.

— Je te promets de ne pas entraver tes plans, répliqua-t-il, contrarié. Tiens, je voterai même pour ton mari.

Margot eut un petit rire plutôt bienveillant.

— Oh, Eddie ! Tu te crois cynique et habile, mais tu es si naïf.

— Je suis quoi ? fit-il, les joues en feu.

— Je ne parle pas de *Lanning*. Tu peux bien faire échouer *Lanning*, si ça te chante.

Elle conclut par un autre baiser, sur les lèvres, cette fois, avant de s'engouffrer dans la voiture de Lenny et de claquer la portière. La croix de Saint-Pierre brillait à son cou.

III

Contrairement aux craintes de Wesley Senior, son fils n'était pas paresseux. C'était plutôt un travailleur acharné, mais il préférait l'écriture à tout le reste. La recherche lui pesait. Un de ses professeurs d'histoire lui avait dit un jour qu'il serait un étudiant brillant s'il consacrait moins d'heures à son journal intime et à sa machine à écrire, et davantage à la bibliothèque. Le rêve d'Eddie n'était pas de devenir un étudiant brillant, mais un écrivain de talent. Trop de recherche, se plaisait-il à répéter, émousse la plume. C'est pourquoi, s'il n'avait pas jalousement gardé le secret sur ses activités, il aurait étonné tous ceux qui le connaissaient. Il se mit à fréquenter assidûment les nombreux musées et bibliothèques de la ville. Il dévora des commentaires érudits sur la croix. Il écuma la collection de crucifix du Cloisters, le château gothique de la 193e Rue, dans Fort Tryon Park, qui protège la pointe nord de Manhattan. Il arpenta la cathédrale Saint Patrick, s'arrêtant sur chaque image, posant des questions. Il reprit contact avec le philologue de Columbia rencontré à ce dîner, qui lui présenta ensuite un couple de médiévistes. Il racontait qu'il faisait des recherches pour un nouveau roman, ce qui était en partie vrai. Il reprit même langue avec son père, par téléphone cette fois, au risque de se trouver confronté à « cette Voix », comme Junie et lui s'amusaient à l'appeler. Il voulait savoir où l'expression « nous serons libres » apparaissait dans la Bible. Le pasteur demanda d'un ton bourru si son fils s'imaginait qu'il connaissait tout le texte par cœur et lui conseilla de vérifier dans les concordances de Strong, dont Eddie n'avait jamais entendu parler. La New York Public Library en possédait un exemplaire. Soit le professeur Strong s'était égaré, soit l'expression avait une autre source, car si l'on trouvait « elle sera libre » dans les Nombres et « il sera libre » dans le Deutéronome, « nous serons libres » n'apparaissait nulle part. Les médiévistes ne lui furent d'aucune aide, pas plus que les musées ou le conservateur du Cloisters qui répétait que, sans avoir examiné l'objet en question, il ne pouvait émettre d'avis. Une archiviste de la bibliothèque lui expliqua que nombre de confréries – par exemple les élans ou les rotariens – utilisaient des symboles religieux dans leur sceau. Mais elle dut convenir qu'aucune d'entre elles n'inversait la croix car, sans doute, ç'eût été manquer de respect.

— À qui ?

— À tous ceux qui y croient, dit-elle avec le sérieux d'un membre de la Société de culture éthique.

Harlem à cette époque regorgeait de sociétés secrètes, d'organisations et de clubs divers, dont certains étaient réservés aux femmes et d'autres aux hommes, certains ouverts aux deux et d'autres à aucun des deux, se plaisait-on à dire. Cela étant, Margot Van Epp et Phil Castle étaient tous les deux caucasiens, et Eddie ne savait rien de l'univers des clubs blancs. L'un de ses amis, Charlie Bing, dentiste de son état, connaissait les clubs de Harlem comme personne, mais lorsque Eddie l'interrogea sur leurs symboles, Charlie se mit à tousser et à rougir.

— Personne ne parle du club des autres. Ni du sien.

Ultime tentative : Eddie prit contact avec un journaliste du *Herald Tribune* qui, quelques mois plus tôt, l'avait invité à déjeuner près d'Union Square et qui, sous prétexte de faire son portrait, avait voulu connaître son avis sur tout, de la nouvelle génération d'écrivains noirs diplômés des universités aux probabilités selon lesquelles les électeurs noirs allaient continuer de déserter le parti républicain aux prochaines présidentielles. Le portrait promis n'avait jamais paru et le court papier sur les « nouveaux » écrivains noirs ne mentionnait pas Eddie Wesley. À l'époque, Eddie s'était senti fâché et humilié. Aujourd'hui, il se disait que le journaliste, à tendance raisonnablement démocrate, se laisserait facilement convaincre, avec une bonne dose de charme et de culpabilisation, de lui rendre un service.

— Bien sûr, Eddie, répondit-il, sans doute pour se débarrasser de lui.

Mais il tint parole. Le rapport de police sur la mort de Philmont Castle, lui confia-t-il une semaine plus tard lors d'un déjeuner, cette fois à la charge d'Eddie, ne faisait état d'aucun bijou découvert sur le corps ou à proximité, en dehors de son alliance. Ses effets personnels avaient depuis longtemps été rendus à la famille, mais le journaliste en avait recopié sur son carnet la liste qui figurait parmi les pièces à conviction. Il laissa Eddie s'en rendre compte par lui-même. Aucune croix. Aucune mention d'un objet serré dans la main du défunt.

— Il y a un truc intéressant, dit le journaliste au moment où ils se séparaient. Souvenez-vous tout de même que l'on parle d'un meurtre vieux de plus de dix-huit mois.

Eddie fit un geste de la main pour évacuer ce détail.

— Oui, et alors ?

— La liste des effets personnels a été arrachée.

— Arrachée ?

— La police consigne tout dans des cahiers ordinaires, expliqua le journaliste. Vous savez, des cahiers comme ceux qu'utilisent les écoliers. Sauf que cette page a été arrachée. Arrachée et recollée ensuite avec du ruban adhésif. L'usure, peut-être. Cela arrive souvent. (Il regarda Eddie.) Hé, est-ce que je tiens quelque chose ?

— Non, rien.

Il songeait néanmoins, peut-être à l'instar du journaliste, qu'il aurait été facile d'arracher la page et de la remplacer par une autre sur laquelle on aurait recopié la liste en omettant un objet ou deux.

— Vous en êtes sûr ? Parce que Harlem fait partie de ma zone d'investigation. On n'en parle pas assez dans cette ville. On devrait s'y intéresser un peu plus. Un scandale juteux pourrait y aider.

Eddie secoua la tête. Il avait appris de son père à se méfier du goût prononcé des journalistes pour le sensationnel. Ce n'est que des années plus tard, au moment où la violence aurait pris le dessus, qu'il songerait qu'en racontant l'histoire à ce journaliste en quête de scoops, il aurait peut-être contribué à éviter le pire. Au lieu de cela, il s'était contenté de murmurer un grand merci avant de remonter vers Harlem.

Le mariage de Margot avec Lanning Frost fut largement couvert dans les rubriques « société », mais Eddie ne put voir sur les photos au grain épais si un quelconque bijou ornait le cou de la mariée.

6

Tsarines en formation

I

— Tu devrais reprendre tes études, dit Mona Veazie, la meilleure amie d'Aurelia. Quand le bébé aura grandi un peu. Tu pourrais faire ton deuxième cycle.

— Voyons, ma chère, ne sois pas ridicule, s'interposa Sherilyn DeForde. Elle a un Garland à qui elle a fait un petit. La seule chose qui lui reste à faire est d'en profiter jusqu'à la fin de sa vie.

— En réalité, objecta l'autre Garland présente (Claire était mariée au cousin de Kevin), elle ne devrait accorder aucune importance à nos avis respectifs et faire ce que bon lui semble.

Sur quoi Sherilyn se mit à glousser, mais Sherilyn gloussait beaucoup.

Mrs Aurelia Garland trônait, majestueuse, au milieu des autres femmes dans le somptueux salon de son appartement sis au 409 Edgecombe Avenue. Majestueuse mais pétrifiée. Une peur qu'elle cachait soigneusement, comme il sied aux personnes de son rang, derrière une façade enjouée. Elle câlinait le bébé. L'accouchée fêtait ses relevailles et recevait pour la première fois depuis la naissance de Zora. Elle en avait besoin. Elle avait besoin de se retrouver parmi ses amies. Besoin du soulagement que lui apportait le caquètement de toute cette parentèle – du reste, aucunement la sienne – même si leur nombre ne parvenait guère en réalité à compenser l'absence de son mari. L'effort qu'elle faisait pour présenter au monde l'image du bonheur parfait tandis que son époux sillonnait le pays de part en part, le quittait même, parfois, sans jamais lui dire quand il rentrerait (ni même s'il en avait l'intention), l'épuisait.

Le téléphone sonnait au milieu de la nuit et, sans un mot, Kevin se levait puis disparaissait pendant une semaine. Lui qui pourtant savait se montrer si charmant. Il l'emmenait à de fastueux dîners. Il lui présentait tous les hommes et toutes les femmes célèbres, dont seul le nom lui était familier, parce que les Garland connaissaient tout le monde. Ils donnèrent une soirée pour Lena Horne. Une autre pour Sugar Ray Robinson. Lors d'un dîner à Long Island, elle fut placée à côté de Bop Hope. Kevin continuait de lui chanter, toujours aussi faux, les airs avec lesquels il l'avait séduite. « *It had to be youuuu*, roucoulait-il pendant qu'ils dansaient. *You made me love youuu*, alors que je ne le voulais pas », lui susurrait-il à l'oreille. Un soir où Aurelia le croyait à Detroit, il fit irruption dans la salle de bains au moment où elle sortait de la baignoire, étouffa son cri de surprise dans un tendre baiser et lui tendit un bouquet de roses à longue tige qu'il tenait caché derrière son dos. Deux jours plus tard, il ne rentra pas du travail et quand, vers minuit, Aurie réveilla Thrush, son assistant, ce dernier lui apprit avec son habituelle condescendance polie que son patron avait été appelé pour des « consultations ». Par qui ? Où ? À quel sujet ? Thrush regrettait sincèrement de ne pas le savoir.

Alors elle recevait. Assise dans le petit salon où elle avait réuni quelques intimes, elle sollicitait leur avis sur la façon dont elle devait occuper ses journées. Il faisait une chaleur étouffante cet été-là. Les fenêtres étaient ouvertes et la radio allumée. C'était la tradition sur Edgecombe Avenue où certains appartements offraient une vue imprenable sur le stade de Polo Grounds, au pied de la colline de Sugar Hill. On pouvait ainsi suivre les matchs des Giants à la jumelle confortablement assis dans le salon des Garland. En ouvrant la fenêtre, on entendait la voix du commentateur et la clameur de la foule, auxquelles la radio faisait écho avec quelques grésillements. Kevin l'avait charmée avec des histoires de base-ball, sport qui le passionnait et qu'il avait pratiqué à l'université. Maintenant que les ligues majeures avaient aboli la ségrégation, tous les Noirs suivaient les matchs. Ils soutenaient les Dodgers, à cause de Jackie Robinson. Kevin, pour sa part, admirait surtout un autre grand joueur des Dodgers, Don Newcombe. Il l'avait suivi à l'époque où Newcombe jouait pour les Newark Eagles, une équipe des ligues noires, pendant la guerre. Kevin aimait raconter comment sa tante Cerinda avait eu une crise cardiaque en écoutant la radio au moment où Newcombe avait lancé contre le joueur des Giants, Willie May : entre les deux, son cœur avait balancé trop fort.

— C'est vrai ? avait demandé Aurelia en riant.

— Si ça ne l'est pas, ça devrait l'être, avait répondu Kevin.

Lorsque Aurelia avait finalement rencontré Cerinda, celle-ci avait la quarantaine et jouissait d'une excellente santé. Elle travaillait dans une banque à Detroit, passait toutes ses soirées à l'église et n'avait jamais écouté un match de sa vie. À cette époque, l'inclination de Kevin à maquiller la vérité paraissait charmante à Aurie.

À cette époque...

— Kevin est si heureux. Il se promène partout en bombant le torse, dit Sherilyn en lui décochant un clin d'œil complice.

— Quelle chance tu as, ma chérie, s'exclama Chamonix Bing en lançant un regard appuyé vers Claire. Tu as épousé la branche riche de la famille Garland.

— Tous les Garland sont bons à prendre, ajouta Sherilyn qui n'avait pas ménagé ses efforts pour en attraper un avant de se rabattre sur un lot de consolation.

— Ces inepties mèneront la communauté à sa perte, lança Mona sans lever le nez. Qu'est-il advenu du mariage d'amour ?

Un silence gêné s'installa. Mona était agaçante avec cette manie d'interrompre la conversation par des sorties radicales. C'est Claire Garland, la grande faiseuse de paix, qui le rompit :

— J'ai épousé mon Oliver par amour, chère Mona. Et j'imagine qu'il en va de même pour Aurie, n'est-ce pas, chérie ?

Aurelia répondit par un sourire, le regard lourd de fatigue. Elle but une gorgée de sherry.

— Maintenant, au moins, Kevin te laissera tranquille, reprit Sherilyn sur le même ton facétieux, histoire de prouver qu'il en fallait plus que la remarque de Claire – laquelle, à trente ans, s'exerçait déjà au rôle de jeune Tsarine – pour lui rabattre le caquet. Les hommes peuvent se montrer si pénibles quand ils se mettent en tête d'avoir un enfant. Ils sont insatiables.

Chammie Bing surenchérit.

— C'est vrai, ils sont convaincus que leur plaisir est aussi le nôtre. (Elle s'attendait à des rires d'acquiescement, mais comme rien ne vint, elle s'empressa de poursuivre, masquant en vain sa gêne derrière un rictus.) Enfin, c'est le prix à payer pour avoir un homme, pas vrai ?

— En parlant de pénible, dit Mona en s'adressant à Aurie, j'ai appris que ton ex ennuyait Torie Elden, ces derniers temps.

— Eddie, précisa Chammie. Celui qui n'a pas le sou.

— Tous les hommes s'amusent à ennuyer Torie, dit Sherilyn, qui avait partagé un appartement à Harlem avec l'intéressée et Aurie. Et Torie le leur rend bien.

— Ça va, ma chère ? murmura Claire, qui savait déchiffrer les visages les plus impénétrables.

— Je suis juste un peu fatiguée, répondit Aurelia.

Elles se levèrent toutes pour lui faire la bise et caresser le menton du bébé avant de partir. À la porte, Aurie posa la main sur le bras potelé de Claire et lui demanda de rester. Mona accusa le coup – c'était elle qui était censée partager les secrets d'Aurie –, mais sa bonne nature reprit vite le dessus et elle serra chaleureusement son amie dans ses bras. Aurelia devinait ce que ressentait Mona, mais elle ne pouvait absolument pas lui expliquer à elle. Elle avait demandé à Claire de rester parce qu'elle avait besoin de savoir la vérité : est-ce que tous les Garland terrifiaient leur femme, ou était-ce l'apanage de Kevin ?

II

Le soir même, Aurelia s'arma pour le combat. Kevin était en ville et devait rentrer dîner : Mr Thrush le lui avait assuré. Elle donna congé à la bonne afin de tout préparer elle-même. Dressa la table avec la plus belle argenterie, cuisina une fricassée de poulet aux épices avec des *dumplings*, le plat préféré de tous les Garland, et sortit de la cave de Kevin ce qu'elle espérait être un bon vin. Elle commanda aussi un cheese-cake à la fraise à la pâtisserie du quartier. Puis elle passa sa robe la plus moulante – même si depuis l'arrivée de Zora, il y a deux mois, elle n'avait plus très envie de montrer ses formes – et entreprit de se repeindre entièrement la façade, selon l'expression de Kevin. Fin prête, elle concocta des martinis sur de la glace pilée et s'installa au salon pour l'attendre.

Tous les hommes ont besoin d'une période d'ajustement après la naissance d'un enfant, lui avait murmuré Claire – bien qu'elle ait reconnu, pressée par Aurelia, que cela n'avait pas été le cas d'Oliver. *Ce n'est pas parce qu'un homme a un secret qu'il prépare un mauvais coup*... Alors que tout le monde savait qu'Oliver était toujours impatient de rentrer raconter les moindres détails de sa journée à sa femme, mais qu'il attendait toujours qu'elle ait d'abord terminé de lui narrer la sienne. *Si vous avez des problèmes de couple, je peux vous recommander quelqu'un*, avait aussi dit Claire, *un pédiatre qui travaille à mi-temps à l'hôpital de Harlem*. Après cela, Aurelia n'avait plus eu qu'une hâte : se débarrasser de Claire. C'est au moment où cette dernière prenait enfin congé, après tout un tas de conseils inutiles, qu'elle avait lâché une info en or :

— Oliver dit que Kevin ne l'appelle plus.

— Il avait l'habitude de l'appeler ?

— Tout le temps, ma chère. Ils étaient comme deux frères. Ce n'est plus le cas.

Kevin était-il trop occupé ? Ou peut-être Oliver ne cautionnait-il pas ce qu'il faisait, quoi que ce soit ?

Aurelia attendait Kevin. Elle faisait les cent pas entre la cuisine, la salle à manger, la nursery pour jeter un œil sur Zora, la chambre d'amis et la suite parentale. Elle repartait ensuite dans l'autre sens. Changeait de parcours. La grande horloge rustique de l'entrée sonna sept heures, huit heures, neuf heures. À dix heures et demie, la bonne rentra et fut effarée de constater qu'Aurelia avait versé tous les plats intacts dans l'évier. Elle entendit sangloter derrière la porte de la chambre, mais était assez sage pour s'abstenir de frapper. Ce serait à Mr Kevin de régler ça, quand il serait de retour.

Aurelia se réveilla vers une heure et demie du matin, sa belle robe était fichue, son maquillage décorait à présent l'oreiller, et son mari était assis sur une chaise, une chaussure à la main, comme s'il avait été figé en se déshabillant. Toutes les lampes étaient allumées. Kevin avait un joli visage en forme de cœur, presque féminin tant il était délicat. Il n'était pas le moins du monde coléreux et avait l'air plutôt romantique, mais ce soir le poète s'était changé en démon. Il n'avait jamais levé la main sur elle, mais elle se dit qu'il y avait une première fois à tout.

— Il me faut un fils.

Aurelia écarquilla les yeux.

— Pardon ?

— Un fils. Un héritier. Je t'aime, mais il faut que je sache. Vas-tu me donner un fils ou non ?

— Qu'est-ce qui t'arrive ?

— Je me fiche de ce que tu fais. Ça m'est complètement égal. À condition bien sûr que tu ne portes pas l'enfant d'un autre. Mais j'ai besoin d'un fils, Aurelia. Zora est une enfant adorable, mais c'est un garçon qu'il me faut. (Il était passablement saoul. Il se leva pour arpenter la pièce à grands pas en se passant la main dans les cheveux.) C'est urgent. Ils n'attendront pas. Préviens-moi quand tu seras prête.

Et il sortit.

7

Confidences

I

Eddie était coincé entre ses deux sœurs. Pour les fêtes de Noël 1956, toute la famille s'était réunie à Boston. Marcella, l'aînée des trois, avait débarqué de l'ouest du Massachusetts accompagnée de son mari et d'un trio de charmantes fillettes aux cheveux défrisés au fer chaud. Junie, la benjamine, vingt-quatre ans et toujours célibataire (au grand désespoir de sa mère), était arrivée seule de la fac de droit – une folie de plus dont Wesley Senior et sa tendre épouse attendaient qu'elle lui passe. Les emplois manquaient pour les hommes de la nation, faisait remarquer le pasteur, était-il nécessaire que les femmes viennent leur chiper les quelques places réservées à la race ? Junie, plus dégingandée que gracieuse, n'avait pas hérité de l'élégance paisible de sa sœur aînée ni même de son frère. Elle se marierait un jour, leur disait-elle, à condition de rencontrer le bon. Sinon, tant pis. Son projet secret, celui qu'elle murmurait à l'oreille d'Eddie quand ils étaient petits et qu'elle se glissait dans son lit la nuit pour bavarder, était de devenir la première Noire et la première femme élue à la présidence des États-Unis. Imagine, disait Junie, on pourrait vraiment changer les choses. Elle n'en parlait qu'à Eddie, parce que leur sœur aînée se serait moquée d'elle et que leurs parents auraient gentiment hoché la tête face à son imagination débordante, l'assommant de tâches ménagères pour lui occuper l'esprit.

Le soir du réveillon, avant le culte au temple de Wesley Senior, la conversation était aussi plate qu'à l'accoutumée. Père et mère désapprouvaient calmement la décision surprise d'Adam Clayton Powell de soutenir Eisenhower au lieu du candidat désigné par le parti démocrate, Adlai Stevenson, à l'issue des primaires. Powell, pasteur de la plus grande congrégation de Harlem, était sans nul doute le Noir le plus influent d'Amérique. Il avait mené campagne en faveur du candidat républicain dans tout le pays, attirant chaque fois des foules. Eddie ne s'intéressait pas à la politique. Marcella enchaîna avec le boycott des bus de Montgomery qui s'était achevé quatre jours plus tôt, suite à l'avis rendu par la Cour suprême au terme d'un an de bras de fer. Son frère lui resservit un couplet de phrases jargonneuses, souvenir de ses études à Amherst.

— Les puissants se contentent de quelques rayures à la surface, lança-t-il en espérant qu'il avait puisé dans le bon lexique. Mais pour les masses de notre population, rien n'a changé.

Wesley Senior jeta un regard glacial à son fils.

— Ton attitude est inexcusable, Edward. Un jeune homme dont la carrière est enfin couronnée de succès devrait éprouver de la gratitude à l'égard du monde, et non du cynisme.

C'est ainsi que le pasteur prit acte du succès critique qui avait accueilli la parution du premier roman de son fils, six mois auparavant. La famille n'avait pas encore trouvé l'étiquette* *ad hoc* pour exprimer pudiquement sa fierté.

Dans le silence qui suivit, Junie surprit la tablée en annonçant qu'elle avait décroché un poste de clerc auprès d'un juge fédéral à Chicago. Personne, à l'exception d'Eddie, ne savait ce que cela signifiait. Personne, à l'exception d'Eddie, ne la félicita. Marie mit la main devant sa bouche. Marcella, occupée à ramener la paix entre ses enfants, n'y prêta aucune attention. Son mari, Sheldon – que la famille avait affublé du sobriquet de « croque-mort », qualifiant du même coup leur mariage d'embaumement –, tourna un regard lugubre vers Junie comme pour prendre les mesures de son cercueil : au cas où sa folie tournerait mal ! Wesley Senior gratifia son fils d'un regard mauvais, puis ronchonna que les études de sa fille lui avaient coûté beaucoup trop cher pour qu'elle n'obtienne qu'un poste de clerc. En réalité, il n'avait pas dépensé tant que ça. Les diacres faisaient chaque année une collecte spéciale pour les frais de scolarité de Junie. Ceux-ci avaient toujours été couverts. La congrégation était vaste, Wesley Senior était un pasteur respecté, et sa famille très appréciée.

Junie se lança dans des explications sur le fait qu'il y avait très peu de clercs de juge, que ces postes étaient très recherchés, qu'ils ouvraient la porte à des carrières mirobolantes, mais son père ne l'écoutait pas. Si elle continuait de s'entêter à faire du droit, qu'elle obtienne au moins un travail sérieux, par exemple dans l'une des grandes entreprises de la ville. Junie lui fit remarquer qu'elles ne se battaient pas pour embaucher des juristes noirs. Elle craignait qu'il faille plus qu'un futur diplôme de Harvard pour faire évoluer les mentalités. Son père s'empourpra. Il ne tolérerait pas qu'elle se trouve des excuses. Il voulait des résultats. Eddie objecta que le racisme était un fait, pas une excuse. Wesley Senior ressortit l'une de ses histoires préférées sur ce Noir qui se présente dans une station de radio en quête d'un travail d'animateur ; il n'obtient rien ; lorsqu'on lui demande pourquoi, l'homme explique : « C'est pa-pa-parce que je-je s-s-suis n-noi-noir. » Personne ne rit. Ils l'avaient tous entendue trop souvent. L'une des filles de Marcella choisit ce moment pour exercer son exceptionnel talent d'imitatrice et répéta les paroles de son grand-père avec une intonation quasi parfaite, bien qu'il soit peu probable qu'elle en ait saisi toute la portée. Marcella la reprit d'un ton sec. Marie lui dit de ne pas être si dure avec la petite. La voix de Wesley Senior claqua comme un coup de fusil : « Ne corrige pas la mère devant l'enfant ! » Junie inspira bruyamment et, lorsque le regard incendiaire de son père se tourna vers elle, elle lui fit remarquer que c'était précisément ce qu'il venait de faire.

— Venant de moi, c'est différent. Je suis le maître de maison, le chef de la famille.

— Mais le devoir d'honorer son père et sa mère, répondit-elle du tac au tac, ne prend pas fin lorsqu'on grandit. Marcie a envers maman le même devoir d'obéissance que maman envers toi.

Elle ne croyait pas un mot de ce qu'elle venait de dire, mais poursuivit néanmoins avec un sourire angélique. Elle raconta à la tablée encore choquée qu'elle avait appris en histoire du droit que dans certaines villes, à l'époque coloniale, désobéir à son père était un délit passible du fouet, voire pire.

— C'est à cette époque que j'aurais dû vivre, grommela le pasteur pour détendre l'atmosphère.

— Tu aurais adoré, acquiesça Junie, qui s'attira les gros yeux de son père.

Marie annonça le dessert.

II

Après le dîner, Junie décida de faire l'impasse sur le culte et de rentrer à Cambridge. La famille encaissa le coup. Personne, pas même Eddie, n'avait jamais osé faire une chose pareille. Mais rien, ni les ordres ni les supplications, ne la fit changer d'avis. Son frère l'accompagna à pied jusqu'à la gare. Un fin duvet neigeux recouvrait les trottoirs. Et ils s'amusèrent, comme autrefois, à donner des coups de pied dans les congères de poudreuse qui commençaient à se former. Eddie raconta à Junie qu'il avait découvert le corps de Philmont Castle et qu'il avait ensuite vu la même croix au cou de Margot, deux secrets qu'il n'avait partagés avec personne.

— Cela a dû être un choc terrible... la découverte du corps.

— Tu parles !

Avec un petit rire, elle lui caressa le visage du bout des doigts, comme quand ils étaient gamins. Elle était la seule dans cette famille sévère et pudique capable d'exprimer de la tendresse.

— Tu mènes une vie passionnante.

— C'est une façon de voir les choses.

— C'est intéressant que ce soit toi qui aies découvert le corps de Phil.

Son ton intrigua Eddie.

— Intéressant ? En quoi ?

— Pourquoi toi ? Tu crois au hasard ?

— Si l'alternative est de croire au complot ou à la providence, oui, j'y crois.

— Dessine-la. (Elle fourragea dans son sac d'où elle sortit un papier et un crayon.) La croix, dessine-la.

Il s'exécuta. Junie fronça les sourcils en regardant le dessin qu'il lui tendait avant de l'enfourner dans son sac.

— Je demanderai autour de moi, dit-elle.

Devant son air étonné, elle poursuivit :

— Je suis à Harvard, mon cher. Il y a bien quelqu'un qui saura.

Ils s'arrêtèrent pour regarder un chœur de Noël qui passait de maison en maison sous la neige. Toute la chaleur de leurs souvenirs d'enfance remonta en même temps. Puis les chanteurs repartirent dans un sens et ils reprirent leur route dans l'autre.

— Sœurette...

— Hmmm ?

— Pourquoi l'as-tu appelé par son prénom, Castle ?

Un sourire triste passa sur les lèvres de Junie.

— Perry le connaît bien. Du moins, il le connaissait. Il en parlait souvent. (Elle jeta un coup d'œil à son frère.) Perry Mount. Tu te souviens de lui ?

— Je me souviens que tu as dansé avec lui au mariage d'Aurie, répondit-il d'un ton qui se voulait neutre.

— Eh bien, Perry est à Harvard maintenant. Il étudie les relations internationales. Il pense que tu ne l'aimes pas beaucoup, Eddie. (Il baissa les yeux.) Il est si gentil. Tu te souviens que l'on jouait souvent avec lui à Martha's Vineyard, avant la guerre ?

— Je me souviens qu'il voulait jouer à des jeux qui n'étaient pas de votre âge, ni à l'un ni à l'autre.

— Je ne l'ai jamais encouragé, rétorqua-t-elle d'un ton cinglant.

Elle s'enfonça dans le silence. Un bloc plus loin, elle reprit sur un autre sujet.

— Tu crois vraiment qu'il n'y a aucun espoir ? Tu sais, ce que tu as dit à table, sur l'obscure nation. (Un sourire narquois se dessina sur ses lèvres et s'effaça très vite.) Ton roman est si déprimant, Eddie. Comme s'il n'y avait aucun espoir. Je me fourvoie peut-être. Mais j'ai fait droit parce que je veux que la loi fasse bouger les choses. Ça marchera peut-être... peut-être pas.

Eddie la serra dans ses bras.

— Comment en est-on venus à parler de ça ?

— Je ne veux pas gâcher ma vie.

— Est-ce gâcher sa vie que d'être juriste ?

— Oui, si tu ne parviens pas à te faire entendre.

Eddie réfléchit. Cela ne ressemblait pas à Junie d'avoir besoin d'être rassurée.

— Le monde va changer, sœurette. Il faudra sans doute se retrousser les manches. Mais les choses vont bouger.

— Même s'il nous faut tirer le monde par les oreilles, murmura-t-elle, le regard au loin.

— Aïe, douloureux !

— Peut-être. Mais parfois c'est le seul moyen pour que les gens écoutent.

— Je croyais que tu allais être présidente.

À son grand étonnement, elle ne sourit même pas. Il lui jeta un regard furtif. Elle avait l'air malheureux. Ils continuèrent de marcher en silence. Arrivés à la bouche de métro, Junie l'embrassa et, soudain, la voix pleine de larmes, elle lui annonça qu'elle était enceinte.

— Qui est l'heureux veinard ?

Il la serra dans ses bras, trop stupéfait pour trouver les bons mots. D'un seul coup, cette nouvelle balayait tous ses soucis.

— Ça ne t'intéresse pas.
— Mais si.
— Personne. Enfin, quelqu'un.
— Ce n'est pas Perry ?
— Oh. Non. (Son sourire triste ramena Eddie à Vineyard, à l'époque où, enfants, ils s'installaient dans le jardin derrière la maison pour lire Shakespeare à haute voix, Junie faisant Miranda dans *La Tempête* et ce pauvre Perry son infortuné soupirant.) C'est un de mes profs.

Eddie posa les mains sur ses épaules et la tint à bout de bras. Elle avait le visage fatigué, dévasté. Des petits flocons de neige s'accrochaient à la pointe de ses cheveux noirs avant de s'évanouir. Il n'y avait que deux sortes de personnes dans le monde d'Eddie : d'un côté, celles contre lesquelles il se battait pour les récompenses et les honneurs, de l'autre, sa petite sœur.

— Ce n'est pas une blague, n'est-ce pas ?
— Non. (La neige la fit renifler.) Ce salaud prétend qu'il n'est pas de lui. Mais il n'y a eu personne d'autre.
— Est-ce qu'il est... caucasien ?

Un sourire de dépit découvrit ses parfaites dents blanches.

— Aux dernières nouvelles, ce sont les seuls à enseigner à Harvard.

L'esprit pratique d'Eddie reprit le dessus.

— Tu ne peux pas être clerc de juge et avoir un enfant.
— Je sais.
— Qui d'autre est au courant ?
— Personne. À moins qu'il en ait parlé à quelqu'un.
— Je connais une femme qui pourrait...

Junie se détacha de son emprise et posa les deux mains sur son ventre, le visage froid et déterminé.

— Je ne tuerai pas mon enfant, Eddie. Pas question.

— Réfléchis un peu.

— C'est ce que j'ai fait. C'est *mal* de tuer. (Elle respira un grand coup.) Mais la douleur...

Elle s'interrompit et secoua vigoureusement la tête.

— Sœurette ?

Sans bouger d'un pas, elle parvint à accroître la distance qui les séparait.

— Merci, frérot. Merci pour tout. Je te contacte dès que j'ai appris quelque chose sur la croix.

Elle avait dit « dès que », pas « si ». Il la reconnaissait bien là. Avant d'ajouter autre chose, Junie tourna les talons et dévala les escaliers. Eddie retourna vers le temple bondé où la congrégation était réunie pour célébrer la naissance d'un enfant quand lui s'interrogeait sur le sort d'un autre.

Deux mois plus tard, il se faisait ramasser par des agents fédéraux.

8

Livraison de charbon

I

Bernard Stilwell entra dans la vie d'Eddie en février 1957. Cela faisait près d'un an qu'Eddie défrayait la chronique des cercles littéraires. Stilwell, comme le succès, s'accrocha à ses basques pour ne plus jamais vraiment les lâcher. Avec les années, Eddie finirait par ne plus s'étonner de la mise en scène mélodramatique qui avait marqué leur première rencontre. Il prenait son petit déjeuner au Chock Full o'Nuts, attenant à l'hôtel Theresa, en parcourant le courrier de ses lecteurs lorsque Stilwell et un autre agent du FBI se matérialisèrent soudain à ses côtés. Ils sortirent leurs plaques de sorte que seul Eddie puisse les voir et le poussèrent gentiment jusqu'à la berline garée devant le bar où un troisième homme les attendait au volant. La voiture démarra en trombe à peine les portières claquées. Stilwell était monté avec lui à l'arrière, l'autre agent installé à côté du chauffeur.

— Comment allez-vous, Eddie ?

— Pardon ?

Stilwell avait des yeux mi-clos de chasseur et de

fins sourcils blonds en accent circonflexe. Ses pupilles étaient très noires. On l'imaginait aisément parcourir l'enfer – du côté des tourmenteurs, pas des tourmentés.

— Pour un écrivain célèbre comme vous l'êtes, la vie doit être belle, non ?

La voiture roulait vers le nord de la ville, longeant l'Hudson, puis elle bifurqua à l'est. Eddie n'en revenait pas. Contrairement à la plupart des intellectuels noirs de sa génération, il n'imaginait jamais le gouvernement comme une puissance agissante, qu'elle soit bénéfique ou malfaisante. D'ailleurs, il pensait rarement au gouvernement. Il était trop occupé à écrire.

— Que voulez-vous ?

— Un autographe.

— Quoi ? demanda Eddie, en se souvenant, bêtement, de la promesse d'Aurelia.

— Un autographe. (L'agent lui tendit un exemplaire maculé de *La Théorie des champs unifiés*, qu'il semblait avoir sorti de nulle part.) Je suis un grand fan.

— Je vous prie de m'excuser ?

— Jolie petite histoire. Très réaliste. Vous avez dû faire beaucoup de recherches, n'est-ce pas ?

La confusion prit le pas sur tous les autres sentiments qui avaient traversé l'esprit d'Eddie jusque-là. Il s'était imaginé qu'ils allaient l'interroger sur l'époque révolue où il travaillait pour Scarlett et avait préparé pour sa défense toute une série de diversions et de mensonges. Peut-être même savaient-ils que c'était lui qui avait découvert le corps de Castle ? Mais là, ses hypothèses ne lui étaient d'aucune utilité.

— Je ne vois pas de quoi vous parlez. Quelles recherches ?

— Pour votre roman. Le « Champ Dyson », Dyson Field. Bien trouvé comme nom. Vous avez pu lui parler ?

Eddie eut un rire nerveux. Quelqu'un s'amusait à ses dépens.

— C'est un personnage ! Dans un roman !

Pas de réaction. Ni de Stilwell ni des deux agents à l'avant. Eddie jeta un œil par la fenêtre. Ils roulaient à présent sur la 7e Avenue au rythme de l'une des nombreuses manifestations qui, par beau temps, occupaient la large artère divisée en deux par un terre-plein, un défilé de femmes et d'hommes noirs à l'appel de l'une ou l'autre des organisations pour les droits civiques, tous parés de leurs plus beaux atours afin de montrer à la face du monde que la ségrégation imposée par les lois Jim Crow n'avait atteint ni leur prestance ni leur unité.

— Je l'ai inventé, reprit Eddie qui se demandait pourquoi son message ne passait pas. Dyson Field est une invention. Rien de plus. (Les visages blancs continuaient d'afficher leur incrédulité.) Pourquoi ? Qu'est-ce qui ne va pas ?

Silence, toujours. Eddie s'énerva.

— Pourquoi me détenez-vous ?

Bernard Stilwell se mit à rire, et Eddie pria pour ne plus jamais entendre ce rire, car si l'agent avait un visage de démon, son rire sonnait comme le braiment d'autosatisfaction du dernier des traîtres dans le neuvième cercle de *L'Enfer de Dante*. Il donna une tape dans le dos d'Eddie, si fort que sa tête fut projetée en avant. Eddie serra les poings et contint la réaction instinctive de son corps. Ils étaient, après tout, du FBI.

— Le roman ne manque pas de détails. Ce qui concerne la physique est juste.

— J'espère bien.

— La physique, c'est une matière que vous dominez ?

La voiture avait bifurqué vers l'est dans une rue

intermédiaire à hauteur de la 150e, mais le chauffeur ne connaissait pas le quartier. Ils se retrouvèrent coincés derrière un camion de charbon qui déchargeait dans une goulotte, coupés de tout contact avec l'extérieur par le bruit et la poussière. Stilwell n'éleva pas la voix, ce qui obligea Eddie à s'approcher pour l'entendre.

— Vous vous étiez d'abord inscrit en physique à Amherst, n'est-ce pas ? C'est ensuite que vous avez changé d'orientation, je ne me trompe pas ?

— Qu'est-ce que mes études ont à faire avec tout ceci ?

— Ce roman témoige d'un niveau de physique plus avancé que celui d'une première année de faculté, dit Stilwell en lui tendant le livre. La théorie des champs. Le principe d'Heisenberg. Nous sommes loin de F = *ma*. Vous avez eu une source, pas vrai ?

— Une quoi ?

— Une source. Pour votre histoire. (Ce disant, il tapotait les pages cornées. Nombre d'entre elles portaient des annotations à l'encre bleue.) Toute la physique contenue dans ce livre touche à la sécurité. Quelqu'un vous a renseigné. Vous en avez discuté avec quelqu'un.

Eddie examina attentivement l'agent fédéral ; il était si maigre que ses malléoles saillaient à travers ses chaussettes blanches. Son expression en permanence mauvaise accentuait la violence qui se lisait dans son regard.

— Pourrais-je revoir votre badge ?

— Bien sûr.

Avec un sourire désinvolte, sans même le regarder, Stilwell leva une main molle. Sans qu'il n'ait rien vu venir, Eddie se retrouva soudain coincé par l'avant-bras de l'agent qui lui comprimait le cou et le plaquait contre le siège, tandis que son acolyte se penchait depuis le siège avant pour lui bloquer les poignets au cas où lui viendrait l'idée de tenter quelque chose de stupide. Le chauffeur eut la délicatesse d'avoir l'air mal à l'aise, mais il ne détacha pas son regard de la route.

— Vous aviez une source, non ? (Stilwell parlait toujours sur le ton de la conversation.)

— Lâchez-moi ! cria Eddie, à sa grande surprise.

— Votre source, Eddie. Allez.

— C'est une fiction, espèce de fils de pute débile. Fichez-moi la paix.

Mais l'agent pressa plus fort.

— Vous savez très bien de qui je parle, Eddie. Je ne peux pas encore le prouver, mais quand ce sera fait, vous regretterez de ne pas m'avoir dit la vérité. (La bouche baveuse de Stilwell était maintenant tout près de son visage.) Vous êtes un petit con, Eddie. Et vous le resterez. (Le bras lâcha tout à coup son étreinte et Eddie bascula vers l'avant, plié en deux, tentant de reprendre son souffle.) Vous croyiez vraiment qu'on ne s'en rendrait pas compte ? Vous pensiez que nous étions aussi stupides que vous l'êtes ?

Eddie releva prudemment la tête.

— Vous êtes fou, siffla-t-il. (Puisque Stilwell ne répondait pas, Eddie s'enhardit.) Je vais vous dénoncer.

— Pour quel motif ?

— Agression.

— C'est vous qui m'avez agressé le premier, je n'ai agi qu'en légitime défense. J'ai ici deux témoins, qui appartiennent aux forces de l'ordre. Qui accréditera vos propos, Eddie ?

L'écrivain serra les dents et se contint. Le camion bloquait toujours la voie, une poussière noire opacifiait l'air tandis que le charbon dévalait la goulotte en bois. Sur le trottoir, Harlem allait son chemin, personne ne prêterait attention à un Noir en train de se faire tabasser par trois Blancs dans une voiture. Eddie se rendit compte que sa première supposition était fausse, le chauffeur avait choisi cette petite rue à dessein.

— J'ameuterai les journaux.

— Vous les lisez ?

— Quoi ?

— Les journaux ? Surtout ceux de province. (L'agent sourit mais son visage ne s'éclaira pas pour autant.) Est-ce qu'il vous arrive de les lire ?

— De temps à autre, répondit Eddie en haussant les épaules.

— Ceux du Nouveau-Mexique.

— Pas que je m'en souvienne.

Stilwell hocha la tête. Le chauffeur avait reculé et manœuvrait serré, frôlant les voitures garées le long du trottoir, pour tenter de faire demi-tour. L'agent assis sur le siège passager glissa la main dans la poche de sa veste. Eddie se raidit, craignant de voir apparaître une matraque ou un flingue, mais il n'en retira qu'une coupure de journal, qu'il tendit à Stilwell, qui la passa à Eddie.

Ce dernier, perplexe, regarda de plus près.

C'était un journal de Los Alamos (Nouveau-Mexique), daté de la semaine précédente.

SUICIDE D'UN SCIENTIFIQUE NOIR

— Qu'est-ce que ça veut dire ?

— Un certain Joseph Belt s'est vu retirer son autorisation de sécurité suite à la parution de votre roman. (Stilwell indiqua une photo en encadré.) Jolie femme rousse, n'est-ce pas, exactement comme celle que vous avez inventée.

Eddie était plongé dans l'article. Cette idée qu'il ait

pu bénéficier d'une source le rendait tellement furieux qu'il ne releva même pas le nom : Belt. Joseph Belt. Le physicien. L'ami de Phil Castle, qu'Eddie avait rencontré au Savoy et qui avait refusé de répondre à ses questions.

Celui que Harlem appelait « *docteur* Belt » s'était suicidé.

II

— Non, dit Eddie.

Il s'épongeait le front avec son mouchoir tout en lisant les deux colonnes. Balle dans la tête, dépression, alcoolisme, échec conjugal, rumeur selon laquelle il avait des soucis au travail. D'abord l'avocat de Wall Street et maintenant son ami noir. Eddie dit ce qu'il avait sur le cœur.

— Je ne crois pas un mot de tout ça.

— Vous le connaissiez ?

— Je ne l'ai rencontré qu'une seule fois. J'avais sollicité une interview en vue d'un article.

— Et quels secrets a-t-il partagés avec vous ?

— Des secrets ?

— Concernant la sécurité du pays, Eddie.

— Je ne vois pas de quoi vous parlez. Il ne m'a rien dit du tout.

De nouveau le même rire toxique. Ils arrivaient dans le quartier mexicain. La voiture avait décrit un ovale, marquant plus ou moins le périmètre de Harlem.

— En êtes-vous bien sûr, Eddie ?

— Je suis sérieux. Je ne savais même pas qu'il travaillait à... (un coup d'œil sur l'article) au laboratoire national de Los Alamos. Je n'en ai jamais entendu parler.

— Vous n'avez aucune idée de ce qu'ils font là-bas, bien sûr ?

— En vérité, non.

— Oppenheimer. Vous avez entendu parler de lui ?

Eddie se redressa.

— Évidemment. C'est le père de la bombe H. Vous l'avez saqué. Dépouillé de son autorisation de sécurité.

— Il a pu faire recours. Il a été entendu. Vous pouvez même acheter la transcription de l'audience dans n'importe quelle librairie. Le professeur Belt a témoigné en sa faveur. Vous ne le saviez pas non plus, n'est-ce pas ? (L'agent poursuivit sans attendre de réponse.) Pourquoi avez-vous fait pression sur votre éditeur pour qu'il sorte le roman au plus vite ? Aviez-vous l'intention d'aider Belt ?

— De l'aider à quoi ? demanda Eddie dont la seule intention avait été d'impressionner son père et, pour cela, le plus tôt était le mieux.

Les yeux mauvais s'embrasèrent.

— Publier le livre avant que nous ne puissions l'interdire. Rendre notre tâche plus difficile. C'était votre idée ou la sienne ?

Wesley Senior avait une façon efficace d'éconduire les importuns. Eddie décida de s'en inspirer. Il leva les yeux au ciel et se retourna pour regarder par la fenêtre. La matinée était brumeuse, comme un champ de bataille.

— Voyons, Eddie, nous savons qu'il était votre source. Vous vous êtes vus au Savoy, il y a plusieurs mois, et vous lui avez parlé au téléphone avant et après cette rencontre...

Son tempérament emporté eut raison de la stratégie qu'il s'était fixée :

— Quoi ? C'est faux !

— Eddie, calmez-vous. Nous ne sommes pas totalement incompétents. Tous ces appels téléphoniques anonymes passés la nuit dans des bars du Nouveau-Mexique vers des bars de Harlem. Vous croyez qu'on ne surveille pas les appels près des bases militaires ? Avec tout ce que les rouges nous font voir ? Vous croyez qu'on ne peut pas savoir quels bars vous fréquentez ? Joseph Belt était votre source. On lui a dit qu'on le savait, et il s'est tiré une balle, exactement comme dans votre roman. Mais vous ne saviez rien de ses travaux, pas vrai ? Vous avez un don qui fait que les romans deviennent réalité. Ou peut-être prédisez-vous l'avenir ? C'est ça, Eddie ?

Eddie se sentait pris au piège sans même l'avoir vu se refermer.

— C'est une coïncidence, voilà tout.

— Le seul scientifique noir de tout le pays avec une autorisation de sécurité de ce niveau, qui, de surcroît, se suicide quelques mois après la parution de votre roman ! (Stilwell regardait par la fenêtre une barge glisser sur le clapot gris.) Et après vous avoir rencontré l'année précédente. (Il hocha la tête comme pour attester de l'injustice humaine.) Voilà, je sais ! C'est sans doute ces sales racistes du FBI qui cherchent des noises aux Noirs, pas vrai ?

— L'idée m'a traversé l'esprit.

— Eh bien, calmez-vous, Eddie. Vous n'êtes pas d'une importance suffisante pour que nous perdions du temps à tenter de nuire à votre réputation.

Piqué au vif, mais ne sachant pas comment accueillir cette insulte, Eddie se contenta de demander :

— Dans ce cas, à quoi dois-je le plaisir de votre hospitalité ?

— Nous avons quelque chose à vous proposer. Vous nous dites tout ce que Belt vous a appris sur son travail, vous n'écrivez plus rien qui touche à la sécurité nationale, et nous oublierons peut-être ce petit incident. (Le ton restait neutre, mais le regard se durcit.) Nous vivons une époque dangereuse, Eddie.

— Il ne m'a rien dit sur son travail, agent Stilwell. Il a refusé de m'en dire un traître mot. Vous pouvez être très fier de lui.

— Vous vous fichez de moi ?

— Sans doute.

Stilwell avait déjà le coude prêt à agir, mais le chauffeur murmura quelque chose, et Eddie se demanda s'ils jouaient au bon et au méchant flics, ou s'il avait mal deviné qui était le chef. Dehors, le brouillard s'épaississait.

— Vous connaissez certains de ses amis ?

— Non.

— Connaissiez-vous un dénommé Philmont Castle, l'avocat qui est mort étranglé ?

Eddie hésita une fraction de seconde.

— Nous ne nous sommes jamais rencontrés.

— Ils travaillaient ensemble, Eddie. Castle et Belt. Et ils n'étaient pas seuls. Nous nous efforçons de découvrir qui d'autre trempait dans l'affaire. La femme de Castle, peut-être ?

— Je regrette, agent Stilwell, je ne peux vous aider d'aucune façon.

— Et qu'en est-il d'Aurelia ?

Malgré la douleur qu'il ressentait dans le cou, à l'endroit où Stilwell lui avait planté le coude, Eddie se tenait droit comme un I sur son siège.

— Je vous prie de m'excuser ?

— Aurelia Garland. Votre petite chérie. Un beau brin de fille. Faisait-elle partie du jeu de Belt ?

Eddie tenta de le frapper. Stilwell avait beau être un fédéral et ils avaient beau manquer de place dans la voiture, il essaya tout de même. Mais son poing s'était à peine levé que l'agent lui attrapa le bras, avant qu'il ait pu prendre le moindre recul pour frapper.

— C'est vilain ça, Eddie. Très vilain. Agression sur un agent fédéral, ça peut coûter un an de prison, minimum.

— Vous êtes un vrai malade. Vous le savez ?

Une lueur d'amusement passa dans les yeux démoniaques.

— Le boulot, c'est le boulot. Vous savez ce que c'est, Eddie ?

La voiture s'arrêta dans une rue secondaire, à trois blocs de son appartement, et l'homme assis à l'avant sortit pour lui ouvrir la portière.

— Au revoir, Eddie. (Stilwell lui tendit sa carte.) Appelez-moi quand vous changerez d'avis.

— À propos de quoi ? lança Eddie en se frottant le cou.

Stilwell lui fit un clin d'œil et claqua la portière.

9

Ultime vérité

I

Pendant ce temps, Aurelia trompait son mari. Pas avec un autre homme, non. Elle n'avait pas encore renoncé à être l'épouse modèle qu'elle avait toujours rêvé d'être, mais elle abusait tout de même la confiance de Kevin. Elle avait choisi ce jour-là car elle savait que son époux était à Londres. Elle en était sûre : elle avait reçu un télégramme confirmant son arrivée. C'est ainsi qu'elle s'était retrouvée à genoux dans le bureau privé de Kevin à l'étage que Garland & Cie louait vers la 30e Rue à l'est de Park Avenue, non loin de la bibliothèque Morgan. Elle tournait la molette dans un sens puis dans l'autre pour composer la combinaison de l'énorme coffre-fort, gravé à l'enseigne de Mosler Cie, coffres-forts et serrures, Cincinnati et New York. C'est là que Kevin conservait ses secrets. S'il lui arrivait quelque chose, comme il le lui avait souvent dit, tout se trouvait là-dedans.

Tout.

Une heure plus tôt, Aurelia n'aurait jamais cru qu'elle parviendrait jusque-là : ce n'était pas comme si Kevin lui avait confié la combinaison. Elle avait débarqué au cabinet sans autre objectif que de passer un moment dans le bureau de son mari et, de là, flairer son chemin vers la réponse à ses questions. En arrivant, elle avait bien failli ne pas réussir à franchir le seuil. Elle avait eu beau adjurer, bluffer, gronder, plaisanter, Thrush, l'obséquieux assistant blanc de son mari, dont la fonction principale était de protéger les secrets de son maître, refusait de se laisser amadouer. Par chance, le père de Kevin, Matthew, avait pour une fois délaissé son palace au bord de l'Hudson, près de Dobbs Ferry, pour venir au bureau. Matty Garland était probablement le Noir le plus riche des États-Unis. La société d'investissement qu'il avait fondée n'était peut-être qu'un microbe à l'aune de Wall Street, elle affichait tout de même une belle réussite. Garland & Fils comptait une trentaine d'employés, tous blancs sauf un, qui n'était autre que le fils d'un grand propriétaire foncier sud-américain. Matthew Garland n'était pas homme à se laisser charmer facilement, mais il adorait Aurelia. Aussi, quand il sortit de son bureau pour voir quelle était la cause de tout ce raffut et qu'il tomba nez à nez avec sa bru qui sanglotait et Mr Thrush qui gesticulait, Matthew renvoya tout le monde à ses occupations et, passant un bras protecteur autour des épaules d'Aurelia, la fit entrer dans son spacieux bureau. Il l'installa sur le canapé, lui tendit son mouchoir et lui demanda ce que diable il se passait.

Emportée par un flot de paroles, Aurelia se rendit compte que ses larmes n'étaient pas feintes. Une fois qu'elle eut terminé, Matthew prit un moment pour réfléchir. Il se pencha par-dessus son bureau en cerisier, les bras croisés sur son torse puissant, si large qu'il repoussait les bretelles sur les côtés.

Il donnait l'impression d'avoir longuement pesé ses mots.

— Tu sais ce que j'aime chez toi, Aurelia ?

Elle le regarda, étonnée. C'était évident, non ? Elle était l'épouse de son fils. Mais ce n'était pas à ça qu'il avait l'air de penser.

Elle fit non de la tête.

— Tu es comme moi. Tu es partie de rien et tu es déterminée à obtenir le maximum.

Aurelia resta interdite.

— Vous n'êtes pas parti de rien.

— Pourquoi ? Parce que je m'appelle Garland ? Sais-tu d'où viennent les Garland ? Mon père était pasteur à Hartford, Connecticut. Pas très bon, du reste. Il n'avait jamais un sou, mais il a envoyé ses fils à l'université. Mon frère Mark, qui est décédé, est allé jusqu'au bout. Il a même enseigné pendant un moment. Moi, j'ai abandonné. Mon ambition, c'était ça. (Il fit un geste pour désigner l'ensemble des bureaux et ce qu'ils représentaient.) J'ai compris comment marchait l'économie. Ce que l'on pouvait espérer de la guerre. Je suis parti en Californie et j'ai bien misé. J'ai eu de la chance mais surtout j'ai bossé. Comme toi.

— Je ne comprends pas, Matty.

— Tu crois que je n'ai pas pris mes renseignements ? (Silence.) Voyons, Aurelia, je sais pourquoi tes parents ne sont pas venus au mariage et, s'il n'est pas stupide, Kevin le sait aussi. Tu n'as pas de parents. Tu ne viens pas d'une grande famille de couleur de Cleveland. Tu es orpheline. Les gentilles sœurs catholiques ont réuni de l'argent pour t'envoyer à l'université parce que tu es intelligente. Ne recommence pas à pleurer. Je n'ai pas d'autre mouchoir et le premier est trempé. Tu crois que j'attache la moindre importance à toutes ces histoires d'aristocratie noire qui empoisonnent Sugar Hill ? Qui est allé dans quelle école. Qui a épousé le fils de qui. Bon sang, pourquoi crois-tu que j'habite le comté de Westchester ? Pardonne-moi l'expression. Je ne suis personne. (Il se pinça le bras.) Regarde-moi, j'ai la peau aussi noire que celle d'un ouvrier agricole. Voilà ce que ces vieilles vipères de Harlem diraient de moi si je n'avais pas quelques millions en banque. Et si tu n'avais pas si savamment diffusé des indices sur ta famille et si ta copine Mona ne t'avait pas lancée dans la bonne société de couleur, elles diraient la même chose de toi. Maintenant, nous sommes dans le même bateau et tu as intérêt à tenir ta langue. Parce que si ces vipères venaient à savoir la vérité sur toi, elles banniraient Kevin sous prétexte qu'il se serait marié avec plus bas que lui. Moi, dans tout ça ? Je suis ravi. Je sais qu'il a épousé une femme de la haute. Kevin a toujours tout eu facilement. Il a besoin d'en baver un peu. Tu es mieux que lui, Aurie. N'oublie jamais ça. Et ne t'avise pas de jouer les Mrs Kevin Garland en te contentant de trôner dans les fêtes et les salons, ni d'élever une ribambelle d'enfants qui prêteront attention à la couleur de la peau et à l'université que les parents d'untel auront fréquentée ou non. Ne t'y avise pas, Aurelia. Les sœurs catholiques pensaient que tu valais mieux que ça. Moi aussi.

Il sonna un assistant à qui il emprunta son mouchoir pour le tendre à sa bru avant de chasser l'homme éberlué. Dépassée, Aurelia était incapable d'arrêter de pleurer. Il reprit :

— Je vais être franc avec toi. Je ne sais pas plus que toi ce que trame Kevin. Il vient quand il veut, il part quand il veut. C'est un paresseux. Il l'a toujours été, mais je me disais que jeune marié, avec un bébé, il avait à faire ailleurs. Je l'ai donc laissé tranquille.

Tu me dis qu'il est en Europe la plupart du temps, je n'en savais rien. Il voyage sans doute à mes frais. Il faudra que je me renseigne. Peut-être même que je bloque son salaire. Kevin est mon fils unique. Que veux-tu, je l'adore. Peu importe ce qu'il fabrique, je l'aimerai toujours. Mais tu vaux dix fois mieux que lui, Aurelia. Vingt fois, peut-être. Tu veux savoir ce qui se passe ? Je t'en prie, vas-y. Mais ne me dis rien. Je ne veux pas le savoir. Règle le problème, c'est tout. C'est ce que j'aime chez toi.

II

Si elle avait dû raconter l'histoire par la suite, Aurelia aurait été incapable de dire comment elle s'était retrouvée seule dans le bureau de son mari, la combinaison de l'imposant coffre-fort à la main.

Elle dut s'y reprendre à trois fois avant de parvenir à aligner les chiffres. Elle s'attendait toujours à voir Kevin surgir, brandissant sa chaussure, exigeant de savoir si elle était prête à lui donner un héritier. Au moment où les cylindres firent entendre le bon déclic, elle se dit qu'elle n'aurait jamais la force de faire pivoter l'énorme porte d'acier, mais celle-ci tourna sans difficulté.

Le coffre était presque assez haut pour qu'on y tienne debout. En se penchant un peu, elle s'y glissa. Il y avait un petit rebord sur lequel s'asseoir et une lampe munie d'un interrupteur. Elle ouvrit des tiroirs renfermant pour la plupart des documents financiers. L'un des dossiers contenait le détail de la fortune de son mari, information qu'il avait soigneusement évité de lui communiquer ; ses yeux s'écarquillèrent au vu des montants. D'autres dossiers avaient trait aux transactions effectuées par la société ; tout cela ne lui disait rien, si ce n'est que les sommes étaient conséquentes – plus encore que les fonds de Kevin. Elle se demanda combien Matty possédait. Elle se demanda aussi si les Blancs savaient qu'il y avait des Noirs aussi riches et si même Harlem le savait. Au bout du dernier tiroir, elle n'avait toujours rien trouvé qui soit susceptible d'éclairer les activités de Kevin. Elle s'installa sur le rebord pour réfléchir.

Il était encore temps d'arrêter. De ranger les dossiers, de refermer le coffre, de rentrer à la maison, d'élever cet enfant, le prochain et le suivant, d'assister à des festivités, de vivre dans le luxe en dépensant l'argent de son mari. Elle pouvait faire toutes ces choses que Matty Garland lui avait dit de ne pas faire. Toutes ces choses pour lesquelles les sœurs catholiques ne l'avaient pas éduquée.

Elle pensa à sa famille imaginaire, celle qui, pour tout Harlem, l'avait élevée, sa tante qui chantait du jazz à Paris, son oncle qui possédait des hôtels. Si seulement ils existaient, ils pourraient lui dire de ne pas s'en faire, de profiter de la vie qu'elle avait voulue et qu'elle avait épousée.

Elle sentit le regard des sœurs par-dessus son épaule : « Vérifie tes réponses une fois de plus, mon petit, lui disait sœur Dorcas en levant un doigt désapprobateur chaque fois qu'Aurelia avait fini son devoir avant ses camarades. Vérifie encore, mon petit. Il faut que tu sois certaine qu'elles sont toutes justes. »

Bon. D'accord. Vérifions les réponses une fois de plus.

Aurelia se replongea dans les dossiers et, comme pour récompenser sa peine, elle trouva tout de suite ce qui lui avait échappé. Dans le tiroir au bas de la deuxième rangée. Les dossiers étaient plus hauts que dans les autres tiroirs. Maintenant qu'elle s'en était aperçue, la raison lui parut évidente.

Le tiroir avait un double fond.

Une feuille d'aluminium de la taille exacte du tiroir. Elle n'était pas fixée, simplement maintenue par le poids des dossiers. Un œil non averti n'y aurait rien vu. Aurelia jeta un regard alentour. Quitte à se compromettre, autant ne pas faire les choses à moitié. Elle déposa tous les dossiers sur le sol. Après quelques essais infructueux et deux ongles cassés, elle comprit qu'elle n'arriverait pas à soulever le double fond avec ses doigts. Elle fouilla le bureau de son mari et revint armée d'un coupe-papier avec lequel elle souleva le cache sans difficulté. Dessous, elle découvrit un petit sac de toile qui contenait une épaisse enveloppe en papier kraft.

L'enveloppe était scellée avec de l'adhésif transparent en travers duquel Kevin avait apposé sa signature de façon à voir immédiatement si quelqu'un l'avait décachetée. Cela étant, Aurelia, sur l'instruction de Kevin, avait maintes fois signé des chèques en son nom depuis leur retour de lune de miel et, à présent, elle était prête à parier que Kevin lui-même ne verrait pas la différence. Elle décolla l'adhésif et sortit les documents, examina le premier, parcourut le deuxième et dut se résoudre à admettre qu'elle n'y comprenait rien.

34 – Période 1 – Résistance (probablement la guerre, voir 27 à 29, 41)
35 – Période 2 – Grand Conseil afin de réexaminer l'échéancier
36 – Jour 20 – Ébranler le trône (tentative – par l'Auteur) (« 6 m. » + F : ix à partir de 1010)

37 – Pandaemonium par l’intérieur ? (tentative – par l’Auteur)

Et cela continuait ainsi pendant plusieurs pages. Les mots étaient dactylographiés et polycopiés, et pouvaient signifier n’importe quoi. Périodes 1 et 2. À quoi cela faisait-il référence ? L’année universitaire ? Un mandat présidentiel ? Une législature ? Une équation ? Aurelia s’arrachait les cheveux. Qu’est-ce que c’était que ce Grand Conseil ? Ou plutôt qui le composait ? Et le jour 20 ? Était-ce un jour du mois ? Les références à la guerre étaient-elles métaphoriques ou littérales ? Elle s’essaya au jeu des abréviations et des anagrammes sans aucun résultat.

Après les pages polycopiées, il y avait une note, écrite d’une main inconnue sur le papier à lettres d’un célèbre hôtel de Floride qui n’acceptait pas les Noirs :

« Après PC, problème. Trop tôt. Demander à KG de trouver le testament. Il peut avoir »

Ça s’arrêtait là.

KG était sans aucun doute son mari. Quant à PC, il devait s’agir de Philmont Castle. Voilà de nouveau le testament dont parlait la note qui avait été déposée à leur hôtel à Londres. Elle avait raison. C’était bien pour retrouver le testament que Kevin sillonnait le pays. Mais pourquoi quelqu’un qui pouvait s’offrir un complexe touristique de luxe interdit aux Noirs, c’est-à-dire quelqu’un de Blanc et de riche, s’intéressait-il à ce testament ? Et qu’est-ce que Kevin pouvait bien avoir ? Une récompense ? Une aide dans la quête ?

Perplexe, Aurelia alla jusqu’au bureau de Kevin prendre du papier et un stylo afin de recopier les pages. Il y en avait huit en tout. Ensuite, elle les remit dans l'enveloppe qu'elle referma avec de l'adhésif, comme cela avait déjà été fait maintes fois auparavant, puis elle se décontracta les doigts avant de le barrer de la signature de son mari.

Elle remit l'enveloppe à sa place et ouvrit le sac en toile.

À l'intérieur, il n'y avait qu'un seul bijou – une chevalière d'homme – sur laquelle était gravée une croix inversée.

Une scène lui revint en mémoire.

Eddie, assis près d'elle au Chock Full o'Nuts de la 7e Avenue, quelques semaines avant son mariage, ses traits fins affichant sa détermination habituelle. Il lui avait demandé si elle n'avait pas vu, dans Harlem, quelqu'un porter ce qu'il avait appelé la « croix de saint Pierre ». Il lui avait montré le dessin qu'il en avait fait. Aurie, après lui avoir répondu qu'elle n'avait jamais rien vu de tel, lui avait reproché d'avoir une sale mine.

— Reprends le dessus. Ressaisis-toi et trouve quelqu'un à aimer.

— C'est déjà fait, avait-il répliqué, la jaugeant de ses yeux doux.

Hésitant entre une gifle et un baiser, Aurelia avait décidé de lui conseiller de grandir. Puis, vexée, elle l'avait planté là.

Aujourd'hui, assise à l'intérieur du coffre de son mari, tenant à la main une croix identique à celle du dessin d'Eddie, elle s'interrogeait. Eddie ne lui avait jamais dit où il avait vu cette croix et elle ne le lui avait pas demandé. Avait-il avec son mari des liens qu'elle n'avait pas, de ces secrets que partagent les hommes entre eux ? Les hommes étaient comme ça, et Harlem regorgeait de clubs et de sociétés secrètes avec leurs mots de passe, leurs symboles et leurs noms étranges. Eddie et Kevin étaient peut-être membres de l'un d'eux. Eddie voulait peut-être entrer dans celui de Kevin.

Refermant la lourde porte, Aurelia fut prise d'un fou rire en songeant à sa propre arrogance. Elle ne savait rien. C'est ce que sœur Dorcas appelait l'« ultime vérité », sauf qu'Aurie, gamine à l'époque, se demandait chaque fois ce qu'elle sous-entendait par cette « mutine vérité ». L'ultime vérité était qu'elle s'était introduite dans le coffre-fort de son mari où elle avait découvert un compartiment secret et qu'elle ne savait toujours rien. Mais, plus que jamais, elle était convaincue qu'il y avait quelque chose à découvrir.

III

— Tu as trouvé ce que tu cherchais ? demanda Matty en entourant à nouveau ses épaules de son gros bras. Tu es une brave fille. C'est bien. Ne t'inquiète pas, j'effacerai les traces de ta visite.

— Il n'y avait rien, répondit-elle d'une voix faible.

— Tu mens pour la bonne cause. Je ne t'en veux pas. Je l'ai fait une ou deux fois moi-même. Garder les secrets, c'est ce qu'il faut faire.

Sa voix résonnait comme s'il se moquait qu'on puisse l'entendre. Alors qu'ils traversaient la salle confinée où se traitaient la plupart des affaires de la société, les employés trouvèrent tous une bonne raison pour regarder ailleurs.

— Ne te fais pas de souci, les choses vont s'arranger. Les maris font quelquefois les pires bêtises. Je l'ai fait. Mon saint père aussi. Ainsi que mon saint frère. Et je parierais que même mon très saint neveu Oliver n'est pas en reste. Quant à nos femmes, eh bien, leur rôle n'est-il pas de faire preuve d'indulgence à notre égard ? De nous « civiliser », comme disait mon père ? Tu es une bonne épouse. Bien meilleure que ce que vaut mon fils. Les choses vont s'arranger, claironna-t-il en conclusion.

À la porte de l'ascenseur, il l'embrassa sur le front. Ce n'est que plus tard qu'Aurelia comprit qu'il construisait un alibi pour expliquer sa visite.

Elle passa près de la moitié de la nuit debout à fumer et la journée suivante à empêcher ses doigts fins de se tendre vers le clavier du téléphone. Elle avait besoin d'en parler à quelqu'un. Elle pensa à Mona Veazie – Mona qui connaissait tous les secrets d'Aurie depuis l'université et qui avait inventé l'histoire qui lui avait permis de l'introduire dans la bonne société –, mais Mona voudrait connaître tous les détails et conclurait par un éclat de rire. Elle songea à Claire, mais Claire lui conseillerait d'être patiente, parce qu'il faut laisser du temps aux maris. Elle envisagea Eddie, la personne qui sans doute la prendrait le plus au sérieux, mais elle était une femme mariée, appartenant à la bonne société, et il lui était aussi impossible d'appeler son ex que de marcher sur la Lune.

Une minute ! Elle se souvint de quelque chose au courrier. Elle se précipita vers son secrétaire pour remettre la main dessus. Voilà ! Une invitation à une lecture.

Gagné !

Peut-être allait-elle pouvoir parler à quelqu'un après tout.

10

Conseil d'ami

I

Eddie décida d'en parler à Gary Fatek. Gary était peut-être de gauche, mais la famille Hilliman était franchement de l'autre bord et entretenait d'excellentes relations avec la ligne dure contre les rouges formée par Walter Winchell et Joseph McCarthy. C'est du moins ce qu'affirmait la presse. Même si les journalistes forçaient le trait, Eddie était convaincu que son camarade de fac comptait parmi ses intimes certaines personnes qui connaissaient celles qui pouvaient rappeler les chiens.

Ils ne se retrouvèrent pas dans Harlem, mais chez Gary, qui occupait les deux derniers étages d'un hôtel particulier de Greenwich Village, à proximité de Washington Square. Mona, qui poursuivait son deuxième cycle à New York University, y passait de nombreuses soirées, mais ce soir, elle était sortie en famille. Les deux amis s'étaient installés sur des tatamis dans la pièce du fond qui dominait le parc, Gary, après son récent séjour au Japon, ayant décidé que les meubles étaient une forme de décadence. Il écouta l'histoire d'Eddie avec de gros yeux de chouette, d'autant plus brillants et fixes qu'il fumait de la bonne sinsemilla de Harlem. Il en offrit à Eddie, qui déclina.

— Toute cette histoire est plutôt drôle, dit-il après qu'Eddie eut terminé.

— Comment ça ?

Gary déplia ses membres et se mit à arpenter la pièce vide, tenant son joint d'une main et s'ébouriffant les cheveux de l'autre.

— Tu t'imagines n'avoir qu'un seul problème pratique. Tu te demandes ce que tu dois faire pour que le dénommé Stilwell te fiche la paix. Mais c'est une broutille. (Il fit un geste de la main comme pour la chasser.) Ma tante peut le faire lâcher. Elle peut se débarrasser de qui bon lui semble.

— Est-ce qu'elle ferait ça pour moi ?

— Bien sûr que non. Elle déteste les Nègres.

— Je vois.

Gary, plutôt défoncé, lui servit ce sourire enfantin que les gamins des classes privilégiées apprennent dès leur plus jeune âge.

— Ne t'en fais pas. Elle le fera pour moi. Je suis son neveu préféré.

— Je vois, répéta Eddie.

Gary voulait qu'Eddie comprenne qu'« elle le fera pour moi » signifiait en réalité « je le ferai pour toi ». C'était comme ça que les choses marchaient. Et s'il ne voulait pas être redevable une fois de plus à Gary, il ne fallait pas venir le voir.

— On le fera partir. Très loin.

— Super.

— Mais cela ne résout que ton problème pratique. Ce n'est pas le plus gros de tes soucis.

— Ah bon ?

— Eh bien, Belt est mort, dit Gary d'un air entendu.

— Oui, finit par répondre Eddie. Ils disent qu'il s'est tiré une balle.

— Ils ont dit aussi que Roosevelt ne savait rien au sujet de Pearl Harbour et qu'il n'avait été informé qu'après coup.

— Ce n'est pas vrai ?

— Ma tante dit que non. (Gary gloussa avec le même air entendu tout en raccompagnant son ami à la porte.) Toute ma famille dit qu'il le savait avant. Ma famille est comme ça. Une bande de fascistes paranoïaques. C'est pour ça qu'ils peuvent être utiles.

— Il faudra me les présenter un de ces jours.

— Absolument. Ils feraient d'excellents personnages pour un grand roman de Wesley. (Tandis qu'ils se tenaient sur le perron, l'air frais dissipa l'ivresse de Gary. Sous ses traits détendus en apparence, il avait l'air inquiet.) Tu sais, Eddie, même si ma tante fait en sorte que les fédéraux te fichent la paix, tu as quand même un problème.

— Oui, tu me l'as déjà dit.

— Belt est mort, répéta Gary.

— Et alors ?

— Alors, je crois que tu devrais te montrer prudent. (Le regard de Gary avait retrouvé toute sa lucidité.) Concentre-toi sur les faits. Le FBI semble croire que tu sais quelque chose au sujet du professeur Belt. Tu devrais te demander qui d'autre pourrait croire la même chose.

— Qui d'autre ? Tu veux dire les Russes ?

Gary secoua la tête d'un air agacé.

— Tu n'es franchement pas au fait, Eddie. Je suis sûr que le Bureau n'imagine pas un seul instant que tu sois un espion russe. Ce sont peut-être des fascistes, mais ce ne sont pas des idiots. Crois-moi, je sais comment ils fonctionnent. J'ai fait l'objet d'une enquête ou deux. Non. Toute cette histoire de Russes n'est qu'un prétexte pour la galerie.

— Alors, que me veulent-ils ? Que croient-ils que Belt et Castle manigançaient ?

— À l'évidence, quelque chose d'autre.

II

Eddie prit le métro pour rentrer. En ce temps-là, sur la ligne A, les habitants de Harlem décodaient la classe à laquelle vous apparteniez en fonction de la station de métro où vous descendiez. À la 125e Rue, vous habitiez la Vallée et ne valiez rien. À la 145e ou 155e, vous habitiez Sugar Hill, le point culminant de Harlem, où logeait la classe la plus aisée de l'obscure nation. La Vallée était immense et Sugar Hill minuscule. Entre les deux, il y avait Strivers' Row, une zone démilitarisée, surveillée par les légions ascendantes qui n'étaient pas encore parvenues au sommet. Depuis son arrivée à Harlem, Eddie descendait à la 125e, faisant un pied de nez magistral à la bourgeoisie qui restait dans la rame. Mais, désormais, lui aussi restait. Après la parution de son roman, il avait emménagé dans un appartement spacieux au 435 Convent Avenue, presque au cœur de Sugar Hill. Les adresses précisaient votre degré de prestige. Les doyennes de la bonne société de Harlem avaient le maître mot sur la question. Le 409 Edgecombe Avenue, en haut de la liste, avait abrité des leaders noirs comme Thurgood Marshall, W. E. B. Du Bois et Roy Wilkins. C'était aujourd'hui la résidence de Mr et Mrs Kevin Garland. À peu près de la même classe, il y avait le 555 Edgecombe Avenue, les appartements Roger Morris, non loin de Jumel

Terrace. Le 435 Convent Avenue n'était pas trop mal situé sur cette liste dont Eddie s'était tant moqué. Il faisait de son mieux pour ne pas relever l'ironie de la situation. L'appartement était magnifique : de hauts plafonds, des pièces spacieuses, un lustre dans le salon qui datait d'avant la Première Guerre mondiale. Sur le trottoir d'en face, les maisons de ville avaient été construites par des architectes de renom, Henri Fouchaux et Frederick P. Dinkelberg, à l'époque où Harlem était un quartier blanc. Les Tsarines avaient décidé que le jeune Mr Wesley avait besoin d'une épouse pour s'occuper de recevoir dans un aussi bel espace et les postulantes, si l'on peut dire, commençaient à abonder. Au premier coup d'œil sur l'endroit, Gary Fatek avait décrété qu'Eddie avait rejoint la classe dirigeante.

— Pour toujours, j'espère, avait rétorqué Eddie.

Il commençait aussi à prêter davantage d'attention à ses tenues. Il élargissait le cercle de ses fréquentations. Il sortait maintenant avec des universitaires, des médecins, d'autres écrivains. Il avait même reçu une lettre de Bertrand Russell qui faisait l'éloge du roman et lui demandait de rallier la campagne internationale contre la bombe. Il était allé dîner dans le comté de Westchester, chez Adam Clayton Powell, qui n'avait pas conservé de résidence dans la circonscription qu'il représentait au Congrès. Powell lui avait recommandé de voyager et de voir du pays. « Harlem n'est pas le centre du monde. La lutte est partout, avait-il dit. Mais n'oubliez jamais que vous êtes un Américain avant tout. Il faut se battre sur les deux fronts, avait insisté le parlementaire. Il vous incombera toujours de porter la plus grosse part du fardeau. » Eddie avait hoché la tête. Powell le fixait de ses grands yeux comme pour signifier qu'ils partageaient tous les deux quelque savoir secret hors de portée du commun des mortels. Plus tard, lorsque Eddie avait rendu compte du dîner dans son journal intime, l'idée lui était venue d'un roman sur un politicien noir de Harlem. Mais il aurait été bien en peine d'inventer une vie plus haute en couleur que celle de Powell.

Dans la soirée, deux jours après sa conversation avec Gary Fatek au sujet de l'agent Stilwell, Eddie descendit du métro comme d'habitude à la 145e Rue qu'il remonta ensuite en direction de Convent Avenue. Il longea les restaurants, les églises. Il pénétra dans une minuscule librairie qui servait la gauche paranoïaque et engagea une conversation amicale avec la cinglée qui tenait la boutique, parce qu'elle avait des sources auxquelles Eddie n'aurait jamais accès. Lorsqu'il ressortit, il tomba nez à nez avec Emil, appuyé contre une voiture en stationnement.

— Avez-vous localisé mes photographies ? demanda l'Allemand sans préambule.

Ses bras puissants étaient croisés sur sa poitrine. Il avait l'air fort et sûr de lui comme un vrai flic en colère.

— Je n'ai pas promis de le faire.

— Je paierai un bon prix pour les récupérer.

— Je ne suis pas vraiment...

Emil se décolla de la voiture. De l'intérieur, un autre Blanc ouvrit la portière et, pendant un court instant, Eddie crut bêtement qu'ils allaient, à la manière de Stilwell et de ses acolytes, l'inviter à monter. Mais non, ce soir, le seul passager serait Emil qui, à peine assis, aboya des ordres.

— Souvenez-vous, Mr Wesley, une enveloppe rose, avec un chiffre inscrit au crayon dans l'angle, 17 ou 18.

En regardant les feux arrière s'éloigner, Eddie se rappela les mots que Gary avait prononcés en le quittant : « Le FBI semble croire que tu sais quelque chose au sujet du professeur Belt. Tu devrais te demander qui d'autre pourrait croire la même chose. »

11

Convocation

I

La première semaine de mai 1957, Eddie descendit à Washington pour donner une conférence à l'American University sur la responsabilité de l'intellectuel. Avant, il s'accorda le temps de faire un peu de tourisme. Ses parents y avaient traîné plus d'une fois leurs trois enfants. Junie et Eddie avaient l'habitude de rire sous cape des expositions, mais leur sœur aînée prenait attentivement des notes, car leur mère ne manquait pas de les interroger ensuite et Marcella ne voulait à aucun prix entendre Wesley Senior la sermonner de « cette Voix » pour son inattention. Cette visite laissa Eddie songeur. La ségrégation était encore en vigueur à Washington à tel point que lorsque Thurgood Marshall et les autres avocats de la NAACP avaient plaidé devant la Cour suprême, dans l'affaire *Brown* c. *Board of Education*, ils avaient dû traverser la place pour aller déjeuner à la gare car la cafétéria de la Cour ne servait pas les Noirs. La salle à manger du Congrès non plus, sauf si vous étiez membre du Congrès. Mais les membres du Congrès eux-mêmes n'étaient pas autorisés à inviter des Noirs. Adam Clayton Powell avait contourné la règle en invitant qui bon lui semblait et personne n'avait osé lui demander des comptes. La nation évoluait. C'était l'un des arguments du credo de Wesley Senior, auquel Eddie souscrivait. L'évolution était trop lente au goût de ses copains de Harlem, un avis qu'Eddie partageait sans doute, mais il ne partageait pas leur engouement pour les protestations et les revendications. Sa préoccupation était d'écrire. Il s'efforçait d'expliquer que les écrivains ont besoin de se retirer loin de l'agitation du monde ; seul Langston Hughes le comprenait vraiment.

La conférence d'Eddie ne rencontra pas le succès escompté. Son point de vue resta incompris du public. Peut-être avait-il fait une analyse trop pointue ? Il avait souligné que si l'intellectuel devait consacrer sa pensée à la cause, il ne devait pas pour autant y sacrifier sa raison. Il ne lui incombait pas de défendre une idée que la réflexion réfutait. Pas question de supprimer des faits gênants pour obtenir la victoire. Un mauvais argument au service d'une bonne cause était une forme de prostitution intellectuelle, avait insisté Eddie.

Les applaudissements avaient été tièdes.

Eddie s'en fichait. Il n'avait pas la tête à ce qu'il disait. Il avait été distrait tout du long par la présence inattendue, sur le quatrième siège de la troisième rangée, de Mrs Kevin Garland. Eddie l'avait à peine croisée au cours de ces deux dernières années. Son ascension littéraire avait été fulgurante. Aurelia, elle, s'était retirée. C'est vrai qu'elle écrivait encore de temps en temps une colonne pour le *Sentinel*, mais Mrs Garland se consacrait surtout à son nouveau rôle de maîtresse de maison et de Tsarine en formation. Qu'était-elle venue faire ici ? D'ailleurs, que faisait-elle à Washington ? Inspirée par sa présence, la rhétorique d'Eddie avait volé vers de tels sommets pour tenter de l'impressionner qu'il en avait perdu le fil de son discours. À la fin, Aurelia s'était détachée du gros de ses admirateurs pour lui tendre une joue désinvolte et expliquer sa présence. Elle était en ville pour la convention annuelle de son association étudiante, selon ses propres termes : quatre jours passés à ce que l'on appellerait plus tard du *networking*, à assister à des conférences, à voter d'obscurs amendements aux statuts et, le plus important, à changer de robe pour chaque soirée, pas question de s'aviser de porter quelque chose qui ressemblerait à une tenue de l'année passée. Quand elle avait vu qu'Eddie donnait une conférence, elle s'était fait un devoir de venir, pour le féliciter de son succès.

Il la remercia, même s'il se doutait que ce n'était pas la seule raison de sa présence.

Elle se mit à lui expliquer à quel point tous les Garland l'admiraient, de même que sa propre famille à Cleveland ; un vrai moulin à paroles. Eddie se délectait non pas de ses mots mais de l'attention qu'elle lui témoignait. Elle lui demanda s'il avait le temps de prendre un verre avec une vieille copine. Il accepta, bien évidemment. Une fois qu'ils furent installés dans un box au fond d'un petit bar de Capitol Hill qui servait les Noirs aussi bien que les Blancs, elle ne proposa pas, comme il l'avait à demi espéré, une aventure extraconjugale. Elle se contenta d'avaler son pink ginfizz d'un seul trait.

— Je crois que je veux bien cet autographe à présent.

Eddie se souvint de leur conversation devant les locaux du *Sentinel*. Il comprit immédiatement que sa visite n'était pas anodine.

Elle lui expliqua pourquoi.

II

Vers minuit, Eddie fut réveillé par la sonnerie du téléphone. Il s'était assoupi dans les bras d'Aurelia Garland. La plupart de ses consœurs étaient logées à l'hôtel ou chez des amies. Aurelia en avait une, divorcée, qui habitait un petit appartement sur Capitol Street East : ce que l'on appelait à l'époque une « femme facile ». Son amie n'était pas en ville et Aurelia lui avait emprunté l'appartement. Elle n'avait donné aucune raison pour justifier son refus de dormir à l'hôtel et son amie n'avait posé aucune question. Elles se connaissaient depuis longtemps.

En réalité, les choses avaient été plus vite qu'Aurelia ne l'avait prévu. Elle avait voulu l'appartement de façon à pouvoir parler tranquillement avec Eddie. Elle n'avait pas mesuré le danger qu'il y avait à se retrouver seule avec lui. C'est vrai qu'ils n'avaient pas fait l'amour ; ils ne s'étaient même pas embrassés et ils étaient encore tout habillés. Cela étant, ils avaient passé un long moment enlacés sur le canapé après qu'elle lui eut raconté une partie de l'histoire – pas toute. Aurie avait parlé du comportement étrange de son mari et mentionné brièvement sa quête du testament. En révélant ces quelques détails de sa vie intime, elle s'était sentie dévergondée, une conduite que les sœurs catholiques lui avaient interdite, elle avait donc interrompu son récit avant l'inspection du coffre-fort de Kevin. Se retrouver ainsi, la tête contre l'épaule d'Eddie, décuplait en elle un puissant sentiment de culpabilité.

— Flûte, dit-elle, et pas parce que le téléphone sonnait.

Quelle idiote de l'avoir amené ici. Bon, elle était

réveillée maintenant, il suffisait de le renvoyer à son hôtel. Elle le repoussa et traversa la pièce à toute vitesse, pieds nus dans ses bas, pour décrocher. Elle s'apprêtait à répondre machinalement que Janine était absente, mais elle s'interrompit, écouta, grogna et, tout à fait réveillée à présent, tendit le récepteur à Eddie.

— Personne ne sait que je suis ici, murmura-t-il.

— Apparemment si.

Une voix masculine vérifia qu'il était bien Eddie Wesley, puis lui fit savoir qu'une voiture l'attendait en bas. Eddie s'efforça de s'éclaircir les idées.

— Une voiture ? Quelle voiture ?

— Pour vous conduire à votre rendez-vous, dit la voix.

— Quel rendez-vous ? Vous voulez dire tout de suite ?

On avait raccroché.

Eddie réfléchit un instant, puis il aplatit ses cheveux et ramassa sa veste.

— Où vas-tu ? demanda Aurelia tout en cherchant ses chaussures.

— Je n'en ai aucune idée.

Elle marqua une pause, puis fonça vers la salle de bains.

— Dans ce cas, j'y vais aussi, lança-t-elle par-dessus son épaule.

— Je ne suis pas sûr que ce soit une bonne idée.

— Je ne sais pas qui est en bas, mais ils savent que nous sommes là tous les deux. Si tu te fais arrêter, je veux l'info pour le *Sentinel*.

III

La voiture était une Ford sombre, propre et discrète, et le chauffeur aux cheveux coupés en brosse refusa de prendre Aurie jusqu'à ce qu'Eddie lui ait fait comprendre que, dans ce cas, il remontait à l'appartement. La voiture était équipée d'un émetteur-récepteur radio sous le tableau de bord. Le chauffeur murmura des mots codés, écouta et finit par répondre : « Affirmatif. » Ils roulèrent vers l'ouest, dépassèrent le Capitole, s'engagèrent dans Pennsylvania Avenue, longèrent la Maison Blanche, puis ils bifurquèrent à nouveau vers le nord, sur Connecticut Avenue, qui les amena dans une rue bordée d'arbres et de grandes bâtisses, quelque part au nord-ouest de la ville. Eddie regarda sa montre. Il était presque une heure du matin. Un panneau indiquait Thirtieth Place. La voiture s'arrêta et un autre homme aux cheveux également coupés en brosse les dirigea à travers le jardin jusqu'à la porte d'entrée. Un troisième homme leur ouvrit et leur proposa quelque chose à boire ; ils déclinèrent. Ils entendaient à l'arrière un échange de paroles acerbes et Eddie se dit que le chauffeur devait se faire tancer pour avoir amené Aurelia. Un homme au visage rougeaud sur le modèle des trois autres passa la tête par la porte et invita Mr Wesley à bien vouloir le suivre. Il informa Mrs Garland que l'attente ne serait pas longue et l'invita à faire comme chez elle. Il y avait des livres, un gramophone et un bar. Plus curieux qu'inquiet, Eddie suivit l'homme à la coupe en brosse dans le couloir. Le jeune type frappa un seul coup sur une lourde porte et s'écarta pour laisser Eddie entrer seul. Puis il referma derrière lui. Eddie se retrouva dans une bibliothèque, sombre et déprimante. Derrière le bureau était assis un homme trapu, visiblement en colère, qui leva à peine les yeux quand il intima à Eddie de s'asseoir.

— Je préfère rester debout, dit Eddie qui venait de reconnaître son hôte.

— Faites ce que vous voulez, je n'en ai rien à cirer. (Ses yeux brûlants dévoraient une pile de papiers, et Eddie aperçut sa photo agrafée sur une fiche.) Mr Stilwell me dit que vous lui avez été extrêmement utile dans son enquête sur la trahison de Joseph Belt. Mr Stilwell se porte garant de vous.

L'entretien venait de commencer et Eddie avait déjà perdu pied.

— Vous êtes donc certain que Joseph Belt était un traître ?

— Vous croyez vraiment qu'il aurait perdu son autorisation de sécurité à cause de votre petite histoire, Mr Wesley ? Vous souffrez d'un ego démesuré ?

J. Edgar Hoover tourna une page de l'épais dossier, puis une autre. On racontait qu'il ressemblait à un bouledogue et c'était vrai. Son gros visage au front bas et large avait un air canin. Ses mains bougeaient comme des pattes d'une effrayante agilité. Il reprit :

— Quelqu'un qui a reçu un appel d'une personne qui a elle-même reçu un appel m'a téléphoné. (Son visage aux babines pendantes laissait entendre qu'il désapprouvait ce type d'appel.) Cette personne demandait que l'on vous donne la possibilité d'éviter un procès.

— À quel titre ? dit Eddie plus fortement qu'il ne l'avait voulu. Un procès à quel titre ?

Le regard triste et menaçant à la fois l'inspecta de la tête aux pieds comme la torche d'un gardien de prison, puis replongea dans la pile de papiers.

— Pour espionnage, Mr Wesley. Pourquoi croyez-vous que nous avons électrocuté les Rosenberg ?

(Eddie se laissa tomber lourdement sur une chaise.) Nous pouvons établir un lien entre Belt et vous. C'est un jeu d'enfant qu'un jury n'aura aucun mal à suivre. (Eddie avait beau ouvrir la bouche, aucune parole d'indignation ou de protestation n'en sortit. Hoover jouait avec un crayon.) Laissez-moi vous informer, au cas où vous ne sauriez pas quel type de renseignements vous transmettiez. Ce sont des bombes que l'on construit à Los Alamos, Mr Wesley. Des bombes à hydrogène. Le traître Belt se prenait pour un idéaliste, mais au fond il n'était qu'un désaxé. Il était contre la bombe H alors qu'il empochait un salaire pour la construire. On me rapporte que l'homme était un génie. Pour ma part, je n'en sais rien. Oppenheimer aussi était un génie. Belt a été entendu dans le cadre de l'enquête sur Oppenheimer. C'est l'une des raisons pour lesquelles il était à New York le jour où vous l'avez rencontré au Savoy. Il était venu témoigner. Un traître qui en aidait un autre.

— Oppenheimer n'était pas un traître. C'est vous qui avez inventé toute cette histoire, répliqua Eddie.

— Ne vous en prenez pas à moi, mais à Teller. De toute façon, c'est de l'histoire ancienne. (Hoover tourna une page.) Laissez-moi vous expliquer comment la combine marchait, Eddie. Après que nous avons eu les Rosenberg et Greenglass et tous les autres Juifs, il fallait que les Soviets trouvent un autre filon pour s'emparer de nos secrets. Ils eurent donc l'idée d'introduire un agent à New York. Ce que dans notre jargon nous appelons un « clandestin », en d'autres termes, pas un diplomate, mais quelqu'un qui passe inaperçu, qui passe pour un citoyen ordinaire.

— Mais je ne sais rien de tout cela, objecta Eddie qui avait enfin retrouvé sa voix.

— Si vous m'interrompez tout le temps, Mr Wesley,

vous n'êtes pas près de retourner dans le lit de la charmante Mrs Garland.

— Nous n'étions pas au lit.

Hoover l'ignora et poursuivit.

— Voici donc comment marchait la combine. Belt sortait les renseignements de Los Alamos. Il les transmettait à son ami Castle, qui, c'est pratique, est également décédé. Par téléphone, courrier, photographies. Il y a des tas de moyens. Castle, pour sa part, faisait une livraison aveugle qui était ramassée par un intermédiaire sans lien avec le reste de la chaîne, un disjoncteur que l'on détient, un petit Finlandais idiot qui se fait appeler Maki. Vous ne l'avez jamais rencontré ? Non ? Ledit Maki transmettait ensuite les renseignements au clandestin, qu'il connaissait sous le nom de Mark. Vous l'avez rencontré ? Non ? Vous savez, les Soviets sont excellents à ce genre de ce jeu. Ils adorent les complots. C'est au cœur même du léninisme. C'est une chose que vous savez sans doute déjà. Les Soviets sont des as pour monter un réseau. Belt ne connaissait que Castle. Castle savait où déposer sa livraison mais ne savait pas qui la récupérait. C'est pour cela qu'on surnomme Maki le « disjoncteur », Mr Wesley, car il ne sait pas qui dépose ce qu'il ramasse. Maki livre ensuite sa récolte à son contrôleur – l'agent clandestin –, Mark, qu'il n'a rencontré qu'en de très rares occasions. Maki pourrait peut-être reconnaître Mark au cours d'une identification. Ce n'est même pas sûr, parce que Mark se déguisait pour leurs rendez-vous. Il est évident que Maki ne connaît pas l'identité d'emprunt sous laquelle Mark vit, il ne sait même pas s'il habite New York. Nous devons découvrir qui est ce clandestin.

— Je n'ai rien à voir dans tout cela, dit Eddie en se raidissant.

— Personne ne prétend le contraire, Mr Wesley. (Hoover affichait un sourire de bourreau charitable, mais son regard n'avait pas quitté le dossier.) Du moins pas ce soir. En revanche, si nous décidions de vous envoyer devant un tribunal, c'est ce que tout le monde croirait. Si l'on vous envoyait devant un tribunal, Castle et vous seriez des amis de longue date.

— Vous n'oseriez pas.

— Vous et moi sommes des hommes sans importance. Nous ne comptons guère à l'échelle du monde. Notre vie n'a de sens que par son dévouement à une cause. Vous n'êtes pas un homme de foi. (Les doigts potelés de Hoover semblaient avoir trouvé la page qu'ils cherchaient.) Tant mieux. Moi non plus. Enfin, cela m'arrive parfois. La grande cause que je défends, voyez-vous, Mr Wesley, c'est la sécurité de cette nation. (Les yeux de bouledogue se levèrent dans sa direction.) Quelle est la vôtre, Mr Wesley ? À quoi tenez-vous ?

Eddie fut pris de court.

— La justice. La justice pour mon peuple, répondit-il, ébahi.

— Foutaises. Gardez ce type de réponse pour vos fans. Vous n'avez d'autre cause que vous-même, dit Hoover en tapotant le dossier. Saviez-vous que la direction du soi-disant mouvement pour les droits civiques n'est qu'un repaire de rouges ? Le saviez-vous, Mr Wesley ?

Eddie releva le menton.

— Vous accusez de communisme tous ceux qui ne partagent pas votre point de vue.

— Je ne suis pas un philosophe, Mr Wesley, il ne m'appartient pas d'avoir un point de vue. (Il leva le nez de ses papiers.) Nous avons nos sources dans votre peuple, Mr Wesley. Des sources qui font partie de... quel terme avez-vous employé ? (Il jeta un œil sur sa feuille.) L'obscure nation. J'aime cette expression, Mr Wesley. Elle me plaît beaucoup. À présent, il se trouve que l'obscure nation court un grand risque. On la détourne du droit chemin. À cause des communistes infiltrés. Ce que nous souhaiterions, Mr Wesley, c'est une sorte d'arrangement à l'amiable. Vous travaillez pour Mr Stilwell et Mr Stilwell en réfère directement à moi. Vous n'avez qu'une seule chose à faire, il vous suffit d'ouvrir vos yeux et vos oreilles. Vous n'avez pas à nous dire quel pasteur se sert dans la caisse, ni quel homme politique est un coureur de jupons. (Hoover tira un autre dossier de l'immense pile qui s'élevait à côté du sous-main. Son crâne chauve brillait sous le faisceau de la lampe de bureau. Il inclina sa grosse tête luisante comme pour indiquer que les aspects les plus salaces de la vie de la communauté étaient déjà couverts.) Ce que nous attendons de vous, ce sont des rapports épisodiques sur d'éventuelles menaces contre la sécurité de la nation. En particulier sur les communistes infiltrés parmi les leaders de la communauté. Ou sur toute autre influence radicale. En particulier ceux qui prônent la violence. (La main potelée se leva pour faire taire par avance toute objection.) Nous ne vous demandons pas d'inventer quoi que ce soit, Mr Wesley. Contentez-vous de rapporter la vérité. À nous de l'analyser.

La colère finit par l'emporter. Eddie secoua la tête avec véhémence.

— Vous faites erreur sur la personne, s'écria-t-il, et il se retrouva debout avant de s'en rendre compte. Quand bien même j'aurais de la sympathie pour vos objectifs, ce qui est loin d'être le cas, il n'est pas question que je...

— Que vous travailliez pour nous. (Hoover, dont

le ton était resté parfaitement calme, était retourné à ses dossiers.) N'est-ce pas, Mr Wesley ? Pas question que vous travailliez pour l'abject FBI.

— Je ne voulais pas vous offenser, mais la réputation du Bureau...

— Bien sûr, vous avez déjà travaillé pour nous dans l'affaire Belt. Vous avez l'air surpris. Ne le soyez pas. Tout est dans votre dossier, Mr Wesley. (Il tapota les pages.) Vous avez eu l'amabilité de donner à Mr Stilwell nombre de renseignements utiles sur le traître Belt. Des renseignements de première importance pour l'enquête. Au moment de son suicide, son autorisation de sécurité lui avait déjà été retirée et il avait été interrogé quatre fois. Il savait à quoi s'attendre. C'est la raison pour laquelle il s'est tiré une balle. (Le visage rond de Hoover était sinistre.) Tout cela à cause de vous, Mr Wesley. À cause des renseignements que vous avez fournis.

— C'est un mensonge. Je n'avais jamais rencontré Stilwell avant la mort de Belt.

Le directeur du FBI hocha la tête.

— Suggérez-vous que Mr Stilwell aurait transmis un faux rapport ? Je ne vois pas pourquoi il l'aurait fait. Un faux rapport, c'est très grave, Mr Wesley. C'est un motif de renvoi.

— Et pour espionnage, un homme passe à la chaise, rétorqua Eddie.

— Oui, c'est vrai, Mr Wesley. Dans la plupart des pays, civilisés ou non, anciens ou modernes, communistes ou libres, on vous exécute pour avoir livré des secrets militaires à l'ennemi. C'est peut-être la raison pour laquelle vous avez dénoncé le traître Belt. Vous êtes un patriote. Vous avez transmis des renseignements sur lui dans l'intérêt de votre pays, puis il s'est suicidé et vous avez tiré profit d'avoir trahi un ami en transformant l'histoire en roman. (Hoover tourna la page.) Vous êtes sans doute en train de vous demander pourquoi vous ne vous souvenez pas de ce que vous avez dit à Stilwell au sujet du traître Belt. Je ne peux pas me prononcer sur la fiabilité de votre mémoire. Mais il est en votre pouvoir de corriger ce rapport. Nous ne voudrions pas qu'il y ait des erreurs dans nos archives. Votre dossier est ici. C'est l'unique exemplaire, Mr Wesley. Si je le révise, cette modification sera permanente. Voulez-vous le corriger ? Voulez-vous me raconter comment, par une position de principe courageuse, vous avez refusé de collaborer à l'enquête de Mr Stilwell sur le traître Belt ? Ou mentionner que vous n'avez jamais parlé à Mr Stilwell avant la mort de Belt ? Je m'assurerai que vos déclarations figurent dans le dossier.

— Dans ce cas, vous feriez bien d'aiguiser votre crayon.

— Attendez ! (Hoover leva sa patte manucurée.) Avant de prendre une décision, Mr Wesley, vous devez savoir que les hommes qui vous ont amené ici sont prêts à vous conduire en garde à vue. Nous détenons des preuves suffisantes du rôle que vous avez joué dans ce complot pour vous emprisonner pendant les trente prochaines années. (Son ton était aussi neutre que s'il avait donné la météo.) C'est uniquement parce que vous avez collaboré à l'enquête que vous n'êtes pas jugé pour espionnage, Mr Wesley. (Il reprit son crayon et lécha la mine.) Maintenant, Mr Wesley, souhaitez-vous apporter des corrections à votre dossier ? Parce que c'est le moment de le faire.

Eddie serra les poings à se faire mal.

— Vous êtes vraiment très intelligent, vous le savez ?

— Oui, Mr Wesley, je le sais. (Hoover referma le

dossier et en tira un autre de la pile.) Je sais aussi que vous êtes un homme intègre. Un homme qui a des principes. Ce sont des qualités que j'admire. Je ne voudrais pas qu'il en soit autrement. Nous ne sommes pas des maîtres chanteurs, Mr Wesley. Nous voulons que vous collaboriez de votre plein gré. Par amour de la patrie. Si vous deviez refuser et en subir les conséquences, nous le comprendrions très certainement...

Il ouvrit le nouveau dossier. La photographie, à l'envers, était celle d'Aurelia. Eddie était incapable d'en détourner les yeux et Hoover lui donna le temps de regarder, avant d'ouvrir un autre dossier. Sur Mona Veazie. Puis un autre sur Margot, devenue Mrs Lanning Frost.

— Il va de soi, Mr Wesley, qu'il faut également se poser la question de vos complices dans cette trahison. Le réseau de traîtres qui vous ont aidés, vous et le traître Belt. (Pour une fois, Eddie était sans voix.) Au Bureau, nous ne sommes pas des philosophes, Mr Wesley, mais il est naturel que nous ayons à cœur d'éliminer le nid tout entier. Un processus pénible. Il se peut parfois qu'il y ait d'innocentes victimes. (Le Directeur referma les dossiers un à un de sorte qu'Eddie puisse bien identifier chaque photographie.) Un rapport de temps en temps, Mr Wesley. Rien de plus. Vous ouvrez les yeux et les oreilles. (Il reprit un dossier dans la pile, concernant, cette fois, Langston Hughes.) Prêtez particulièrement attention à une organisation dénommée « Agonie » ou, si nos renseignements sont exacts, « Agonie de la Couronne ».

— Je n'en ai jamais entendu parler.

— Vous n'en avez pas entendu parler. Cela ne saurait tarder. Ils viendront peut-être sonner à votre porte. Ils recrutent beaucoup parmi les gens de votre classe. Les diplômés. L'Agonie de la Couronne prévoit de perpétrer des attentats horribles, Mr Wesley, et nous avons l'intention de les en empêcher.

— D'où vient un nom pareil ?

— Voyez-vous, Mr Wesley, l'Agonie de la Couronne est dirigée par des philosophes. Ils ont une idéologie. Ils utiliseront la force pour parvenir à leurs fins. Je pense que vous et moi sommes d'accord que ce serait un désastre si votre peuple décidait d'abandonner la voie pacifique pour recourir à la force.

Toujours assis, Eddie serrait et desserrait les poings. Il se sentait furieux. Pris au piège. Il aurait eu besoin d'un exutoire sur qui taper.

— Je vous en prie, veuillez présenter mes excuses à Mrs Garland, dit Hoover, le regard à nouveau plongé dans ses dossiers. Je n'avais nullement l'intention de la retenir aussi longtemps.

— Vous ne pouvez pas faire ça.

— Nous vous contacterons, dit le Directeur sans relever la tête.

La porte venait de s'ouvrir et Eddie se retrouva gentiment escorté vers l'entrée.

IV

Bernard Stilwell, le regard béat d'admiration, était au garde-à-vous près du Directeur.

— Vous pensez qu'il vous a cru ? demanda l'agent. Ou qu'il se doute de quelque chose ?

Hoover avait déjà les pattes sur un autre dossier.

— Quoi ? Que je me fiche de cette rocambolesque histoire de bombe H comme de l'an quarante ? Bien sûr qu'il s'en doute. Ne faites pas l'erreur de croire que Mr Wesley est idiot parce qu'il est noir, Mr Stilwell. C'est un homme intelligent.

— Bien sûr, monsieur.

— Il est intelligent, mais il est aussi ambitieux et âpre, et il ne veut pas d'histoire. Ce sont des qualités appréciables qu'il faut cultiver chez un informateur. (Il fit rouler le crayon entre ses doigts.) Cela dit, c'est aussi un homme qui réfléchit et qui a des obsessions, ce qui le rend imprévisible. Méfiez-vous.

— Oui, monsieur.

L'agent pensait que l'entretien était terminé, mais le Directeur avait encore quelque chose à ajouter.

— Son bouquin n'est pas mauvais. Le roman. Vous devriez le lire, à l'occasion.

— Je n'y manquerai pas, monsieur. Merci, monsieur.

— Son personnage. Dyson Field. Il risque tout par amour. (Le ton qu'il employa laissait entendre qu'il considérait les sentiments comme un vice. Il tourna une page.) Si les événements suivent le cours que nous pensons, vous devrez surveiller Mr Wesley de plus près.

— J'aurai des renforts, monsieur.

Pas une seule fois Hoover n'avait levé les yeux.

— Les détails ne me concernent pas, dit-il.

12

La perspective de Junie

I

La semaine suivante, Eddie alla rendre visite à Junie à Cambridge. Il devenait difficile d'ignorer son état. Combien de temps encore pourrait-elle éviter leurs parents et convaincre ses amis qu'elle avait simplement pris du poids ? Elle avait préféré se tenir à l'écart de la cérémonie de remise des diplômes et des familles rassemblées pour l'occasion : leurs regards avertis, toujours à l'affût de ragots, auraient immanquablement deviné la vérité.

Il l'emmena dîner dans un restaurant bondé qu'ils détestèrent tous les deux.

— Est-ce que tout est... arrangé ? demanda-t-il d'un ton nerveux.

— Tout est prévu, répondit-elle, le regard brûlant.

— Tu es sûre que tu n'aurais pas préféré...

— C'est trop tard pour avoir des regrets. Elle viendra au monde.

— Elle ?

— Ce pourrait être un garçon. Mais j'espère une fille. Il y a déjà trop d'hommes dans notre nation.

— Notre nation, répéta-t-il avec un sourire complice.

Junie le lui retourna.

— L'expression ne me plaisait pas au début, mais elle m'a finalement conquise.

— Merci. (Il lui prit la main.) Bien sûr, tu n'as pas l'intention de me dire quels arrangements tu as pris pour ma nièce ou mon neveu.

Elle secoua la tête, son regard était à la fois facétieux et triste.

— Écoute, si je dois réussir à vivre sans savoir où il ou elle est, tu devrais y parvenir aussi, non ?

— Est-ce que cela t'est difficile... d'abandonner l'enfant ?

— Évidemment.

— Alors, pourquoi ?

Elle parlait lentement, peut-être à cause du chagrin.

— J'aimerais avoir des enfants, Eddie. Peut-être même un mari. Mais plus tard. Bien plus tard. Pour le moment... (son ton se voulait gai, mais sonnait forcé) disons que le bébé m'empêcherait de faire mon travail.

Eddie hésita.

— As-tu envisagé de remettre ta carrière à plus tard ?

Elle lui caressa le visage.

— Je ne suis pas écrivain, Eddie. Ce n'est pas moi qui décide de mon emploi du temps. C'est maintenant que ma tâche doit être accomplie et c'est à moi qu'on l'a confiée.

De retour à son appartement, ils s'installèrent devant une tasse de café et Eddie lui raconta son entrevue avec Hoover. Junie l'écouta d'un air grave. L'appartement était encombré de livres, de vieux journaux, de vaisselle ébréchée, de vêtements sales. Eddie, qui vénérait l'ordre, n'y aurait pas survécu deux jours.

Comment Junie pouvait-elle vivre dans un tel capharnaüm ? Il est vrai qu'elle ne partageait pas l'obsession familiale pour le bel ordonnancement des choses. Sa seule obsession était sa carrière. Son café aussi était infect : il avait un goût de graisse sale. Eddie, qui le buvait noir pour la cause et sans sucre pour faire viril, ajouta tout ce qu'elle lui proposait dans une vaine tentative de le rendre buvable. Junie ne remarqua rien. Quand il eut fini de parler, elle lui posa quelques questions en vue de préciser certains détails, puis donna son avis, sans fioriture, comme ils s'étaient toujours parlé tous les deux.

— Frérot, tu es conscient que tout cela peut s'arranger, n'est-ce pas ? Et ce n'est pas si compliqué que ça.

Eddie admirait toutes les qualités de sa petite sœur, mais ce qu'il aimait par-dessus tout, c'était son assurance innée. Rien ne lui paraissait jamais impossible. À Harvard, il s'en était fallu d'un cheveu qu'elle soit élue rédactrice en chef de la *Law Review* et d'un autre qu'elle soit reçue *magna cum laude*. Aujourd'hui, elle nourrissait secrètement l'ambition de devenir la deuxième femme, et la première Noire, assistante de juge à la Cour suprême des États-Unis. Certains de ses professeurs tournaient son idée en ridicule, d'autres y étaient farouchement opposés, mais un petit nombre d'entre eux l'encourageaient dans cette voie. Le juge Warren avait déjà témoigné de l'intérêt pour sa candidature. Comme à son habitude, elle volait de victoire en victoire, portée par une nature enjouée qu'Eddie admirait. Pourtant, là, il avait du mal à comprendre le tour que prenait leur conversation.

— À mon avis, pour le moment, je ne vois pas comment ni contre qui me battre.

Junie posa ses mains sur celles de son frère. Son appartement était au rez-de-chaussée d'un immeuble situé à deux blocs du campus. La nuit moite entrait par les fenêtres ouvertes. La table de la cuisine avait un pied plus court que les trois autres et bringuebalait sans cesse.

— Gros bêta. Les armes doivent être adaptées à la bataille.

— Es-tu membre d'un commando ?

— Ça viendra peut-être. Pour le moment, je m'apprête plutôt à devenir juriste.

Elle s'interrompit, le visage soudain tout chiffonné. Eddie comprit à quel point sa sœur était fatiguée, effrayée. Au fond, elle n'était sûrement pas prête à abandonner l'enfant, mais ne voyait pas d'autre solution. Ses joues, autrefois creuses, étaient à présent rondes et pleines comme le reste de son corps. Eddie se demanda par quel miracle personne n'avait deviné son état. Et par quel miracle lui-même supposait que personne n'avait rien vu.

— Ça va ?

Elle acquiesça, puis inspira longuement.

— Tôt ou tard, frérot, tu tourneras la page. À mesure que tu feras ton chemin, tu prendras soin d'éviter de te mettre en position de vulnérabilité.

— Es-tu en train de me dire comment mener ma vie ?

— Non, mon chéri. Ça, c'est J. Edgar qui le fait. Moi, je suis avocate. Enfin presque. Tu sais ce que font les avocats, non ? (La table branla une fois de plus, Junie ne semblait pas s'en apercevoir.) Ils règlent les problèmes qui auraient pu être évités si leurs clients les avaient consultés avant d'ouvrir leur stupide bouche.

— Vas-y, fais le ménage !

Un sourire espiègle au coin des lèvres, Junie était de nouveau elle-même. Elle se leva en direction du plan de travail abîmé, se servit une autre tasse de l'infâme breuvage et revint s'asseoir à la table bancale pour mettre de l'ordre dans tout ça.

— J'ai toujours estimé qu'il y avait deux manières d'aborder la vie, Eddie, sous l'angle de la catastrophe ou sous celui de la providence. Pour l'instant, tu penses en termes de catastrophe. Tu t'imagines que Hoover te tient et que tu vas devoir espionner les tiens, remplir des rapports pendant des années, ou même enquêter sur cette Agonie perpétuelle ou je ne sais plus quoi...

— L'Agonie de la Couronne.

— C'est ça. Drôle de nom. (Elle se gratta le nez.) Où en étais-je ? En réalité, tu as peur qu'un jour, même si tous les renseignements que tu leur donnes sont faux, même si tu inventes chacun des mots contenus dans tes rapports, la chose se sache et que tu sois fini. Personne n'aime les informateurs, pas même ceux qui profitent de leurs services. Tu n'auras plus aucun ami. Évidemment, je t'aimerai toujours, mais je suis étrangement fiable dans ce domaine. Cela étant, je serai devenue si célèbre et si importante à ce moment-là qu'il faudra sans doute que je te renie pour d'autres raisons, que je t'aime ou non, car je ne sacrifierai pas mes acquis au profit de mon mouchard de frère. Voilà ce qui te fait peur, non ? Tu crains peut-être de commettre un péché en informant le FBI, en leur donnant des noms – mais ce qui t'effraie le plus, c'est d'être découvert le faisant. C'est une première interprétation, sous l'angle de la catastrophe. C'est la manière dont le célèbre Eddie Wesley voit le monde, et nous l'appellerons la « perspective d'Eddie ». Tais-toi ! (Elle touilla son café.) Maintenant, laisse-moi t'expliquer sous quel angle la grande June Cranch Wesley appréhende la vie, disons la « perspective de Junie ». D'accord ? Tu crois que Hoover te tient par les couilles ? C'est faux. C'est toi qui le tiens. Tu sais ce qu'il a fait.

Il a reconnu devant toi que ses agents avaient rempli de faux rapports. Il les laisse dans les dossiers parce qu'ils lui sont utiles. Tu te dis : « Et alors, c'est notre monde contre le sien. » Tu sais ce que moi, ton avocate, je dis ? Je te demande : « Crois-tu qu'il souhaite en débattre publiquement ? » Que se passera-t-il si le pire dont on puisse t'accuser, c'est d'avoir contribué à faire éclater un nid d'espions soviétiques ? On ne parle pas de gamins qui manifestent contre la guerre, mais de véritables espions, de ceux qui dérobent des secrets d'État.

— Mais je n'ai pas aidé. Ces rapports ont été fabriqués par...

— Tu veux dire que tu ne les as pas encore aidés.

— Pas encore ?

Junie acquiesça en se caressant le ventre.

— Mark. Le clandestin dont Hoover t'a parlé. Celui qui a récolté ce que ce pauvre Joseph Belt a sorti de Los Alamos. Tu leur donnes Mark et ils te fichent la paix.

— Je ne sais pas qui est Mark.

Le prodigieux cerveau de Junie voguait à nouveau toutes voiles dehors.

— Je crois que si. Je pense que tu as rencontré Mark après que Castle a été assassiné. À mon avis, il était aux abois et il s'est montré. Je crois aussi qu'il t'a donné sa carte de visite.

Eddie n'en revenait pas. Quelle sagacité !

— Emil ! L'Allemand au mariage.

— Emil, c'est exact, frérot. Je pense que c'est lui. Inutile de leur dire qu'il a débarqué avec Derek Garland – il convient comme toujours de protéger les frontières de l'obscure nation –, mais la question n'est pas là. Ce qui importe, c'est que tu connaisses Mark. Tu fais affaire. Tu leur donnes Mark et Hoover te fiche la paix à propos de cette Agonie machin-chose. Tu es en train de penser que ce genre de tractation lui donne une prise encore plus solide. Parce qu'il sait que tu donnes des noms. Mais ce n'est pas pareil, frérot. Pas du tout. Écoute. Tu te doutes bien que J. Edgar Hoover se fiche... – quelle était son expression ? – comme de l'an quarante qu'Eddie Wesley fasse un rapport ou pas. Son objectif est de jeter le discrédit sur nos leaders. Eddie, mon chéri, permets-moi de te dire que tu ne vaux pas tripette à ses yeux. Il serait sans doute ravi d'avoir une oreille de plus à sa disposition, mais crois-moi, si tu ne l'aides pas dans cette entreprise, il y a de nombreuses personnes, très nombreuses, qui s'en feront un plaisir. Il ne montera pas au créneau pour si peu. Il n'abattra pas ses cartes. Surtout que ça risque de mettre en lumière le jeu qu'il joue vraiment. Cela fait quelque trente ans que Hoover est à la tête du Bureau et je n'ai pas le sentiment qu'il souhaite prendre sa retraite. Crois-moi, c'est ce qu'il risquerait de lui arriver si le public venait à savoir que son objectif est de faire tomber les leaders du mouvement pour les droits civiques.

Elle marchait de long en large dans la pièce, exposant sa théorie. L'orgueil d'Eddie était à son comble. Junie serait une formidable avocate.

— Ne te méprends pas, poursuivit-elle. L'opinion publique ne saquera pas Hoover par sympathie pour notre peuple, mais parce qu'il sera devenu dangereux. De la même manière que les gens ont fini par avoir peur de McCarthy. Attends et tu verras. Hoover n'est pas bête. Il ne veut pas la bagarre. Il veut te ficher la trouille pour que tu obtempères. Alors, tu lui tiens tête, Eddie. Et là, tu proposes un marché. Comme je te l'ai dit. Tu lui donnes Emil et il te fiche la paix. Tu as peut-être raison, il ne te laissera jamais complètement tranquille, mais tu auras, toi aussi, une petite emprise sur lui. Ce n'est peut-être pas si mal. Il se peut qu'un jour tu aies besoin de faire passer une information au sommet. Tu bouges, Eddie, tu rencontres du monde. On ne sait jamais. Il est possible qu'un jour tu sois content d'avoir un ami à la tête du FBI. Tu vois, c'est la même histoire, vue sous l'angle de la providence. Tu maintiens le contact. Tu t'y engages. Lui aussi. Tu te débrouilles simplement pour qu'il ne puisse pas faire pression sur toi, parce que tu as, toi aussi, un moyen de pression. En outre, tu veilles à prévenir certaines des drôles de fréquentations que tu as et qui sont du côté de Hoover. Tu vois de qui je veux parler ? Les copains de droite d'Aurelia. Nixon et sa bande. Fais en sorte qu'ils se portent garants de ton petit arrangement. Ils t'aideront. Tu sais pourquoi ? Parce qu'eux aussi savent que tu vois du monde et ils préfèrent que tu leur sois redevable. Voilà. C'est fini. Tu vois, ce n'est pas une catastrophe, mais la providence. La perspective de Junie.

Il lui sourit et ouvrit la bouche pour répondre, mais il fut interrompu par la sonnerie du téléphone. Eddie s'étonna de voir sa sœur s'assombrir, elle avait de nouveau l'air maussade, abattu, malheureux. Elle lui demanda de l'excuser et lui tourna le dos pour attraper le combiné noir et répondre d'une voix nasillarde.

— Oui. Opérateur ? Oui... Bonjour... Non... Pas encore. Je te l'ai dit. Je suis d'accord maintenant... Oui... Non... Ce n'est pas la peine de t'en inquiéter... Non. Pas encore... Il est là en ce moment et... OK... Je ne peux pas... OK. Oui, c'est ça.

Elle raccrocha sans même dire au revoir.

Elle attendit un moment avant de se retourner et Eddie ne la brusqua pas.

— Je suis désolée, dit-elle, le visage contrarié.

— Est-ce que c'était...

— Il vaut mieux que tu partes.

— Est-ce qu'il vient ici ? insista Eddie, qui se sentait soudain étonnamment belliqueux.

Junie rit.

— Ici ? Il ne viendra plus jamais ici. Crois-moi. Il ne le voudrait pas et moi non plus. (Le sourire s'effaça.) Je ne sais même pas pourquoi j'ai... (Elle s'arrêta avant de reformuler sa phrase.) C'est un méchant, Eddie. Un vrai méchant.

Elle se nicha brusquement dans les bras de son frère, son gros ventre inconfortablement au milieu, entre rire et larmes. Une fois à la porte, elle lui donna un nouveau conseil :

— Tu crois que le mal est reconnaissable, Eddie. La plupart du temps, il l'est. Mais méfie-toi, frérot chéri. Il est parfois si bien caché qu'il n'est visible que par Dieu. (Elle avait retrouvé son air espiègle.) Maintenant, trouve-toi un avocat et mets de l'ordre dans ta vie.

Sur ce, elle lui ferma la porte au nez.

II

Cela l'obligea à quelques subtiles manœuvres, mais Eddie suivit le conseil de sa sœur. Il prit un avocat. Il se fit recommander par Oliver Garland, le fin limier des avocats de Wall Street, qui était aussi le cousin de Kevin. Oliver l'adressa à l'un des plus grands juristes de Manhattan, un homme mince et courtois du nom de Lloyd Garrison, qui avait représenté Oppenheimer. Dans son spacieux bureau de Park Avenue, Garrison écouta Eddie lui raconter toute l'histoire. « Laissez-moi passer quelques coups de fil. » Une semaine plus tard, sans que cela n'ait aucune signification politique, il invita son client à déjeuner dans un club connu pour ne pas accepter les Noirs. Cet avocat pouvait tout se permettre, personne ne discutait de crainte qu'il ne vous poursuive en justice ou, pire, qu'il ne vous lâche. Garrison lui expliqua les termes du contrat. Eddie, qui obéissait toujours à sa sœur, écouta sans discuter. Il se contenta d'acquiescer. Et passa ensuite deux jours en réunion avec deux agents, dont aucun n'était Stilwell et l'un d'eux manifestement assez haut placé. Les réunions eurent lieu dans un appartement de Riverdale. Son avocat et un greffier y assistèrent. Après avoir épuisé leur liste de questions, les agents le remercièrent d'un air grave. Le lendemain, ils lui présentèrent sa déposition à signer. Eddie hésita. Ce document reviendrait le hanter, il en était sûr. Le plus haut gradé des agents lui tendait un stylo, Garrison murmurait des paroles d'encouragement. Eddie savait qu'il s'était lui-même fourré dans ce guêpier et que c'était le seul moyen d'en sortir, mais il n'en avait pas moins peur. Il se rappela les mots rassurants de Junie : « Hoover ne veut pas la bagarre. Il veut te faire peur pour que tu obtempères. » Garrison lui demanda s'il avait besoin d'une minute. Eddie fit non de la tête, s'empara du stylo et signa courageusement.

Trois jours plus tard, sans publicité, le FBI arrêta un photographe d'art du nom d'Emil Goldfus, dont l'appartement et le studio étaient sis dans un immeuble chic de l'Upper East Side, et confisqua son équipement qui fut déposé dans un entrepôt de Brooklyn. Il était accusé d'espionnage. Au bout d'une semaine, l'arrestation fut rendue publique. Eddie vit la photo en première page du journal. La légende disait qu'il s'agissait d'un colonel du KGB, qui opérait sous un pseudonyme et dont le véritable nom était Rudolf Abel.

III

La victoire, si l'on peut dire, fut célébrée en silence, car personne n'était au courant du rôle qu'il avait joué. Aurelia, dont le mari n'était toujours pas rentré de l'étranger, prit le prétexte d'une visite à une amie de son association étudiante pour se rendre à Boston et rejoignit Eddie pour déjeuner chez Junie à Cambridge après avoir prétendu qu'elle sortait faire des courses. Junie n'appréciait guère les femmes des associations étudiantes noires de cette époque, même si sa sœur et sa mère en faisaient partie. Heureusement, elle n'en montra rien à Aurelia dont le charme aurait fait fondre la neige de l'Everest. Les deux femmes passèrent plus de temps à bavarder et à rire ensemble qu'à féliciter Eddie. Il décida d'ailleurs d'aller faire un tour seul dans Cambridge, une ville dont l'énergie l'enchantait. L'après-midi était étouffant. Il ôta sa veste et la posa sur son épaule. Il traversa la place pour aller acheter des journaux, écouter les bruits de la ville et un grand poète méconnu qui déclamait sur le trottoir en échange de quelques pièces. Cet après-midi d'insouciance l'enivrait. Il ne s'était pas senti aussi libre depuis des années. Il passait du temps avec Aurelia, un risque qu'il adorait courir. Ils ne s'effleuraient même pas. Ils se contentaient d'apprécier la compagnie de l'autre. Eddie ne savait quelles conclusions en tirer. Il entra dans une librairie où il dénicha quelques exemplaires de *La Théorie des champs unifiés*. Il s'apprêtait à chercher le patron pour lui proposer de les signer lorsque, levant le nez, il aperçut Margot Frost face à une montagne de guides de voyage.

Elle découvrit toutes ses dents pour le gratifier du sourire politique qu'elle avait hérité de son père.

Accolade amicale. Bref échange poli d'anciens amants.

— Que fais-tu ici ?

— Lanning rencontre quelques-uns de ses anciens professeurs. Ils doivent lui apprendre tout ce qu'ils savent de la politique étrangère en trois heures. (Toujours la même étincelle de malice dans les yeux.) Et toi, que fais-tu ici ?

— Je rends visite à ma sœur. Tu es resplendissante, Margot.

— Toi aussi. J'ai lu ton roman. J'ai adoré.

— Merci. Comment ça va pour toi ?

— Le mieux du monde. Lanning sera candidat à la Chambre l'année prochaine. Je vais te dire un secret. Papa prend sa retraite. Il donne sa bénédiction à Lanning pour un siège au Sénat en 62.

— La Maison Blanche n'est donc plus si loin !

— Que dirais-tu d'un câlin dans l'East Room ?

— Parfait.

Ils badinaient mais le charme, pour des milliers de raisons, était rompu. Margot était toujours une belle femme, et il remarqua quelques changements. Ses cheveux étaient parfaitement coiffés, comme il seyait à une future Première Dame. Ses ongles soignés révélaient le temps passé chez la manucure. Elle portait une robe d'été ample, et la croix qui ornait son cou était discrète, en argent et à l'endroit.

— Appelle-moi si tu passes à Washington.

— Et toi à New York.

En remontant Massachussetts Avenue, il s'étonna que Margot ne lui ait pas demandé ce que faisait sa sœur à Cambridge. C'était peut-être par politesse libérale, pour ne pas le gêner au cas où elle aurait été employée à récurer des toilettes la nuit. Peut-être y avait-il une autre raison.

Dans le métro qui les ramenait à Boston, Aurie lui demanda ce qui l'avait retenu si longtemps.

— Je suis tombé sur une amie.

Ou elle est tombée sur moi.

13

Nouveau conseil d'ami

I

— Tu es une idiote, s'écria Mona Veazie.

— Ça, je me le suis déjà dit.

— Pourquoi ne m'as-tu pas demandé mon avis avant d'y aller, Aurie ? J'aurais pu te dire ce qui allait se passer. Je sais ce que tu ressens pour lui et ce qu'il ressent pour toi.

— Nous n'avons pas fait l'amour, murmura Aurie.

Mona rit – ou plutôt s'esclaffa. Elles étaient dans la chambre de Mona, car cette dernière habitait encore l'hôtel particulier de ses parents sur Edgecombe Avenue. Sa mère, une cousine éloignée des Garland, était l'une des plus puissantes Tsarines de Harlem. La fenêtre donnait sur un jardin clos et les entrées de service des autres immeubles. Mona était assise à sa coiffeuse, Aurelia allongée sur le dos sur son lit.

— Nous n'avons pas fait l'amour, répéta Mona. Garde donc ça pour le *Sentinel*. Tout le monde te croira, n'est-ce pas ? Une jeune mariée de la bonne société de Harlem passe une nuit seule dans un appartement avec son ex. Est-ce que la journaliste en toi accepterait de croire qu'ils n'ont pas eu de relations sexuelles ? Je vois ça d'ici.

— Nous n'avons pas passé la nuit ensemble. Le chauffeur m'a d'abord déposée chez Janine et a conduit ensuite Eddie à son hôtel.

— Le chauffeur du FBI ?

— Oui.

— Comme ça, vous figurez ensemble dans les dossiers de Hoover.

Aurelia roula sur le côté.

— Arrête de te moquer de moi, Mona. J'ai des ennuis, j'ai besoin de ton aide.

Les yeux de Mona étincelèrent.

— Si c'était le cas, je t'aiderais. Je sais ce que je te dois, ma chérie. Mais tu n'as jamais eu besoin d'aide de ta vie. Tu es juste en train de pleurnicher parce que tu ne veux pas que je te fasse la leçon.

— Je n'ai pas besoin d'une leçon, c'est vrai, dit Aurelia en se redressant sur son coude. Mais qu'est-ce que je vais faire maintenant ?

Mona se frotta les tempes comme si elle avait la migraine. Elle portait un pantalon comme la plupart du temps, bien qu'elle ait la trentaine et que les jupes et les robes soient de rigueur à Harlem pour les femmes d'un certain milieu. Mona s'apprêtait à recevoir son doctorat de psychologie et avait postulé pour une bourse postdoctorale à l'université de Chicago où elle enseignerait quelques heures et ferait un peu de recherche en attendant un poste universitaire à plein temps à la hauteur de ses ambitions. Elle était la personne la plus intelligente qu'Aurelia ait rencontrée et aussi la plus sage. Elles s'étaient tout de suite liées d'amitié. Mona, la grande rebelle, avait une ribambelle de courtisans attachés à ses basques. Aurie était plus difficile, même si Harlem pensait le contraire. Toutefois, Eddie n'était pas le premier homme qu'elle avait laissé approcher.

— Tu es une femme mariée, dit Mona sur le ton autoritaire et glacial de sa mère. Tu as un enfant. Tu ne vas rien faire du tout. C'en a été fini d'Eddie le jour où tu as dit oui à Kevin.

— Eddie pense que nous...

— Peu importe ce qu'Eddie pense.

— Que nous pourrions déjeuner ensemble de temps en temps, en tout bien tout honneur.

— Tu vois déjà ce qu'un simple verre a failli te coûter !

Aurie fronça les sourcils.

— Depuis quand es-tu devenue aussi intransigeante ? Tu n'as jamais respecté aucune règle.

Mona ricana.

— Mais je ne me suis jamais mariée. Par respect pour l'institution.

II

Cette conversation avec Mona eut lieu après son séjour à Washington, mais avant son voyage à Boston. Aurelia se tortura l'esprit pendant des jours. Cela faisait déjà deux semaines que Kevin était parti sans lui donner la moindre explication. Il n'avait pas l'air de respecter l'institution, lui, du moins pas de la manière dont Aurie imaginait qu'elle fonctionnait. Perplexe, elle promenait la petite Zora dans son landau, rendait visite à d'autres femmes au foyer, écrivait sa chronique épisodique pour le *Sentinel*. À plusieurs reprises pendant les jours qui suivirent, elle fut sur le point d'appeler Eddie – il n'y avait sûrement aucun mal à déjeuner avec lui –, mais chaque fois sa main s'arrêta avant d'atteindre le combiné.

Puis, un soir, elle tomba sur lui par hasard dans le salon tenu par Shirley Elden, et tandis qu'ils traversaient ensemble le couloir désert – pur hasard sans aucun doute –, elle lui demanda sur un ton anodin comment toute cette histoire avec Hoover s'était résolue. Eddie le lui expliqua. Visiblement soulagée, elle le serra dans ses bras pour le féliciter et déposa un baiser sur sa joue. Instant d'intimité grisant – c'est dans ce moment de faiblesse qu'elle lui glissa qu'elle pourrait le rejoindre à Cambridge pour célébrer la victoire avec Junie, proposition qu'elle ne regretta qu'une fois rentrée chez elle.

N'importe qui aurait pu la voir.

Avait-elle perdu la tête ?

Puis les choses semblèrent se gâter. Deux matins après son retour, Aurelia reçut la visite inattendue de son beau-père, qui s'arrêta sur le chemin du bureau. Il avait apporté une boîte de chocolats suisses. Elle fit du café et prit le bébé sur ses genoux pendant qu'ils bavardaient.

— Mon fils n'est pas parfait, dit Matty en pesant ses mots. Loin s'en faut. Je me doute que ce n'est pas toujours une partie de plaisir de vivre avec lui. Je comprends. Il a épousé une jolie femme, plus jeune que lui, et il la laisse seule ici des semaines durant. C'est une mauvaise combinaison, Aurie. Très mauvaise.

Elle était incapable de le regarder dans les yeux et préférait jouer avec Zora, qui au lieu de sucer son biscuit en forme d'animal l'étalait sur le chemisier de sa mère.

— Nous sommes pareils, toi et moi. C'est ce que j'aime chez toi. Nous sommes de ceux qui agissent quand ils veulent quelque chose et rien ne peut nous arrêter avant que nous ayons obtenu ce que nous voulions. Pas vrai ?

Elle n'avait toujours rien à répondre. Mais il n'attendait ni réponse ni acquiescement. Il voulait simplement qu'elle l'écoute.

— Le seul problème, Aurie, c'est que les gens de notre espèce s'ennuient facilement. Nous déployons tous nos efforts pour obtenir la chose convoitée, mais dès que nous l'avons, nous en voulons une autre. Tu sais ce que dit la Bible : « Attachez-vous fortement au bien ! » Je ne suis pas certain que les personnages comme toi et moi soient très doués pour ça.

Il leva la main pour l'empêcher de répondre.

— Pour ma part, je ne juge personne. J'estime qu'il ne faut pas chercher la paille dans l'œil du voisin. Et de toute façon, ma vie n'est pas un modèle. Sauf dans un domaine. Mon mariage. Ma Wanda. C'est ce que j'ai fait de mieux dans ma vie, j'ai été fidèle à ma femme et j'ai pris soin d'elle.

Aurelia secoua la tête.

— Je n'ai jamais trompé Kevin, Matty. Je vous prie de me croire. Je ne l'ai jamais fait et je ne le ferai jamais.

Ses yeux s'agrandirent pour simuler l'étonnement. Il posa une main sur son cœur.

— Voyons, mon petit, voyons. Ce n'est pas ce que je voulais dire. Je sais bien que tu ne ferais pas de mal à mon garçon. Bien sûr que non. Ce n'est pas qu'il ne le mériterait pas, du reste.

Il se pencha pour pincer le menton de Zora. La petite recula et releva la tête comme une vraie petite Tsarine.

— Je voulais simplement te dire que je comprends que ce soit difficile pour toi vu le comportement de Kevin. Fais-moi confiance, Aurie, quand il reviendra, je lui en toucherai deux mots. La seule chose que j'aie à te dire, c'est de t'attacher fortement à ce qui est bon pour toi. (Il se leva d'un coup, le chapeau à la main.) Et souviens-toi, Aurie, tu vaux dix fois mieux que lui. Il a plus besoin de toi que tu n'as besoin de lui. Mais il n'est pas si mauvais, franchement. Essaie de trouver un terrain d'entente. C'est ce que fait ma femme. Je suis impossible à vivre et Wanda est une sainte. Mais tu n'as pas besoin d'être une sainte, mon petit, je te demande juste de donner une chance à mon fils. Je lui parlerai, Aurie. Je lui dirai ma façon de penser. Si jamais il fait quelque chose pour te blesser – je veux dire dans l'intention de te faire du mal –, c'est moi qui paierai le divorce et je te donnerai ce que je compte lui léguer en héritage.

Aurelia n'avait jamais connu un homme capable de la faire pleurer aussi facilement, mais Matty était bon vendeur et il aurait tiré des larmes à une statue. Au moment où ils arrivèrent devant la porte d'entrée, elle avait suffisamment recouvré ses esprits pour prendre la parole.

— Matty ?

— Oui, mon petit.

— Avez-vous jamais entendu Kevin parler d'ébranler le trône ?

Son front se plissa d'étonnement.

— Parler de quoi ?

— D'ébranler le trône. Du Pandaemonium. De choses de ce genre.

— Cela me fait plutôt penser au genre de musique qu'écoutent les gamins de nos jours.

Il lui déposa un baiser sur le front et s'en alla.

III

Kevin rentra de Londres la semaine suivante. Il se rendit directement de l'aéroport d'Idlewild au bureau et ne revint à la maison que plusieurs heures plus tard, tout contrit, avec un somptueux paquet des bijoutiers de la Reine, Garrard & Co, sur Bond Street. Il la serra longuement dans ses bras. Lui répéta qu'il l'aimait, lui fit des tonnes de promesses. Il ne partirait plus jamais sans la prévenir. Il était désolé de lui avoir fait peur. Il ne lui ferait plus jamais de mal. Cette « mauvaise passe », selon ses propres termes, était derrière eux. C'en était fini de ses mystérieux déplacements. Aurelia se demanda si toutes ces promesses signifiaient qu'il avait mis la main sur le testament de Castle. Kevin n'arrêtait pas de parler. Ils avaient besoin d'une deuxième lune de miel, d'une seconde chance, de tout recommencer à zéro. Ensuite, ils chercheraient une maison en banlieue, un jardin où les enfants pourraient jouer.

Aurelia se sentit à nouveau portée par ses rêves d'enfant comme sur un nuage de gloire. Un mari riche, qui promettait de ne plus jamais lui faire de mal. Une grande maison, pleine d'enfants. Elle pensa à l'orphelinat, aux sœurs qui faisaient de leur mieux avec tous ces gosses, à l'humidité et à la peur. Si la mauvaise passe était vraiment derrière eux...

Elle scruta le visage pressant de Kevin et décida de lui pardonner.

Le soir même, ils s'occupèrent de faire un deuxième enfant.

Un mois plus tard, elle ouvrait les yeux sur le visage de Kevin qui la regardait en souriant. Le soleil de

Toscane inondait la chambre de la villa qu'ils avaient louée. Aurelia était convaincue que ce retour de tendresse n'était pas feint. Ils firent l'amour. Deux jours après leur retour à Edgecombe Avenue, elle attendit que son mari parte au bureau et se retira dans la petite pièce réservée à la couture qui lui servait de boudoir. Elle rassembla les notes qu'elle avait prises à partir des documents découverts dans le coffre-fort, les brûla une à une et jeta les cendres à la poubelle.

14

Quonset

I

— Je ne lis pas de fiction contemporaine, dit tante Erebeth en passant ses doigts fripés sur la main d'Eddie.

Il avait l'impression d'être caressé par un fantôme. Sa langue était si pâle qu'on voyait presque à travers lorsqu'elle émergeait de son antique cavité buccale pour humecter d'invisibles lèvres. Ses cheveux neigeux étaient hirsutes comme si elle craignait que ses bonnes ne les lui cassent en les peignant. Gary Fatek disait souvent avec un rire nerveux que sa grand-tante avait au moins six cents ans. À cet instant, Eddie voulait bien le croire.

— Je ne lis rien qui soit postérieur à Trollope, poursuivit-elle. Un peu de Dickens de temps à autre, mais je suis plutôt miltonienne. Vous avez forcément lu Milton à l'université, n'est-ce pas ? Tout bon écrivain l'a lu. (Une lueur d'assurance malicieuse traversa ses yeux usés.) Vous êtes écrivain, si j'ai bien compris ? Gareth dit que la critique vous acclame. Mais Gareth a voté pour Stevenson et non pour Eisenhower, le jocrisse, nous savons donc ce que son opinion peut valoir.

Elle fut prise d'une quinte de toux qui éclaboussa Eddie de postillons et omit de préciser qui de Stevenson ou de Gary était le jocrisse. Eddie était assis à sa droite, la place d'honneur, face à Gary et à gauche de Tamra, qu'Erebeth avait décrite comme une simple dame de compagnie. La salle à manger de la petite forteresse de tante Erebeth à Quonset Point présentait l'aspect d'une caverne mal éclairée. La table en bois de rose polie aurait pu accueillir une trentaine de convives, mais ce soir-là ils n'étaient que quatre. Elle était si bien astiquée qu'Eddie se heurtait au reflet chatoyant de son visage chaque fois qu'il se penchait vers son assiette. On était début juin. Les fenêtres étaient ouvertes. On entendait le ressac dans la nuit.

— C'est vrai, je suis écrivain, répondit Eddie au bout d'un moment.

Il se demandait encore comment il avait pu se laisser convaincre par Gary de passer le week-end ici. Mais était-il possible de refuser l'invitation d'une Erebeth Hilliman ?

— Je n'ai jamais entendu parler de vous, cingla-t-elle.

Gary examinait son assiette : Limoges, fabriquée sur commande avec les armoiries de la famille. Tamra regardait Erebeth. Eddie sentit un sourire poindre sur ses lèvres, mais le retint. Il y avait deux choses que tante Erebeth détestait dans la vie : la légèreté et le parti démocrate.

— Ma carrière débute à peine, dit Eddie sur un ton qu'il espérait modeste.

— Le premier roman d'Eddie a gagné tous ces prix, dont...

— Si j'avais voulu ton avis, tança Erebeth, je t'aurais enfanté moi-même. Mais c'est cette jocrisse de Stella qui t'a eu et ton père était le chauffeur de Père. Je te conseille donc de garder tes idées stupides pour toi-même. (Elle s'adressa à Eddie d'un ton doucereux.) Quels étaient donc ces prix, mon petit ?

Des serviteurs en habit vinrent desservir. Erebeth enjoignit à ses invités de la suivre dans la bibliothèque. Ils traversèrent des couloirs lambrissés sombres et sinistres. La lumière agressant les yeux d'Erebeth, les appliques ne diffusaient qu'une faible lueur. Tamra poussait le fauteuil roulant. C'était une grande blonde charpentée, d'une quarantaine d'années, au physique d'écuyère. Selon Gary, sa tante changeait de dame de compagnie tous les six mois environ, mais Tamra avait déjà tenu le double, peut-être parce que aucune des précédentes n'avait osé tenir tête à Erebeth qui faisait ce que bon lui semblait. Elle était la dernière petite-fille vivante du major Hilliman, fondateur de la fortune familiale. Les arrangements relatifs aux trusts constitués pour la gestion du patrimoine de la famille viendraient à expiration à la mort d'Erebeth, qui était chargée de les renégocier avant. Il n'y avait donc rien d'étonnant à ce que personne n'ose la contredire ou lui refuser quoi que ce soit, même plusieurs années de leur vie.

Le thé et les gâteaux avaient été servis. Erebeth prit la parole.

— Je vous admire, vous autres...

Ils étaient assis sous les portraits des ancêtres célèbres. Deux d'entre eux appartenaient à la famille royale d'Angleterre. Un autre avait été Président. Tout le monde sirotait du darjeeling, à l'exception d'Erebeth qui buvait au goulot d'une bouteille brune un élixir malodorant. Gary murmura que c'était un philtre d'éternité. Eddie soupçonnait que c'était plutôt la hargne qu'elle entretenait contre les uns et les autres qui la maintenait en vie.

— Les Nègres, précisa-t-elle, je vous admire. Regardez où vous en êtes, cent ans après la fin de l'esclavage. Toujours au fond du trou !

Elle fut la seule à s'esclaffer. Gary leva un doigt pour intercepter la réaction de son ami. Inutile, Eddie était sous le choc. « Je garde mes idées politiques pour moi quand je suis à Quonset Point, lui avait dit Gary plus tôt, cela facilite les choses pour tout le monde. »

— Ça suffit, lança Tamra.

Elle avait la mâchoire carrée et un regard d'une franchise déconcertante. Qui donnait l'impression qu'elle ne saurait s'abaisser à mentir.

— Laissez-moi m'amuser un peu, ma chère.

— Veuillez présenter vos excuses, reprit Tamra.

— Certainement pas. (Le visage d'Erebeth s'éclaira légèrement et, à sa manière, elle s'excusa tout de même.) En vérité, dit-elle en caressant la main d'Eddie, j'aime bien les Nègres. C'est vrai. (Elle jeta un œil vers le visage désapprobateur de Tamra.) J'envoie des chèques à la NAACP, ajouta-t-elle tristement, comme si elle venait de révéler un secret de famille honteux. Des chèques énormes. Je suis le plus gros donateur du pays.

— De Rhode Island, corrigea Tamra. Et seulement le troisième plus gros donateur.

II

Les deux jeunes gens étaient sortis sur la plage. Compte tenu de leur ivresse après le cognac et les cigares, ils marchaient à peu près droit. Devant eux, l'océan s'étalait, noir d'encre, triomphant. Les lumières qu'ils distinguaient au loin signalaient peut-être des navires, des bouées, à moins qu'elles ne fussent de simples illusions d'optique. Erebeth était propriétaire de près de deux kilomètres de sable de chaque côté de sa résidence. On racontait qu'elle avait aussi acheté la municipalité, qui lui accordait de fait les permis nécessaires. Eddie songeait à ce qu'avait dû être l'enfance de cette femme.

— Tante Erebeth veut que je gère sa fondation, dit Gary, la voix pâteuse. C'est une vieille avare, elle aurait préféré se léguer l'argent à elle-même, mais les notaires disent que c'est impossible. Alors elle crée une fondation et souhaite m'en confier la gestion. Elle va également transmettre la gestion des trusts de sorte que j'en sois le gardien pour la prochaine génération.

Eddie s'émerveillait des tours que pouvait prendre la vie. Les légendaires trusts Hilliman représentaient à eux seuls plus d'argent que les bénéfices annuels de l'élite des entreprises américaines. Les trusts assuraient les besoins et les caprices des nombreux Hilliman éparpillés çà et là et la jouissance d'une fortune considérable pour le seul membre de chaque génération qui s'en voyait confier la charge. Et la tante de Gary demandait au radical autoproclamé de prendre le contrôle de la famille.

— As-tu l'intention d'accepter ?

— Je ne sais pas. La fondation financera la bonne entente internationale. La paix dans le monde. Des trucs dans ce goût-là. (Il hésita.) Erebeth est la dernière représentante de la troisième génération. Les membres de la quatrième – celle de ma mère – sont tous décédés. Nous sommes quinze dans la cinquième.

— Tes cousins te haïront.

Gary ne parut pas l'entendre. Il regardait au loin vers l'océan, d'où il ramena de vieux souvenirs brumeux.

— Mon grand-père, le frère aîné d'Erebeth, voulait des fils. Il n'arrêtait pas de changer de femme, mais elles ne lui donnaient que des filles. (Il eut un rire amer.) Je crois que ma mère est partie avec le chauffeur dans le seul but de choquer sa famille. C'était un père merveilleux. Grand-père voulait la déshériter, mais il n'avait pas le contrôle des trusts. Erebeth est différente. Plus moderne.

— Moderne ?

— Je sais. Je sais. Tu la vois comme un monstre de droite. Mais je t'assure, Eddie, son idée de fondation va dans le sens des idées que toi et moi avons toujours... (Il soupira, fit quelques foulées, garda le silence un instant.) Si je ne... (Il s'interrompit à nouveau. Secoua la tête. Laissa échapper un juron. Ses épaules s'affaissèrent. Ah, la force de la tentation !) Mes cousins me détestent déjà. À cause de mon père et... Enfin, ils ne m'aiment pas.

Immobile, les orteils recroquevillés dans le sable humide, Eddie songeait à son enfance à Martha's Vineyard, au fait que l'idéal de perfection s'abîme face à la dure réalité : si l'on ne meurt pas jeune, on mûrit. Et il pensait à Aurelia. À sa sœur et à son bébé.

— Pourquoi m'as-tu amené ici, Gary ? Je ne peux pas t'aider à prendre ta décision.

— Erebeth voulait te rencontrer.

— Pourquoi ?

— Elle n'a pas voulu me le dire.

— Je ne comprends pas.

Gary le dévisagea longuement, puis éclata de rire, éternel outsider. Il lança ensuite son verre à cognac aussi loin qu'il put. Ils tendirent l'oreille, mais pas de plouf.

— Moi non plus, je ne comprends pas. Elle a dit qu'elle souhaitait que tu viennes pour le week-end, parce qu'elle voulait prendre ta mesure. Elle a beaucoup insisté. Nous parlons d'Erebeth Hilliman, Eddie, elle ne donne pas d'explication, seulement des ordres.

Il s'empara du verre d'Eddie et le lança à son tour au loin. Eddie n'avait pris que quelques gorgées et l'alcool vola en même temps. Gary rit à nouveau.

— Peut-être veut-elle t'inscrire sur la liste des bénéficiaires des trusts.

III

La chambre d'amis était assez vaste pour abriter un paquebot. À quatre heures du matin, Eddie s'éveilla en entendant frapper à la grosse porte. En l'entrouvrant, il découvrit Tamra, en robe de chambre, ses cheveux blonds défaits. Il lui fallut un instant pour émerger et comprendre que la dame de compagnie n'avait aucune intention lascive. On le demandait au téléphone. Un valet se tenait derrière elle, un épais peignoir en éponge à la main. Il y avait un combiné sur le palier. Reconnaissant la voix familière, il s'affaissa sur un siège en rotin.

— Je n'en peux plus, sanglotait Junie. C'est injuste. Pourquoi sommes-nous obligés de faire des choix pareils ?

Ses larmes redoublèrent, entrecoupées de phrases incohérentes. Que pleurait-elle ainsi ? Des regrets, se dit-il. Elle ne voulait plus abandonner le bébé. Avait-elle bu ? Il se souvenait que, selon certains médecins, l'alcool était à proscrire car dangereux pour le bébé, tandis que selon d'autres, si cela permettait à la mère de se détendre, il ne fallait pas l'interdire complètement. Il la rassura. Lui dit qu'il l'aimait et qu'il pouvait la rejoindre à Cambridge d'ici deux heures.

Sans cesser de pleurer, elle prétendit qu'elle se sentait déjà mieux. Surtout, non, ce n'était pas la peine qu'il vienne. Mais le chagrin de sa sœur lui était insupportable. Dans la chambre, le valet, sous la supervision de Tamra, avait déjà commencé à lui préparer son sac de voyage.

— Gary a toujours été son préféré, expliqua la dame de compagnie. C'est pour cela que tous les cousins le détestent, Mr Wesley. Erebeth n'a pas d'enfant à elle, vous savez. (Mince sourire.) Et je doute fort que Gary en ait de si tôt.

— Mais il est fiancé à...

— La nièce d'un gouverneur. Je sais. Je lis les journaux. Mais j'ai dans l'idée qu'ils ne se marieront pas.

Un chauffeur l'attendait. Toute la maisonnée s'était rassemblée pour le voir partir. Gary lui demanda de transmettre ses bons vœux à Junie. Les yeux brillants d'Erebeth indiquaient que son objectif était atteint : elle avait pris sa mesure. Tamra avait l'air triste. Arrivé à Cambridge, Eddie trouva Junie grosse comme une baleine, habillée, guillerette et souriante. Il eut le sentiment qu'elle s'efforçait de faire bonne figure. Il aurait préféré qu'elle soit elle-même. Elle l'autorisa à lui préparer le petit déjeuner et à faire la vaisselle, car l'appartement était aussi en désordre qu'à l'accoutumée. Elle refusa d'expliquer sa crise de larmes, prétexta que c'était parce qu'elle avait eu froid aux pieds et, à midi, elle se débarrassa de lui comme si elle attendait un visiteur plus important.

Deux jours plus tard, à Harlem, il vola quelques minutes seul à seule avec Aurelia, qui lui affirma que les femmes enceintes étaient particulièrement émotives.

— Je pleurais avant chaque repas, lui assura-t-elle.

Et la plupart du temps, j'avais envie de tordre le cou à Kevin. Même sans aucun motif.

Mais, pour Eddie, tout phénomène devait avoir une cause.

IV

La petite naquit en juillet, quelques semaines après les vingt-cinq ans de sa mère. Junie envoya un mot à Eddie disant que son « gentleman » avait fait ce qui lui incombait et que tout allait bien. Puis qu'elle était partie à Boston voir leurs parents. À Marie Wesley, qui l'avait trouvée pâle, nerveuse et grossie, elle avait répondu que c'étaient les effets secondaires de la fac de droit. Marie avait insisté pour que Junie aille faire un check-up chez leur médecin de famille, et été surprise de la véhémence de son refus. Junie avait également justifié son mauvais caractère par le stress de ses études. *J'avoue que je me sens un peu coupable*, concluait-elle, *mais l'avenir de l'obscure nation s'ouvre devant nous. J'ai hâte qu'il advienne.*

Moi aussi, avait répondu Eddie.

Un mois plus tard, June Cranch Wesley quittait Cambridge avec une amie, en direction de Chicago, dans une voiture qu'elles avaient empruntée : Junie allait prendre son poste d'assistante de juge à la cour fédérale et son amie chercher du travail.

Elles n'arrivèrent jamais à destination.

On retrouva la voiture plus tard sur une aire de repos du New Jersey, verrouillée, sans aucun dommage, leurs effets personnels soigneusement rangés dans le coffre. Les deux jeunes femmes avaient disparu.

15

Première enquête

I

Le reste de l'année s'écoula dans une atroce lenteur. Au début, la famille s'était dit que Junie, qui avait toujours été têtue, s'était enfuie avec un homme. Personne, à l'exception d'Eddie, ne savait pour le bébé, et il n'avait pas l'intention de divulguer les secrets de sa sœur. Le problème avec cette explication était qu'à moins d'un double mariage, il était difficile de justifier la disparition de l'autre fille. Étaient-elles parties toutes les deux avec le même homme ? Toutes les deux ensemble ? Les deux familles s'interrogèrent, tergiversèrent et finirent par abandonner cette idée. Il y eut un revirement complet. On les imagina mortes. Assassinées par le Klan. Par la police de l'État du New Jersey. Par un amoureux éconduit. Par un tueur fou qui écumait la campagne. Non. Non. Il ne faut jamais désespérer. Dans tout Boston, les congrégations priaient pour Junie. D'importants politiciens venaient prendre des nouvelles, parce que Wesley Senior avait des relations. John Hynes, le maire de la ville, promit son aide. Le formidable Joseph Kennedy, dont on disait que son empire s'étendait dans des recoins aussi étroits que même les Scarlett de ce monde n'auraient pu s'y glisser, offrit la sienne. La mobilisation était à son comble, la solidarité aussi. Junie finirait par réapparaître, c'était sûr. Elle enverrait une carte postale du Mexique, téléphonerait de Seattle pour qu'on lui expédie de l'argent. Au pire, un gamin finirait bien par buter sur son cadavre au fond d'un ravin.

Tout le monde avait un avis à partager.

Au début, la police était pleine de sollicitude, la presse aussi. Wesley Senior était un pasteur d'une importance considérable. À Boston, son appui garantissait des milliers de voix. Les inspecteurs, le capitaine, même le commissaire, tous assuraient à la famille que partout dans le New Jersey leurs homologues faisaient l'impossible. De leur côté, les journalistes ne parlaient que de ça, du moins localement. La famille s'accrochait au moindre espoir.

Le temps passa. Après l'été vint l'automne. Pas de nouvelles, donc pas d'infos. La police avait d'autres crimes à élucider, les journalistes d'autres articles à écrire.

La famille faisait de son mieux. Téléphonait, écrivait des lettres pour demander une faveur. Masquait le vide en redoublant d'activité. Sollicitait, suppliait, finissait par mendier. Mais la vie continuait. La famille dut suivre. Ils étaient tous occupés. Marcella avait des enfants à élever et son croque-mort de mari pour l'aider. Wesley Senior une congrégation à diriger. Eddie une carrière littéraire à poursuivre. Et Marie devait se préoccuper d'eux tous. Au début 1958, les liens familiaux commencèrent à se distendre comme si Junie, la moins fiable d'eux tous, en avait été le centre de gravité. À mesure que le souvenir s'estompait de la mémoire collective – une disparition, ça arrive, ça aussi c'est la vie –, la douleur du deuil s'amenuisait, aussi sûrement que l'espoir. Enfants et parents prirent l'habitude de se téléphoner ou de se rendre visite moins fréquemment.

Eddie était en mesure de mener une enquête qui n'était pas à la portée des autres. Il n'en avait parlé qu'à Gary Fatek, qui l'avait chaudement encouragé. Aussi Eddie retourna-t-il à Cambridge où il se découvrit de nombreux amis. De parfaits inconnus lui ouvraient chaleureusement leur porte dès qu'ils apprenaient qu'il était bien cet Eddie Wesley-là, et de surcroît le frère aîné de la disparue June Cranch Wesley.

Il passa presque deux semaines à fourrer son nez partout et, consacrant toute la force de son énergie à ce seul objectif, il parvint à reconstituer le puzzle de la vie universitaire de sa sœur. Il suivit chaque rumeur jusqu'à ce qu'il se heurte à un mur, il prêcha le faux pour savoir le vrai, il traqua les ricanements et les blagues jusqu'à leurs sources et finit par découvrir le nom du professeur avec lequel Junie avait eu une aventure plus ou moins secrète et qui, de ce fait, devait être le père du bébé disparu. Parce qu'il était doté d'une énergie sans borne et ne s'encombrait pas d'un tact inutile, Eddie prit la décision, après plusieurs appels infructueux et l'échec de sa tentative de séduction auprès du chien de garde qui faisait office de secrétaire à la faculté de droit à Langdell Hall, d'accoster l'homme sur le perron de la petite maison Tudor qu'il habitait à Newton.

L'entrevue commença plutôt mal.

Le professeur, un jeune marié du nom de Mellor, tenta diverses stratégies pour empêcher Eddie d'entrer dans sa maison. Il menaça même d'appeler la police ; Eddie l'incita à le faire en lui précisant dans un souffle que s'il devait être arrêté, autant que ce ne soit pas pour rien, il en profiterait donc pour foncer dans la cuisine où Mrs Mellor était occupée à coudre et lui expliquerait que le professeur maigrichon mais néanmoins charmant qu'était son mari avait fait un enfant à l'unique femme de l'obscure nation de la promotion 1957 de la faculté de droit de Harvard, et que cette dernière avait aujourd'hui disparu. C'est ainsi qu'il fut invité à pénétrer dans le bureau de Benjamin Mellor, à peine plus grand qu'un placard, où seule une table de travail mal cirée les séparait. Eddie posa ses questions et Mellor débita ses mensonges.

Non, il ne se souvenait pas vraiment d'une June Wesley.

En fait, si. Elle était dans ma classe du droit des contrats.

Oui, oui, c'est vrai, elle était aussi dans mon séminaire l'année suivante.

Maintenant que vous le dites, je me souviens qu'elle était également mon assistante de recherche, au cours de l'été de sa deuxième année, mais pour quelques semaines seulement parce que ensuite elle a fait un stage dans un cabinet d'avocats.

Oui, tout bien réfléchi, elle a aussi fait des recherches pour moi au premier semestre de sa troisième année. C'est juste que les assistants de recherche sont si nombreux, c'est difficile de se souvenir de tout le monde.

Combien, au cours de l'été, en comptant Junie ?

Oh, un seul.

Non, il ne l'avait jamais touchée. Il était un homme marié.

C'est-à-dire qu'ils avaient bien échangé une étreinte une fois.

Oui, un baiser aussi. Après tout, il n'était qu'un être humain faillible.

Il était possible en effet que le baiser ait été échangé dans son lit.

Tout à l'avenant.

Vous allez ruiner ma carrière, geignit Mellor qui s'exprimait ainsi depuis qu'il avait cédé, à la porte. La fenêtre donnait sur un jardin mal entretenu et une baignoire pour oiseaux en pierre qui débordait d'eau sale.

— Ma carrière, mon mariage. Tout. Je ne parle pas seulement de moi, j'ai deux enfants.

— Vous voulez dire deux *autres* enfants, rétorqua froidement Eddie.

— Le bébé n'est pas de moi.

— Comment le savez-vous ?

— Écoutez, c'est elle qui m'a séduit, pas le contraire. Je sais que vous pensez que votre sœur était une sainte, mais croyez-moi, elle... (Il hésita, jeta un œil au visage furieux d'Eddie et modifia la fin de sa phrase) c'était difficile de lui résister.

— Et je ne doute pas que la faiblesse de votre volonté constituera une explication d'un grand réconfort pour le doyen et votre épouse.

Le professeur se souvint de la position qu'il occupait dans la vie, et de celle d'Eddie. C'était un peu tard.

Ses yeux gris devinrent froids et dédaigneux. Il était juriste, après tout, professeur à Harvard. Il se sortirait de ce mauvais pas.

— Que voulez-vous exactement, Mr Wesley ? De l'argent ? Est-ce une séance d'intimidation ou quoi ?

— Je veux savoir ce qui est arrivé au bébé.

Benjamin Mellor haussa les épaules, prit un air narquois et éluda la question.

— Je n'en sais pas plus que vous. Elle a dit qu'elle le donnait à l'adoption.

— Ça, je le sais.

— Dans ce cas, nous en savons autant l'un que

l'autre. Je n'ai aucune idée de ce qu'elles en ont fait par la suite.

Eddie se pencha en avant et posa le poing sur le sous-main, en fixant Benjamin Mellor d'un de ces regards qu'il tenait des brutes de Scarlett.

— Reprenons cette partie, grommela-t-il.

— Laquelle ?

— Qu'est-il arrivé au bébé ?

— Je vous l'ai dit, je n'en ai aucune idée.

— Bien sûr que si.

— Pardon ? (Benjamin Mellor s'était recroquevillé au fond de sa chaise, mains levées, paumes en l'air, comme pour parer un coup.) Comment saurais-je où est le bébé ? Ce n'était pas mon problème, c'était le sien. Je lui ai dit de s'en débarrasser. J'ai proposé de payer. Elle ne voulait pas. Ne me regardez pas comme ça. J'ai une famille, une carrière et...

Il n'alla pas plus loin. Un genou sur le bureau, Eddie saisit fermement le professeur par le col d'une main, par la cravate de l'autre. Il le tira si violemment en avant qu'il s'en mordit la langue, puis le renvoya en arrière, le rattrapant par la cravate juste avant que sa tête ne heurte la fenêtre. Benjamin Mellor eut la sensation de recevoir deux coups, mais Eddie savait exactement ce qu'il faisait. La chaise ne grinça pas et l'épouse du professeur, deux pièces plus loin, n'entendit pas un bruit.

Eddie s'approcha.

— Vous n'avez aucune idée de ce qu'elles en ont fait, murmura-t-il à l'oreille de Mellor, mais vous savez parfaitement de qui il s'agit, n'est-ce pas ? D'après Junie, vous avez fait votre devoir. Vous ne pouviez prendre aucun risque. Qui est ce « elles », professeur ? Qui a aidé Junie ?

Benjamin Mellor fit preuve d'un cran inattendu. Il

repoussa la main d'Eddie de sa chemise blanche et se leva, droit comme un I. N'étaient le léger tremblement dans sa voix et la lueur de peur dans ses yeux, il était presque redevenu le brillant universitaire qu'il était sans aucun doute.

— Votre hypothèse de départ est fausse, dit-il froidement. Ce n'est pas moi qui ai aidé Junie à faire ce qu'elle a fait. Quand j'ai dit « elles », je faisais référence à votre sœur et à cette fille qui a disparu avec elle. Sharon Martindale. Son amie blanche. Je ne sais pas où elles ont emmené le bébé, mais elles y sont allées ensemble.

— Elle vous aura sûrement dit quelque chose.

Le juriste caressa son menton à la barbe impeccablement taillée.

— Votre sœur est venue me voir avant son départ pour Chicago. Elle est passée à mon bureau. Elle a dit qu'elle était désolée que les choses aient tourné de cette manière. J'ai dit la même chose. Elle a dit qu'elle regrettait de m'avoir entraîné là-dedans. (Il remarqua la crispation sur le visage d'Eddie et leva la main pour le prier de garder son calme.) Je lui ai dit que je n'aurais raté cela pour rien au monde... (Il hésita encore. Prudence ? Émotion ? Eddie ne savait plus quoi penser.) Elle m'a souhaité bonne chance pour ma carrière. Je lui ai souhaité bonne chance pour la sienne. Elle s'est mise d'abord à rire, puis à pleurer. Et elle a dit... (Encore une hésitation.) Elle a dit merci. Et je ne l'ai jamais revue.

II

Ce « merci » dérangeait Eddie Wesley et il soupçonnait le professeur d'avoir romancé. Benjamin Mellor, après tout, n'avait rendu aucun service à Junie. Il n'avait même pas aidé à confier le bébé à l'adoption.

Eddie resta à Cambridge deux jours supplémentaires, pour poser d'autres questions. Benjamin Mellor venait d'une famille d'universitaires renommés. Il n'avait pas la réputation de se conduire légèrement avec ses étudiantes. Les gens le décrivaient comme un homme dévoué à sa famille et dévoré d'ambition, espérant bien mieux qu'une chaire à Harvard. Une aventure lui aurait donc fait courir un double risque. Qu'est-ce qui avait poussé un homme de cette sorte à choisir Junie ? Ou Junie à le choisir ? Il y avait des facettes de sa sœur qu'Eddie devait encore découvrir, mais au moins il avançait.

16

L'autre moitié de la vérité

I

Eddie n'avait pas vraiment l'impression d'avoir progressé. Il n'avait pas découvert où se cachait l'enfant de sa sœur, et encore moins sa sœur elle-même. Il rentra à Convent Avenue, mais Harlem lui parut triste. L'énergie débordante qui l'avait longtemps fasciné l'épuisait à présent. Il se tenait parmi la foule devant l'Abyssinian Baptist Church pour présenter un dernier hommage à W. C. Handy. Le grand compositeur, à plus de quatre-vingts ans, avait fini par succomber aux suites d'une attaque cérébrale, et Eddie se disait qu'il y avait peut-être matière à écrire un essai sur lui. Plus tard, il s'installa à son bureau devant la fenêtre, donnant sur les *brownstones* de l'autre côté de la rue, un crayon à la main et son carnet sur les genoux, mais les mots ne venaient pas. Il prenait son petit déjeuner au Chock Full o'Nuts, déjeunait au Colony Club avec Kasten, son agent littéraire. Il dînait avec son ami Charlie Bing, le dentiste, et sa femme, Chamonix, dans leur appartement de Saint Nicholas Avenue, mais la vue de leur mariage heureux lui était insupportable.

Dans les salons, il engageait des joutes avec des intellectuels célèbres sur des divergences qu'il aurait eu peine à expliquer. Gary Fatek le traîna à deux manifestations sur Union Square, l'une contre la bombe, une autre contre l'intervention américaine au Liban. Eddie écouta les discours qui le laissèrent froid. Il dépensa le peu d'argent qu'il avait économisé pour payer les services d'une agence de détectives privés qui ne lui apprit rien. Les enquêteurs avaient écumé tous les bureaux d'adoption dans un rayon de quatre heures de route autour de Cambridge, mais les rares qui s'étaient laissé convaincre d'ouvrir leurs dossiers n'avaient enregistré aucune mère du nom de June Wesley, et personne ne se souvenait de deux femmes, une blanche et une noire, qui se seraient présentées ensemble. Eddie se délesta d'une partie de sa frustration en hurlant sur le directeur de l'agence au téléphone, mais ce dernier avait déjà entendu pire.

— Qui sont donc ces gens ? demanda-t-il à Aurelia un jour où elle avait pris le temps d'essayer de lui remonter le moral. Comment peuvent-ils faire ça ?

— Faire quoi ?

Eddie ne savait pas comment expliquer sa suspicion croissante qu'une force malveillante était à l'œuvre et Aurelia n'avait pas l'énergie de l'en dissuader. Zora, qui avait à présent un an et demi, réclamait toute l'attention de sa maman enceinte de son deuxième enfant, et la comblait de joie. Aurie avait été informée de l'état dans lequel se trouvait Eddie et s'était débrouillée pour lui consacrer quelques minutes lors d'une promenade sur Riverside Drive par un après-midi ensoleillé. Elle marchait derrière une poussette rutilante de laquelle émergeait, enveloppée dans des couvertures roses, le visage joufflu, brun et innocent de sa fille. Eddie fixait cette enfant d'un autre homme avec l'impression qu'à chaque pas la terre s'ouvrait sous ses pieds. Tout autour de lui, il ne voyait que des femmes poussant des enfants, des mères, des grand-mères, des nourrices, mais pas de Junie, personne ne poussait le bébé de Junie, ni bien évidemment le sien. Il se tourna vers Aurelia et ce fut comme s'il se trouvait face à une magnifique étrangère.

— Il faut que tu tournes la page, Eddie. (Elle ne précisa pas si elle parlait de Junie ou d'elle-même.) Tu as ta propre vie.

Eddie hocha la tête mais aucun mot ne sortit de sa bouche. Il luttait pour tenir debout alors que le trottoir se dérobait sous ses pieds. Aurelia n'avait qu'un an de plus que lui, mais elle s'exprimait avec une autorité et une réserve qui l'auraient fait passer pour beaucoup plus âgée.

— Il faut que tu écrives, poursuivit-elle. Pense à ta muse ! (Eddie réussit à esquisser un sourire.) Tu devrais aussi songer à te marier.

— Avec qui ?

Aurelia fit un large geste du bras pour désigner les immeubles de Harlem, de l'autre côté de Riverside.

— N'importe laquelle de ces idiotes que tu as vues après moi.

Eddie se contenta de secouer la tête. Il jeta un œil à la poussette. Il aurait été stupide de lui déclarer son amour dans la situation actuelle, alors il se contenta de l'autre moitié de la vérité :

— Pour le moment, je ne pense qu'à retrouver Junie.

Elle posa la main sur son bras, du geste de la personne compatissante chargée d'annoncer une mauvaise nouvelle.

— Tu veux dire que tu veux découvrir ce qu'il lui est arrivé.

— Non. J'ai besoin de la retrouver.

Aurelia quitta son visage d'institutrice pour sa tête de lutin et, l'espace d'un bref instant, il se dit qu'après tout, elle l'aimait peut-être.

— Si tu en as besoin, alors retrouve-la.

— Je ne peux pas. Je ne sais pas où chercher.

Aurelia, l'esprit pratique en toute occasion, le reprit :

— Soit tu cherches Junie, soit tu reprends ta vie en main. C'est l'un ou l'autre.

— Je ferai ce que je veux, répliqua-t-il.

La sécheresse de son ton l'étonna lui-même. Que cherchait-il ? Une dispute ? Aurelia, pour sa part, était tout à son rôle de mère. Digne et sûre d'elle. Se chipoter avec son ancien amant ne seyait pas à son rang. Elle recula d'un pas, plaçant savamment son corps entre la poussette et Eddie tout en arrangeant les couvertures comme si elle craignait que sa fille ne les entende.

— Je sais que tu t'en fiches, dit-elle en lui tournant le dos. Mais tu sais, la croix dont tu m'as parlé il y a quelques années, eh bien, Kevin a la même.

Il fallut à Eddie quelques minutes pour comprendre de quelle croix elle parlait. L'histoire de Castle lui paraissait désormais à des années-lumière.

— Tu as raison, je m'en fiche.

Aurelia fronça les sourcils.

— Je vois.

Eddie ne pouvait pas s'arrêter.

— C'est facile pour toi d'être blasée*. Tu as tout. Et Junie... c'est ma sœur, pas la tienne.

— J'adorais Junie.

— Ce n'est pas la même chose, tu le sais. (À la vue de son visage, il se radoucit.) Je suis désolé, Aurie. Je ne devrais pas m'en prendre à toi. Je ne suis pas d'une compagnie très agréable en ce moment.

— Non, c'est vrai. (Il s'attendait à de la colère. Des

reproches. Voire une gifle. Mais Aurelia le gratifia de son sourire d'autrefois.) Appelle-moi quand tu le seras.

Il la regarda s'éloigner parmi la foule, une mère de plus dans la parade où l'obscure nation affichait avec fierté l'espoir d'un monde meilleur que Junie avait espéré consacrer sa vie à faire advenir.

II

Les autres amis d'Eddie avaient des tas de conseils pour sa gouverne. Kasten, son agent littéraire, lui proposa de combattre ses démons à l'aide de sa machine à écrire. Eddie dîna avec Gary Fatek et deux spécimens de ces nombreuses femmes qui adorent les millionnaires. Après le dîner, ils firent quelques pas dans le parc, les deux femmes devant et les hommes à quelques mètres derrière elles, tels des gardes du corps. Ainsi que Tamra l'avait prévu, Gary avait rompu ses fiançailles avec la nièce du gouverneur. Eddie ne savait pas où il en était avec Mona.

— Je n'ai jamais eu de sœur et mes cousins me détestent, mais si j'en avais eu une, j'aurais aimé qu'elle ressemble à Junie. (Gary lui passa le bras autour des épaules.) Je me battrais jusqu'au bout pour elle. J'enfoncerais toutes les portes.

Eddie jeta un œil aux deux femmes intrépides, jeunes et blanches, qui marchaient dans Central Park, de nuit, comme si elles étaient dans leur propre jardin : raison pour laquelle Frederik Law Olmsted l'avait conçu à l'origine. Autrefois, la police patrouillait pour tenir la racaille dehors, ce qui en limitait l'usage aux riches qui habitaient sur la 5e Avenue.

— Tu es un Hilliman, Gary. Tu n'as jamais eu besoin d'enfoncer les portes. Il te suffit de lever la main pour que l'on s'empresse de te les ouvrir avant que tu aies eu le temps de frapper.

— Tu sais que je ne crois pas à ce système de...

— Je dis simplement que c'est plus facile pour toi. Pour moi, il en va autrement.

Gary n'en revenait pas.

— Ne me dis pas que tu songes à laisser tomber. Tu ne peux pas faire ça. Ta sœur a besoin de toi.

Eddie voyait les choses différemment.

— Si elle avait voulu que je l'aide, elle aurait trouvé un moyen de me le faire savoir.

Ils prirent un verre dans un café huppé de l'Upper East Side, la jeune femme qui l'accompagnait aurait voulu poursuivre la soirée quelque part, mais pas Eddie.

III

Les tabloïds avaient fini par s'emparer de l'histoire de Los Alamos. « Un écrivain noir a prédit la mort d'un scientifique », murmurait l'un d'eux en page intérieure. Un autre qui ciblait la communauté noire y allait plus franchement : « La fiction de Wesley déclenche un suicide. » Un troisième dont les lecteurs avaient un penchant pour le surnaturel choisit de noyer le poisson et titra : « Harlem doté d'un nouveau médium. » Eddie choisit de les ignorer, ce qui laissait libre cours à toutes les fantaisies, attitude que Kasten, son agent, cautionnait entièrement, même si le choix d'Eddie n'était pas gouverné par des considérations de carrière. Cédant à l'insistance du dit Kasten, Eddie accepta toutefois une invitation à un dîner donné par son éditeur dans Greenwich Village. Il se retrouva à la même table que David Yee, un reporter du *Times*, qui rentrait de Maxton, en Caroline du Nord, siège quelques mois auparavant d'une bataille rangée entre les Indiens Lumbee et des membres et sympathisants du Klan qui, selon les estimations, se comptaient par centaines ou par milliers, et qui s'étaient réunis pour incendier la croix érigée à l'entrée de la cité majoritairement peuplée de Noirs et d'Indiens. Les Lumbee avaient ordonné aux hommes du Klan de déguerpir. Ces derniers avaient refusé. Des coups de feu avaient été échangés. Et les hommes du Klan avaient pris la fuite. Yee raconta à la tablée qu'il n'y avait rien à voir. La ville était une ville de province comme une autre et le champ n'avait rien de particulier non plus. Les Indiens refusaient de parler de ce qui s'était passé. Les Noirs étaient reconnaissants mais aussi avares de paroles concernant les détails de l'affaire. C'était comme si, poursuivit-il, l'incident était tombé dans un trou de mémoire orwellien. Eddie, en écrivain accompli, griffonna un résumé de l'affaire sur le carnet à la reliure de cuir qu'il avait désormais toujours sur lui, au cas où.

David Yee avait entendu dire que la résistance des Lumbee avait été principalement organisée par un groupe appelé l'« Agonie » ou quelque chose de ce genre. Quelqu'un en avait-il déjà entendu parler ? Eddie ne leva pas le doigt. Mais une femme au bout de la table demanda si c'était le même groupe qui avait lancé des cocktails Molotov dans les bureaux d'un tabloïd d'extrême droite à Saint Louis. Un étudiant ajouta que l'un de ses professeurs en avait déjà parlé – n'étaient-ce pas eux qui avaient fait exploser une voiture de police vide au Texas ou ailleurs ? Eddie dévisagea l'étudiant et se rappela les paroles de Hoover selon lesquelles l'Agonie de la Couronne recruterait parmi les jeunes gens éduqués.

J'enfoncerais toutes les portes.

Fin mars, Eddie se rendit à Boston où il trouva sa mère toute rabougrie et son père éteint. Il n'en revenait pas. Il avait accepté sa propre dépression comme allant de soi. Il était écrivain et jeune, ce qui lui donnait un droit acquis aux états d'âme, voire au désespoir. Mais il avait toujours vu ses parents, quels que soient leurs différends, à travers ses yeux d'enfant. Plus grands, plus puissants que la vie elle-même. Il ne lui était jamais venu à l'esprit qu'aucune force puisse les abattre. Ils lui posèrent quelques vagues questions sur sa vie à New York, lui demandèrent de les rappeler au bon souvenir de ses amis. Comme autrefois, ils dirent la prière avant de dîner et avant de monter se coucher, mais les mots, même dans la bouche de Wesley Senior, étaient vides. Le silence au petit déjeuner était pire que tout. Leur apathie eut raison de la sienne et curieusement sa flamme se raviva. *Si tu en as besoin, alors trouve-la.* Il réalisa que ses parents avaient vieilli. Ils n'avaient plus l'énergie d'agir. Il fallait que quelqu'un poursuive les recherches pour retrouver Junie et ce ne pouvait être que lui. Wesley Senior et Marie faisaient leur deuil, convaincus, en dépit de leurs paroles optimistes, que leur fille était morte. Eddie se dit qu'il se rangerait à cet avis le jour où on lui montrerait sa tombe.

Le deuxième soir de son séjour, il s'installa dans le bureau en compagnie de l'homme brisé qu'était devenu son père.

— Je te serais reconnaissant de bien vouloir appeler un de tes amis pour moi, dit Eddie.

IV

À cette époque, Joseph P. Kennedy Senior était l'un des hommes les plus riches des États-Unis et donc du monde. Outre ses actions dans l'immobilier, dans Hollywood, dans les transports, le joyau de son empire était le marché de gros de Chicago. Certains prétendaient qu'il avait fait pas mal de bénéfices illégaux pendant la Prohibition, mais il était loin d'être le seul dans ce cas. Il connaissait tout le monde en politique et tout le monde lui devait une faveur. Kennedy lui-même avait été ambassadeur à la cour de Saint James et l'aîné de ses garçons encore en vie se préparait à faire une entrée fracassante dans la course à l'investiture démocrate pour les présidentielles de 1960, dans deux ans, même si, selon les commentateurs, une défaite républicaine était impensable. Pourtant, en dépit de sa puissance, Joe Kennedy était un homme de l'ombre. Il occupait de modestes bureaux dans un immeuble décati d'une petite rue secondaire au sud de Boston. Peu de Noirs se rendaient dans cette partie de la ville, mais Eddie la connaissait comme sa poche et, de plus, on le conduisait. À près de soixante-dix ans, Kennedy affichait encore un corps d'athlète, qui laissait deviner une certaine force physique. Ses yeux durs observaient le monde d'un air satisfait derrière des lunettes rondes sans monture. Il avait de longs doigts de pianiste et les poignets puissants d'un ouvrier agricole. Sa liaison avec Gloria Swanson avait défrayé la chronique. Personne ne l'appelait autrement que « monsieur l'Ambassadeur ».

— Edward ! Quelle joie de vous voir.

L'Ambassadeur fit le tour de son bureau pour venir s'installer avec son visiteur à une table près de la fenêtre. Le fleuve formait une tache sombre au loin. Eddie s'était attendu à la présence de toute une garde rapprochée, mais ils étaient seuls. Bien que Kennedy soit un homme très occupé, Eddie avait toujours entendu ses parents dire à table qu'il devait un certain nombre de services à Wesley Senior. Au fil des années, la coalition des pasteurs noirs dirigée par le père d'Eddie avait convaincu des milliers de fidèles de voter démocrate. C'était sur cette dette qu'Eddie avait aujourd'hui l'intention de capitaliser.

— Vos parents doivent être très fiers de vous.

— Je l'espère, monsieur.

— Laissez-moi vous parler comme un père. Je suis certain qu'ils le sont.

Eddie le remercia d'un signe de tête. Aux murs de la pièce étaient accrochées des photographies des nombreux enfants de Kennedy, de Joseph Junior, l'aîné, tué au combat, à Teddy, le benjamin, aujourd'hui avocat et avec qui Eddie avait joué de temps en temps, autrefois, à Cape Cod.

— Vous avez toute ma sympathie, dit l'ambassadeur, le regard sur le qui-vive. June était une jeune femme merveilleuse. L'archevêque a demandé à tout le diocèse de prier pour elle.

— Nous lui en sommes reconnaissants, assura Eddie.

En réalité, Eddie croyait encore moins à l'efficacité des prières qu'à l'existence de Dieu, et il ne croyait pas du tout en Dieu. En revanche, il savait que les Joseph Kennedy de ce monde – à l'instar des Maceo Scarlett – aimaient qu'on leur soit reconnaissant.

— Comme je l'ai dit à votre père, je ferai l'impossible pour aider. (Derrière ses lunettes rondes, ses yeux prenaient la mesure de son interlocuteur.) Et c'est pour cela que vous êtes ici.

— Oui, monsieur, en effet. (C'était le moment d'enfoncer le clou.) C'est une chose horrible pour un père et une mère. (Il inclina la tête en direction des photographies : deux des enfants Kennedy étaient décédés.) C'est un chagrin immense que de perdre un enfant. Pire encore de ne rien savoir. (Kennedy acquiesça, à son corps défendant.) Monsieur l'Ambassadeur, permettez-moi d'être franc.

— Je vous en prie.

— On dit que vous connaissez du monde dans tous les milieux, que vous avez des relations où il est inimaginable d'en avoir, que vous avez des sources d'information qu'on aurait peine à concevoir...

— Je connais quelques personnes.

Eddie avait le sentiment que l'Ambassadeur s'amusait.

— Ce que je voudrais vous demander, en retour pour les services rendus par mon père, mais aussi à titre de service personnel – pour lequel j'aurais une dette envers vous... (Eddie sentait que sa phrase, pourtant maintes fois répétée, était mal tournée, mais il était trop tard pour reculer.) Je voulais donc vous demander de faire appel à vos sources pour tenter de découvrir ce qui a pu arriver à ma sœur.

Ils restèrent assis un moment à s'observer mutuellement, le politicien rompu et le jeune écrivain, profitant chacun de cet instant de silence pour se jauger l'un l'autre. Kennedy finit par se lever. Il fit signe à Eddie de rester assis pendant qu'il s'approchait de son bureau.

— Je serais un drôle d'homme si j'avais attendu qu'on me sollicite. Je dois beaucoup à votre père et l'ensemble des maigres ressources dont je dispose sont entièrement à sa disposition. (Il prit un dossier qui se trouvait sur le sous-main et revint s'asseoir en croisant les jambes.) Vous vous rendez compte, Edward, que vous vous méprenez sur l'étendue de mes ressources et de mes relations. Je suis un homme d'affaires. Rien d'autre. Bien entendu, j'ai des gens à ma solde. (Il ouvrit le dossier comme pour en examiner l'une des pages, mais Eddie n'était pas dupe de la ruse. Kennedy savait ce qui était écrit et avait déjà décidé qu'Eddie devrait l'accepter comme son seul dû, quel qu'en soit le contenu. Et il serait quitte envers Wesley Senior.) Mes gens ont fait quelques recherches. Vous comprendrez que je ne voulais pas déranger votre père dans son chagrin.

— Je comprends.

— J'ai des partenaires dans le domaine du transport, poursuivit Kennedy sans préciser ce qu'ils transportaient ni comment. Ces derniers m'ont appris que certains de leurs amis auraient pu – j'ai bien dit « auraient » – participer au transport d'une jeune femme noire dont la description pourrait éventuellement correspondre – mais pas forcément – à celle de votre sœur, au moment de sa disparition. (Ayant ainsi obscurci les faits de telle manière qu'Eddie ne puisse jamais affirmer qu'il savait quoi que ce soit, l'Ambassadeur replaça sa feuille dans le dossier.) Ces amis de mes partenaires croient – ce n'est pas une certitude – qu'une somme élevée aurait pu être payée pour ce service.

Il s'arrêta, obligeant Eddie, dont les mains tremblaient, à demander d'une voix rauque :

— Où aurait-elle été transportée ?

— Il est possible – je dis bien seulement possible – qu'elle ait été déposée à une adresse à Nashville, Tennessee.

— Et connaissent-ils – du moins connaissez-vous – cette adresse ?

— Ce n'est qu'une adresse possible, reprit l'Ambassadeur d'un ton patelin.

Il tira une autre feuille du dossier qu'il lui passa. Il attendit ensuite qu'Eddie l'ait mémorisée et la lui rende.

— Monsieur l'Ambassadeur, je ne sais comment vous remercier.

Kennedy passa un bras autour de ses épaules tandis qu'il le raccompagnait à la porte.

— Vous comprenez bien, Edward, qu'il est probable que cette piste ne mène nulle part.

— Je comprends.

— Il s'agissait sans doute d'une autre fille.

— Oui, monsieur.

— Je ne peux garantir l'exactitude de cette information.

— Je comprends, monsieur.

L'Ambassadeur l'examinait attentivement. Peut-être pensait-il à ses propres enfants.

— Elle avait de la chance d'avoir un frère tel que vous.

— Non, monsieur, c'est moi qui avais de la chance de l'avoir pour sœur.

Ce n'est qu'une fois dans la rue qu'Eddie se rendit compte qu'ils avaient tous les deux parlé au passé.

17

Réunion surprise

I

— Ce ne sont pas tes affaires, dit Mona Veazie.

Le pourboire glissé au porteur qui s'occupait de ses bagages l'avait été si discrètement qu'Aurelia avait failli ne rien remarquer. La mère de Mona, Amaretta, Tsarine en chef, se tenait immobile à quelques mètres de là, petite femme à la peau sombre sous une montagne de fourrure, escortée par un Gary Fatek très agité. Le quai se trouvait au deuxième sous-sol de la gare. Les gens se croisaient, se bousculaient, pressés de rejoindre leur destination ou regrettant de voir un autre partir. Des tourbillons de vapeur s'échappaient des locomotives qui s'ébrouaient. Les pantographes faisaient des étincelles. Si le départ de sa fille pour trois ans à Chicago chagrinait un tant soit peu Amaretta, elle le cachait bien.

— Peu importe ce que fait Eddie, poursuivit Mona, ça ne te regarde pas. J'espère que tu sauras t'en souvenir pendant mon absence.

Aurie baissa les yeux.

— Je préférerais que tu ne partes pas.

— Pourquoi ? Tu as peur de faire une autre bêtise si je ne suis pas là ?

— Une autre bêtise ?

— Avec Eddie. (Mona caressa le ventre rond d'Aurelia.) N'oublie pas qui tu es, ma chérie. (Elle monta sur le marchepied et jeta un œil à sa mère. Cette dernière souriait avec indulgence à un bon mot de Gary tout en faisant mine de ne pas les écouter, Aurie et elle, et sans pourtant perdre une miette de ce qu'elles disaient.) Junie est la sœur d'Eddie, pas la tienne. C'est son problème à lui, pas le tien.

— Je connais du monde. Je pourrais l'aider.

— Et te créer des ennuis supplémentaires.

— Tu n'as pas beaucoup d'estime pour moi, n'est-ce pas ?

— Je t'estime énormément, au contraire. (Elle lui embrassa le front.) Et je sais ce que je te dois. Si tu as besoin de moi, je suis à portée de téléphone.

— Et d'un long voyage en train, bougonna Aurelia.

Le contrôleur appela les passagers en voiture. Dernières embrassades de toutes parts. Gary déposa un baiser sur les lèvres de Mona. Puis un deuxième. Amaretta s'empourpra. Selon elle, il était évident que le millionnaire s'amusait à faire les quatre cents coups avant d'épouser une Blanche de son rang. Aurelia était secrètement d'accord et elle soupçonnait Mona de le penser aussi, sinon elle ne serait pas partie. Gary prit le bras d'Amaretta. Mona n'était pas du genre à agiter sans fin son mouchoir à la portière. Le train ne s'était pas ébranlé qu'elle avait déjà disparu, en route vers de plus grandes choses, à commencer par ses recherches postdoctorales à l'université de Chicago. Aurelia avait le sentiment qu'elle la laissait tomber, à plus d'un titre.

Amaretta marchait entre les deux jeunes gens.

— Il n'y a qu'une seule raison qui pousse les gens à partir, dit-elle.

— Laquelle ?

— Ils ne veulent pas qu'on les rattrape.

Gary, pour une fois, n'offrit pas de les raccompagner et prétexta d'autres rendez-vous. Les deux femmes, la Tsarine en titre et celle en devenir, partagèrent un taxi pour remonter à Harlem. Le trajet fut quasiment silencieux. Aurelia aurait voulu demander à Amaretta si ses propos visaient Junie ou sa propre fille, mais on ne posait pas de question à Amaretta Veazie. À moins de vouloir se retrouver au ban de la société, on se contentait d'écouter la sagesse qu'elle voulait bien dispenser et d'obéir à ses ordres. Défier Amaretta, se plaisait à répéter Langston Hughes, coûtait aussi cher que défier le pape.

Alors que le taxi commençait à gravir Sugar Hill, la Tsarine lui prit la main :

— Ce n'est pas le jeune Mr Wesley qui a besoin de ton aide, mon petit, c'est ton Kevin.

Ce fut au tour d'Aurelia de rougir. Amaretta avait tout entendu.

— Je crains de ne pas savoir de quoi vous parlez, Mrs Veazie.

— Tu sais exactement de quoi je parle.

— Non, madame.

Le regard pâle d'Amaretta était impitoyable – celui du Jugement dernier.

— Nous avons besoin de Kevin. C'est vrai que le jeune Mr Wesley est écrivain et que son père est engagé en faveur des droits civiques. Mais il y a des centaines d'écrivains noirs, Aurelia, et des milliers de pasteurs dans la lutte pour les droits civiques. En revanche, il n'y a qu'un seul héritier Garland.

— Oliver et Derek sont des Garland. Il y a aussi Cerinda et les siens dans le Midwest...

— Il n'y a qu'un seul héritier, répéta Amaretta. (Elle pointa un doigt en direction du ventre d'Aurelia.) Et, par la grâce de Dieu, tu portes le prochain.

II

Mona avait décidé de partir plus tôt que par le train de nuit qu'elle avait initialement réservé. Kevin Garland s'attendait à ce que les deux amies passent des heures en ville avant le départ. Il n'était donc pas prêt à voir débarquer Aurelia à Edgecombe Avenue à peine la nuit tombée. De son côté, elle avait décidé de ne pas s'annoncer pour lui faire une surprise. Elle ne savait rien des sornettes qu'avait débitées Amaretta et ne voulait rien savoir. Elle avait envie de faire l'amour avec son mari et, pour l'instant, d'oublier tout le reste. Elle se rappela le jour où Kevin l'avait surprise sous la douche alors qu'elle le croyait en voyage. Aujourd'hui, elle allait lui rendre la monnaie de sa pièce. Sur le palier, après avoir jeté un œil alentour, elle défit quelques boutons de son chemisier. Elle glissa sa clé dans la serrure aussi silencieusement qu'elle savait le faire. Elle s'apprêtait à ouvrir subrepticement la porte quand on la lui arracha des mains. Aurelia fut projetée à l'intérieur. Elle se serait étalée de tout son long si une main puissante ne l'avait rattrapée par le poignet. Une main blanche. Quatre hommes étaient assis dans le salon où elle avait l'habitude de recevoir, deux d'entre eux étaient blancs et les deux autres noirs, dont Kevin. Les quatre têtes se tournèrent vers elle, ébahies. Elle était debout, le chemisier ouvert à moitié, humiliée. Le cinquième homme près de la porte la tenait toujours par le poignet. Il avait un visage amène. Des cheveux blond cendré lisses. Mais son regard était aussi glacial qu'une tombe.

— Veuillez lâcher ma femme, dit Kevin avec une autorité qui l'impressionna secrètement.

L'homme qui la tenait regarda en direction de l'un des hommes blancs qui étaient assis. Des cheveux clairsemés, plus pâles encore que sa peau, dessinaient quelques vagues sur son crâne marbré. Sa voix dégageait une autorité tranquille.

— S'il vous plaît, Mr Collier, faites ce que Mr Garland vous demande.

Elle fut immédiatement relâchée. Kevin, les yeux exorbités, vint vers elle. Il était fou de rage. Aurelia ne l'avait jamais vu comme ça. Elle recula d'un pas, reboutonnant gauchement son chemisier, mais ce n'était pas elle l'objet de sa fureur.

— Ne vous avisez plus jamais de porter la main sur ma femme.

L'homme blond inclina la tête.

— Je vous prie de m'excuser, monsieur.

Sa voix était calme mais son ton irrévérencieux, comme s'il tenait à montrer que cette explosion de colère ne l'atteignait pas.

Kevin tenta de passer un bras autour des épaules de son épouse, mais elle se dégagea. Tout le monde avait l'air gêné et Kevin fit de son mieux.

— Tu connais Perry Mount, bien sûr.

Aurelia avait évidemment reconnu le golden boy de Harlem, le célibataire le plus couru de Sugar Hill, maintenant que Kevin Garland était pris. Perry inclina la tête en souriant comme s'ils étaient de vieux amis, Aurelia lui rendit la pareille, mais ce type lui donnait la chair de poule. Perry Mount échangea un bref regard avec ledit Collier, témoignant d'une complicité qu'elle ne comprenait pas mais qui ne lui disait rien de bon. Kevin, pour sa part, ne ménageait pas ses efforts pour tenter de détendre l'atmosphère.

— Laisse-moi te présenter le sénateur Elliot Van Epp et son gendre Lanning Frost, membre de la Chambre des représentants. Sénateur, Représentant, ma femme, Aurelia.

Poignées de main. Excuses. Murmures sur les rumeurs au sujet de sa beauté, très en deçà de la vérité.

— Mr Collier est le garde du corps du sénateur, dit Kevin dont la colère restait visible.

Aurelia n'avait jamais entendu parler d'un sénateur avec un garde du corps. Elle se demanda s'il était jamais arrivé qu'un membre du Sénat ait été assassiné et elle songea, étonnamment déloyale, que Kevin n'en saurait rien alors qu'Eddie lui aurait répondu du tac au tac.

— Eh bien, Mr Collier fait très bien son travail, fit-elle en se massant le poignet.

— Il s'est fermé à jamais la porte de cet appartement, lui promit Kevin.

— Je m'en fiche éperdument, répliqua-t-elle avec un sourire glacial.

— Je crois qu'il est temps que nous prenions congé, dit le sénateur avec un regard posé. Merci de votre hospitalité, Kevin.

— Je m'en voudrais d'interrompre votre réunion, reprit Aurelia.

— Nous avions terminé.

Lanning Frost secoua la tête.

— Je pensais que nous devions encore discuter de la manière de résoudre les problèmes que nous avons évoqués ou, du moins, mettre nos difficultés actuelles en perspective avec nos préoccupations à long terme.

Aurie le fixa attentivement. Elle avait entendu dire

que Frost avait l'intention de se présenter pour le siège de son beau-père au Sénat. Il avait un visage carré et séduisant, une voix douce et mélodieuse, mais de la bouillie à la place du cerveau.

— Nous avons terminé, répéta le sénateur d'une voix plus forte.

Frost acquiesça en rougissant et s'excusa à nouveau. Perry avait pris les manteaux de tout le monde. Collier était déjà sur le palier. Aurelia s'interrogeait encore sur le regard qu'ils avaient échangé. Deux minutes plus tard, elle était seule avec son mari.

— Je suis désolé, ma chérie, dit-il en ouvrant les bras maladroitement. Ce sont les affaires. Un travail pour mon père. Si j'avais su que tu rentrais plus tôt, je n'aurais jamais programmé une réunion.

— Je veux déménager, répondit-elle.

Kevin eut l'air de ne pas comprendre. Il tenta de l'aider à reboutonner son chemisier.

— Déménager ? Où veux-tu déménager ?

— Je veux quitter Harlem. Pour toujours.

— Chérie, qu'est-ce qui se passe ? Qu'est-ce qui ne va pas ?

— Nous pouvons conserver l'appartement. Tu pourras l'utiliser quand tu auras des affaires à traiter en ville. Mais je n'élèverai pas mes enfants avec ce genre de personnages dans les parages.

Aurelia alla vérifier si Zora dormait bien et s'enferma dans la chambre à coucher. Elle entreprit de se changer, elle était en slip quand elle sentit le bébé bouger. Elle s'observa dans le miroir, les bras croisés sur son ventre rond. Elle ne pouvait pas se plaindre. Pas vraiment. Kevin l'aimait et elle... elle l'appréciait. Il était encore capable de la surprendre. Les gens qu'il voyait. Ceux qui tenaient à le rencontrer. Elle ne savait pas grand-chose des affaires de son mari et ne tenait pas à en savoir plus. Elle voulait juste lui faire des enfants.

Son sourire s'évanouit d'un seul coup et elle se laissa tomber sur le lit.

Elle venait de se souvenir des mots qu'Amaretta avait prononcés dans le taxi quelques minutes plus tôt et de ceux de Kevin, il y a un an et demi, assis près de ce même lit, une chaussure à la main, lui annonçant qu'il avait besoin d'un fils. Une image s'imposa à son esprit et disparut aussitôt. L'objet de la réunion de ce soir. Elle sentait dans sa chair même que l'image était juste, même si son sens lui échappait encore.

Un héritier venait d'être présenté à un autre.

Des héritiers, mais de quoi ? La question la taraudait, mais il n'y avait personne à qui elle oserait la poser.

18

Les Vingt

I

Eddie possédait une voiture à la hauteur de son standing : une longue Cadillac DeVille rouge décapotable. Il expliqua qu'il avait besoin de passer du temps seul et personne ne vint le contredire. On lui souhaita bon vent. Cela arrangeait tout le monde qu'il prenne le large. Son deuxième roman devait sortir en octobre et tous ses amis étaient d'accord : des vacances lui feraient le plus grand bien. Charlie Bing dressa une liste de gens qu'il pourrait rencontrer. Gary Fatek lui proposa d'utiliser la propriété du Kentucky construite par la branche sud de la famille, mais il dut se raviser car la dite branche s'y opposa. De toute façon, Eddie n'avait jamais compté dessus. Le vieux Mr Pond, le barbier, qui n'était pas descendu dans le Sud depuis les années 1930, lui conseilla de ne pas y conduire seul la nuit. Kasten le pressa de prendre une montagne de notes. Seule Aurelia avait deviné que l'objectif de son ancien amant n'était peut-être pas ce qu'il prétendait, mais elle était trop occupée par sa maternité pour l'en dissuader et, en outre, elle estimait qu'il lui devait des excuses.

Il quitta Harlem un lundi d'août 1958, un peu plus d'un an après la disparition de Junie et quatre mois après la naissance du deuxième enfant d'Aurelia. Il roula vers le Sud. À cette époque, il était encore difficile pour un Noir de s'arrêter dans des hôtels en chemin. Lorsqu'on organisait un voyage, notamment le long de la ligne Mason-Dixon, il valait mieux avoir des amis prêts à vous héberger. Eddie s'arrêta pour une nuit à Baltimore où il logea chez un cousin de Charlie, membre du conseil municipal. Ledit cousin était un de ses admirateurs et ils passèrent un long moment à discuter de la révolution. Le lendemain matin, Eddie reprit sa route. Il s'arrêta ensuite à Richmond, cette fois chez un riche avocat noir qui s'occupait aussi de plaintes concernant les droits civiques. Les deux hommes ne s'étaient jamais rencontrés mais l'avocat lui avait adressé un mot de compliment à la parution de son roman. Eddie lui avait répondu et ils avaient entamé une correspondance amicale. L'avocat avait des contacts dans la bonne société de Nashville. Il connaissait les McKissack et les Campbell de même que d'autres éminentes familles noires. Il donna à Eddie des lettres d'introduction. Eddie continua sa progression vers le sud. Il arriva à Nashville trois jours après avoir quitté Manhattan. Tous les clans eurent plaisir à le recevoir. Ils avaient envie de parler du roman et du monde littéraire de Harlem. Avait-il rencontré Arna Bontemps, originaire de cette partie du pays ? Et Richard Wright ? Peut-être connaissait-il le plus grand de tous, Langston Hughes ? Eddie tenta de donner poliment le change, mais il avait du mal à masquer son impatience. Enfin, ils lui indiquèrent comment se rendre à l'adresse que lui avait donnée Joe Kennedy.

Elle correspondait à un terrain vague dans un quartier noir, où une maison avait récemment été détruite dans un incendie.

Eddie posa des questions dans le voisinage. Il s'adressait, cette fois, à un autre échelon de la société noire. Au bar d'un hôtel pour gens de couleur, il trouva une poignée de témoins à moitié ivres. Ce qui les intéressait avant tout, c'était de continuer à boire. Oui, disaient-ils, de nombreuses jeunes femmes noires étaient passées par cette maison, et des jeunes hommes aussi. Ils étaient bien trop ivres pour reconnaître Junie sur la photographie et Eddie se demanda si leurs souvenirs étaient réels ou fabriqués pour lui répondre. Ils se disputèrent entre eux au sujet de la date à laquelle l'incendie avait eu lieu. Le lendemain, Eddie se présenta à la rédaction du plus grand quotidien de la ville, mais on lui répondit que l'accès aux archives était réservé aux employés. La bibliothèque publique était fermée aux lecteurs de sa nation. L'hebdomadaire noir local avait couvert l'incendie mais ses dossiers étaient mal tenus. Il finit tout de même par reconstituer l'histoire. La maison avait brûlé en mars dernier, à peu près à l'époque de sa dispute avec Aurelia à Riverside Drive. Il n'y avait eu aucune victime. Ni aucun blessé. Les premiers articles sur le sujet parlaient d'un objet incendiaire. Dans l'édition suivante, le capitaine des pompiers déclarait l'incendie « accidentel ». Les résidents étaient des squatters, laissaient entendre les articles. La maison, qui avait été condamnée par les autorités sous prétexte qu'elle risquait de prendre feu, n'appartenait à personne. De retour chez ses hôtes – des hôtes d'une grande patience –, Eddie resta éveillé la moitié de la nuit à repasser ses notes.

Peut-être.

Peut-être pas.

Il se rendit compte qu'il avait oublié de poser une

question. Le soir suivant, il retourna retrouver ses nouveaux amis au bar. Non, lui répondirent-ils. Ils n'avaient aucune idée de l'endroit où avaient pu aller les habitants. Il y avait bien une rumeur, dit le plus inventif et le plus loquace des deux ivrognes, selon laquelle certains d'entre eux étaient blancs. L'autre affirma que c'était ridicule et qu'aucun Blanc n'aurait habité ce quartier. Pendant que les deux types se querellaient, une femme de l'autre côté du bar accrocha le regard d'Eddie et lui fit un signe de la tête. Eddie quitta les deux hommes et la rejoignit dans son box. Elle était plus grande et plus âgée que lui. Elle s'appelait Marva. Il lui offrit un autre verre, mais lorsqu'il commença à lui poser des questions, il s'avéra que Marva l'avait invité simplement pour affaires. Il la questionna tout de même, la maison n'était qu'à deux blocs de là. Si elle travaillait dans le quartier, elle avait peut-être vu quelque chose. Marva flirtait avec lui par principe, mais comme il ne se montrait guère coopératif, elle s'apprêta à quitter la table. Eddie la retint. Elle finit par reconnaître qu'elle s'était vaguement liée avec quelques filles qui habitaient la maison. Eddie lui montra la photographie de Junie. Marva l'examina longuement, un frisson d'excitation lui parcourut l'échine quand il crut voir qu'elle la reconnaissait, mais elle se contenta de hausser les épaules et de lui rendre la photo.

— Difficile à dire.

— C'est important.

— Je ne peux pas t'aider, mon cœur.

Eddie mit dans sa voix toute la sincérité dont il était capable.

— Je t'en prie, Marva, je suis son frère.

Marva secoua la tête. Il lui proposa de l'argent. Elle le lui retourna, offensée. Eddie savait reconnaître quand il se heurtait à un mur. Junie, par sa douceur même, réussissait toujours à toucher la corde sensible de ceux qui l'entouraient, mais Eddie savait qu'il ne fallait pas prendre la négation de Marva pour une affirmation. Peut-être disait-elle ne pas la reconnaître tout simplement parce que c'était vrai. Il y avait dans *La Théorie des champs unifiés* une phrase qui s'appliquait à la situation. Sur le chemin qui le ramenait vers les quartiers plus cossus de la communauté noire – des phares le suivirent tout le long du trajet –, la phrase lui revint : « Ni l'amour ni l'espoir ne suffisent à prouver la vérité. »

II

Eddie reprit la route le lendemain matin, mais il ne rentra pas tout de suite à New York. Il roula d'abord en direction de l'est, puis du sud-est. Il prenait son temps. Dans plusieurs villes, il trouva des hôtels pour gens de couleur. Une nuit, il s'endormit dans sa voiture, sur une aire de repos pour camions, mais il en fut chassé par la police d'une manière suggérant qu'il serait dangereux de s'attarder là une heure de plus. Il se demanda s'ils avaient reçu l'ordre de le chasser. Le quatrième jour, il arriva à Charleston, là où avait commencé la guerre de Sécession. Au milieu du XXe siècle, Charleston était encore la ville des États-Unis où la ségrégation était la plus marquée. Ses hôtes à Nashville lui avaient fourni l'adresse d'une femme noire qui louait des chambres. Par son intermédiaire, il rencontra un avocat noir. Cet avocat noir le présenta à un avocat blanc raisonnablement libéral, qui l'aida à trouver l'avocat dont il avait besoin, un homme presque chauve du nom de Witter, qui accepta du bout des lèvres de transmettre une enveloppe cachetée à son client, lequel, en retour, à la grande surprise de Witter, accepta de le rencontrer.

— Votre demande a été acceptée bien que j'y sois opposé, dit Witter. (Eddie fit signe qu'il comprenait.) Ne dites rien qui pourrait inquiéter Mrs Castle, elle n'a pas été épargnée.

Eddie promit de la ménager.

La rencontre n'eut pas lieu au cabinet de Witter, ni à la résidence des Castle près du port, mais au temple méthodiste d'une blancheur aveuglante. Leona Castle semblait être là pour faire passer un message, mais Eddie n'était pas certain d'en connaître le destinataire. Ils s'installèrent sur des bancs derrière le sanctuaire, la veuve, plusieurs paroissiennes, le pasteur, un diacre, et pas un seul mais deux avocats. Eddie se demanda s'il arrivait que des membres noirs de la congrégation s'assoient à cet endroit. Il aurait préféré rencontrer Mrs Castle en tête à tête, mais il était à Charleston, pas à Manhattan, et cela n'aurait servi à rien de demander.

Eddie avait préparé son intervention au mot près. Les condoléances. Des paroles d'admiration pour son mari, particulièrement de son activisme en faveur des droits civiques, ce qui ne formait qu'une part minuscule de son activité, mais qu'Eddie avait l'intention de grossir à souhait. Puis, petit à petit, il s'approcherait du véritable objectif de sa visite, l'enveloppe rose dont Emil avait parlé au mariage d'Aurelia : l'élément de négociation dont il avait besoin.

Leona Castle ne lui laissa aucune marge de manœuvre. Petite, d'un teint de porcelaine, la tête couverte comme il se doit dans un lieu de culte, elle incarnait l'image même de la faible femme du Sud, à l'exception de ses yeux noirs, brûlants de curiosité.

Eddie était assis un rang devant elle, ce qui signifiait qu'il était obligé de se retourner pour lui parler. À peine eut-il terminé ses condoléances que Leona levait une délicate main gantée lui intimant le silence. Elle passa directement au sujet qu'Eddie aurait préféré qu'elle évite.

— C'est très gentil à vous de me rendre visite, Mr Wesley, dit-elle avec un accent du Sud presque aussi prononcé que celui de son avocat. J'imagine à quel point votre emploi du temps doit être chargé. Mais ne faisons pas comme s'il s'agissait d'une visite de courtoisie. Vous disiez dans votre note que vous aviez des renseignements sur la mort de mon mari. Je vous saurais gré de m'en faire part. (Eddie désigna du regard les six ou sept Caucasiens au visage fermé qui les entouraient.) N'y songez pas, Mr Wesley. Nous parlons devant mes amis ou nous ne parlons pas.

Le visage de porcelaine s'était durci. Eddie avait entendu dire que sa famille avait compté autrefois parmi les plus grands propriétaires d'esclaves de l'État et, en Caroline du Sud, ils avaient été nombreux à pouvoir prétendre à ce titre. Il supposa qu'en dépit du libéralisme qu'on lui prêtait, Leona Castle ne supporterait pas qu'un Nègre lui résiste.

Bien sûr, avant de venir, il avait envisagé plusieurs manières d'éluder le sujet. Mais il n'était pas doué pour les circonlocutions et il sentit que la femme blessée assise derrière lui ne souffrirait aucun exercice d'éloquence trompeuse. Au moindre mensonge, elle se lèverait.

— Après la mort de votre mari, j'ai rencontré un homme du nom d'Emil...

Il lui expliqua que ledit Emil avait demandé à lui être présenté au mariage et lui avait posé des questions sur une enveloppe : il avait prétendu avoir fait des photos lors d'une réunion de boy-scouts. Il lui parla de la deuxième apparition du personnage devant la librairie. Il ne mentionna pas Joseph Belt. Il ne dit rien au sujet de sa sœur ni de l'intérêt qu'avait manifesté le FBI. En revanche, il prétendit que l'enveloppe était sûrement la clé de... Il s'apprêtait à lui demander si elle l'avait trouvée parmi les effets de son mari, mais Witter s'interposa comme un bulldozer.

— Les biens de Mrs Castle ont fait l'objet de trois fouilles par des agents fédéraux et le patrimoine de son mari a été inventorié deux fois par décision de justice. Aucun de ces inventaires ne fait mention d'une enveloppe rose, avec ou sans chiffres inscrits au crayon dans un coin. Nous avons déjà eu plusieurs demandes à titre privé...

Leona Castle leva une nouvelle fois sa main gantée et l'avocat se tut immédiatement. Eddie reconnut que la petite femme assise derrière lui détenait une autorité qui n'était pas sans rappeler celle d'Erebeth Hilliman, bien qu'à une moindre échelle.

— Y avait-il autre chose, Mr Wesley ?

— Non, madame.

— Vous ne savez donc pas qui a tué mon mari.

— Pas directement, madame, non.

— Vous êtes donc ici sur de fausses allégations.

Eddie hésita.

— Madame...

La main gantée se dressa une troisième fois. Eddie avait remarqué que les Sudistes avaient tendance à s'installer confortablement avant d'entamer un long discours tandis que les Nordistes, quelle que soit la position dans laquelle ils se trouvaient, balançaient ce qu'ils avaient sur le cœur. Leona prit un moment pour rajuster sa mise et Eddie eut la sagesse d'attendre.

— Mon mari était un homme très intelligent,

Mr Wesley. Très précautionneux. Et très prudent. Philmont croyait à la prudence comme je crois en Dieu et en Jésus-Christ. La prudence était son maître mot, Mr Wesley. Il ne commettait que très peu d'erreurs et choisissait avec une attention extrême les personnes avec lesquelles il faisait affaire. Il était encore plus précautionneux dans le choix de ses amis. Il en avait peu. Il n'aurait jamais, de près ou de loin, traité avec un petit Allemand sans vergogne comme votre Emil. Je crains que ledit Emil ne vous ait menti. Je ne saurais dire quelle raison l'a poussé à impliquer mon mari ou ma famille dans ses mensonges. C'est à vous qu'il appartient de répondre à cette question, Mr Wesley, pas à moi. (Elle se leva et toute la compagnie à sa suite.) Je suis désolée pour votre sœur, Mr Wesley. J'espère que vous la retrouverez vivante.

Dans un bruissement de jupe, elle quitta le temple accompagnée des paroissiennes, du diacre et du plus jeune des deux avocats. Le pasteur resta, ainsi que Witter.

Ce dernier prit la parole.

— C'était une délicate attention de votre part de n'avoir pas mentionné l'ami de couleur de son mari.

— J'imagine que vous faites référence au professeur Belt, dit Eddie.

Witter eut l'air perdu.

— Non. Non. Je parlais de Shands. Le musicien de jazz. (Comme Eddie se contentait de le fixer, l'air interdit, Witter poursuivit.) Celui qui est mort en 54 d'une overdose. Ce fut un moment difficile pour Leona. Shands et Mr Castle étaient très proches.

Eddie ne put masquer sa surprise.

— Ralph Shands et Philmont Castle étaient amis ?

Witter refermait sa grosse mallette de cuir. Dieu seul savait pourquoi il l'avait apportée.

— Je n'ai aucun goût pour le jazz, Mr Wesley. Mais l'on m'a dit que Ralph Shands était le meilleur pianiste de tous les temps.

— Il l'était, répondit Eddie, perdu dans ses pensées.

Deux Noirs éminents, chacun figurant parmi les meilleurs dans son domaine : tous les deux amis de Philmont Castle et tous les deux morts dans des circonstances louches, sans aucun témoin.

— Je regrette que vous ayez fait ce voyage pour rien, Mr Wesley, dit l'avocat qui gratifia le pasteur d'un regard appuyé avant de s'en aller.

Le pasteur était un homme jeune, dans les trente-cinq ans environ. Il portait des lunettes à verres épais et était affublé d'un épi qui lui donnait l'air d'un gamin. Il invita Eddie à le suivre dans son bureau où une autre paroissienne, les yeux baissés, leur servit des limonades avant de les laisser seuls. Le pasteur, qui avait l'accent de la Nouvelle-Angleterre, semblait gêné d'être servi. Eddie observa la pièce autour de lui. Sur les étagères, au milieu des bibles, des recueils de cantiques et des ouvrages d'inspiration religieuse, il y avait des livres de Reinhold Niebuhr et de Karl Barth. Eddie se tortillait sur sa chaise. Les religieux le mettaient mal à l'aise, et les religieux à tendance libérale plus que tous les autres car ils s'employaient moins à sauver votre âme qu'à devenir votre ami. Il guettait l'instant où le jeune pasteur allait se mettre à parler des droits civiques. Au lieu de cela, le pasteur ouvrit le tiroir de son bureau et en sortit un exemplaire de *La Théorie des champs unifiés*.

Eddie ne cacha pas sa surprise. On lui avait dit que le roman était quasiment impossible à trouver dans les librairies du Sud.

Le pasteur acquiesça.

— Je l'ai acheté à l'occasion d'un voyage chez moi. Je n'ose pas le garder sur les étagères.

Il demanda à Eddie de le lui dédicacer. Pendant qu'Eddie s'exécutait, il lui expliqua que Leona entretenait des sentiments ambivalents à l'égard de son mari. Philmont Castle était un homme plutôt bon mais, selon Leona, il s'était laissé embobiner par des gens peu recommandables. Il avait gaspillé une grosse partie de l'argent que le Seigneur avait confié à sa gouverne. Il avait été tenté par une solution de facilité. La solution du diable. La voix du pasteur se fit plus grave. Eddie lui tendit le roman, mais il l'ignora.

— Leona ne savait pas exactement de quoi Phil et ses nouveaux amis s'occupaient, mais elle s'était rendu compte que leurs œuvres ne pouvaient s'accomplir dans la claire lumière du Seigneur, et c'était une raison suffisante pour qu'elle s'y oppose. Elle n'a pas réussi à l'en détourner. Mais il lui a quand même parlé, un peu. Ils étaient vingt. Il les appelait les « Vingt ». Il lui a parlé aussi d'un Projet avec un p majuscule. Il a fait état de son importance – pas pour lui, Mr Wesley, mais pour la nation. Pour l'avenir de l'Amérique. Leona ne parvenait plus à combler le fossé qui se creusait entre eux. Je ne suis pasteur ici que depuis quatre ans, mais elle a grandi dans cette congrégation. C'est ici qu'elle vit sa foi. Elle est venue me demander conseil. Son mari était encore vivant à l'époque. Elle m'a dit qu'il riait à la face de Dieu et invitait le diable chez eux.

Les yeux du pasteur étaient illuminés derrière ses drôles de lunettes et Eddie sut que, tout libéral qu'il était, la foi de cet homme était aussi fervente que celle de Wesley Senior. Cherchant un moyen d'apaiser les choses, Eddie glissa :

— C'était une métaphore, bien sûr.

Le pasteur ne releva pas. Il caressait l'un de ses tiroirs.

— Vous n'avez pas encore la foi, Mr Wesley. Je m'en rends compte. Vous étiez mal à l'aise tout à l'heure dans le temple. Assis ici, à m'entendre parler de Dieu et du diable, vous l'êtes encore plus. Mais vous n'avez pas besoin de croire au diable pour qu'il vous attrape.

Eddie le regarda.

— Avez-vous besoin de croire en Dieu pour qu'il vous atteigne ?

— Lorsque Dieu vous appelle, vous ne pouvez pas résister.

— Et qu'est-ce que Dieu veut de moi en ce moment précis ? Que je rentre à New York et que j'oublie ce qui s'est passé ? (Il repensa à une phrase qu'il n'avait pas relevée sur le moment.) Pourquoi Mrs Castle a-t-elle parlé de ma sœur ? Comment sait-elle qu'il est arrivé quelque chose à Junie ?

Le pasteur finit par ouvrir le tiroir et en sortit une enveloppe. Une enveloppe rose.

Eddie n'en croyait pas ses yeux. Le pasteur reprit :

— Cela fait trois ans qu'elle est en ma possession, Mr Wesley. Leona l'a trouvée avant de partir pour New York. Elle me l'a confiée pour la tenir à l'abri des regards indiscrets. (Il sourit.) Et les regards n'ont pas manqué, Eddie. Pas seulement ceux dont a parlé Dave Witter. Il y a eu trois cambriolages chez elle. Quelques personnes sont venues comme vous poser des questions. Tout cela en plus des enquêtes du FBI, bien entendu.

Eddie ne parvenait à détacher son regard de l'enveloppe.

— Elle a menti au FBI ?

Le pasteur secoua la tête, il ne niait pas mais refusait de répondre. Que Leona ait menti ou non ne regardait pas Eddie.

Eddie lui accorda ce point. Il reprit :

— Pourquoi moi ? Si Mrs Castle a refusé de remettre cette enveloppe au gouvernement fédéral et à tous ses autres visiteurs, si elle en savait suffisamment pour ne pas la garder chez elle où elle risquait d'être dérobée, pourquoi me la donner à moi ?

— À dire vrai, Mr Wesley, je ne sais pas très bien. Mais quand elle a reçu votre mot, Mrs Castle m'a demandé si vous étiez bien cet Edward Wesley qui habite Harlem et écrit des romans.

Abasourdi, Eddie prit l'enveloppe que lui tendait le pasteur.

— Savez-vous ce qu'elle contient ?

Le pasteur fit signe que non.

— Je ne l'ai pas ouverte et je ne saurais vous dire si Leona l'a fait.

De retour chez sa logeuse, Eddie déposa l'enveloppe sur la commode et hésita à l'ouvrir. Il savait déjà ce qu'il allait découvrir et cela le déprimait. Des photographies, comme l'avait dit Goldfus/Abel. Un charabia qui se traduirait en équations et en diagrammes techniques qu'il serait bien incapable d'interpréter. L'enveloppe rose portait le numéro 17 et Eddie était prêt à parier qu'il y en avait eu une seizième avant. Seize quoi ? Il fallait sans doute être un génie pour interpréter les diagrammes, mais un enfant aurait pu expliquer la logistique. Joseph Belt, alléché par Phil Castle, dérobait des renseignements au laboratoire national de Los Alamos, puis les transmettait à Castle qui les transférait par bribes à Emil Goldfus.

De quel type de renseignements s'agissait-il ? D'après ce qu'Eddie avait pu vérifier, les scientifiques qui travaillaient à Los Alamos poursuivaient un objectif majeur.

Ils construisaient des bombes à hydrogène.

Eddie se leva et se mit à arpenter la moquette usée. Il imaginait Junie à ses côtés, qui murmurait, riait, le conseillait. Il lui expliquait le problème. Le contenu de l'enveloppe prouverait que, lors de cette nuit sinistre à Washington, J. Edgar Hoover avait vu juste, ainsi que Bernard Stilwell cet après-midi brumeux à Harlem, et que Joseph Belt, le rigide et méprisant Joseph Belt, le seul physicien noir de Los Alamos, était un traître.

— Je ne veux pas le savoir, dit-il à voix haute.

Junie lui répondit que c'était dommage parce qu'il n'avait pas le choix.

— Facile à dire. Tu n'es même pas là.

Junie dit ce qu'elle disait toujours, qu'il n'était qu'un sale gosse.

Eddie s'arrêta net, les joues en feu. Il aurait pu brûler l'enveloppe et son contenu sans le lire s'il ne s'était rappelé que Stilwell lui avait demandé s'il avait quelque chose à offrir en échange pour que le Bureau s'intéresse à la disparition de sa sœur. Il avait besoin d'avancer un pion pour rester dans le jeu, et ce legs de Phil Castle était le seul qu'il lui restait.

Aussi il ouvrit l'enveloppe. Il en sortit le contenu et comprit immédiatement que tout le monde, le Bureau, le colonel Abel et tous les autres, s'était fait avoir.

Le contenu n'avait aucun rapport avec les armes nucléaires.

Eddie tira d'abord une carte sur laquelle était épinglé ce qui semblait être une cosse quelconque, du genre de celle qui lui piquait les jambes quand il était gosse et qu'il se promenait dans les hautes herbes qui couvraient les dunes à Martha's Vineyard. Sur la carte étaient écrits quatre mots en majuscule.

SA FEMME L'A

Eddie mit la cosse de côté. Sa femme ? La femme de qui ? De Castle ? Impossible, il avait en main ce que son mari avait laissé. Le reste ne l'aidait pas. Cela ne faisait aucun sens, quelle que soit la manière dont il prenait la phrase.

Eddie tira ensuite une deuxième carte, semblable à la première, où davantage de mots en majuscule avaient été écrits d'une autre main :

PAS COMME DANS UNE ÉPOQUE ESSENTIELLEMENT TRAGIQUE

De plus en plus curieux. Les cartes formaient sans aucun doute un message, mais Eddie doutait qu'il lui soit destiné. Fallait-il les lire ensemble ? Si oui, dans quel ordre ? Il s'agissait peut-être de références à la Bible ? Ou à une œuvre qu'il était censé reconnaître ? Il les examina comme s'il espérait élucider le secret de l'univers.

Mais d'un autre côté, assis dans la chambre de la maison d'hôtes pour gens de couleur, à Charleston, tournant et retournant la cosse entre ses doigts pendant que la nuit avançait, Eddie Wesley titillait sa propre curiosité. Le véritable trésor était la pile de lettres qui se cachaient dessous et dont une seule était datée. Il tira la première :

Cher P.,

Tu avais raison. J'ai passé un moment merveilleux. Je savais que c'était important, mais je n'avais pas soupçonné que cela me plairait autant. Un grand merci pour ton invitation. J'espère que qui tu sais n'en saura rien.

La deuxième :

Cher P.,

Ce que tu dis est peut-être vrai. Peut-être y a-t-il un moyen de le faire sans être pris. Mais sais-tu ce que je viens de comprendre ? Nous n'avons pas tous vocation à être heureux. Il nous arrive de prendre part à des choses que nous n'aurions jamais imaginées, et nous y entrons avec joie, mais nous poursuivons par ennui. Ne te méprends pas. Je n'ai pas l'intention d'abandonner. Pas la moindre. Mais j'ai le sentiment que toi si.

Une troisième :

Cher P.,

Bien sûr, je comprends ta position. Tu as une femme et une famille. Mais il me semble que ce que tu proposes demande un engagement. Je ne vois pas pourquoi il n'y aurait que moi qui doive être sincère alors que tu hésites entre deux engagements. Tu dois choisir, P. Sinon le choix sera fait pour toi.

Et la dernière, la seule qui portait une date, fin janvier 1955, trois semaines avant que Phil Castle ne soit assassiné :

Cher P.,

Tu as pris ta décision. À moi, maintenant, de prendre la mienne. Tu dis que tu agis par amour. Moi aussi. La seule différence est que tu es prêt à te morfondre et à te lamenter. Pas moi. J'ai toujours été une femme d'action. Tu ne me reverras sans doute jamais. Ne commets pas l'erreur de croire qu'avoir fait un cadeau te donne tous les droits.

Une aventure, se dit Eddie en remontant à la première lettre. Rien de plus. Peu importe le sens des cartes et de la cosse. Une chose était claire, feu Philmont Castle avait une aventure extraconjugale, et Leona voulait qu'Eddie en ait la preuve. Eddie et seulement lui. Il se dit qu'il devait examiner les lettres de plus près, au cas où quelque chose lui aurait échappé, mais la peine qu'elles lui infligeaient était insupportable. Il envisagea de les brûler dans la cheminée. Finalement il les replia et les glissa dans leur enveloppe, qu'il rangea ensuite dans son porte-documents. Le lendemain matin, sur la longue route qui remontait vers le Nord, après avoir mal dormi, il s'efforçait de percer l'obscurité et se perdait en conjectures, en explications, en théories – il se demandait la raison de tous ces mensonges. Il ne pourrait jamais partager le contenu de l'enveloppe avec Stilwell. Au bout du compte, il n'avait aucune monnaie d'échange.

Les lettres étaient de Junie.

Deuxième partie

New York - Washington
1958-1959

19

De la difficulté de progresser sans Aurelia

I

Les deux mystères, l'assassinat de Phil Castle et la disparition de June Cranch Wesley, étaient donc liés. Remontant vers le nord, Eddie était forcé de reconnaître qu'il s'était trompé. Si sa sœur disparue et l'investisseur décédé avaient eu une aventure, il devait comprendre ce qui était arrivé à l'un pour connaître le destin de l'autre. L'avocat était impliqué avec dix-neuf autres hommes – les Vingt – dans quelque chose qu'ils désignaient comme le « Projet ». S'il découvrait ce qu'était ce Projet, peut-être retrouverait-il sa sœur. De retour à Harlem, il présenterait ses excuses à Aurelia ; il en profiterait pour lui demander ce qu'elle avait appris au sujet de la croix de Saint Pierre et la raison pour laquelle Kevin Garland en possédait une.

Mais Aurelia refusa de le voir.

Cela n'avait rien de surprenant, songea Eddie. Elle était mère de deux enfants, mariée à un Garland – rien que ça –, et en traînant avec son ex, elle risquait de semer la zizanie dans l'existence qu'elle avait été programmée pour mener. Du reste, la dernière fois qu'ils s'étaient vus, lorsque Aurie, il préférait ne pas savoir à quel prix, avait accepté de se promener en plein jour avec lui, il s'était montré désagréable. Non. Non. Pas question de se leurrer : plus que désagréable, il avait été méchant. Il avait blessé la femme qu'il aimait. C'était donc à lui de trouver un moyen de revenir dans ses bonnes grâces. Comment ? Impossible d'envoyer des fleurs, ni même un mot doux à la résidence Garland, au 409 Edgecombe Avenue. Aurie s'était mise en disponibilité du *Sentinel*, lui ôtant ainsi toute possibilité de rôder à l'entrée de la rédaction en attendant qu'une occasion se présente. De toute façon, un tel manège n'aurait pas manqué d'attirer l'attention, ce qu'il devait lui éviter à tout prix.

Qu'à cela ne tienne, il attendrait son heure.

Il recommença à fréquenter les salons pour le plus grand bonheur des hôtesses. Il avait retrouvé son esprit, son sens de la flatterie, son charme, sa flamme, son incroyable pugnacité à soutenir la contradiction et à débattre jusqu'au bout de la nuit de sujets merveilleusement abscons – tout ce qui faisait de lui un invité très recherché. À l'automne 1958 parut son deuxième roman, *Patte blanche*. C'était l'histoire d'un jeune Noir qui se radicalisait au fil de ses études universitaires en Nouvelle-Angleterre, qu'il finançait en travaillant comme serveur : le roman d'éducation, en partie autobiographique, qu'aux dires des critiques tout écrivain publie après s'être essayé, dans le premier, aux fantaisies de l'imagination. La presse le jugea moins bon que *La Théorie des champs unifiés*, mais le public le préféra, rassuré sans doute de ne pas devoir se coltiner autant de physique et d'admettre ce faisant que l'ouvrage d'un écrivain noir n'en appelait pas seulement à la conscience mais aussi à l'intelligence. Eddie accueillit les compliments et l'accroissement soudain de ses revenus avec une grâce tranquille. Comme l'un de ses biographes le remarquerait par la suite, on aurait dit qu'il s'appliquait, par la force de sa volonté, à devenir l'homme que Harlem souhaitait qu'il soit. Il se mit à écrire des discours pour les hommes politiques, et notamment pour le sénateur John Kennedy du Massachussetts, honorant ainsi l'obligation qu'il avait contractée auprès du père. Les Tsarines ne se doutèrent jamais que c'étaient les Kennedy qui avaient sollicité Eddie. Elles n'imaginaient pas qu'Eddie puisse avoir une dette envers l'Ambassadeur. Pour elles, c'était Wesley Senior, connu pour être proche des Kennedy, qui avait manœuvré afin que l'on fasse appel à son fils. Toujours est-il que cette fonction lui ouvrit la porte d'un plus grand nombre de salons. Dans les soirées de Harlem, lorsqu'on lui demandait son avis sur les chances de Kennedy aux prochaines présidentielles, dans deux ans, Eddie se donnait des airs. Il était également convié à de nombreuses soirées en ville, pas seulement dans Harlem. Il donnait des conférences sur les campus. Il avait même fréquenté la fille très comme il faut d'une des grandes familles de Harlem, une créature virginale du nom de Cynda qui, longtemps après qu'ils eurent rompu, continuait, les yeux embués, de chanter les louanges de sa douceur. Il lui récitait des poèmes d'amour du Moyen Âge, se pâmait-elle, sans préciser dans quel contexte ces déclamations avaient lieu. Elle devinait en lui, expliquait-elle à ses copines, un autre être, plus secret, caché sous cette apparence de gaieté. Un homme en colère ? Jaloux ? la questionnaient-elles, parce qu'elles étaient toutes au courant des ragots. Pas en colère, non, répondait Cynda, éperdue. Déterminé. Dévoué.

Mais dévoué à quoi ? poursuivaient ses amies, incapables de contenir leurs sarcasmes. À qui ? À Aurelia ?

À une grande cause, s'enflammait Cynda. À l'amour. À sa sœur.

Sa sœur est morte ! s'exclamaient lesdites copines, ravies à l'idée que le célèbre écrivain soit en proie à une obsession morbide. (Après tout, il n'était sorti avec aucune d'elles.)

Il ne le croit pas, rétorquait Cynda. Il la croit vivante. Il conserve des tas de carnets, des dossiers, des objets. Il reste debout la moitié de la nuit à les relire. Il téléphone à des tas de gens, il prend des notes.

Et comment se fait-il que, *toi*, tu saches ce qu'il fait la moitié de la nuit ? Tu n'as pas honte ! s'esclaffaient-elles, surexcitées.

C'est un homme bon, c'est tout, concluait Cynda avec un doux sourire. J'aurais aimé avoir un frère tel que lui. Elle ne leur avoua pas qu'il passait des heures assis à son bureau, sans écrire, sans se reposer, simplement à fixer, les sourcils froncés, une minuscule cosse posée au milieu du sous-main.

II

Eddie, quant à lui, manquait d'intimes à qui se confier. Aurelia était inaccessible. Gary s'évertuait à trouver un équilibre entre les manifestations, les séances à Quonset Point où sa tante Erebeth le formait à sa nouvelle vie et les visites à Mona, à Chicago, pour garder le contact avec sa vie d'avant. Eddie, incapable de rester inactif, se rabattit sur le philologue de l'université Columbia qu'il avait rencontré à une soirée sur Central Park South, deux ans plus tôt. Le philologue lui présenta un biologiste, qui le recommanda à une spécialiste des arbres à feuilles caduques, qui examina la cosse de Castle et décréta qu'elle provenait d'un

Platanus acerifolia, une espèce qui courait les rues dans la région de New York et, d'ailleurs, dans toute l'Amérique du Nord. C'est un arbre particulièrement solide, lui expliqua-t-elle, capable de résister à quasiment toutes les maladies, d'où sa popularité. Eddie en conclut que le message qu'avait voulu transmettre l'avocat devait être dans la cosse en tant que telle et non dans l'espèce. C'est dans ces moments-là qu'Aurelia lui manquait le plus : non seulement elle lui aurait remonté le moral, mais elle lui aurait renvoyé la balle ; elle fourmillait toujours d'idées. Et surtout, elle faisait des mots croisés. C'était pendant cette période-là que Cynda l'avait observé, assis à son bureau, tournant la cosse de tous les côtés pour tenter de percer son mystère.

Si tu en as besoin, alors retrouve-la.

Une autre idée lui vint à l'esprit. Hoover lui avait montré une photographie de Langston Hughes. Simple harcèlement ? Ou le Bureau soupçonnait-il quelque chose ? Eddie rendit visite au grand homme dans sa maison de la 127e Rue. Il trouva Hughes fort occupé à convaincre l'Institut national des arts et des lettres de priver Faulkner de son grand prix de littérature. Autour d'un verre, Hughes lui rebattit les oreilles du « pauvre Sudiste devenu romancier célèbre ». Lorsque Eddie réussit à placer un mot, il expliqua, en masquant un tantinet ses sources, qu'il en était venu à penser que la disparition de sa sœur pouvait être liée au meurtre de Castle.

Hughes trouva l'hypothèse amusante :

— Tu crois que c'est Junie qui l'a tué ?

— Non, non, répondit Eddie en rougissant. Ce n'est pas du tout ce que je voulais dire.

Il expliqua qu'il pensait qu'ils avaient peut-être été liés du vivant de Castle.

— Tu veux dire qu'ils avaient une aventure ?

— Je dis qu'il y avait un lien.

Hughes réfléchit un moment. Ils étaient installés à l'étage, dans son bureau encombré de classeurs à dossiers et d'étagères qui croulaient sous les manuscrits. Hughes semblait toujours avoir une dizaine de projets en cours. C'était un homme avenant, solide, stimulant, qui avait aidé une génération entière d'écrivains noirs à publier bien avant qu'Eddie Wesley commence à faire parler de lui. Il buvait, fumait, racontait des histoires, il était adulé, et l'écriture était la seule chose qui comptait dans sa vie. Personne n'est jamais parvenu à découvrir quoi que ce soit sur sa vie privée, si tant est qu'il en ait eu une. Sans doute la poésie, la fiction, le théâtre étaient-ils ses seules amours. Ses livres, ses pièces – et Harlem. Langston Hughes, qui pouvait habiter où bon lui semblait, était en réalité descendu de Sugar Hill pour s'installer dans la Vallée. Les Tsarines n'en étaient toujours pas revenues.

— J'ai un peu connu Castle, finit par dire Hughes. Te l'ai-je déjà dit ? Au cours des six derniers mois de sa vie. Nous nous étions rencontrés chez Matty Garland, dans le comté de Westchester. Ce devait être pendant l'été 1954, parce que la Cour venait de rendre son verdict dans l'affaire *Brown*. Castle était un amateur de vraie littérature. Nous avons bavardé de choses et d'autres et il m'a demandé si nous pourrions nous revoir. Il prétendait avoir une idée sur laquelle je pourrais l'aider. (L'écrivain sourit.) En général, cela signifie qu'ils recherchent une caution politique. Comme tu le sais, ce n'est pas un sport que je pratique beaucoup. J'ai tenté de me défiler. Comme si Castle avait lu dans mes pensées, il m'a assuré qu'il ne cherchait rien de la sorte, qu'il avait simplement besoin de mon avis. J'avoue qu'il a réussi à éveiller ma curiosité. Ce grand avocat de Wall Street voulait mon point de vue. Nous avons déjeuné ensemble quelques semaines plus tard puis une autre fois deux semaines après. Bref, pour en venir au fait, Castle était impliqué dans quelque chose qu'il commençait à trouver dangereux. Il voulait mon avis sur les moyens d'en sortir.

Eddie se demanda s'il parlait de l'aventure extra-conjugale.

Hughes remplit leurs verres.

— Je ne sais pas exactement à quoi Castle faisait référence. Il m'a expliqué qu'il appartenait à un groupe d'hommes qui s'apprêtaient à faire quelque chose qu'ils voyaient comme leur grand œuvre, mais qui, selon Castle, était voué au désastre. Il appelait ça le « Projet », mais il a refusé de m'en donner les détails. Quand je lui ai demandé pourquoi il s'était adressé à moi, il m'a répondu que je connaissais tous les leaders noirs. Ce groupe était issu principalement de notre communauté – ton obscure nation –, aussi il estimait qu'il nous incombait d'arrêter le Projet. Je suppose que je l'ai tancé sur le fait qu'il s'exonérerait de toute responsabilité. Je ne l'ai sans doute pas cru, de toute façon. J'ai pensé qu'il montait en épingle un plan tout à fait légitime.

Hughes jouait avec ses lunettes. Son visage était large, vissé sur un corps imposant. Eddie garda le silence, accaparé par le souvenir du lacet autour du cou de...

— J'ai conseillé à Castle de s'adresser aux autorités, reprit Hughes. C'était la meilleure chose à faire pour éviter une catastrophe. Il a prétendu que c'était impossible. Le Projet devait être mis en échec discrètement, à défaut de quoi la catastrophe qu'il redoutait deviendrait inévitable. Un désastre pour notre peuple, selon lui. Je t'avoue qu'à ce moment-là, j'ai commencé à me demander s'il ne divaguait pas. Pourtant il avait l'air tout à fait sérieux. Disons que si c'était le cas, il était convaincu de la véracité de son délire. J'ai voulu le mettre à l'épreuve. Je lui ai rappelé que j'étais un écrivain, pas un activiste. Je lui ai donné les noms de quelques personnes à qui s'adresser. Il a refusé sous prétexte qu'il avait déjà pris trop de risques. C'est sa propre expression, Eddie, « trop de risques ». Il voulait que je serve d'intermédiaire, mais je lui ai répondu qu'à moins d'en savoir plus, je ne pouvais pas être l'intermédiaire de grand-chose. Puisqu'il n'était pas à l'aise pour exprimer ce qu'il avait en tête, je lui ai proposé une solution d'écrivain. Je l'ai encouragé à mettre tout cela par écrit de sorte que nous puissions juger de la situation ensemble, avant de décider de la suite. C'était un moyen pour moi de voir jusqu'où allait sa folie. Laisse-moi remplir ton verre.

Eddie, suspendu à ses lèvres, tendit son verre à Hughes qui le remplit et en profita pour s'allumer un nouveau cigare.

— Et alors ? Il l'a couché sur le papier ?

— Je ne sais pas ce qu'il a fait, Eddie. Quelqu'un l'a étranglé avant notre rendez-vous suivant.

Eddie avait besoin de mettre de l'ordre dans ses pensées. Cette fois encore, il sentait qu'une intelligence maléfique était à l'œuvre derrière tous ces événements. Il se souvint des mots de son père au sujet du culte du diable et fut parcouru d'un frisson.

— Tu en as parlé aux autorités ?

— Bien sûr. J'ai appelé la police le jour où j'ai appris son meurtre.

— Et ?

— Ils ont suivi leur procédure habituelle : ils ont consigné tout ça dans leurs registres, et je ne les ai jamais revus.

Dans le métro A qui le ramenait chez lui, Eddie voyait à présent les lettres de sa sœur à l'avocat sous un autre jour. Certes, on pouvait croire à une aventure. Mais cela pouvait tout aussi bien faire référence à ce dont Castle voulait parler à Hughes pour qu'il prévienne les leaders de la communauté.

Le complot qui annonçait une catastrophe pour l'obscure nation.

Et si Junie en faisait partie ?

À peine rentré, Eddie se replongea dans ses notes. Il revenait toujours sur les deux mêmes éléments : l'adresse fournie par Joseph Kennedy et le compte rendu de l'incendie dans le journal noir de Nashville.

Quelqu'un avait payé « une somme conséquente » pour transporter Junie – s'il s'agissait de Junie – à Nashville. Et un objet incendiaire avait détruit la maison où Junie – s'il s'agissait de Junie – vivait quand elle était là-bas.

On était loin de l'hypothèse de deux jeunes femmes disparues pour se payer du bon temps. Il s'agissait plutôt de quelqu'un qui avait accès à des ressources financières et à des bombes.

L'avocat avait parlé à Hughes de *catastrophe*.

Une idée commençait à poindre dans l'esprit d'Eddie, une idée qui avait commencé à germer lorsque Junie ne vivait qu'à un court voyage en train ou un onéreux coup de téléphone de chez lui. Une idée qu'il s'efforçait de rejeter mais qu'il soupçonnait de plus en plus d'être proche de la vérité. Deux jours plus tard, Eddie prit la route en direction du New Jersey afin d'examiner, pour la énième fois, l'aire de repos où Junie et son amie avaient disparu. Il se gara à l'endroit où leur voiture avait été retrouvée. Les arbres étaient bruns et décharnés. En plein hiver, le parking presque désert était triste et désolé, mais il était comme ça quelle que soit la saison, même l'enseigne criarde du restaurant Howard Johnson ne parvenait pas à...

Une minute.

L'aire de repos se trouvait près de New Jersey Turnpike, et la Turnpike circulait du nord au sud. À cette époque, le réseau d'autoroutes entre États était loin d'être achevé, n'empêche, c'était une curieuse idée de prendre la Turnpike pour se rendre à Chicago. Ce choix surprenant – au lieu d'emprunter une route plus directe vers l'ouest – avait été discuté sans fin par la police et la famille : tous avaient conclu que les jeunes femmes – une Noire et une Blanche – avaient choisi cet itinéraire pour profiter de l'anonymat qu'offrait la toute nouvelle autoroute où, si elles devaient se restaurer, il leur serait plus facile de se faire servir que dans des restaurants de campagne.

Mais cela ne ressemblait pas à Junie. Junie aurait pris la route la plus directe pour relier Chicago et que Dieu ait pitié du restaurateur qui aurait refusé de la laisser entrer.

Donc, les jeunes femmes descendaient vers le sud depuis le départ. Peut-être avaient-elles choisi ce parking pour y retrouver les amis de Joseph Kennedy, qui les avaient transportées ensuite – mais peut-être s'agissait-il d'autres filles – et quelque chose avait mal tourné. Quoi qu'il en soit, même si Junie et son amie avaient été enlevées contre leur volonté, elles ne se dirigeaient pas vers Chicago.

Elles allaient ailleurs.

Elles. Au pluriel.

Peut-être la solution de l'énigme résidait-elle dans le fait que Junie n'avait pas disparu seule.

Eddie se rendit compte que l'heure n'était plus aux demi-mesures. Il n'était pas homme à tourner autour du pot, sur ce point il ressemblait à sa cadette. Le seul moyen de retrouver Junie était de la chercher, et si cela devait signifier que tout le monde le sache, eh bien, tant pis.

Il savait même par où commencer.

20

Voyage en bonne compagnie

I

Kevin Garland faisait tout ce qui était en son pouvoir pour rendre sa femme heureuse. Oui, ils iraient s'installer en banlieue. Oui, il passerait plus de temps à la maison, avec elle mais aussi avec les enfants. Oui, si elle le souhaitait, Aurelia pouvait aller passer une semaine chez Mona à Chicago. Oui. Oui à tout. Un tel dévouement étonnait Aurelia, mais elle lui en savait gré, même si elle restait dubitative. Un soir, alors qu'ils rentraient en voiture d'un interminable dîner chez Matty, elle lui demanda, d'un ton aussi anodin que possible, ce que les gens voulaient dire quand ils parlaient de l'héritier Garland.

— Je ne comprends pas, dit Kevin sans quitter la route des yeux.

Aurelia avait ôté ses chaussures. Elle desserra un peu sa ceinture, bascula la tête en arrière et ferma les yeux.

— Notre fils. Quelqu'un m'a dit qu'il était l'héritier Garland.

— Locke ? (L'étonnement dans sa voix ne semblait pas feint.) Il est l'un des héritiers, c'est vrai. J'hérite du patrimoine de mon père. Il est évident que je le partagerai entre les enfants, et toi bien sûr.

— Bien sûr, répéta Aurelia, de plus en plus perplexe.

— À moins que tu ne veuilles parler de...

Il n'en dit pas plus.

— Parler de quoi ? (Elle était à présent parfaitement réveillée et en pleine possession de ses moyens. Elle avait compris que son mari était nerveux à la manière dont il avait rentré le menton et se passait la langue sur les lèvres. Elle sentit que le moment était venu d'insister.) Voyons, chéri, à moins que je ne veuille parler de quoi ? À quoi penses-tu ? Dis-le-moi.

— Cette nuit-là, dans notre chambre... (Ils prirent un virage et les lumières de Manhattan éclairèrent la nuit.) Les propos que j'ai tenus et le ton sur lequel je t'ai parlé... je n'étais pas moi-même. Aurie, je t'en prie, crois-moi.

Elle lui caressa la joue.

— Je te crois, chéri.

— Je n'aurais jamais dû dire cela. Je le regrette. J'aime nos deux enfants autant l'un que l'autre, je te l'assure.

— Je te crois, répéta-t-elle.

— C'est juste que dans la famille, il y a certaines habitudes. Tu sais. Des choses qui se transmettent de père en fils. Mon père estime que ces valeurs ont leur importance. Disons que notre famille est attachée à ses traditions.

— Quelles traditions ?

— Par exemple, diriger la société familiale, Garland & Fils.

— Tu ne crois pas que Zora en serait capable ?

— Ce n'est pas la tradition, dit-il avec une expression entêtée, mais Aurelia sentait que la conversation avait pris un autre tour et que Kevin était soulagé d'avoir réussi à changer de sujet.

II

La semaine suivante, Kevin devait passer quelques jours à Washington. Il avait des gens à voir, selon la formule consacrée. Il se pliait ainsi à leur nouvel arrangement, il disait à sa femme exactement où il allait et quand il rentrerait. En général, il lui proposait même de l'accompagner. Cette fois-ci, elle accepta. Ils déposèrent les enfants à Dobbs Ferry, chez leurs grands-parents. Wanda, toujours aussi froide à l'égard de sa bru, était ravie de garder Locke et Zora.

Kevin et Aurelia partirent en train. Ils logeaient chez des membres de la famille, sur la 16e Rue, une enclave noire prospère, connue sous le nom de « Côte d'or ». Kevin avait des rendez-vous le premier jour et Aurelia fit des courses avec Janine, l'amie qui faisait partie de son association étudiante. Ce premier soir, Kevin et Aurelia dînèrent avec leurs hôtes. Le deuxième jour se déroula selon un programme quasiment identique au premier, et ils dînèrent sur Wisconsin Avenue, chez le Représentant Lanning Frost et sa femme, Margot. Quelques années plus tôt, des rumeurs avaient circulé sur Margot et Eddie. Aurelia se demanda si elles étaient fondées. Margot et Kevin parlèrent de cette nouvelle bande de radicaux, l'Agonie, ou l'Agonie de la Couronne. Leur nom courait sur toutes les lèvres à Harlem car ils avaient réussi à faire exploser une bombe dans une réunion du Klan en Alabama. Personne n'avait été blessé, mais dans tout le pays les Noirs les avaient acclamés. Dans une lettre, le chef de l'Agonie, un certain Commandant M., promettait de ne cibler que les « satrapes les plus violents des réactionnaires blancs ». Plusieurs journaux l'avaient reproduite, mais pas dans le Sud. Kevin confia à Margot que, sur le long terme, ce genre d'action ferait plus de mal que de bien. Margot, pour qui tout sujet se réduisait à la question de savoir s'il y avait un avantage politique à en tirer et pour quel parti, expliqua que son mari s'était démené à la Chambre pour condamner l'attaque tandis que les autres libéraux tergiversaient afin de ne pas avoir l'air de défendre le Klan.

— Il n'y a pas à transiger avec la violence, dit-elle.

Pendant ce temps, le Représentant faisait la conversation à Aurelia.

— Pour ce qui est de la question des missiles, dit-il, quel qu'en soit le nombre exact, notre degré de préparation doit être conforme à nos besoins.

Aurelia avait compris comment sa rhétorique fonctionnait. Tout en gardant une oreille sur l'autre discussion en cours, elle lança quelque chose à propos de la défense civile et des abris antiaériens. Frost acquiesça avec enthousiasme.

— Sans lesquels, expliqua-t-il, les Américains seraient moins bien protégés que le reste du monde.

La sonnette d'entrée annonça les autres invités. Le sénateur Van Epp les pria d'excuser son retard. Sa femme avait le teint olivâtre, peut-être était-elle d'origine méditerranéenne. Le sénateur se montra très empressé auprès d'Aurie et, pendant tout le dîner, il les fit rire en leur racontant des histoires. Margot annonça le dessert. Il était temps de passer aux choses sérieuses. Kevin et le sénateur se retirèrent, avec Lanning Frost, dans une autre pièce. Au bout d'un moment, Margot s'excusa et alla les rejoindre.

Aurie se retrouva seule avec la femme du sénateur. Mrs Van Epp se tenait droite sur sa chaise. Elle marmonnait du coin de la bouche sans bouger les lèvres. Aurie sentit qu'elle exprimait de la désapprobation et se demandait à quel propos. Peut-être Kevin avait-il dit vrai le jour où il lui avait raconté que les matrones blanches de Washington étaient bien plus terribles que les matrones noires de Harlem. Dès que la politesse le lui permit, Aurelia alla se repoudrer dans la salle de bains qui donnait sur le vestibule. Lorsqu'elle en sortit, le garde du corps blond du sénateur se tenait près de la porte, jouant avec un briquet.

— Bonsoir, Mrs Garland.

Cette fois, pas question de se laisser intimider.

— Allez-vous de nouveau m'attraper le poignet, Mr Collier ?

— Je vous prie d'accepter mes excuses. (Il avait le même ton facétieux et s'offrit le luxe d'un trait d'humour.) Vous auriez pu être un assassin.

— Qui entrait dans l'appartement avec sa propre clé ?

— Je crains que mes fonctions ne m'obligent à envisager ce type de possibilité, Mrs Garland.

Cette insistance à se montrer aimable intriguait Aurelia.

— Puis-je vous demander quelque chose, Mr Collier ?

— Je vous en prie.

— Pourquoi un sénateur des États-Unis a-t-il besoin d'un garde du corps ?

Il inclina la tête comme pour lui accorder un point.

— C'est une question qu'il ne m'appartient pas de poser, Mrs Garland.

— Vous obéissez donc sans réfléchir, quels que soient vos ordres ? C'est une idée qui me donne froid dans le dos, Mr Collier.

Il sembla considérer cet avis avec attention.

— Si ma fonction a des limites, reconnut-il, elles ne sont pas déterminées par les tâches qui m'incombent, mais par les hommes qui les définissent.

— Vous êtes donc en train de me dire que...

— Je suis garde du corps, Mrs Garland. Je fais ce qui est nécessaire pour protéger mes clients et leurs intérêts. (Ses yeux bleus avaient la dureté du diamant à présent.) Cela étant, il y a des gens, Mrs Garland, qui ne méritent pas d'être protégés.

Il s'effaça. La femme du sénateur surgit derrière elle.

— Chère amie, vous avez de jeunes enfants, si j'ai bien compris. Vous devez absolument tout me raconter à leur sujet.

Elle dut répéter sa phrase avant qu'Aurelia ne l'entende.

21

L'autre femme

I

Patrick et Irene Martindale habitaient une maison en bois dont la peinture s'écaillait, dans un quartier arboré de la communauté rurale de Darien, Connecticut. Des restes de neige s'accrochaient encore aux branches des arbres. Alors qu'il remontait l'allée de gravier, ses phares éclairaient des prunelles vertes ou brunes chaque fois que de petits animaux, et même des gros, traversaient devant la voiture. Eddie était surpris que les Martindale n'aient pas refusé de le recevoir, et pas seulement pour s'épargner de revivre l'expérience de leur perte. Mais le frère de Junie était à l'évidence un Noir et, d'après ce qu'il savait, les Caucasiens qui habitaient ces grandes demeures du Connecticut n'éprouvaient pas d'affection particulière envers son peuple.

Patrick et Reenie n'étaient pas riches – ils le lui firent clairement comprendre en l'introduisant dans leur maison aux lambris sombres, lui offrant cigares et alcool comme s'ils s'étaient retrouvés dans un club de Manhattan –, non, pas du tout. Il y avait eu un peu d'argent dans la famille autrefois, mais le vieil oncle Deaver avait tout flambé à l'exception de cette parcelle, lui expliquèrent-ils gaiement, se souriant l'un à l'autre comme s'ils se réjouissaient de la modicité de leurs revenus. Ils formaient une drôle de paire. Lui était petit, affichant une moue enjouée, elle plus grande, plus ronde, et d'une curieuse manière, joyeusement insatisfaite. Ils se donnèrent du mal pour faire savoir à Eddie qu'ils étaient de son côté, sans pour autant se demander de quel côté lui était. Il était noir, donc ils le savaient. Ils parlèrent du Sud avec une rage qui aurait pu laisser croire que l'esclavage avait été aboli la veille, et du passage à tabac du jeune Emmett Till avec une ardeur qui suggérait qu'ils avaient assisté à sa mutilation. Ils ne cachaient pas leur fierté de recevoir un Noir chez eux, et Eddie soupçonna qu'avant la fin de la journée tous les voisins seraient au courant, parce que les Martindale étaient le genre de couple qui veillait à ces choses-là.

— Notre Sharon avait le racisme en horreur, mon vieux.

Patrick parlait en s'adressant à un point situé plusieurs mètres au-dessus de la tête de son interlocuteur. Pour un samedi à la campagne, il était vêtu d'un gros pull-over et d'un pantalon de travail maculé de taches de peinture, mais ses mains étaient blanches et douces. Durant la semaine, il jouait les malins à Wall Street, mais seulement à mi-temps.

— Oui, elle honnissait le racisme, reprit-il. Le combattait sous toutes ses formes. C'est ce qui les a rapprochées avec Junie.

Reenie renchérit :

— Notre *Sharon* détestait le racisme et votre *Junie* aussi. (Elle donnait à sa phrase la cadence d'une comptine.) Et elles avaient bien l'intention de *lutter* contre l'oppression *partout*.

— Avec les armes de la loi, précisa Patrick. Elles voulaient juste intenter des actions en justice.

— Ou tout *ce* qui serait *nécessaire* pour gagner le *combat*, dit Reenie qui accentuait ses phrases bizarrement.

Son corps était couvert d'une ample robe à fleurs qui donnait l'impression d'un tableau inachevé. On n'était qu'au milieu de l'après-midi, mais Eddie eut le sentiment que les Martindale avaient commencé à boire bien avant son arrivée, et il craignait que cette ivresse partagée n'ait rien à voir avec sa visite. Peut-être datait-elle de la disparition de Sharon.

Patrick corrigea sa femme avec un sourire affectueux.

— Mais dans les limites de la loi.

— Bien *sûr*, mon cher, acquiesça Reenie en détournant le regard.

Ils étaient dans la salle d'armes de l'oncle Deaver, entourés de vitrines et d'étagères où s'empilaient des armes en tout genre. Eddie avait pris place sur le canapé usé et les parents de Sharon, face à lui, dans des fauteuils assortis tout aussi affaissés, séparés par une table basse en bois blond. Derrière Patrick était accroché un énorme sabre japonais, un souvenir de guerre ; derrière Reenie, un fusil à silex encadré, avec une plaque de cuivre attestant sa provenance. Alors que la conversation passait tous les sujets en revue, sauf ceux qu'Eddie souhaitait aborder, il réalisa qu'ils n'avaient sans doute pas choisi cette pièce au hasard.

— Je ne sais pas *pourquoi* vous autres supportez *ça*, dit Reenie.

Son mari s'était relevé et il arpentait à présent la

pièce, ramenant la conversation sur la question des droits civiques.

— Tu parles d'un motif de révolution armée ! s'exclama Patrick. Si j'étais noir, je me promènerais avec un fusil et je tirerais les Blancs comme des pigeons.

— Et aussi les femmes *blanches*, ajouta Reenie de crainte d'être en reste.

Son mari lui lança un regard tendre qu'elle lui rendit. Ils se frôlèrent la main quand il passa derrière elle. Eddie examinait les armes exposées en se demandant comment réagiraient ses hôtes s'il demandait à en emprunter une pour aller tirer quelques Blancs. Il commençait à se dire que, sous la surface amicale du couple, la rage couvait.

— Laissez-moi vous resservir, mon vieux, dit Patrick alors qu'Eddie n'avait quasiment rien bu.

Eddie tendit son verre.

— Je voudrais que vous me parliez de Junie, osa-t-il.

— Junie était adorable, dit Patrick en regardant sa femme qui, cette fois, baissa les yeux. Nous l'adorions.

— Nous l'*adorions*, confirma Reenie, les yeux rivés sur le tapis.

— Sharon aussi l'adorait. (Il avait recommencé à arpenter la pièce.) Elle a toujours dit que c'était la Nègre la plus intelligente qu'elle ait rencontrée.

— Négresse, corrigea sa femme.

— Femme de couleur, proposa le mari comme compromis.

— Il leur faut un nouveau nom, conclut Reenie.

Patrick fit un geste en direction d'Eddie.

— Vous avez besoin d'un nouveau nom.

— Elles s'adoraient, expliqua Reenie, ses bras maigres serrés autour d'elle. Elles étaient de *merveilleuses* amies. Elles avaient *prévu* de ne *jamais* se séparer. Elles lisaient *Foucault* sur la question du corps...

— Mr Wesley ne connaît sans doute pas Foucault, la mit en garde Patrick à voix pas vraiment basse.

— L'une des *femmes* en parlait l'autre jour au *club*, insista Reenie. *Pas* de *vous*, Mr Wesley. (Avec un sourire timide.) De *Foucault*. Expliquant qu'il était *platonicien*. Non, *pas* platonicien. L'*un* d'entre eux. (Elle plissa légèrement le front, puis décida de ne pas s'abaisser à préciser sa pensée.) D'après Foucault, le *corps* est un *champ de bataille*. Il *évolue*. C'est un *concept*, pas un *objet*.

Eddie comprit comment ces deux-là vivaient : ils pontifiaient sur des auteurs qu'ils connaissaient à peine et des théories qu'ils ne maîtrisaient pas, puis fonçaient manger un morceau au club. Quel genre de fille avaient-ils pu enfanter ? Et par quelle facétie du destin Junie et Sharon avaient-elles pu devenir si proches ?

Eddie prit la parole :

— Lorsque les filles ont disparu...

— Se sont *enfuies*, le coupa Reenie.

— Ou ont été kidnappées, s'interposa son mari d'un ton sentencieux.

Un ange passa. Eddie fit une nouvelle tentative :

— Après que la voiture a été trouvée...

Mais Patrick et Reenie étaient de ces personnes qui témoignent la confiance qu'ils vous accordent en poursuivant leur conversation comme si vous n'étiez pas là.

— J'ai toujours pensé que cela ne faisait aucun sens, mon vieux, dit Patrick. La voiture verrouillée. Un assassin ne prendrait pas cette peine, n'est-ce pas ? Je me suis demandé si elle n'avait pas été verrouillée après le crime.

— Par les *kidnappeurs*, dit Reenie dans un souffle. Si c'étaient *bien* des kidnappeurs.

— Pour faire croire qu'elles se seraient enfuies, précisa son mari.

— Ou alors elles se sont *vraiment* enfuies, dit-elle.

Eddie se demanda s'il n'avait pas oublié son entendement quelque part en chemin.

— De mon côté, je me demandais si vous aviez une théorie... Disons qu'elles se sont enfuies, que la disparition était volontaire et qu'il ne s'agit pas d'un enlèvement. (Il jeta un coup d'œil à Patrick qui semblait se préparer à objecter.) Simple hypothèse. Mais admettons qu'elle soit juste. Si Sharon avait décidé de s'enfuir, auriez-vous une idée de l'endroit où elle serait allée ? De qui elle aurait contacté ? À qui elle aurait pu demander de l'aide ?

— Elle aurait *tout* fait pour la *révolution*, assura Reenie en se servant un nouveau verre.

— Elle ne se serait pas enfuie sans nous prévenir, dit Patrick sans ambage. C'est ce que nous avons expliqué à la police, mais ils s'en fichaient. Elle n'avait aucun secret, mon vieux. Pas pour nous. Nous ne sommes pas simplement ses parents. Nous sommes ses amis. (Il agita son verre en direction de sa femme pour qu'elle le lui remplisse.) C'est un crime, pur et simple. C'est un crime et ils refusent de poursuivre les criminels à cause de Junie.

— Et de *Sharon*, ajouta Reenie.

Eddie attendit la suite, mais apparemment il n'y en avait pas.

— Quand bien même, reprit-il. Admettons qu'elle ait décidé – c'est une hypothèse –, disons, d'aider la révolution (il dit ça à l'intention de Reenie), en passant dans la clandestinité, par exemple. Je me demande où elle aurait pu aller.

— C'est à *Ferdinand* que vous *devriez* le demander, répondit Reenie.

— Ce n'est pas possible, dit Patrick. Et avec Ferdinand, c'était fini depuis longtemps.

Eddie eut la présence d'esprit de ne pas les interrompre.

— Son *petit ami*, poursuivit Reenie.

— Il n'a jamais été son petit ami, la coupa Patrick qui faisait de gros efforts pour garder son calme. Un garçon de couleur.

— Un *marxiste*.

— Ils se connaissaient à peine.

— Il est à *Columbia* maintenant.

Patrick s'en prit à sa femme, laissant momentanément tomber la révolution.

— Ils n'étaient pas ensemble. Jamais ! Le pauvre garçon n'était qu'une passade ! (Puis, se tournant vers Eddie.) Nous ne savons pas si le gamin est à l'université de Columbia ou ailleurs. Nous ne savons rien de lui. (Il semblait attendre qu'Eddie note tout ça. Peut-être le prenaient-ils pour un officiel, un type de Hoover, par exemple.) Ferdinand avait des idées dangereuses. Sharon n'était pas fille à être attirée par ce genre d'idées.

— Quel est le nom de famille de Ferdinand ? se risqua à demander Eddie.

— Cela n'a pas d'importance, répondit Patrick avant que Reenie n'ait le temps de parler. C'était juste un copain, pas un ami. Elle le connaissait à peine.

— Elle *adorait*...

Un coup d'œil de son mari l'arrêta sur sa lancée.

— Si Sharon avait eu besoin d'aide, déclara Patrick, elle serait venue nous trouver. (Il jeta un regard mauvais au fusil à silex.) Nous. Ses parents. Pas un type qu'elle connaissait à peine et qui voulait tout brûler.

— Je croyais que vous étiez en faveur de la révolution, lança Eddie.

Patrick semblait prêt à s'arracher ce qu'il lui restait de cheveux.

— Ce garçon se fichait de la révolution. Ce n'était pas un marxiste. Il n'était rien du tout. Il avait juste la haine.

— La haine envers qui, envers quoi ?

— Le monde. Les gens.

— Pauvre gamin, dit Reenie en buvant. Patrick ne pouvait *pas* le supporter.

— Je le connaissais à peine ! C'est Sharon qui ne le supportait pas.

Reenie, le doigt pointé, finit par avoir le dernier mot :

— Ce n'est *pas* que Ferdinand n'était pas pour la *révolution*. C'est *juste* qu'il n'avait pas le sens des réalités. Il a tenté d'incendier notre *maison*...

— Je ne tolérerai pas de tels propos chez moi !

Il était difficile de savoir à qui l'invective de Patrick s'adressait.

— C'était après que Sharon l'a laissé *tomber*. (Les yeux verts de Reenie étaient tournés vers le passé.) Je *suppose* qu'il a dû se dire que c'était *nous* qui l'avions *poussée*, pauvre gosse. Tout de même, mettre le feu à la *maison* n'était pas la meilleure façon de lui témoigner son amour, n'est-ce *pas* ?

— Avez-vous déclaré l'incendie à la police ? demanda Eddie.

— Il était soûl, dit Patrick. Il a fait une erreur, nous en faisons tous. Vous. Moi. (Il jeta un œil vers Reenie comme s'il s'attendait à ce qu'elle objecte.) Ça arrive. Cela n'avait rien avoir avec Sharon. Elle ne pouvait pas l'avoir laissé tomber, parce qu'ils ne sont jamais sortis ensemble. D'ailleurs... (Eddie se rendit compte que Patrick trouvait bien trop d'excuses) il n'y a eu quasiment aucun dégât. « Incendie » est un terme un peu fort. Oubliez tout ça. (Il se redressa en souriant. Il avait retrouvé sa contenance.) Merci beaucoup d'être passé, Mr Wesley. Faites attention sur la route, mon vieux. Les flics de chez nous sont des bons gars, mais certains sont aussi chatouilleux sur la question raciale que les pires Sudistes.

— Sharon était *dans* la maison quand il a mis le feu, interrompit Reenie. Pauvre gosse. Il *disait* que la seule chose à *faire* était de *tout* brûler et de repartir de *zéro*.

II

Peut-être, se disait Eddie sur la route qui le ramenait vers la civilisation, et vers la raison, prenant garde tout de même aux policiers égarés comme le lui avait recommandé Patrick. Peut-être pas. Peut-être Sharon et Junie ont-elles été enlevées, après tout. Peut-être ont-elles été assassinées. Ou peut-être se sont-elles enfuies ensemble pour explorer l'alternative radicale. Les Martindale sont dingues. Sans doute. C'est une chose qui arrive quand on perd son unique enfant.

Il avait néanmoins obtenu la moitié d'un nom et une affiliation possible : Ferdinand, un Noir, qui était à Harvard, ou du moins aux alentours de Boston, et qui aurait poursuivi ses études à Columbia.

Il avait déjà quelqu'un en tête. Toutes les flèches pointaient dans la même direction.

22

Audience royale

I

Perry Mount était le golden boy de Harlem. D'un an plus jeune qu'Eddie, il était issu d'une lignée royale, selon les normes en vigueur dans les deux communautés. Burton, son père, avait été chirurgien et professeur à la faculté de médecine de Columbia ; il avait en outre eu du flair quant à la transformation de certains quartiers de Harlem et investi en conséquence. Sa mère, Trina, aujourd'hui décédée, avait en son temps dirigé la moitié des groupes de Harlem militant pour les droits civiques et, dans ses moments libres, s'était fait nommer au conseil de la ville de New York où elle était la première femme noire. Eddie connaissait Perry depuis l'enfance, du temps où leurs familles passaient les vacances d'été ensemble sur Martha's Vineyard et où ils déclamaient dans le jardin *Hamlet* et *Le Songe d'une nuit d'été*, parce que, en dehors de la Bible, Wesley Senior n'avait foi qu'en Shakespeare et méprisait tout ce qui avait été écrit par la suite. Perry était un gamin replet, affublé de grosses lunettes, les doigts toujours collants à cause des barres chocolatées Baby

Ruth qu'il engloutissait au petit déjeuner, au déjeuner et au dîner, mais il savait aussi réparer les vitesses des vélos ou les trains électriques. Il n'était pas très aimé, mais ne se montrait pas non plus très aimable. Pourtant ils devaient jouer avec lui quand même : leurs familles étaient amies. Autrement, ils l'auraient laissé dans son coin. Perry, à cette période, était un garçon maussade et méfiant, prompt à prendre la mouche et à lâcher sa sucrerie pour en découdre.

Ce Perry-là avait disparu. Le nouveau Perry, diplôme de Harvard en poche, était un grand jeune homme mince aux yeux gris et à la fine moustache. Il portait des nœuds papillon aux couleurs vives et des costumes trois-pièces, et jouait parfaitement son rôle de célibataire le plus en vue de Sugar Hill. Perry était inscrit à Columbia où il poursuivait des recherches en langue, mais ses études ne devaient pas lui prendre trop de temps car Eddie le croisait souvent dans les salons, chaque fois accompagné d'une femme différente. C'est Perry qui avait tenté en vain de calmer Eddie le soir des fiançailles d'Aurelia ; c'est aussi Perry qui avait dansé avec Junie au mariage d'Aurelia et qui, apparemment, était resté en contact avec elle par la suite.

Eddie s'entendait à peu près avec Perry Mount. Il l'admirait et, à l'occasion, l'enviait. Mais il ne l'avait jamais vraiment aimé, peut-être parce qu'il sentait, au-delà du regard attentif et des paroles aimables, un calcul froid, comme s'il fallait prouver sa valeur à chaque instant. Eddie savait que Perry le jaugeait tout en l'écoutant, assis dans ce traiteur sur Broadway, dans le voisinage de Columbia, où les deux hommes s'étaient retrouvés pour déjeuner. Il lui avait fallu un mois pour organiser ce rendez-vous. Nous étions en mars 1959, sa sœur avait disparu depuis près de deux ans, et Eddie avait le sentiment que le temps pressait.

— Tu la connaissais bien, dit Eddie d'un ton courtois. Tu as gardé le contact avec elle tout le temps où elle était à Harvard, peut-être lui faisais-tu la cour. Ou il y avait quelque chose entre vous. Tu connaissais Philmont Castle et tu lui as parlé de lui. Tu dois souffrir de sa disparition presque autant que ma famille. *Dis-moi à quoi jouait ma sœur*. (Eddie hurlait, à l'intérieur.) *Et où elle est*.

Une fois qu'Eddie eut terminé, Perry touilla son thé. Il se faisait toujours servir du thé dans les salons, sans doute pour que tout le monde sache qu'il avait passé un an en Asie avant sa licence et deux ans depuis. Lorsqu'il obtiendrait son master au printemps, il irait travailler pour le Département d'État. Harlem – leur Harlem – était fier de son Perry. Nonobstant, Harlem aurait préféré qu'il se marie d'abord. Silencieux, Perry ne bougeait pas. Ses yeux gris ne trahissaient rien. Le personnage belliqueux qu'Eddie avait connu à Martha's Vineyard avait disparu. Il était face à un homme qui réfléchissait et planifiait – son exact opposé.

— Je la cherche, finit par répondre Perry. Je ne sais pas qui a fait ça, mais ils ne s'en tireront pas comme ça. (Eddie se tint coi.) Tes investigations me freinent, Eddie. Tu me gênes. Tu sèmes la zizanie. Les gens se planquent alors que je voudrais qu'ils s'exposent pour que je leur mette la main dessus. (Il pointa sa cuillère vers Eddie.) Tu es son frère, tu es célèbre. Comment veux-tu agir discrètement ? Laisse-moi faire.

Prêt à s'emporter, Eddie sentit la main de Junie se poser sur son bras, lui intimant de répondre calmement.

— Tu es donc sûr qu'elle est vivante.

— Ne me fais pas dire ce que je n'ai pas dit. (Avec un zeste d'impétuosité tout de même !) Je n'en ai aucune idée, Eddie. Mais j'essaie de le découvrir et tu me compliques la tâche.

— Que penses-tu pouvoir faire qui ne soit pas dans mes moyens ?

— Tu crois avoir les relations qu'il faut, Eddie. Mais tu as déjà épuisé tes ressources dans ce domaine, je le sais. Tu as tenté le coup avec Joe Kennedy et regarde où cela t'a mené : il te fait travailler pour son fils. Toute cette propagande pour la victoire de JFK, pas vrai ? (La cuillère se leva à nouveau. Très intrigué, Eddie se demandait ce que savait Perry, et par quels moyens.) Tu n'as plus personne à qui t'adresser, moi, si.

— Dans ce cas, travaillons ensemble.

— Non.

— Voyons, Perry. Je connais une partie de l'histoire, je veux découvrir la suite. (Le golden boy recommença à touiller son thé.) Tu te souviens du soir où nous avons joué *La Tempête* ? Junie était Miranda. Tu étais son prétendant. Celui que son père avait fait jeter en prison. Ferdinand. (Les yeux gris l'observaient. Eddie était incapable de dire si Perry s'amusait, s'il était impressionné ou s'il s'ennuyait ferme.) Tu as été le petit ami de Sharon Martindale. Tu prêchais en faveur de l'alternative radicale. Maintenant, dis-moi la vérité, Perry.

Un sourire arrogant se dessina sur ses lèvres : Perry aimait avoir l'avantage.

— À propos de Junie ? Tu ne pourrais pas le supporter.

— Essaie toujours.

— Non. Oublie.

Eddie, perplexe, se tassa sur son siège. Qu'est-ce qui lui échappait ? Pourquoi était-il soudain devenu hostile ? Dans les yeux gris en colère, il retrouvait le Perry adolescent, celui qui était si possessif envers

Junie et qui, après qu'ils eurent joué *La Tempête*, avait insisté pour continuer à l'appeler Miranda.

Perry savait à propos de l'enfant.

Et il était furieux de ne pas en être le père.

— Tu l'aimais, Perry. Et tu l'aimes toujours, dit Eddie dans un souffle. Tout ça, c'est de la jalousie. Mon Dieu, Perry, tu es jaloux.

— C'est moins que de la jalousie et plus que de l'amour, répliqua Perry, toujours fâché. Junie était ma fiancée.

III

Ils marchèrent un moment le long de College Walk, à l'ombre de la bibliothèque Low. Les jeunes Blancs les dévisageaient. Tout le monde savait qu'il y avait maintenant des Noirs dans les universités Ivy League, mais ils n'étaient tout de même pas pléthore, alors s'il vous arrivait d'en croiser un, il y avait de grandes chances qu'il soit un intrus.

— Il faut que tu comprennes, Eddie. Il n'y avait pas que la Junie que tu croyais connaître. Tu as beau être son frère, ce n'est pas avec toi qu'elle partageait ses secrets. Mais avec moi. Ne me regarde pas comme ça. Tu ne lui as jamais tenu la tête au-dessus du caniveau à Cambridge pendant qu'elle vomissait après avoir trop bu, et tu n'as jamais pris une gifle pour l'avoir fait. Tu n'étais pas là quand sa vie s'est effondrée après que le père de l'enfant l'a laissée tomber, et tu n'étais pas là quand elle a eu son engueulade mémorable avec Phil Castle. Tu la voyais comme une jeune fille innocente que tu devais protéger. Elle se voyait comme une conquérante. Crois-tu vraiment que les conventions l'auraient retenue ? Crois-tu que la faculté de droit de

Harvard était un couvent ? Elle prenait le train pour passer presque tous les week-ends à New York pendant les quinze premiers mois de son séjour à Cambridge, et est-ce qu'elle t'a jamais appelé ? Savais-tu qu'elle était en ville ? Non, non et non ! Junie vivait sa vie, Eddie. Et sa vie ne tournait pas autour des espoirs que tu formais pour elle.

Eddie était sans voix. Il se demandait si Perry l'avait senti se recroqueviller après le coup qu'il venait de porter à la pureté de sa sœur. Junie lui avait dit en face que le père de son enfant métis avait été le seul homme qu'elle ait connu. Avait-elle menti à son frère qui l'adorait ? Peut-être avait-elle voulu dire que le professeur Mellor avait été le seul *Blanc* ? Était-ce Perry qui mentait ? Après tout, lorsque, la veille de Noël, Eddie lui avait demandé si Perry était le père, elle s'était contentée de répondre « non ». Ou, comme son frère commençait à le soupçonner, est-ce que la véritable June Cranch Wesley était une femme mystérieuse que ni lui ni Perry Mount ne connaissaient vraiment ?

— Nous parlions beaucoup de toi..., reprit le golden boy après un long silence et Eddie eut l'impression que Perry lisait dans ses pensées. Elle était si fière de toi, Eddie. Si fière. Mais tu lui faisais peur. Junie savait ce que tu pensais d'elle. La plupart d'entre nous craignons de ne pas être à la hauteur de ce que notre père attend de nous, ou à la limite notre mère. Junie s'en fichait royalement. La seule chose qui lui importait, c'était l'image que son grand frère avait d'elle. Elle ne voulait pas te décevoir. (Son rire était encore plein de colère.) Je vais te dire autre chose. Pour le bébé, elle ne voulait pas que tu saches. Elle a envisagé l'avortement avant de se décider pour l'adoption. Deux choix qu'elle était parfaitement capable d'assumer. Mais pas ta désapprobation. Elle ne voulait rien te dire et c'est moi qui l'ai fait changer d'avis. J'ai vraiment dû insister. Tu sais pourquoi ? (Eddie l'ignorait. Il sentit sa détermination voler en éclats, ce qui était peut-être l'objectif que poursuivait Perry.) Parce que si elle ne t'avait rien dit, elle se serait toujours demandé comment tu aurais réagi. Si tu l'aurais aimée malgré tout. Je ne dis pas que Junie voulait tester les limites de ton amour pour elle, mais elle a accepté de te le dire parce que, autrement, le doute l'aurait torturée toute sa vie. C'est la vérité, Eddie. Voilà comment les choses se sont passées.

Ils s'étaient immobilisés. Ils se tenaient face à face sur la pelouse, pas plus près que des hommes qui se détestent, juste assez pour s'attraper au collet.

— Tu as dit que tu étais son fiancé, fit Eddie d'un ton las. Tu as dit que vous deviez vous marier.

Perry hésita. Pour la première fois, il avait l'air mal à l'aise.

— Enfin, euh... C'est-à-dire, je lui avais demandé sa main à un moment où elle était faible. Mais cela compte quand même, n'est-ce pas ? Elle avait tout de même dit oui. C'était après la dérobade du père du bébé, et elle a dit oui. Elle n'a pas accepté de bague, elle détestait tout ce que cela signifiait et, en outre, elle prétendait qu'elle n'aurait jamais pu la montrer à vos parents. Je ne la comprenais pas. J'ai essayé de lui dire qu'une fois que le bébé serait venu au monde, je l'aimerais comme si c'était... (Perry s'arrêta. Peut-être s'était-il rendu compte, à l'instar d'Eddie, que leur conversation avait basculé d'une explication orageuse à des lamentations puériles.) Je vais la retrouver, Eddie. D'une manière ou d'une autre. Je ne veux pas de ton aide. Je n'en ai pas besoin. Si tu t'entêtes dans cette voie, tu me gêneras.

— Et tu seras en Asie, employé par le Département d'État, c'est ça ? Que vas-tu faire ? Chercher dans tout Tokyo ? Dans Hong Kong ? Les raisons pour lesquelles tu la cherches sont différentes des miennes. Orgueil. Rage. Peur. Fierté de coq. (Eddie ne s'était pas retrouvé dans une bagarre depuis l'époque où il travaillait pour Scarlett et, avant cela, à l'armée. Mais brusquement, il attrapa Perry par le col.) Je crois que tu es un lâche, Perry. Tu ne la cherches pas. Tu fuis.

Eddie attendit l'arrivée du coup de poing. Il n'était pas très doué pour la bagarre, ainsi que l'avait prouvé son passage à tabac par des gamins à la gare de Newark. Peu importait. Cela lui arrivait rarement, mais là, il avait besoin de prendre un coup et de le rendre – y avait-il meilleur adversaire que Perry Mount, le golden boy de Harlem, qui aimait Junie et prétendait qu'ils étaient fiancés, qui avait profité de cette occasion pour salir sa mémoire sans aucun bénéfice apparent et qui, quand ils étaient gosses, jouait des poings à la moindre occasion, même s'il savait qu'Eddie allait lui ficher une raclée ?

Mais Perry ne cogna pas. Il ne s'enfuit pas non plus. Il se contenta de dire :

— C'est bon, Eddie. Desserre les poings. Je n'ai pas l'intention de me battre avec toi. Tu peux poursuivre tes recherches.

Eddie n'en croyait pas ses oreilles.

— Tu crois que j'ai besoin de ta permission ? Tu te prends pour qui ?

Perry ne semblait pas le moins du monde concerné. Il mit ses mains dans ses poches.

— Je ne crois pas que tu sois à la hauteur, Eddie. Je ne crois pas que tu puisses la trouver. Mais si tu la trouves, préviens-moi. Je peux vous aider tous les deux.

— Si tu crois un seul instant que...

— Au fait, concernant Sharon... (Perry jeta un regard alentour comme s'il craignait que quelqu'un ne les entende et que cela ne lui fasse perdre sa sinécure* au gouvernement.) Oui, je suis sorti avec Sharon Martindale pendant un moment. Non, je n'ai jamais tenté d'incendier leur maison. Pourquoi l'aurais-je fait ? Les Martindale auront tout mélangé, comme d'habitude. Je regrette de te faire tomber des nues, une fois de plus, Eddie, mais c'est Junie et Sharon qui ont mis le feu – accidentellement, elles fumaient de la marijuana dans la chambre un jour que les parents étaient absents – et c'est moi qu'elles ont appelé à la rescousse pour tout remettre en ordre avant le retour des Martindale. C'est tout.

Il haussa les épaules.

— Pourquoi ce subterfuge ? Pourquoi leur avoir fait croire que tu t'appelais Ferdinand ?

— Junie m'appelait Ferdinand parfois. Sharon l'avait entendu, ça lui avait plu et elle m'appelait ainsi, même devant ses parents, c'était une blague à leurs dépens.

Eddie se renfrogna. Quelque chose d'évident lui échappait. Tout était trop lisse, trop net. Perry avait réponse à tout. Et pourtant, Junie et lui étaient proches...

Oh !

— Juste une question, dit Eddie.

— Pas au sujet de Sharon.

— Non, concernant Junie. (Il hésita.) Le bébé, Perry. Qu'est-il advenu du bébé ? Tu étais leur ami, tu dois savoir.

Le golden boy accusa le coup. Une fois de plus, Eddie avait mis le doigt là où ça fait mal.

— Elle n'a pas voulu me le dire. Je voulais l'aider

mais elle a refusé. Elle a dit que c'était son problème, pas le mien. Quand elle a été sur le point d'accoucher, elle est partie quelque part avec Sharon. Le lendemain, Sharon est revenue seule. Et Junie ? Junie est rentrée environ une semaine plus tard, sans l'enfant.

Eddie resta songeur. Sa sœur s'était donné beaucoup de peine pour cacher le destin du bébé aux rares personnes qui savaient qu'elle était enceinte – de Benjamin Mellor, le père, à Perry Mount qui voulait l'épouser, en passant par son frère qui l'adorait plus que tout. En outre, Mellor ne s'était pas prononcé sur le sexe du bébé. Perry non plus n'y avait fait aucune allusion. Eddie se demanda s'il était le seul à qui Junie avait dit que le bébé était une fille.

En attendant, Perry avait recouvré sa superbe.

— Il est temps d'arrêter, Eddie. Arrête de chercher. Arrête de soulever des lièvres. Tu n'as aucune idée de la zizanie que tu sèmes. Tu ne comprends pas Harlem. Harlem a ses secrets. Des secrets qu'il ne livrera pas sans se battre. Harlem n'est pas simplement un quartier, Eddie. C'est une idée. Voire une idéologie. Une force. Tu ne peux pas lui chercher des noises. Il rend œil pour œil.

— La croix, souffla Eddie. Tout cela est à propos de la croix. Toute cette tirade. Ce beau discours pour que j'arrête de chercher. Tout ça n'a rien à voir avec Junie. C'est au sujet de cette stupide croix inversée. (Perry ne répondit rien.) De quoi s'agit-il, Perry ? Qu'est-ce que tout cela signifie ? Qu'as-tu peur que je découvre ? (Une autre idée lui vint à l'esprit.) Est-ce que toi aussi, tu en as une ?

À son étonnement, Perry eut un sourire penaud. Il était de nouveau l'adolescent qui avait courtisé Junie sans jamais la conquérir.

— Il se peut que tu la retrouves après tout, reprit-il

d'un ton plus doux, qui se voulait presque réconfortant. Si tu retrouves ta sœur, tu pourras lui demander, sinon... (Le visage du golden boy se durcit à nouveau.) Sinon, il faut que tu arrêtes de fourrer ton nez dans ce qui ne te regarde pas.

— Comme quoi, par exemple ?

— J'ai beaucoup de respect pour toi, Eddie. Beaucoup. Tu auras une très belle carrière. (De la bouche du roi, quelques miettes pour la plèbe !) Mais laisse-moi te répéter ce que disait mon père : « Les Caucasiens ne savent pas de quoi nous sommes capables. Ils n'en ont pas idée. » Et tu veux savoir autre chose ? La plupart du temps, nous non plus. (Il inclina sèchement la tête.) Eh bien, tu verras, Eddie. Reste en dehors de notre chemin et tu verras. Un jour, nous ébranlerons le trône et le monde entier saura.

— Quel trône, Perry ?

L'air furieux, le golden boy s'éloigna à grands pas. Plus de dix ans allaient s'écouler avant qu'Eddie ne le revoie.

23

Pink gin-fizz

I

— Harlem a ses secrets, répéta Langston Hughes en souriant. Hmm. Ils vont bientôt inventer l'eau chaude.

Eddie sourit aussi, mais plus timidement. Ils étaient à l'arrière d'un taxi, bringuebalés sur l'autoroute défoncée qui menait à l'aéroport d'Idlewild. Langston partait pour Paris, où il allait assister à la première de l'une de ses pièces. Il avait invité Eddie à se joindre à lui, dans l'idée que ce voyage ferait du bien au jeune homme, mais Eddie préférait rester et poursuivre ses recherches. Il avait cependant accepté de l'accompagner jusqu'à l'aéroport.

— Il a vraiment dit ça ? Ébranler le trône ?

— Il a dit qu'ils ébranleraient le trône et qu'ensuite le monde entier saurait.

Le grand homme hocha sa grosse tête. Il jeta un œil à sa montre.

— Son père, Burton, avait l'habitude de répéter souvent cette phrase. En général, lorsqu'il fallait jouer gros, un peu à la manière dont les vieux léninistes parlaient de choquer la bourgeoisie. Ton copain Perry manigance quelque chose.

— Ça, je l'avais deviné. Et ce n'est pas mon copain.

Hughes ignora cette dernière remarque.

— Ton copain Perry n'a pas eu la vie facile. Il n'a jamais eu beaucoup d'amis. Sa mère était une Tsarine froide et distante et, de toute façon, elle est morte quand Perry était encore jeune. Quoi que le gamin fasse, ce n'était jamais assez bien pour Burton. On m'a dit qu'il adorait sa tante Summer quand il était petit mais, claire de peau, elle a pu passer dans le monde des Blancs. Elle y a disparu, il y a bien vingt ans de cela. Voire plus. Du coup, Perry n'a plus eu que Burton pour famille. Puis il y a eu l'accident de voiture l'année dernière, et Perry s'est retrouvé seul. Burton lui aura inculqué toutes ses folles théories – l'obscure nation comme une force agissante, les conspirations, ébranler le trône et toutes les sornettes qu'il t'a servies. (Il se tut. Eddie regardait la ville grise défiler par la vitre.) Je devine ce que tu penses, Eddie. Peut-être que Burton avait décidé de traduire toutes ses théories en actions. Peut-être est-ce le Projet dont Phil Castle voulait me prévenir. (Il secoua la tête.) Ça ne colle pas. Ça ne tient pas debout. Phil Castle était blanc, et loin d'être un libéral. Pas même un enchanteur comme Burton Mount n'aurait été capable de l'entraîner dans une conspiration ayant pour objectif l'avancement de notre communauté. En outre, Burton pouvait être bien des choses, pas toutes recommandables, mais ce n'était pas un assassin.

— Un assassin ?

— Phil Castle a été assassiné, n'est-ce pas ? Ce n'est pas le genre d'actions que Burton Mount aurait cautionnées. Il parlait beaucoup, Eddie, mais c'était un radical de salon.

La circulation ralentit. Ils étaient arrivés au grand rond-point avant l'aéroport. Hughes commençait à tâter ses poches. Eddie lui rappela qu'il allait garder le taxi.

Les deux hommes se tinrent debout près de la voiture pendant que le chauffeur déchargeait les bagages. Hughes, plaisantant à moitié, recommanda à Eddie de ne pas faire de folie en son absence. Ils échangèrent une accolade gauche. Tandis que le taxi le ramenait vers Harlem, Eddie repensa à l'analyse qu'avait faite le grand homme, et il trouva la faille. Feu Burton Mount, avait insisté Hughes, n'était pas un assassin. C'était la raison qu'il avait invoquée pour expliquer que ce que manigançait Perry n'avait rien à voir avec le Projet qui avait effrayé Philmont Castle. Mais cette théorie se fondait sur une hypothèse qui n'était pas nécessairement vraie.

Ce n'était peut-être pas Burton Mount qui tenait les rênes.

II

Plus tard dans la soirée, Eddie assista à une réunion d'un cercle politique dont il était récemment devenu membre, mais le sujet de la conférence – les conséquences éventuelles de la sortie des États-Unis du système de Bretton Woods et de la dérégulation du dollar par rapport à l'or sur le prix des valeurs – était tellement abscons, pour ne pas dire absurde, qu'il n'était pas mécontent d'avoir prévenu à l'avance qu'il devrait partir tôt. Il prit le métro pour descendre dans Greenwich Village au vernissage de l'exposition d'une amie de Gary. Pour une fois, ce dernier n'avait pas de fille à son bras. Eddie savait que son ami restait attaché à Mona, mais il ne connaissait pas les détails de leur relation. Gary le salua rapidement avant de disparaître dans la foule des invités. Eddie fit le tour de l'exposition. Il ne connaissait pas grand-chose à la peinture et les toiles devant lesquelles la foule laissait fuser des « Oh ! » et des « Ah ! » n'étaient pour lui que des taches vives sur un fond d'une autre couleur. Les gens s'extasiaient devant la singularité de l'une ou l'intégrité subversive de l'autre, puis en rejetaient une troisième dont le propos manquait d'envergure ; il se demanda s'ils décidaient à l'avance du jargon qu'ils allaient utiliser ou s'ils l'inventaient au fur et à mesure. Il s'éclipsa vers le bar où il ne commanda qu'un soda. Derrière lui, il entendit une voix demander :

— Un pink gin-fizz, avec du kirsch. Et mettez-le sur l'addition de monsieur.

Eddie se retourna, ravi.

Aurelia lui toucha la main que les autres ne pouvaient voir.

— Salut, mon chéri.

Il ouvrit la bouche pour lui répondre, mais Aurie secoua la tête, lui glissa un petit papier et disparut.

III

Deux soirs plus tard, comme il le lui était demandé dans le mot d'Aurelia, il s'arrêta au coin de la 145e Rue et d'Edgecombe Avenue au volant d'un taxi clandestin emprunté à un Lenny Rouse qui n'avait pas caché son étonnement. Aurelia s'engouffra sur le siège arrière et donna la nouvelle adresse de l'une de ses amies à Brooklyn. Au bout d'un instant, il comprit qu'elle ne plaisantait pas.

— Tu restes à ta place et moi à la mienne, et tout ira bien, dit-elle.

— Cela fait de moi ton chauffeur.

— À ce titre, tu es responsable de moi. N'est-ce pas ce que tu as toujours voulu ?

Ils roulèrent quelques minutes en silence. Il lui jetait des regards furtifs dans le rétroviseur, qu'elle ne lui rendait pas. Elle avait recommencé à fumer et ce n'est qu'après qu'elle eut terminé deux cigarettes qu'il se décida à parler le premier.

— Je regrette ce qui s'est passé, Aurie. Je suis vraiment désolé. Je n'étais pas moi-même. Je sais, ce n'est pas une excuse. Je n'avais pas le droit de te parler comme je l'ai fait. Tu me pardonnes ?

Elle lui sourit dans le rétroviseur.

— Nous nous connaissons depuis très longtemps, Eddie. À ton avis, combien de fois m'as-tu déjà présenté des excuses ? Des excuses vraiment sincères, je veux dire ?

— Cinquante fois ? Cent ?

— Je crois que c'est la troisième fois. (Elle regarda par la fenêtre. Elle avait l'air plutôt contente.) Et combien de fois, moi, t'ai-je demandé de m'excuser ?

Il mordit à l'hameçon.

— Trois ?

— Jamais. Ce n'est pas mon genre.

— Oh ! (On était un mercredi, et en cette fin de soirée la circulation était fluide. Ils étaient déjà arrivés au milieu de Manhattan.) Et que fais-tu à la place ?

— Je fais ton travail de détective.

— Mon travail de détective ?

— Parle-moi de cette croix, mon chéri. Où l'avais-tu vue ?

Eddie ne savait pas trop ce qu'il était prêt à révéler.

— Euh... c'est une femme qui la portait à son cou. Une femme blanche.

— Et c'est ce qui t'a décidé à enquêter plus avant ? Ou était-ce la femme qui t'intéressait ?

— J'en ai vu une autre. Dans des circonstances... dont je préfère ne pas parler.

— Ça colle. (Elle continuait de regarder dehors.) La croix est un symbole secret d'un sale petit club d'hommes de Harlem. Ils en ont une centaine.

— Des symboles ?

— Des clubs, idiot. Chaque année, il s'en crée de nouveaux. Ils deviennent chaque fois plus fermés. Tu sais comment ça marche. Le mot de passe, la poignée de main secrète, la loyauté jusqu'à la mort ou jusqu'à ce que tu cesses de payer ton écot. Tu es sans doute membre de trois ou quatre d'entre eux, sauf que tu n'as pas le droit de le dire. Kevin est membre de l'Empyrée. Tu en as déjà entendu parler ?

Il fronça les sourcils.

— Ce n'est pas le plus prestigieux.

— Ni le plus fermé, le plus riche ou le plus ancien. Aucun superlatif n'y est attaché.

— Alors, la croix est une impasse ?

Elle haussa les épaules, croisa les jambes, intercepta son regard dans le rétroviseur et rajusta sa jupe. Vers le bas.

— La croix a peut-être une autre signification.

— Sais-tu si Perry Mount est membre de l'Empyrée ?

— Les membres n'ont pas le droit de divulguer les noms des autres membres à ceux qui n'en sont pas, mon chéri, et encore moins à leurs femmes. (La voiture fit un écart avant de piler. Aurelia laissa courir son regard sur la longue file de lumières rouges qui se perdaient dans la nuit. Elle indiqua une autre route.) Ne passe pas par là. Prends à gauche et descends la 3e Avenue. (Elle s'assura que ses instructions étaient suivies, puis se détendit.) Tu as vu la croix au cou d'une jeune femme blanche, chéri. Les clubs d'hommes de Harlem n'admettent pas les femmes blanches parmi leurs membres. Tu as conscience de ça, n'est-ce pas ? (Elle éclata de rire. Pas lui.) Et ne va pas t'imaginer qu'un amant la lui aurait donnée. Les membres de ces clubs prennent la chose bien trop au sérieux pour cela.

— Si tu es si maligne, explique !

— Je n'ai pas encore l'explication, mais je l'aurai un jour. (Elle désigna un panneau.) Tu vois, tu m'as écoutée et tu es déjà au pont.

— C'est encore à quelques blocs.

— Eh bien, chauffeur, dépêchez-vous. Anita m'attend.

Eddie chercha son regard dans le rétroviseur.

— J'avais espéré que tu me dises que la maison était vide.

— Ne sois pas ridicule, mon cœur. Je suis un membre en vue de la société. Ils m'ont même inscrite au Garden Club, tu le savais ? (Il n'y avait pas un club de femmes de Harlem dans lequel il soit plus difficile d'entrer.) Tu sais que tu te débouilles plutôt bien comme chauffeur, Eddie chéri. Tu devrais y penser si tu ne réussis pas comme écrivain.

— Je m'en souviendrai.

De nouveau le silence s'imposa. Eddie sentait qu'elle s'était moquée de lui, ce qu'il détestait, et l'avait utilisé, ce qu'il détestait encore plus. Ils traversèrent le pont. Aurelia lui donna encore quelques indications. Eddie les suivit sans broncher. Ils tournèrent plusieurs fois, puis Aurelia lui demanda de s'arrêter. Ils étaient dans une jolie petite rue bordée de maisons de ville, moins ostentatoires que celles de Sugar Hill, mais néanmoins propres et coquettes.

— Est-ce que nous sommes dans l'obscure nation ?

Aurelia gloussa.

— Que veux-tu savoir, si le quartier est intégré ou non ? (Elle lui toucha l'épaule.) Majoritairement des Antillais, quelques Italiens et des Juifs. (Elle avait ouvert son porte-monnaie.) Regarde autour de toi, Eddie, c'est l'avenir.

— Quoi ?

— Une Amérique différente.

— Je ne comprends pas. (Au lieu de s'expliquer, elle sortit un billet de son porte-monnaie. Cette fois, elle allait trop loin.) Tu ne crois quand même pas que...

— Mon amie regarde par la fenêtre. Si elle me voit te payer, elle ne se souviendra jamais du type de voiture qui m'a déposée. (Une pensée lui revint, tandis qu'elle tenait le dollar hors de sa portée.) Eddie, écoute. Cette course. Ce n'est pas pour m'amuser. J'ai quelque chose à te dire.

— Eh bien, dis-le.

— Nous quittons Harlem, Eddie. Kevin, moi et les enfants. Je voulais te le dire en personne, c'est tout. Nous avons acheté une maison en banlieue. Les enfants méritent d'avoir de l'espace, pas vrai ? (On aurait dit qu'elle essayait de se convaincre elle-même.) C'est ce que j'ai toujours voulu. Une famille. De la stabilité. Je n'ai jamais connu ça. C'est ce que je veux pour mes enfants.

— J'avais cru comprendre que c'était ce que tu avais à Cleveland, pendant ton enfance.

Aurelia ne sembla pas l'entendre.

— Quelquefois, dans la vie, il faut faire ce que l'on doit, pas toujours ce que l'on veut. Je suis une épouse à présent. Une mère. Il faut que je m'accroche à ce qui est bon et, enfin, une fois que j'aurai déménagé, nous ne nous verrons probablement plus si souvent...

Puis il se retrouva avec le dollar dans la main alors

qu'Aurie marchait vers la porte d'entrée, forte, sûre d'elle, d'un pas décidé, comme il convenait qu'une femme de sa classe marche, seule dans la nuit. Eddie rebroussa chemin vers Manhattan, l'esprit confus. Il faillit avoir deux accidents. Les choses ne pouvaient pas se passer comme ça. Pas si vite. Même si Aurelia avait raison. Il gara la voiture là où Lenny le lui avait indiqué, dans une petite rue à proximité du campus de Columbia, et glissa la clé dans le tuyau d'échappement. Un gars de Lenny viendrait la chercher plus tard. Il était si secoué par le tour qu'avait pris la soirée qu'il ne remarqua pas la berline noire qui lui filait le train avant qu'elle s'arrête près de lui et qu'en sortent deux hommes de sa nation visiblement déterminés et dont l'invitation à les suivre ne pouvait souffrir de refus.

24

Le retour de l'ébéniste

I

Ils le firent asseoir à l'arrière et lui assenèrent tout de suite quelques bons coups de poing. Le chauffeur filait vers le nord sur Amsterdam Avenue en direction de la Vallée. Eddie s'efforçait de ne pas trembler et, du coup, tremblait de plus belle. Sur la 123e Rue Ouest, affreusement calme à cette heure-ci, la voiture bifurqua dans une impasse le long d'un night-club d'où sortaient les derniers clients. Le néon de l'enseigne s'éteignit.

— On ferme tôt ce soir, dit Eddie qui n'en menait pas large.

Il savait parfaitement à qui appartenait le club.

— Ouais, répondit l'un des hommes de main.

— À cause de moi ?

— Ouais, répéta le même homme pour couper court à la conversation.

Ils poussèrent Eddie à l'intérieur par l'entrée des artistes. Lenny Rouse se tenait près du rideau, le regard aussi froid qu'une tombe. Difficile de croire qu'il y a quelques heures à peine, lorsque Lenny lui avait passé les clés du taxi, ils avaient ri et plaisanté ensemble. Le gangster l'attrapa par le bras et murmura entre ses dents :

— Tu fermes ta gueule, dit-il, non sans une certaine gentillesse dans la voix. Tu te contentes d'écouter, sauf s'il te pose une question. Dis-lui la vérité. Il le saura tout de suite, si tu mens.

Lenny l'escorta le long d'un étroit couloir qui menait à la salle principale, désigna le box où l'attendait Scarlett et se posta sur le côté, laissant Eddie avancer seul. Même à l'époque où il faisait de petites livraisons pour l'organisation, Eddie n'avait rencontré le patron qu'une seule fois et il n'en avait pas gardé un très bon souvenir. Scarlett était un homme aux épaules carrées qui aimait les chapeaux à large bord et les costumes zazous, même s'ils commençaient à passer de mode. Dans Harlem, son mauvais caractère était légendaire. Ses yeux jaunes regardaient chacun dans une direction, du coup il fixait son interlocuteur d'un seul œil et laissait l'autre fureter. Si vous bronchiez, c'était le début de vos ennuis. Si vous détourniez le regard, il ne vous ratait pas. Le seul moyen était de regarder son nez. Eddie le rejoignit dans le box. Les serveurs nettoyaient la salle et les musiciens rangeaient leurs instruments ; l'air chargé de la fumée bleue des cigarettes sentait la bière et la sueur, et le mauvais œil sautait d'un truc à l'autre.

— Tu en fais un peu trop, mon garçon, dit-il sans préambule.

— Ah, Mr Scarlett...

— Mon gars Lenny me dit que tu sais écouter. Alors écoute. Tu es allé en Caroline du Sud.

Eddie ne savait pas très bien si la remarque du gangster était une question ou une affirmation, mais se rappelant le conseil de Lenny, il garda le silence.

— Tu m'entends, garçon ?

— Oui, Mr Scarlett. Je vous entends.

— Alors réponds à la putain de question.

Eddie réprima une forte envie de répondre qu'aucune question ne lui avait été posée.

— Oui. (Ne sachant pas ce que savait le gangster ni jusqu'où irait l'interrogatoire, il limita sa réponse au minimum.) Je suis allé en Caroline du Sud.

— T'es allé dans ce temple.

— Quel temple ?

— Ne joue pas avec moi, mon garçon. T'as rencontré la jolie petite femme de Castle. Cette femme blanche t'a donné quelque chose.

Eddie secoua la tête.

— Je le lui ai demandé, mais elle a refusé. (Eddie commençait à comprendre la sagesse du pasteur.) Si vous aviez un informateur sur les lieux, il a dû vous dire qu'elle m'a planté là.

Scarlett, qui, jusqu'à présent, n'affichait que froideur et mépris, commença à lui prêter attention. Eddie remarqua que l'orchestre et les serveurs avaient quitté les lieux. Ils n'étaient plus que tous les deux, sans compter ceux qui se tenaient dans l'ombre.

— Elle t'a peut-être planté là. Moi, je crois plutôt qu'elle a fait *semblant*. Maintenant tu me dis ce qu'elle t'a donné et tu peux rentrer chez toi.

— Elle ne m'a même pas écouté. (Enhardi, Eddie commença à broder un peu.) Je crois qu'elle ne m'aime pas beaucoup.

— Je ne t'aime pas non plus, mais tu vas tout de même me répondre.

— Je l'ai déjà fait...

Eddie ne put aller plus loin. Sans qu'il ait détecté aucun signal, Lenny Rouse sortit de l'ombre, accompagné de l'une des brutes de la voiture. Lenny l'attrapa par le cou et lui tordit le bras gauche derrière le dos, l'empêchant ainsi de se redresser. L'autre homme lui saisit le bras droit avec une poigne de fer et le plaqua sur la table.

— Maintenant tu vas parler.

— Qu'est-ce qui vous prend ? (Eddie sentit la peur se répandre, chaude et liquide, dans son bas-ventre. Il tenta de se dégager.) Lâchez-moi.

— Tenez-le bien, dit Scarlett en ôtant sa veste.

Tout d'un coup, Eddie se souvint de son surnom. L'ébéniste.

Ce n'était pas possible. Ils ne pouvaient pas envisager de...

Eh bien, si.

L'ébéniste tira de sous la table une grosse boîte à outils peinte en rouge vif, si brillante qu'elle devait être astiquée deux fois par jour. Il fit sauter les deux attaches et l'ouvrit.

— Vous ne pouvez pas faire ça, souffla Eddie.

— On raconte que tu es un sacré type. Que tu es célèbre. J'imagine que tu te crois courageux, en plus. Mais le courage n'a rien à faire dans tout ça. Tu vas me dire ce que cette bonne femme t'a donné.

— Elle ne m'a rien donné.

L'ébéniste plongea la main dans la boîte. Il en sortit une autre boîte, pleine de gros clous. Il en fit glisser trois dans sa paume, puis les plaça entre ses dents. Eddie suivait chacun de ses gestes. Jamais des clous ne lui avaient paru aussi effrayants. La main replongea dans la boîte et en ressortit cette fois armée d'un marteau.

— Tu vas me le dire, répéta Scarlett.

Le deuxième homme de la voiture approcha. Eddie serra le poing. L'homme appuya fortement sur la première phalange du pouce jusqu'à ce que la douleur force Eddie à ouvrir la main. L'homme maintint la pression de sorte qu'il ne puisse pas refermer le poing. Sa paume fut plaquée face à la table, ses doigts écartés à plat. L'ébéniste palpa le majeur d'Eddie avant de trouver le point qu'il cherchait, juste au-dessus de la phalange.

— La viande est très tendre à cet endroit-là, prit-il la peine d'ajouter en tâtant la chair avec la pointe du clou. (Eddie se sentit flancher. *La viande*. Scarlett leva le marteau.) Tu as quelque chose à me dire ?

À cet instant, Eddie aurait bien tout lâché au gangster pour empêcher ce clou de s'enfoncer dans sa chair – tout sauf le secret qui aurait pu mener à sa sœur.

Sa femme l'a.

Eddie lança un regard furieux à Scarlett.

— Elle ne m'a rien dit.

Scarlett s'arrêta. Eddie crut d'abord qu'il avait été entendu, mais il se rendit compte que le gangster fixait un point dans l'ombre derrière lui. Eddie voulut tourner la tête mais il avait peur de montrer la moindre faiblesse.

Sans aucun avertissement, le marteau s'abattit.

Il rata le clou et tapa l'extrémité du doigt d'Eddie.

— Tu n'auras rien d'autre qu'un gros pinçon, dit Scarlett. La prochaine fois, c'est ta phalange. Un bon coup et tu n'écriras plus jamais de cette main-là. Après, j'enfonce le clou. Tu piges ?

— Vous ne pouvez pas faire ça.

— Dis-moi ce qu'elle t'a donné.

Eddie lutta pour ravaler la bile qui lui remontait dans le fond de la gorge.

— Elle ne m'a rien donné.

— Parle, mon garçon.

— Il n'y a rien à dire.

Le marteau se leva.

Eddie ferma les yeux. Et attendit. Que l'agent Stilwell sorte de l'ombre et vienne à son secours. Que Lenny tire sur son patron et reprenne ses affaires. Que le marteau lui écrase la main.

II

— Je vais laisser passer, pour cette fois, murmura Scarlett à son oreille.

Eddie ouvrit les yeux. Sa main était entière. Tournant la tête pour regarder le gangster, il perçut un mouvement dans la pièce. Sans doute l'homme qui faisait signe à l'ébéniste, qui lui donnait des instructions. Lenny et l'autre gorille tenaient toujours Eddie, mais un peu moins fermement. Scarlett caressait sa propre paume avec le marteau. Le mauvais œil tressautait toujours.

— Mes gars vont t'accompagner dans l'impasse où ils te donneront un petit souvenir pour que tu ne m'oublies pas. Ils vont te remettre un peu d'ordre dans les idées, mon garçon. Mais ce n'est rien à côté de ce qui t'attend si je découvre que tu m'as menti. Tu entends, mon garçon ?

— Oui, répondit Eddie en claquant des dents.

— Tu me mens et je t'en arrache quelques morceaux. Compris ?

— Oui.

— Tu sais de quels morceaux je parle, pas vrai, mon garçon ?

Eddie tenta de déglutir. En vain.

— Oui.

L'ébéniste hocha la tête. Lenny tint courtoisement la porte et les brutes de la voiture traînèrent Eddie dans l'impasse. Ils lui tapèrent dessus si fort qu'il perdit conscience rapidement. Au départ, il tenta vaguement de rendre les coups, mais il n'était pas doué pour la bagarre et, très vite, il ne chercha plus qu'à se protéger du mieux qu'il pouvait et les laissa cogner. Lenny supervisait la scène. Au bout d'un moment, il donna le signal d'arrêter. Il enfourna Eddie dans un taxi clandestin et le conduisit à l'hôpital de Harlem où il baratina quelque chose aux médecins, qui acquiescèrent. On lui fit une piqûre. Il se réveilla dans une salle sinistre et humide. Il resta prostré pendant les quatre jours suivants. Il semblait souffrir d'un problème interne dont il ne comprenait pas tout, mais dont les médecins venaient régulièrement examiner l'évolution.

Il eut quelques visites. Il reçut un télégramme moqueur de Langston Hughes lui rappelant qu'il lui avait promis de se tenir tranquille. Et même un baiser sur le front d'Aurelia, qui vint tous les jours, faisant tourner toutes les têtes, et houspillant les médecins qui semblaient se contenter d'attendre que son état s'aggrave. Gary Fatek apporta la plus grosse gerbe de fleurs que l'on ait jamais vue dans ces lieux et proposa de le faire transférer dans un meilleur hôpital, mais Eddie refusa de tourner le dos à Harlem. Sa sœur Marcella fit le voyage depuis Springfield – Gary l'avait prévenue – et resta à son chevet pendant un jour et demi en lui lisant la Bible à voix haute ; elle ne manqua pas de lui dire qu'il était temps d'arrêter les bêtises et de se ranger. Eddie souriait à tous ceux qui passaient le voir et lui disaient des mots gentils, mais son esprit était occupé à se souvenir du club de Scarlett. Pas du passage à tabac, ni de la peur. Mais d'un visage.

Le visage était resté dans l'ombre. Il ne l'avait

entr'aperçu qu'un instant. Cet homme qui avait le pouvoir d'ordonner à l'ébéniste d'arrêter.

Il avait des cheveux blonds et raides. La peau blanche.

III

Dès qu'Eddie fut autorisé à sortir, Gary et Marcella le ramenèrent au 435 Convent Avenue. Marcie avait séjourné dans l'appartement depuis son arrivée et décida de rester encore un peu, histoire de s'assurer que son frère avait bien reçu tous les sermons qu'il méritait. Plusieurs jeunes femmes étaient venues prendre de ses nouvelles, mais Marcie n'avait noté ni leur nom ni leur message car, pour passer comme ça chez un homme, elles devaient être sacrément dévergondées. Elle resta une semaine et faillit l'achever. Eddie l'emmena dans le salon que tenait Shirley Elden, mais Marcella resta assise dans un coin les lèvres serrées, observant la crème de Harlem d'un air désapprobateur. Il l'emmena aussi déjeuner avec Kasten, son agent littéraire, mais Marcie répéta en boucle que les romans de son frère se vendraient mieux s'ils ne contenaient pas autant de sexe. Malgré tout, elle se montrait attentionnée, patiente, et prête à satisfaire le moindre de ses caprices.

Mais elle accommodait tout d'un chapelet de sermons.

L'après-midi du septième jour, sa sœur partit. Le soir même, Eddie alla dîner chez Amaretta Veazie. On l'interrogea sur son troisième roman, dont la parution était annoncée pour le début de l'année suivante et dont on savait déjà que c'était un portrait ironique de Sugar Hill. Il leur demanda de prendre leur mal en patience. Plus prudent à présent, il prit un taxi pour rentrer sur Convent Avenue au lieu de faire le chemin à pied. Un Blanc à l'allure de fonctionnaire obséquieux l'attendait dans le hall de son immeuble, malgré l'heure tardive.

— Êtes-vous Edward Trotter Wesley Junior ?

— Oui, répondit Eddie, méfiant, en se demandant si l'homme allait lui délivrer une citation à comparaître ou peut-être même l'arrêter.

— Avez-vous une pièce d'identité ?

Eddie lui montra le morceau de papier mal imprimé que l'État de New York délivrait à titre de permis de conduire.

— J'ai un colis pour vous.

— À cette heure de la nuit ?

L'homme acquiesça et lui tendit une enveloppe en papier kraft ainsi qu'un formulaire.

— Signez là, s'il vous plaît.

Eddie signa, tourna les talons aussi sec, s'engouffra dans son appartement, mit un disque de Billie Holiday, ouvrit un cahier et, pour la première fois depuis son passage à tabac, se mit à écrire. C'était bon de tenir à nouveau un stylo. Ce n'est qu'après avoir écrit trois heures d'affilée et s'être servi un dernier verre avant d'aller se coucher, vers une heure et demie du matin, qu'il repensa à l'enveloppe qu'on lui avait livrée. Il lui fallut un moment pour se souvenir qu'il l'avait laissée dans la cuisine. Il la décacheta et en extirpa deux tirages noir et blanc sur papier brillant. Il en sortit également un mot non signé. Eddie ne reconnut pas l'écriture maladroite. *Merci de tout votre bon travail pour la patrie. J'ai pensé que cela vous ferait plaisir.* La première photo montrait une scène de foule et Eddie mit un moment à la situer.

Puis il se souvint.

C'était l'altercation à Maxton, en Caroline du Nord, entre le Klan et les Indiens Lumbee. Un cercle au stylo rouge entourait le visage de l'un des Indiens. La deuxième photo était un agrandissement un peu flou de la même personne.

Sauf qu'à y regarder de plus près, ce n'était pas un Indien.

David Yee avait dit que les Noirs n'avaient pas pris part à la bagarre, mais Eddie tenait à la main une preuve du contraire. La silhouette était celle d'une femme noire. Elle tenait un fusil d'une manière qui suggérait qu'elle savait s'en servir.

La femme sur la photo était Junie.

25

Nouveau marché

— Je croyais que vous ne vouliez plus avoir affaire à nous, dit Bernard Stilwell en découvrant des dents à faire peur. Nous sommes les vilains racistes du Bureau fédéral d'investigation, et vous êtes le seul détenteur de la vertu et de la vérité. Vous n'accepterez pas de souiller votre pureté au contact de types de notre espèce. Ou ai-je raté la phase conciliatoire de votre adieu déchirant ?

— Au départ, vous me faisiez chanter sur la base de faux rapports que vous aviez vous-mêmes établis. Aujourd'hui, c'est moi qui viens vers vous, mon gouvernement, pour solliciter votre assistance. Je ne vois pas en quoi les deux situations se ressemblent.

Stilwell fit entendre le même ricanement de bourreau qui avait glacé le sang d'Eddie lors de leur première rencontre. Ils marchaient vers l'est le long du Grand Bassin entre le Lincoln Memorial et le monument de Washington. Dans la nuit silencieuse, des nappes de brouillard gris s'élevaient comme des souvenirs qui s'estompent au-dessus de l'eau immobile, noire et froide. Le Mall était désert – ce n'était pas la saison où les bus déversaient des gamins venus manifester ni des hordes de touristes.

— En qualité de citoyen de cette belle République, vous avez parfaitement le droit de vous adresser à votre gouvernement pour demander réparation, quand bon vous semble. Tout comme Dorothy avait le droit de s'adresser au Magicien d'Oz. Et, comme à Dorothy, si vous venez les mains vides, le Magicien vous demandera de repasser demain.

— Je ne crois pas que ce soit la morale de l'histoire, dit Eddie au bout d'un moment. (Le brouillard d'avril se déchira un instant, découvrant un ciel clair, pourpre à l'infini, où scintillaient des étoiles aussi éternelles que l'espoir, et tout aussi insaisissables. L'éclaircie se referma.) Le Magicien a voulu la rouler. Elle a rempli sa part du marché. Pas lui.

— Je suis ravi de l'apprendre. Maintenant, laissez-moi vous expliquer la vie. (Les volutes de brouillard s'enroulaient autour de leurs pieds. Ils venaient de pénétrer dans un petit bosquet.) Il y a deux ans, le Directeur vous a donné la possibilité d'œuvrer pour votre pays, de remplir un rapport de temps en temps, de nous aider à veiller à ce que les leaders de votre peuple ne soient pas infiltrés par des agitateurs et des communistes. Vous n'avez jamais établi un seul rapport. Vous vous êtes fait représenter par un grand avocat pour sortir du marché. Vous ne vouliez pas collaborer. Très bien. Aujourd'hui, vous débarquez dans l'intention de me poser tout un tas de questions au sujet de votre sœur...

Stilwell était bien plus carré que lui et il exhibait son corps avec l'autorité d'une brute patentée. La tension croissante de sa posture révélait qu'il commençait à bouillir, mais sa voix restait aussi neutre et basse qu'à l'accoutumée, comme ce jour où il avait presque étranglé Eddie dans une petite rue de Harlem.

— ... Vous voulez savoir si nous enquêtons sur sa

disparition, poursuivit-il. Vous voulez savoir si cette photographie (il agita l'enveloppe) est réelle ou si c'est un montage. Vous voulez savoir où elle est. (Il secoua la tête.) Voyons, Eddie, pouvez-vous me donner une seule bonne raison de vous aider ? Alors que vous refusez de nous rendre la pareille ?

— Tout ce que je veux savoir, c'est si ma sœur est vivante.

— C'est très noble, dit Stilwell. (Ils étaient sortis du couvert des arbres et marchaient dans le vaste jardin au nord du monument de Washington, qui remontait vers la Maison Blanche, dont les lumières formaient un halo diffus à travers la brume.) Voyons, Eddie, nous sommes entre adultes ici. Vous comprenez comment ce genre de chose... (Il s'interrompit.)

— La raison pour laquelle je vous le demande peut répondre à l'une des préoccupations du Directeur, auquel cas je serais tout de même en mesure de contribuer...

Eddie avait bien répété son entrée en matière, mais l'agent lui intima de se taire. Il regardait en direction des arbres qu'ils venaient de quitter.

— Vous êtes venu avec un ami, Eddie ?

— Un ami ?

Eddie se retourna aussi mais il ne distinguait rien dans le brouillard.

— Pour vous garder à l'œil au cas où ces fous de fédéraux décideraient d'avoir recours à l'un de leurs sales tours. Ce que l'on appelle un « ange gardien ». (Il s'était prestement interposé entre Eddie et la ligne des arbres. Sa main gauche déboutonnait son pardessus.) Est-ce que vous êtes venu avec un ange gardien, Eddie ? Parce que quelqu'un nous suit depuis le Lincoln Memorial.

— Je ne saurais pas où trouver un ange gardien si

j'en voulais un. (Eddie tenta vainement de percer la nuit.) Je ne vois personne.

— Il y a quelqu'un.

— Vous imaginez des choses.

— Peut-être.

— Pourquoi est-ce qu'on nous suivrait ?

— Il vaut mieux se méfier avec les rouges. Ils n'ont plus peur de rien ces temps-ci.

Stilwell regarda une dernière fois derrière eux. Rien. Il se retourna et reprit sa marche. Eddie le suivit d'un pas mal assuré, se demandant qui pouvait bien les filer. C'était peut-être un stratagème.

— Alors, qu'avez-vous à offrir ? finit par demander l'agent après un moment de silence.

— Pardon ?

— Vous êtes un homme intelligent. Vous n'êtes pas venu les mains vides.

Eddie regarda la buée qui s'échappait de sa bouche et s'évaporait dans la nuit. Il s'apprêtait à franchir le pas qu'il avait réussi à éviter deux ans plus tôt. Mais les principes étaient une chose. Junie en était une autre.

— Admettons que j'accepte, à l'occasion, d'établir des rapports à l'intention du Bureau, du type de ceux que m'avait demandés le Directeur il y a deux ans.

Le brouillard s'épaissit. Le parc prit un air fantasmagorique, les arbres avaient des formes bizarres, l'herbe formait un tapis invisible à leurs pieds. Eddie se retourna brusquement, mais Stilwell semblait tranquille.

— Quel genre de rapports ?

— Il y a un groupe qui se nomme les « Vingt »... Stilwell le coupa bien trop vite.

— Jamais entendu parler.

— Très bien. (Eddie tapota l'enveloppe.) Supposons que je puisse en apprendre plus sur ce groupe dont le

Directeur m'avait parlé, l'Agonie. (L'agent attendit la suite.) Un journaliste m'a dit qu'ils avaient peut-être été impliqués dans les événements de Maxton.

— Nous ne vous demandons rien. (Le ton se voulait vertueux.) Vous êtes volontaire. Vous saisissez la nuance ?

Estimant que c'était une question rhétorique, Eddie ne répondit pas. Ils coupèrent pour rejoindre la 15e Rue. Le brouillard se dissipa au moment où ils débouchaient sur le trottoir entre l'intimidant bâtiment de granit du département du Trésor et le clinquant mais néanmoins chaleureux Washington Hotel.

— Attendez-moi ici, ordonna Stilwell avant d'entrer dans une cabine téléphonique qui se trouvait à côté d'un kiosque à journaux aux stores baissés.

Il y avait un homme au téléphone à l'intérieur de la cabine. Eddie imagina que l'agent allait sortir son badge pour le faire déguerpir, mais l'autre homme sortit de lui-même, après avoir passé le récepteur à Stilwell. En réalité, il gardait la ligne. Pendant que Stilwell parlait, l'homme vint se poster à côté d'Eddie. Maigre avec des cheveux blond filasse, il aurait pu être l'agent qui avait tenu les poignets d'Eddie dans Harlem pendant que Stilwell l'étouffait.

— Il fait frais ce matin, lança Eddie.

L'homme se contenta de le dévisager.

— Joli coup la semaine dernière au Venezuela. C'est l'œuvre de vos sbires ? À moins que vous ne préfériez le dictateur qui était au pouvoir avant ?

Silence.

Stilwell revint. Il murmura quelques mots très bas et très vite, puis s'adressa à Eddie.

— Le Directeur m'a chargé de vous transmettre ses salutations. Il est désolé pour votre sœur. Nous ignorons où elle se trouve, mais nous allons tenter de creuser un peu.

L'autre homme était monté dans la voiture et Stilwell s'apprêtait à le suivre. Il croisa les bras et s'appuya sur la portière ouverte. Eddie se rendit compte qu'il choisissait ses mots avec un soin inhabituel.

— Le Directeur dit que si vous souhaitez enquêter sur l'Agonie de la Couronne, à votre propre compte, cela vous regarde. Si vous découvrez quelque chose, passez-moi un coup de fil. Il a dit aussi que vous aviez désormais une dette envers nous et qu'il était sûr que l'on pourrait compter sur vous le moment venu.

Eddie écarquilla les yeux. Ils le savaient. D'une manière ou d'une autre, le Bureau savait depuis le début qu'il reprendrait contact. Il se souvint de l'avertissement de Gary Fatek pour qui Hoover courait un autre lièvre et de l'acharnement de Junie à sortir son frère de leurs griffes.

Tout à coup, il vit clair.

— Hoover se fiche pas mal des secrets atomiques. Ce n'est pas la raison pour laquelle vous m'avez ramassé la première fois. C'était un prétexte. Cela n'avait rien à voir avec la bombe ni avec les leaders du mouvement pour les droits civiques. (Il tapota les photographies.) C'était pour ça. Depuis le début. C'était pour ça. Et tout ce discours selon lequel l'Agonie de la Couronne choisissait ses recrues parmi les plus éduqués. Le Directeur ne parlait pas de moi. Mais de Junie. Depuis le début. Il savait qu'elle allait s'enfuir pour les rejoindre. Il voulait que je donne ma propre sœur. Bon sang. Mais de quelle espèce êtes-vous ?

Impassible, l'agent continua de débiter ses instructions.

— J'espère recevoir un état mensuel de vos progrès. Vous pouvez me joindre au numéro que vous avez. Une fois que vous les aurez approchés, nous modifierons la procédure. Nous garderons un œil sur vous, bien entendu, mais si vous avez des ennuis, nous ne déploierons pas la cavalerie pour vous en sortir. Comme je vous l'ai dit, vous êtes volontaire.

— Vous m'écoutez ?

Stilwell était toujours appuyé contre la portière.

— Je n'en parlerais pas tout de suite à ma famille, si j'étais vous. L'individu sur la photographie est peut-être votre sœur, mais ce n'est pas sûr. Il est possible que votre sœur soit vivante, mais ce n'est pas certain. À votre place, j'attendrais d'en avoir confirmation avant d'assener la nouvelle à mes parents, ma sœur aînée et mes dix meilleurs amis.

— Dites-moi au moins si cette photographie est authentique.

— La chose qui nous importe le plus est de connaître leurs membres, poursuivit Stilwell. Ensuite, leur financement. Toute organisation se réduit à ces deux fondamentaux : les membres et l'argent. (Il semblait réciter les pages d'un manuel.) Si vous nous donnez les membres et le financement, nous ferons le reste.

— Pourquoi est-ce que je...

— C'est vous qui êtes venu nous trouver, Eddie. Nous ne vous avons rien demandé. Vous n'êtes pas en position de marchander. (L'agent du FBI attendit que sa remarque soit bien comprise.) Cela mis à part, permettez-moi de vous mettre en garde. Il est possible, mais pas certain, que votre sœur soit membre de l'Agonie de la Couronne. Je n'en sais rien. Vous n'en savez rien. Et le Directeur non plus. Mais qu'elle en fasse partie ou non, ces gens sont dangereux. Ne vous laissez pas séduire.

— Dangereux pour qui ?

L'agent monta dans la voiture sans prendre la peine de répondre. La portière claqua. La voiture s'éloigna.

Eddie resta sur le trottoir à regarder les feux arrière disparaître dans le brouillard. S'il lisait entre les lignes, il pouvait reconstituer le message. Le Bureau ne savait pas où était Junie. Mais Stilwell voulait qu'il sache qu'ils la cherchaient. Il réfléchit. Le mystérieux chef de l'Agonie de la Couronne, celui qui avait signé leurs divers messages, se faisait appeler « Commandant M. ». Il n'y avait pas un seul M dans June Cranch Wesley, mais son personnage shakespearien préféré, il y a des années à Martha's Vineyard, était Miranda dans *La Tempête*.

Pourtant il ne parvenait pas à imaginer Junie à la tête d'une dangereuse bande de terroristes.

En marchant vers son hôtel, il se souvint que Stilwell avait parlé d'une filature. Il se retourna plusieurs fois jusqu'à ce qu'il se rende compte qu'il ne saurait à quoi la repérer. Pourtant, une fois ou deux, dans la brume, il entrevit une silhouette, mince, sombre, furtive, qui se déplaçait avec une détermination effrayante, mais chaque fois qu'elle semblait s'approcher, le brouillard l'engloutissait.

Troisième partie

Washington - New York - Mount Vernon
1960-1965

26

Un pas de plus

I

Debout parmi la foule amassée au fond de la salle Caucus du Sénat, Eddie écoutait le sénateur John Kennedy répondre aux questions des journalistes en mêlant sobriété et humour avec son habileté habituelle. Il utilisa quelques-unes des réponses préparées par Eddie – dont une attaque subtile contre l'un de ses principaux adversaires qu'il évita soigneusement de nommer – et un autre conseiller, après quelques échanges, donna un coup de coude dans les côtes d'Eddie avec un sourire hilare, heureux d'annoncer : « Celle-ci, c'était la mienne. » L'une des qualités les plus appréciées de Kennedy était cette capacité, en dépit de sa hauteur patricienne et du maillage serré de la mafia irlandaise qui l'entourait, de motiver le moindre des collaborateurs et de lui donner le sentiment d'appartenir vraiment à l'équipe. On n'a jamais l'impression d'être l'ami de Jack, avait écrit Eddie à sa mère, mais on se sent utile. Ce samedi 2 janvier 1960, Kennedy s'apprêtait à annoncer officiellement sa candidature aux présidentielles. Eddie, après la parution de son troisième roman, dans six semaines, prendrait congé de la littérature pour s'engager à plein temps dans la campagne. Il contribuerait à l'écriture des discours, mais serait également chargé d'établir des liens avec la communauté littéraire. Les Kennedy avaient la ferme intention d'obtenir le soutien d'auteurs connus en vue de contrecarrer la rumeur qui courait à Washington selon laquelle le candidat ne faisait pas le poids intellectuellement. Eddie aurait un salaire de misère, une équipe de bleus et un titre ronflant. Cela avait été annoncé dans la presse. Ses copains de Harlem étaient impressionnés.

Sa mère lui avait répondu que son père était fier de lui.

Aurelia et Gary Fatek, pour des raisons différentes, le pensaient fou.

— Premièrement, dit Aurelia un jour qu'ils s'étaient rencontrés secrètement pour prendre un café dans le Bronx, tu commences à peine à te faire de l'argent. Tu gagnes des lecteurs. Il faut que tu entretiennes le mouvement. (Elle stoppa toute tentative de réponse en relevant gracieusement le menton.) Deuxièmement, avec ce job, tu ne seras presque plus dans Harlem. Tu vas devoir parcourir le pays, et coucher avec des militantes surexcitées.

— Au lieu de rester assis dans mon appartement, sans coucher avec toi.

— Bon, eh bien, moi non plus, je ne couche pas avec toi. Si c'est l'aune à laquelle on mesure le bonheur, nous souffrons donc tous les deux.

— À te voir, tu n'as pas l'air de souffrir.

— Tant mieux. Parce que ce n'est pas le cas.

— Je ne peux passer ma vie à traîner sur Convent Avenue, finit par dire Eddie. Le monde ne se résume pas à Harlem.

C'était ce qu'Adam Clayton Powell lui avait dit il y avait plusieurs années. Eddie le citait souvent. Une pensée qu'Aurelia partageait sans doute. Elle s'était élevée jusqu'au sommet de la société harlémite, puis avait pris ses distances. Sur les injonctions de Mona, elle avait repris ses études et préparait un doctorat ès lettres à Columbia. Elle habitait une grande maison, dans une banlieue chic. Seul, du haut de son perchoir littéraire, Eddie continuait de l'aimer, tout en songeant qu'il la connaissait à peine. Il se rendit compte qu'elle attendait qu'il poursuive alors qu'il était absorbé dans la contemplation de ses beaux yeux.

— Les choses commencent à changer là-bas, reprit-il en accompagnant sa phrase d'un geste qui, il l'espérait, désignait le Sud. Et tout le pays changera. C'est la fin du Jim Crow, Aurie. Quant à Kennedy, il faut que tu le rencontres. Il est jeune, débordant d'énergie. Il sera le premier Président né au XXe siècle. Ne me dis pas que tu ne veux pas en être.

— Non, répondit Aurelia. (Et c'était vrai. Elle venait de rentrer d'un voyage dans le Midwest où elle était allée voir Mona qui lui avait fait découvrir les sites marquants du vieux Saint Louis.) Je me rends compte que la seule chose qui m'intéresse, c'est d'élever mes enfants et de terminer mon doctorat. Le monde n'a qu'à s'occuper de lui-même.

Il ne la croyait pas.

— Est-ce que Kevin a trouvé ce qu'il cherchait ? lui demanda-t-il en lui ouvrant la portière d'un taxi. Le testament ?

— C'est la seule chose qui t'intéresse ? Je n'aurais jamais dû t'en parler.

— Non.

— Quoi, non ?

— Non, ce n'est pas la seule chose qui m'intéresse.

— Je commence à m'inquiéter pour toi. Toujours à te morfondre, dit Aurelia à travers la vitre baissée. Vas-tu jamais te marier ?

Eddie sourit mais ne répondit pas. Il déposa un baiser sur la joue qu'elle lui tendait froidement et regarda les feux arrière s'éloigner.

— Cela ne dépend pas de moi.

II

Gary l'avait invité à venir naviguer au large de Long Island. Hormis la plage à Martha's Vineyard, Eddie n'avait aucune expérience de la mer ni du bateau. Il était vêtu d'un blazer comme pour un cocktail sur un yacht, alors que Gary avait prévu de l'embarquer sur son sloop. Eddie ne voyait pas la différence entre un foc et un génois. Ses connaissances de la navigation se limitaient au récit de Jack London par lequel il savait que le sel pénètre jusque dans les os du vrai marin pour ne jamais plus en sortir. Cette promenade en mer était loin de l'idée qu'Eddie se faisait du plaisir. Pourtant il était là, au ras de l'eau, à fendre la vague, à crapahuter sur le pont selon les ordres, et à baisser vivement la tête chaque fois que la bôme passait ; à une reprise il ne fut pas assez rapide.

— Ton type n'a pas la moindre chance, dit Gary qui se prenait pour un oracle en politique parce que son arrière-grand-oncle avait été un Président médiocre. Nixon n'en fera qu'une bouchée. Mais ça n'ira pas jusque-là, et nous le savons tous les deux. Ton type n'obtiendra même pas la nomination. Ce sera Johnson ou Humphrey, voire Stevenson. Il mène campagne par orgueil, Eddie. Il compte gagner avec l'argent de papa. Du reste, tu connais cette blague que ton candidat se plaît à raconter. Celle à propos du faux télégramme de son père qui lui dit : « N'achète pas une seule voix de plus qu'il n'en faut, je m'en voudrais de financer une victoire écrasante. » C'est la vérité, Eddie. Sans argent, ton type n'est rien.

Eddie baissa la tête une fois de plus. En réalité, il avait contribué à l'écriture de cette blague qui avait permis de tirer avantage de la baisse dans les sondages, mais il avait déjà appris qu'un bon rédacteur politique n'avoue jamais être à l'origine d'un seul des mots qui sortent de la bouche du candidat.

— Il a de bonnes chances, affirma Eddie. (Il avait regardé les chiffres quelques jours plus tôt. Un embrun le gifla, il but la tasse et fut pris d'une quinte de toux, ce qui déclencha l'hilarité de Gary.) Chez les démocrates, il est à touche-touche avec Stevenson.

— C'est bien ce que je dis. Le type dépense sans compter et parvient tout juste à égaler un gars qui n'est même pas dans la course. Si tu cherches un boulot à Washington, Eddie, tu t'y prends mal. Tu ferais mieux de t'adresser à tante Erebeth. Elle t'adore. Je ne sais pas pourquoi.

Eddie toussait toujours. Petit, sur Martha's Vineyard, il avait failli se noyer ; depuis, il avait peur de l'eau.

— Tu n'y es pas.

— Bref, peu importe ce qui te motive, tu fais fausse route. Tu perds ton temps.

Ce n'était pas le cas. Eddie appréciait Jack Kennedy et méprisait Dick Nixon. Comme la plupart des supporters du début, il croyait aux changements que la candidature de Kennedy promettait. Mais son enthousiasme, pour réel qu'il soit, n'était pas la principale raison de son engagement. Il était là à cause de Junie.

III

Lorsque les gens de Kennedy l'avaient sollicité, Eddie avait tergiversé – en partie pour les mêmes excuses que se trouvait Aurelia et en partie parce qu'il redoutait, à l'instar de toute l'obscure nation, que ce soit une fois encore un marché de dupes. À maintes reprises, ils avaient succombé aux charmes et aux promesses d'un camp, puis de l'autre. Dans les salons de Harlem, on craignait que ce Kennedy ne soit qu'un bonimenteur supplémentaire, des belles paroles, aucune action. Les leaders noirs appuyaient Humphrey, homme adoré de toute l'Amérique noire pour son discours courageux à la convention démocrate de 1948, quand il avait mis le parti au défi de s'opposer aux Sudistes qui le freinaient : « À ceux qui prétendent que nous allons trop vite sur cette question des droits civiques, je réponds que nous avons cent soixante-douze ans de retard. » Kennedy n'existait même pas sur la scène politique à cette époque.

Eddie avait consulté Langston Hughes qui avait clairement annoncé à ses intimes qu'il n'appuierait aucun candidat pour l'élection de 1960. Hughes lui avait rappelé en vain que le Congrès, contrôlé par les démocrates, n'avait même pas été capable de voter une loi contre les lynchages, la priorité des militants pour les droits civiques depuis des années. C'était pour cela qu'Adam Clayton Powell, l'ami intime de Hughes, avait quitté le parti en 1956 et soutenu Eisenhower au lieu de Stevenson.

— Ne te méprends pas, je ne pense pas que les républicains feraient mieux, avait dit Hughes.

— J'aime bien Kennedy, avait répondu Eddie. Je crois qu'il peut faire de grandes choses.

Le vieux sage avait eu un sourire indulgent.

— J'ai été jeune, moi aussi.

Au début de l'été 1959, doutant toujours, Eddie fut convié à un meeting dans la propriété des Kennedy à Hyannis Port. L'objectif était de réunir quelques dizaines de supporters et de conseillers éventuels en vue de leur expliquer la stratégie, si campagne il y avait, et de les convaincre que Kennedy pouvait gagner. Eddie y croisa plusieurs connaissances, dont Lanning Frost, le mari de Margot. Il ne s'étonna pas de la présence du Représentant du Midwest dont c'était le premier mandat à la Chambre car, d'après le peu qu'Eddie avait entendu, Lanning misait tout sur Kennedy. En revanche, il fut surpris, lors du déjeuner en plein air sur de longues tables de bois, de se retrouver assis face à Benjamin Mellor, le professeur de Harvard qui avait reconnu être le père de l'enfant de Junie. Eddie ne pouvait pas s'empêcher de le dévisager. Lorsque la garde rapprochée de Kennedy fit le tour des tables pour présenter les convives les uns aux autres, Eddie ne réussit qu'à se mordre les lèvres et à esquisser un rictus. Mellor l'ignora. À mesure que la stratégie de campagne était dévoilée, les conversations s'animaient, mais Eddie ne desserra pas les dents. Il fit même mieux que Lanning Frost, qui avait pourtant la consigne de ne pas ouvrir la bouche pour éviter d'apporter la confirmation qu'il n'était pas une lumière.

Après le déjeuner, Mellor s'éclipsa pour assister à une réunion avec trois ou quatre autres juristes. Les spécialistes de politique étrangère se retrouvèrent dans une pièce et les économistes dans une autre. Bobby Kennedy, le directeur officieux de la campagne, emmena Eddie se dégourdir les jambes. Ils firent le tour du parc.

— Vous êtes sûr que vous êtes vraiment avec nous ?

— Je vous demande pardon ?

— Vous avez l'air un peu morose.

Eddie tressaillit.

— J'ai beaucoup de choses en tête.

Bobby fit une moue dubitative.

— Ce n'est pas une raison suffisante. Mon père ne tarit pas d'éloges à votre égard et vous nous avez beaucoup aidés jusqu'à présent. Mais les nôtres doivent nous suivre à cent pour cent. Même à cent dix, Eddie. La campagne doit être menée tambour battant. Pas question d'avoir la tête ailleurs. J'ignore les détails du problème qu'il y a entre vous et Ben Mellor, mais nous avons besoin de vous, tous les deux. Ne me regardez pas comme ça. Cela n'a échappé à personne. Les querelles personnelles doivent être mises de côté. Vous êtes des adultes. Trouvez un arrangement.

Eddie faillit déguerpir. Il était à deux doigts de partir quand il se ravisa : ce n'est qu'en restant qu'il empêcherait l'ambitieux professeur de réaliser l'objectif qu'il poursuivait en offrant ses services. Il ne savait pas trop comment il s'y prendrait pour ruiner les espoirs de Benjamin Mellor sans révéler les secrets de sa sœur, mais il trouverait bien.

C'est ainsi qu'il s'installa avec Mellor à l'une des tables et lui dit qu'il préférait ne pas remuer le passé. Mellor le dévisagea longuement avant de lâcher :

— Vous ne savez vraiment pas de quoi il retourne, n'est-ce pas ?

Ce fut au tour d'Eddie de le fixer longuement.

— Pourquoi ne m'éclairez-vous pas ?

— Je parle de toute cette affaire avec votre sœur.

S'ils avaient été ailleurs qu'à Hyannis Port, Eddie aurait attrapé Mellor par le col de sa chemise Oxford ivoire. Au lieu de cela, il claqua la paume de sa main si fort sur la table qu'elle resta douloureuse pendant plusieurs jours.

— Il ne s'agit pas d'une affaire, mais d'un bébé. (Le professeur garda le silence.) Votre bébé.

Eddie n'éleva pas la voix malgré la rage qui le dévorait. Le professeur ne répondait toujours pas. Il semblait attendre. Eddie se calma. Il se demandait ce qu'il était censé lire dans les yeux effrayés du juriste. Il tenta quelque chose :

— Vous savez où il est ?

— Absolument pas, dit Mellor après s'être rapproché.

— Alors c'est Junie. Vous savez où elle est ?

— Non.

Autre tentative :

— Mais vous avez eu des nouvelles ?

Ils se dévisagèrent un long moment en silence. Puis Mellor plongea la main dans la poche de sa veste en tweed dont il sortit un mot manuscrit.

— On a déposé cela dans ma boîte aux lettres à Langdell.

Cher Professeur M.,

Merci pour tout. Vous êtes un homme bon.

J.

Eddie examina le papier, les quelques mots écrits de cette main qu'il connaissait si bien, des mots tremblés comme s'ils avaient été tracés à bord d'une voiture en train de rouler ; la page avait été arrachée d'un bloc de feuilles blanches. Étonnamment, son premier sentiment fut de la jalousie à l'idée que sa sœur, où qu'elle se cache, ait écrit à cet homme plutôt qu'à son grand frère. Le deuxième, un vif soulagement face à cette preuve indiscutable, la seule depuis la photographie des combats de Maxton, que Junie était vivante. Le troisième de l'incompréhension : pourquoi aurait-elle pris le risque de faire acheminer, par quelque moyen que ce soit, une note de remerciement à l'homme qui l'avait séduite, engrossée et abandonnée ? Et le quatrième...

La Junie que tu croyais connaître n'était pas la seule Junie, avait dit Perry Mount.

— Quand ce mot a-t-il été déposé ? demanda Eddie en agitant la feuille de papier. Est-ce que vous l'avez vue ?

Mellor secoua la tête.

— Je ne l'ai pas vue, Mr Wesley. Je ne lui ai pas parlé. Ce mot a été déposé il y a trois ou quatre mois. Je l'ai trouvé un soir en rentrant de cours. Et, non, Mr Wesley, personne n'a remarqué la personne qui l'a déposé.

Eddie laissa courir son regard sur la pelouse qui descendait jusqu'à l'océan. Un an et demi plus tôt, sa sœur était à Maxton. Avant cela, à Nashville. Au printemps dernier, à Cambridge. C'était une fugitive à la merci des autres et elle avait couru le risque de sortir à découvert, au moins une fois, pour déposer ce message énigmatique. Mais pas à son frère.

— Pourquoi me montrez-vous ce mot ? demanda Eddie qui sentait sa colère retomber. Pourquoi l'avez-vous apporté ici ? Pourquoi ne l'avez-vous pas brûlé ? Ou remis au FBI ?

— Vous pouvez le garder, dit froidement le professeur.

— Moi ?

— Je n'en veux pas. De toute évidence, je ne peux pas le garder sur moi. Pas avec mes... objectifs de carrière.

« Mes objectifs de carrière ». Eddie était de plus en plus perplexe. Le département de la Justice. Un poste de juge fédéral. Eddie pouvait imaginer le monde d'ici dix à douze ans, si le professeur réalisait son rêve : Benjamin Mellor, juge à la Cour suprême.

— Je ne comprends toujours pas. Vous vous donnez toute cette peine pour me remettre ce mot ? Ça n'a pas de sens. Avec vos objectifs de carrière, selon vos propres termes. Eh bien, je ne comprends pas pourquoi vous ne l'avez pas brûlé.

Mellor s'était levé.

— Je ne suis peut-être pas celui que vous croyez.

Il y a peu de chances, songea Eddie. Il agita de nouveau la page.

— De quoi vous remercie-t-elle ? Qu'avez-vous fait pour ma sœur à part la mettre dans l'embarras ?

Benjamin Mellor monta de nouveau sur ses grands chevaux.

— Je croyais que ce serait évident pour un homme de votre intelligence, Mr Wesley, répliqua-t-il d'un ton hautain et définitif, comme il seyait à un futur juge à la Cour suprême.

Il tourna les talons et s'éloigna vers la maison.

27

Notre moitié

I

Aurelia, pour sa part, avait épousé une famille résolument républicaine. Matty Garland collectait des fonds pour Nixon, qu'il n'appelait pas « monsieur le Vice-Président », mais Dick. Il donna pour lui un dîner élégant dans sa vaste résidence au bord de l'Hudson, près de Dobbs Ferry. Les baies vitrées de la salle à manger ouvraient sur le fleuve dont les eaux scintillaient aux rayons de la lune. La plupart des invités étaient blancs. Matty avait placé Aurelia à côté du candidat. Elle fit honneur à la confiance que Matty lui témoignait en déployant tout son charme. Assis face à elle, Kevin s'émerveillait de son savoir-faire. Richard Nixon n'avait pas la réputation d'être attiré par d'autres femmes que la sienne, mais Aurie réussit à le charmer pendant tout le dîner. À la fin du repas, elle auss avait conquis le droit de l'appeler Dick.

Aurelia rendit compte des festivités dans sa chronique. Kevin avait convaincu son père d'acheter le *Seventh Avenue Sentinel*, moins dans le but de donner un travail à sa femme que dans celui de faire entendre la voix des républicains dans la communauté noire de plus en plus démocrate. Le nouveau *Sentinel* faisait l'éloge de l'activisme de Nixon en faveur des droits civiques, décrivait les efforts qu'il déployait, en coopération avec Martin Luther King, Jr., en vue de convaincre le parti républicain d'appuyer la loi sur le droit de vote, qui allait au-delà des demandes des leaders noirs – une loi que le Congrès démocrate n'était pas prêt à voter.

Le journal omettait de mentionner que les efforts de Nixon avaient échoué.

Au début de 1960, Zora, la fille d'Aurelia, allait sur ses quatre ans. Son fils, Locke, en aurait bientôt deux. La famille vivait dans une grande maison de style Tudor, sur un terrain arboré, à Mount Vernon, d'où l'on pouvait rallier facilement la ville en voiture ou en train. La majorité de leurs voisins étaient blancs, à l'évidence. Le nombre de familles noires aisées qui s'installaient dans les banlieues cossues ne cessait d'augmenter, mais les Garland avaient tout de même essuyé les rebuffades de plusieurs agents immobiliers avant de rencontrer une femme qui avait accepté de leur présenter des maisons à la hauteur de leur standing. Le vote d'une loi contre la ségrégation des logements figurait parmi les objectifs majeurs des leaders noirs, mais, insistait Kevin, les démocrates sudistes qui tenaient le Sénat étaient bien plus terrifiés par l'éventualité d'avoir des voisins noirs que par la perspective de leur concéder le droit de vote.

Bien que la maison soit magnifique, Aurelia s'y sentait seule. Son mari ne voyageait pas autant que par le passé, mais il passait de longues heures au bureau. Ses amies étaient éparpillées. Mona Veazie poursuivait ses recherches à l'université de Chicago et il transpirait de ses lettres qu'elle avait rencontré quelqu'un. Claire Garland avait déménagé avec sa famille à Long Island. Sherilyn DeForde était partie avec la sienne dans le New Jersey. Torie Elden, toujours célibataire, vivait à Washington. Tout le monde quittait Harlem pour des destinations différentes. Il arrivait qu'Aurelia descende en ville par le train et passe une nuit ou deux à l'appartement que les Garland avaient conservé sur Edgecombe Avenue. Elle en profitait pour visiter les salons qu'elle trouvait mal fréquentés et vains. La société de Harlem semblait s'éteindre à toute vitesse sans qu'elle comprenne ni pourquoi ni comment.

Matty passait souvent, comme s'il savait que sa bru avait besoin qu'on lui remonte le moral. Il la complimentait sur sa nouvelle coiffure quand Kevin avait oublié de le faire et devinait à quel moment précis une boîte de chocolats suisses serait la bienvenue. Ils s'installaient dans la cuisine d'une blancheur immaculée, et Aurie écoutait Matty parler de politique, de cinéma ou de la pluie et du beau temps – de tout ce qui pouvait combler le vide. Il partait rarement sans lui rappeler qu'elle avait l'étoffe de faire de grandes choses et ne devrait pas se satisfaire de moins. La mère de Kevin, Wanda, qui n'avait jamais complètement accepté ce mariage, venait moins souvent.

Aurelia s'était liée avec quelques voisins. À côté vivait une famille modèle, les Finnerty, dont les enfants avaient dix, six et quatre ans. Neil Finnerty travaillait sur Madison Avenue. Sa femme, Callie, une blonde décolorée plutôt forte, était femme au foyer. Elle avait un unique sujet de conversation : la maternité. Chaque fois qu'Aurelia tentait de parler d'autre chose, Callie y revenait. Elles promenaient les enfants ensemble. Au début, Locke était en poussette, puis il se dépêcha d'en sortir pour suivre les gamins Finnerty. Callie apprit la pâtisserie à Aurelia, ce que les sœurs avaient négligé, et la persuada de tendre une corde à linge à l'arrière de la maison au lieu d'utiliser le sèche-linge Westinghouse qu'avait acheté son mari. Mais Kevin trouva que ces draps étendus étaient une insulte au bon goût et elle dut y renoncer. Callie l'emmena chez les commerçants de la ville et de New Rochelle, dans les boutiques chics de North Avenue et les commerces bon marché de Webster. Réticents au premier abord, ils se montrèrent plus chaleureux dès qu'ils comprirent qu'elle avait beaucoup d'argent à dépenser. Callie voulut présenter Aurelia à ses amies du country-club, mais aucune d'elles n'accepta de s'asseoir à leur table. Callie était mortifiée. Aurie le prit avec désinvolture. Après cet épisode, les contacts s'espacèrent pour se réduire à quelques échanges polis lorsqu'elles se croisaient dans leurs jardins respectifs, jusqu'à ce dimanche étouffant d'août où Callie, bouleversée, vint sonner à la porte des Garland, vers dix-neuf heures, pour annoncer que le FBI était venu poser des questions à leur sujet.

Aurelia l'invita à entrer.

Kevin était en déplacement, Locke était couché, la bonne était sur la véranda en train de jouer au jeu de l'oie avec Zora. Aurelia et Callie s'installèrent dans la cuisine où Aurelia leur prépara du café, malgré l'heure tardive et la chaleur, car elle ne maîtrisait pas encore les convenances en banlieue.

— Ils étaient deux, expliqua Callie. Ils m'ont fait promettre de ne rien dire, mais tu es mon amie. Ce n'est pas un crime de parler à son amie, n'est-ce pas ?

Aurie parvint à la calmer et à lui faire débiter son histoire. Deux agents, donc. Il y avait deux matinées de cela : Callie tergiversait depuis. Au départ, ils avaient simplement demandé comment les Garland s'acclimataient, et quel genre de personnes ils étaient – « je leur ai dit à quel point tu étais sympathique » –, puis ils avaient voulu savoir si quoi que ce soit pouvait indiquer que le couple était impliqué dans des activités radicales.

— J'ai ri, Aurie. Franchement ri. Je leur ai dit : « Aurie n'est pas une radicale, c'est mon amie. C'est une Américaine loyale. » Voilà ce que je leur ai dit. Sauf que ce n'est pas de toi qu'ils voulaient parler. C'était de Kevin.

— Qu'est-ce que tu leur as dit ?

Callie baissa les yeux vers le linoléum étincelant.

— Que je ne le connaissais pas très bien.

Aurie était abattue par la suspicion qu'elle devinait dans la voix de sa voisine. Il est vrai que Kevin ne faisait pas beaucoup d'efforts pour se montrer avenant, mais ce type de réponse mitigée aurait pour effet de renforcer la conviction du Bureau.

Elle ne savait pas vraiment ce que le FBI soupçonnait, mais elle était convaincue que personne ne pouvait soupçonner son mari d'être un sympathisant communiste. Il devait s'agir d'autre chose. Elle cajola, rassura et prit dans ses bras la pauvre Callie en répétant qu'il n'y avait aucune raison de s'inquiéter, que c'était une grossière erreur, puis elle la renvoya dans ses foyers. Assise sur son lit, cette nuit-là, pendant l'émission d'Ed Sullivan à la télévision, elle reprit les éléments un à un. Elle se souvint de la quête éperdue de Kevin pour le testament de Castle. En avait-il retrouvé la trace ? En tout cas, il avait arrêté de le chercher. Mais elle se demanda surtout si le FBI était au courant des recherches de son mari et si, soudain, le Bureau ne cherchait pas la même chose.

II

Le lundi, elle décida d'appeler Eddie. Il voyageait avec le staff de campagne. À présent, Eddie gagnait assez d'argent pour s'offrir les services d'une assistante, une jeune femme à lunettes, d'une vingtaine d'années, qui suivait en même temps des cours à la New School. Elle s'appelait Paula, elle était blanche, d'une ethnie étrange, et dans Harlem personne ne lui faisait confiance. Elle passait beaucoup de temps dans l'appartement d'Eddie, soi-disant à gérer sa correspondance et à taper ses manuscrits, mais les Tsarines en avaient tiré la conclusion qui s'imposait. Lorsqu'elle touchait le fond, Aurelia aussi. Elle n'avait rencontré Paula qu'une seule fois et décidé qu'elle témoignait à son patron une ferveur plutôt lubrique.

— Je crois qu'ils sont dans l'Oregon, dit Paula.

— Vous croyez ?

— Ou peut-être à Washington. L'État, pas la ville, ajouta-t-elle au cas où Aurie serait inculte.

— Avez-vous un moyen de le joindre ?

— J'ai un emploi du temps quelque part. Il appelle quelquefois pour savoir s'il y a des messages. Depuis la province. (Il y avait de l'admiration dans sa voix, peut-être à cause du prix des communications.)

— Pouvez-vous lui dire que j'ai besoin de le joindre ?

— Si je m'en souviens.

— Vous pourriez le noter.

— Je perdrai le papier.

Quand elle raccrocha, Aurelia était au bord de la crise de nerfs, mais c'était l'heure de préparer le dîner, ce qui avait toujours le don de la calmer. À son grand étonnement, Eddie rappela le soir même.

— Le FBI est venu poser des questions sur Kevin, lança-t-elle sans préambule.

— Alors ils sont probablement en train de nous écouter.

C'était une possibilité qu'Aurie n'avait pas envisagée. À certains moments, une légère paranoïa comme celle d'Eddie avait ses vertus.

— Tu as une idée de ce qu'ils pourraient vouloir ? demanda-t-elle.

— Non, mais je suppose que ton mari a les relations qu'il faut pour le découvrir.

Son ton glacial confirma à Aurelia qu'il l'aimait toujours, mais il l'effraya aussi bien plus que ce que lui avait appris Callie.

III

Kevin rentra à Mount Vernon tard la nuit suivante. Elle s'était attendue à ce qu'il se mette en colère, mais il écouta la nouvelle calmement. Ils étaient assis face à face dans le salon. Seule sa décision de se servir un troisième scotch trahissait son trouble.

— Pas la peine de s'en faire, finit-il par dire.

— Chéri, c'est tout de même le FBI.

— Je vais appeler papa, papa va appeler Dick, qui appellera Hoover. Ça marche comme ça. Les gens de notre rang sont à l'abri des enquêtes. (Il but une gorgée.) Je ne veux pas que tu t'inquiètes.

— Et moi, je ne veux pas que tu te retrouves en prison.

Il eut un sourire triste.

— Mon épouse serait-elle en train de me dire qu'elle m'aime après tout ?

Le coup la prit par surprise.

— Je n'ai jamais dit que je ne t'aimais pas.

— Ni que tu m'aimais. (Il marcha jusqu'au buffet, se saisit de la bouteille, puis la remit à sa place. Il posa le verre à côté.) Ce n'est pas grave. Écoute, il n'y a vraiment pas de quoi s'inquiéter. S'il devait m'arriver quelque chose, n'importe quoi, les enfants et toi êtes bien pourvus. (Il lui tournait encore le dos.) Largement pourvus.

— Ce n'est pas ce qui m'inquiète.

— J'ai demandé à mon père de t'acheter un journal. Ne l'oublie pas. Je ne t'ai jamais rien refusé.

— Kevin, je t'en prie, qu'y a-t-il ?

Il se retourna, croisa les bras. Son visage aux traits fins ne trahissait aucune émotion.

— Il y a que tu as appelé Eddie. Tu le lui as raconté avant de m'en parler. (Aurelia était assommée, sans voix.) Cette idiote qui lui sert d'assistante serait incapable de garder un secret même si sa vie en dépendait. Je te parie que la moitié de Harlem est au courant. Et, malheureusement, c'est notre moitié.

« Notre moitié ». Aurelia se souvint de l'une des leçons de Matty : *Je suis conservateur parce que je fais plus confiance aux hommes qu'au gouvernement. Kevin est conservateur parce qu'il s'estime meilleur que les autres. Il y a plus de gens de son espèce que de la mienne de nos jours.*

— J'ai... j'ai cru qu'il pouvait nous aider.

Il contre-attaqua immédiatement.

— La vérité, c'est que tu aurais préféré épouser Eddie que moi.

— Kevin, ce n'est pas vrai.

— Si ce n'était pour l'argent, tu l'aurais choisi lui.

— C'est faux. (Elle s'était levée, mais n'osait pas s'approcher.) Pourquoi dis-tu une chose pareille ? Je suis avec toi parce que c'est ce que je voulais.

— Drôle de manière de le montrer !

— Je te l'ai dit. J'essayais d'aider.

Il hocha la tête, moins pour signifier son accord que sa résignation.

— Peu importe, chérie. Allons nous coucher.

Ils firent l'amour avec une passion désespérée, du moins Aurelia. Elle ne savait pas lequel d'entre eux elle s'efforçait de convaincre. Elle savait seulement que l'animalité compulsive qui les liait était le dernier argument qui lui restait. Après, elle s'accrocha à son mari, lui murmura tous les mots rassurants auxquels elle pouvait penser – elle n'avait aucun regret, elle se fichait pas mal de l'argent, elle ne le tromperait jamais, elle le respectait, et elle serait toujours là pour lui.

Mais elle ne lui dit pas qu'elle l'aimait. Ils le savaient tous les deux.

IV

Kennedy remporta l'élection, la plus serrée depuis des décennies. Le credo des Garland était que le père du candidat lui avait acheté des votes, particulièrement à Chicago. Aurelia ne savait que croire. À sa propre surprise, elle s'en moquait éperdument. Elle ne s'intéressait qu'à ses enfants, et à sauver son mariage. Callie avait voté pour Kennedy et passa plusieurs jours à fanfaronner. Aurelia avait voté pour Nixon, mais uniquement parce qu'il s'était montré si charmant au dîner de Matty.

Une semaine après l'élection, les Garland croisèrent Eddie dans le salon d'Amaretta Veazie. Ce devait être une erreur : aucune hôtesse de Harlem digne de ce nom n'aurait invité ces trois-là le même soir. Peut-être Amaretta l'avait-elle fait par malice, elle était capable de briser autant de règles que sa fille, Mona.

Ce soir-là, tout commença bien. Eddie fit savoir à l'assemblée qu'il s'installerait à Washington avec la nouvelle administration dès janvier. Il continuerait d'écrire, mais travaillerait également à mi-temps à la Maison Blanche : il serait numéro deux dans le service chargé des discours. On le félicita chaudement. Eddie sourit. Kevin, qui jusque-là s'était cantonné à un rôle d'observateur, lança qu'il aurait été appréciable, pour changer, d'avoir un président qui écrive ses propres discours. Et ses propres livres, ajouta-t-il. Eddie vola au secours de son protégé, mais Amaretta, non sans mal, réussit à changer de sujet. Aurelia, elle, quitta la pièce.

Amaretta possédait une célèbre collection de miroirs. Dans sa chambre, Aurie s'installa face à une psyché ancienne et se plongea dans la contemplation de son propre reflet, elle aurait aimé pouvoir prendre la place un instant de l'Aurelia qui lui faisait face. Chamonix Bing vint s'asseoir près d'elle. Depuis que Sherilyn avait déménagé dans le New Jersey, c'était Chamonix qui colportait les potins de leur petit monde.

— Tu connais la dernière ?

— Non.

— Eh bien...

Une fois que Chammie était lancée, plus moyen de l'arrêter. La rumeur courait que Mona était enceinte – sans être mariée –, au grand désespoir de sa mère. Aurie ne répondit pas. Elle avait récemment fait un voyage à Cleveland pour rendre visite aux sœurs qui l'avaient élevée, suivi de quelques jours à Chicago. Mona voulait revenir vers l'Est, mais pas à Harlem. Ensemble, les deux femmes avaient imaginé une stratégie. Le projet n'était pas simple et Aurie n'avait pas l'intention de dévoiler les secrets de sa meilleure amie. Chammie poursuivit avec d'autres potins, dont certains concernaient Eddie et Torie Elden, qui avait travaillé pour la campagne de Kennedy. Aurelia lui assena le sourire le plus hautain qu'elle ait en réserve et les réponses bien rodées qui allaient avec.

— Torie a toujours eu le béguin pour lui, insista Chammie. Je suis étonnée qu'elle ne soit pas là ce soir, la chipie, accrochée à lui comme à sa vie.

— Hmm-hmm.

Chammie continuait de parler, mais Aurie avait cessé d'écouter. Elle était une femme mariée, se rappela-t-elle à elle-même. Elle devait s'abstenir de penser ce qu'elle pensait à l'instant. Elle ferma les yeux et s'efforça d'imaginer le plus beau sourire de Kevin, agacée de ne voir que celui d'Eddie.

Le cri de son mari la ramena à la réalité.

Elle se précipita dans le salon, certaine d'y trouver les deux hommes en train de se battre. Chammie Bing, qui espérait exactement une scène de ce genre, la suivait, hilare.

Kevin, au centre de la pièce, avait du mal à tenir debout. Eddie était au milieu de ceux qui s'étaient approchés de lui. Kevin sanglotait. Oliver le soutenait. Aurelia était sûre qu'Oliver n'était pas là quand elle s'était absentée quinze minutes plus tôt. Elle prit son mari dans ses bras, mais Kevin était incapable de parler. Oliver dut lui répéter la nouvelle.

Matty était mort.

Son cœur ? souffla-t-elle en pensant à l'embonpoint de son beau-père.

Non, ce n'était pas le cœur et, d'ailleurs, sa mort n'était pas naturelle.

Le corps de Matthew Garland, qui ne s'était pas présenté à un dîner avec de potentiels investisseurs, avait été découvert dans un motel du Queens, non loin de l'aéroport. Percé de plusieurs coups de couteau. Le motel avait la réputation d'être un repaire de prostituées.

Dans les jours qui suivirent, la police – après avoir reconstitué les faits, selon les dires de témoins qui auraient entendu la scène à travers les minces cloisons, le Nègre en question aurait refusé de payer les services rendus, il s'en serait ensuite pris au proxénète et les choses auraient mal tourné, plusieurs filles avaient reconnu la victime qui serait un habitué – s'était lancée sur les traces de quelques malfrats connus de leurs services, mais n'attrapa personne.

Wanda, en veuve hystérique, affirmait que son mari n'avait jamais fait appel à une prostituée de sa vie. En sortant de la belle demeure, les inspecteurs avaient hoché la tête d'un air entendu : l'épouse est toujours la dernière au courant.

Par la suite, on retrouva le proxénète mort. Affaire classée.

28

Le testament réapparaît

I

Aurelia se tenait penchée au-dessus du plombier qu'elle observait d'un air sévère pendant qu'il remontait la chaudière à la lueur jaune de l'ampoule de la cave. À la demande insistante de sa cliente, il avait inspecté chaque pièce et même nettoyé celles qui avaient été changées lors de la dernière révision. L'homme avait du ventre et une moustache, il secouait la tête pour exprimer son mécontentement de se retrouver, pour la quatrième fois en deux semaines, à genoux sur le béton.

— Rien ne cloche, Mrs Garland. Je suis désolé.

— Il doit y avoir quelque chose.

Il changea son cure-dents de côté.

— La pompe à huile marche normalement, le filtre est propre, la chaudière tire bien, elle se met en route parfaitement. Je ne vois pas quoi vérifier d'autre.

Pour se réchauffer, Aurie frottait ses bras serrés autour d'elle. Ces jours-ci, elle empilait deux pull-overs et obligeait aussi les enfants à se couvrir dans la maison. On était en mai et elle n'avait jamais eu si froid.

— Peut-être que les conduits sont bouchés, suggéra-t-elle tandis qu'il revissait le panneau.

— J'ai vérifié la température de toutes les bouches la dernière fois.

— Pourriez-vous vérifier à nouveau, s'il vous plaît ?

— Toutes ?

— Si vous pouviez, je vous en serais reconnaissante.

Il ronchonna mais obtempéra, parce que Mrs Garland n'était pas une mauvaise cliente, quand elle l'appelait au milieu de la nuit, elle le payait double sans rechigner et ajoutait cinquante dollars pour sa peine. Tout de même, comme il l'expliqua à sa femme plus tard, elle ne devait pas être bien. La température atteignait quinze à vingt degrés tous les jours et était même montée deux fois jusqu'à vingt-cinq la semaine précédente, et elle se plaignait du froid. Peut-être qu'elle était de ces Négresses du Sud, suggéra sa femme. Peut-être qu'elle se sentirait mieux sous les tropiques. Elle avait lu un article sur les tropiques dans le *National Geographic* et avait remarqué que les Nègres là-bas ne portaient presque aucun vêtement.

— Non. Ce n'est pas le cas. Mrs Finnerty, qui habite à côté, dit qu'elle est de Cleveland, et je pense qu'il fait sacrément froid là-bas. Du reste, il ne fait pas froid. Il fait bon. Je pense que c'est dans la tête qu'elle n'est pas bien.

— Aucun d'eux ne l'est vraiment, acquiesça sa femme. (Son regard tomba sur le *Reader's Digest* ouvert sur une photographie d'Edward Wesley.) Regarde celui-là, il a une sœur folle qui pose des bombes.

À présent, l'identité du Commandant M. était connue du public.

— Je ne parle pas de fous de ce genre. Je te parle de gens qui vivent ici, dans notre ville.

Ils continuèrent à se chamailler jusque tard dans la nuit.

II

Aurelia aurait été la première à donner raison au plombier. C'était dans sa tête que ça n'allait pas. Loin s'en fallait. Cela faisait six mois que Matthew Garland avait été tué et depuis elle avait froid. C'était comme si le soleil avait tiré sa révérence. Au moins, elle avait ses enfants, il lui suffisait de les contempler pour se sentir rassérénée. Mais la nuit, quand ils dormaient, la température chutait. Peu importait le chiffre qui s'affichait sur le thermostat, il faisait de plus en plus froid dans la maison. Elle n'avait jamais réalisé à quel point Matty réchauffait l'atmosphère. Wanda, sa veuve, ne passait jamais. Durant plusieurs semaines après l'enterrement, Aurelia avait conduit jusqu'à Dobbs Ferry tous les deux ou trois jours pour tenter de bâtir une relation qui aurait remplacé celle qu'elle avait avec Matty. Sa belle-mère lui servait consciencieusement le thé au petit salon et restait assise, raide, les yeux fixés au loin, à supporter les mots gentils d'Aurelia avec le stoïcisme d'une martyre. Aurie avait cessé ses visites.

Kevin, pendant ce temps, était plus occupé que jamais. Il partait tôt. Rentrait tard. Travaillait les week-ends. Il était le premier à reconnaître qu'il ne pourrait jamais gérer Garland & Fils comme l'avait fait son père. Matty s'appuyait sur son charisme, sur la force magnétique qui émanait de son physique. Privé du charme dévastateur de son père, Kevin le compensait par l'intelligence et le dévouement. Ça l'épuisait.

Cependant, à la maison, il se montrait plein de sollicitude comme si c'était sa femme et non lui qui avait perdu un parent. Aurelia était consciente de l'absurdité de son comportement, mais c'était plus fort qu'elle. Callie Finnerty lui recommanda de faire un nouveau bébé pour revivifier leur couple. Aurie et Kevin s'y employaient dès qu'ils pouvaient, en vain.

— Si tu t'inquiètes tout le temps comme ça, tu ne tomberas jamais enceinte, disait Callie. Les soucis perturbent le système.

Mais Aurelia connaissait des tas de femmes que les soucis avaient conduites directement à la maternité. Elle ne se priva pas de le lui dire.

Elle aurait aimé avoir quelqu'un d'autre à qui parler. Hélas, elle passait trop peu de temps à Columbia pour lier connaissance. Son cercle dans Harlem était dispersé, Eddie était à la Maison Blanche, Mona Veazie, son amie la plus chère, se préparait à quitter Chicago pour le New Hampshire où, l'année suivante, elle deviendrait maître de conférences en psychologie à l'université de Dartmouth. Elle avait eu des jumeaux – tout Harlem s'était émerveillé –, mais elle ne les avait jamais amenés chez sa mère et, manifestement, n'avait pas l'intention de le faire. Mona divorce du père, avait confié Amaretta aux autres Tsarines, sans la moindre honte, puisque c'était l'époque moderne qui voulait ça. Il ne l'a pas, poursuivait Amaretta, très bien traitée.

Mona avait déjà assez souffert comme ça.

Aussi Aurelia réglait le thermostat au-dessus de vingt-cinq degrés, en dépit de la saison, empilait les pull-overs, et passait le plus de temps possible à l'intérieur.

Kevin dut s'absenter quelques jours. Son cousin Derek avait été tabassé et arrêté à Anniston, Alabama, où il participait aux marches pour la liberté, pour protester contre la ségrégation dans les bus. Kevin était membre d'un groupe de juristes et d'hommes d'affaires qui avaient décidé d'intervenir pour faire avancer les choses. Aurie était terrifiée à l'idée que son mari puisse se retrouver en prison à son tour.

— Pourquoi est-ce toi qui y vas ? C'est le frère d'Oliver, pas le tien.

— Oliver ne veut rien savoir de lui.

— Derek est grand. Il savait ce qu'il risquait.

— Moi aussi, je suis grand, dit-il en l'embrassant avant de sortir.

Pendant l'absence de Kevin, Eddie appela, tout excité, de Washington. Il voulait s'assurer qu'Aurelia regarderait le discours que le Président prononcerait à l'ouverture de la réunion conjointe du Congrès la semaine suivante. Eddie en était le principal auteur.

— De quoi va-t-il parler ?

— C'est un secret.

— Fais-moi confiance.

— D'envoyer un homme sur la Lune. Un engagement qu'il prend pour la prochaine décennie.

Aurelia n'en croyait pas ses oreilles.

— Tu es sérieux ?

— Absolument.

— Ils bastonnent les marcheurs pour la liberté. Le cousin de mon mari est en prison, mon mari y sera peut-être demain et, toi, tu te réjouis que Kennedy veuille envoyer un homme sur la Lune ?

Eddie hésita.

— Aurelia, écoute. Je suis sûr que Kevin ne craint rien. Mais tu apprendras dans les journaux demain que ce ne sont pas les seules violences qu'il y a eues à Anniston.

— Il y en a eu d'autres ?

— Tu sais qu'une bombe a été déposée dans un bus la semaine dernière, n'est-ce pas ? Eh bien, ce soir, quelqu'un a tiré plusieurs balles sur la fenêtre de la chambre à coucher du chef présumé de la branche locale du Klan. Heureusement, toute la famille était sortie dîner, mais, Aurie, ce n'est pas tout. D'après le FBI, ce serait l'œuvre de l'Agonie de la Couronne.

— L'Agonie de la Couronne.

— J'en ai peur.

— Eddie, je suis tellement désolée, se contenta-t-elle de dire, sachant qu'il comprendrait ce qu'elle pensait.

Plus tard dans la nuit, Aurelia alla jusqu'à la bibliothèque dans le bureau de Kevin et prit l'exemplaire dédicacé du troisième roman d'Eddie, publié l'année précédente. Le roman relatait l'ascension et la chute d'un gangster de Harlem, dénommé Redd, dont l'inspiration était évidente pour tous ceux qui connaissait bien la vie d'Eddie. Les critiques avaient été déçus, mais c'était celui de ses livres qui se vendait le mieux. Elle l'ouvrit à la page de la dédicace.

À Miranda.

Miranda signifiait Junie. Cela faisait maintenant quatre ans qu'elle avait disparu.

— Pauvre Eddie, dit-elle à voix haute. Il travaille à la Maison Blanche, bénéficie de renseignements confidentiels, et sa sœur n'a toujours pas été retrouvée. Ses recherches n'ont rien donné. Il ne lui reste qu'à entendre le récit des crimes de sa sœur après coup et la seule chose qu'il puisse faire est de lui dédier un roman.

Les livres étaient si serrés sur l'étagère qu'elle ne parvenait pas à glisser celui d'Eddie à sa place sans déplacer des ouvrages de chaque côté. Si elle n'en avait pas enlevé autant, elle n'aurait pas vu l'enveloppe. De couleur écrue, le pli portait le nom de son mari écrit d'une main élégante. Elle se sentit nerveuse à l'idée qu'elle puisse venir d'une femme.

Ce n'était pas le cas.

III

Kevin rentra deux jours plus tard sans une égratignure et plutôt fier de ce que leur délégation avait accompli. Aurelia écouta son récit en témoignant son intérêt aux moments qu'elle jugea opportuns, espérant ne pas tomber à côté. En réalité, elle était contente pour lui. Elle prépara une deuxième tournée de martinis et lui porta un toast. Il avait de telles difficultés dans la gestion de son entreprise. Au moins, son voyage en Alabama était un succès. Il était possible que sa décontraction naturelle soit mieux adaptée à la négociation politique qu'à arracher des commissions à Wall Street.

Une opinion dont elle ne lui ferait jamais part, bien sûr.

Après le dîner, Kevin lut une histoire aux enfants. Aurelia contemplait sa petite famille dans l'embrasure de la porte. Plus tard, une fois qu'ils furent couchés, elle lui posa la question qui la taraudait depuis qu'elle avait ouvert l'enveloppe.

— Tu te souviens, chéri, quand nous sommes allés à Londres, il y a bien longtemps ?

Il hocha la tête.

— Nous devrions y retourner. Nous le ferons. Dès que j'aurai pris les choses en main au bureau.

— Ce serait sympa. (Elle hésita. Dehors, le vent avait forci et fraîchi. Aurelia adorait les orages et en appelait un de ses vœux.) Ce n'est pas ce que je voulais te demander. (Elle respira un grand coup et se lança.) La question que je me posais... bref, tu te souviens m'avoir dit que tu essayais de mettre de l'ordre dans ce qu'avait laissé Phil Castle derrière lui ?

Elle le sentit se raidir.

— Je n'aurais jamais dû t'en parler.

— Kevin, s'il te plaît. C'est important.

— Quoi ?

— L'as-tu jamais trouvé ?

— Trouvé quoi ?

— Ce que Castle avait laissé ?

Cette fois, Kevin la fit attendre. Elle savait qu'il se repassait toute l'histoire, s'efforçant de se souvenir de ce qu'il avait révélé à Londres. Les fenêtres tremblaient sous la force du vent.

— Cela n'avait rien d'illégal, chérie. Si c'est ce que tu sous-entends. L'arrangement entre Phil Castle et mon père, cela n'avait rien d'illégal. Enfin, pas à proprement parler.

Aurelia eut la sagesse de garder le silence et de le laisser poursuivre.

— Je sais que je t'ai effrayée à l'époque, Aurie. J'en suis vraiment désolé. C'est juste que... ce que Phil avait laissé... il fallait que je le trouve. Je le devais à ma famille. Est-ce que tu comprends ?

— Bien sûr, chéri.

— Pour ce qui est des détails... je me suis contenté d'aller où mon père m'envoyait. De rencontrer les gens qu'il m'indiquait.

Elle masqua sa surprise, mais ne put s'empêcher de poser la question :

— Matty savait ce que tu faisais ?

— Je suivais ses instructions à la lettre. (Il eut un air de fierté en disant cela.) Pour ce qui est du reste, je ne savais pas jusqu'à la mort de papa de quoi il était question. (Un frisson. Elle se nicha plus près de lui. Lui embrassa le bas de la joue.) Je ne peux pas t'en dire plus, ma chérie. Je le regrette.

— Je suis ta femme, Kevin. Tu es censé avoir confiance en moi. (Il ne répondit pas.) S'il te plaît, chéri, j'ai besoin de savoir. Tous ces secrets me rendent dingue.

À son étonnement, il esquissa un petit rire.

— Dingue dans le sens de curieuse ? Ou dans le sens de folle ?

— Folle ! répondit-elle, gagnée par le rire de Kevin.

Il bâilla.

— Pourquoi veux-tu savoir maintenant ? Est-ce qu'il s'est passé quelque chose ? Est-ce que quelqu'un est venu poser des questions ?

— Non, chéri. C'est moi qui veux savoir.

— Que s'est-il passé ?

Aurelia soupira. Au point où elle en était, autant plonger. Elle lui raconta comment elle avait dû déplacer des livres dans la bibliothèque du bureau et découvert l'enveloppe.

Kevin encaissa la nouvelle avec le stoïcisme de sa mère. Les premières gouttes de pluie claquèrent sur les vitres.

— Et qu'est-ce que tu as trouvé, Aurie ? Dans l'enveloppe ?

— Un mot qui t'était adressé. Je ne sais pas de qui. Il était écrit que... au vu des récents événements, il faudrait reporter le projet d'ébranler le trône. Qu'est-ce que cela veut dire ?

Son mari se tourna vers elle en proie à une tension croissante.

— Est-ce que tu me crois si je te dis que je vous aime, toi et les enfants ?

— Absolument.

— Tant mieux. Parce que je vous aime tous les trois plus que tout au monde. Je ne laisserai rien vous arriver. Jamais. Mais tu ne me dis pas toute la vérité, n'est-ce pas ?

— Qu'est-ce que tu veux dire ?

La pluie s'abattait à présent en trombes sur la maison. Si le tonnerre grondait, les enfants se réveilleraient et viendraient se réfugier dans le lit de leurs parents. Aurie voulait que les choses soient tirées au clair avant. Apparemment son mari aussi.

— L'enveloppe n'aurait pas dû se trouver là, dit Kevin. Ce n'est pas ta faute, chérie, c'est la mienne. J'aurais dû la mettre sous clé dans le coffre de mon bureau, mais j'ai dû quitter la ville pour m'occuper de Derek et j'ai cru... j'ai pensé qu'elle serait à l'abri dans mon bureau pendant une semaine. Et elle l'aurait été si tu n'avais pas fouillé.

— Je ne fouillais pas.

Il l'embrassa.

— Je te crois. Tu étais simplement curieuse. Mais cela ne t'a pas traversé l'esprit que le mot puisse faire référence, disons, à une fusion d'entreprises ou à une collecte de fonds politiques ?

— Est-ce cela dont il s'agit ?

— Tu sais bien que non, sinon tu n'aurais pas posé la question. Tu trouves un mot qui parle d'ébranler le trône et tu me parles de Philmont Castle. Comment sais-tu qu'il y a un lien entre les deux ?

Aurelia était incapable de trouver une explication. Cette fois, son imagination n'était pas à l'œuvre. Au loin, elle entendait les premiers grondements du tonnerre.

— Laisse-moi te dire comment tu as établi le lien. C'est parce que tu as forcé le coffre de mon bureau, il y a des années, et que tu as tout lu. (Son ton était moins fâché que triste.) Je l'ai toujours soupçonné, Aurie. Matty t'avait donné la combinaison, n'est-ce pas ? Tu as lu toutes les notes à propos du Projet. Tu n'as rien dit pendant toutes ces années – à moins que tu n'en aies parlé à Eddie –, mais tu les as lues. En as-tu conservé des copies ?

— Non, dit-elle, navrée.

— Est-ce qu'Eddie sait ce que tu as trouvé ?

— Non.

— Bien. C'est notre seule chance. Maintenant, écoute-moi, chérie. Tu m'écoutes ?

Elle sentit des larmes couler sur ses joues. Elle avait peur. Pas de son mari. Pour son mari.

— Oui, Kevin, je t'écoute.

Son visage était tout près du sien.

— Tu n'as jamais forcé mon coffre. Jamais. Tu n'as jamais ouvert l'enveloppe qui est dans mon bureau. Jamais. Tu n'as jamais entendu parler d'ébranler le trône, ni de l'Auteur, ni du Pandaemonium. Jamais. Et tu ne parleras jamais de tout cela à qui que ce soit. Est-ce bien clair ?

— Oui, mais...

— Pas de mais. Et ne me pose plus aucune question. Je t'ai dit ce que je pouvais. Oui, il y a un Projet. Il a déraillé. Philmont Castle a fait beaucoup de dégâts. Il a laissé une lettre quelque part – un testament –, et si ce testament était rendu public... cela causerait de sérieux ennuis à des gens très importants. On m'avait chargé de le retrouver. Je n'ai pas réussi. Cette tâche a été confiée à quelqu'un d'autre. C'est tout ce qu'il y a à savoir. Nous n'en parlerons plus jamais.

— Qui a confié le travail à quelqu'un d'autre ?

— Je ne peux pas te le dire.

Les grondements se rapprochaient. Les gouttes de

pluie claquaient comme des coups de fusil. Frissonnante, Aurelia se rappela qu'elle adorait la tempête.

— Mais pourquoi toi, chéri ? Ça, au moins, tu peux me le dire ?

— Parce que je suis qui je suis. (Ses mots résonnèrent empreints d'une étrange fierté.) Parce que je suis le fils de mon père. (Il l'embrassa à nouveau, avec une telle bonté qu'elle se sentit perdue.) Maintenant, s'il te plaît, Aurie, écoute. C'est important. Tu ne sais rien. Souviens-toi de ça. Surtout s'il devait m'arriver quelque chose.

— Kevin...

— Je n'ai pas dit qu'il allait m'arriver quelque chose. C'est peu probable. Mais si jamais... les enfants et toi êtes bien pourvus. Très largement. S'il devait se passer quelque chose, applique-toi à élever les enfants, à dépenser l'argent et à profiter de la vie. Promets-le-moi.

— Comment peux-tu te contenter de...

— Promets-le-moi, chérie.

Aurelia tergiversa un peu, mais finit par promettre. Juste à temps. Le tonnerre gronda au-dessus de la maison, le toit trembla et les enfants débarquèrent en courant dans la chambre de leurs parents.

Ils restèrent blottis tous les quatre jusqu'au matin.

29

Un choix à faire

I

Eddie aimait Washington. C'était une ville historique qui se renouvelait sans cesse. Elle changeait régulièrement de visage pour se modeler à l'image des nouveaux présidents qui amenaient dans leur sillage de nombreux partisans à qui ils donnaient des milliers d'emplois. Le Congrès se reconfigurait à l'envi. Et, chaque année, la ville était envahie de jeunes gens, diplôme en main, qui cherchaient un job pour le gouvernement fédéral, ou l'un des nombreux parasites qu'il générait : cabinets d'avocats, de lobbying, sociétés de relations publiques, journaux. Tous étaient avides de nouveaux talents. La ville comptait aussi d'importantes universités et d'autres moins prestigieuses. « Celui qui ne réussit pas à trouver du travail ici, disait Byron Dennison, un éminent parlementaire noir avec lequel Eddie s'était lié d'amitié pendant la campagne, ne mérite pas de travailler. »

Eddie avait loué une maison en brique de deux étages sur I Street, dans le quartier qu'on appelait à l'époque le « Nouveau Sud-Ouest », où s'alignaient des rangées monotones de maisons de brique lourdes et sans cachet, au milieu desquelles surgissaient çà et là des immeubles d'appartements quelconques, le tout entouré de nouvelles maisons et de nouveaux immeubles du même genre et de vastes terrains récemment dégagés dans l'objectif de construire d'autres habitations insipides. Le quartier avait été construit, sous l'effet du génie de l'urbanisation, sur une zone où de vivants quartiers ouvriers prospéraient autrefois. Il était délimité par le Potomac, une affreuse autoroute et une vaste cité de logements sociaux. Tôt le matin, les hommes le quittaient à pied, en bus ou plus rarement en voiture pour aller travailler dans le centre. Eddie, en général, se rendait à la Maison Blanche les trois premiers jours de la semaine. Les jeudi et vendredi, il se levait tôt aussi, mais pour écrire.

Un vendredi, le deuxième de février 1962, il sortit du lit vers six heures du matin. À l'intérieur, il faisait bon. La chaudière à mazout était neuve et bien plus efficace que celle à charbon qui chauffait l'immeuble de Convent Avenue. Il regarda par la fenêtre en direction de l'allée herbeuse qui séparait les jardins à l'arrière des maisons de sa rue de ceux de la rue parallèle. La semaine précédente, il avait repéré un homme posté là, qui observait la fenêtre de sa chambre. Ou, du moins, il avait cru voir quelqu'un. Lorsqu'il avait regardé une deuxième fois, la silhouette avait disparu. Mais il l'avait déjà repérée en d'autres occasions. Huit jours auparavant, dans la foule, à la sortie du cinéma, le chapeau enfoncé sur la tête pour masquer ses traits. La nuit dernière, dans la queue à la caisse du supermarché, la tête savamment tournée de sorte que, quel que soit l'angle qu'Eddie choisissait, il ne pouvait voir son visage.

— Est-ce qu'il est là ? murmura Torie Elden du fond du lit.

— Non, dit Eddie. Rendors-toi.

— Tu en es sûr ?

— Oui.

Elle ne put s'empêcher de se lever pour traverser la pièce et venir se poster derrière lui. La main qu'elle posa sur son dos était affectueuse mais timide, le geste d'une femme qui sait que son homme est amoureux d'une autre et que la place qu'elle occupe est si précaire que le souffle d'une seule dispute un peu virulente la chasserait de sa vie.

— Et hier soir, au supermarché, insista-t-elle en lui embrassant la nuque, tu es sûr que c'était lui ?

— Oui.

— Et la seule chose dont tu es sûr, c'est qu'il est blanc et blond et que tu as le sentiment de l'avoir déjà vu ?

— Oui.

Elle l'embrassa à nouveau et se pressa tendrement contre son dos.

— Veux-tu revenir te coucher ?

— Je ne peux pas.

— Vraiment ?

— Je dois travailler, Torie, désolé.

Elle hocha la tête, lui caressant les épaules de ses cheveux.

— Parce que dans une demi-heure, je dois me préparer pour aller au travail. C'est une chance que j'aie laissé quelques affaires ici, la dernière fois, hein ?

— Pour sûr, répondit-il sans la regarder.

Tentée de poursuivre, Torie relâcha néanmoins son étreinte et se dirigea vers la salle de bains. Elle avait été autrefois d'une beauté ravageuse, l'une des célibataires les plus en vue de Harlem. Puis elle avait misé sur quelques mauvais chevaux et, aujourd'hui, à trente-deux ans, Torie, sans mari ni enfant, était au bord du désespoir car, à l'échelle du temps des Tsarines, elle était déjà une vieille fille. Diplôme universitaire en poche, elle avait travaillé pour la campagne de Kennedy en espérant y rencontrer le véritable amour. Au lieu de quoi elle avait retrouvé Eddie et même si, au prix d'efforts constants, elle avait réussi à escalader le mur de « J'aime Aurelia » derrière lequel il s'abritait, elle savait qu'elle ne l'avait pas franchi. Ils savaient tous les deux qu'elle ne le franchirait jamais. Elle passait une nuit ou deux par semaine avec Eddie. Dans une heure, elle serait en route pour le département du Travail où elle contribuait à établir les statistiques du chômage et, un matin en partant, elle ramasserait les affaires que, par chance, elle avait laissées chez Eddie et déciderait de ne pas revenir.

Eddie se sentait mal. Il se servait d'elle. Torie avait l'habitude de répondre qu'ils avaient tous deux besoin de quelqu'un et que, donc, ils se servaient l'un de l'autre. Mais ils n'étaient pas dans la même situation et ils le savaient tous les deux.

Tant pis. Ce n'était pas le moment de s'en préoccuper. Il devait surveiller les fenêtres de la chambre au cas où l'homme blond réapparaîtrait. Un dernier coup d'œil, se répétait Eddie. Un dernier coup d'œil et il se souviendrait sans doute de l'endroit où il l'avait déjà vu.

II

La salle à manger se trouvait à l'arrière de la maison où des portes coulissantes ouvraient sur une véranda bon marché. C'est là qu'Eddie écrivait, sur la table de la salle à manger, en jean et chemise à manches courtes. Il continuait d'écrire sur des blocs de papier jaune à lignes. Il les remplissait jusqu'au bout sans jamais revenir en arrière pour changer le moindre mot puis les donnait à taper. Ce n'est qu'à ce moment-là qu'il lisait l'ensemble pour la première fois. Il écrivait les discours présidentiels selon la même méthode, à la seule différence que ses premiers jets étaient en général relus par d'autres. C'est Ted Sorensen qui avait le dernier mot.

Eddie avait craint que travailler pour la Maison Blanche, même à mi-temps, ne lui laisse pas assez de temps pour écrire sérieusement, mais il avait une telle discipline qu'il avançait bien. Il sortait rarement, même le soir. De temps à autre, il déjeunait avec David Yee qui était maintenant le correspondant du *Times* à Washington, ou avec Gary Fatek quand il passait en ville, ou avec l'une de ses autres vieilles connaissances de Harlem. Seulement pour déjeuner. Au dîner, presque tous les soirs, il écrivait. C'est parce que Eddie ne voulait aucune distraction que Torie ne venait que deux fois par semaine. Une fois, elle s'était amusée à passer à l'improviste Mais, vu le visage courroucé qui l'avait accueillie, elle ne s'y était pas risquée une seconde fois. Sans doute le trouvait-elle cruel. Selon Eddie, c'était sa muse qui était cruelle. Le prochain roman serait le quatrième et, au bout du quatrième, il espérait avoir enfin le sentiment d'être un véritable écrivain.

Pendant que Torie se préparait pour partir travailler, Eddie s'installa devant son bloc et reprit exactement là où il s'était arrêté l'après-midi de la veille :

... à moins de vouloir qu'on ne le glace hors de la société. Glacer. C'était alors l'expression consacrée.

Les salons représentaient le soleil de Harlem et les Tsarines dressaient des listes...

— Je m'en vais.

Eddie tourna la tête. Torie se tenait dans l'entrée, vêtue d'un tailleur, sa valise près d'elle. Ils se fixèrent un moment. Il imaginait ce qu'elle pouvait penser de lui. Si seulement il lui avait été possible de caresser une autre femme sans que l'image d'Aurelia s'interpose, mais ça ne l'était pas. Torie était la quatrième femme à partager sa couche depuis sept ans qu'Aurelia était mariée. Chaque aventure avait été brève. Toutes s'étaient terminées dans le même silence peiné.

— Je suis désolé, dit-il en se levant pour réduire la distance qui les séparait.

— Je sais.

— J'aurais...

— Je sais. (Une étreinte amicale et asexuée.) Eddie ?

— Oui ?

— Un jour ou l'autre, il faudra que tu admettes que... Tant pis. (Elle se redressa. Ses yeux étaient secs. Elle parvint même à lui sourire.) Reste gentil, dit-elle avant de sortir.

Eddie demeura debout dans la cuisine. Il faillit la rappeler. Il s'en fallut de peu. Mais il n'aurait fait que reculer le moment d'en finir. Mieux valait que ce soit fait.

Il retourna à sa table de travail. Il écrivait depuis une heure et demie quand il fut dérangé par quelqu'un qui frappait à la porte-fenêtre. Agacé, il s'arrêta et leva la tête.

L'agent spécial Bernard Stilwell regardait à l'intérieur.

III

Eddie prépara du café pendant que l'agent s'installait confortablement. La table de la salle à manger était à nouveau vide. Eddie avait pris le temps de ramasser son bloc et de le ranger sur une étagère avant d'inviter Stilwell à entrer.

Mais l'agent ne semblait pas d'humeur fouineuse. Il avait allumé le petit poste de télévision noir et blanc. Un jeu télévisé. L'agent avait tourné le bouton pour monter le volume à fond et, quand Eddie revint à la table, il le fit asseoir tout près de lui.

— Vous vous plaisez à la Maison Blanche ?

— Oui.

— Et Kennedy ? Vous l'appréciez ?

— Oui. Beaucoup. Que voulez-vous, agent Stilwell ?

— Appelez-moi Bernie. (L'agent buvait son thé avec une certaine délicatesse. Ses doigts, à l'image du reste de son corps, étaient très longs.) Nous sommes amis depuis tant d'années.

— Nous ne sommes pas amis.

Stilwell afficha son sourire de démon. Les sombres sourcils se soulevèrent.

— J'ai des informations pour vous. Le Directeur tenait à ce que vous en ayez la primeur avant de le lire dans la presse. Les gens de Kennedy ne vous le diront pas.

Eddie, qui retenait son souffle, mit un moment avant de pouvoir parler.

— Junie ? C'est au sujet de Junie ? Est-ce qu'elle...

— Il ne s'agit pas de votre sœur. Oh, ne vous inquiétez pas, Eddie, nous la retrouverons. Nous avons failli lui mettre la main dessus, une fois ou deux, mais elle avait quitté la ville à notre arrivée. Mais dans peu de temps, Eddie, vous pourrez vous asseoir à une table avec elle. Je vous le promets. Sauf que vous ne pourrez pas vous embrasser, à cause des barreaux et du reste.

Il eut son rire mauvais.

Eddie lui demanda, plus froidement cette fois :

— Que voulez-vous, agent Stilwell ?

— Vous vous souvenez de ce pilote de U-2 qui a été forcé d'atterrir alors qu'il volait au-dessus de la Russie soviétique il y a plus d'un an ? Du nom de Powers ?

— Vaguement.

— Et de l'espion que vous nous aviez aidés à arrêter en 57 ? Du nom de Rudolf Abel ?

— Oui...

Eddie se souvint alors de la grande enveloppe rose qu'il détenait toujours et que ledit Abel – connu alors sous le nom d'Emil Goldfus – voulait qu'il récupère pour lui. *Sa femme l'a*. Eddie n'avait pas avancé d'un pouce dans la compréhension de cette phrase, mais du moins il savait, grâce à Aurelia, ce qui se cachait sous « l' ». Eddie avait tenté trois fois d'obtenir l'autorisation de rendre visite à Abel en prison, pour le questionner sur le Projet, mais ses requêtes avaient été refusées.

— Je me souviens de lui, agent Stilwell.

— Ils vont être échangés.

— Je vous demande pardon ?

— Dans une semaine, à Berlin. Ils nous rendent Powers. On leur donne le colonel Abel.

— Vous plaisantez.

— Non.

Eddie eut l'impression que la pièce rétrécissait. Voilà une nouvelle piste qui se bouchait. Il s'était imaginé qu'avec le nouveau prestige que lui donnait sa position à la Maison Blanche, il obtiendrait l'autorisation de s'entretenir avec le colonel Abel. Cette possibilité était maintenant anéantie.

— Je vois, dit-il après avoir repris possession de ses moyens. (Il était pressé de voir Stilwell partir et de se remettre au travail.) Y a-t-il autre chose ?

— Dites-moi ce que vous pensez de votre Président.

Eddie prit le temps de formuler sa réponse avec soin. Il savait que tout ce qu'il dirait serait immédiatement retranscrit dans les fichiers de Hoover.

— J'ai de l'admiration pour lui. Je pense qu'il peut faire de grandes choses pour le pays.

Stilwell renâcla.

— Hmm-hmm, j'ai déjà entendu ça. De grandes choses. Ils veulent tous faire de grandes choses quand on écoute leurs discours. Puis ils sont élus et ils mettent le pays à sac. Et sa santé, comment va-t-elle ?

— Pardon ?

— On raconte qu'il ment sur son état de santé.

Eddie eut recours à une réponse calme, savamment préparée pour être distillée aux journalistes lorsque la question était posée :

— C'est de la diffamation, une rumeur concoctée pendant la campagne par l'équipe de Johnson. La vérité est...

— Et pour ce qui est des femmes ?

— Je vous demande pardon ?

— Le Directeur s'intéresse à tout ce que vous pourriez apprendre au sujet de Kennedy et des femmes. Et sur son état de santé. Tout ce que vous pouvez découvrir.

Eddie se redressa sur sa chaise.

— Vous ne vous attendez tout de même pas à ce que...

— Vous voulez que nous retrouvions votre sœur, n'est-ce pas ? Eh bien, c'est ce que nous voulons en échange.

— Vous me demandez d'espionner le Président des États-Unis ?

— Pas de l'espionner. De nous rapporter des faits. On ne sait jamais ce qui peut devenir un problème de sécurité de nos jours.

Eddie se souvint du mantra préféré de l'un de ses professeurs d'université :

— Vous pouvez appeler cela : rapporter. Vous pouvez parler de Thucydide ou de peau de banane, il s'agit toujours d'espionnage.

Stilwell bâilla ostensiblement, puis fit signe à Eddie de l'écouter.

— Il se trouve que nous avons tout de même des renseignements pour vous. (Il sortit l'un de ses innombrables carnets reliés de cuir.) À l'automne dernier, vous devez vous en souvenir, mais peut-être pas, on a tiré sur une voiture qui appartenait à l'un des leaders du Klan, à la sortie de Tupelo. Ça vous dit quelque chose ? Il n'y a pas eu de blessés, mais la voiture a été mise en pièces. L'un de nos informateurs dit que c'est l'œuvre de l'Agonie de la Couronne et que c'est votre sœur qui a donné l'ordre de tirer sur la voiture plutôt que sur l'homme. Et vous savez ce qui s'est passé ensuite ? En représailles, le Klan a tiré sur une voiture appartenant à l'un des leaders du mouvement pour les droits civiques. Sauf que l'homme était dedans avec ses enfants.

Furieux, Eddie bondit sur ses pieds.

— Êtes-vous en train de me dire que c'est la faute de ma sœur si...

— Non. (Stilwell se dressa au-dessus de lui.) J'appartiens aux forces de l'ordre, nous avons pour habitude de penser que le coupable d'une fusillade est celui qui tire. De toute façon, ce n'est que le rapport d'un informateur, la moitié d'entre eux ne sont que des mensonges. Même plus de la moitié. (Il mit son chapeau.) Pensez à tout cela, Eddie. Et tâchez de comprendre que cela ne fait aucune différence pour moi que vous nous aidiez ou non sur Kennedy. Vous pouvez nous envoyer promener si vous voulez. C'est vous que cela regarde. Toutefois, souvenez-vous, Eddie, que nous n'étions pas obligés de vous donner une habilitation pour travailler à la Maison Blanche. Compte tenu de la situation de votre sœur, il aurait été facile de la refuser. (Il arrêta toute tentative de réponse d'un geste de l'index.) Une chose encore. Si vous décidez de nous envoyer promener. Il n'y a rien que nous puissions faire pour vous forcer la main. Mais le Directeur est un homme à la rancune très tenace.

Eddie réfléchit. Hoover cherchait sans cesse à étendre sa sphère d'influence. Il était évident qu'il manquait de sources au sein de l'administration Kennedy et qu'il en voulait. Il espérait utiliser l'amour qu'Eddie portait à sa sœur comme levier pour forcer l'entrée de la Maison Blanche de Kennedy.

La semaine suivante, Eddie était assis à son bureau, au sous-sol de l'aile ouest, lorsqu'un appel lui fit savoir que le Président demandait à le voir. Eddie enfila sa veste et fonça dans l'escalier. Lorsqu'il entra dans le Bureau ovale, Kennedy terminait une réunion. Eddie attendit poliment. Tout le monde sortit. Le Président alla s'asseoir à son bureau et fit signe à Eddie de prendre un fauteuil. Ils restèrent un moment silencieux. Jack Kennedy était grand et mince, avec de grands yeux provocateurs qui s'immobilisaient quand il examinait son interlocuteur avec toute son attention. Eddie la sentit peser sur lui à cet instant. En dépit de son affabilité et de sa légèreté apparente en public, Kennedy était extrêmement sérieux quand il s'agissait de gouverner le pays et le Monde libre. C'était ce sérieux qu'Eddie admirait le plus. Pourtant, il se sentait nerveux. Malgré toute son admiration pour Jack Kennedy, l'écrivain n'avait passé que peu de temps seul avec lui.

— J'aimerais que vous me donniez votre avis, dit le Président.

— Bien sûr, monsieur.

— Officieusement.

— Oui, monsieur.

— Il y a trop de fuites, Eddie. Des renseignements filtrent. Il n'y a plus aucune sécurité. (Il souleva un journal et le reposa.) Le moindre fonctionnaire qui, dans ses travaux, a accès aux confidences de son gouvernement semble croire que c'est son droit et se fait un devoir d'appeler le premier journaliste venu. Nous n'aurions jamais pu gagner la guerre avec de pareilles méthodes.

— C'est vrai, monsieur.

Eddie se demanda si le Président était au courant de la visite de Stilwell, et si le protocole l'autorisait à en parler.

— Allen Dulles m'a écrit. (Kennedy désigna une lettre sur son bureau.) Dulles prétend que nous avons besoin d'une réglementation concernant les secrets officiels. Du type de celle qu'ont les Britanniques. Mes conseillers me disent qu'une loi de ce genre serait anticonstitutionnelle, mais il faut faire quelque chose, Eddie. Ces fuites deviennent ingérables.

— Oui, monsieur.

— Oui, cela veut dire que vous êtes d'accord ?

Eddie secoua la tête.

— Non, monsieur le Président, je ne suis pas d'accord. Avec tout le respect dû au Directeur Dulles, je pense que c'est une très mauvaise idée.

— Vous ne croyez pas que les gens devraient être punis pour révéler nos secrets ?

— Si vous arrêtez l'auteur de la fuite, si, bien sûr. Mais pas le journaliste qui reproduit ce qu'on lui a dit. Ça, non, monsieur. (Prêt à disserter sur l'importance de la libre parole en démocratie, Eddie lut dans les yeux songeurs du Président qu'un discours ne serait pas bienvenu. En outre, il eut l'impression que c'était aussi ce que pensait le Président et il modéra la suite de sa réponse.) Je pense que vous, en qualité de Président, êtes en droit d'attendre que ceux à qui vous vous confiez ne révèlent pas ce que vous leur avez dit. Sur ce point, je suis entièrement d'accord.

Le secrétaire chargé de l'emploi du temps entra dans la pièce. Le Président devait filer.

Cette nuit-là, Eddie marcha pendant des heures le long du Mall, à reprendre tous les éléments un à un. Il se rappela que Hoover, trois ans plus tôt, après Maxton, s'était amusé à le faire marcher. En admettant que le Directeur ait eu véritablement l'intention d'échanger des renseignements sur Junie contre des saletés sur Kennedy, Eddie savait qu'il ne pouvait pas participer au naufrage de l'administration du seul Président qu'il ait admiré de toute sa vie. Aussi, deux jours plus tard, il démissionna. Il conserva sa maison sur I Street, mais rompit tous ses liens avec la Maison Blanche. Il souhaita publiquement bonne chance à Kennedy et expliqua à ses amis, qui n'en revenaient pas, qu'il avait besoin de plus de temps pour écrire.

— Vous vous croyez malin, dit Stilwell par la suite, alors qu'ils marchaient le long du Mall.

— Pas toujours. De temps en temps.

— Vous comprenez que cela met fin à notre arrangement.

— Oui.

— Plus de protection.

— Protection ? (Eddie repensa à l'homme blond au visage étonnamment familier.) Vous me protégiez ? De quoi ?

L'agent ne prit pas la peine de répondre.

— Plus de protection, ni d'informations.

— Peut-être que je m'en sortirai mieux tout seul.

Stilwell rit et lui donna une tape dans le dos.

— Vous savez quoi, Eddie ? C'est ce que tout le monde croit. Mais c'est rarement le cas.

30

Le joueur d'échecs

I

En novembre 1962, la campagne de Richard Nixon pour devenir gouverneur de sa Californie natale se solda par une cuisante défaite. Le lendemain matin, à son hôtel, les yeux hagards après une nuit de veille, il fit une apparition surprise devant les journalistes qui avaient couvert la campagne. Nixon n'aimait pas la presse. Et elle le lui rendait bien. Il estimait que les journalistes l'avaient sali, deux ans plus tôt, lors de sa défaite contre Kennedy aux présidentielles les plus serrées de l'histoire des États-Unis. La presse estimait qu'elle avait simplement fait connaître à la nation une vérité qui n'était pas bonne à dire. À présent, Nixon examinait les reporters assemblés dans la pièce. Il leur lança qu'ils étaient libres d'abattre leur vindicte sur le candidat qui n'avait pas leur faveur, mais que l'un d'entre eux devrait tout de même être chargé de rapporter les propos tenus. Il conclut en disant : « Vous n'aurez plus le loisir de tirer sur Nixon, messieurs, car c'est ma dernière conférence de presse. » Tout le monde le crut. ABC News programma une soirée spéciale intitulée « La nécrologie politique de Nixon ». Les caricaturistes se lamentaient car ils adoraient croquer son gros nez en trompette et sa mâchoire carrée.

Edward Wesley Junior se trouvait au fond de la pièce quand l'ancien Vice-Président fit son annonce. Eddie couvrait la campagne pour *The Nation*, avec lequel il avait un contrat pour quatre essais politiques par an. Il ne savait pas quoi écrire sur Nixon.

Eddie figurait à présent parmi les signatures qui comptaient. Son quatrième roman avait établi sa réputation littéraire. Intitulé *Mal blanchi*, il racontait l'histoire d'un personnage en quête obsessionnelle d'ascension sociale qui, rejeté par les classes supérieures noires, cède à la tentation de la violence et mène une guérilla solitaire jusqu'à ce que la police l'abatte. Le roman s'ouvrait sur une phrase qui fut si souvent reprise par la suite qu'on en oublia la provenance : « Préparer sa revanche est sans doute une excellente thérapie. » Langston Hughes, qui n'avait jamais cessé d'adorer Harlem, avait tenté de convaincre Eddie de ne pas le publier, mais Eddie avait vu juste. Les critiques blancs firent l'éloge de ce qu'ils interprétèrent comme une satire mordante sans se rendre compte qu'Eddie pensait littéralement chaque mot qu'il avait écrit sur Harlem. Ils n'imaginaient pas, même après avoir lu le roman, qu'il existait une classe noire fortunée qui vivait à l'ombre de Harlem, dans un monde parallèle au leur. C'était la période libérale de la politique américaine, et le Noir était vu par tous comme pauvre, opprimé, en grand besoin de sollicitude blanche. C'était une couturière qui refusait de s'asseoir à l'arrière de l'autobus. C'était un ouvrier agricole privé du droit de vote par un examen de lecture. Pour une fois, le jugement politique d'Eddie se révéla plus juste que celui de son mentor. Les vieilles mégères de la haute société de

Harlem, comme les appelait Eddie, pas seulement derrière leur dos mais aussi dans ses livres, étaient enchantées. Ravies d'être le sujet d'une œuvre littéraire digne de ce nom, elles se plaisaient à deviner qui était qui et à s'envoyer des piques en reprenant joyeusement les mots enragés d'Eddie. Un article publié dans *Jet Magazine* donna les clés qui permettaient d'identifier les personnages et, dans la plupart des cas, ça marchait.

Eddie, comme à l'accoutumée, ne s'attarda pas sur son succès. Le roman était de l'histoire ancienne. Il s'inquiétait plutôt de son article sur Nixon. Comment se faisait-il qu'il était le seul à voir ce qui semblait échapper à tout le monde ? Le lendemain de son retour de Californie, Eddie sortit faire de la voile sur la baie de Chesapeake avec Gary Fatek. Il faisait un temps épouvantable mais, cette fois-ci, Eddie était habillé pour l'occasion.

— Il y a quelque chose qui cloche dans la manière dont l'histoire est racontée, expliquait-il à Gary en hurlant au-dessus du bruit des vagues qui s'écrasaient contre la coque. Les gens passent à côté de la tragédie de Nixon. Le pathos.

— Erebeth l'adore, hurla Gary en retour. Elle croit toujours qu'il y a des communistes cachés sous les lits.

— À mon avis, il y a une dimension qui nous échappe. Tout le monde répète à l'envi à quel point Nixon est haïssable. On l'accuse d'être un intrigant ambitieux, sans principe, prêt à tout pour gagner.

— Ça me paraît juste.

— Mais n'est-ce pas vrai de chacun de nous ? cria Eddie. (Gary le dévisagea.) Est-ce qu'au fond, Nixon n'est pas une représentation de l'Amérique ? Une nation de vainqueurs. (Il prit un embrun en pleine figure.) Nous voulons des leaders qui gagnent, et peu nous importe les moyens qu'ils emploient.

Gary lui tendit une corde sortie de nulle part, lui demanda de la tenir, il enjamba ensuite son bras et la reprit de l'autre côté. La voile claqua, puis se gonfla de nouveau. Gary lui demanda d'assurer le bout, et Eddie se souvint vaguement de ce que ça voulait dire.

— Tout ça n'a rien à voir avec Nixon, n'est-ce pas ? dit Gary. (Maintenant qu'ils avaient viré de bord, il y avait beaucoup moins de bruit.) C'est au sujet d'Aurelia ?

Eddie leva la tête.

— Aurelia ?

— Bien sûr. C'est une supportrice de Nixon, pas vrai ? Et pas des moindres. Son beau-père soutenait Nixon, son mari aussi, et Aurie ne tarit pas d'éloges à son égard. C'est pour ça que tu ne parviens pas à le voir comme un monstre, Eddie : tu trahirais Aurie.

— Dans ce cas, pourquoi n'ai-je pas soutenu Nixon dès le départ ?

— Peut-être par rivalité avec Kevin. Je n'en sais rien.

— Voyons, Gary. C'est l'un ou l'autre, pas les deux.

Mais le sourire qui barrait le visage de son vieil ami laissait entendre qu'il se fichait complètement que ce soit l'un ou l'autre du moment qu'il avait fait mouche. Cela faisait un an ou deux que les deux amis se tapaient respectivement sur les nerfs. Gary avait renoncé à son ancienne vie. Eddie n'avait plus aucune idée de la manière dont son camarade d'université occupait son temps, et Gary ne l'éclairait pas.

— Écris cet article comme tu le sens, dit Gary alors qu'ils remontaient vers le rivage. Mais tiens-toi prêt à t'attirer les foudres.

Et les foudres il reçut. L'article totalisait mille six cents mots. *The Nation* l'avait intitulé : « Dick Nixon, l'Américain type. » Il reçut des courriers enragés de gens de droite où, curieusement, l'argument d'Eddie avait été parfaitement bien compris : dire que Nixon incarnait les valeurs de l'Amérique était une insulte à tous les Américains et non un compliment à l'égard de Nixon. Mais les lecteurs de la revue étaient plutôt de gauche et la plupart d'entre eux semblaient comprendre l'inverse : il était pro-Nixon !

Très vite, il se trouva des gens qui n'avaient pas lu l'article – et n'avaient jamais entendu parler d'Eddie – mais étaient convaincus de comprendre parfaitement son argument. Et, pour la plupart, ils détestaient sa thèse et, par conséquent, fidèles à la tradition américaine, ils le détestaient lui aussi. C'est ainsi qu'Edward Wesley Junior, pendant la période suivante de sa carrière, se retrouva étiqueté comme conservateur. Il y eut même une tentative avortée en vue de lui faire retirer le prix littéraire national qu'il avait reçu.

— Ce n'est pas si grave, dit Aurelia lorsqu'il la croisa au vernissage d'une exposition à New York, juste après Noël. (Elle était seule, et lui parut majestueuse et magnifique, et totalement dévouée à son mari.) Ça fait des années qu'ils qualifient Kevin de conservateur.

— Mais Kevin *est* conservateur.

— Oui, d'accord. Mais ils le disent d'une telle manière qu'on a l'impression que c'est immonde. Tiens, à propos de Kevin, il est si fier de Kennedy maintenant, de la manière dont il a tenu tête à Khrouchtchev et l'a forcé à remballer ses missiles de Cuba. Pour ma part, j'étais terrifiée. J'ai cru que nous allions avoir la Troisième Guerre mondiale. Mais Kevin l'a encensé. Il a même dit qu'il appuierait peut-être les démocrates aux prochaines élections.

— Super, dit Eddie en se forçant à sourire.

Ensuite, il l'aida à trouver un taxi. Il eut le bon sens de ne pas lui proposer de le partager.

— Je suis désolée pour Torie et toi, dit-elle debout devant la portière. Vous auriez été très bien assortis.

— Cela fait des mois que c'est terminé.

— Radio cancans ne fonctionne plus si bien de nos jours. (Un large sourire.) Alors... quelle est la nouvelle ? La nouvelle femme dans ta vie, s'entend ?

— Je n'ai pas de temps pour la bagatelle.

C'était sa réponse chaque fois qu'il voulait décourager une femme.

— Gros malin, dit-elle en lui caressant la joue de sa main gantée. Tu devrais te trouver une femme aussi maligne que toi et te caser.

Il regarda le taxi s'éloigner. Il vit Aurelia se prendre le visage dans les mains. Sans doute avait-elle une poussière dans l'œil.

II

Eddie était à présent un homme de deux cités. Bien qu'il ait quitté l'administration Kennedy, il avait conservé sa maison sur I Street, ne souhaitant pas s'éloigner trop du Président qu'il admirait tant. Mais il n'avait jamais rendu son appartement de Convent Avenue et il y séjournait lors de ses fréquents voyages à New York. Après avoir regardé Aurelia partir, il ne remonta pas tout de suite dans Harlem. Il avait un homme à voir, une source, à laquelle depuis le début il savait qu'il devrait faire appel.

Il prit le métro jusqu'à Brooklyn. Il frappa à la porte d'un appartement au sous-sol d'un immeuble humide et décrépi non loin d'Eastern Parkway. Derek Garland vint lui ouvrir. L'appartement comptait trois pièces, toutes encombrées de livres. Les deux hommes s'installèrent autour d'une table fatiguée et d'une vodka russe si rustique qu'elle avait encore un goût de pomme de terre. Derek était une légende de Harlem. C'était aussi un fou. Son visage luisant exprimait la méfiance. Il vivait chichement, parce qu'il avait du mal à garder un travail. Il ne conservait aucun emploi, parce que ses opinions politiques finissaient toujours par l'envoyer devant une commission parlementaire ou en prison. Au nom de ses idées, il refusait les offres d'assistance de sa famille, offres dont la fréquence et l'importance se réduisaient de plus en plus. Cela faisait plusieurs années qu'il avait annoncé son départ imminent pour le Ghana, mais il n'avait pas les idées assez claires pour mettre en œuvre son projet. Eddie ne connaissait personne qui soit aussi proche de la frange radicale américaine et, depuis qu'il avait reçu la photographie de Junie armée d'un fusil, il savait que, tôt ou tard, il devrait frapper à la porte des radicaux marginalisés.

Eddie commença par dire la vérité. C'était lui qui avait dénoncé Emil Goldfus, également connu sous le nom de Rudolf Abel, que Derek avait amené au mariage d'Aurelia, sept ans plus tôt. Il avait néanmoins protégé Derek par loyauté pour la cause : il savait que Derek apprécierait ce genre de langage. Aujourd'hui, il lui demandait de lui renvoyer la balle. Il avait besoin d'entrer en contact avec l'Agonie de la Couronne. Anticipant la réponse de Derek, il ajouta immédiatement qu'il n'avait aucunement l'intention de donner qui que ce soit. Ses raisons, expliqua-t-il, étaient personnelles. Pendant tout ce temps-là, Derek remplissait leurs verres, buvait et regardait dans le vide.

— C'est au sujet de ta sœur, dit-il après avoir écouté Eddie.

— Oui.

— Je ne peux pas t'aider. (Il s'essuya la bouche du revers de la manche.) Ces gens-là sont des dingues.

— Ces gens-là ?

Quand il réfléchissait, Derek avait la manie d'ouvrir très grand ses yeux noisette qui paraissaient immenses derrière ses lunettes. Ces yeux exorbités lui donnaient un air idiot, mais Eddie ne s'y trompait pas. À l'intérieur de cette tête étonnante, il y avait un cerveau plus étonnant encore. Derek avait été plusieurs fois champion d'échecs du Metropolitan, le club noir privé de Sugar Hill, avant de déclarer que ce n'était qu'une distraction de petit-bourgeois. Son visage portait des traces de bleus indélébiles et ses gestes étaient saccadés. Les gens disaient qu'il avait changé après son séjour dans une prison du Sud où il avait failli mourir. Il fallait être dingue pour y retourner, ce que Derek Garland faisait régulièrement.

— Le problème avec des groupes du type de l'Agonie, répondit Derek calmement, ignorant qu'il était resté plusieurs minutes les yeux dans le vague, c'est qu'ils vont te tirer dessus. Avec un fusil, précisa-t-il.

— Ils ne me tueront pas, dit Eddie.

— De toute façon, je ne connais aucun d'entre eux.

— Mais tu sais à qui demander.

Silence.

— Peut-être... (Son regard se fixa sur le mur du fond, Eddie tourna la tête, mais ne vit que des ombres et à travers la fenêtre les feux des voitures qui passaient dans la rue au-dessus.) Je pars au Ghana, poursuivit Derek sur le même ton. Ou à Moscou. Mais avant ça, je me marie.

Eddie essaya de croiser son regard pour échanger un sourire de félicitation.

— Qui est l'heureuse élue ?

— Je ne sais pas encore. Il faut que je la trouve, répondit Derek tout à fait sérieusement.

— Je te souhaite de réussir.

— Moi aussi. Mais fais attention, tu risquerais de tomber dans le gouffre ardent. (Il partit soudain d'un éclat de rire immense, tonitruant, et se balança un long moment sur sa chaise bancale. Puis, comme si on l'avait débranché, il s'arrêta net.) La grande fournaise, il paraît qu'on n'y est pas si mal, et qu'on y rêve de gloire. Pour ma part, je ne crois pas en Dieu. Enfin, c'est peut-être Dieu qui ne croit pas en moi ? (Il fronça les sourcils en mordillant sa lèvre balafrée, semblant réellement chercher une réponse à sa question.) Ce qui est étonnant avec Dieu, c'est qu'il se cantonne dans les églises. Il n'est jamais là quand on jette ses enfants dans la fosse aux lions.

— Je me suis souvent fait la même réflexion, dit Eddie, surpris.

— Alors t'es un sacré con, répliqua Derek d'un air satisfait.

— Pardon ?

— Tu t'imagines que Dieu ne nous voit pas ? (Sa voix tonnait comme celle de Wesley Senior.) Que Dieu ne te connaît pas ? Tu crois... (De nouveau, il se calma d'un seul coup.) Laisse-moi te dire une chose sur tes petits copains de l'Agonie : ils n'ont pas peur des lions ni des flammes de l'enfer. C'est le complexe du martyr. Ta sœur doit l'avoir aussi.

— Cela m'étonnerait beaucoup, rétorqua Eddie, indigné mais néanmoins contraint d'envisager cette possibilité.

Derek ne prêta aucune attention à sa remarque et poursuivit.

— Écoute, j'ai rencontré un type en prison, il y a des années. Il était au trou pour la même raison que moi, il avait dit à ces fascistes de la commission parlementaire sur les activités antiaméricaines d'aller en enfer, eux et leur satanée commission. Il entretenait une idée de ce genre. Un peu comme l'Agonie, son groupe devait collecter des fonds. Établir un camp quelque part. Les entraîner. Puis lancer des attaques, ficher la trouille aux gens. Leur faire assez peur pour qu'ils réfléchissent à ce qu'ils font. N'importe quoi. Il ne voulait que des diplômés. De jeunes universitaires, pas moins. Parce qu'ils auraient vu plus loin que les masses, etc. Une sérieuse erreur idéologique, Eddie. Il n'avait pas lu son Lénine, c'est évident.

— Quel nom ?

— Ils n'avaient pas encore de nom à cette époque. (Eddie se rendit compte que Derek parlait du groupe que l'homme voulait former, pas de l'homme lui-même.) Mais il voulait que les Noirs en soient. Des Noirs éminents. Des Blancs. Un professeur de quelque chose.

— Où enseignait-il ? Comment s'appelait-il ?

— Peu importe. Il est mort.

— Mais qu'est-ce...

— Je vais voir ce que je peux faire, le coupa Derek. Je ne connais pas ces gens de l'Agonie. Est-ce que toi aussi, tu as le complexe du martyr ? Tu veux te faire tuer ? (Il raccompagna Eddie à la porte.) Ne m'appelle pas. N'utilise pas ton propre téléphone. Sous aucun prétexte. Ce ne sont pas des écoutes que tu dois t'inquiéter mais des bombes. Ils placent des bombes dans les téléphones maintenant...

Sans autre forme de politesse, Eddie se retrouva sur le trottoir, ne sachant pas s'il avait posé un jalon ou visité un asile.

Peut-être les deux.

Une recherche rapide à la bibliothèque du Congrès,

deux jours plus tard, confirma ce qu'il soupçonnait déjà : Derek Garland, Alphaeus Hunton, Dashiell Hammett et Frederick Vanderbilt Field étaient tous allés en prison au début des années 1950 pour avoir refusé de donner les noms de ceux qui avaient financé leur fonds de défense ; l'un de leurs compagnons de résistance, aujourd'hui décédé, était un professeur de Harvard à la retraite du nom de Hamilton Mellor, dont le fils, Benjamin, avait succédé à son père à la faculté de droit et reconnu être le père du bébé de Junie.

Le lendemain matin, Eddie était assis dans un box au sous-sol de la Banque Riggs, qui avait tout d'une forteresse. C'est ici qu'il conservait, dans un coffre, les éléments les plus importants de son enquête. Il ouvrit le dossier concerné et y glissa les notes qu'il avait prises à la bibliothèque. Avant de le refermer, il examina sans doute pour la millième fois l'étrange mot que sa sœur avait déposé à la faculté de droit de Harvard : *Merci pour tout. Vous êtes un homme bon.*

Eddie rangea le mot de Junie à sa place. Après un instant d'hésitation, il décida de relire une coupure de la première page du *Boston Globe*, datée d'il y a deux mois, qui relatait la disparition tragique, au large de Cape Cod, du professeur Benjamin Mellor dont le bateau avait chaviré au cours d'une tempête.

31

Attica

I

En janvier 1963, George Wallace prit ses fonctions de gouverneur de l'Alabama. Devant la foule en liesse amassée devant le Capitole, il promit d'en finir avec les monopoles d'État sur la vente d'alcool, d'améliorer l'éducation et de créer des emplois. Après avoir juré qu'il « jetterait son gant à la face de la tyrannie », il s'écria : « Pour la ségrégation aujourd'hui ! La ségrégation demain ! La ségrégation toujours ! » Dans les salons de l'obscure nation, tout le monde crut que le ciel s'effondrait. En mars, Eddie publia un autre article dans *The Nation* dans lequel il citait les parties du discours de Wallace qui n'avaient pas été reprises par la presse. Le gouverneur, remarquait-il, avait appelé l'attention sur l'hypocrisie des libéraux qui « flattaient » l'idée de l'intégration dans les écoles, mais vivaient dans des quartiers où la ségrégation demeurait. Eddie, qui conservait une image reluisante de son pays bien qu'elle se ternisse peu à peu, voyait les choses autrement. Wallace n'avait pas mis en lumière l'hypocrisie, mais l'humanité. Aucun d'entre nous ne vit en conformité avec ses idéaux, écrivit-il en se souvenant d'un sermon de son père. L'hypocrite n'est pas celui qui échoue. C'est celui qui ne croit pas qu'il devrait essayer.

— Alors, sommes-nous des libéraux hypocrites ? lui demanda un jeune homme qu'il rencontra dans une soirée à Georgetown, quartier plutôt délabré qui était devenu à la mode après que les Kennedy s'y étaient installés dans les années 1950. Qu'est-ce que vous en dites ?

— La question n'est pas là, répondit Eddie.

Il est aussi difficile de venir à bout de l'innocence que de l'ignorance.

— Je suis pour toutes les formes d'intégration, insista-t-il. Les écoles, le logement, tout.

— C'est votre femme, là-bas ?

— Oui.

— Vous êtes sorti avec combien de femmes noires avant de décider d'en épouser une blanche ?

C'était un coup bas, Eddie le savait, mais ces jours-ci, il avait pris le monde entier en grippe. L'homme s'éloigna. Quelqu'un d'autre s'approcha pour lui parler de son roman sur le gangster. Eddie se sentait cerné. Il avait accompagné Torie Elden à cette soirée. Ils avaient réussi à rester amis et défini les limites de leur relation. Quelquefois, Torie lui parlait des hommes qu'elle voyait, mais la plupart de ses aventures finissaient dans les larmes. D'autres personnes s'approchèrent. Il était célèbre. Tous voulaient pouvoir raconter qu'ils lui avaient parlé. Eddie n'avait jamais aimé la foule. Il alla prévenir Torie qu'ils partaient. Comme d'habitude, il la raccompagna en voiture à son appartement de Capitol Hill. Comme d'habitude, elle l'invita à monter prendre un café. En général il refusait, mais pas ce soir. Il se réveilla autour de minuit et mesura son erreur. Il se glissa hors du lit et ramassa ses affaires. Torie lui dit de faire attention à la neige en conduisant. De toute évidence, l'homme blond avait compté qu'Eddie resterait toute la nuit avec Torie car Eddie le surprit en train de mettre la maison à sac. Évitant la droite d'Eddie, il le mit KO d'un seul coup de poing. Eddie eut l'impression d'avoir été frappé par une enclume. Quand il revint à lui, il était seul.

Une fouille attentive lui révéla que rien ne manquait. Soit ses recherches avaient été interrompues trop tôt, soit l'homme blond avait décidé que ce qu'il cherchait n'était pas là. Déposer une main courante à la police n'était qu'une formalité. Eddie le fit car ne pas le faire aurait été suspect. Hélas, expliqua-t-il aux inspecteurs, il était incapable de leur donner une description. Il n'avait pas vu le visage de l'homme. Pas dans le détail du moins. Il avait les cheveux blonds, c'était la seule chose dont il se souvenait.

Ils lui conseillèrent de prendre un chien, vu ce qui se passait de nos jours.

Presque tout ce qu'Eddie avait dit à la police était vrai. Il n'avait pas vu le visage de l'homme. Il ne pensait pas qu'il serait capable de le reconnaître s'il le revoyait. Ce qu'il ne leur avait pas dit, c'est qu'il se souvenait où il l'avait déjà vu.

II

Les murs du parloir de la prison d'Attica, au nord de l'État de New York, étaient peints en jaune-vert vif et devaient être chaulés régulièrement par les détenus autorisés à travailler, parce que, hormis l'odeur ineffaçable de sueur d'hommes musclés et de leur frustration, les locaux n'exhalaient pas la puanteur caractéristique des prisons. Assis sur une chaise pliante, Eddie observait l'espace vide de l'autre côté du Securit. C'était une belle matinée d'avril. Trois jours plus tôt, Martin Luther King et ses partisans avaient été emprisonnés pour outrage : ils avaient défié une décision de justice leur interdisant de manifester à Birmingham le dimanche de Pâques. Six journaux différents avaient demandé à Eddie de descendre couvrir l'événement, mais il lui avait fallu des semaines pour obtenir cet entretien et il n'avait pas l'intention d'y renoncer.

En route pour Attica, il s'était arrêté à Manhattan et avait passé plusieurs nuits à Convent Avenue histoire de donner le change au cas où il serait encore suivi. Il trouva Harlem de plus en plus triste. Pas déprimant, simplement triste. Les salons avaient presque tous disparu. Les Tsarines étaient éparpillées. Shirley Elden était morte. Enid Garland était malade et s'était installée à Midtown. Amaretta Veazie tenait bon dans sa maison de ville d'Edgecombe Avenue, mais le bruit courait que Mona, qui vivait dans le New Hampshire avec ses jeunes jumeaux, s'efforçait de convaincre sa mère de venir les rejoindre.

Eddie rendit visite à Langston Hughes dont la santé se détériorait mais qui tenait bon et habitait toujours sa maison de la 127e Rue. Les deux hommes parlèrent du bon vieux temps et Eddie eut le sentiment, comme quelques années plus tôt, que le grand homme évitait soigneusement de parler de Junie. Force était de reconnaître que personne ne parlait plus de sa sœur, et pas seulement parce qu'on la croyait morte. Même ceux qui se souvenaient de l'Agonie de la Couronne et du Commandant M. avaient été amenés à revoir leurs positions, parce que, en ce milieu des années 1960, l'Amérique regorgeait d'activistes hirsutes qui vociféraient en faveur d'une alternative radicale, et certains de ces groupuscules n'hésitaient pas à prôner la violence. Un jour où il déjeunait avec Aurelia, Eddie lui avait demandé ce qui était spécifique à l'Amérique pour que les enfants des classes privilégiées veuillent toujours mettre le feu à la culture qui leur avait tout donné.

— L'ennui*.

Aurelia, ces derniers temps, s'était mise à employer le même langage ampoulé qu'elle utilisait pour ses chroniques. Elle était maintenant rédactrice en chef du *Seventh Avenue Sentinel* et, compte tenu des chiffres toujours plus bas de la diffusion, serait sans doute la dernière en titre. Elle avait également commencé à écrire un roman qu'Eddie lui avait promis de montrer à son agent.

— Tu crois que les jeunes s'ennuient ?

— Je pense que les jeunes sont oisifs, avait-elle dit d'un ton sévère.

En musique de fond dans le restaurant, on entendait « Please Please Me » des Beatles, mais ce nouveau genre de musique n'était pas du goût d'Eddie, ni d'Aurelia.

— Tout le mouvement pour les droits civiques est fondé sur le concept de non-violence, lui avait-il rappelé.

— Et c'est la non-violence qui va le tuer, cingla Aurelia, paraphrasant l'un des grands radicaux noirs en vogue.

Elle s'était immédiatement renfrognée. Sans doute se disputaient-ils à propos d'autre chose. Au moment de se quitter, elle lui avait demandé de ne plus l'appeler. Comme il protestait, elle l'avait traité d'imbécile qui gâchait sa vie à tourner en rond, refusant de s'autoriser à aimer quelqu'un dont il n'aurait pas déjà été amoureux dix ans plus tôt.

III

Le siège en face de lui n'était plus vide.

La vie de prisonnier avait été plus douce pour Maceo Scarlett qu'Eddie ne l'avait imaginé. Il s'attendait à trouver un homme brisé, mais l'ébéniste, trois ans après avoir été condamné deux fois à la perpétuité, était musclé et imposant, même dans son uniforme gris. Il s'installa confortablement, comme si Attica était un coin quelconque de son royaume. Son bon œil le fixait avec malice à travers le Securit grillagé. Il savait qu'Eddie avait quelque chose à lui demander, sinon pourquoi lui aurait-il rendu visite ?

— J'ai lu ton roman de gangster, dit Scarlett sans autre forme d'introduction. (Ses grandes dents étincelaient. Son mauvais œil tressautait.) T'as tenté de faire mon portrait, mon garçon ? Parce que ton gars Redd m'arrive pas à la cheville. T'as voulu te moquer de moi ?

— Non, répondit Eddie, se souvenant qu'il était du bon côté de la paroi de verre.

— Parce que je peux te rattraper n'importe où.

— J'en suis sûr.

— Bon. (Scarlett mit la main dans sa poche d'où il tira un paquet de cigarettes mais, au lieu d'en allumer une, il le posa sur la table devant lui. Peut-être essayait-il d'arrêter. Malgré le panneau d'interdiction de fumer, à cet instant, Eddie ne doutait pas que Scarlett soit capable de tout.) Maintenant, dis-moi ce que tu veux et je te dirai ce que ça va te coûter.

Eddie hésita. Il était venu dans l'espoir de poser une seule question ; s'il se dégonflait, sa visite n'avait aucun sens.

— Je voulais te parler de la nuit où tu as menacé de me briser la main.

— J'ai jamais menacé personne. Tout ça (son gros doigt fit un geste circulaire pour englober la prison dans son ensemble), c'est qu'un coup monté. L'homme blanc ne supporte pas qu'un Noir ait du pouvoir.

— Nous étions dans ton club. C'était en 1959. Tu me demandais ce que j'avais rapporté de ma visite en Caroline du Sud. Je t'ai répondu que je n'avais rien rapporté et tu as menacé de m'écraser la main d'un coup de marteau.

— Je ne me rappelle aucune soirée de ce genre.

— En réalité, j'avais rapporté quelque chose de Caroline du Sud. Je suis prêt à te dire ce que c'était, là, tout de suite, et en échange, tu... bref, je suis sûr qu'il y a quelqu'un que cela intéresse.

— Je vois pas de quelle visite en Caroline du Sud tu parles.

— Et en échange, reprit Eddie qui s'efforçait d'avoir le visage aussi déterminé que possible, je voudrais que tu me donnes un renseignement. Un seul.

L'ébéniste ne souriait plus. Le mauvais œil continuait de tressauter. Le bon fixait à présent un point au-dessus de l'épaule d'Eddie. Dans une petite pièce vitrée, il y avait un garde avec une paire d'écouteurs sur les oreilles, qui appuyait sur différents boutons. Eddie comprit qu'il pouvait écouter n'importe quelle conversation.

— Je sais rien à propos d'aucune soirée de ce genre, dit Scarlett. T'es venu emmerder le mauvais type.

— J'aurais cru que...

— Faut que je retourne travailler. (Scarlett se leva sans attendre la suite.) Je me suis dégotté un boulot pépère. Je distribue le papier toilette. Chaque bougre a droit à exactement un rouleau par mois, tu vois, c'est pas trop dur comme taf.

— Oui, mais...

— Un rouleau. (Il renifla.) Ça va finir par faire du grabuge tout ça, mon garçon. (Pendant un instant, les deux yeux semblèrent se fixer sur le même point : derrière la nuque d'Eddie.) Tu vas écrire un autre roman sur moi ?

— Ce n'était pas sur toi.

— Cause toujours ! (Un sourire carnassier.) Si t'avais pas travaillé pour moi toutes ces années, t'aurais rien à écrire. Souviens-toi de ça, mon garçon.

— Ces semaines.

— Qu'est-ce que tu veux dire par là ?

— Je n'ai travaillé pour toi que quelques semaines. C'est tout.

Eddie crut que le gangster allait s'énerver, mais il se contenta d'éclater de rire, si fort que le garde leva le nez de son clavier et appuya sur un bouton.

— Bon, qu'est-ce qu'il y a pour moi là-dedans ?

— Pardon ?

Le bon œil se fit interrogateur.

— Tu disais que je pouvais t'aider pour un truc.

Eddie hocha la tête. Il avait réfléchi à ce moment avant de prendre la route.

— Je travaille pour le Président. Je lui parlerai, mentit-il.

— Le président de quoi ?... (Eddie sortit son portefeuille et plaqua son badge de la Maison Blanche contre la vitre, en espérant que le gangster ne verrait pas qu'il avait expiré. Scarlett y jeta à peine un œil. Il examinait le visage d'Eddie. Il sourit. Un sourire plein de violence.) T'as vu mon frère, ces derniers temps ?

— Ton frère ?

— Tu l'as vu ou pas ?

— Non.

— Alors va le voir. (Scarlett rit à nouveau.) Demain soir.

Il sortit.

En reprenant la route vers le Sud après avoir traversé le village d'Attica, Eddie retournait le problème dans sa tête. Maceo Scarlett n'avait pas de frère. Il n'avait pas de famille vivante. Eddie le savait à cause des fiches détaillées qu'il avait préparées pour écrire son roman, savamment programmé de sorte à ne paraître qu'une fois l'ébéniste en prison. Donc, si le gangster faisait référence à un frère, cela ne pouvait désigner que son bras droit, celui qui lui avait succédé très vite en tant que roi des rackets de Harlem : Lenny Rouse, le vieux copain d'Eddie, le même Lenny Rouse qui l'avait fait entrer dans le gang de Scarlett et qui avait supervisé son passage à tabac dans l'impasse derrière la boîte de nuit – et auquel Eddie n'avait pas parlé depuis.

Ce qui amenait un nouveau problème.

Lenny Rouse n'existait plus – mais il était à présent, indéniablement, un frère.

IV

Le temple avait été construit en reliant plusieurs boutiques adjacentes sur Broadway, près de la 125e Rue, face à la station de métro de l'IRT. Les vitrines avaient été blanchies. Une pancarte indiquait : « Temple de la Sainte Rédemption » et, en lettres beaucoup plus petites : « Frère H. Leonard Peace, fondateur et directeur. » Le trottoir devant le bâtiment était jonché de détritus, mais à l'intérieur, c'était propre. L'ameublement était spartiate. Une femme désœuvrée assise à un bureau à l'entrée alla se renseigner et lui fit savoir que frère Leonard le recevrait sous peu.

Frère Leonard. Leonard Peace.

Difficile d'imaginer la puissance d'une telle conversion.

Il y avait trois ans à peine, Lenny Rouse était l'un des hommes les plus craints des rues de Harlem. À présent, frère Leonard était l'un des plus admirés. Il dirigeait deux soupes populaires, participait aux rondes de nuit des hommes qui avaient pris l'initiative de veiller à la sécurité des femmes, et il prêchait l'Évangile à des ivrognes qui roupillaient. Il avait pris du poids, s'était rasé les cheveux et laissé pousser la barbe, et avait déclaré à qui voulait l'entendre qu'il recommençait à zéro.

Tout est bon pour éviter la prison, disaient les mauvaises langues. Certains laissaient même entendre que « tout » allait jusqu'à informer les fédéraux.

Il prit Eddie dans ses bras comme pour accueillir un vieil ami, comme si, à leur dernière rencontre, il ne l'avait pas laissé sur le carreau. Il ne s'agit pas d'amender une vie de péché, expliqua frère Leonard une fois qu'ils furent assis à la vieille table en bois qui lui servait de bureau. Il n'y a pas de compensation possible, dit-il. On ne peut qu'implorer son pardon à Dieu. Il avait supplié Dieu à genoux. Dieu l'avait entendu et lui avait montré le chemin.

— Il a attendu que Scarlett soit derrière les barreaux, précisa Eddie.

Le pasteur sourit.

— Je suis venu tard, mais je suis venu avec toute mon âme.

Ils tournèrent un peu autour du pot et frère Leonard tenta à plusieurs reprises d'amener Eddie à parler de sa propre foi. Puis ils passèrent aux choses sérieuses.

Eddie lui fit savoir que Scarlett lui avait suggéré de venir le voir.

— C'est un simple marché, dit Eddie. J'ai des informations dont Scarlett pourrait tirer profit. Et tu as des renseignements dont j'ai besoin.

— Oh, je sais ce que tu cherches.

— Tu sais ?

— Tu veux savoir qui était le Blanc qui était à la boîte cette nuit-là.

— Comment as-tu deviné ça ? Je n'ai rien dit à Scarlett.

Lennie sourit.

— Ce n'est pas difficile. Pour quelle autre raison aurais-tu été jusqu'à Attica voir un gangster du passé, Eddie ? Alors que tu as une belle carrière d'écrivain à soigner ?

Eddie se renfrogna en se demandant si Lenny cherchait à l'insulter. Son ancien ami avait toujours été sournois.

— Alors quelle est la réponse ?

— Donne-moi d'abord la tienne.

— Un paquet de lettres.

— De lettres ?

Eddie acquiesça.

— Adressées à Philmont Castle par une femme avec laquelle il avait une aventure. C'est tout. (Il leva ses paumes vers le ciel pour se préparer à mentir.) Je ne les ai plus.

— Cela ne ferait aucune différence si tu les avais, mon frère. Je ne suis plus de ce côté-là des affaires. Je ne suis même plus dans les affaires. (Il paraissait nostalgique en disant ça.) Je me fiche des lettres et je ne vais même pas répéter ce que tu m'as dit.

— Pourquoi ?

— Ce ne serait pas chrétien.

Eddie se demanda à quel moment il s'était fait avoir.

— Dans ce cas, pour quoi m'as-tu fait parler ?

— Pour savoir à quoi tu es prêt pour obtenir mon information. (Le pasteur gratta son crâne brun luisant.) Je ne dis pas que tu dois la mériter, Eddie. Tu n'avais qu'à demander.

— C'est bon. Je te le demande. Qui était-ce ?

— Un homme du nom de Collier. George Collier. Je ne sais pas trop d'où il venait, mais c'était son nom.

— Tu plaisantes.

Frère Leonard eut un large sourire.

— J'en déduis que tu le connais.

— Je ne le connais pas, mais je sais qui c'est.

C'était vrai. Aurelia lui avait fait part de sa conversation avec le garde du corps du sénateur Van Epp. Mais ce dernier avait quitté le Sénat et n'avait sans doute plus besoin des services d'un garde du corps. Ce qui signifiait que Mr Collier travaillait à présent pour quelqu'un d'autre.

— Je ne sais pas pourquoi tu t'intéresses tant à Collier, dit frère Leonard. À ta place, je serais prudent.

— Prudent ?

Le pasteur hocha la tête.

— Je vais te donner une info gratuite, Eddie. Maceo Scarlett n'a jamais eu peur de personne. Mais il avait une peur bleue de Collier.

Puis le bon pasteur se souvint qu'il était attendu à une manifestation. Il raccompagna Eddie à la porte et lui offrit sa bénédiction pour le voyage du retour. Il fit promettre à Eddie de rester en contact, mais les deux hommes savaient qu'ils avaient réglé leurs affaires, pour toujours.

De retour dans sa voiture, Eddie se souvint que Scarlett n'était pas le seul à craindre Mr Collier.

V

Eddie disposait d'un bureau à l'université de Georgetown où il donnait un séminaire. Privé des ressources du gouvernement, il dépendait des formidables bibliothécaires de l'université pour l'assister dans ses recherches. C'étaient des fouineurs aguerris, ravis d'être mis au défi, il ne leur fallut que quelques jours pour dénicher la réponse qu'il cherchait. Une femme d'une cinquantaine d'années, du nom de Margolis, lui fit un topo. Les bibliothécaires n'avaient pas été capables de vérifier ce que faisait George Collier à présent.

— Son nom émarge des registres militaires, expliqua Margolis. Il est dans l'armée. Les registres ne contiennent pas d'informations plus précises, ils sont muets sur son unité ou son affectation, ce qui laisse supposer qu'il opérait dans la clandestinité.

— Je vois.

— Il y a autre chose, poursuivit-elle. Avant d'entrer dans l'armée, il y a un an et demi, Mr Collier a occupé le poste de secrétaire de direction pour une famille aisée.

— Secrétaire de direction, cela signifie ?

— Je ne m'aventurerais pas plus avant en me fondant uniquement sur son titre.

— Cette famille serait la famille Van Epp ?

Mrs Margolis hocha la tête.

— Il est resté à leur service pendant près de dix ans. Avant cela, il était en Corée.

— Auriez-vous une photographie ? (Eddie avait besoin d'examiner une bonne fois la tête de ce blond.)

— La bibliothèque n'en a aucune.

— Que pouvez-vous me dire d'autre ?

— C'est tout, Mr Wesley. L'année dernière, après avoir quitté la famille Van Epp, il semblerait que Mr Collier ait fait des recherches dans notre bibliothèque. L'un de nos chercheurs l'a assisté dans son travail.

— Et en quoi exactement consistait le travail de Mr Collier ?

— Il semblerait qu'il constituait un dossier, dit Mrs Margolis qui avait gardé le meilleur pour la fin. Un dossier sur vous.

32

Une année mémorable

I

Au cours de la première semaine de novembre, un coup d'État au Sud-Vietnam renversa le président Ngo Dinh Diem. Mona Veazie appela du New Hamsphire afin de demander à Aurelia si son petit ami – comme elle insistait pour l'appeler – pouvait mettre un frein à tout ça. Il n'y avait que des conseillers américains là-bas, mais au train où allaient les choses, il était à craindre que cela se termine par une guerre. Eddie ne travaillait peut-être plus à la Maison Blanche, mais tout le monde savait – dixit Mona – qu'il y avait des amis. Il adorait les Kennedy et ils le lui rendaient bien. Ne pouvait-il pas avoir l'attention du Président pendant quelques minutes ?

Aurelia lui répondit qu'elle ne trouvait pas ça drôle du tout. Elle se fichait pas mal des conseillers militaires. Elle sortait d'une réunion épuisante avec le jury de sa future thèse et était à présent assise à son bureau de Harlem où elle passait de temps en temps, son regard parcourant la ville de plus en plus terne. Derrière elle, la salle de rédaction sommeillait. Harlem n'était plus une source d'informations aussi fertile et Aurie avait dû licencier la majorité de son personnel. Les pages du *Sentinel* n'étaient plus composées que de dépêches, de potins et de ses éditoriaux.

— Tu crois que je plaisante ? demanda Mona.

— Je l'espère.

— Parce qu'on m'a raconté que vous vous voyiez tous les deux.

— Nous avons simplement pris un verre, protesta Aurie. (Elle regarda sa montre, il fallait qu'elle se dépêche pour attraper le train de banlieue de la Hudson Line à l'arrêt de la 125e.) Juste un verre, Mona. Et c'était... il y a quatre mois. Plutôt cinq.

Cinq mois plus tôt, en juin, la semaine suivant l'assassinat de l'un des leaders du mouvement pour les droits civiques, Medgar Evers, perpétré moins de vingt-quatre heures après le magnifique discours du président Kennedy sur le sujet – discours dans lequel on reconnaissait la main d'Eddie –, celui-ci, déprimé et furieux, avait appelé Aurelia pour l'informer qu'il venait en ville pour affaires. Lorsqu'ils s'étaient retrouvés à Midtown pour un verre, il lui avait dit que les Sudistes mettaient l'assassinat sur le compte de la virulence du discours...

Mona, sans merci, interrompit le flot de souvenirs :

— Sherilyn DeForde dit que vous aviez pas mal bu tous les deux.

— Personne n'était soûl, et Sherilyn n'était pas là.

— C'est à ça que je voulais en venir. Si elle a appris la nouvelle dans le New Jersey, ça signifie que tout le monde l'a su avant elle.

— Qu'est-ce que tu as fait pendant tout ce temps ? Tu as gardé la rumeur au chaud en attendant le bon moment de me l'envoyer à la figure.

— Je veux juste te prévenir. Après ce qui s'est

passé il y a deux semaines, il y a des chances qu'Eddie t'appelle. Cette fois, il faut que tu refuses.

La période était troublée. À la fin du mois d'août, Aurelia était joyeusement mêlée à la foule assemblée devant le Lincoln Memorial, le petit Locke, cinq ans, dans une main, la petite Zora, sept ans, dans l'autre, et Kevin derrière qui les serrait tous les trois dans ses bras, la famille réunie, pour écouter Martin Luther King prononcer un discours à l'occasion de la marche vers Washington pour le travail et la liberté. Deux semaines plus tard, une bombe avait explosé lors de la journée de la jeunesse au temple baptiste de la 16e Rue, à Birmingham, faisant quatre morts et vingt-deux blessés parmi les enfants. L'ancien conseiller municipal chargé de la sécurité publique avait estimé qu'il fallait tenir la Cour suprême pour responsable, à moins que ce ne soit l'œuvre des supporters de King eux-mêmes. La nation était en rage. La chance tournait. Le vote de la loi sur les droits civiques semblait acquis. Jusqu'à ce que trois semaines plus tard, début octobre, une bombe placée dans une voiture tue un membre éminent du Klan en Alabama, qui s'était félicité en privé de ses convictions. Une autre bombe, la semaine suivante, avait manqué sa cible, un autre membre du Klan : c'était bien sa voiture qui avait explosé mais le conducteur n'était pas l'homme visé. L'Agonie, en sommeil depuis longtemps, avait revendiqué ces actions, en indiquant que ses attentats viseraient tous ceux qui s'attaquaient aux plus faibles.

— Il a déjà appelé, dit Aurelia.

Mona ricana.

— Il était à nouveau déprimé, c'est ça ? Il avait besoin de réconfort ?

— Il était en colère. (Aurelia se rappela ses mots.)

Il a dit que tout le monde était à côté de la plaque et que personne ne voulait l'écouter.

— C'est-à-dire ?

— Le communiqué de l'Agonie de la Couronne. Et tout le blabla habituel au sujet des parasites fascistes et autres.

— Eh bien, quoi ?

— Le communiqué n'était pas signé du Commandant M.

Il y eut un long silence sur la ligne. Mona venait de comprendre.

— Alors, où pense-t-il qu'elle se trouve ?

— Ailleurs.

Les deux femmes abordèrent ensuite d'autres sujets, les enfants d'Aurelia, les jumeaux de Mona, la vie en Nouvelle-Angleterre... et Aurie réussit à raccrocher sans mentionner l'autre point dont Eddie voulait discuter avec elle. Il semblait déterminé à découvrir, bien qu'il n'ait pas dit pourquoi, ce qu'était devenu l'ancien garde du corps du sénateur Van Epp, Mr Collier.

Aurelia lui avait répondu qu'elle n'en avait aucune idée.

II

Quelques jours plus tard, Aurelia et Kevin étaient invités à un dîner privé chez Richard et Pat Nixon, sur Park Avenue. Dick Nixon ayant échoué dans sa course au poste de gouverneur l'année précédente, il menait à présent la vie d'un avocat new-yorkais grassement rémunéré. Personne ne pensait que ce changement de carrière soit appelé à durer. On s'attendait à ce qu'il tente à nouveau sa chance aux présidentielles de 1968, après la victoire de Kennedy sur celui que la ligne dure de ce bon vieux parti enverrait au casse-pipe contre lui en 1964. Le dîner était sans intérêt. Timides tous les deux, Dick et Pat n'étaient pas plus doués l'un que l'autre pour animer la conversation et Kevin, malgré tous ses efforts, n'était pas Matty. Du coup, Aurelia était obligée de mener la danse. Il lui vint à l'esprit que Nixon avait toujours des contacts, et plus d'un, dans ce qu'on appelait l'« establishment de la sécurité nationale ». Aussi, sans mentionner le nom d'Eddie, elle fit siennes ses préoccupations. N'était-il pas surprenant que le communiqué de l'Agonie de la Couronne, revendiquant ces attentats à la bombe en Alabama, les premiers du groupe qui aient fait des victimes, ne soit pas signé par le Commandant M. ?

Kevin la fixa sévèrement. Pat se dit horrifiée par tout ça et se demanda pourquoi les gens ne pouvaient pas résoudre leurs différends par des moyens pacifiques.

Nixon s'esclaffa.

— Ça vous échappe, n'est-ce pas ? C'est comme la querelle entre la Russie et la Chine rouge. Elles ont beau ne pas être d'accord entre elles, ce n'est pas pour ça qu'elles ne vont pas toutes deux tenter de nous écraser. Vous savez ce que c'est ? (Il dessina quelque chose du doigt, qui devait sans doute représenter l'Agonie de la Couronne.) C'est une querelle pour savoir qui tiendra la pelle à l'enterrement. Il ne faut pas perdre de vue l'ensemble.

— Quel ensemble ? relança Aurelia avec de grands yeux innocents, une expression dont elle savait se parer sur commande.

— La nation vire à droite, non ? poursuivit Nixon. Les groupes comme cette Agonie je ne sais quoi, eh bien, ils ne font que nous aider. Chaque fois que ces va-nu-pieds font sauter quelque chose, un million de voix démocrates se tournent vers les républicains.

C'en était trop, même pour Kevin.

— Et quand c'est une bombe du Klan qui tue ?

Là encore, Nixon rit.

— Le Klan ? Hoover le démantèlera d'ici peu. C'est ce qu'il me dit. (Il tripota maladroitement ses couverts.) En revanche, cette bande de l'Agonie, d'après ce que dit Hoover, ils sont plus malins. Une grande discipline. Un engagement sans faille. Difficile à repérer. Je vais vous dire une chose. Le prochain Président, peu importe qui ce sera – ou celui d'après –, sera confronté à tant de groupes gauchistes qu'il faudra envoyer les troupes dans la rue.

— Pas en Amérique, dit Kevin. Jamais dans ce pays.

Nixon reposa sa fourchette. Il jeta un œil à sa femme.

— Soyons clairs : l'Amérique est un pays comme un autre. Il n'a rien de différent. Ce qui se passe ailleurs peut très bien se passer ici. Si les choses se passent différemment, c'est parce que nous faisons en sorte qu'il en soit ainsi. Nous. Les bons. La masse silencieuse. La majorité à qui personne ne s'adresse et que personne n'écoute. Si nous laissons les va-nu-pieds prendre le pouvoir, poser des bombes, mettre le feu... tout peut arriver, Kevin. Tout.

Avant que les Garland ne partent, l'ancien Vice-Président réussit à prendre Aurelia à part pendant que sa femme bavardait avec Kevin. Il baissa la voix.

— Je sais pourquoi vous posez toutes ces questions. Je sais ce que pense Eddie. Je l'ai vu l'autre jour. Écoutez, Hoover ne sait pas où elle est. Personne ne le sait. Il pense qu'elle est toujours avec ces marginaux, qu'ils l'ont déclassée et qu'elle nettoie les latrines. Les rouges sont très forts à ce genre de trucs. La discipline. La ligne du parti. Impossible à dire.

Aurelia était complètement perdue.

— Vous avez vu Eddie ?

Nixon hocha la tête, affichant son drôle de sourire, la tête de guingois.

— Je n'avais jamais eu l'occasion de le remercier pour les mots gentils qu'il avait eus à mon endroit dans cet article. J'étais à Washington pour affaires. Je suis passé à son bureau. Sans prévenir. C'est un bon gars. Je l'apprécie. Bien sûr, il est du côté des Kennedy et les Kennedy... Laissez-moi vous dire clairement une chose, je pense que le cœur de Jack est à la bonne place, je l'ai toujours pensé. Je lui ai demandé de dédicacer un de ses livres pour mes gosses. À Eddie, je veux dire. Peut-être pourriez-vous lui parler.

— De quoi ?

— L'année prochaine, le parti va investir Goldwater. Ils sont coincés. Je ferai sa campagne – je ferai mon devoir –, mais laissez-moi vous dire clairement une chose : je ne suis pas Goldwater, je suis Nixon. Pour 1968, nous formons de grands projets. De grandes choses pour l'Amérique. Son aide serait la bienvenue pendant la campagne. Votre Eddie. Il écrit de très bons discours. Il pense que nous sommes le diable incarné. Écoutez. Glissez un mot en notre faveur, Aurie. Vous me devez bien ça.

Et c'était vrai. Pendant tout le trajet du retour, somnolant contre la chaude épaule de son mari, elle se souvint qu'en effet, elle devait quelque chose à Nixon. Il lui avait fait une faveur, quatre ans plus tôt, en redonnant espoir à Eddie au moment où il était au plus bas. C'était à l'insistance d'Aurelia que Nixon avait envoyé à Eddie les photographies de June Cranch Wesley armée d'un fusil lors de la bataille de Maxton, Caroline du Nord.

III

Quant à Eddie, il s'efforçait de tirer sur toutes les ficelles possibles et réalisait qu'il n'avait pas beaucoup de cartes en main. Bernard Stilwell était soudain injoignable. Ses amis à la Maison Blanche l'invitaient à déjeuner et l'abreuvaient de sourires compatissants. Il se doutait de ce qu'ils pensaient : son insistance sur le fait que le communiqué n'était pas signé du Commandant M. était une tentative pour disculper sa sœur de ce premier attentat meurtrier de l'Agonie. Ils se trompaient, mais il n'avait aucun moyen de le leur expliquer. Il ne s'était pas rendu compte à quel point lui-même avait besoin d'avoir des nouvelles des agissements du groupe pour se convaincre que sa sœur était en vie.

— Ces groupes changent sans cesse de chef, lui avait dit Langston Hughes un jour qu'Eddie était passé le voir sur la 127e Rue. Tu ne peux pas y attacher trop d'importance.

— Et si elle a été victime d'une purge ? Et si elle est morte ?

— Tu ne peux rien déduire de tel à partir d'un seul communiqué, Eddie. Il faut que tu sois patient.

Mais la patience n'avait jamais été son fort. Il tenta une nouvelle fois de solliciter ses contacts et se heurta à un mur. Il parla à quelques journalistes bien informés, mais s'ils savaient quelque chose sur le sort de June Cranch Wesley, ils n'étaient pas prêts à partager l'information. Il retourna à New York pour tenter de mettre la main sur Derek Garland, mais ce dernier était parti au Ghana et son frère, Oliver, semblait ravi de n'avoir aucun moyen de le joindre. Gary

Fatek était soudain, et fort opportunément, trop occupé pour le voir.

C'est ainsi qu'au cours de la troisième semaine de novembre, Eddie rentra chez lui.

Pas dans sa maison sur I Street, mais à Boston, pour rendre visite à ses parents. La vie n'était plus la même chez les Wesley. Wesley Senior, qui avait passé la main à un jeune pasteur, vivait quasiment reclus. Il s'installa dans son bureau en compagnie de son fils. Il l'écouta sans l'entendre, et disserta ensuite sur le livre de Daniel. Est-ce qu'il pensait à Junie ? À lui-même ? Ou se souvenait-il simplement de l'un de ses anciens sermons ? Quoi qu'il en soit, le père d'Eddie faiblissait, il était moins l'ombre de son ancien personnage qu'un reflet, sans substance, sans énergie. La lumière dans son regard s'était éteinte, ses gestes étaient sans vie. Comme si les crimes de sa fille l'avaient vidé de ses forces vitales.

Dans l'espoir de rallumer la flamme d'antan, Eddie cita la décision de la Cour suprême qui, au printemps dernier, avait supprimé la lecture de la Bible dans les écoles publiques. Il était sûr que son père allait s'emporter. Wesley Senior hocha à peine la tête.

— Les modèles d'autrefois n'étaient plus viables. (Il ferma les yeux un instant.) Mais les pratiques actuelles signeront la mort de notre peuple. Tu verras.

Eddie sortit une ânerie sur la roue de l'histoire, etc. Son père renifla.

— Tes propos ne me surprennent pas. Tu travailles pour Kennedy.

— Quel est le problème avec Kennedy ? fit Eddie, surpris.

— Où est sa loi sur les droits civiques ? demanda Wesley Senior, plus désespéré qu'en colère. Nous lui avons apporté nos votes et...

Il ne prit pas la peine d'aller au bout de sa pensée.

— Il a de grands projets pour son second mandat, dit Eddie qui aurait voulu que son enthousiasme soit communicatif. Tu seras fier de lui, papa.

Et de moi, aurait-il voulu ajouter, mais il n'osa pas.

— L'Amérique nous a beaucoup donné, dit Wesley Senior avant de monter faire sa sieste. Même si ce n'est pas toujours le cas, notre devoir est de tendre l'autre joue. (Il secoua la tête.) Œil pour œil et le monde entier finira aveugle.

Ces paroles furent les dernières, jusqu'à sa mort, dans lesquelles il reconnaissait implicitement que Junie avait existé.

La mère d'Eddie s'affairait. Elle faisait de son mieux pour donner le change, mais en réalité, Eddie la rendait nerveuse. Elle ne savait pas comment le traiter – et réciproquement. Chacun marchait sur des œufs pour éviter le seul sujet qui les préoccupait. Ce n'est que le deuxième matin de sa visite qu'Eddie eut l'occasion de lui parler. Ils étaient dans la cuisine. Marie avait fait des galettes et des saucisses. Wesley Senior, comme il en avait récemment pris l'habitude, dormait tard. Marie versa à Eddie un grand verre de jus d'orange. Elle le regarda manger mais ne prit elle-même qu'un thé et un demi-toast. Wesley Senior avait quatorze ans de plus que sa femme et celle-ci donnait l'impression à son fils qu'elle voulait réduire l'écart entre eux.

— Les jours les plus difficiles, dit-elle, c'est quand les journalistes viennent rôder. En général, après un acte quelconque. C'est bien comme ça qu'elle dit ? Dans ses lettres ? Acte. Son groupe commet un attentat, ils font sauter quelque chose, et les journalistes débarquent.

— Je suis désolé, maman.

— Nous l'avons bien élevée. Nous ne l'avons pas

éduquée pour ça. C'est ce que dit ton père et il a raison. (Eddie sentit de l'agitation dans sa voix. Il comprit que sa mère n'avait personne avec qui parler de Junie et qu'elle en avait besoin.) Il l'a désavouée. Il l'a rayée de son testament.

Eddie aurait souri si le visage de sa mère n'avait été si grave : Wesley Senior ne possédait aucun bien en dehors de la maison, et il avait fait part de son intention, il y avait déjà longtemps, d'en léguer la propriété à sa paroisse après la mort de Marie.

— C'est une fille bien, poursuivit Marie Wesley. Je le sais. Peu importe ce qu'ils disent, elle n'aurait jamais fait ça. Jamais.

Dans le train qui le ramenait à Washington, Eddie eut tout le loisir de réfléchir. Il était sûrement sous surveillance. Le gouvernement fédéral avait perdu la trace du Commandant M., mais suivre son frère était un jeu d'enfant. Peut-être Lenny gardait-il un œil sur lui dans Harlem, mais Eddie ne vivait plus à Harlem. Quelqu'un d'autre devait le surveiller à présent.

Il se demandait qui.

Juste avant d'arriver à New York City, le train s'arrêta. Les gens passèrent la tête par les fenêtres à la recherche d'un obstacle sur la voie. Puis la voix du contrôleur se fit entendre dans le haut-parleur. La voix grésillait, le son était faible. Mais tout le monde l'entendit.

On avait tiré sur Kennedy à Dallas. Le Président était mort.

33

Controverse éditoriale

I

Au printemps 1964, le président Lyndon Baines Johnson, en visite à Ann Arbor, prononça le premier d'une série de discours dans lesquels il appelait ses compatriotes américains à bâtir ensemble une « Grande Société » qui mettrait fin à la pauvreté et à la division raciale. Les classes dirigeantes accueillirent la nouvelle sans enthousiasme, mais les derniers salons de Harlem bourdonnaient à l'idée qu'une nouvelle ère allait enfin s'ouvrir. Kennedy n'était pas mal à sa manière mais ce Johnson, tout bouseux sudiste qu'il était, semblait prêt à faire avancer ce que l'Amérique noire réclamait depuis un siècle. La presse noire jubilait, à l'exception du *Seventh Avenue Sentinel*, dont la rédactrice en chef, sans consulter personne, signa un éditorial d'une page destiné à rappeler que des cadeaux de ce type n'étaient jamais gratuits. L'obscure nation ferait mieux de ne pas perdre son temps à danser dans les rues, mais plutôt de chercher qui, en secret, tirait les ficelles de ce spectacle de marionnettes. Elle concluait sa colonne par un vibrant appel à la non-violence. Elle ne mâchait pas ses mots à l'égard de l'Agonie de la Couronne et des autres groupes militants qui se formaient dans son sillage. Ils n'apporteraient que chagrin et douleur à l'obscure nation, insistait Aurelia. Le Commandant M. que tout Harlem révérait commettait une erreur fatale.

Le mari d'Aurelia était inquiet. Elle en avait trop dit, lui expliqua-t-il au cours d'un dîner en tête à tête à Manhattan.

— Trop dit à quel sujet ?

— Je crois que tu assembles des éléments que je n'aurais pas dû laisser échapper. (Il fit glisser un exemplaire de l'éditorial sur la table, amplement souligné.) Je crois que cet article m'est adressé.

Aurelia baissa les yeux.

— Je vise l'Agonie de la Couronne.

— Vraiment ?

— Oui.

Il garda le silence un moment, le nez dans son steak. Elle attendit qu'il poursuive comme il ne manquait jamais de le faire.

— Écoute, chérie. Nous n'avons rien à faire avec l'Agonie de la Couronne, OK ?

Elle fut prise de court.

— Qui t'a dit ça ?

— Tu le sous-entends.

— Kevin, non. Tu te trompes. Cet édito a pour cible l'Agonie de la Couronne et personne d'autre.

Il désigna un passage souligné.

— Alors qui sont-ils, ceux qui tirent les ficelles en secret ?

Aurelia eut un rire nerveux.

— Voyons, chéri. La seule chose que je sais, c'est qu'il y a une sorte de Projet et qu'il a dérapé. Tu ne m'as rien dit d'autre. Ça, et le fait que Philmont Castle a laissé une lettre derrière lui. Jc ne sais pas ce que toi, et ton groupe, fabriquez, mais franchement, Kevin, je ne vous accuse pas de... d'influencer Washington.

Son mari n'esquissa pas le moindre sourire.

II

À peine l'année scolaire terminée, Aurelia enfourna les enfants dans le break et partit pour le New Hampshire rendre visite à Mona et aux jumeaux. Les deux femmes faisaient de longues promenades dans les bois pendant qu'un étudiant de Dartmouth gardait les enfants. Mona avait l'habitude de marcher tous les jours plusieurs kilomètres. Elle usa Aurelia.

Aurie expliqua à Mona qu'elle en avait assez du *Sentinel*. Elle avait peut-être le titre de rédactrice en chef, mais c'était le journal de Kevin.

— Je travaille pour mon mari. Et moi je veux un vrai travail.

— La plupart des femmes d'Amérique travaillent pour leur mari, répliqua Mona qui venait de lire Betty Friedman.

Les deux amies faisaient une pause, assises sur un tronc d'arbre.

— Tu viens de finir ton doctorat, n'est-ce pas ?

— Presque.

— Alors, fais comme moi. Enseigne. J'ai encore une dette envers toi, ma belle, je t'aiderai à trouver un poste.

Aurelia secoua négativement la tête, mais n'osa pas dire ce qui lui vint immédiatement à l'esprit : Kevin ne l'accepterait jamais.

— Peut-être quand les enfants seront plus grands. Ils ont encore besoin de moi à la maison pour le moment.

Mona grogna.

— Allez, debout. Il est temps de reprendre notre marche.

— Impossible. Je n'en peux plus.

— Il faut que tu arrêtes de fumer.

— Il faut que je me repose.

Plus tard dans la soirée, les deux amies étaient installées dans la cuisine à regarder un vieux film et à siroter un excellent sherry que Mona avait reçu d'un amant.

— Eddie est obsédé par sa sœur, dit Aurie au bout d'un moment.

— Tu ne le serais pas à sa place ?

— Sans doute. Je me demande juste si je ne devrais pas faire quelque chose. Ou dire quelque chose. Il souffre tant.

Elle leva les yeux vers son amie. Le visage de Mona était de marbre.

— Il n'y a rien que tu puisses faire, Aurie. Rien que tu puisses dire. Et ne t'avise pas d'essayer.

— Peut-être que si je...

— Tu ne peux pas défaire ce qui a été fait, ma jolie. Tu commences à parler à Eddie de Junie et... bref, toi et moi savons bien où cela vous mènera.

La chambre d'amis était sous les toits. Cette nuit-là, Aurelia resta éveillée des heures à regarder les arbres danser à travers le velux, fascinée par leur capacité à se balancer sans rompre.

Elle savait ce qu'Eddie pensait de Junie, mais elle se demandait ce que Junie pensait d'Eddie.

III

Eddie, de son côté, se posait souvent la même question. Il avait récemment publié un essai dans le *New York Times* sur les dangers de la violence pour une cause juste, en s'appuyant principalement sur un sermon de Wesley Senior, du début des années 1950, sur Esaïe 60 : 18. Junie l'avait toujours considéré comme l'un des meilleurs que son père ait prêchés et Eddie espérait sans doute que le Commandant M., dans quelque cache qu'elle se trouve, le lirait et se souviendrait qu'elle était pacifique. Certains intellectuels de gauche, quant à eux, établirent un lien avec l'article sur Nixon de 1962 et en conclurent que la mutation du grand Edward Wesley en conservateur venait de s'achever.

Les critiques se trompaient. Dans les mois qui avaient suivi l'assassinat de Kennedy, les essais d'Eddie étaient devenus progressivement plus radicaux comme s'il espérait, à travers ses publications, lancer un appel à sa sœur disparue. Comme de nombreux partisans de Kennedy, Eddie émettait de sérieux doutes au sujet de Johnson et ses propositions pour une Grande Société ne les apaisaient en rien. Au début juillet, le nouveau Président promulgua la loi de 1964 sur les droits civiques, qui prévoyait une large gamme de mesures de protection en faveur de l'obscure nation contre la discrimination à l'embauche, au logement, à l'éducation et aux logements publics. Les dispositions concernant l'emploi visaient également les femmes. Cet amendement avait été imposé par les opposants à la loi qui espéraient par son évidente absurdité faire échouer le projet. Eddie suggéra dans *The Nation* que l'amendement d'apparence mineure risquait, à long terme, de modifier plus profondément la société américaine que les dispositions plus visibles contre la discrimination raciale. *Les Caucasiens nous oublieront*, écrivait-il. *Nous sommes leurs serviteurs. Les femmes sont leurs sœurs, leurs filles et leurs mères. La libération de la femme blanche les intéressera beaucoup plus que celle de l'homme noir.*

Eddie reçut une critique plutôt cocasse de sa mère : *Et quand vous aurez fini de vous chamailler avec l'homme blanc pour savoir qui, de la femme blanche ou de l'homme noir il convient de libérer en premier, nous pourrons peut-être avoir une pensée pour la femme noire.*

Puis, en août 1964, lorsque le nouveau Président informa la nation que le Nord-Vietnam avait ouvert le feu sur deux navires de patrouille américains dans le golfe du Tonkin, le scepticisme d'Eddie à l'égard de Johnson céda le pas à la colère. Si l'expédition au Vietnam, plutôt limitée à l'époque, avait toujours inquiété Eddie, il avait accepté les assurances des proches de Kennedy que le conflit restait gérable. Maintenant, voilà que Johnson demandait une résolution spéciale du Congrès, ce qui impliquait, sans pour autant l'annoncer clairement, que l'opération prenait une tout autre envergure. Dans les jours suivant l'attaque, la résolution fut adoptée à l'unanimité par la Chambre des représentants et avec deux voix contre par le Sénat. Eddie était hors de lui. Il ne croyait pas, comme la plupart de ses amis, que Johnson avait menti au sujet de l'attaque des patrouilleurs. Non. Il était fâché que l'incident du golfe du Tonkin ait chassé de la une des journaux la découverte des corps de trois militants pour les droits civiques disparus dans le Mississippi, ce qui démentait la propagande du Klan selon laquelle leur disparition était un coup monté par des agitateurs extérieurs. Dans un autre article, Eddie, visionnaire, annonça que la bataille concernant les prémices de la guerre retiendrait l'attention de la nation et reléguerait la bataille pour la justice raciale à l'arrière-plan.

Vers la fin du mois d'août, un jeune Noir fut arrêté dans le Mississippi, soi-disant en train de poser une bombe au domicile d'un responsable de la police locale lié à la violence raciale. La rumeur courait qu'il s'agissait d'un membre de l'Agonie, mais il mourut dans sa cellule avant que les agents fédéraux aient pu l'interroger et confirmer les faits.

34

Jour de fête

I

En mars 1965, le sénateur Lanning Frost vint à New York pour s'adresser à divers collecteurs de fonds, mais tout le monde savait qu'il tâtait le terrain en vue des présidentielles. Peut-être pas celles de 1968 où l'on s'attendait à ce que Johnson soit porté par un nouveau raz de marée démocrate, mais celles de 1972 ou 1976. Au cours de son premier mandat au Sénat, Frost s'était taillé une belle cote de popularité par la façon pour le moins déroutante dont il interrogeait les témoins : « Dites-moi, général, vous n'êtes pas en train de déclarer à la présente commission que si nous finançons la construction de ce tank, vous ne réclamerez pas la construction d'un deuxième l'année prochaine, ou si ? » Ou encore : « Si nous confirmons votre nomination à la magistrature, ce ne sera pas parce que vous avez été plus qu'honnête aujourd'hui, n'est-ce pas ? » Les humoristes l'adoraient. Monsieur tout le monde aussi, convaincu qu'il était enfin représenté au sommet. D'autres affirmaient qu'il était embrouillé à dessein, dans l'objectif de semer la confusion chez celui qui l'interrogeait. Après tout, faisaient valoir ses partisans, le sénateur Frost paraissait parfaitement à l'aise quand il était d'accord avec le témoin interrogé. Eddie ne savait à qui donner raison. David Yee, correspondant du *Times* à Washington, lui avait dit à titre confidentiel que Lanning Frost n'était pas plus éclairé qu'il le paraissait. Quand il donnait l'impression de faire sens, c'est que sa femme, Margot, avait écrit les questions à sa place.

— Comment est-il arrivé jusque-là ? demandait Eddie, perplexe. S'il est vraiment bête comme chou, pourquoi les gens parlent-ils de lui comme d'un présidentiable ?

— Margot Frost est six fois plus intelligente que son mari. Elle lui dit ce qu'il doit penser et ce qu'il doit dire. Si jamais il arrive jusqu'à la Maison Blanche, Lanning sera le visage et la voix de l'administration mais, crois-moi, c'est Margot qui en sera la tête.

Eddie n'avait jamais oublié la croix autour du cou de Margot. George Collier, l'homme qui avait fouillé sa maison, était autrefois au service du père de Margot, ce qui lui donnait une raison suffisante pour approcher de plus près le mari de Margot, futur Président. À Washington, Eddie n'avait jamais pu franchir la barrière qui protégeait le sénateur de tout contact avec le monde. Il l'avait rencontré occasionnellement à des réceptions à la Maison Blanche ou dans des cocktails à Georgetown, mais les questions étaient toujours reprises par un conseiller ou par Margot elle-même. Eddie n'avait jamais réussi à parler au sénateur seul. Il ne pensait pas qu'il serait moins entouré à Harlem, mais Harlem au moins n'était pas Washington. Ici, Eddie connaissait tout le monde. Il était sur son territoire. S'il y avait un endroit où il avait une chance de percer la garde rapprochée et de parler au sénateur seul à seul, c'était à Harlem. Eddie reporta un voyage en Alabama où il avait prévu d'interviewer un pasteur noir qui avait fondé un nouveau parti politique, les Black Panthers, et quitta Washington pour New York afin d'écouter l'allocution que prononcerait le sénateur à l'occasion du dimanche des Rameaux au temple épiscopal Saint Philip, sur la 134ᵉ Rue. En dépit de leur déménagement à Mount Vernon, Aurelia et les enfants venaient parfois y assister au culte et Kevin faisait partie des aînés au conseil paroissial. Eddie se débrouilla pour obtenir une invitation à la réception réservée aux VIP qui aurait lieu à l'appartement que les Garland avaient conservé pour leurs séjours en ville, au 409 Edgecombe Avenue.

Saint Philip était l'un des plus anciens temples épiscopaux de l'obscure nation. Eddie détestait tous les cultes. Pour lui, la tradition de la haute Église anglicane était la plus incompréhensible de toutes. Les cloches l'assommaient, les nuages d'encens l'étouffaient et les rituels secrets le perdaient. Il s'attendait toujours à ce que l'on annonce que la guilde des lecteurs se réunirait dans la crypte, où ils devaient descendre par le narthex, après la prière suivant l'eucharistie dans la nef. Le vaste sanctuaire aux hauts plafonds sculptés était bondé et, étonnamment, l'assemblée était parsemée de nombreux Blancs : tout le monde se bousculait pour voir le prochain Président en chair et en os. Eddie resta dans la foule pour la procession d'ouverture. Le thuriféraire passa, puis le staurophore, encadré de deux jeunes portant des cierges, puis les aînés du conseil (dont Kevin), suivis par le chœur, puis un autre staurophore, d'autres porteurs de cierges, les diacres, puis le sénateur et enfin le pasteur. Aucun signe de Margot. Eddie tendit le cou pour essayer de voir si elle était sur les bancs des premiers rangs. Il avait du mal à trouver un bon angle d'observation. Il était resté à l'arrière pour éviter d'être reconnu et voir sans être vu. Toutefois, à en juger par les coups de coude que la femme qui lui souriait de l'autre côté de l'allée donnait à son mari, il se douta que cette partie de son plan avait échoué.

Il s'évertuait néanmoins à tenter de repérer Margot. En se tordant le cou derrière le pilier qui lui bouchait la vue, il crut deviner sa nuque sans pouvoir en être certain. Dans l'un de ses romans, un personnage remarquait que, de dos, toutes les femmes blanches se ressemblaient. Alors qu'Eddie se contorsionnait, une voix lui ordonna d'arrêter d'obstruer la vue. Lorsqu'il se retourna pour s'excuser, la femme écarquilla les yeux :

— Je vous prie de m'excuser, Mr Wesley, dit-elle.

— C'est moi qui vous en prie, répondit-il en souriant.

— Il reste une place ? fit un homme à côté de lui.

Eddie tourna la tête et se retrouva face aux yeux rieurs de Gary Fatek qui se frayait un chemin parmi les bancs.

— Qu'est-ce que tu fais ici ? murmura Eddie.

— Ma famille a l'habitude d'observer les futurs présidents.

— Histoire d'évaluer combien il faudra débourser pour les acheter.

— Ou combien ils nous coûteront en impôts. (Gary désigna le livre de cantiques.) Maintenant, tais-toi et chante.

La congrégation avait entamé l'hymne de la procession, à ne pas confondre avec l'introït, même si tout le monde s'y trompait. Les paroles des hymnes rappelaient toujours à Eddie les certitudes de Wesley Senior. Il s'appliqua tout de même du mieux qu'il put car ce qu'il restait du Harlem qu'il avait connu était à l'honneur aujourd'hui. Aurelia faisait partie du chœur, ainsi que Chamonix Bing, l'ex-femme de son vieil ami Charlie. L'un des enfants de chœur était Locke, le fils d'Aurelia. La leçon tirée de l'Ancien Testament était lue par un membre de la famille DeForde. Lorsque vint le moment du sermon, c'est Kevin, resplendissant dans sa robe bordeaux, qui se leva pour présenter l'invité d'honneur.

Eddie contemplait l'homme qui avait conquis Aurelia. Kevin, qui n'avait jamais été mince, avait pris du poids. Son torse n'avait pas la puissance de celui de son père, et il ne ressemblait en rien à Matty qui avait toujours l'air prêt à vous payer un verre ou à se colleter avec vous. Curieusement, la prospérité avait gommé l'air hautain dont Eddie se souvenait. C'était comme si chaque dollar amassé l'avait rendu plus serein et plus généreux. C'était peut-être vrai – selon la rumeur, Kevin et Aurelia distribuaient des sommes énormes aux bonnes œuvres. La carrière de Lanning Frost devait en faire partie car, bien que démocrate, il bénéficiait du soutien inconditionnel de Kevin qui appartenait plutôt à l'autre camp.

Eddie tourna la tête pour admirer Aurelia, assise dans la galerie avec le chœur. Elle arborait un sourire fier en regardant son mari. Égoïstement, Eddie avait espéré pouvoir déceler de l'indignation, de l'ennui, des reproches, attestant d'une fissure dans la façade. Mais le sourire ne quittait pas ses lèvres. Eddie tenta de se raisonner. Ce n'étaient pas les femmes qui manquaient. D'ailleurs, n'avait-il pas eu de nombreuses aventures au fil des années ? Mais il ne parvenait pas à détacher son regard de celle qu'il avait désirée plus que tout. Son père avait l'habitude de prêcher que la jalousie et l'envie sont le fondement de tous les péchés. Eddie ne l'aurait pas contredit sur ce point, ce qui ne l'empêchait pas de trembler de douleur et de chagrin. Pour le ramener à la réalité, Gary Fatek posa ses longs doigts sur son bras et lui murmura à l'oreille :

— Arrête ou tu seras privé de glace au dessert.

Eddie, frappé par l'incongruité de la remarque et l'absurde de la situation, ne put s'empêcher de rire, si bien que la femme qui lui avait déjà demandé d'arrêter de gesticuler lui intima de se taire.

Gary se tourna et inclina poliment la tête.

— Ce n'est pas sa faute, madame. C'est l'encens. Ça lui monte à la tête.

II

Kevin n'était pas un bon orateur. Il était nerveux, tripotait sans cesse ses lunettes pendant qu'il lisait le papier posé sur le pupitre devant lui. Il ne semblait pas se rendre compte que Lanning Frost n'avait pas besoin d'être présenté. Le bourdonnement qui se répandait parmi la congrégation aurait été, pour un homme plus avisé, le signal de se taire et de se rasseoir, mais Kevin continua de débiter la liste des universités où le sénateur avait étudié, les fonctions qu'il avait occupées, les lois auxquelles il avait attaché son nom. Arrivé au bas de la page, Kevin cligna des yeux, surpris d'être déjà au bout. Il afficha alors un grand sourire et retourna s'asseoir.

C'était au tour de Lanning Frost. Le sénateur s'avança. Il était grand et svelte, les yeux vifs, des joues rondes et roses paraient son visage insignifiant d'une autorité bienveillante et le faisaient ressembler à votre instituteur préféré. Il avait des cheveux châtains, dont les pointes cendrées rappelaient le givre de son nom. À quarante-trois ans, doté d'un physique dynamique et d'un solide talent d'orateur, il se présentait comme le présidentiable que l'on décrivait partout. Eddie se demanda dans quelle mesure la légende était vraie : comment un homme avec une carrière politique aussi fulgurante pouvait-il être aussi obtus que David Yee et d'autres l'affirmaient ?

Tout le monde avait entendu des anecdotes. Des blagues. Mais à l'instant, la foule amassée sur les bancs s'en moquait. Somme toute se tenait devant eux Lanning Frost *en chair et en os*.

La congrégation se leva pour l'applaudir. Il leur fit signe de se rasseoir, leur rappelant de sa voix chaleureuse et ferme que c'était le jour du Seigneur et qu'il ne convenait pas d'acclamer un pauvre pécheur comme lui. Le rire qui s'égrena d'une travée à l'autre indiquait de toute évidence qu'il avait marqué des points, et beaucoup. Quoique emprunté, le discours du sénateur toucha l'assemblée, comme celui de quelqu'un qui a appris des mots difficiles pour un quiz sans en maîtriser le sens.

— C'est un sacré numéro, murmura Gary.

— Hmm-hmm.

— Erebeth dit que c'est un cornichon.

— Erebeth traite tout le monde de cornichon.

Lanning lança deux ou trois blagues attendues, estropiant la plus drôle. Mais le public rit tout de même, parce que c'était un futur président.

— Tu connais sa femme, n'est-ce pas ? demanda Gary.

— Margot ?

Le sénateur souriait en racontant une histoire de son enfance. Il aurait été pris à tricher au jardin d'enfants. La congrégation gloussait comme il se doit, même quand Frost ne riait pas.

— Tu l'as rencontrée ?

— Bien sûr.

— Parce que j'ai entendu une histoire à son sujet...

— Messieurs, allez-vous enfin vous taire !

Gary se retourna à nouveau.

— Acceptez mes excuses, madame. Avez-vous entendu parler de ce nouveau traitement des maladies mentales, la thérapie par la parole ? C'est ce dont il souffre. Il faut que quelqu'un lui parle toutes les deux ou trois minutes. Pour tout vous dire, cela commence à m'épuiser. Vous pourriez m'aider si vous voulez.

— Et maintenant elle va raconter ça partout, grogna Eddie.

— Évidemment, répondit Gary sans ciller.

Le reste du discours du sénateur correspondait à ce qu'Eddie attendait : l'Amérique est un grand pays... Par la grâce de Dieu, la plus grande nation au monde... (applaudissements)... confrontée à des défis sans précédent sur son territoire comme à l'étranger... le pays a besoin de dirigeants inspirés et fermes, empreints de compassion... continuer d'œuvrer ensemble pour bâtir une Grande Société (applaudissements)... gagner la guerre contre le communisme (applaudissements plus tièdes)... faciliter la transition vers une économie d'après-guerre... éradiquer la pauvreté et l'injustice raciale (applaudissements)... ne pas laisser la justice être prise en otage par un groupe de racistes violents qui défendent l'indéfendable... (applaudissements assourdissants)... travailler ensemble à soulager les souffrances de tous... c'est ainsi que nous vaincrons... nous serons libres !

Le public s'était levé, les gens tapaient des pieds et des mains. De bons soldats du Christ prêts à aller voter.

Eddie, stupéfait, ne se leva que parce que Gary le tirait par la manche.

Nous serons libres.

Les mêmes mots que sur la croix inversée. Eddie sentit ses cheveux se dresser sur sa nuque.

Nous serons libres.

Peut-être Lanning savait-il. Peut-être le sénateur savait-il ce que Margot manigançait et qui lui avait valu de porter la croix de saint Pierre autour du cou, quelle était sa relation à feu Philmont Castle et au mystérieux George Collier.

Eddie regarda autour de lui, tout le monde avait les yeux brillants d'enthousiasme. Pas question de nier la vérité. La foule présente dans ce temple, dans quelques années, joindrait sa voix à celle de ses compatriotes pour élire Lanning Frost à la présidence des États-Unis.

— Je crois que j'aimerais bien que tu me racontes cette histoire, murmura Eddie à l'oreille de Gary au milieu des acclamations qui n'en finissaient pas.

III

Au lieu de se rendre à la soirée strictement privée chez les Garland, Eddie suivit Gary dans sa Bentley. Gary ordonna au chauffeur de faire quelques tours de quartier, puis remonta la vitre de séparation. Il remarqua le regard que lui lançait Eddie.

— Erebeth insiste. Elle dit que si je dois gérer les trusts, il faut que j'aie la tête de l'emploi. (Il rit.) Je n'ai plus le droit d'habiter Greenwich Village non plus, Erebeth veut que j'aie un hôtel particulier sur la 5e Avenue où je tiendrai salon, et une villa au bord de l'eau à Greenwich ou dans les environs où je donnerai mes soirées. Quand je lui ai demandé s'il était raisonnable de gaspiller tant d'argent, Erebeth m'a répondu qu'il ne fallait pas confondre richesse et puissance. Il y a des centaines de millionnaires qui ne sont pas fichus d'avoir leur conseiller au téléphone – voilà comment Erebeth voit les choses. Elle dit que si tu n'as pas les attributs du pouvoir, personne ne te prête attention et, dans ce cas, impossible de faire avancer les choses. Et fais-moi confiance, Eddie, j'ai l'intention de faire avancer les choses.

Eddie était encore en train d'examiner la voiture : le cuir des sièges, le tuyau acoustique démodé, la marqueterie en noyer, l'horloge en diamants.

— Je veux bien te croire.

— Tu es contre.

— Laisse-moi te dire ma façon de penser : les riches ont plus de pouvoir que les pauvres et je préfère que ce soit toi qui l'exerces qu'Erebeth.

— Mais elle *admire* les *Nègres*.

Gary fut le seul à rire.

— Raconte-moi cette histoire à propos de Margot, dit Eddie une fois que Gary se fut calmé.

Cela faisait au moins un an que les deux amis ne s'étaient pas parlé, et Eddie se dit qu'il aurait dû demander à Gary comment allait sa vie, mais la voiture et son évidente intention de se conformer aux instructions d'Erebeth lui en disaient suffisamment.

— Elle a une aventure, dit Gary.

Eddie n'était pas le moins du monde intéressé. Il s'était attendu à une révélation importante.

— Vraiment ?

— C'est ce qu'on m'a raconté.

— Je vois.

— Dans Harlem, ajouta Gary, non mécontent de la manière dont il avait amené le suspense.

Eddie sursauta.

— Quoi ?

— Elle est souvent à New York. Elle siège au conseil d'administration de plusieurs œuvres caritatives. Eh bien, chaque fois qu'elle est en ville, d'après ce que l'on m'a dit, elle se rend dans Harlem. (Gary s'approcha comme si le chauffeur pouvait entendre à travers la vitre remontée ou le tuyau.) Elle file en douce à Harlem. Laisse son chauffeur, met une perruque et change deux fois de taxi.

— Comment peux-tu apprendre des trucs pareils ?

— J'ai des relations qui ont elles-mêmes des relations, dit Gary d'un ton pieux comme s'il récitait son catéchisme. Et certaines de ces personnes qui en connaissent d'autres ont des dettes envers les Hilliman. (Il rit de lui-même.) Bref, à la vérité, presque tout le monde doit quelque chose aux Hilliman.

— Erebeth, souffla Eddie.

— Hein ?

Eddie secoua la tête. Inutile de dire à son ami que l'auteur de sa phrase était facile à retrouver. Ce qu'il venait d'expliquer sentait moins la rumeur que la surveillance rapprochée – c'était le genre de renseignements qui auraient pu figurer dans un rapport du FBI. Hoover amassait des informations compromettantes sur les personnalités éminentes et Lanning Frost, présidentiable, était presque aussi éminent que celui qui entrait dans le Bureau ovale tous les matins. Erebeth Hilliman avait pris contact avec Hoover quand Eddie avait des ennuis et lui avait demandé de rappeler les chiens. Il semblait que la ligne soit restée ouverte. Les agents rapportaient à Hoover qui rapportait à Erebeth qui l'avait dit à Gary. Pour Erebeth, le pouvoir se mesurait à la réponse que vous obteniez à vos appels. Elle voulait que Gary le sache.

— Raconte-moi la suite.

— Il n'y a pas grand-chose d'autre. Elle vient dans Harlem *ingonito*, se fait déposer sur Edgecombe Avenue où elle pénètre dans un bel immeuble, y reste plusieurs heures jusqu'à ce qu'un mâle noir non identifié l'aide à trouver un taxi pour retourner en ville.

— Edgecombe Avenue... Est-ce que c'est au 409 ?

— Non, Eddie. Ce n'est pas une histoire pour la presse à scandale. Si elle avait une aventure avec Kevin Garland, je ne crois pas que le mâle noir serait non identifié. Non, c'est sur le bloc des numéros 500. (La voiture venait de prendre la route qui traversait Central Park. Gary regardait par la fenêtre comme pour prendre la mesure de son futur jardin.) Un homme grand, jeune. Très beau garçon. Un peu comme moi, si j'étais noir, s'esclaffa-t-il.

Eddie réfléchit. Le seul immeuble chic dans le bloc des 500 était le numéro 555, les appartements Roger Morris. Bien qu'il n'habite plus Harlem, il gardait un œil sur les mouvements de chacun, principalement grâce à Torie Elden. Il s'amusa à envisager les diverses possibilités en passant en revue les résidents de l'immeuble. Lena Horne. Joe Louis. Mais c'était reculer pour mieux sauter. Il savait parfaitement quel jeune homme, grand, bien bâti et élégant, vivait au 555.

L'ancien bien-aimé de Junie, Perry Mount. Le golden boy qui était sorti avec Sharon Martindale et qui avait demandé à Eddie d'arrêter de rechercher sa sœur.

Margot connaissait Perry. Margot connaissait George Collier. Pouvait-on en déduire que les deux hommes devaient se connaître ?

— Si ton chauffeur est capable de trouver le chemin, j'aimerais me rendre à la réception à présent.

— La réception ?

— En l'honneur de Lanning Frost.

— Je peux venir ?

— C'est sur invitation uniquement.

Lorsque Gary répliqua, il ressemblait trait pour trait

à sa tante et, pour la première fois, Eddie ne vit plus son ami, mais l'héritier.

— Je suis un Hilliman. J'entre partout.

— Un demi-Hilliman, dit Eddie en reprenant leur ancienne blague.

Mais Gary n'esquissa pas le moindre sourire.

IV

Il était impossible de se déplacer. Aurelia lui avait dit que seules quarante personnes avaient été invitées, mais il devait y en avoir quatre ou cinq fois plus, qui se pressaient dans l'appartement pour frayer avec le probable successeur de Lyndon Johnson. Quelques gardes du corps surveillaient la salle d'un air inquiet. Lanning avait tombé la veste et jouait du piano, Margot se tenait sur le côté, dans une pose qui se voulait lasse, tandis que ses yeux verts observaient attentivement toute la scène. Autour du sénateur, les gens chantaient, principalement des airs de Cole Porter. Il jouait magnifiquement. Les invités ne cachaient pas qu'ils étaient sous le charme. L'alcool coulait à flots. Kevin Garland circulait dans la pièce, glissant un mot à gauche, serrant une main à droite. Eddie devina qu'il récoltait des promesses de financement pour la campagne.

— Merci d'être venu. (Aurelia s'était glissée près de lui. Eddie se retourna, surpris, et enchanté. Elle l'étreignit furtivement.) Et tu as amené Gary.

Le milliardaire ricana.

— En réalité, c'est moi qui ai amené Eddie.

— Oh, dit Aurie, confuse.

Eddie ne broncha pas. Pour le moment, il était incapable d'ouvrir la bouche. Il avait oublié à quel point c'était doux de la sentir près de lui. La chaleur de son corps. Son parfum.

C'est donc Gary qui parla à sa place.

— Nous sommes venus vérifier une vilaine rumeur.

La blague fit sortir Eddie de sa stupeur. Il en voulait à son vieil ami. Est-ce qu'il avait autrefois pris ce cynisme pour de l'humour ou Gary avait-il changé au contact d'Erebeth ?

— Ça suffit.

— Quoi ?

— Tu n'es pas drôle, Gary. Trouve-toi une autre cible.

Mais l'aplomb des vieilles fortunes est inébranlable.

— Non, merci. Je préfère rester ici et te garder toi.

Eddie lui tourna le dos. Il prit Aurelia par le bras et l'entraîna vers l'entrée. Les gens hurlaient des titres pour que Lanning les joue. Un Blanc prospère murmurait à l'oreille de Margot qui acquiesçait d'un air grave.

— Qu'est-ce qu'il y a, Eddie ? Qu'est-ce qui ne va pas ? (Aurelia inclina la tête vers la sienne et lui décocha son sourire espiègle d'autrefois.) On ne peut pas parler seuls plus d'une minute ou deux. Les gens penseraient que... tu sais bien ce qu'ils penseraient.

— Je veux te poser une question.

Elle sortit une Virginia Slims de son paquet, la tapa sur le revers de sa main et la plaça entre ses lèvres. Eddie lui prit son briquet des mains et lui tendit la flamme avec galanterie.

— Eh bien, vas-y.

— Est-ce que Kevin connaît bien Perry Mount ?

— Pardon ?

— Ce que tu m'as dit à propos du testament...

Aurelia se raidit. Elle se souvenait des conseils de Mona. Des craintes de Kevin.

— J'étais sérieuse quand je t'ai dit, il y a cinq

ans, que nous ne reparlerions jamais de ça. Je regrette d'avoir ouvert ma bouche comme une bécasse.

Mais Eddie, comme elle le disait si bien, savait se montrer têtu comme une mule.

— Je crois qu'il y a un lien entre eux trois. Perry, Kevin et Philmont Castle. (Il jeta un œil en direction du salon.) Et Margot Frost. Et peut-être même le sénateur.

— Eddie ! Qu'est-ce que tu racontes ?

— Le testament que cherchait ton mari. Je crois que Perry...

— Pas question que je reste là à t'écouter. Je ne sais pas ce qu'il te prend. Tu as sans doute trop bu.

— Je ne bois plus, Aurie.

— Dans ce cas, peut-être que tu devrais. Arrête, Eddie. D'accord ? Arrête d'essayer de m'entraîner dans... ce que tu es en train de faire. J'ai fait de grands efforts pour sauver mon mariage et ce n'est pas toi qui vas les ruiner. Épouse Torie. Épouse Cynda. Épouse qui tu veux. Mais fiche-nous la paix.

Elle tourna les talons pour rejoindre ses invités.

Eddie, qui la suivait à distance, se retrouva à côté de Margot Frost. Il n'avait aucune idée de la façon de l'entreprendre. Il ne croyait pas un instant qu'elle avait une aventure avec Perry Mount. Si elle s'éclipsait pour le retrouver, la seule raison possible – comme il l'avait laissé entendre à Aurelia – était qu'ils faisaient partie de la même conspiration.

— Beau discours, finit-il par dire.

— Oui, acquiesça-t-elle simplement.

Ses yeux vifs continuaient de scruter la salle, se demandant peut-être dans quelle poche trouver des fonds supplémentaires. Était-il possible que cette femme ambitieuse ait un lien avec un homme comme

George Collier ? Eddie ne voyait aucun moyen d'aborder la question.

— Ça fait plaisir de te voir, dit-il.

— La réciproque est vraie, répondit-elle sans le regarder.

35

Conversation reportée

I

Pourtant Aurelia n'était pas aussi sûre d'elle qu'elle voulait le faire croire. Eddie n'était plus le même depuis l'assassinat de Kennedy. Il s'était aigri, tant par rapport à la politique que par rapport à l'Amérique dans son ensemble. Il voyait des complots partout. Mais les paranoïaques n'ont pas toujours tort, et Aurelia disposait d'éléments qu'Eddie ignorait.

Notamment au sujet de Kevin.

Elle plongea dans la foule à la recherche de son mari, souriant, saluant, embrassant selon ce qu'il convenait. Elle aperçut Gary qui bavardait avec le député-maire. Margot en grande conversation avec un chef de section démocrate qui opinait du chef à tout ce que disait Mrs Frost. Le récital de piano improvisé était terminé. Lanning Frost, debout près du bar, sirotait un club-soda. Un homme chauve rubicond admonestait le sénateur au sujet du mouvement pour la liberté d'expression sur les campus. Lanning hochait la tête d'un air grave.

— Il est évident, bien sûr, qu'aucun d'entre nous ne souhaite que nos universités, autrefois si fières, soient embarquées dans une situation où n'importe qui serait à même de parvenir à pousser la controverse au niveau qu'il nous incombe d'atteindre, déclara-t-il.

La foule l'acclama. Aurelia attrapa le pasteur par le bras, mais il n'avait aucune idée de l'endroit où se trouvait Kevin. Elle demanda à Chamonix Bing, récemment divorcée, qui gloussait beaucoup au bras d'un inconnu. Chammie haussa les épaules, elle semblait sur le point de partir. Aurie s'adressa à l'un des amis banquiers de Kevin. Il eut l'air gêné, pointa vaguement la main dans une direction, puis retourna flatter le sénateur. Elle finit par découvrir son mari enfermé dans leur chambre à coucher, assis sur le lit, le visage dans les mains. Kevin leva la tête à son approche. Il ne pleurait pas comme elle l'avait craint. Il n'avait pas non plus trop bu. Il était simplement épuisé.

— Chéri ?

— Je n'y arriverai pas, dit-il en lui attrapant les mains. (Perplexe, elle s'assit sur le bras du fauteuil.) Je ne suis pas Burton. Pas Matty. Je suis juste Kevin. Je ne peux pas.

— Qu'est-ce qu'il y a, chéri ? Qu'est-ce qui ne va pas ? (Elle le cajolait du mieux qu'elle pouvait tout en luttant contre la peur qui commençait à lui nouer l'estomac.) Qu'est-ce que tu ne peux pas faire ?

— Ils m'en demandent trop. Oh, ma chérie. (Il l'attira plus près de lui et posa la tête sur ses genoux.) Je suis désolé. J'aurais dû t'écouter. C'est toi qui avais raison. J'ai eu tort.

— À quel sujet ?

— Ça a dérapé, comme je te l'ai dit... et depuis que papa est mort... les choses vont de mal en pis. Le Grand Conseil a peur. (Il soupira et se redressa, mais ses pupilles restaient dilatées et, à moins qu'elle ne se trompe, il était terrifié.) Après la réception, ce soir, nous parlerons.

— Comme tu veux, chéri.

— Tu as le droit de savoir. Tu as besoin de savoir.

— Kevin, chéri, quoi que ce soit...

Il l'embrassa et se leva, encore tremblant.

— Il faut que j'y retourne, chérie.

— Pas avec ta cravate dans cet état-là. (Elle la lui arrangea.)

— Merci, Aurie.

— Je suis avec toi, dit-elle en l'embrassant.

Il sortit et plongea parmi les rires. À présent, c'était au tour d'Aurelia de s'asseoir et de se prendre le visage dans les mains en se demandant ce qu'il se passait. Depuis la mort de Matty, ils étaient devenus si proches. Kevin ne se montrait jamais autrement qu'attentionné, doux et aimant et Aurelia faisait tout ce qu'elle pouvait pour lui. Il avait réussi à faire tourner l'entreprise familiale, à la surprise de tous, il l'avait emmenée en vacances, il avait joué avec les enfants dans le jardin, et pas une seule fois il ne s'était effondré dans un fauteuil en disant qu'« ils » lui en demandaient trop et qu'il ne pourrait pas continuer à... bref, à faire ce qu'il faisait.

Peut-être Eddie avait-il raison. Pas sur tous les plans – elle refusait de croire que Kevin soit impliqué dans quelque chose de louche – mais, de toute évidence, son mari était dedans jusqu'au cou.

Je ne suis pas Burton. Pas Matty.

Burton, c'est-à-dire Burton Mount. Le père de Perry. Kevin avait sans doute voulu dire qu'il ne pouvait plus diriger la société. Très bien. Qu'il vende Garland & Fils au plus offrant. Ils avaient suffisamment d'argent. Qu'il prenne donc une retraite anticipée et ils profiteraient de la vie tranquillement.

Mais Eddie lui avait posé la question d'un lien éventuel entre son mari, Perry Mount et Phil Castle. Il était donc possible que Kevin ne parle pas du boulot. Peut-être parlait-il des papiers qu'elle avait découverts dans son coffre, il y a huit ans. Cette histoire à propos d'ébranler le trône.

Elle le saurait bientôt. Ce soir, une fois la réception terminée, elle écouterait patiemment ce que Kevin avait à lui dire et, ensemble, mari et femme, ils décideraient de la marche à suivre.

II

Eddie aperçut Kevin dans le couloir qui menait aux chambres et comprit qu'il fallait qu'il parte avant qu'Aurelia ne sorte à son tour. Elle avait raison, bien sûr. Il devait se marier. Elle ne quitterait jamais Kevin. Mais Eddie était un romantique dans l'âme qui ne croyait qu'au mariage d'amour et, jusqu'à présent, il n'avait pas réussi à aimer quelqu'un d'autre.

Force était de reconnaître qu'il ne s'était pas donné grand peine.

Il redoutait de ne pas avoir suffisamment d'énergie pour cela avant d'avoir retrouvé sa sœur.

La foule s'éclaircissait. Les gardes se dégourdissaient les jambes. Eddie se rendit compte qu'il avait trop tardé à partir et qu'il était maintenant coincé pour un moment car le sénateur Frost et sa femme venaient d'entamer la tournée des poignées de main et s'apprêtaient à quitter la pièce. Kevin les escortait vers l'entrée. Eddie jeta un œil vers le couloir qui menait aux chambres : Aurelia n'était toujours pas ressortie. Il avait dû se passer quelque chose d'important. Il esquissa un pas en direction de la chambre, mais s'arrêta net en riant de lui-même. Il ne songeait tout de même pas à lui parler dans sa chambre ! Kevin n'était pas encore remonté. Mais c'était normal, il devait raccompagner ses hôtes jusqu'à leur limousine.

Il ne restait qu'une vingtaine de personnes. Le personnel de service montrait des signes de fatigue. Quelqu'un vint demander un autographe à Eddie. Quelqu'un d'autre s'enquit de son avis sur la guerre. C'est à cela que l'on se rendait compte que la fête était réellement terminée : d'autres personnes que le sénateur Frost devenaient visibles.

Laissant ses pas le guider vers le bureau, il remarqua qu'une ligne clignotait sur le combiné. Aurelia devait être au téléphone. Il se demanda si cet appel pouvait être lié à...

Soudain Chammie Bing surgit à côté de lui.

— T'es venu tout seul ?

— Quoi ?

— Si tu n'as rien de prévu, on pourrait peut-être aller dîner ou...

— C'est-à-dire que...

— On peut aller où tu veux. Faire ce que tu voudras.

Ses insinuations étaient si grossières qu'il dut se retenir de rire. Chammie avait beau être à nouveau célibataire, elle avait tout de même été mariée à l'un de ses amis.

— C'est-à-dire que j'ai quelque chose de prévu, dit-il gentiment.

Ils savaient tous les deux qu'il mentait.

Chammie eut l'ait déconfit. Elle ouvrit la bouche pour répondre, mais fut prise de court par une violente détonation. Tout l'appartement trembla. Les gens se mirent à hurler, y compris Aurelia qui sortit en courant de sa chambre, pieds nus, les cheveux défaits. Elle se précipita vers la fenêtre pour regarder Edgecombe

Avenue. Tout le monde fit la même chose. La fumée bouchait la vue. Gary surgit de nulle part. Il tira Eddie par la manche en lui criant quelque chose à l'oreille. C'était la panique dans l'entrée. Les ascenseurs étaient en panne. L'escalier était bondé. Ils se frayèrent avec difficulté un chemin vers la sortie. Edgecombe Avenue était un capharnaüm. La voiture du sénateur était en flammes. Il fallut des heures pour tirer les choses au clair mais, en fin de soirée, l'Amérique était informée que Lanning Frost avait survécu à un attentat. L'explosion avait fait deux morts : le chauffeur qui avait ouvert la porte de la limousine et un individu qui se tenait entre le sénateur et la voiture, un homme d'affaires noir, un certain Kevin Garland.

L'Agonie de la Couronne revendiqua l'attentat.

Quatrième partie

Ithaca - Saigon
1965-1968

36

À tout bien considérer

I

Aurelia était assise au bord de l'eau, les bras autour des genoux. Les vagues venaient s'écraser contre ses cuisses avant de se retirer. Des lunettes noires et une capeline de paille la protégeaient du soleil d'août, un maillot de bain particulièrement couvrant des regards et des avances éventuelles des hommes qui la remarqueraient assise seule sur la plage. Sauf qu'elle n'était pas seule. Juste derrière elle, Locke et Zora construisaient d'impressionnants châteaux de sable avec les jumeaux de Mona Veazie, Julia et Jay, dont les deux prénoms rendaient hommage au psychologue Julian Jaynes, l'un des héros de Mona. C'était la pleine saison sur la côte de Nouvelle-Angleterre et la plage était bondée. L'idée de louer cette maison dans le Maine pour le mois d'août était venue de Mona, qui lui avait vanté les merveilleuses vacances qu'elles y passeraient. Aurie avait accepté de jouer le jeu. Mona voulait sortir son amie de Mount Vernon et l'entraîner aussi loin de Harlem que possible. Elle aurait bien proposé la France ou le Japon, si l'une d'elles avait parlé français ou japonais. L'année prochaine, peut-être.

Pour le moment, le Maine suffirait.

Aurelia entendait la voix de son fils, jeune et autoritaire, et s'émerveillait de sa résilience. Locke, du haut de ses sept ans, était entièrement à son jeu. Zora, à neuf ans, était plus réservée. Elle avait tendance à se calquer sur sa mère : elle voyait bien, à l'inverse de son frère, les efforts d'Aurelia pour se montrer gaie et souriante, pour eux, et savait qu'ils lui coûtaient. Aurie remuait ses orteils dans l'eau, fascinée par les remous. Elle devait tout rebâtir, à nouveau. À trente-neuf ans, veuve, elle n'avait aucune idée du tour qu'elle allait donner à sa vie.

Le fils de Mona, Jay, était chamailleur. Il n'avait que cinq ans, mais montrait déjà toute la véhémence des Veazie. Locke adorait donner des ordres, un trait de caractère qu'il tenait de son père. Jay refusait d'obtempérer. Les deux garçons ne tarderaient pas à se battre. Mona, qui les surveillait, les laisserait faire. À cet âge-là, disait-elle, c'est bon pour eux. Autant qu'ils expriment leur agressivité masculine tant que cela n'a aucune importance. Julia glousserait de plaisir, elle adorait regarder les garçons se comporter en mâles. Pas Zora. Si une bagarre éclatait, Zora viendrait s'asseoir à côté de sa mère. Aurelia lui passerait le bras autour des épaules et écouterait sa fille douée d'un étrange sens de l'observation lui expliquer pourquoi les grosses vagues arrivaient en série ou pourquoi les mouettes penchaient la tête de côté avant de plonger. Depuis la mort de son père, Locke était devenu têtu, il voulait de plus en plus que ses désirs soient des ordres. Tandis que Zora la sage n'avait qu'un seul désir : parler.

Aurelia était assommée par le manque de sommeil,

mais dès qu'elle fermait les yeux, elle revoyait Kevin lui promettre qu'ils parleraient plus tard. Puis elle entendait la déflagration et sentait l'odeur de fumée.

La fortune qu'il avait héritée de son père était placée dans des trusts au nom des enfants. Aurelia avait reçu suffisamment pour être très à l'aise et ne se plaignait pas.

Il lui manquait.

— C'est pas toi qui décides comment on fait, menaça Jay.

— Pourtant c'est *comme ça* qu'il faut faire, insista Locke.

La petite Julia poussa un cri strident.

Aurelia leva un pied hors de l'eau, le regarda s'égoutter et le replongea dans la mer. L'eau était si apaisante. C'était une panacée. D'après la Bible, nous sommes nés de la poussière et poussière nous redeviendrons, mais Aurelia pensait que nous étions nés de l'eau et que nous y retournions. Même la poussière finissait par être emportée par la mer. Elle donna un petit coup de pied et regarda les ondes se former tout autour. Combien d'années faudrait-il pour que l'érosion vienne à bout du cercueil d'acajou richement orné de son mari et draine ses restes jusqu'à un cours d'eau souterrain qui alimentait une rivière qui se jetait dans un fleuve qui, finalement, le ramènerait à l'océan ?

Les funérailles à Saint Philip avaient été dignes de celles d'un roi. Des hommes politiques, noirs et blancs, s'étaient bousculés pour prendre la parole. Après avoir consulté Oliver, le cousin de Kevin, et d'autres éminents Harlémites – ainsi que Mona –, Aurie avait donné la meilleure place à Lanning Frost, à qui, volontairement ou non, son mari avait sauvé la vie. Dick Nixon, qui avait manqué l'enterrement de Matty et ne voulait pas commettre la même erreur deux fois, y avait été également de son éloge. Même si la presse n'avait pas d'idée très précise de qui était, ou avait été, Kevin Garland, les journalistes étaient venus nombreux, fascinés par le spectacle des probables candidats aux prochaines présidentielles prenant la parole à l'enterrement du même Noir. La famille avait interdit les photos. Quelques paparazzis entreprenants s'étaient néanmoins infiltrés et furent très surpris lorsque des vigiles les escortèrent vers la sortie après avoir confisqué leurs pellicules.

Des vigiles *blancs*, s'étaient-ils plaints ensuite à leur rédaction. Ils avaient été recrutés pour l'occasion, et en grand nombre.

Après, dans la rue, Eddie avait fait la queue, avec des centaines d'autres personnes, pour présenter ses condoléances à la veuve. Droite dans ses habits de deuil, Aurelia tenait par la main ses deux enfants stupéfaits, calquant l'expression de son chagrin, comme le faisait toute l'Amérique au milieu des années 1960, sur le rituel imposé par Jacqueline Kennedy. Aucun spectacle, surtout pas de larmes. À côté d'elle, Oliver recevait aussi les témoignages de sympathie. D'ailleurs, les gens lui parlaient plus longuement qu'à la veuve ; il était maintenant l'homme en charge de la famille.

Aurelia ne s'en offusquait pas.

Lorsque vint son tour, Eddie prononça les mots de circonstance puis ajouta dans un souffle qu'il fallait qu'ils se parlent au plus vite. Immobile, il l'implora des yeux, sans lâcher sa main, insistant pour qu'ils se voient. Aurelia resta impassible. Il supplia. Elle entendit un murmure d'agitation parcourir la file de personnes qui attendaient ; dès ce soir toute l'obscure nation serait au courant. À l'enterrement, rien que ça : ces deux-là ne pouvaient-ils pas attendre ? Aurelia sentit qu'Oliver allait intervenir. Elle fixa son ex d'un air glacial. Elle était offusquée au plus profond de son être, au point qu'elle ne voulait plus jamais le revoir. Dans le même temps, une autre partie d'elle-même aurait voulu attraper par la main Eddie et les deux enfants et s'enfuir...

Le problème était là. Il n'y avait aucune fuite possible. Désormais, Aurelia était à jamais *Mrs* Kevin Garland.

— Merci d'être venu. Nous sommes très touchés.

Elle retira sa main et se tourna vers la personne suivante.

II

Évidemment, ils eurent tout de même leur conversation. Ils se retrouvèrent pour déjeuner par une belle journée de juin, au Plaza où Eddie était descendu quelques jours, alors qu'il était à New York en tournée promotionnelle. Son cinquième roman, *Pâle imitation*, venait de lui valoir son deuxième National Book Award. Il n'avait pas quarante ans. Ses ventes étaient stables sans être extraordinaires pour autant, mais les aficionados le connaissaient et ses articles étaient repris partout.

Cette fois-ci, Eddie se conduisit mieux.

Lorsque Aurelia entra dans la salle à manger, plus magnifique que les plus riches des femmes présentes, il se leva, lui serra la main et s'en tint là. Comme il se doit, il se chargea de passer la commande. Il exprima de nouveau sa sympathie et prit des nouvelles des enfants avant de s'enquérir directement d'elle.

Elle marmonna une phrase de circonstance du genre « Je prends un jour après l'autre ».

Le père d'Eddie était décédé d'un cancer le mois

suivant l'assassinat de Kevin. Aurelia avait envoyé des fleurs et lui présenta à son tour ses condoléances. Elle était un peu mal à l'aise car elle ne s'était pas manifestée durant la maladie de Wesley Senior. Mais comment l'aurait-elle su ? Qui aurait dû l'en informer ?

La conversation s'orienta ensuite vers d'autres sujets. Les enfants se plaisaient à Mount Vernon, mais la maison était surchargée de souvenirs. Impossible d'y rester. Mona l'encourageait à postuler pour enseigner à Cornell où le département d'anglais était dirigé par l'un de ses nombreux anciens flirts.

— Je suis étonné que tu aies besoin de travailler, dit Eddie. (Son premier faux pas* dans une prestation jusqu'ici plutôt impressionnante.) Kevin a dû veiller à ce que tu ne manques de rien.

— Kevin a prévu tout ce qu'il fallait, acquiesça-t-elle. (C'était vrai. Outre l'assurance et des placements, Kevin lui avait laissé son quart de participation dans Garland & Fils et les négociations étaient en cours avec un géant de Wall Street qui avait fait une belle offre.) C'est *moi* qui le souhaite, Eddie. Je ne parle pas d'écrire des cancans, mais d'un vrai travail.

— À Ithaca ? demanda-t-il comme si elle s'apprêtait à partir pour Jupiter.

— C'est là que se trouve Cornell.

— C'est si loin. (*De moi*, omit-il de préciser.)

— Je n'ai pas encore pris ma décision. Et de toute façon, postuler ne signifie pas forcément qu'ils vont me recruter.

— Ils auraient bien tort.

Eddie lui avait répondu si chaleureusement que l'espace d'un instant ils se regardèrent comme avant ; et s'empressèrent de baisser les yeux.

C'est Aurelia qui entra finalement dans le vif du sujet.

— Eddie, écoute-moi. J'ai toute ton attention ? Ce que tu m'as dit ce jour-là... le jour où Kevin... le jour où il est mort... au sujet de ta théorie. Non. Non, ne dis rien. Je veux que tu comprennes. Tu as été un merveilleux ami, depuis de nombreuses années, et j'espère que tu le resteras. Mais je ne parlerai pas de mon mari avec toi. Ni de ses affaires ni de rien. Ni maintenant ni jamais. Quoi que tu penses. Quelle que soit la question qui te préoccupe ou que tu te poses, ne m'en parle pas. Je ne veux pas savoir. Ma tâche consiste à donner à mes enfants la meilleure vie possible, pas à enquêter sur le passé. Peux-tu me le promettre ?

Peut-être hocha-t-il la tête. Peut-être l'imagina-t-elle. Toujours est-il qu'il ne broncha pas.

Une fois dehors, elle alluma une cigarette pour empêcher ses mains de trembler. Ce n'est pas facile de couper les ponts, surtout lorsque l'on ne sait pas où l'on va. Du reste, quelquefois, c'est la peur de se brûler qui nous pousse à partir.

— Eddie.

— Oui, Aurie.

— Une chose encore. (Elle lui lança un regard furtif qu'elle détourna immédiatement car ses beaux yeux lui en demandaient trop. Ce qu'elle s'apprêtait à dire allait le blesser, inutile de se le cacher.) Eddie. Cher Eddie. Je ne suis plus la même Aurie. Il faut que tu l'acceptes.

— Je ne suis plus le même Eddie non plus.

C'était vrai. Il avait arrêté de boire le jour où il avait appris que son père était malade. Il était devenu plus solide – moins impulsif, plus réfléchi –, bref, il était passé à l'âge adulte.

— Ce que j'essaie de dire, c'est que je suis *Mrs* Kevin Garland. J'ai un rang à tenir.

— Je m'en serais douté.

Le premier coup venait d'être porté. Le pont allait s'écrouler, très vite. Elle lui caressa le visage.

— Il ne pourra jamais rien se passer entre nous. (Elle inspira profondément.) Ni maintenant. Ni plus tard. Je veux que tu me promettes.

— Que je te promette quoi ? (Sa voix trahissait une telle impuissance qu'elle en fut touchée.) Tu as déjà établi toutes les règles.

— C'est vrai. Je l'admets. Je suis désolée, Eddie. Il ne peut en être autrement et... et tu ne dois jamais m'en demander la raison. (Elle avait posé ses conditions. Il fallait maintenant qu'elle lui laisse sa dignité. Elle sourit tristement.) D'ailleurs, tu n'aurais sans doute pas...

Eddie refusait de la laisser s'en tirer à si bon compte.

— Je voudrai toujours de toi, dit-il en s'inclinant légèrement tandis qu'il lui ouvrait la portière d'un taxi.

Le taxi démarra pour la gare de Grand Central ; Aurelia savait qu'Eddie était encore debout sous la marquise, qu'il la regardait s'en aller. Elle sentait son regard sur sa nuque. Elle n'osa pas se retourner. Si elle se retournait, elle demanderait au chauffeur de s'arrêter et se précipiterait dans les bras d'Eddie pour ne plus jamais le quitter. Mais elle était *Mrs* Kevin Garland. Elle avait un rang à tenir. Et des secrets à garder. Des secrets qu'elle ne pouvait pas partager, surtout pas avec Eddie.

N'y tenant plus, au bout de quelques secondes, elle regarda tout de même par-dessus son épaule, l'air de rien.

Eddie avait disparu.

III

La bagarre avait fini par éclater et, ni une ni deux, Zora s'était glissée près de sa mère. Julia continuait de pousser des petits cris. Cette gamine gloussait trop, se dit Aurelia, surtout autour des garçons. Il est vrai que Julia n'avait que cinq ans, mais à dix ans ce serait une incroyable allumeuse et à quinze une sacrée dragueuse. Aurelia avait connu des gamines semblables à l'orphelinat et plusieurs d'entre elles s'étaient retrouvées enceintes avant d'avoir fini le lycée.

Mona ferait bien de garder un œil sur sa fille.

— Maman, dit Zora.

— Oui, ma chérie.

— Pourquoi est-ce que les garçons se battent ?

Aurelia soupira. Elle avait envie d'une cigarette, mais Mona n'autorisait pas que l'on fume devant les enfants. Le soir, Aurie fumait sur la terrasse de la maison qu'elles avaient louée. Mona s'asseyait près d'elle en lui lisant des extraits du dernier rapport du département de la Santé et lui demandait si elle voulait vivre assez longtemps pour connaître ses petits-enfants.

— Les garçons se battent, dit Aurelia en serrant Zora dans ses bras, parce qu'ils ne sont pas aussi forts que les filles.

— Je croyais qu'ils étaient plus forts.

— S'ils l'étaient, ils trouveraient un moyen de se dominer. Ils ne sont pas maîtres d'eux-mêmes. C'est ce qui fait que ce sont des garçons.

Elles restèrent assises un moment sans bouger. La bagarre avait cessé. Locke et Jay avaient recommencé à construire leurs châteaux de sable.

— Maman ?

— Oui, ma chérie.

— Pourquoi les hommes sont-ils les seuls à devenir présidents ?

Aurelia sourit.

— Tu voudrais devenir présidente un jour ?

— Non, je veux un travail pour lequel il faut être *intelligent*, répondit Zora d'un ton déterminé, sans comprendre ce qui faisait tant rire sa mère.

Plus tard dans la soirée, les deux femmes confièrent les enfants à une baby-sitter et allèrent dîner dans un restaurant chic à Portland, sur le front de mer. Deux hommes draguèrent Mona, deux autres Aurelia, et deux autres s'attaquèrent aux deux à la fois. Au dessert, elles furent interrompues par la serveuse qui, si ça ne les dérangeait pas, voulait leur poser une question.

— Demandez toujours, dit Aurie, perplexe.

— Quelqu'un prétend que vous êtes la femme de ce Noir... sa veuve, plutôt. Vous savez, le type qui a protégé le sénateur Frost. Qui l'a payé de sa vie.

Aurie se couvrit la bouche.

— Je vais voter pour lui, insista la jeune femme. Lanning Frost. Ce sera le meilleur Président qu'on ait jamais eu. Je suis si reconnaissante, en fait. À votre mari, je veux dire. Vous permettez que je vous serre la main ?

— Non, répondit Mona, parce que Aurelia pleurait.

La serveuse s'éloigna, vexée. Mona enfourna son amie dans la voiture. Tout le long du trajet jusqu'à la maison, Aurie resta la tête calée contre la vitre. Elle ne supportait plus d'entendre évoquer la manière chevaleresque dont son mari s'était avancé devant la voiture et avait été frappé par la déflagration. Est-ce que personne ne comprenait que cela n'avait aucun sens ? Kevin ne pouvait pas deviner qu'il y avait une bombe avant qu'elle n'explose et, à ce moment-là, il aurait été trop tard pour écarter le sénateur. Pourquoi fallait-il que les journaux inventent sans cesse des héros ?

Elle expliqua tout cela à Mona entre deux sanglots furieux. Mona lui tapota l'épaule avec des mots réconfortants.

Aurelia ne lui raconta pas le reste, le secret qu'elle seule connaissait : l'autre raison pour laquelle il était absurde de penser que son mari avait donné sa vie pour sauver celle du sénateur.

Kevin n'était pas un innocent tombé par hasard.

Il était la cible.

37

Démenti

I

Eddie écrivait sur Che Guevara. La fascination des gauchistes américains pour les révolutionnaires marxistes en était venue à le fasciner lui-même : il doutait qu'ils renoncent à leur confort pour vivre dans les sociétés dont accouchaient ces révolutions. On était début octobre 1965. Guevara venait de quitter Castro et Cuba. Les étudiants étaient incapables de faire un pas sans manifester pour clamer qu'ils connaissaient la différence entre Marcuse et Sartre. Au calme dans sa maison de I Street, Eddie s'efforçait de rédiger un article qui exprimerait son ébaudissement. Ce sont des radicaux de salon, insistait-il. Ils finiront tous par travailler à Wall Street.

Gary estimait que son vieil ami cédait au cynisme, mais Gary n'avait rien d'un oracle. Depuis la mort d'Erebeth, il gérait les trusts Hilliman et s'abritait derrière un mur de scepticisme. Qu'il s'agisse de politique. Des hommes. De la vie en général. Son humour légendaire s'était transformé en moquerie sardonique. Il n'avait pas, expliquait-il, rejeté ses anciennes opinions de gauche. Non, il avait simplement décidé que l'idéologie était en soi de mauvais goût et que le doute était le seul comportement humain éthiquement fiable.

On sonna à la porte.

Agacé, Eddie leva le nez. Il n'attendait personne. La sonnette retentit une deuxième fois.

Il alla ouvrir et se trouva nez à nez avec un couple de jeunes, blancs, en âge d'être à l'université, l'air à la fois désinvolte et sur le qui-vive. Eddie partit du principe qu'ils voulaient des autographes ou une explication des mystères de l'univers. L'une ou l'autre espèce se pointait régulièrement sans invitation ; l'important était de les éconduire rapidement et avec rudesse, si nécessaire.

— Mr Wesley, dit la jeune fille en minaudant.

— Oui.

— Vous pourriez peut-être venir faire un tour en voiture avec nous ?

— Je suis très occupé pour l'instant.

— C'est à propos de la femme que vous cherchez, dit le garçon.

Dehors, dans son allée, la portière de la voiture était ouverte.

II

Eddie estimait que le bandeau qui lui couvrait les yeux faisait un peu trop mélodramatique et ne s'en cacha pas, espérant ainsi masquer qu'en vérité, il était terrifié. Même petit, il n'avait jamais aimé qu'on lui bande les yeux, craignant sans l'avouer que cela le rende aveugle comme sa tante Carrie. La voiture était remplie de jeunes gens. Pour autant qu'il puisse en juger, tous étaient blancs. Eddie se rendit compte, trop tard, qu'il était entièrement à leur merci. Il n'avait pourtant aucun doute, absolument aucun, d'être aux mains de l'Agonie de la Couronne.

Ils roulèrent pendant près d'une heure. Eddie s'efforçait de deviner s'ils étaient sortis de la ville ou s'ils se contentaient de tourner en rond pour le désorienter. La voiture cliquetait, bringuebalait, propulsant sans cesse contre lui les jeunes révolutionnaires assis à ses côtés. Deux fois, ils freinèrent assez brutalement pour que son visage vienne s'écraser sur le dos du siège avant en vinyle. Quelques minutes plus tard, ils lui appuyèrent sur la tête comme pour le cacher. Puis ils finirent par se garer dans un endroit bruyant et l'enfournèrent dans un autre véhicule sans lui découvrir les yeux. Cette fois, ils glissèrent des lunettes par-dessus le bandeau. La nouvelle voiture accéléra.

— Je ne suis pas suivi, dit calmement Eddie. Vous pouvez très bien vous dispenser de ces précautions.

— La vérité importe peu, dit une nouvelle voix provenant du siège avant (celle d'un homme, sans doute blanc, bien plus âgé que les gamins), tant que l'on se montre convaincant.

L'homme citait le roman d'Eddie, *Mal blanchi*, mais à cet instant l'auteur se sentit plus menacé que flatté.

— Vous pensez que je suis un menteur ?

— Je pense que tu devrais la fermer.

Eddie sentit la colère monter, mais il la maîtrisa, sachant qu'elle ne lui apporterait rien de bon. S'il arrachait le bandeau, ils le balanceraient hors de la voiture. C'était le chemin qu'il avait choisi : le chemin qui menait à l'Agonie de la Couronne et à Junie. Ayant frappé à la porte de leur monde, il ne pouvait pas se plaindre de leurs mauvais traitements. Eddie prenait un risque, mais celui que couraient ses ravisseurs était plus grand. Il était un écrivain célèbre avec des amis influents capables de le protéger. Les jeunes sur le siège à côté de lui vivaient dans la peur constante de l'hélicoptère au-dessus de leur tête, de la porte qui pouvait voler en éclats à tout moment – du risque de passer le reste de leur vie derrière des barreaux.

— Pourquoi faites-vous ça ? demanda la nouvelle voix au bout d'un moment. Pourquoi faites-vous autant de foin ?

— Vous le savez.

— Vous voulez nous rejoindre ?

— Non.

— Nous ne voulons pas de vous.

Eddie sourit.

— Moi non plus, je ne veux pas de vous.

Il les entendit retenir leur souffle, mais personne ne trouva rien à redire.

— Alors pourquoi ? demanda à nouveau la voix.

— Je veux retrouver ma sœur.

— Qui est votre sœur ?

— Si vous ne le saviez pas, je ne serais pas là.

Un silence buté s'installa. Il eut l'impression qu'ils traversaient un pont. Il entendit quelques plaisanteries échangées avec l'homme de la cabine de péage et se demanda pourquoi on ne le remarquait pas, avec son bandeau sur les yeux. Puis il se souvint des lunettes et en déduisit qu'il devait avoir l'air d'un aveugle. Il s'était peut-être écoulé une heure quand la voiture s'arrêta. Les portières s'ouvrirent et Eddie entendit le pépiement des oiseaux. Deux personnes chuchotaient, il ne saisit pas le motif de leur désaccord, si ce n'est que l'une d'elles voulait le renvoyer. Il entendit des meuglements. Une zone agricole. Le nord du Maryland ? Le New Jersey ? Il croyait le voyage terminé, mais ils le poussèrent dans une troisième voiture.

— Ne l'ouvre pas, cingla la même voix masculine, à côté de lui cette fois et non plus sur le siège avant. (Il se tut.) L'Agonie de la Couronne n'existe pas, tu m'entends. Et n'a jamais existé. C'est une invention des vaches. (Les « vaches ». Eddie se dit que l'expression était maintenant reprise par les jeunes pour désigner non seulement la police, mais les agents fédéraux et tous ceux qui représentaient la loi et l'ordre.) Reste assis et tiens-toi tranquille.

Eddie sentait qu'ils étaient en train de décider de son sort, sans qu'un seul mot soit prononcé. La voiture démarra. Le silence était tendu, pesant. Elle était là. Eddie en tremblait. Il en était sûr, sa sœur était dans la voiture. Peut-être juste à côté de lui, s'il tendait la main...

— Ne *bouge* pas, dit une voix de femme.

Pas celle de Junie. Une voix de Blanche.

Eddie se renfrogna, se tourna de l'autre côté. Puis il se souvint que l'homme plus âgé était assis là. Peut-être sur le siège avant alors ? Mais au moment où il tentait de se pencher, l'homme lui attrapa la tête et la tourna vers la femme assise à côté.

— Tu travailles pour *Hoover*. (C'était la même voix de femme. Il ne l'avait jamais entendue auparavant, pourtant il l'aurait reconnue entre mille.) *Tout* le monde le sait. T'es *copain* avec Nixon. T'es un espion.

Il eut la présence d'esprit d'obéir au premier ordre qui lui avait été donné. Il se tut. La voiture gravissait une pente, très raide. Peut-être prévoyaient-ils de le jeter au bas de la colline.

— Tu es *dingue* d'être venu ici, poursuivit la femme, mais ça, il le savait déjà. Tu ne lis donc pas les *journaux*. Nous n'avons aucun *scrupule* à te tirer dessus. Un *informateur* des fédéraux, venu nous *espionner*, tu crois franchement qu'on *hésiterait* ?

Eddie ne broncha pas.

— Tâte-moi ça, dit la voix masculine.

Eddie sentit un revolver appuyé contre son flanc. Juste au-dessus du rein, là où même une balle de petit calibre ferait de gros dégâts.

— Tu es un homme *mort*, reprit la femme. (Elle avait la même voix que sa mère.) Tu n'as rien à *faire* ici. Tes petits copains du FBI vont te *lyncher*.

Un gloussement se fit entendre sur le siège avant. Il n'y avait pourtant pas de quoi rire.

— Tu n'as rien à faire là, répéta-t-elle. (Elle n'avait plus tous ses esprits, songea Eddie.) Tu crois vraiment qu'*elle* aurait voulu que tu sois là ? T'es *idiot* ou quoi ?

— C'est notre commandant, dit l'homme.

Eddie comprit tout de suite ce que cela signifiait : c'est elle qui avait le dernier mot. Une fois qu'elle aurait décidé de son sort, il n'y aurait pas d'appel.

— Elle n'est pas *ici*, reprit la femme tandis qu'ils amorçaient la descente. Elle n'est *nulle part*, OK ? Je n'arrive pas à *croire* que tes petits copains du FBI ne t'aient *rien* dit.

La peur vous envahit peu à peu. Elle monte lentement des tripes à l'estomac, et jusqu'à la gorge, comme de la nourriture rance. Jusqu'à ce qu'on la vomisse.

— Dois-je comprendre qu'elle est en prison ? demanda-t-il en s'adressant à la femme à côté de lui.

Pas de réponse. Il se tourna vers l'homme au revolver.

— Elle est morte ? C'est ça ? Junie est morte ?

Les freins crissèrent et la voiture s'immobilisa. Les portières s'ouvrirent brutalement. Quelqu'un le tira à l'extérieur et le plaqua au sol. De l'herbe. Un champ d'herbe.

— Ne te retourne pas, dit l'homme au revolver en appuyant sur sa nuque avec le canon de son arme.

Eddie hocha la tête. Ses yeux étaient bandés mais il les ferma quand même, après tout c'était peut-être la fin.

— Il ne plaisante pas, dit la cinglée.

Eddie se demanda ce qu'Irene et Patrick diraient s'ils voyaient leur fille en train d'agiter un flingue et de proférer des menaces de mort : le nouveau commandant M. M. pour Martindale et non Miranda. M. pour Sharon et non pour Junie.

— Si tu te retournes, il te fait sauter la cervelle.

Eddie hocha de nouveau la tête.

— Cette *bombe* n'était pas la nôtre. C'est pas nous qui avons tenté d'assassiner *Frost*. C'est un coup des vaches pour nous *piéger*.

— Ils ont tué Kevin Garland pour vous piéger ?

— Ce con était un *dommage* collatéral. Ils voulaient tuer *Frost*, et là on aurait *vraiment* été dans la *merde*.

Il ne releva pas.

— Je vous en prie, parlez-moi de ma sœur.

— C'est une saboteuse. Pas de ça chez nous.

Eddie tremblait de peur, pas pour lui. Sabotage. Il connaissait le terme. Les régimes marxistes l'avaient utilisé pour justifier les purges. Il arrivait que les dissidents soient exclus, mais aussi qu'ils soient éliminés.

— Que dois-je comprendre ?

— Qu'on ne *voulait* plus d'elle. Comme on ne *veut* pas de toi. Ne te retourne pas.

Le canon de l'arme était toujours plaqué contre sa colonne vertébrale. Des doigts lui ôtèrent les lunettes et le bandeau. La lumière de la lune lui fit cligner les yeux et Eddie usa de toute sa volonté pour ne pas se retourner. Il était à genoux dans l'herbe. L'herbe était maculée de fiente d'oiseau. Le revolver s'éloigna. Il entendit claquer les portières de la voiture. Le moteur vrombit. La voiture partit en trombe. Il attendit une bonne minute avant de relever la tête.

Il se trouvait sur la pelouse du terre-plein central de I Street, en face de chez lui.

Ils avaient tourné en rond.

38

Le petit monde d'Aurie

I

À l'automne 1966, la vie à Ithaca s'était installée dans une routine. Aurelia, qui avait toujours considéré les habitudes comme l'ennemi et les grandes émotions comme la vraie vie, était désormais convaincue, après les montagnes russes de ces dix dernières années, que les enfants ont besoin de stabilité – chose que l'on prétend savoir depuis toujours, quand on est adulte. Ithaca la leur apportait. Ils habitaient une immense maison victorienne, à moins d'un bloc du pont piétonnier qui ondulait dans le vide, suspendu quelques centaines de mètres au-dessus de la gorge de Fall Creek. Le matin, Aurelia préparait les céréales, les fruits, le lait, puis elle habillait Zora pendant que Locke petit-déjeunait. Elle les accompagnait à pied à l'arrêt du bus scolaire avec Crunch, le beagle qu'ils avaient récupéré tremblant à la fourrière, qui profitait du chemin de retour pour faire ses besoins. Elle enfermait ensuite Crunch dans son enclos dans le jardin de derrière et partait travailler, toujours à pied ; le break restait dans le garage car les places de parking sur le campus étaient rares. Elle passait le pont, grimpait l'escalier en bois sur la pente boueuse de l'autre rive et traversait le campus jusqu'au département d'anglais dans Goldwin Smith Hall. Elle donnait ses cours, recevait les étudiants qui avaient pris rendez-vous, discutait de théorie littéraire avec ses collègues. Environ une fois par semaine, quelqu'un lui demandait de justifier sa présence dans les toilettes des femmes réservées aux professeurs. Sa journée de travail s'achevait vers quinze heures trente. Après, elle devait se dépêcher pour arriver en même temps que le bus scolaire, car la journée d'école, à Ithaca comme dans le reste du pays, avait été calculée en partant du principe que la mère était à la maison pour accueillir les enfants.

Il y avait aussi les soirées du corps enseignant, dont certaines étaient obligatoires. La baby-sitter était une adolescente dégingandée qui vivait à côté de chez eux et jouait de la flûte. Aurie s'était liée d'amitié avec Megan Hadley, maître-assistante elle aussi, qui avait été dans la même année qu'elle à Smith. Megan enseignait la littérature du début de l'âge moderne – celle d'il y a plus de trois cents ans –, elle était mariée à un anthropologue portant une barbichette, qui répondait au surnom de Tris, pour Tristan, et qui faisait souvent des avances à Aurie, laquelle avait déjà repoussé celles de la plupart des époux de ses amies tout au long de sa vie adulte. Un autre de ses courtisans était un ingénieur replet du nom de Bergson, un homme timide à qui il suffisait pour être heureux de soupirer d'amour à l'occasion d'un déjeuner de temps à autre. Elle reçut également une ou deux lettres charmantes de Charlie Bing, l'ex-mari de sa copine Chamonix, qui insistait pour qu'elle l'autorise à lui offrir un verre la prochaine fois qu'elle passerait à Manhattan. Puis il y avait Lawrence Shipley, le seul professeur noir du département d'histoire, un homme brillant, beau et célibataire endurci, dont elle fut un soir d'ébriété – et plus jamais par la suite – incapable de refuser les avances pleines d'humour. La solitude peut vous jouer ce genre de tour, mais Aurelia en avait été humiliée. Pas question d'être une croix inscrite au tableau de chasse du don Juan du campus, et Lawrence avait la réputation de ne pas se cacher de ses conquêtes. Tu en parles, l'avait menacé Aurelia en se rhabillant, et certains de mes vieux copains de Harlem viendront te remonter les bretelles, comme on disait dans le temps ; Lawrence Tripley, qui n'avait jamais mis le pied à Harlem de sa vie, promit de se taire.

Elle se dit qu'il tiendrait sa promesse pendant au moins un mois.

De temps à autre, elle avait des nouvelles d'Eddie. Il appelait généralement tard le soir. À travers les grésillements des communications longue distance, ils s'appliquaient à maintenir entre eux une saine distance émotionnelle et limitaient leurs conversations à la famille. Il lui demandait comment allaient les enfants et elle s'il avait des nouvelles de Junie. Il n'en avait jamais.

Un après-midi, alors qu'Aurelia remontait à son bureau après le déjeuner, elle trouva Megan Hadley plantée devant sa porte, une coupure du *Times* à la main. Aurie avait-elle lu l'article ? Non. Lyndon Johnson venait de proposer la nomination d'Oliver Garland, le cousin de feu son mari, comme juge fédéral.

— Je croyais que tous les Garland étaient républicains.

Aurie réussit à esquisser un semblant de sourire.

— Ils prennent la casquette qui leur permet d'avancer.

Megan s'attendait à de l'indignation. Une indignation violente à l'idée qu'un Noir américain puisse être républicain. Et, même si cela paraissait contradictoire, à l'idée que quelqu'un de sensé puisse coopérer avec Johnson, celui qui envoyait nos enfants à l'abattoir. L'aplomb d'Aurelia la désarçonna. L'oppression était partout. Megan encourageait ses collègues à exprimer leurs frustrations, non à les réprimer. Il était grand temps qu'elle rejette ce type de socialisation, lui dit Megan. Aurie la remercia gentiment. Une fois Megan partie, Aurie regarda par la fenêtre. Absorbée dans la contemplation du parking, elle se demandait si Oliver savait dans quoi son cousin Kevin et son oncle Matty avaient trempé.

Et si le testament de Castle avait été retrouvé.

Une autre fois, Mona Veazie vint lui rendre visite du New Hamsphire – Mona qui l'avait fait entrer dans le monde universitaire. Elle avait amené son nouveau mari, un instituteur réservé qui s'appelait Graves – blanc comme le précédent – et les enfants, Julia et Jay. Chaque fois qu'Aurelia les voyait, ils ressemblaient de moins en moins à des jumeaux. Julia mesurait une demi-tête de plus que son frère. Mais les filles mûrissent plus vite que les garçons, n'est-ce pas ? Les deux familles se voyaient souvent. Locke et Zora appelaient les jumeaux leurs cousins. Tandis que les enfants faisaient la course entre eux et avec le chien, les adultes jouèrent au bésigue, l'un des jeux de cartes les plus prisés de la bonne société harlémite.

En fin de soirée, les deux femmes s'installèrent dans la chambre parentale avec un verre de vin pour regarder le film de la nuit sur la cinquième chaîne. Mona se plaignit qu'elle n'aimait pas son mari, mais qu'il lui tenait chaud la nuit. Aurie refusa d'entrer dans son jeu. Elle lui demanda des nouvelles de Harlem.

Mona prévoyait le pire. Elle ne savait pas combien de temps elle pourrait laisser sa mère qui s'affaiblissait de jour en jour vivre seule dans leur maison d'Edgecombe Avenue.

Et puis, il y avait autre chose. Peut-être Aurie avait-elle entendu la nouvelle.

Quelle nouvelle ?

Enfin, ce n'en était pas vraiment une, expliqua Mona. Une de ses amies qui avait des relations à Washington lui avait dit que ce qu'il restait de l'Agonie de la Couronne s'était rapatrié dans la région de la baie de San Francisco, s'alliant à d'autres groupes radicaux afin de redonner vie au mouvement. L'ultra-gauche serait au bout du rouleau. Hoover avait des informateurs partout. Trois membres du Mouvement d'action révolutionnaire venaient d'être arrêtés et accusés d'avoir voulu faire sauter le monument de Washington. Les organisations militantes se délitaient les unes après les autres. Toutefois, à Oakland, un nouveau mouvement, qui s'était donné le nom de « Black Panthers », utilisé dans le temps par les militants en faveur du droit de vote dans le Sud, s'efforçait de faire naître une conscience révolutionnaire chez les bénéficiaires des allocations de l'État, ainsi que chez les agents d'entretien, les infirmières, et tous ceux qui appartenaient à ce qu'ils appelaient l'« armée industrielle ». Ces panthères faisaient peur. Ils portaient des bérets et des blousons de cuir noirs. Ils apparaissaient toujours armés en s'appuyant sur le droit que leur conférait le Deuxième amendement.

— Est-ce que l'Agonie se joint aux Black Panthers ? demanda Aurie.

— Je ne sais pas. Mon ami n'en sait rien non plus. Toujours est-il que les fédéraux sont infiltrés partout.

Mon ami dit qu'ils prévoient que l'arrestation du Commandant M. n'est qu'une affaire de semaines.

Aurelia fuma pensivement en silence pendant un moment.

— Est-ce qu'ils croient vraiment que Junie est avec eux ?

— Ils en sont convaincus.

— Peux-tu l'imaginer derrière les barreaux ?

— Pas vraiment.

Aurie rejeta la fumée par le nez.

— Eddie affirme qu'ils ne l'attraperont jamais. Il pense qu'elle est plus maligne qu'eux.

— Moi aussi.

Avant que Mona ne parte, Aurie lui demanda si son ami qui avait des relations à Washington ne serait pas Gary Fatek. Mona s'esclaffa, mais son rire était empreint d'une certaine tristesse.

— Gary est au sommet de la pyramide à présent. Tout à fait hors de ma portée. Il faut être Dieu, ou au moins président, pour le voir.

— Eddie le voit.

— Dieu, président, ou deux fois couronné du National Book Award.

— À mon avis, si ta source est Gary, il aura aussi fait savoir à Eddie que les fédéraux pensent que Junie est en Californie. Dans ce cas, Eddie va y aller, Mona. Et il va avoir des ennuis.

— Désolée, ma belle. J'ai déjà deux enfants. Un troisième serait de trop.

Une semaine plus tard, le Bureau fédéral annonça à grand bruit l'arrestation de deux membres de l'Agonie de la Couronne à Berkeley, Californie, dans ce qui était décrit comme une « planque ». Lorsque Aurelia en parla à Eddie, il lui expliqua que la planque en question était un appartement qui servait de repaire à des héroïnomanes paumés et que les deux étudiants qui avaient été arrêtés, dont aucun n'avait jamais entendu parler du Commandant M., n'auraient pas été capables de faire exploser un ballon.

II

À la différence de Mona, Aurelia n'était pas professeur titulaire – pas encore. Elle n'était pour le moment que maître-assistante, distinction qui expliquait pourquoi elle ne disposait que d'un box et non d'un bureau. Le chef du département lui avait toutefois assuré que le poste de maître de conférences qui se libérerait dans dix-huit mois était pour elle si elle le souhaitait, ce qui était le cas. Elle se plaisait à Ithaca. Elle avait utilisé une petite partie de l'héritage que lui avait laissé Kevin pour acheter l'énorme maison de Fall Creek Drive. Rares étaient les professeurs même titulaires qui possédaient d'aussi imposantes demeures, mais Aurelia n'avait cure des messes basses qui circulaient dans son dos. Elle voulait que Locke et Zora grandissent en ayant tout ce qui lui avait manqué : un jardin, de l'espace, un chien et des amis dans le voisinage. Noël était une occasion à ne pas manquer pour la famille et les cadeaux s'empilaient au pied de l'arbre. Sans doute les gâtait-elle trop. Compte tenu de la manière dont ils avaient perdu leur père, elle ne se voyait pas faire autrement.

Le soir, une fois les enfants au lit, Aurelia préparait ses cours ou corrigeait des copies. Après s'être acquittée de ses obligations professionnelles, vu le désert qu'était sa vie personnelle, elle honorait la mémoire de Kevin de la seule manière qui lui semblait possible. Elle sortait un journal soigneusement caché dans l'un des tiroirs les plus encombrés de sa commode. Sur les pages ivoire, elle s'efforçait de reconstituer les documents qu'elle avait découverts dans le coffre de son mari, plus de dix ans auparavant, recopiés et brûlés. Quand un mot ou une phrase lui revenait, elle l'ajoutait à l'ensemble même si, deux jours plus tard, elle décidait que sa mémoire s'était égarée. Pourtant, peu à peu, ils commençaient à reprendre forme. Elle avait copié les mots « ébranler le trône » au moins quatre fois et les avait donc écrits sur quatre pages différentes, espérant ainsi raviver ses souvenirs. Il y avait également plusieurs références au « Pandaemonium », toujours avec une majuscule, une au « Grand Conseil », et plusieurs autres à quelqu'un appelé « Auteur » ou « l'Auteur », et qui devait être le destinataire des lettres déposées au Dorchester pendant leur lune de miel. Elle envisagea la possibilité que son ex-mari ait été l'Auteur, mais elle en doutait. L'Auteur semblait être responsable de la marche des choses, et Kevin, nonobstant toutes ses qualités, était exactement comme Matty l'avait décrit un jour : un excellent second.

C'était son obsession secrète. Elle avait dit à Eddie, un an et demi plus tôt, qu'elle ne discuterait pas de ses théories. Mais elle n'avait pas mentionné qu'elle avait les siennes.

Aurelia repoussa son carnet. Elle sourit d'abord, fuma ensuite et finit par pleurer. *Les choses ont empiré.* C'était ce qu'avait dit Kevin lors de leur dernière conversation. *Le Grand Conseil a peur*. Quelques minutes plus tard, alors qu'il se tenait près de Lanning Frost, il avait été déchiqueté par une bombe.

Aurelia reprit son journal. Elle tourna les pages et se replongea dans ses notes. Elle apportait une correction ici, ajoutait un mot là. Petit à petit, elle reconstruisait. Petit à petit, elle oubliait son chagrin d'avoir perdu Kevin, qu'elle l'ait aimé ou non.

La seule personne qui ait connaissance du journal était Tristan Hadley, le mari de Megan. Il était tombé dessus à l'époque où elle le conservait dans son bureau au rez-de-chaussée et non dans sa chambre. Aurelia avait invité les Hadley à dîner, avec trois autres couples d'universitaires de son département. Au dessert, alors que la conversation s'orientait sur la littérature du XIXe siècle, Tris s'était éclipsé. Comme la plupart des intellectuels, il détestait les conversations qui ne lui donnaient pas l'occasion de briller. Lorsque son absence avait commencé à devenir gênante, Aurelia était partie à sa recherche. Elle l'avait découvert dans son bureau, sous la surveillance de Crunch, qui remuait la queue en signe d'une étrange connivence canine. Les professeurs adoraient inspecter les bibliothèques de leurs collègues ne fût-ce que pour le plaisir d'en critiquer le contenu. Mais Tristan s'était attaqué à son bureau et parcourait les pages du journal.

— Qu'est-ce que tu fiches ici ?

— J'essaie de te comprendre. (Il lui tendit le carnet avant qu'elle ne le gifle.) Tu es délicieusement mystérieuse.

— Comment oses-tu fouiller dans mes papiers personnels ? bafouilla-t-elle, incapable de trouver mieux.

— Je peux oser beaucoup, Aurie. Peut-être qu'un jour nous oserons ensemble.

— Tristan !

— Qu'est-ce que c'est que ces notes, de toute façon ? L'Auteur ? Ébranler le trône ? On croirait un code secret.

— Ça ne te regarde pas.

Son regard s'éclaira.

— Tu écris un roman. Comme ton copain Edward Wesley.

— Non.

— Alors c'est le contraire. Tu les as trouvées quelque part et tu essaies d'en comprendre le sens, pour une raison ou une autre. (Le problème avec Tristan était que son cerveau fonctionnait plus vite que celui de la plupart des gens. Sauf lorsqu'il expérimentait, selon ses propres termes, des drogues psychédéliques pour élargir le champ de sa conscience.) Ce qui explique pourquoi il y a autant de répétitions et de ratures. Un mystère. (Il se frotta les mains.) Que c'est excitant. Tu résous un mystère. Je peux peut-être t'aider.

— Non, merci.

Il désigna le carnet qu'elle tenait serré contre elle.

— Certains passages me disent quelque chose.

— Pourquoi te comportes-tu ainsi, Tristan ? Tu ne peux pas me ficher la paix ?

— Je t'aime. C'est aussi simple que ça.

— Tu es un homme marié, gronda Aurelia.

— Et alors ? (Son étonnement ne semblait pas feint.) Qu'est-ce que cela peut faire ? Tu ne connais pas la légende de Tristan ?

— Si. Mais je ne suis pas ton Iseult. Maintenant, si tu veux bien sortir d'ici.

— Certainement, répondit-il en lui donnant une tape sur les fesses au passage, ce qui lui valut une gifle.

Ce n'était pas la première fois. Et sans doute pas la dernière.

III

Aurie recevait aussi de nombreuses lettres de Callie Finnerty, sa voisine à Mount Vernon, la blonde sémillante qui se plaisait à lui enseigner l'art de la maternité. Le mot préféré de Callie était « super ». Sa vie était super. Sa nouvelle maison à Scarsdale était super. La carrière de son mari avançait super bien. Les enfants grandissaient super bien. La seule inquiétude de Callie était que son aîné soit appelé au front, sinon tout était franchement super et super bien. Kevin avait toujours regardé Callie avec condescendance et ses lettres seraient un divertissement croustillant pour Eddie. Mais il y avait des soirs où, assise seule dans sa cuisine à siroter un dernier verre de vin – juré ! –, Aurelia enviait la vie simple de Callie Finnerty.

Sa simplicité. Sa normalité.

Aurelia avait d'autres amies dont les vies lui paraissaient normales – Sherilyn dans le New Jersey, Claire à Long Island. Elle était ébahie de son incapacité à les imiter. Elle aurait pu choisir un autre mari. Un mari qui n'aurait été ni Kevin ni Eddie. De nombreux hommes auraient exprimé le désir de l'épouser, si seulement Aurelia leur avait donné le moindre signe d'encouragement, et nombre d'entre eux lui auraient apporté une vie simple et heureuse, qui lui aurait permis d'écrire des lettres ponctuées de « super » à chaque ligne.

Mona Veazie, qui était diplômée en psychologie, l'avait souvent prévenue que les phrases commençant par « si j'avais » étaient un signe avant-coureur de dépression, surtout lorsque l'on s'accordait quelques verres au cours de la soirée. Mais la solitude est une trop grande souffrance et il ne suffit pas de le vouloir pour réussir à la chasser ; quelquefois, refaire le monde avec des « si » est tout ce qu'il nous reste.

39

La perspective américaine

I

Le mois de janvier 1967 fut marqué par les contradictions. L'État de Géorgie, qui représentait le cœur du « nouveau Sud », se dota d'un gouverneur ségrégationniste. L'armée américaine fut accusée de mener des expériences secrètes sur des armes bactériologiques, et le Pentagone annonça une offensive de plus au Vietnam et un appel supplémentaire de réservistes. Au Kenya, un paléontologue se flatta d'avoir découvert les restes de l'un des plus vieux ancêtres de l'espèce humaine et trois astronautes américains trouvèrent la mort dans l'incendie d'une rampe de lancement, à croire que la science fonctionnait à l'envers. Un mois plus tard, le grand Edward Trotter Wesley Junior rassembla tous ces événements dans un article astucieux où il tissait les liens entre plusieurs grands thèmes, qu'il désignait collectivement comme formant la « perspective américaine ». Seule Aurelia, coincée par la neige à Ithaca, s'amusa à décoder le texte, car elle le savait inspiré par la démonstration de Junie opposant sa propre perspective à celle d'Eddie. La perspective américaine, écrivait Eddie, supposait la volonté de se positionner à l'avant-garde du monde tout en maintenant le statu quo ; la quête d'un progrès technologique qui n'entraînerait pas le moindre changement de société ; la domination du monde sans en subir les conséquences. Si l'Amérique ne parvenait pas à modifier sa vision des choses, poursuivait-il, la nation finirait dans une impasse morale.

Aurelia estima que cette perspective américaine n'était qu'une nouvelle facétie intellectuelle d'Eddie Wesley, qui tomberait dans l'oubli aussi vite que ses autres formules hors du domaine de la fiction. Il avait écrit un article faisant l'éloge de Nixon en 1962. Trois ans plus tard, il avait critiqué les leaders noirs qu'il accusait d'être trop liés aux entreprises qui les subventionnaient. L'année précédente, il s'était interrogé sur la nécessité de la guerre du Vietnam dans le contexte de la lutte contre l'avancée du communisme. Personne ne se souvenait de ces articles, se disait Aurelia. Personne ne se souviendrait de celui-ci.

Elle avait tort.

Elle s'en rendit compte pour la première fois lorsque Lawrence Ripley, l'historien, le mentionna lors d'une réunion de la faculté. La semaine suivante, un parlementaire de Californie prit la parole à la Chambre pour condamner formellement « ce Wesley ». Puis Nixon appela Aurelia pour lui dire, après quelques politesses d'usage, qu'en l'état actuel des choses, il ne pensait pas pouvoir faire appel à Eddie pour sa campagne. Il l'admirait et l'appréciait toujours, mais publiquement...

Aurelia aurait voulu en rire, mais c'était trop tard. Les événements s'enchaînaient. Le corps législatif d'un État du Sud adopta une résolution le condamnant. Un éditorialiste respecté du *Times* entra dans la danse en appelant à la modération. Un des grands hebdomadaires titra sur la manière dont l'Amérique voyait le monde : « Y a-t-il une perspective américaine ? » La couverture montrait le visage d'Eddie en surimpression avec des images du Vietnam, des manifestations étudiantes et de l'incendie d'*Apollo I*. Des lettres de lecteurs furieux accusaient l'auteur de tirer profit de la tragédie.

C'est ainsi qu'Edward Wesley ne fut plus simplement romancier et devint exactement ce qu'il avait toujours refusé d'être : une célébrité. Des organisateurs de conférence l'appelaient. D'autres journaux lui faisaient des offres. Son éditeur lui demanda un essai dans lequel il développerait les thèses de l'article. L'idée d'écrire un ouvrage autre qu'un roman, expliqua Eddie à Aurelia lorsqu'il vint se réfugier dans un petit cottage en pierre qu'elle lui avait déniché au bord du plus éloigné des lacs Finger, lui fichait une trouille bleue. Comme le fait d'être reconnu dans la rue. Du reste, il avait besoin de toute son énergie pour rechercher Junie. Ils n'ont pas dit qu'elle était morte, précisa-t-il avec une voix pleine d'espoir, mais seulement qu'elle n'était plus membre de leur mouvement. Elle peut être n'importe où.

Cette conversation eut lieu dans un lit. Aurelia avait finalement dérogé à sa règle sacrée. Le cottage était froid et humide, au bord de l'eau. Du givre se formait au bas des fenêtres. Le chauffage au kérosène ne fonctionnait que par intermittence. Aurelia l'avait loué pour le mois de mars à un vendeur de voitures de Binghamton, un chasseur qui n'y viendrait que plus tard dans la saison. Elle jugeait la décoration épouvantable, mais avait deviné qu'Eddie, qui estimait son environnement selon d'autres critères que la plupart des gens, le trouverait rustique et inspirant. Elle avait vu juste. Elle lui faisait visiter les lieux lorsque leurs corps se heurtèrent une première fois, par mégarde, puis une deuxième, et sa résolution tomba. Elle avait résisté et tenu sa promesse pendant presque deux ans.

— Ne le dis pas à Gary, demanda Aurelia, nue dans ses bras pour la première fois depuis plus de dix ans. Il le dirait à Mona, et Mona se tordrait de rire.

— Je ne le dirai à personne.

— Je ne te crois pas.

— Tu regrettes ?

— Non, dit-elle, en sortant tout de même du lit.

Le chauffage s'était mis en marche. Il faisait soudain une chaleur étouffante. Dans quelques heures, l'atmosphère serait de nouveau glacée. Des chauds et froids comme dans le mariage, songea Aurie. Elle retrouva ses Virgina Slims. Dix ans. Davantage. Ce n'était plus un jeune homme gauche faisant ses premiers pas. L'Eddie d'aujourd'hui était moins doux, mais plus sûr de lui. Au début, elle avait tremblé à la fois d'appréhension et d'émerveillement, mais elle avait pu lire dans le regard d'Eddie qu'il avait toujours su que ce jour viendrait. À présent, elle se tenait à la fenêtre, elle avait tiré le vieux rideau et contemplait le paysage hivernal, l'écume grise à la surface du lac. Le goût âcre et doucereux du tabac l'apaisait. Son regard courait sur les vagues. Eddie, lui, contemplait le corps de cette femme de quarante ans et songeait qu'il n'avait jamais rien vu d'aussi beau.

— Et maintenant, qu'est-ce qui se passe ? demanda-t-elle en cambrant le dos.

Eddie bâilla. Washington était à plus de huit heures de route, et il avait conduit sans s'arrêter.

— Je vais probablement quitter le pays pendant quelque temps. Je ne me sens pas en danger, se pressa-t-il de préciser. Mais je ne peux plus faire un pas sans rameuter la foule.

— Je voulais dire pour nous. Qu'est-ce qui se passe *pour nous* ?

— Nous. *Nous*. Nous. (Eddie se délectait du mot. Il sortit du lit à son tour, se colla contre son dos et l'enlaça.) C'est une question ou une instruction ?

— Qu'est-ce que tu racontes ?

— Question ou instruction. Si c'est une question, ma réponse est : « Marions-nous. » Mais mon petit doigt me dit que tu ne voudras pas.

— C'est vrai.

Elle entendait la tristesse dans sa voix, mais n'avait aucun réconfort à lui offrir. Elle fit un rond de fumée, puis un deuxième.

— Alors ne me demande pas ce qui va se passer. (Il lui embrassa la main.) Dis-le-moi.

Elle se retourna, plongea son regard dans ces yeux qui l'avaient désirée sans honte pendant tant d'années.

— Pour l'instant, retournons au lit.

La matinée était déjà bien avancée, elle n'avait pas de cours de la journée et les enfants étaient à l'école, elle avait donc un bon moment devant elle.

II

Mais les bons moments ont une fin. Aurelia attrapa sa montre sur la table de chevet, poussa un cri, se précipita hors du lit et ramassa ses vêtements en titubant. Elle promit de l'appeler plus tard, mais le cottage n'avait pas le téléphone. La cabine plus proche se trouvait à la station-service Sinclair, à plus de un kilomètre de là. Conduisant le break à toute vitesse sur le chemin du retour, Aurelia se demandait comment elle avait pu se laisser aller à ce point. Ce n'était pas n'importe quel type. Ça n'avait rien d'un flirt anodin comme avec Lawrence Shipley. Il s'agissait d'Eddie. Son Eddie de Harlem, c'est vrai. Mais aussi le grand Edward Trotter Wesley Junior. Il y avait des milliers de bonnes raisons de ne pas s'en approcher, allant de son actuelle célébrité au fait que si l'incartade d'aujourd'hui venait à s'ébruiter, Sherilyn et Claire et toutes les autres en déduiraient que les vieilles rumeurs de Harlem étaient fondées et qu'Aurelia et Eddie avaient continué de se voir en cachette, tout au long de son mariage avec Kevin.

Il y avait en outre d'autres complications, des complications qu'elle ne parviendrait jamais à lui faire comprendre.

Aurie s'en voulait et se maudissait. Elle s'enferma dans un silence buté pendant la plus grande partie de la soirée, malgré les efforts des enfants pour l'égayer. Elle s'en prit au chien. Lorsque Eddie finit par appeler, vers vingt-deux heures, elle était prête à lui arracher les yeux. Elle avait préparé une belle tirade dont elle réussit à lui assener une bonne partie, jusqu'à ce que, tout à coup, elle fonde en larmes. À une certaine époque de sa vie, Aurelia pouvait se vanter de ne jamais pleurer. À présent, il se passait rarement une semaine sans larmes.

Eddie eut l'attitude d'un parfait gentleman, il ne chercha ni à fuir ni à s'imposer.

— Je n'ai pas l'intention de te presser. J'attendrai que tu sois prête.

— Je ne le serai jamais, rétorqua-t-elle.

Elle pensa soudain à Kevin. Pour lui, ce type de protestation était un défi plutôt qu'une rebuffade. Elle se souvint de l'époque où il la courtisait. Plus elle érigeait de murs entre eux, plus il s'amusait à les abattre et à la conquérir.

Pour la première fois, alors qu'elle écoutait les

propos apaisants d'Eddie, elle réalisa à quel point son mari lui manquait. Et le lendemain matin, tandis qu'elle s'affairait, ayant repris possession de ses moyens, et fredonnait des chansons idiotes avec les enfants avant de les emmener à l'école, Aurelia se rendit compte qu'elle avait tout de même aimé Kevin Garland.

40

Deuxième bouchée de pomme

I

Lorsqu'elle revit Eddie, il n'était pas seul. Il était arrivé au cottage le vendredi. Le samedi avait été consacré aux enfants – l'entraînement de hockey de Locke avec l'équipe junior le matin et le récital de flûte de Zora l'après-midi – car Aurelia cédait aux conventions locales autant que faire se pouvait. Le dimanche matin, elle avait surpris les enfants en les réveillant de bonne heure pour se rendre au culte à la très chic église épiscopale près du campus, où elle passa un long moment agenouillée. Le sermon portait sur la grâce qui nous est faite sans qu'on la mérite. Aurelia songea qu'elle la méritait si peu. Ce n'est que le mardi qu'elle se sentit suffisamment maîtresse d'elle-même. Elle prit tout de même soin de choisir des vêtements les moins sexy possibles. Elle se changea tout de suite après ses cours pour enfiler le gros pull informe dans lequel elle traînait à la maison le matin. Elle emmena Crunch comme chaperon et l'installa dans la cage aménagée pour lui à l'arrière du break. Lorsqu'elle arriva au cottage en pierre, il y avait un autre véhicule garé dans l'allée, à côté de l'énorme Cadillac d'Eddie. Une petite voiture aux formes rondes, fabriquée par une jeune entreprise japonaise en pleine ascension, du nom de Subaru, et dont la publicité se fondait sur les économies d'argent et d'essence de ses modèles.

Elle descendit du break. Le séjour d'Eddie était censé rester secret. Elle était agacée, contrariée, comme s'il n'avait pas respecté les règles. Elle ouvrit le coffre et le chien s'élança vers la maison en aboyant. Elle s'approcha de la Subaru dont le bas de caisse bleu métallisé était couvert de sel. Les plaques, comme celles d'Eddie, indiquaient « District of Columbia ».

Ce n'est qu'en frappant qu'elle saurait à qui elle appartenait.

La porte branlante s'ouvrit avant même qu'elle l'ait effleurée et Aurelia ne put masquer sa surprise. Devant elle se tenait une superbe femme noire, de vingt ans à peine, mince, les yeux verts et la peau claire, tout ce que les anciennes familles de Harlem vénéraient. Elle était vêtue avec élégance, et Aurelia eut immédiatement honte de son accoutrement.

— Bonjour, Mrs Garland, entrez, je vous en prie.

Aurelia reprit immédiatement ses esprits en reconnaissant le mélodieux accent du Sud. Elle l'avait déjà entendue une fois ou deux au téléphone. C'était Mindy, diplômée de Spelman, la dernière assistante d'Eddie. Il engageait des femmes noires à la sortie de l'université. La rumeur voulait qu'il leur demande plus qu'un simple travail de secrétariat, affirmation qu'Aurelia avait toujours ignorée en riant. Cela étant, la radio cancans de l'obscure nation ne l'avait jamais associé avec personne d'autre et, en entrant dans la pièce, Aurelia sentit son corps se raidir – de jalousie, forcément –, et ses joues s'enflammer – de honte, nécessairement. Les événements du vendredi précédent étaient arrivés à une autre, dans une autre vie, et ne se reproduiraient jamais, au grand jamais !

Sur le canapé trônait un baise-en-ville délicatement féminin.

Eddie était assis à la table en bois en train de réviser un document que Mindy lui avait probablement apporté.

— Je voulais juste m'assurer que tu avais tout ce qu'il te fallait, dit Aurelia d'une voix tendue. Mais je vois que l'on s'occupe bien de toi.

— Quoi ? Oh. Fais comme chez toi. (Il leva à peine les yeux.) Je n'en ai plus que pour une minute.

— Non. Non, je ne peux pas rester... (Eddie avait replongé dans sa lecture, l'air bouleversé et perdu.) Je te ferai signe dans quelques jours, dit Aurie en reculant vers la porte. Tu sais où me joindre si tu as besoin de quelque chose.

Elle regarda à nouveau Mindy, qui lui rendit son regard. Son air triomphant la désarçonna.

— Oui, fit Eddie en reprenant à la première page. Très bien.

— Enchantée d'avoir fait votre connaissance, Mrs Garland, dit poliment Mindy de sa voix sirupeuse.

— Pareillement. (C'est tout ce qu'Aurelia réussit à dire. Puis, s'adressant à Eddie :) Prends soin de toi.

— D'accord, lâcha-t-il, toujours absorbé dans son document. (Il leva brutalement la tête, l'air ahuri, comme s'il venait de s'apercevoir de sa présence.) Excuse-moi. Attends.

— Il faut vraiment que j'y aille.

— Aurie, attends. J'ai besoin de te parler une seconde.

— Pas maintenant, Eddie, je ne peux pas. Je regrette.

— Mindy, mon petit. Laissez-nous un instant.

— Certainement, Mr Wesley, roucoula la jeune femme avant de s'éclipser dans l'unique autre pièce du cottage, la chambre à coucher.

La porte se referma sur elle.

Aurelia resta plantée comme une idiote.

— Je ne peux vraiment pas rester, dit-elle.

— Assieds-toi, je t'en prie.

— Je ne préfère pas.

Il fronça les sourcils.

— Qu'est-ce qui t'arrive ?

— Rien, rétorqua-t-elle, fâchée de sa propre mauvaise humeur, mais incapable d'empêcher son regard de glisser vers la porte de la chambre.

Eddie suivit ses yeux. Son visage intelligent s'éclaira quand il comprit. Aurelia était au bord de la crise de nerfs. Il avait toujours su lire en elle. Il eut un petit sourire en coin. Sa voix se fit enjôleuse.

— N'est-ce pas toi qui m'as expliqué qu'on ne pouvait pas continuer à se voir ?

— Mon Dieu, Eddie. Tu ne pouvais pas te retenir plus de deux jours ?

— Quatre, en réalité.

Elle aurait voulu le gifler, mais cela exigeait une proximité dangereuse. Elle recula donc vers la porte.

— Au revoir, Eddie.

— Attends. (Il se leva d'un bond et se dirigea vers elle. Elle ne s'arrêta pas.) Aurie, allons. Je plaisantais.

— Il faut vraiment que je parte. Le bus scolaire...

— N'arrivera pas avant une heure et demie. Viens. Assieds-toi. S'il te plaît.

Aurelia accepta, réussissant tout de même à afficher la moue boudeuse et dédaigneuse qu'il avait toujours trouvée particulièrement séduisante.

— Qu'y a-t-il ? demanda-t-elle froidement.

— Tout d'abord, il n'y a rien entre Mindy et moi. Elle travaille pour moi, chérie, rien de plus.

Aurelia releva le menton.

— Ce que tu fais ne me regarde pas. C'est ton problème. Et je ne suis pas ta chérie.

Eddie avait l'air exaspéré.

— Mindy est venue m'apporter ceci, dit-il en rangeant les pages à l'intérieur d'une chemise bordée d'adhésif rouge. Aurie, écoute. Ce dossier est important. Ça fait longtemps que je l'attends. Très longtemps. Mindy ne fait que son travail. Elle a roulé toute la nuit, elle est crevée et elle va dormir ici. Elle repartira demain. (Il remarqua l'ombre sur le visage d'Aurelia, mais il était en colère à présent.) À moins que je ne lui demande de rester plus longtemps. (Silence. La tension montait des deux côtés.) Maintenant, j'imagine que tu vas me demander qui va dormir où.

— Va te faire voir !

Elle fit les cinq pas qui la séparaient de la porte en une demi-seconde. Elle souhaitait qu'il l'arrête, mais savait qu'il était trop fier pour cela.

Dès qu'il posa la main sur son épaule, elle s'immobilisa.

— Épargnons-nous ça, d'accord ? (Il avait la voix de l'ancien Eddie, celle du Eddie de Harlem, de son Eddie.) Excuse-moi, chérie. Je ne devrais pas te parler sur ce ton.

Il attendit. Aurelia se tut et attendit à son tour. S'il lui disait qu'il l'aimait, elle le giflerait pour s'être imaginé que c'était aussi facile. S'il disait que Mindy allait dormir sur le canapé, elle l'insulterait pour avoir cru qu'elle était jalouse.

Au lieu de cela, il prononça les seuls mots capables de la retenir.

— J'ai besoin de ton aide, Aurie. C'est au sujet de Junie.

II

La table en bois bascula sous son poids – l'un des pieds était cassé. Kevin aurait immédiatement plongé dessous pour resserrer les vis, mais Eddie n'éprouvait pas le besoin de mettre en scène sa virilité.

— Il m'a fallu des années pour obtenir ça, dit-il en reclassant les feuillets. J'ai tiré toutes les ficelles imaginables. Gary Fatek. Tous les gens que je connaissais lorsque je travaillais à la Maison Blanche. Jusqu'à Lanning Frost.

— Lanning ? Je ne savais pas que...

— Je l'ai rencontré dans le cadre de la campagne pour Kennedy. Je suis passé par Margot et... enfin, disons que j'ai laissé entendre que... excuse-moi, Aurie, je me suis servi de ton nom.

— Mon nom ? Qu'est-ce que... oh !

Elle n'avait pas vu les choses sous cet angle. Le monde entier pensait que Lanning Frost était vivant parce que Kevin Garland était mort à sa place. En conséquence, Lanning se sentait forcément une dette envers elle. Aurelia songea qu'elle devrait être furieuse contre Eddie, mais sa réserve de colère était pour le moment épuisée. Eddie continuait de s'excuser, elle lui fit signe de se taire. Elle trouva même le moyen de sourire.

— Franchement, Eddie. Dis-moi ce que Mindy t'a apporté.

Il hésita, puis ramassa le dossier bordé de rouge qui avait glissé par terre. Les mots « CONFIDEN-

TIEL – DISTRIBUTION RESTREINTE » barraient la couverture. Eddie remarqua son regard.

— Ils utilisent un papier spécial qui ne peut être photocopié. Ce sont des documents originaux. Ceux qui sont adressés aux directeurs des services et aux élus concernés. Ils sont rédigés de façon à protéger les sources et c'est pour cela que j'ai besoin de ton aide.

— Des élus. (Aurelia pencha la tête de côté, reprenant son vieil air d'institutrice.) C'est l'exemplaire de Lanning, n'est-ce pas ? Oh, Eddie ! Pourquoi prendrait-il ce risque pour te faire plaisir ? Qu'a-t-il demandé en échange ?

Ils savaient tous les deux que c'était une question purement rhétorique. Sans attendre de réponse, elle tendit la main vers le dossier. Eddie l'arrêta.

— Qu'est-ce qu'il y a ? Je ne peux pas le toucher ?

— Disons simplement que cet exemplaire a été emprunté. Peu importe à qui. Il faut donc que je le restitue. Ce n'est pas grave s'il y a mes empreintes dessus. S'il devait y avoir une enquête, ils savent déjà qu'il a été en ma possession. Mais il n'y a aucune raison pour qu'ils sachent que tu es mêlée à tout cela.

Aurelia retira sa main. Son attitude protectrice l'horripilait.

— Et celles de la petite Mindy ?

— Le dossier est arrivé à l'intérieur d'une enveloppe et je lui ai dit de porter des gants. Elle ne l'a pas touché. (Eddie marqua une pause, mais Aurie n'avait pas d'autre question.) Ce sont des résumés des rapports de surveillance. Ils sont destinés aux fonctionnaires de haut rang. Il y a là tout ce qu'ils savent sur l'Agonie de la Couronne. Et ce n'est pas suffisant. (Il tapa du poing sur la table.) Ce n'est pas assez. Il contient de nombreux renseignements utiles, mais il m'en faut plus. (Il ouvrit le dossier et en tira quelques feuillets, pointant certains passages du doigt.) Regarde ici. Le nom de code de Junie est « Courant éveillé ». Ne touche pas. Lis seulement. Tu vois ?

Aurelia lut. Elle vit. Et fit bien attention de ne pas toucher les pages. Les sources qui fournissaient les renseignements apparaissaient également sous des noms de code : « Volume orange », « Pomme d'argent », etc. Il ne lui fallut que quelques minutes pour comprendre que les bons – les informateurs du FBI – avaient tous des noms de code comportant une couleur. Elle lut tous les passages que lui indiquait Eddie. Les informations étaient aussi minces qu'il le lui avait annoncé. 1960, Courant éveillé a été aperçue dans une planque à Dallas. 1962, une dispute entre Courant éveillé et un autre responsable du groupe au sujet d'une action a été rapportée. 1963, Courant éveillé aurait quitté le pays. Courant éveillé assiste au sommet du Ghana avec deux autres groupes radicaux, dont les noms ont été masqués. 1964, Courant éveillé est aperçue à Los Angeles, on la croit à Boston. Puis en Géorgie. 1965, Courant éveillé renonce à la violence. Elle est accusée d'erreur idéologique, jugée et dépouillée de toute autorité.

Aurelia releva les yeux.

Eddie était livide. Pas étonnant qu'il ait eu l'air bouleversé.

— Eddie ?

Il secoua la tête, tapota la page.

— Continue de lire.

Elle continua.

Le rapport suivant était daté de 1966, il y a moins d'un an. Il était bref et, en dépit du ton neutre, poignant.

Plusieurs sources rapportent que Courant éveillé n'a plus de contact avec les éléments de l'Agonie. Impos-

sible de la localiser. Source Selle verte (cf.) *fait état de rumeurs selon lesquelles Courant éveillé a été exclue. Source Matelot doré* (cf.) *fait état de rumeurs selon lesquelles Courant éveillé aurait été éliminée par certains éléments de l'Agonie. Rumeurs non fondées. (Note : Plusieurs sources rapportent que Courant éveillé, dans le passé, a demandé de l'aide suite à des problèmes urgents à un individu noir, de sexe masculin, non identifié, surnommé Ferdinand, patronyme inconnu, aucune référence, aucun dossier. Les sources estiment que le dénommé Ferdinand doit connaître sa situation et localisation actuelles.)*

Aurelia se rendit compte qu'elle était cramponnée au bras d'Eddie. Ses ongles étaient plantés dans sa chair. Ses mains tremblaient. Elle ne savait pas lequel des deux rassurait l'autre. Lorsque Eddie prit la parole, il n'y avait aucune émotion dans sa voix.

— Ferdinand est Perry Mount. C'est un surnom qui remonte à notre enfance. Perry travaille pour le Département d'État, à l'Agence pour le développement international. De nos jours, cela signifie la CIA. (Aurie ne répondit pas.) Aucune de mes sources ne peut obtenir de renseignements de ce côté-là de l'échiquier. C'est là que tu interviens.

— Moi ?

— J'ai besoin de savoir où est Perry. J'ai promis de ne rien te demander au sujet de Kevin et je respecte ma promesse. Mais j'ai besoin de ton aide pour localiser Perry. Il faut que je le retrouve si je veux lui faire dire ce qui est arrivé à ma sœur.

Aurie lui lâcha le bras.

— Eddie, voyons. Je suis maître-assistante vacataire dans le département d'anglais à Cornell. Je ne connais personne à la CIA.

— Mais tu connais quelqu'un qui connaît quelqu'un. Et je parierais qu'il serait ravi de t'aider.

— Qui ? Tu as déjà essayé Lanning !

— Nixon.

— Quoi ?

— Dick Nixon. Tu l'as toujours bien aimé, Aurie. Les Garland ont collecté des sommes énormes en sa faveur. On raconte qu'il est proche des gens de l'Agence, et je suis sûr qu'il sera ravi d'avoir des nouvelles de la bru de Matty.

— Tu n'y songes pas. Il sera candidat aux présidentielles l'année prochaine. Même s'il prenait mon appel, ce n'est vraiment pas le moment de lui demander de divulguer les secrets de l'Agence.

— Tu veux bien essayer ? Je ne t'en demande pas plus. (Elle n'avait jamais vu autant de souffrance dans ce regard d'habitude si posé.) Je t'en prie, Aurie. J'en ai besoin. Je suis à court d'idées.

Sans savoir comment, Aurelia se retrouva assise dans le break avec Crunch qui jappait à l'arrière. Elle avait sans doute promis d'essayer. La seule chose dont elle se souvenait, c'étaient ses yeux implorants. La Subaru entra dans son champ de vision et elle dut se rappeler que la vie sexuelle d'Eddie ne la regardait pas. Elle recula pour s'engager sur la route. Elle était en retard, mais si elle passait outre quelques règles, elle pouvait encore arriver en même temps que le bus scolaire. Elle brûla des feux, traversa même un village à près de cent vingt kilomètres à l'heure. Aurelia se disait qu'elle fonçait retrouver ses enfants, mais elle savait aussi qu'une partie d'elle-même fuyait aussi vite que possible. Eddie lui en demandait trop. Si elle le laissait approcher trop près, il lui retournerait les tripes, et elle finirait par lâcher les secrets qu'elle devait absolument garder.

Curieux tout de même qu'il n'ait jamais douté qu'elle accepterait de l'aider.

III

Il faisait nuit. Eddie était assis à la table en caleçon et tee-shirt. Mindy dormait dans son lit. Elle avait laissé la porte de la chambre entrouverte, sous-entendant clairement qu'il était libre de la rejoindre, mais il avait jeté une couverture sur le canapé, bien décidé à s'en accommoder. Il relisait une fois de plus les rapports de surveillance, en particulier ceux qu'il avait habilement cachés à la vue d'Aurelia en ne l'autorisant pas à poser la main sur les feuilles. Il revenait sans cesse sur le même, daté de 1961 :

Une source fiable nous signale que le sujet Courant éveillé a accouché d'un enfant. D'après la source Pomme d'argent, l'enfant a été confié pour adoption. Selon la source Berger bleu, l'enfant est né peu de temps après que l'Agonie a réussi son attentat contre la prison du comté, à Macon, Géorgie. Pour l'heure, aucune intervention n'est recommandée.

Eddie avait les yeux rivés sur la feuille de papier. Il se souvenait de l'attaque de Macon, comme de toutes les actions connues de l'Agonie de la Couronne. L'attaque de la prison – qui en réalité s'était résumée à une série de coups de feu tirés à partir d'un camion en marche, n'atteignant aucune cible, pas même les nombreuses voitures de police stationnées à l'extérieur – avait été perpétrée à la fin du printemps 1959. Avec son goût habituel pour les prophéties ésotériques qui faisaient mouche à tous les coups, même lorsqu'elles se révélaient fausses, la presse avait annoncé que l'attentat avait été programmé pour protester contre le lynchage de Mack Charles Parker, à Poplarville dans le Mississippi, à plusieurs États de là. Peut-être Macon était-il plus accessible ? Peut-être le motif était-il autre ? Pour Eddie, une seule réalité comptait : si le bébé était né après l'attentat de Macon, il était né trois ans après la disparition de Junie.

Ce qui signifiait que sa sœur avait eu un deuxième enfant.

41

Bienvenue à Saigon

I

Quelques semaines plus tard, fraîchement accrédité comme journaliste pour un mensuel radical, Eddie embarqua dans l'avion matinal qui reliait Hong Kong à Saigon. Le Boeing 707 était rempli de journalistes, de diplomates et de profiteurs de guerre. Tandis que l'avion fonçait au-dessus des montagnes, à quelque dix mille pieds d'altitude, le pays, par sa luxuriance même, s'étalait, magnifique. Vue du ciel, la guerre semblait irréelle. Pourtant, le jeune cadre assis à côté de lui racontait, surexcité, que l'un de ses collègues avait été emporté dans l'explosion d'un café. Du reste, le pilote avait choisi de procéder à un atterrissage en piqué pour éviter tout danger de recevoir un missile sol-air surgissant de sous le couvert des arbres majestueux.

Aurelia ne l'avait pas laissé tomber. C'est ce que se répétait Eddie avec ravissement. Elle avait sollicité Nixon, qui avait appris que Perry Mount était au Vietnam. Impossible d'en savoir plus, mais Eddie avait toujours cru au pouvoir de la détermination. Découvrir les pérégrinations d'un homme seul dans un pays en guerre ne lui faisait pas peur. D'ailleurs, la présence de Perry en Asie n'avait rien de surprenant. Philmont Castle avait négocié des affaires pour ses clients dans toute l'Europe, mais Kevin avait déjà écumé le Vieux Continent. L'avocat avait également fait de nombreux voyage en Asie du Sud-Est – en particulier à Hong Kong et au Vietnam à l'époque où le pays était encore rattaché au protectorat français sur l'Indochine.

Perry était ici pour le compte du gouvernement fédéral, bien sûr, mais aussi pour servir le Projet. Il cherchait le testament de Castle.

Eddie passa quelque temps à l'hôtel Caravelle car Mona Veazie, qui avait d'anciennes conquêtes dans le monde entier, lui avait donné le nom d'un journaliste anglais qui y séjournait. L'ami de Mona était au front. En attendant son retour, Eddie hantait le bar Jerome avec le gratin de la presse, mais les reporters de guerre aiment boire sur votre compte sans partager leurs infos pour autant. Il était arrivé à la mi-avril, au milieu de l'opération « Junction City », une attaque massive des forces américaines sur les principales bases viêt-công de la province de Tây Ninh. Au début, ce genre de détails ne l'intéressaient pas. Il ne savait pas où se trouvait Tây Ninh et se moquait que les troupes du Nord mènent l'offensive depuis cette province. Il comprit vite que son attitude ne lui attirait pas les faveurs des représentants de la presse. Eux se fichaient qu'il ait été couronné deux fois du National Book Award. Ici, ceux qui ne suivaient pas la guerre étaient condamnés à rester en dehors du coup.

Eddie pouvait difficilement chercher Perry en étant sur la touche. Il changea d'attitude. Il se mit au fait des détails de la guerre. Il s'enquit de savoir qui l'on pouvait citer, qui l'on pouvait croire et qui l'on devait éviter. Une fois qu'il sut qui était qui, il déménagea et prit ses quartiers au Duc, un hôtel moins coté mais où, selon ses sources, traînaient les gars de la CIA bien qu'ils soient moins enclins que les journalistes à partager leurs informations. Là non plus, aucun signe de Perry. Naïvement, il s'était imaginé tomber nez à nez avec le golden boy au restaurant de l'hôtel.

« Il ne se passe pas grand-chose », écrivit-il à Aurelia, à sa mère et aux hommes de l'ombre qui interceptaient son courrier.

La chaleur ambiante l'avait surpris. La poussière aussi. Elle recouvrait tout, sauf les voitures des nantis qui, à n'en pas douter, étaient lavées et polies plusieurs fois par jour. La ville n'en débordait pas moins d'énergie. La guerre semblait avoir donné un emploi à tout le monde. L'afflux d'Américains avait à la fois rempli les coffres et ruiné l'économie ; la monnaie locale ne valait plus rien, seuls les dollars avaient cours. L'inflation était galopante, la circulation impossible. Dans les rues bondées, des hommes d'affaires à la petite semaine et de grands proxénètes affichaient leur réussite au volant des dernières berlines européennes. Une foule de deux-roues, des grosses Honda aux Vespa stridents en passant par toutes les autres formes d'engins à moteur ou à pédales, se faufilaient en pétaradant. Les combats semblaient à des années-lumière, sauf la nuit lorsque l'on entendait les tirs d'artillerie au loin, parfois tout près, et le matin quand on découvrait des carcasses d'avions brûlés sur le tarmac ou des tanks abandonnés dans les faubourgs dévastés de la ville. De temps à autre, un escadron de la police nationale encerclait une maison avant de s'y engouffrer pour en exhumer un pauvre bougre qui, au bout de quelques jours, voire quelques heures, confesserait qu'il avait apporté de l'aide à l'armée de libération nationale, que ce soit vrai ou pas.

Les Américains avaient barricadé le centre-ville, mais le périmètre qu'ils avaient ainsi délimité ne donnait aucune garantie de sécurité. Une classification morbide s'était établie entre les hôtels. Le Caravelle, qui appartenait à l'Église catholique, était reconnu comme le plus sûr, selon la rumeur la direction aurait conclu un pacte avec l'armée de libération pour se protéger des bombardements qui faisaient régulièrement trembler les autres bâtiments. Mais la rumeur allait bon train. D'ailleurs c'était sur des on-dit qu'Eddie s'était retrouvé ici.

— Il ne garantit rien, l'avait prévenu Aurelia, au cours d'une promenade sur le campus de Cornell, au vu de tout le monde.

— Je comprends, avait répondu Eddie en prenant bien garde de ne pas la frôler. Il faut tout de même que je tente le coup.

— Je sais. Eddie ?

— Aurie ?

— Tu seras prudent ?

— Oui, avait-il promis. Mais uniquement parce que tu me le demandes.

Elle l'avait accompagné jusqu'à sa voiture, garée à Collegetown, à l'extrémité du campus.

— Tiens-moi au courant.

— Ne t'inquiète pas. (Il lui avait caressé la joue, elle l'avait laissé faire.) Tu vas me manquer.

— Toi aussi.

— Aurie... à propos de ce qui s'est passé...

— Je sais. (Elle lui avait donné un petit baiser furtif.)

Il avait souri, ravi, et s'était empressé de gâcher l'instant.

— Je t'écrirai. Et si tu ne parviens pas à me joindre, passe par Mindy.

Aurelia s'était raidie.

— Certainement, avait-elle dit avant de tourner les talons.

II

Eddie commençait à se sentir désœuvré. Il croyait apercevoir Perry à chaque coin de rue bondée, mais c'était chaque fois un leurre. Il s'appliqua à prendre ses quartiers et, afin de montrer qu'il était ce qu'il prétendait, se mit à agir comme un véritable correspondant de guerre. Il longea la ligne McNamara pendant une semaine avec une compagnie des I Corps prise entre des salves d'artillerie sur la colline de Con Thien, près de Quang Tri. Sous une pluie d'obus, Eddie était convaincu que sa tête allait éclater. Les rafales de mitraillette les obligeaient à ramper. Eddie se rendit compte que les balles étaient invisibles. Au cinéma, elles faisaient toujours des étincelles quand elles rencontraient une pièce de métal, mais dans la réalité, elles déchiquetaient indifféremment les objets et les hommes qui se trouvaient sur leur trajectoire. Les hélicoptères se faufilaient entre les projectiles pour descendre ramasser les blessés et déposer des munitions.

Lors d'une accalmie, un lieutenant à lunettes du nom de Cox tira Eddie à l'abri. Eddie en profita pour s'informer sur la suite des opérations. Le soldat lui expliqua que les Nord-Vietnamiens avaient besoin de cette colline et que, tôt ou tard, ils donneraient l'assaut pour la prendre. Eddie voulut savoir quelle en serait la conséquence pour le bataillon, le lieutenant lui répondit qu'ils ne les laisseraient pas faire. Il posa les yeux sur les mains vides d'Eddie.

— Avez-vous déjà tiré, Mr Wesley ?

— Non, pas vraiment.

— OK. Nous n'avons pas le droit de vous donner une arme, mais s'ils attaquent fort, venez me trouver et je verrai ce que je peux faire, parce que personne ne peut se permettre de rester neutre, si vous voyez ce que je veux dire.

L'assaut final fut donné une semaine plus tard. Eddie était à nouveau en sécurité, à Saigon. Un après-midi, il se rendit dans un club dont on lui avait dit que Perry le fréquentait. Perry n'y était pas, mais il tomba sur le lieutenant Cox. Il lui offrit un verre.

— Alors, comment c'était ?

Le lieutenant ôta ses lunettes. Son regard était à la fois hargneux et vide, comme s'il avait oublié d'où venait sa rage.

— Nous avons tenu la colline.

III

Le copain journaliste de Mona revint début mai : sa barbe et son embonpoint lui donnaient des allures de Père Noël. Son apparente gaieté masquait un effondrement imminent qu'annonçaient, selon Eddie, le tremblement de ses mains et l'écume au coin de ses lèvres. Il s'appelait Simon Pratt. Il recommanda à Eddie d'opter pour une approche directe. Si vous cherchez quelqu'un, dit-il avec un sourire désespéré, le meilleur moyen est de demander.

— Au fait, comment va la jolie Mona ?

— Magnifiquement, dit Eddie.

Si Mona n'avait pas prévenu le Britannique de son récent mariage, Eddie estima que ce n'était pas à lui de révéler ses secrets.

Il suivit le conseil de Pratt. Il brava les murs de sacs

de sable et les postes de tir qui protégeaient l'ambassade des États-Unis afin de s'enquérir de Perry Mount. On lui répondit que personne de ce nom n'y travaillait. Toujours avec le même sourire goguenard, Pratt, qui couvrait sa huitième ou neuvième guerre, lui suggéra de tenter sa chance auprès des autres administrations américaines. Même réponse. Eddie parcourait la ville sans parvenir à rencontrer le moindre journaliste qui ait entendu parler de Perry, le moindre propriétaire qui lui aurait loué un logement, le moindre restaurateur qui l'aurait servi.

Jamais pris de court, Pratt eut alors une autre idée. Il possédait d'autres sources auxquelles Eddie n'aurait jamais accès. Il voulait bien faire quelques recherches, à condition d'en retirer quelque chose. Eddie accepta. Pratt revint avec une rumeur selon laquelle Perry Mount serait à la colle avec une Vietnamienne dans l'un des bidonvilles qui entouraient Saigon. On ne lui avait donné aucun endroit précis, aucun nom, ce n'était qu'une rumeur dont la source n'était pas la plus fiable. Il ne pouvait pas non plus poursuivre les recherches. Les correspondants de guerre n'étaient que de passage en ville et Pratt repartait immédiatement pour les hauts plateaux du Centre, où les forces américaines barraient la route aux forces nord-vietnamiennes en provenance du Cambodge. De nouveau seul, Eddie loua les services d'un chauffeur et s'enfonça dans les quartiers misérables. De pauvres hères étaient assis, hébétés, devant des maisons bancales où ils devaient s'entasser par douzaine à chaque étage. Il avait prétendu qu'il écrivait un reportage pour un magazine et il se prit au jeu. Il aurait voulu attribuer la responsabilité des bidonvilles aux Américains, mais ces quartiers avaient toujours existé. Son chauffeur refusait de s'arrêter. Trop dangereux, disait-il. Eddie lui glissa dix dollars. Il se gara devant une baraque, partit parlementer avec les gens à l'intérieur. Remonta dans la voiture et alla s'arrêter devant une autre baraque. Puis une autre encore. C'était chaque fois le même manège. Eddie voulut savoir ce qu'ils lui disaient.

— Ils ne connaissent pas votre ami, répondit-il en haussant les épaules. Ils disent que vous vous ressemblez tous.

Devant un baraquement, deux hommes se précipitèrent vers l'arrière de la maison à leur arrivée et un troisième émergea de l'intérieur armé de ce qui ressemblait à un couteau. Le chauffeur lui témoigna un peu plus de respect et ne descendit pas de la voiture.

— Il croit que vous appartenez à la police américaine. Et dit que vous êtes bien loin de votre base.

Eddie n'avait aucun moyen de savoir si l'on se payait sa tête. Ils retournèrent en ville.

De retour des hauts plateaux, ce bon gros Pratt l'entraîna sur le site de deux attentats à la bombe, dont un bar fréquenté par les soldats américains, où Eddie, tendant le cou pour mieux voir, sentit craquer des os de poulet calcinés sous ses pieds, sauf qu'en y regardant de plus près c'étaient les phalanges d'une main humaine. Sur le chemin qui les ramenait vers le centre, Pratt lui assura que tout le monde vomissait la première fois. Eddie se taisait. Il repensait aux gamins que Scarlett avait torturés pour les faire parler, il y avait bien longtemps. Il se souvint qu'il s'était abstenu de lire les journaux dans les semaines qui avaient suivi pour ne rien savoir de leur sort. Il se sentait tout petit, moralement étriqué. Le jour suivant, il écrivit une colonne sur la compensation versée par l'armée américaine si l'un de ses soldats tuait accidentellement un civil. Le magazine de gauche qui l'avait accrédité pour ce voyage était ravi de publier l'article, qui fut repris par les dépêches. Eddie se fit ainsi de nouveaux amis dans certains cercles et de nouveaux ennemis dans d'autres.

La somme versée pour un Vietnamien mort s'élevait à trente dollars.

IV

En ville, on le prenait pour un soldat en permission. Lorsqu'il parcourait les rues bondées en cyclo-pousse, on lui proposait des tas de choses, des secrets nord-vietnamiens de source sûre à de l'authentique art bouddhique ancien en plastique. De jeunes hommes lui susurraient qu'ils avaient des trucs qui lui feraient du bien à la tête. De jeunes femmes aux jupes incroyablement courtes annonçaient leur prix. Il acheta des souvenirs pour Aurelia, pour sa mère et pour Marcella, mais ne dénicha aucune histoire à raconter. Eddie rôdait à la recherche de sa perspective américaine et crut l'apercevoir plus d'une fois. Personne à Saigon ne croyait à la possibilité d'une défaite. La ville était bien trop excitée, enivrée par les billets verts, que tout le monde confondait avec la puissance américaine. Mais le pays ne s'arrêtait pas à Saigon. En réalité, disait Pratt, les troupes américaines associées à l'armée de la République du Vietnam ne contrôlaient que les grandes villes et quelques axes majeurs. La journée, on pouvait rallier une ville à l'autre en voiture. La nuit, en revanche, on s'abritait derrière des remparts pour faire la fête ou on se glissait au fond de son lit en se répétant que si l'on parvenait à fermer les yeux, le matin viendrait plus vite.

Eddie prenait des notes, mais il n'en ressortait pas de fil conducteur pour un essai.

Trois jours après avoir visité le site de l'attentat, ses efforts furent enfin récompensés. À la fin des *Saigon follies*, le nom officieux des briefings de l'armée, qui se tenaient en général sur le toit de l'hôtel Rex, un reporter de l'un des news magazines le prit à part pour lui demander s'il était vrai qu'il cherchait Perry Mount.

Eddie répondit que c'était possible.

— Le Noir de la CIA ?

— Peut-être.

Amusé, le journaliste lui désigna, à l'extrémité du toit-terrasse, une femme qui paraissait flotter dans la brume.

— C'est une photographe free-lance. Elle a gagné quelques prix. C'est sa petite amie, ou du moins elle l'était.

V

Elle s'appelait Teri, elle était blanche, mal peignée et aussi maigre qu'une réfugiée. Le nom d'Eddie fit l'effet d'un sésame. Ils allèrent prendre un verre au bar. Elle lui raconta son histoire, à vitesse de dictée, détachant soigneusement ses mots, comme une confession au terme d'une longue torture. Non, elle n'était pas la petite amie de Perry. Ils étaient amis, du moins le supposait-elle. Sans doute qu'en temps de guerre, certaines choses se passaient, mais le terme de « petite amie » était un peu fort. Ce n'était qu'une aventure, insista-t-elle. Et la lueur qui traversa ses yeux fatigués par la guerre laissait entendre qu'elle était prête pour une autre du même genre. Mais c'était son histoire qui intéressait Eddie, pas son corps. Craignant d'être mené en bateau une fois de plus, il demanda si Perry aimait toujours autant les Milky Way. Teri hésita. Non. Elle ne l'avait jamais vu manger de Milky Way. En revanche, il descendait des Baby Ruth les uns après les autres. Exact. Elle le connaissait. Ils changèrent de bar et continuèrent à parler. Elle lui assura que Perry travaillait vraiment pour le Département d'État, pas pour l'Agence. Elle n'en démordait pas. Pourtant, elle était incapable de lui dire sur quoi se fondait sa certitude. Il avait une telle volonté d'aider les autres. C'était un homme bon, renchérit-elle, le regard perdu. Il voulait changer le monde, petit à petit. Il prenait part à tous les programmes alimentaires. Il travaillait avec les paysans. En plus, il était un adepte convaincu de la non-violence.

— D'accord, mais où est-il à présent ?

— Il a une maison à Hong Kong.

— Il est là-bas ou au Vietnam ?

Ses grands yeux qui en avaient trop vu parcoururent la pièce.

— Aucune idée, marmonna-t-elle, le nez dans son verre.

— J'ai une chambre au Duc. Si vous le voyez, dites-lui que je le cherche.

— Je ne le verrai pas. Personne ne le voit. C'est le plus invisible des fantômes.

— Est-ce que vous le lui direz ?

Teri avait peut-être hoché la tête, peut-être pas. Toujours est-il qu'elle se souvint tout à coup qu'elle avait un coup de fil urgent à passer. Elle prétendit qu'elle revenait tout de suite. Eddie observait chacun de ses gestes tandis qu'elle téléphonait du bar. Elle attendit longtemps que son interlocuteur décroche, puis murmura hâtivement quelques mots.

Teri revint. Plus nerveuse. Elle tenta de s'attaquer à l'un de ses ongles, mais ils étaient tous rongés jusqu'au sang. Elle était certaine à présent que Perry avait quitté le pays. Peut-être Eddie devrait-il essayer Hong Kong. Il fallait qu'elle y aille. Elle avait oublié qu'elle avait un rendez-vous. Une fois dans la rue, elle demanda à Eddie si le célèbre écrivain lui accorderait quelques clichés. Elle le plaça devant un marché, puis secoua la tête en disant qu'elle voulait un autre décor. Elle l'installa devant un convoi funèbre multicolore avec sa pagode en papier. Puis rejeta l'idée. Elle marchait vite en intimant à Eddie de la suivre avec de grands signes. Elle tourna à angle droit deux fois de suite. Et le sema. Enfin, c'est ce qu'elle crut. Elle s'était engouffrée dans une Chevrolet poussiéreuse qui devait avoir cent ans et avait démarré en trombe. Eddie le savait parce que son taxi la suivait. Pas une fois elle ne se retourna pour voir si elle était suivie. Le centre-ville était une version ultra-cheap de Times Square. Les bars étaient bondés, même si la plupart des terrasses étaient fermées : on ne savait jamais quand une grenade allait jaillir de la masse humaine pour venir ruiner votre dîner. La Chevy de Teri passa en trombe devant les camionnettes de livraison et les étals qui bordaient les trottoirs. Sous le toit doré de sa guérite, un agent de la circulation aux gants blancs regarda passer leur cortège sans ciller. Il savait reconnaître les Américains quand il les voyait.

La Chevy s'arrêta devant une grille. Teri dit quelques mots au garde, qui lui ouvrit. Eddie descendit de son taxi. L'enseigne indiquait : « CERCLE SPORTIF SAIGONAIS », le country club le plus huppé de la ville. Il observa Teri tendre sa clé au voiturier, qui regarda d'un air incrédule la guimbarde qu'on lui confiait.

Eddie attendit que la jeune femme ait disparu à l'intérieur avant de s'avancer jusqu'à la grille. Il agita son vieux badge de la Maison Blanche et réussit à convaincre le garde de le laisser passer.

Il avait entendu parler du très chic club sportif, il était passé devant plus d'une fois, mais il n'y était jamais entré. Le cercle se dressait à l'ombre de la résidence présidentielle hautement fortifiée, à deux pas du dispensaire de l'armée américaine. Avec ses pelouses impeccablement tondues et ses serveurs en veste blanche, c'était un îlot de luxe occidental en pleine guerre. Teri marchait en direction du club-house. Tous les regards étaient fixés sur Eddie, pas sur elle. Les femmes blanches, grandes et minces étaient monnaie courante au cercle, mais les Noirs étaient rarissimes, même parmi les serveurs. Le cercle était le refuge des derniers *beautiful people* de Saigon, des Blancs pour la plupart, quelques Eurasiens et de très rares Vietnamiens pure souche ridiculement riches. Ce matin-là, on aurait dit qu'ils s'étaient tous donné rendez-vous pour se dorer la pilule au bord de la piscine. L'excitation était à son comble : plus tôt dans la matinée, un couple des leurs, membres d'un autre club tout aussi chic, le Club nautique, avait loué un bateau pour remonter le fleuve et s'était bien sûr fait descendre, sans doute par le Front national pour la libération. Vous vous *rendez compte* ? Dire que la police est là pour *nous* protéger.

Teri gravit l'escalier ornemental qui menait à la terrasse. Certain qu'elle ne pouvait pas s'échapper, Eddie traîna un peu avant de la suivre. Le maître d'hôtel l'arrêta. Eddie lui répondit en souriant qu'il avait rendez-vous avec une dame et désigna Teri, qui s'était installée à une table dans un coin sombre, entre la piscine et les courts de tennis, à moitié cachée par un kiosque – ce n'était pas le meilleur endroit, mais sans aucun doute le plus discret. Eddie se fraya un chemin parmi le gratin saigonais. Ce n'est qu'à une dizaine de mètres d'elle qu'il se rendit compte qu'il s'était fourvoyé. Elle ne lui avait pas menti et avait bien un rendez-vous urgent : l'homme assis face à Teri n'était pas Perry Mount. C'était un Blanc, mince, avec une épaisse barbe noire. Eddie ralentit le pas. La façon dont l'homme inclinait la tête d'un air supérieur lui rappelait quelqu'un. Il semblait fortuné et Eddie se dit que ce devait être un de ces hommes d'affaires européens qui s'étaient abattus sur Saigon comme des charognards sur un cadavre. L'homme leva les yeux. Son regard hautain croisa celui d'Eddie.

Et accusa le choc.

Teri se retourna.

L'homme se leva d'un bond. Pas pour s'enfuir. Pour tendre la main à Eddie, comme à un vieil ami. La supériorité naturelle de l'étranger, nourrie par des années d'enseignement en faculté de droit, masquait toute forme de peur. Au moment où il ouvrit la bouche, Eddie le reconnut.

Il était trop surpris pour lui rendre sa chaleureuse poignée de main.

— Bienvenue à Saigon, lança feu Benjamin Mellor.

42

Conseillers en tout genre

I

Locke Garland, âgé de neuf ans, s'était encore battu. Sa mère était une fois de plus assise à écouter la sympathique conseillère pédagogique lui expliquer à quel point Zora était adorable – Zora venait d'entrer, en avance, au collège et n'était plus suivie par ladite conseillère dont les fonctions s'arrêtaient à la fin du primaire. Si seulement Locke pouvait ressembler un peu à sa sœur, soupirait la conseillère, en caressant les branches de ses lunettes accrochées à une chaîne en or passée autour d'un cou de taureau. Non, non, elle n'accusait en rien le garçon, bien sûr que non. Les autres l'avaient sans doute provoqué. Il était maigre et cultivé, et il était noir – il fallait s'y attendre. Les autres Noirs ne figuraient pas au tableau d'honneur. À l'exception de Zora, bien sûr, mais elle n'était plus là. C'était évident qu'ils allaient se moquer de lui. C'étaient pourtant de bons garçons. La conseillère voulait qu'Aurelia le comprenne. De bons garçons, comme Locke. Et il arrivait que les gentils garçons se battent. C'est comme ça qu'ils devenaient des hommes.

Alors de quoi sommes-nous en train de parler ? aurait voulu lui demander Aurelia, mais elle s'abstint.

— Je suis une libérale, déclara la conseillère qui avait finalement décidé de chausser ses lunettes. (Derrière ses verres épais, ses yeux émeraude paraissaient meilleurs, ou tout simplement plus grands.) Je crois à l'intégration et je suis sincèrement ravie que vous ayez emménagé à Ithaca, et que vos enfants soient inscrits à notre tableau d'honneur...

Elle insistait sur ce « notre » comme si la mère des enfants en question n'avait pas dû se battre à chaque pas pour ça.

— Ce sont des enfants formidables, Mrs Garland, vous pouvez être fière d'eux.

— Je le suis.

Le sourire se fit plus hésitant.

— Toutefois, je me demande s'ils n'auraient pas besoin de la fermeté d'un père.

— Je vous demande pardon ?

— Un homme, Mrs Garland. Vos enfants ont besoin d'une présence masculine dans leur vie.

Aurelia ne pouvait plus contenir sa colère.

— Vous en avez un à me proposer ?

La conseillère fut bien avisée de se comporter comme si Aurelia plaisantait. Au bout de trente ans de métier, elle savait reconnaître une mère sur le sentier de la guerre. À sa manière, elle s'excusa.

— Ça n'a pas dû être facile pour vous, Mrs Garland. Perdre votre mari de cette façon. Je n'ose imaginer ce que vous avez traversé, mais je suis divorcée et ça n'a pas été facile non plus. Pourtant, j'ai fini par trouver la bonne personne.

— Merci pour vos bons conseils, rétorqua Aurelia avant de sortir dans le couloir où Locke l'attendait.

Elle était en retard pour aller chercher Zora dans sa

classe spéciale pour enfants surdoués qui, au départ, n'avait pas non plus voulu l'accepter. Pendant tout le trajet vers la ville, Locke prit soin de lui expliquer que les garçons l'avaient appelé « paille de fer », à cause de ses cheveux, et Aurelia s'efforça de le sermonner comme elle imaginait que son père l'aurait fait pour ses frères, si seulement elle avait grandi entourée d'un père et de frères. *Si tu leur montres qu'ils peuvent te blesser, ils ne cesseront jamais. Tu auras beau leur écraser le nez deux fois par jour, ils n'arrêteront pas*. Puis ce fut au tour de Zora de débouler dans le break, toute dégingandée et tout excitée par sa découverte des nombres premiers, et Aurelia, au bout du rouleau, la pria, pour une fois, de se taire. Puis, jetant un œil dans le rétroviseur et voyant leur mine déconfite, elle s'adoucit et décida de s'arrêter pour leur offrir un milk-shake malté à la vanille.

Ce n'était pas leur faute. Elle s'inquiétait pour Eddie. Elle n'avait reçu qu'un seul télégramme depuis qu'il était parti à Saigon et cela faisait déjà trois semaines. Cela ne lui donnait pas le droit de s'en prendre aux enfants. Savoir Eddie au beau milieu d'un champ de bataille l'angoissait plus qu'elle ne l'aurait souhaité. Aussi, elle avait mouché la conseillère pédagogique, reprenait les enfants pour un rien, et se repentait de tous ces péchés en leur offrant lâchement des glaces et des boissons maltées. Par chance, les enfants se laissaient encore corrompre facilement.

En fait, ils étaient si joyeux qu'ils réussirent même à la convaincre de faire une entorse à son régime et de s'offrir une *ice-float*, une boule de glace vanille dans de la *root beer*, parce qu'elle leur avait fait croire un jour que c'était son grand-père qui avait inventé la recette.

Un mensonge qu'ils croyaient encore.

II

Lorsque, une heure plus tard, Aurelia entra dans l'allée devant sa maison, elle aperçut Tristan Hadley, garé en face, qui lui faisait de grands signes par la portière de son cabriolet Ford Galaxie bleu métallisé. Aurelia n'en croyait pas ses yeux. Elle envoya les enfants dans la salle de jeux et proposa à Tris de lui servir un café à la cuisine. Il avait son allure habituelle : grand, élégant, et la bouche en cœur. Il traînait avec lui un vieux cartable en cuir, avec deux attaches sur le devant, qui donnait l'impression qu'il avait commencé à lire dans le ventre de sa mère.

— Tu ne devrais pas venir ici, dit-elle sèchement avant qu'il ait pu ouvrir la bouche. Qu'est-ce qui te prend, Tris ? Tu n'as pas toute ta tête ? Au cas où tu ne l'aurais pas remarqué, je te rappelle qu'Ithaca est une petite ville. Je ne t'apprends rien. Ne passe plus chez moi. Ni à mon bureau. Arrête de m'appeler et de me laisser des mots doux.

— Je suis ravi que tu les trouves doux, dit-il en prenant soin de ne pas sourire.

— Ne fais pas l'idiot.

Crunch déboula dans la cuisine quêter son dîner. Aurelia se baissa pour remplir sa gamelle tout en poursuivant ses remontrances.

— Je ne sais qu'une seule chose : tu me manques.

— Ce n'est pas possible. Premièrement, je te rappelle que tu es un homme marié. Deuxièmement, nous n'avons jamais rien fait qui puisse te manquer.

— Nous bavardions.

— C'était avant que tu décides de tomber amoureux de moi.

— Je n'ai rien décidé. C'est arrivé, c'est tout.

— Tu es tombé sur la tête !

Tristan esquissa son sourire de petit garçon sans défense, à qui la vie n'avait jamais rien refusé.

— Hé, j'ai quelque chose pour toi. (Il plongea la main dans la poche de sa veste et, pendant un court instant, Aurelia craignit qu'il n'en sorte une bague en diamants, un acte de divorce, ou les deux. Mais il n'en tira qu'un carnet.) Tu te souviens des phrases que tu m'as montrées ? Celles dont tu ne pouvais identifier la source ?

— Que je t'ai montrées ! Tu fouillais mon bureau, Tristan. Alors que ta femme se trouvait dans la pièce voisine ! As-tu oublié ce détail ? (Quand il l'agaçait, Aurelia l'appelait Tristan au lieu de Tris, et il l'agaçait souvent.) Megan était à table et j'ai dû partir à ta recherche. Dans ma propre maison, Tristan. Réfléchis un peu à ce que cela signifie. Pense un peu à Megan.

— Je pense à Megan. (Il tournait les pages de son carnet.) Elle obtiendra son doctorat au semestre de printemps. Ensuite, le marché universitaire étant ce qu'il est, il se peut qu'on lui propose un poste à l'autre bout du pays.

— N'y songe pas.

Mais Tristan Hadley, issu d'une longue lignée d'universitaires, avait grandi dans un monde où dire ce que bon vous semble était une marque d'intelligence.

— Ce mariage, dit-il en posant une main sur son cœur en signe de sincérité, m'a été imposé.

— C'est une impression qu'ont tous les hommes. À vous entendre, si personne ne vous obligeait à vous marier, vous seriez tous célibataires.

— Jusqu'à ce que nous croisions la femme qu'il nous faut.

— Que veux-tu, Tristan ?

Son doux regard se fit douloureux. Tris pouvait

jouer la souffrance aussi brillamment que tout le reste. Comme Aurelia refusait de se laisser entraîner à le plaindre ou à le cajoler, il rendit les armes en soupirant.

— Je ne sais pas si tu t'en souviens, mais le domaine de Megan est la Renaissance. Elle a fait sa thèse sur Aphra Behn. Bref, elle a débrouillé toute l'histoire.

— Quelle histoire ?

— Ces phrases que tu ne comprenais pas. Megan m'a expliqué leur provenance.

Aurelia n'en croyait pas ses oreilles.

— Tu veux dire que tu as raconté à ta femme ce que tu avais découvert en fouillant chez moi ? Je ne me suis pas trompée sur ton compte, Tristan. Tu es vraiment tombé sur la tête.

— L'amour a souvent cet effet-là sur les gens, répliqua-t-il d'un ton serein. Je lui ai dit que je les avais lues dans le devoir d'un étudiant. Pourquoi me regardes-tu comme ça ? Il n'y a aucune raison de croire qu'elle pourrait imaginer...

— Il n'y a rien à imaginer.

— C'est exact. Maintenant, viens par ici que je te montre ce qu'elle a découvert.

« Par ici », cela signifiait de son côté de l'îlot central de la cuisine, distance qu'Aurelia avait pris soin de placer entre eux.

— Je vois parfaitement d'où je suis.

— Les caractères sont un peu petits, dit-il en sortant de son cartable une édition du *Paradis perdu*, dont la reliure en cuir était toute craquelée. Voilà d'où viennent ces phrases.

— Pardon ?

— L'« Auteur », « ébranler le trône », tout y est.

III

Elle mit une bonne heure à se débarrasser de Tristan. Il n'obtint pas de baiser, mais elle consentit à une accolade et un sourire de remerciement, ce qui suffit à le convaincre de lui laisser le Milton. Elle fit dîner les enfants et corrigea quelques copies avant de se plonger dans *Le Paradis perdu*. Elle examina les pages jaunies de l'édition ancienne. Sa thèse avait porté sur la réponse des auteurs européens aux abolitionnistes, et tout particulièrement sur le roman de Martin Delany, *Blake*. Elle n'avait jamais lu Milton. Elle était titulaire d'une licence ès lettres et d'un doctorat en littérature, et elle n'avait jamais lu Milton.

Sa conversation avec Tristan avait été très instructive. Il avait fait le paon dans la cuisine, fier d'avoir marqué sa supériorité, et Aurelia l'avait laissé faire. Elle ne connaissait pas cette facette de lui, le Tristan pédagogue, et comprenait soudain pourquoi, il y a quelques années, une étudiante de deuxième cycle du nom de Megan Feldman l'avait trouvé si séduisant.

— Que sais-tu du *Paradis perdu* ?

— C'est Satan contre Dieu, non ?

Tristan plissa le front comme savent le faire les lettrés quand ils rencontrent un philistin.

— C'est un début, Aurelia, mais tu simplifies quelque peu. *Le Paradis perdu* est un poème épique sur les dangers de l'ambition et de l'orgueil, sur l'absurdité de l'obsession de vengeance. Satan se rebelle contre Dieu par infatuation. Il rallie d'autres anges à sa cause, mais son armée est défaite et précipitée dans le gouffre ardent où Satan explique à ses troupes que tout n'est pas perdu. Il refuse de croire que Dieu est omnipotent et d'écouter les lamentations des rebelles déchus. Satan continue de se battre et de perdre.

— Parce qu'il est mauvais, murmura Aurelia pour tenter d'interrompre Tristan qui, décidément, en mode professoral, devenait dangereusement attirant. Ou parce qu'il est idiot.

L'anthropologue ne reprit même pas son souffle.

— Certains critiques avancent que Milton qui, pour son époque, est considéré comme un chrétien plutôt éclairé, montre une admiration voilée pour Satan. Pas pour sa vision politique. Mais pour sa persévérance. D'ailleurs, lorsque le poème est enseigné en premier cycle, il y a toujours des débats passionnés sur la question de savoir si Satan n'avait pas raison de se révolter contre le pouvoir arbitraire que Dieu représente. À mon avis, c'est une lecture complètement erronée du poème, et du christianisme, mais...

Aurelia finit par franchir le no man's land qui les séparait, parce que le seul moyen de l'arrêter était de lui mettre la main devant la bouche. Il se montra ravi du contact physique, mais lorsqu'il tenta de l'enlacer, elle recula.

— Les citations, dit-elle doucement.

— Comme tu voudras... (Ils se penchèrent sur les pages jaunies, côte à côte, et Tristan s'arrangea pour que sa hanche touche la sienne, plus d'une fois. Ne voulant pas le vexer, elle le laissa faire.) Tiens, regarde... (Il en profita pour se serrer un peu plus contre elle.) Tu vois, Milton divise le poème en livres. Ici, au début du livre premier, Satan et son armée viennent d'être battus. Il s'efforce de rassembler ses troupes, de leur redonner vigueur, tandis qu'il commence à préparer sa vengeance. Tiens, voici la première de tes citations : « Nous serons libres. » C'est l'un des passages les plus connus du poème :

L'esprit est à soi-même sa propre demeure ; il peut faire en soi un Ciel de l'Enfer ; un Enfer du Ciel. Qu'importe où je serai, si je suis toujours le même et ce que je dois être, tout, quoique moindre que celui que le tonnerre a fait plus grand ? Ici du moins nous serons libres. Le Tout-Puissant n'a pas bâti ce lieu pour nous l'envier ; il ne voudra pas nous en chasser. Ici nous pourrons régner en sûreté ; et, à mon avis, régner est digne d'ambition, même en Enfer ; mieux vaut régner dans l'Enfer que servir dans le Ciel.

Tris la regarda, les yeux brillants.

— Magnifique ! Je parle de Milton. Un génie. Tu vois pourquoi, n'est-ce pas ? (Mais il se rapprocha, au cas où...) Satan explique que, même s'ils ne règnent qu'en enfer, ils règnent tout de même. Il se moque d'être damné à condition qu'il n'ait plus à servir Dieu. Tu comprends ?

— Oui, dit Aurelia, fascinée. Il y a autre chose ?

— Bon. L'« Auteur », c'est facile. C'est simplement l'un des noms donnés à Satan. Il apparaît à plusieurs reprises dans l'œuvre. Par exemple, dans le quatrième livre, au milieu de l'une des batailles, l'ange Michel s'adresse ainsi à Satan : « Auteur du mal, inconnu et sans nom dans le ciel, jusqu'à ta révolte... » Et il y a d'autres occurrences.

Il tournait frénétiquement les pages. Elle se rendit compte qu'il avait beaucoup bossé pour tenter de l'impressionner. Et il avait réussi. Elle dut se rappeler que toute cette présentation était en réalité le fruit du travail de Megan.

— Tris ?

— Oui, chérie.

— Ne m'appelle pas « chérie ». Dis-moi, tu m'as

dit que tu tenais tout cela de ton épouse, c'est ça ? (Elle insista délibérément sur le mot « épouse » pour leur rappeler à tous les deux la réalité de la situation.) C'était donc après que tu lui as montré les citations ?

— C'est bien ça, répondit-il prudemment.

— Que lui as-tu donné comme raison ?

— Un étudiant. Je lui ai dit qu'un étudiant les avait lues quelque part.

Aurelia se rembrunit. C'était léger. Très léger.

— Et elle a fait toutes ces recherches simplement parce que l'un de tes étudiants était perplexe. (Elle tourna l'une des pages.) D'où tiens-tu ce livre ?

— De Megan.

— Tu as emprunté le livre de ta femme ? Tu as pensé qu'elle ne s'en apercevrait pas ?

— Peu importe qu'elle s'en aperçoive. (Il se rapprocha.) Un mari peut emprunter les livres de son épouse, non ? (Il tapota la page.) Je suis venu ici pour t'aider, Aurie, et je subis un interrogatoire. Je n'apprécie pas.

Elle soupira.

— Excuse-moi, tu as raison. C'est vraiment extraordinaire. Je te suis très reconnaissante.

Tristan ne semblait pas satisfait de sa réponse.

— Je ferais mieux d'y aller. Est-ce que je continue ? Tu vas arrêter ce cirque ? Ou tu préfères que je m'en aille ?

— Je t'ai demandé de m'excuser. (Puis, faisant un effort sur elle-même.) Reste, je t'en prie.

— Puisque tu insistes. (Il se remit à sourire pour lui faire sentir qu'il était plus malin qu'elle.) Cette citation est celle qui nous a donné le plus de mal. Elle nous a tenus en échec un moment. (Ce « nous » l'attrista quelque peu.) Mais nous avons fini par trouver. Là. En reprenant à partir du livre premier. Satan s'adresse à ses compagnons d'infortune. Tiens, lis à partir du vers 105.

Aurie lut.

Qu'importe la perte du champ de bataille : tout n'est pas perdu. Une volonté insurmontable, l'étude de la vengeance, une haine immortelle, un courage qui ne cédera ni ne se soumettra jamais, qu'est-ce autre chose que n'être pas subjugué ?

Aurelia relut les lignes plusieurs fois, elle les enregistrait, ressentait leur violence, la façon dont elles faisaient sens. *Une volonté insurmontable. La vengeance. Une haine immortelle. Qui ne cédera ni ne se soumettra jamais*. Elles résonnaient comme un serment. Une déclaration de guerre.

Ce serait donc ça ? La croix symbolisant l'appartenance à un groupe qui exigeait que l'on prête un serment enragé ? Une organisation dirigée par un « Auteur » ?

Tristan avait repris :

— Tu vois comment s'organise la strophe. Elle résume de destin de Satan. Affirme son orgueil. Si tu lis quelques vers plus bas, tu vois que Satan leur rappelle que, de leur point de vue, Dieu est un tyran.

Aurelia avait déjà trouvé. Elle suivait avec son doigt sur la page, disait le texte à voix basse. Les mots la glaçaient :

Puisque par le Destin, la force des Dieux, la Substance céleste ne peut périr, puisque l'expérience de ce grand événement, dans les armes non affaiblies, ayant gagné beaucoup en prévoyance, nous pouvons, avec plus d'espoir de succès, nous déterminer à faire, par ruse ou par force, une guerre éternelle, irrécon-

ciliable, à notre grand Ennemi, qui triomphe maintenant, et qui, dans l'excès de sa joie, régnant seul, tient la tyrannie du ciel.

— Qu'est-ce que cela signifie, demanda-t-elle, *la Substance céleste ne peut périr* ?

Tristan replongea dans ses notes.

— Ah, voilà. Satan explique que lui-même, et son règne tout entier, sont faits de la même substance – la Substance céleste. Ils sont immortels. Ils ne peuvent pas être détruits. Par la volonté de Dieu, de son fait même, ils sont éternels.

— Arrête-moi si j'ai mal compris. Il dit donc que puisqu'ils sont éternels, ils peuvent tout à fait poursuivre leur guerre contre Dieu ? Le tyran ?

— C'est ça.

La Substance céleste. Une révolte contre un tyran, menée par l'Auteur. L'immortalité. Tout collait, songea-t-elle.

Tris de son côté s'était remis à tourner les pages.

— Encore une chose. Dans tes notes, on parle de Pandaemonium ?

— Oui.

— C'est la grande capitale de Satan. (Il lui indiqua un autre passage.) Tu vois, Milton fait référence aux pairs de Satan qui vont se réunir en « conseil solennel » qui doit se tenir à Pandaemonium, la grande capitale de Satan. En d'autres termes, le Grand Conseil dans tes notes pourrait référer aux associés de Satan. Ainsi, les membres du Grand Conseil seraient à la tête de... (il hésita, se tortilla sur sa chaise en grimaçant) de... de ce à quoi se réfèrent tes notes.

— Elles ne font référence à rien, mentit-elle en espérant que Dieu lui pardonnerait.

IV

La conversation avec Tristan avait occupé une bonne partie de l'après-midi. Aurelia était à présent assise dans sa chambre, *Le Paradis perdu* de Megan sur les genoux et ses carnets de notes tout autour.

Elle s'interrogeait sans fin. Pourquoi était-il fait si souvent mention d'« ébranler le trône » ? Que voulait dire ce serment ? Et le plus déroutant de tout venait de cette totale identification du groupe avec Satan, qui était voué à l'échec.

Tout à coup, cela fit sens.

Elle ne maîtrisait pas tous les détails. Pas encore. Elle mesurait l'ampleur du Projet et comprenait qu'il fallait le garder secret. Elle sut pourquoi il était si important de retrouver le testament de Philmont Castle – et pourquoi il était si bien caché. La clé était détenue par les pairs de Satan – le Grand Conseil. Elle tendit une main tremblante vers le téléphone, puis se rappela qu'Eddie était à l'autre bout du monde. Un câble pour Saigon pouvait mettre plusieurs jours avant d'arriver à son destinataire, quand il arrivait ; le courrier mettait un mois.

Eddie était au Vietnam à la recherche de Perry Mount parce qu'il croyait que le golden boy le mènerait à Junie. Mais qu'adviendrait-il si les membres du Grand Conseil s'imaginaient qu'Eddie était en quête du testament ? Aurelia n'avait aucune idée du rôle que pouvait jouer Perry dans tout ça. Elle n'était pas encore en mesure de faire toute la vérité sur cette affaire, mais elle savait qu'Eddie courait un grave danger.

Elle resta assise sur son lit jusque tard dans la nuit à se demander comment faire parvenir un message à l'homme qu'elle aimait, un homme si courageux qu'il s'était jeté au milieu du champ de bataille pour retrouver sa sœur, et si imprudent qu'il se trouvait désormais au cœur d'une guerre bien plus secrète. Elle refusa de se laisser aller au sentimentalisme. Elle connaissait déjà la fin. Le Grand Conseil le ferait tuer. C'était aussi simple que ça. Le Conseil assassinerait le grand Edward Wesley Junior pour préserver les petits secrets de son absurde Projet, et elle n'avait aucun moyen de le prévenir. Elle avait déjà perdu Kevin et elle allait maintenant perdre Eddie. Elle fondit en larmes, fit quelques prières, finit par s'endormir. Vers deux heures du matin, une idée la réveilla. Elle descendit sur la pointe des pieds jusqu'à son bureau et, en dépit de l'heure tardive, composa un numéro à New York.

43

Arrestation

I

— Vous devriez boire quelque chose, Mr Wesley, dit Benjamin Mellor en inclinant la tête en signe d'invitation. (Il était complètement remis de sa surprise.) Vous avez besoin d'un remontant. (Il fit signe au serveur.) Ils ont une excellente bière locale ici, dit-il en indiquant la bouteille devant lui.

— Non, merci. (La voix d'Eddie était rauque. Il se tenait raide sur le bord de sa chaise. Il craignait que le moindre mouvement ne le réveille or, s'il se réveillait il n'entendrait pas ce que celui qui avait reconnu être le père du premier enfant de sa sœur avait à lui dire, ni pourquoi il était toujours en vie.) Merci, je ne bois pas.

— De l'eau minérale, alors ?

Mellor commanda les deux boissons avec l'assurance d'un vieux colon français, alors qu'il se trouvait en Asie du Sud-Est depuis quatre ans à peine, depuis le moment où il avait disparu dans un naufrage au large de Cape Cod. D'après les renseignements d'Eddie, il était donné pour mort. Sans doute l’était-il aussi pour sa famille. Pourtant, il était assis là, dans le club le plus huppé de Saigon, comme si de rien n’était. Teri s’était évaporée.

— Cette situation est délicate, Mr Wesley, dit le professeur après que le serveur se fut éloigné. Je regrette de n’avoir pas su que vous veniez.

— Afin de pouvoir disparaître à nouveau ?

— Précisément. (Il but une gorgée d’eau.) Vous devez vous poser des questions.

— Pour le moins.

Mellor ignora l’agressivité de la réponse.

— Vous pensiez que j’étais mort. C’est ce que tout le monde croit. Je vous serais très reconnaissant si vous aviez la gentillesse de n’éclairer personne sur ce point.

— Pourquoi avez-vous mis en scène votre propre mort ? Pour votre sécurité ?

— Exact. Toutes les personnes impliquées mouraient – assassinées – et je me suis dit qu’il valait mieux fuir si je ne voulais pas partager leur sort. Matty. Kevin. Tous. J’ai fui. On m’a aidé. Et me voici, ici, établi dans la bonne société...

Il survola le club d’un regard satisfait. Près des courts de tennis, l’ambassadeur William Colby, qui, disait-on, occupait un poste élevé à la CIA, s’échauffait pour un match. Un millionnaire vietnamien tenait des propos acerbes à un journaliste d’une importante chaîne de télévision américaine. Les serveurs s’empressaient autour d’eux, tout en courbettes. Il reprit :

— On peut faire fortune pendant la guerre, Mr Wesley. Il suffit d’un peu de jugeote et d’un peu de culot. Je me rends compte que j’ai galvaudé mon intelligence en formant des juristes. Ce sont les affaires conduites sans les conseils d’un avocat qui enrichissent.

— Toutes les personnes impliquées dans quoi ?

— Pardon ?

— Vous avez dit que toutes les personnes impliquées mouraient.

Benjamin Mellor avait terminé son eau minérale. Il fit signe au serveur et commanda quelque chose de plus fort dans un mauvais français. Son costume de lin était trempé de sueur. Soit cela faisait un moment qu'il buvait, soit il était très nerveux – peut-être les deux. Les tables voisines se vidaient. Eddie se sentit exposé – et vulnérable.

— Bon, j'imagine que vous avez droit à une explication, dit finalement le professeur. De toute façon, vous êtes là et je suppose que vous pourriez me créer pas mal d'ennuis. Vous pourriez leur dire où je me trouve. (Le serveur apporta un gin-tonic. Mellor en avala une bonne rasade.) Ce qu'il faut que vous compreniez, Mr Wesley, c'est que le Conseil n'est pas... pas la seule entité concernée. C'est pourquoi vous comprendrez que je sois prudent.

— Le Conseil ?

— Aïe, vous avez perdu le fil, c'est ça ? Le « Grand Conseil », c'est comme ça qu'ils l'appellent. L'organisation que vous cherchez, précisa-t-il comme s'il s'adressait au cancre de service. Où en étais-je ? Ah oui, le Grand Conseil. Le Conseil est à la recherche du testament. Tout comme vous, apparemment. Mais il y a aussi une tierce partie, si l'on peut dire. Une troisième force, Mr Wesley, qui n'a pas encore montré son visage. Et cette troisième force extermine les membres du Conseil.

Eddie en avait le vertige. D'abord Benjamin Mellor ressuscitait, sirotant un gin-tonic dans un club chic au beau milieu d'une guerre, puis il confirmait l'une des pires craintes de la gauche américaine – et parfois de la droite –, l'existence d'une organisation secrète qui agissait dans l'ombre, un bras masqué qui manipulait les destins...

Et qui, à l'heure actuelle, se faisait décimer.

Il compta sur ses doigts.

— Burton Mount, Matthew Garland, Kevin Garland, Joseph Belt, Phil Castle...

— Et d'autres. Un certain nombre. L'une des règles d'appartenance au Conseil était l'obligation de désigner un héritier qui prendrait votre place. Mais les morts se sont succédé à un tel rythme que tout le monde n'en a pas eu la possibilité. Le Conseil se réduit, s'affaiblit. (Il caressa sa barbe bien fournie.) Vous comprenez, n'est-ce pas, Mr Wesley ? Le Conseil a mis les choses en œuvre, puis a perdu le contrôle du monstre qu'il avait créé.

— Le monstre étant ?

Mais le professeur préférait poursuivre son cours selon le plan qu'il avait lui-même établi.

— Le Conseil a perdu le contrôle et, maintenant, ses membres se font assassiner.

— Est-ce Perry Mount qui s'en charge ?

— Non. Perry m'a aidé à me cacher ici. Il a des contacts en Asie du Sud-Est.

— Ce n'est pas Perry, dit Eddie, qui n'en revenait pas d'avoir aussi mal compris la situation. (À condition bien sûr que le professeur dise la vérité.) Une minute... (Une idée venait de lui traverser l'esprit.) Ce Conseil est-il représenté par une croix inversée ?

Cette fois, Mellor eut l'air impressionné.

— La croix de saint Pierre. Oui. Comment le savez-vous ?

— Ça n'a pas d'importance, répondit Eddie.

Il avait donc deviné juste, il y avait plusieurs années. Ce pauvre Philmont Castle avait bien tenté d'éloigner le diable, la nuit de sa mort, en agitant frénétiquement sa croix pour prouver son appartenance au Conseil sans se douter que cette appartenance était le motif du crime.

— Au contraire, dit le professeur. Ça a une importance capitale. Je crains que vous ne soyez à l'origine de tout cela. Enfin, non. Pas vous directement. Votre sœur. Junie. Le Conseil veut retrouver votre sœur, et cette troisième force aussi. Certains membres du Conseil ont été torturés avant de mourir. Cette tierce partie est pressée et prête à tout. Mais vous...

Il s'arrêta, but une gorgée. Puis une autre. Au loin, sur le court de tennis, Colby battait son adversaire à plate couture.

— Savez-vous où se trouve ma sœur ?

Benjamin Mellor posa son verre brusquement et s'essuya la bouche.

— Ne soyez pas ridicule.

— Ce n'est pas ridicule d'imaginer que vous pourriez être curieux de savoir ce qui est arrivé à...

— Mr Wesley, je vous en prie. Permettez-moi d'être clair... (Sa voix s'était à nouveau parée de toute l'arrogance d'Harvard.) Cette entité, quelle qu'elle soit, qui est à la recherche du testament et qui élimine les membres du Grand Conseil... cette troisième force... il faut les arrêter.

— Sur ce point, nous sommes d'accord.

Mellor jouait avec son verre vide.

— Ne me jugez pas trop sévèrement, Mr Wesley. Je ne suis ni aussi fou ni aussi égoïste que vous semblez le croire. Avant de m'en remettre à Perry, je suis allé trouver le FBI, en bon citoyen. Je suis allé voir Hoover et lui ai raconté ce que je savais... du moins une partie, pas tout... mais en tout cas assez pour le mettre en appétit.

— Hoover est au courant ?

Mellor acquiesça.

— Oh oui, on m'a interrogé une demi-douzaine de fois. Je pensais qu'au moins le Bureau nous offrirait une protection, à ma famille et à moi. Cela étant, je n'ai pas mis longtemps à me rendre compte qu'Hoover ne lèverait pas le petit doigt. Qu'il se contenterait de rester sur le bord de la touche et de regarder les choses évoluer d'elles-mêmes. C'est vrai qu'il était intéressé par les renseignements que je lui apportais, mais uniquement dans la mesure où il pourrait s'en servir pour faire pression sur les puissants.

Eddie se souvint de l'agent Stilwell dans sa maison de I Street, le pressant de questions sur les rumeurs qui couraient sur Kennedy.

— Poursuivez.

— Quand j'ai compris que je n'allais nulle part avec Hoover, j'ai tenté Perry. Et comme je vous l'ai dit, c'est lui qui m'a installé ici. Jusqu'à présent, personne ne m'a trouvé. Il semblerait que même cette troisième force me croie mort.

— Et votre famille ?

Pour la première fois, le professeur parut gêné. Eddie venait de mettre le doigt sur le poids dont son cerveau habile n'avait pas réussi à se débarrasser.

— Ils sont mieux sans moi. J'étais un piètre mari. Un père ridicule. Ils ont touché l'assurance, hérité de mes biens, enfin de la plus grande part.

— Moins ce dont vous avez eu besoin pour démarrer ce que vous avez mis en place ici.

— Je ne pouvais tout de même pas les emmener avec moi, Mr Wesley. Un homme seul peut fuir. Il peut même rester caché assez longtemps. Mais combien de temps aurais-je pu cacher ma famille ? Ou si cette troisième force avait su que j'étais en vie, combien de temps leur aurait-il fallu avant d'utiliser ma famille contre moi ? Vous comprenez mon dilemme ?

— Je n'en suis pas sûr, répondit Eddie qui reprenait de l'assurance à mesure que le professeur s'apitoyait sur son sort. Vous ne savez pas où se trouve ma sœur. Vous me dites que c'est elle que la troisième force recherche. Alors pourquoi est-ce qu'ils assassinent les membres du Grand Conseil ? Pourquoi voudraient-ils vous tuer ? Si le Conseil ne peut pas retrouver Junie, en quoi est-ce important pour cette troisième force dont vous parlez ?

— C'est compliqué, dit Mellor en reprenant son verre.

— Je vous écoute.

Le professeur parcourut la terrasse des yeux. Eddie suivit son regard inquiet. Un nouveau groupe venait de s'installer à la table la plus proche, trois ou quatre femmes en pleine conversation sur leurs maris respectifs. Deux jeunes hommes athlétiques occupaient à présent le court de tennis. Une adolescente faisait des longueurs de piscine sous l'œil vigilant de sa mère. Mellor avait l'air oppressé.

— Pas ici.

Il se leva d'un bond. Eddie l'imita. Il décida de faire confiance à l'instinct de cet homme traqué qui avait réussi à préserver sa planque pendant plus de quatre ans et demi.

— Où ?

— Ce soir. Teri passera vous prendre à dix heures.

— Et le couvre-feu ?

— Elle a un laissez-passer. Tenez-vous prêt.

Mellor se rassit, signifiant ainsi son congé à Eddie. Teri s'était de nouveau matérialisée à ses côtés. Elle l'escorta jusqu'à l'entrée protégée par des sacs de sable. Tout du long il sentit le regard du juriste sur sa nuque.

II

Le président de la République du Vietnam avait ordonné à tous les civils de rester à l'abri après vingt et une heures. Le même Président avait également ordonné à tous les soldats de se tenir à l'écart des boîtes de nuit bondées de la ville. À voir l'effet de ses décrets, il aurait pu tout aussi bien être Knut le Grand quand il ordonna aux vagues de s'écarter. Eddie était tout de même inquiet. Le Vietnam avait beau n'être qu'une petite puissance, son code pénal était sévère et son champ d'application plutôt vaste, aux dires de Pratt : il était même interdit de danser en public. Benjamin Mellor avait assuré que Teri possédait un laissez-passer. Eddie espérait que ce serait le bon.

Il s'était attendu à ce qu'on l'arrête au moment où il franchirait la porte de l'hôtel, mais le portier ne le remarqua même pas. Tout le centre-ville brillait sous les néons. Un cyclo-pousse stoppa tout de suite à sa hauteur. Eddie déclina l'offre. Le policier sur le trottoir d'en face l'ignora.

Teri arriva à vingt-deux heures précises.

— Dépêche-toi, dit-elle.

Son regard était vide, Eddie se dit qu'elle devait être défoncée. Elle prêtait à peine attention aux panneaux de circulation. Devant la cathédrale Notre-Dame, elle faillit renverser un cyclo-pousse. La police militaire américaine leur fit signe de s'arrêter, mais les laissa repartir en voyant le laissez-passer sur le pare-brise. Reprenant de la vitesse, Teri recommença à slalomer.

— Veux-tu que je prenne le volant ?

— Tu sais où on va ?

— Tu pourrais m'indiquer.

— Non, dit-elle en continuant à zigzaguer.

— Ce laissez-passer militaire, c'est un cadeau de Perry ?

— Tu poses beaucoup de questions, mon ami.

Ils s'arrêtèrent dans le centre, près d'un immeuble bas aux murs blanchis, à l'angle duquel un immense panneau publicitaire pour les cigarettes Park Lane surplombait l'enseigne de Sony. Eddie sortit de la voiture. Teri resta au volant.

— Troisième étage, appartement 12. Prends l'escalier, si tu ne veux pas mourir coincé dans l'ascenseur.

Elle fila.

Eddie pénétra dans l'entrée. La concierge regardait la télévision. Elle ne leva pas la tête quand il s'engouffra dans l'escalier. Les fenêtres étaient grillagées, comme toutes les fenêtres de la ville, pour limiter les dégâts au cas où une bombe exploserait dans la rue. En revanche, si la bombe explosait à l'intérieur, impossible de se protéger.

Au premier, un couple se disputait dans une langue qui aurait pu être du khmer. Au deuxième, il entendit des grésillements qui semblaient s'échapper d'un vieux tourne-disque, mais le troisième était plongé dans le plus grand silence. Il y avait quatre appartements sur le palier. Le numéro 12 était à côté de l'escalier, face à l'ascenseur, parfaitement situé pour un homme en fuite. Personne ne répondit lorsqu'il frappa, mais la porte était grande ouverte, elle ne tenait plus que par un seul gond.

Eddie resta immobile sur le palier à écouter le silence. Il aurait dû entendre des sirènes, des bruits de pas précipités, la clameur de la foule. Rien.

Il pénétra dans l'appartement. Ce qui avait dû se produire était facile à deviner. La porte avait été enfoncée tandis que Mellor se tenait dans le couloir encombré d'objets d'artisanat sans valeur, qui avaient été brisés par la chute violente d'un corps. Il y avait des traces de sang dans l'entrée et la kitchenette. Les deux autres pièces avaient également été mises à sac. Le placard béait, à moitié vide. Les tiroirs de la commode avaient été retournés. Il n'y avait pas de corps. Où l'avaient-ils emmené ?

Certains membres du Conseil ont été torturés avant de mourir.

Eddie frissonna. Il aurait mieux valu pour Mellor qu'il périsse dans le naufrage de son bateau.

De retour dans l'entrée, sans savoir pourquoi, il se mit à ramasser machinalement les objets encore intacts et à les replacer sur l'étagère. Sans doute voulait-il rendre un dernier hommage à cet homme désespéré qui avait mis en scène sa propre mort et qui, à l'heure présente, était en train d'agoniser lentement quelque part. Il se redressa. Il y avait sûrement des indices à relever, si seulement il savait quoi chercher. Et il avait tout aussi sûrement dû effacer des preuves importantes, sans parler de ses empreintes qu'il venait de laisser partout.

Qu'est-ce que Mellor avait bien pu vouloir lui dire ?

Il était temps de filer.

Avant de sortir, un cadre fracassé sur le sol attira son attention. C'était la photo de la promotion 1957 de la faculté de droit de Harvard. Celle de Junie. Eddie écarta les morceaux de verre brisé et se pencha sur les visages jusqu'à ce qu'il la repère, au troisième rang, la seule femme noire de sa promo. Il la caressa du bout des doigts. C'était la seule photo de Harvard que Mellor avait conservée – pourquoi ? Par un sentimentalisme inattendu ? En la scrutant de plus près, il se rendit compte que sa sœur ne regardait pas l'objectif. Elle souriait aux professeurs alignés aux deux premiers rangs et, plus précisément, à Benjamin Mellor.

Après tout ce qu'il lui avait fait, Junie lui souriait.

Eddie décida d'emporter la photo. Il la sortit de ce qu'il restait du cadre et remarqua une inscription au dos. Ceux qui avaient fouillé l'appartement avaient regardé à l'intérieur du cadre, mais dans leur précipitation, ils avaient omis d'étudier la photographie de près.

Je ne peux pas les arrêter, avait écrit Junie. *Ce sera à toi de le faire.*

C'était tout.

Ces mots étaient-ils récents ? Cela signifiait-il que Mellor savait où elle était ? Était-il possible qu'à ce moment précis, il soit en train de révéler sa cachette à ses ravisseurs ? Eddie plia la photo et la glissa dans la poche intérieure de sa veste. Il jeta un dernier coup d'œil à l'appartement avant de ressortir sur le palier et de dévaler les escaliers.

Dans le hall de l'immeuble, deux Vietnamiens vêtus de costumes occidentaux l'interceptèrent. Les lumières des gyrophares balayaient la rue. Les hommes montrèrent leurs badges trop vite pour qu'il ait le temps de les vérifier.

Police nationale vietnamienne.

— Vous habitez l'immeuble, monsieur ?

— Non.

— Dans ce cas, puis-je vous demander ce que vous faites dehors après le couvre-feu ?

Eddie se rappela que Teri était repartie avec le laissez-passer. Il improvisa, mais ne se montra pas très malin.

— J'étais venu voir un ami malade.

— Qui habite dans cet immeuble ?

— Oui.

— Et comment s'appelle-t-il ?

Eddie était coincé. Il n'avait aucune idée du nom d'emprunt de Mellor. Les policiers en civil s'en moquaient de toute façon, parce qu'ils lui passèrent les menottes et le poussèrent vers la voiture de police qui venait de s'arrêter à leur hauteur et dont le gyrophare éclairait l'entrée. Une fois dans la rue, il se rendit compte qu'il y avait déjà trois ou quatre voitures de patrouille et des policiers en gants blancs armés jusqu'aux dents, comme s'ils s'attendaient à ce qu'il résiste. Il y avait peut-être un Américain avec eux. Il n'eut pas le temps de bien voir car ils le poussèrent à l'arrière de la voiture, qui démarra immédiatement.

Au poste, ils le confièrent à des gardiens qui le malmenèrent un peu, comme le voulait l'usage. Ils lui confisquèrent les quelques billets qu'il avait sur lui, mais lui laissèrent la photo fripée, avant de le pousser dans une cellule crasseuse où il dut s'asseoir par terre au milieu des pickpockets, des ivrognes et des drogués, jusqu'à ce que, répondant enfin à son appel, un gamin myope et effrayé débarque de l'ambassade pour le sortir de là. Entre-temps, il s'était passé des heures. Personne ne s'excusa. Les gardiens lui remirent ses effets personnels, sauf l'argent. Il prit un cyclo-pousse qui le ramena au Duc, où il découvrit que ses carnets de notes avaient été dérobés. Il rappela l'ambassade et demanda à parler à la personne qui avait payé sa caution, mais l'officier de garde semblait ne jamais avoir entendu parler de la police vietnamienne.

— Je souhaiterais que l'on me restitue mes biens, dit Eddie tout en pressant une poche de glace sur sa lèvre fendue et une autre sur ses doigts contusionnés.

— De quels biens s'agit-il, Mr Wesley ? demanda l'officier de garde.

— L'employé concerné le saura.

L'officier de garde raccrocha. Lorsque Eddie se retourna, le jeune homme qui l'avait fait sortir était tranquillement assis dans le vieux fauteuil près de la fenêtre et jouait avec un briquet.

— Je sais tout de vous, Mr Wesley. (Les grosses lunettes ridicules avaient disparu et l'homme n'avait plus l'air effrayé du tout.) Je savais déjà tout avant que vous n'arriviez.

Généralement, quelle que soit la situation, Eddie Wesley savait toujours quoi dire mais, cette fois-ci, il resta muet. Il était pétrifié. Il n'avait jamais eu aussi peur ni la nuit où des hommes étaient venus le chercher pour l'amener voir Scarlett ni lorsqu'il avait été pris entre les salves d'artillerie sur Con Thien. Il n'arrivait même plus à déglutir. L'intrus attendait patiemment. Dehors, une pluie tropicale déversait, sans crier gare, des trombes d'eau qui couvraient tous les bruits ambiants, jusqu'aux cris des geckos et des klaxons.

L'inconnu se présenta sous le nom de Collier, George Collier, mais Eddie l'avait reconnu avant. Il s'en voulait de ne pas l'avoir démasqué deux heures plus tôt. Collier ne lui tendit pas la main. Il défiait Eddie de ses yeux bleus perçants. Le briquet s'alluma. Eddie suivit la flamme des yeux. Elle s'éteignit. Collier sourit.

— Je crois qu'il est temps que nous ayons une petite conversation.

44

Marché conclu

I

Eddie ne perdit pas de temps à se demander comment Collier s'était introduit dans sa chambre. Après tout, il avait choisi cet hôtel parce qu'il appartenait de fait à la CIA.

— Oui.

Il n'alla pas plus loin. Sa voix était rauque. Il fit une nouvelle tentative.

— D'après votre réputation, je ne vous imaginais pas si jeune.

— Vraiment ? (Collier avait des membres longs et fins. Le buste court. Les dents jaunes et luisantes d'un fumeur invétéré.) J'ai trente-cinq ans. Oui. C'est ça. Disons que j'ai trente-cinq ans...

Il hochait la tête d'un air songeur comme s'il devait choisir entre d'innombrables possibilités. C'était peut-être le cas. Sous la lumière blafarde des néons de la rue, il paraissait dix ans de plus, mais sous une lumière plus douce il pouvait faire dix ans de moins.

— Et vous, quarante ans, c'est ça ?

Eddie était certain que George Collier savait exactement quel âge il avait.

— Qu'est-il arrivé à Benjamin Mellor ?

— Que pensez-vous qu'il lui soit arrivé ? (Un sourire de prestidigitateur lui barra le visage.) Vous a-t-il laissé des souvenirs, Mr Wesley ? La police n'a rien trouvé sur vous. Peut-être n'ont-ils pas bien cherché.

— Que dois-je comprendre ?

— C'est dommage pour sa jeune amie. Cette Teri. (Il haussa les épaules.) Les gens devraient tenir compte des avis publiés par le consulat. Les Américains feraient mieux de se tenir à l'écart de certains quartiers, surtout en pleine nuit.

Eddie s'assit bien droit. Il s'appliqua à forcer sa voix à reprendre un ton naturel, mais il n'y réussit pas du premier coup.

— Que lui avez-vous fait ? Elle ne savait rien.

— C'est exact. Rien du tout. (Collier continuait de jouer avec son briquet.) Je regrette vivement que l'on vous ait mis en prison. Je crains que la police n'ait voulu faire du zèle. Ils devaient vous conduire au poste, pas en cellule. Ils étaient censés vous livrer à la police militaire américaine qui avait reçu l'ordre de vous mettre dans l'avion qui décollait pour Hawaii à vingt-trois heures. De toute évidence vous l'avez raté.

Le briquet s'allumait, s'éteignait, s'allumait, s'éteignait... Eddie tentait d'imaginer la brûlure de la flamme – peut-être la sentirait-il bientôt sur sa peau. Il posa sa poche de glace sur le bureau écaillé car s'y agripper aurait été un signe de faiblesse. Il endurerait la douleur. Les yeux de chasseur de Collier ne perdaient pas un seul de ses mouvements.

— On allait m'expulser ? Vous avez ce pouvoir ?

— Le Vietnam est un État souverain, Mr Wesley. Ils font ce qu'ils veulent. (Allumé. Éteint. Allumé. Éteint.)

J'ai cru comprendre que cet ordre avait été donné pour votre protection. Il semblerait que quelqu'un chez nous pense que vous êtes dans le pétrin ici et tente de vous en tirer. Êtes-vous dans le pétrin, Mr Wesley ?

Eddie lissa le couvre-lit sur lequel il était assis. Il était en nage. L'air conditionné ronflait en toute inefficacité. Les trombes d'eau n'avaient même pas dissipé la chaleur accumulée au long de la journée. Peut-être sa transpiration avait-elle d'autres causes. Collier, lui, semblait tout à fait à son aise.

— Non. Du moins jusqu'à ce que vous me fassiez tabasser par la police.

— Vous étiez sur une scène de crime, Mr Wesley.

— Cela pourrait expliquer l'arrestation, pas le passage à tabac.

— Je n'y suis pour rien. Vous ne lisez donc pas les avis du consulat, Mr Wesley ? La République du Vietnam est un État souverain, nous ne sommes que ses hôtes. Nous coopérons avec leurs forces armées, bien sûr, mais nous n'intervenons pas dans leurs affaires internes. Nous n'avons aucun contrôle sur leur police. Je ne sais pas à quelle loi vous avez désobéi. Je n'ai aucune idée de ce que vous avez bien pu acheter, ou fumer, ou voler. La police a l'air de le savoir. C'est vrai qu'ils vous ont laissé sortir, mais uniquement par courtoisie. Le général Loan – l'avez-vous rencontré ? Non ? Un officier de l'armée de l'air qui dirige la police nationale. Un homme très intelligent. Très probe. Pas du genre à se laisser corrompre. Vous le reconnaîtrez s'il s'approche de vous. Il n'a plus qu'une jambe. Et c'est un homme très en colère, Mr Wesley. Je peux vous le présenter si vous voulez. Le général Loan m'est redevable d'un ou deux services. Il vous a donc libéré. Mais vous devez savoir, Mr Wesley (les yeux bleus étaient par trop impassibles), que le général Loan peut vous remettre en prison à tout instant.

— Alors pourquoi m'a-t-on laissé sortir ? Et que faites-vous ici ?

Eddie se rendit compte qu'il avait serré les poings. Il avait passé une partie de l'après-midi dans l'un des clubs les plus chics de Saigon à bavarder avec un mort et il était à présent dans sa chambre d'hôtel en pleine conversation avec un tueur.

— Vous êtes écrivain, Mr Wesley. Vous êtes un correspondant de guerre et je suis une source d'informations. Je vais vous confier une histoire incroyable avec laquelle vous allez rentrer au pays et devenir célèbre.

II

Eddie mit un moment à s'adapter au tour que venait de prendre la conversation.

— Pourquoi feriez-vous ça ?

Le briquet continuait de s'allumer et de s'éteindre.

— Nous avons un objectif commun, Mr Wesley. J'ai le sentiment que nous pouvons nous aider mutuellement.

— J'en doute fort, Mr Collier. Et si c'est là une manœuvre de Perry Mount pour m'acheter, dites-lui que...

— Ce n'est pas Perry Mount qui m'emploie.

Pour la première fois depuis le début de leur entretien, le tueur se départit de son ton amusé. Il prit une voix d'acier, mâtinée d'un sentiment qu'Eddie avait du mal à cerner. Mépris ? Colère ? Frustration ? Le sourire hypocrite reprit sa place et Collier fit un geste en direction du bureau.

— Sortez votre carnet.

— On me l'a volé.

— Troisième tiroir en partant du haut. Derrière le rouleau de papier toilette.

Refusant de laisser paraître sa surprise, Eddie parcourut rapidement les pages et se rendit compte qu'elles étaient intactes.

— Vous êtes prêt ? demanda Collier.

— Sans doute.

Il ne parvenait pas à empêcher ses doigts de trembler.

Une lueur traversa le regard de son interlocuteur.

— Je sais ce que vous pensez, Mr Wesley. À votre place, je me dirais la même chose. Mais les ordres sont les ordres, et les miens sont de vous... disons... de vous préserver de toute molestation.

— Cela ne s'appliquait pas à Benjamin Mellor.

Pour toute réponse, Collier désigna le carnet.

— Écrivez : « L'Amérique n'a jamais perdu de guerre, mais nous allons perdre celle-ci. »

— Nous allons la perdre ?

Collier acquiesça.

— Le Nord se révèle plus puissant que nous ne le croyions, Mr Wesley. Le Front de libération nationale ne reculera pas. La grande question à présent est de savoir s'ils marcheront sur Saigon ou pas. La plupart de nos services affirment qu'ils n'en ont pas les moyens. Mais certains d'entre nous pensent que si. S'ils attaquent, nous les repousserons. À mon avis, ils tenteront une offensive dès janvier ou février prochain et, même si nous gagnons cette bataille, nous aurons perdu notre aura d'invincibilité. (Clic, clic, le briquet s'allumait et s'éteignait.) Les Américains aiment paraître invulnérables. Une bataille dans les rues de Saigon serait d'un très mauvais effet, même si nous la remportons. De plus, certaines des techniques que nous employons pour atteindre nos objectifs... bref, ce n'est pas avec ce genre de méthodes que nous nous attacherons le cœur de la population. (Clic, clic.) Pourtant je crois à cette guerre, Mr Wesley. C'est à nous d'arrêter la progression du communisme. Mais il suffit de perdre un domino pour que tout le jeu s'effondre. Je vois, vous n'approuvez pas. Alors, rentrez au pays et exercez votre droit de vote. Votre parti gagnera peut-être les prochaines élections. En attendant, la guerre continue et je n'ai pas le pouvoir de l'arrêter, même si je le voulais. Même si nos soldats meurent pour des idées que je trouve justes, je ne crois pas que nous puissions gagner. J'aimerais sincèrement me tromper, mais je crains d'avoir raison. Vous souriez ? J'imagine que vous espérez au contraire que j'ai vu juste, n'est-ce pas ? Vous aimeriez que nous perdions.

Que Collier s'adresse à son intelligence permettait à Eddie de retrouver son calme et de réfléchir sérieusement à la question.

— Je pense qu'un peu d'humilité rendrait un fier service à l'Amérique.

— C'est aussi vrai pour les anti-Américains. (Collier rangea le briquet dans sa poche.) Dites-moi, Mr Wesley, le fait que vous recherchiez Perry Mount a-t-il un lien avec votre sœur ? (Il remarqua la crispation sur le visage de l'écrivain.) Tout le monde sait que vous la cherchez, Mr Wesley. Vous semblez ignorer comment procéder discrètement.

— Je n'ai pas l'intention de parler de ma sœur, répondit Eddie sèchement. Pas avec vous.

— Je ne vous en blâme pas, Mr Wesley. Vous êtes un frère loyal. Toutes les filles mériteraient un frère comme vous. Mais vous êtes conscient, n'est-ce pas, que si je souhaite que vous me parliez de votre sœur, vous le ferez ? (Avant même qu'Eddie ait le temps d'ouvrir la bouche, son visiteur avait abordé un autre sujet.) Vous souvenez-vous de la dernière fois que nous nous sommes rencontrés ? À Harlem ? Dans l'établissement de Mr Scarlett.

— Je me souviens qu'il s'apprêtait à m'enfoncer un clou dans la main et que vous étiez sur le côté à l'encourager.

— Je ne l'encourageais pas, Mr Wesley. Je lui ai ordonné d'arrêter.

— Pourquoi ?

— Comprenez-moi, Mr Wesley. Je n'agis pas pour mon propre compte. Je suis en service commandé. Si cela n'avait tenu qu'à moi, avec tous les ennuis que vous nous causez, vous auriez déjà fait une petite culbute, une nuit d'ivresse, dans l'une des gorges qui font la renommée d'Ithaca.

— Je ne bois pas.

Eddie frissonna.

— Cette nuit-là, vous auriez cédé à vos anciens démons. La dépression, le syndrome de la page blanche. C'est sans doute pour cela que vous avez demandé à votre petite amie de vous trouver ce joli cottage en pierre. (Il afficha le sourire naïf de celui que les choses de la vie étonneront toujours.) Mais cela ne dépend pas de moi. J'obéis aux ordres. Et les ordres sont de vous laisser courir.

— Courir où ? (Une idée venait de traverser l'esprit d'Eddie.) Vous croyez... ils... ceux pour qui vous travaillez... ils s'imaginent que je vais les mener à Junie. C'est pour ça que vous me laissez aller.

— Je vous l'ai dit. Je vais vous offrir une belle histoire. Je vais vous dire tout ce qui se passe dans la province de Long An. La CIA pratique la torture là-bas, Mr Wesley. Elle assassine, aussi. Vous pouvez rendre compte des terribles agissements auxquels continue de se livrer cette vilaine grosse Agence. La plupart des gens vous détesteront pour ça, mais vous aurez l'estime de vos petits copains de gauche.

— Quel intérêt avez-vous à vouloir mettre un terme à ce qui se passe là-bas ?

— Cela nuit à l'effort de guerre. Parce que ce n'est pas en forçant les gens à se dénoncer entre eux ou en les torturant qu'on les rallie à une cause. Vous pensez être le seul homme doté d'une conscience, Mr Wesley ? (Le tueur semblait s'amuser.) Nous aimons tous les deux notre pays. Nous avons simplement une vision différente de notre devoir.

Eddie secoua la tête. Convaincu à présent que sa mort n'était pas au programme de la nuit, il s'enhardissait.

— Non, ce n'est pas pour ça. Vous me laissez courir parce que vous voulez que je vous amène à Junie. Et cette histoire sur Long An, c'est ce que Perry fait ici, n'est-ce pas ? La torture et le reste. Perry est lié à tout ça et vous voulez que je fasse le sale boulot à votre place. Voilà pourquoi vous me racontez cette histoire. (Un frisson le parcourut.) Il est trop fort pour vous. Vous n'arrivez pas à le coincer. Perry Mount est membre du Grand Conseil, comme son père avant lui, et vous devez le tuer, mais vous ne parvenez pas à le localiser. Pas en Asie. Il est sur son territoire ici. Et vous avez besoin qu'on le renvoie sur le vôtre. C'est bien ça ?

Collier se leva.

— Il y a un avion pour Hong Kong à sept heures et demie. Vous le prendrez, Mr Wesley, que cela vous plaise ou non. La seule question est : voulez-vous partir les mains vides ?

Son attitude était trop confiante, trop nonchalante,

et Eddie se demanda où il s'était trompé. Il ne savait pas quelle partie de son raisonnement était fausse, mais il était sûr qu'il s'était fourvoyé.

— Dites-moi quels sont vos liens avec Perry.

Comme précédemment, Collier ignora l'invective. Il fit craquer ses longs doigts.

— Je sais à quoi vous pensez, Mr Wesley. Vous pourriez me citer comme source. Vous pourriez même tenter de m'accuser de choses plus graves. (Le sourire carnassier revint.) Je ne voudrais pas que vous vous donniez cette peine. Ces gorges sont si profondes. C'est vrai que Mrs Garland a tendance à boire le soir, quand elle se sent triste... Vous voyez où je veux en venir. (Il lui tendit la main.) Nous avons donc un marché ?

— J'ai une question d'abord.

Le tueur eut un sourire qui se voulait bienveillant.

— Je vous en prie, Mr Wesley.

Eddie se dit qu'il avait une carte à jouer, mais devait faire preuve d'une extrême prudence. Wesley Senior ne s'en serait pas privé et, à l'instant présent, Wesley Junior ne pouvait pas non plus ne pas la tenter.

— Ce que vous avez fait plus tôt cette nuit. À Mellor. À Teri. Comment pouvez-vous travailler pour des gens qui...

— Vous n'avez aucune idée de ce que j'ai fait, ou pas fait, plus tôt cette nuit, l'interrompit Collier d'un ton affable, en levant un doigt. Et je vous conseille de ne pas spéculer là-dessus.

— Mais *vous*, vous savez. Vous savez qui vous emploie et ce dont ils sont capables. Dans votre cas, il ne s'agit pas de spéculation.

Les yeux de Collier s'étrécirent. L'espace d'un instant, son masque de bonhomie tomba et Eddie aperçut le monstre froid qui se cachait dessous. Le tueur se redressa. Tout à coup, il occupait toute la pièce.

Eddie regarda autour de lui à la recherche d'une arme éventuelle.

Mais Collier se contenta de hausser les épaules.

— C'est un boulot comme un autre, Mr Wesley. Certains jours sont plus difficiles que d'autres.

Il tendit de nouveau la main vers Eddie.

— Marché conclu ?

Eddie acquiesça.

45

Baby Ruth

I

Deux mois plus tard, en juillet 1967, le magazine publia un article signé du grand romancier-correspondant de guerre Edward T. Wesley sur un programme de la CIA portant le nom de code « Phoenix », dans le cadre duquel des primes en espèces étaient versées aux Sud-Vietnamiens qui dénonçaient des informateurs du Viêt-công ou des leaders du mouvement. Trop souvent, écrivait Eddie, surtout au cours de la mise en place du programme dans la province de Long An, ceux qui avaient été trahis étaient retrouvés morts. En outre, ce type de pratique encourageait à mentir en vue de toucher la prime ou de fourguer des ennemis personnels pour les faire liquider. Intentionnellement ou non, l'Amérique, poursuivait Eddie, parrainait ainsi une vaste campagne de torture et de meurtres, sous prétexte de pacifier les campagnes. Prudent, l'auteur ne citait aucun nom mais faisait référence à des sources dans les services de renseignement. Les porte-parole de l'armée discréditèrent l'article en le qualifiant de « ridicule ». Jugeant qu'il allait trop loin, certains leaders du mouvement pacifiste américain prirent leurs distances. Par la suite, lorsque les médias grand public finirent par sortir l'« affaire » – les premières auditions au Congrès n'auraient lieu que trois ans après –, on accusa tout de même l'essai d'Eddie Wesley de comporter de graves inexactitudes, même si l'on reconnaissait que, globalement, son récit était vrai. Cela étant, l'article lui valut le statut de héros dans certains cercles et, pour Eddie en cette fin des années 1960, c'étaient ces cercles-là qui comptaient.

À Ithaca, Aurelia reçut un appel furieux de Richard Nixon, auquel elle avait fait appel pour sortir Eddie du Vietnam quand elle avait cru sa vie en danger.

— J'ai rendu service à ce type et c'est comme ça qu'il me remercie ! Que les choses soient claires, Aurelia. Ce n'est pas parce qu'un homme a le cuir épais qu'il est idiot. C'est vrai qu'il se passe des choses terribles pendant la guerre. J'ai fait la guerre, je sais de quoi je parle. Mais on ne mord pas la main qui vous nourrit. Après tout ce que j'ai fait pour lui, regardez dans quel pétrin il nous fourre.

— Je suis certaine qu'il a fait ce qu'il croyait juste, murmura Aurie.

— Tant mieux pour lui. De mon temps, lorsqu'un homme révélait des informations classées secret défense, il allait en prison. Est-ce que vous vous rendez compte du préjudice que cela pourrait causer à l'effort de guerre ?

Il consentit à se calmer au moment où il sentit qu'Aurelia avait saisi le but inavoué de son appel. Elle lui promit, sans qu'il ait besoin de le lui demander, qu'elle ne mentionnerait jamais à personne les services qu'il avait rendus ces dernières années au tristement célèbre Eddie Wesley.

Vers la fin de l'après-midi, Megan Hadley, la femme

de Tristan, lui apporta les coupures de journaux pour lui montrer à quel point elle trouvait « son » Eddie merveilleux. Elle était si contente qu'il ait, au bout du compte, atterri du bon côté – aussi bien Eddie que sa sœur, avait-elle précisé. Aurelia, pour sa part, était soulagée de voir son amie d'aussi bonne humeur alors que ces derniers temps, elle s'était montrée plutôt mélancolique. Megan avait confié à Aurelia la raison de son chagrin : elle avait l'impression que son mari avait une aventure.

— Avec quelqu'un sur le campus, avait-elle insisté, alors même qu'Aurie se raidissait.

À la fin janvier 1968, les troupes nord-vietnamiennes lancèrent une attaque surprise sur Saigon, qui les mena jusqu'aux abords de l'ambassade américaine soigneusement barricadée, juste après que la police nationale se fut étonnamment retirée. L'assaut avait été repoussé. Il n'y avait aucun enjeu tactique ou stratégique, mais les journalistes américains, dont la plupart se retrouvaient pour la première fois au milieu d'un champ de bataille, écrivirent, faussement, que l'offensive du Têt représentait une véritable démonstration de force. L'opinion publique américaine commença à envisager la possibilité que les États-Unis perdent la guerre et que ces... sauvages... la gagnent. D'après les sondages, la guerre bénéficiait toujours d'un large soutien du peuple américain, toutefois les analystes estimaient que l'on se trouvait dans une phase attentiste ; les sondés l'approuvaient, par habitude, mais cherchaient les signes d'une évolution de la situation. Certaines rumeurs affirmaient que Lyndon Johnson ne serait peut-être pas réélu. En mars, les rumeurs furent avérées. Après un score étonnamment élevé du sénateur Eugene McCarthy dans les primaires du New Hampshire, Johnson, malgré une avance confortable, se retira de la course à la présidentielle. Il allait consacrer les derniers mois de sa présidence, déclara-t-il, à œuvrer pour la paix. Le Vice-Président Hubert Humphrey devint le grand favori dans la course à l'investiture démocrate. Mais il était perçu par la gauche comme l'homme de Johnson et, par conséquent, le candidat de la guerre. Le sénateur Robert Kennedy se porta candidat et, dans la capitale endormie d'un État rural du Midwest, un sénateur démocrate du nom de Lanning Frost, dont c'était le premier mandat, rassembla ses supporters et commença à envisager d'entrer lui aussi dans la course pour la présidence.

C'était trop tôt, disaient les plus sages de son entourage, dont son beau-père, un professionnel de la politique qui venait de se retirer des intrigues washingtoniennes : le parti démocrate allait imploser. Qu'il se concentre plutôt sur sa réélection au Sénat. Pour le reste, qu'il attende jusqu'à 1972.

Après avoir tenu certaines consultations, sa femme, Margot, se rangea à cet avis.

II

Eddie n'était pas à Saigon au moment de l'offensive du Têt. En réalité, il avait prévu de quitter l'Asie du Sud-Est quelques semaines plus tard par une route détournée qui devait le faire passer par l'Angleterre où, à l'automne 1968, à quarante et un ans tout juste, il était invité à enseigner au département d'études américaines de l'université d'Oxford. Aux États-Unis, l'opinion évoluait, mais Eddie n'y prêtait guère attention. Il restait assis dans son appartement de Hong Kong, absorbé dans la lecture des comptes rendus sur l'offensive du Têt. Tout ce qu'avait prédit George Collier était arrivé. L'offensive avait été repoussée, et personne aux États-Unis ne semblait l'avoir remarqué ni s'en soucier.

Très étrange.

Pendant ce temps-là, les lettres et les télégrammes que lui faisaient suivre le journal et sa maison d'édition, signés souvent par des journalistes bien plus connus que lui, s'empilaient sur son bureau. Dans une missive qui trahissait son anxiété, Aurelia exprimait à la fois ses félicitations et sa gratitude de le savoir en sécurité. Il se sentait reconnaissant lui aussi. Pendant qu'il travaillait à son article sur l'opération « Phoenix », lors d'un bref passage au Vietnam, il avait réussi à intercepter l'ambassadeur William Colby dans un restaurant de Saigon. Colby ne lui avait rien dit, il s'était éclipsé rapidement sans répondre à ses questions. L'un de ses subalternes était resté pour mettre Eddie en garde, officiellement ou non : « Il s'agit d'une guerre. La guerre fait des victimes. Toutes sortes de victimes. » Pratt lui avait expliqué ensuite sur un ton dédaigneux que les sous-fifres de l'Agence tenaient toujours ce genre de propos et que personne n'y prêtait attention.

Que ces menaces soient réelles ou pas, Eddie avait vite repris un avion pour Hong Kong.

En parcourant le courrier, il se demanda si Junie avait vu l'article et ce qu'elle pouvait bien penser de lui. Il aurait voulu qu'elle soit fière de son frère. Sur le mur au-dessus de son bureau, il avait affiché la photo de sa promotion en faculté de droit, celle au dos de laquelle elle avait griffonné ces quelques mots à l'intention de son professeur.

Je ne peux pas les arrêter. Ce sera à toi de le faire.

Chaque fois que son regard se posait sur la photo, il était assailli par les mêmes questions qui hantaient ses nuits : est-ce qu'ils travaillaient ensemble ? Est-ce que Mellor savait où elle se trouvait ? Est-ce qu'il l'avait révélé avant de mourir ?

Perry Mount connaissait peut-être la réponse, mais Eddie n'arrivait pas à lui mettre la main dessus. Perry avait bien une maison à Hong Kong, comme le lui avait dit la pauvre Teri. Eddie n'eut aucun mal à la trouver, sur la presqu'île de Kowloon, dans une rue étroite adjacente à Prince Edward Road, près de Flower Market Road. Il y avait peu de propriétés privées à Hong Kong, mais Perry avait tout de même réussi à obtenir un minuscule cottage serré entre d'autres minuscules cottages, juste en face d'une petite église britannique avec un cimetière attenant, dont les pierres tombales étaient assez larges pour masquer un homme accroupi. Eddie le savait parce qu'il s'y était posté des heures durant, à divers moments du jour ou de la nuit, afin de guetter la porte de la maison, mais personne n'était entré ni sorti, à l'exception de l'*amah* philippine, qui avait prétendu dans un excellent anglais qu'elle n'en parlait pas un mot.

Sur Kowloon, la plupart des maisons avaient un nom. La plaque devant celle de Perry indiquait : « Pandaemonium. »

Eddie avait posé des questions alentour, mais personne ne savait rien.

Il s'était donc résigné à rester assis chez lui à contempler la photographie accrochée au mur. C'était David Yee, chargé à présent de couvrir l'Asie du Sud-Est pour le *Times*, qui lui avait déniché l'appartement. Petit, mais tout confort. Tout en haut de l'une des nombreuses tours identiques bâties sur une colline, doté de sa propre salle de bains – ce qui, avait dit laconiquement David, n'était pas la coutume –, il était d'une modernité extraordinaire.

Mais la coutume ne voulait pas non plus que des professeurs aient des enfants de leurs étudiantes et que les deux parties agissent ensuite comme s'il ne s'était rien passé. Quelque chose ne collait pas.

Au début du mois d'avril, Eddie était allé jusqu'à chez Perry à Kowloon, comme il le faisait au moins deux fois par semaine. La pancarte avait disparu et la maison était à présent occupée par un négociant suisse qui insista pour qu'il entre boire le thé. Le négociant avait des opinions tranchées sur la guerre, mais malheureusement il ne savait rien du propriétaire précédent.

Le golden boy avait filé, il était temps qu'Eddie en fasse autant.

Quelques jours avant son départ pour l'Inde, Eddie dîna avec le lieutenant Cox, avec lequel il était resté en contact depuis leur rencontre fortuite à Saigon, après les événements de Quang Tri. Ce jour-là, le lieutenant débordait de rage, et il était stressé. Ce soir, il était détendu. Eddie lui demanda son avis sur la justification théorique de la guerre, selon laquelle l'avancée des communistes devait être stoppée au Vietnam pour éviter un effet domino sur les autres pays de la région.

Cox réfléchit avant de répondre.

— Je suis officier des forces armées d'une démocratie, Mr Wesley. Mon job est d'aller là où on m'envoie. Le jour où je déciderai qu'il m'appartient de me demander si je suis d'accord avec la justification théorique de la guerre, nous ne serons plus une démocratie. Vous savez pourquoi ? Parce que cela signifiera que l'armée aura pris le contrôle.

Sa réponse plongea Eddie dans une telle confusion qu'il déambula dans les rues pendant plus d'une heure pour essayer de remettre de l'ordre dans ses idées. Il venait de réaliser que le « Grand Conseil », comme l'avait appelé Benjamin Mellor, entretenait des vues exactement opposées : ses membres ne se souciaient guère de la démocratie et seraient plutôt ravis de prendre le contrôle.

Toujours absorbé dans ses pensées, Eddie entra dans un club de jazz de Lan Kwai Fong où il se laissa distraire par l'ambiance et la musique. Quand il rentra chez lui, il était près de minuit et, si son esprit n'avait pas été obscurci par une légère ivresse, il se serait rendu compte que quelque chose clochait avant même d'ouvrir la porte, ou du moins juste après : l'ampoule de l'entrée avait été dévissée, ce qui l'obligea à avancer à tâtons, les bras tendus dans le noir, à la recherche de la lampe posée sur la table à côté du canapé, de sorte qu'au moment où il fut attaqué, il était trop désorienté pour répliquer. Il ne fallut que quelques secondes à ses assaillants. Trois minutes plus tard, les yeux bandés, une bande de ruban adhésif extrafort sur la bouche et autour des poignets ligotés derrière son dos, il était poussé dans l'ascenseur de service. Il tenta de se débattre pendant que les étages défilaient à toute vitesse, mais quelques coups de poing savamment assenés eurent raison de son ardeur. Ses agresseurs le traînèrent sur le quai de chargement et le balancèrent à l'arrière d'un camion qui s'était approché en tressautant. L'un des hommes s'assit sur lui pour plus de sûreté. Il eut l'impression de rouler des heures, mais le trajet ne dura sans doute que quelques minutes. Il ne pouvait s'empêcher de penser à Benjamin Mellor. Quoi qu'il soit arrivé au professeur, Eddie était convaincu qu'il allait connaître le même sort.

Le camion s'arrêta brutalement. Aucune parole n'avait été prononcée et Eddie, étroitement bâillonné, n'était pas en mesure de poser des questions. Lorsqu'ils le soulevèrent pour le lancer sur le sol, il décocha de toutes ses forces un coup de pied derrière lui. Il eut la satisfaction de faire mouche et d'entendre un grognement de douleur, suivi d'une insulte dans une langue qui ressemblait plus à du hakka qu'à du cantonais. Les langues chinoises ne sont pas désinentielles mais tonales et des oreilles occidentales non averties n'entendent que du charabia, mais au bout de quelques mois à Hong Kong, Eddie avait commencé à distinguer les différentes intonations. Une violente douleur lui traversa les reins, il crut que c'était un couteau, mais certaines personnes ont des poings tout aussi tranchants... Un bon coup sur la nuque le plaqua au sol à plat ventre. Puis les hommes le portèrent jusqu'en haut d'un escalier et lui ligotèrent les chevilles. Il distingua des gargouillis révélant la présence d'eau. Ils lui arrachèrent sa chemise et le suspendirent par les pieds à une sorte de poulie, puis, avant même qu'il ait réussi à prendre ses repères, ils lui plongèrent la tête dans de l'eau glacée.

Ils l'y laissèrent une éternité.

Ses pieds étaient liés par une corde. Seuls sa tête et son torse étaient plongés dans l'eau, mais c'était suffisant pour qu'il panique. Il ne pouvait ni remonter la tête ni se libérer. Impossible de respirer. Il tenta de se débattre. Il sentait le froid glacial s'insinuer dans son crâne, remonter dans tous les os de son corps. La peur, autant que l'asphyxie, lui donnait le vertige. Ses poumons se déchiraient. Si seulement il pouvait voir, il pourrait peut-être se raisonner, mais les yeux bandés et la bouche bâillonnée intensifiaient la douleur et la terreur. S'il tentait de hurler, il se noierait. S'il respirait, il se noierait. On le releva, il fut soudain hors de l'eau, pendu par les pieds. Il s'efforça de respirer par le nez.

Une voix chinoise mais s'exprimant dans un anglais sans accent lui demanda :

— Où est-elle ?

Avant qu'Eddie ait pu saisir le sens de la question, sa tête et ses épaules avaient replongé dans l'eau glacée. Ses poumons cherchaient de l'air, sa poitrine se comprimait. Il n'osait pas se débattre pour respirer. Son rythme cardiaque s'affola. Il sentait son pouls battre à tout rompre dans ses tympans. Il n'arrivait plus à penser. Il allait mourir noyé.

On le remonta.

— Où est-elle ?

S'il n'avait pas été bâillonné, il aurait répondu n'importe quoi juste pour ne pas replonger, sauf que personne ne semblait attendre de réponse. Nouveau plongeon. Jusqu'à la taille, cette fois. Il réalisa avec horreur qu'il avait oublié de respirer pendant le bref instant où on l'avait maintenu hors de l'eau. L'air explosa hors de ses poumons, se heurta à l'adhésif qui lui fermait la bouche et sortit par le nez. L'eau glacée lui brûla les bronches en pénétrant dans sa trachée. Il avait mal partout. Il eut l'impression que son cerveau se congelait, mais sans doute tentait-il simplement de mourir.

Suspendu hors de l'eau une nouvelle fois, il s'appliqua à prendre de l'air, pas seulement par le nez d'où s'échappaient l'eau et le sang mêlés, mais aussi par la bouche maintenant que l'adhésif commençait à se décoller. Jamais il n'avait éprouvé une telle reconnaissance pour le simple fait que l'air existe.

— Où est-elle ?

Eddie savait qu'il ne survivrait pas au prochain plongeon et tenta de faire savoir qu'il était prêt à tout pour rester hors de l'eau, mais il n'avait aucun moyen de se faire entendre. Peine perdue, on l'y replongea. Il se débattit tant qu'il put avec ce qu'il lui restait de forces, mais il était à bout. La vie le quittait lentement. Sa peau était inerte. Ses poumons étaient inertes, son cœur aussi. Il devait leur faire comprendre qu'il était prêt à tout. Tout. Ce n'était plus une question de courage ou de lâcheté. Le courage était un mythe, une fantaisie, une qualité imaginaire inventée par ceux qui ne s'étaient jamais retrouvés bâillonnés, les yeux bandés, et plongés tête en bas dans de l'eau glacée.

Dedans. Dehors. Dedans. Dehors.

Quand ils le remontèrent cette fois, l'adhésif qui lui bandait les yeux avait fini par se décoller aussi, et il eut le temps de distinguer des panneaux de métal, un sol de béton et, surtout, l'eau froide et noire, crasseuse, juste sous lui, qui attendait son prochain plongeon. Il savait que c'était la première et la dernière fois qu'il voyait tout cela. Il s'efforça d'articuler un mot ou deux, mais ne réussit qu'à sentir le goût du sang sur ses lèvres tremblantes. Il ne savait même pas ce qu'il tentait de dire. Peut-être adieu.

Ce n'était sûrement pas la réponse qu'ils espéraient.

Ils le poussèrent d'un grand coup et tranchèrent ses liens. Il s'effondra sur le sol. Impossible en inspirant uniquement par son nez ensanglanté de prendre assez d'air. Mieux valait se laisser mourir, sur le béton, plutôt que la tête sous l'eau.

Il entendit des pas s'approcher. Une silhouette s'accroupit près de lui.

On murmura à son oreille. C'était la même voix, aussi glaciale que l'eau, aussi déterminée à mettre un terme à sa vie.

— Vous ne savez pas où elle est, n'est-ce pas, Mr Wesley ?

Il était incapable d'émettre le moindre son. Il ne lui vint pas à l'esprit de mentir. Il secoua la tête. Il entendit une vive altercation quelque part dans la pièce, mais pas en anglais.

La même voix revint, avec des instructions cette fois.

— Peu importe ce que vous croyez savoir, Mr Wesley. Vous ne savez rien.

Cela convenait parfaitement à Eddie qui ne comprenait rien, mais s'en fichait bien.

Ils le relevèrent et lui renfilèrent sa chemise. Ils voulaient qu'il soit sec, voilà pourquoi ils la lui avaient arrachée avant de le plonger dans l'eau, voilà pourquoi ils ne l'avaient immergé que jusqu'à la taille. Eddie se félicita d'avoir tiré cette conclusion pendant qu'ils le traînaient, crachant sang et eau, à l'extérieur de l'immeuble jusqu'au camion. Après un trajet de quelques minutes, ils lui détachèrent les poignets, arrachèrent ce qu'il restait du bâillon sur sa bouche.

— Il ne s'est rien passé, ordonna la voix.

Ils l'arrosèrent d'un liquide, sans doute du mauvais vin, et le forcèrent à en boire. Ils arrachèrent l'adhésif toujours collé à ses paupières, ce qui le fit hurler de douleur. Le camion ralentit, mais ne s'arrêta pas quand ils le balancèrent sur la chaussée. La portière claqua aussitôt, avant qu'il ait eu l'idée de regarder ses bourreaux. Il atterrit sur une masse visqueuse et puante. Des ordures, selon l'information que lui transmit son cerveau exténué. Des restes de poisson pour la plupart. L'odeur était pestilentielle, une torture presque égale à l'eau glacée. Mais ses jambes étaient libres, faibles certes, mais en état de marche. Ses mains n'étaient plus entravées. Il pouvait au moins se traîner hors du tas d'immondices. Même ramper demandait un effort hors de sa portée, alors Eddie se contenta de fermer les yeux. Avant de sombrer dans une douce torpeur réparatrice, son esprit s'arrêta sur la dernière chose qu'il avait vue sur le sol de l'entrepôt.

Un papier de Baby Ruth.

46

Une vieille connaissance réapparaît

I

Le propriétaire de l'étal de poissons le découvrit au petit matin, maculé de vin et de sang, incohérent mais, agréable surprise, le portefeuille intact. C'est ainsi qu'au moment même de son admission à l'hôpital, sous son vrai nom, les plus malins du personnel soignant purent prévenir la presse. « LA NUIT D'IVRESSE D'EDDIE WESLEY À *HK*. » Le titre des tabloïds britanniques fut repris par les journaux du monde entier. Les médecins décidèrent qu'il était inutile de le garder en observation pour la nuit. Un inspecteur de police britannique refusa catégoriquement de croire qu'il avait été enlevé, et son collègue chinois qui l'observait en silence ne tenta rien pour le faire changer d'avis. Eddie se rendit compte que chaque parole sortant de sa bouche ne ferait qu'aggraver la situation, il les salua et demanda à ce qu'on le raccompagne. C'est le policier chinois qui s'en chargea.

— Vous avez eu beaucoup de chance, dit-il tandis qu'il se démenait dans les embouteillages. Les triades vous ont simplement mis en garde et vous ont laissé la vie sauve. Ce n'est pas une expérience agréable de mourir entre leurs mains.

— Qu'ils me laissent la vie sauve n'avait rien d'agréable non plus.

— Ces gens n'ont rien d'agréable, Mr Wesley.

— Ce n'étaient pas les triades, dit Eddie après un moment de silence.

Sa voix tremblait. Il était parcouru de frissons.

— Vous avez des ennemis, monsieur ?

— Des millions.

Le policier l'interrogea du regard.

— Avez-vous quelque chose à me dire, monsieur ?

Eddie puisa dans ses réserves pour réussir à lui décocher une ombre de sourire.

— Croyez-moi, inspecteur, j'aimerais pouvoir.

L'appartement avait été fouillé, mais pas par la police. Ses carnets avaient disparu. Tous les récapitulatifs de ce qu'il avait appris et de ce qu'il avait deviné. Peu importe. Rien n'est irremplaçable. Il pouvait tout reconstruire de mémoire.

Ils avaient aussi emporté ses notes en prévision d'un roman sur l'Asie du Sud-Est. Ce matériel-là serait plus difficile à reconstituer. Il se demanda s'il pouvait tenter de négocier pour le récupérer.

Il fut forcé de rire de sa propre présomption.

Il jeta un œil au-dessus de son bureau. Ils avaient pris la photo de classe de Junie. Cette perte était plus douloureuse que tous les coups.

Plus tard. Il aurait tout le temps d'y penser plus tard, se dit-il en avançant vers le canapé. Se traîner jusqu'à la chambre à coucher lui parut un effort inutile. Dans son épuisement, il faillit ne pas entendre toquer à la porte. Le deuxième coup se fit plus fort, plus autoritaire.

Eddie se hissa sur ses jambes pour aller regarder par

l'œilleton. Il s'attendait à voir David Yee, ou Perry Mount, un bonbon à la main, passé s'assurer qu'Eddie ne savait plus rien de ce qu'il avait cru savoir.

Il ouvrit la porte. La surprise faillit le renverser.

— Qu'est-ce qu'ils t'ont fait ? demanda Margot Frost.

II

Margot entreprit de faire du thé dans la kitchenette, après l'avoir confortablement installé sur le canapé du salon, des coussins sous la tête, un drap sur le corps, une vraie mère poule. Ses formes s'étaient arrondies, elle paraissait plus souple, plus sombre aussi, et moins espiègle. C'était une femme politique à présent, son époux était pressenti pour la présidence, et elle ne pouvait sans doute pas se permettre de passer trop de temps dans l'appartement d'un libertin aussi célèbre qu'Edward Wesley Junior. Pourtant, elle ne semblait pas pressée de partir. Elle était à Hong Kong pour la semaine avec ses enfants et leur nurse, pendant que Lanning et une demi-douzaine de sénateurs s'acquittaient de l'incontournable mission d'établir la vérité des faits au Vietnam.

— Tout le monde mène la sienne de nos jours, expliqua-t-elle.

— Je vois...

Il l'observait s'affairer dans son appartement et ne put s'empêcher de se souvenir de la dernière fois qu'il l'avait vue, le jour de cette explosion terrible dans Harlem qui avait emporté Kevin et propulsé la cote de Lanning dans les sondages. Il se souvenait que tout le monde disait que Margot était à la fois le cerveau et l'ambition de ce couple. Et surtout, que George Collier travaillait autrefois pour le père de Margot.

Eddie se retourna en gémissant, mais la douleur n'était pas seulement physique.

— Est-ce que ça va ?

— Pas vraiment.

Elle sourit.

Lanning était au Vietnam. Là où Eddie avait été mais n'était plus. Margot se trouvait à Hong Kong. Là où se trouvait Eddie. L'homme de paille établissait des faits ailleurs. Le cerveau se tenait dans la cuisine d'Eddie. Il l'observait. Margot ne se départait pas de son sourire bienveillant, lui assurant que tout irait bien, alors même qu'il n'avait rien dit qui eût pu suggérer le contraire. Il se souvint aussi de la croix de saint Pierre qui pendait autour de son cou, la nuit où il l'avait rencontrée, et de la manière dont elle l'avait mis en garde contre certaines choses que l'on ne pouvait pas arrêter.

— Qu'est-ce que tu en penses ? (Margot, la hanche bien calée contre sa jambe, parlait à voix basse en lui faisant avaler du thé à la cuillère, parce qu'il était trop épuisé pour se redresser et boire seul.) Est-ce que tu sais pourquoi ils t'ont fait ça ?

— Hmm-Hmm.

— Est-ce qu'on a voulu t'envoyer un avertissement ? C'est ça ? Oh, Eddie ! Cher, cher Eddie, est-ce que tu t'es mêlé de ce qui ne te regardait pas ? Ou as-tu simplement couché avec la femme de quelqu'un qui n'a pas apprécié ?

Margot fut la seule à rire.

— Crois-tu que ce soit à cause de l'article que tu as écrit ? Tu sais, sur la CIA et l'opération « Phoenix ». Est-ce qu'ils t'ont puni pour cette raison ? Parce que si c'est le cas, nous devrions en parler à Lanning. On ne peut pas les laisser s'en tirer comme ça.

Eddie frissonna. Margot se référait sans cesse à ce qu'« ils » lui avaient fait alors que les journaux avaient établi qu'Eddie s'était blessé tout seul, avant de s'effondrer sur le premier tas d'ordures où cuver une mauvaise cuite. La jeune femme se leva pour aller remplir la tasse dans la cuisine. Étonnamment, elle savait où il rangeait son thé, ses tasses, ses draps propres. Il se demandait combien de temps elle avait passé dans l'appartement la nuit précédente pendant qu'il était passé au peigne fin. Peut-être était-elle aussi dans l'entrepôt pendant qu'ils le torturaient, peut-être était-elle restée immobile et silencieuse à côté de Perry en train de mâchonner tranquillement ses Baby Ruth.

Eddie finit tout de même par lui demander :

— Depuis combien de temps es-tu à Hong Kong ?

— Pardon ?

— Quand Lanning a-t-il quitté la ville ?

Margot était revenue s'asseoir près de lui et s'efforçait de lui ouvrir la bouche avec le bout de la cuillère. Pour lui faire avaler du bouillon de poule, cette fois.

— Lanning est allé directement à Saigon. Il nous rejoint ici la semaine prochaine. (Elle plissa les yeux.) Qu'y a-t-il, Eddie Wesley ? J'espère que tu ne te fais pas de fausses idées.

— Des fausses idées ?

— Premièrement, je ne suis pas ce genre de femme. (Souriante, Margot lui posa un doigt sur les lèvres.) Deuxièmement, même si j'étais tentée, tu ne serais pas en état.

— Ah. C'est vrai...

Il changea de position pour mieux aspirer le contenu de la cuillère. D'après ce qu'il pouvait en juger, le bouillon n'était pas empoisonné. Il ferma les yeux une minute, peut-être une demi-heure en réalité, parce qu'en les rouvrant il trouva Margot installée sur la méridienne, en train de lire, sans sa permission, le brouillon de son dernier essai sur la guerre. C'était l'un des rares papiers qui restaient dans la pièce.

— Quelle heure est-il ?

— L'heure que je m'en aille. Je ne peux pas me permettre que les gens jasent.

Il fit un geste du menton.

— Je suis quasiment certain d'avoir laissé ces feuillets dans l'autre pièce.

— C'est là que je les ai chipés. (Elle sourit.) Tu es un écrivain brillant, Eddie. Et ce que tu dis sur la guerre est vrai.

— Merci.

— Il n'y a pas de quoi. (Elle se leva pour partir.) Nous allons y mettre un terme.

— Nous ?

— Lanning. Moi. Toi. Les gens de bonne volonté, Eddie. Ce sont ces gens-là qui arrêtent le mal. Des gens de bonne volonté qui associent leurs efforts.

— Nous travaillerons ensemble, acquiesça-t-il en guettant sa réaction. Nous ébranlerons le trône, n'est-ce pas ? (Il poursuivit en citant Perry Mount.) Nous mettrons fin à l'agonie, une fois pour toutes.

Margot se rembrunit.

— Je ferais mieux de filer.

Elle déposa un baiser sur son front.

— Margot ?

— Oui, Eddie.

— Pourquoi es-tu venue ?

— À Hong Kong ? Pour y attendre Lanning et offrir de belles vacances aux enfants, je te l'ai dit.

— Je veux dire ici, dans mon appartement.

Margot avait une réponse toute prête.

— Je ne pouvais quand même pas les laisser s'en tirer comme ça. Il fallait que je m'assure que tu allais bien. (Sa voix se mit soudain à trembler. Son regard se troubla.) Je n'arrive pas à croire qu'ils t'aient fait ça.

Parce qu'ils ne t'ont pas avisée avant ou parce que c'est pire que ce que tu imaginais ? fut-il tenté de demander. Mais il se ravisa.

— Est-ce que Lanning est au courant ?

— De quoi ?

— Du Projet ?

Les épais sourcils bruns se redressèrent.

— Quel projet ?

Eddie prit tout son temps. Pas uniquement dans le but de ménager son effet.

— Ce que tu fabriques avec Perry.

Elle revint s'asseoir près de lui, elle prit son pouls, tâta sa nuque.

— Je crois que tu délires, Eddie. (Elle l'embrassa à nouveau sur le front.) Dors un peu. As-tu un ami que je pourrais appeler ? Sinon je peux m'assurer que quelqu'un passe te voir demain matin.

Il sentait le sommeil l'envahir, mais il fallait qu'il aille jusqu'au bout.

— Je ne crois pas que Lanning sache. C'est ton truc à toi, n'est-ce pas ? Il n'est qu'un... homme de paille.

Margot se raidit.

— C'est un homme très intelligent, dit-elle sur le ton de la femme outrée qui répond aux attaques de la presse. Tu ne peux pas croire tout ce qu'on lit dans les journaux.

— Comme tu as raison.

— Excuse-moi. C'est un point sensible. Les gens disent toujours que...

— Je sais ce qu'ils disent. Je regrette.

— Dors, Eddie. (Elle s'étendit presque entièrement

près de lui et le serra dans la chaleur de ses bras.) Je suis contente de voir que tu vas bien, c'est tout, murmura-t-elle dans ses cheveux.

Ils restèrent ainsi quelques minutes dans une étreinte amicale – tout au plus.

— Margot ?

Elle se retourna. Peut-être s'était-elle assoupie aussi car sa voix parut lointaine.

— Oui, Eddie.

— Tu te souviens du dimanche des Rameaux, il y a trois ou quatre ans. Le jour où Lanning a fait un discours dans Harlem, à Saint Philip ?

— Le jour où ce pauvre Kevin est mort.

— Oui. Aïe. (Il ajusta sa position une fois de plus, mais n'en trouvait aucune qui soit confortable.) Est-ce que Lanning avait écrit son discours lui-même ?

— Je t'ai dit que ce n'est pas un *imbécile*.

— Je t'en prie, Margot. Ma question ne porte que sur ce discours-là. Est-ce que Lanning l'avait écrit lui-même ?

Elle soupira et se détendit un peu.

— Oh, Eddie. Je ne m'en souviens pas. C'est sans doute son équipe qui l'aura écrit. Ils sont là pour ça. Peut-être y ai-je ajouté une ligne ou deux. Il a prononcé deux ou trois cents discours depuis. (Elle jeta un œil sur sa montre et prit un regard facétieux.) Tu as recommencé, Eddie. Comme il y a dix ans. Tu t'es débrouillé pour que je reste alors que j'étais sur le point de partir. (Elle se redressa en souriant. Secoua la tête.) Je te répète ce que je t'avais dit ce jour-là : tu es un homme dangereux...

Il la regarda se lever, arranger sa mise devant le miroir collé à l'arrière de la porte. Margot lissait consciencieusement les plis de sa jupe et de son gilet afin que personne ne puisse soupçonner qu'elle s'était étendue.

— Je suis toute chiffonnée, marmonna-t-elle pour elle-même. (Pourtant sa mise était impeccable, mais peut-être ne parlait-elle pas de ses vêtements.) C'était un plaisir de te voir, dit-elle alors qu'elle ouvrait prudemment la porte et s'assurait que le palier était désert. Je regrette seulement que ç'ait été en pareille occasion.

— Merci d'être passée, dit-il sans conviction.

— Je suis contente que tu ailles bien.

— Margot ?

— Oui, Eddie.

— Dis-leur que j'ai compris. Je laisse tomber.

— Eddie...

Elle se reprit tout de suite, s'enfonça un poing dans la bouche comme pour réprimer une émotion trop forte avant de sortir sur le palier et de claquer la porte derrière elle.

Cinquième partie

Ithaca - Oak Bluffs - Washington
1969-1972

47

Le Projet

I

— Tu crois qu'il l'a fait ? lança Megan Hadley.

Aurelia, concentrée sur l'escalope qu'elle était en train de couper, releva la tête, déconcertée.

— Je crois que qui a fait quoi ?

Elles étaient installées dans un petit restaurant italien niché dans une rue secondaire du centre-ville. Megan désigna l'écran de télévision au-dessus du bar où l'on voyait James Earl Ray plaider coupable pour l'assassinat de Martin Luther King. Nous étions en mars 1969, onze mois après la mort de King.

— Je pense que c'était un complot, dit Megan qui en voyait partout. (Si Aurelia était désormais maître de conférences, Megan était toujours maître-assistante, mais cela ne les empêchait pas de continuer à passer une soirée ensemble de temps en temps.) Cette semaine, c'est Ray qui plaide coupable. La semaine dernière, c'était Sirhan Sirhan. (Sirhan était l'homme qui avait assassiné Robert Kennedy en pleine campagne présidentielle.) Nous en sommes à trois assassinats en cinq ans.

— Et alors ? fit Aurie, mal à l'aise.

— Alors ? Tout cela semble un peu trop facile. Trop bien ficelé. (Megan avala une gorgée d'eau.) Je m'étonne que ton petit ami ne se fende pas d'un essai comme il sait si bien le faire. (Aurelia ne comprit pas tout de suite que Megan parlait d'Eddie.) Tu devrais le lui suggérer, poursuivit-elle en agitant son verre. En même temps, dis-lui aussi que j'adore son bouquin. Pas les romans. Son dernier.

Tout le monde adorait ce nouveau livre. Tout le monde à gauche, s'entend. Sous le titre *Rapport au quartier général*, Eddie avait rassemblé ses essais contre la guerre écrits pour le grand public. L'article sur l'opération « Phoenix » avait été remanié pour l'occasion en une version plus étoffée et plus engagée, de même que le récit de sa semaine au front. Le recueil comprenait aussi quelques textes sur des actions moralement douteuses entreprises par le gouvernement au nom de la lutte sacrée contre le communisme. Le *Rapport*, publié tandis qu'Eddie se trouvait à l'étranger, s'était particulièrement bien vendu, bien qu'il ait été vilipendé par le Congrès comme étant l'œuvre d'un traître. Eddie était devenu un conférencier très prisé sur les campus. Il s'affichait en compagnie des radicaux les plus célèbres. Aurelia était sans doute la seule à penser que cet engouement soudain pour une gauche dont il s'était toujours moqué était sa dernière tentative pour s'attirer les bonnes grâces des gens peut-être susceptibles de l'aider à retrouver sa sœur.

— Ce bouquin devrait compter parmi les lectures obligatoires, reprit Megan d'un ton ferme. Surtout du Président et des membres du Congrès.

Aurelia se força à sourire et promit de transmettre le compliment à Eddie. Mais elle n'avait aucune idée d'où le joindre. Depuis son retour, Eddie ne l'avait appelée qu'une fois, et il n'était pas venu la voir à Ithaca. Il était constamment en déplacement pour ses conférences. Et cette petite garce de Mindy, qui avait attendu patiemment durant les vingt mois qu'avait duré son exil, l'accompagnait partout. C'est du moins ce que Sherilyn lui avait dit, et Sherilyn ne se trompait jamais.

Du moins très rarement.

Aurie avait besoin de parler à Eddie. C'était urgent. Mais elle ne pouvait pas mettre ses préoccupations par écrit et il n'était pas question qu'elle explique à Mindy l'idée qui lui trottait dans la tête. Au lieu de ça, courant le risque que sa requête soit mal interprétée, elle avait insisté sur le fait que c'était important et qu'il fallait qu'Eddie la contacte dès que possible. Il l'avait fait, mais seulement pour dire qu'il était en déplacement et très occupé, et qu'il la rappellerait plus tard. Sur un ton glacial.

— Est-ce qu'on a jamais retrouvé sa sœur ? demanda Megan. La terroriste ?

Aurelia en renversa son verre de vin.

— Pas que je sache, répondit-elle en s'étranglant.

— Tant mieux. Je suis une fervente admiratrice.

II

Après le dîner, Aurelia appela chez elle. Locke avait maintenant dix ans et Zora douze. Ils estimaient l'un et l'autre qu'ils n'avaient plus besoin de baby-sitter mais, comme leur mère se plaisait à le leur répéter, ils n'avaient pas voix au chapitre. Aurelia s'assura qu'ils ne s'étaient pas entre-tués et que l'adolescente censée les surveiller était elle aussi indemne. Puis elle marcha en compagnie de Megan jusqu'au Strand, le seul cinéma d'Ithaca. Le bâtiment avait des allures d'ancien palace, avec un hall en mosaïque et une profusion de marbre. La scène principale aurait pu contenir une armée entière. Le Strand avait été construit pour accueillir des spectacles vivants. Ce soir, la salle était quasiment vide, comme Aurelia l'avait prévu. On projetait un film sur le premier président noir, c'était Megan qui avait eu l'idée d'aller le voir.

Dans un mouvement de solidarité.

Sur le chemin du retour, les deux femmes parlèrent un peu de politique. Megan voulait savoir ce qui, de l'élection d'un Noir à la présidence ou de celle de Nixon, avait le moins de chances de se produire. Aurelia s'en sortit en riant. Dick Nixon, le vieil ami de la famille, avait prêté serment deux mois plus tôt. Aurelia était allée à Washington pour le bal inaugural, au bras d'un membre de la Chambre des représentants du nom de Dennison, un Noir qui s'employait à tenter de convaincre les parlementaires noirs et l'obscure nation de former un groupe déclaré. Le Représentant Byron Dennison, Bay pour ses nombreux intimes, présidait une importante commission à la Chambre et jouait les éminences grises. À cinquante et un ans, il n'avait jamais été marié. Il n'y avait pas de liaison entre eux. Bay Dennison servait volontiers de cavalier. Aurie l'avait rencontré des années plus tôt par l'intermédiaire de Matty et ils avaient gardé le contact. Bay était le premier homme avec lequel elle sortait depuis Kevin qui sache danser. Pendant le bal, leur couple s'était attiré les regards alors qu'ils virevoltaient sur la piste. Plus tard, au moment où le chauffeur du parlementaire lui avait ouvert la portière devant son hôtel, Aurie s'était étonnée de sentir la main de Dennison sur son bras.

— Un instant.

— Qu'y a-t-il ?

— C'était une bonne soirée. Il vous en faut d'autres comme celle-ci. Vous avez besoin de vous divertir.

— Peut-être, avait-elle répondu prudemment, terrifiée à l'idée que Dennison l'invite chez lui.

Elle avait serré sa pochette pailletée au cas où elle aurait besoin de lui en assener un coup pour le remettre à sa place.

— C'est de cette manière que vous devez passer le reste de votre vie, Aurelia. À vous amuser. Vous le méritez.

Bon... Était-ce une demande en mariage ?

— Je ne saisis pas.

— Je crois savoir que votre ami Eddie Wesley va bientôt rentrer au pays.

— Le mois prochain. C'est du moins ce qu'il m'a écrit.

Byron Dennison avait acquiescé.

— Aurelia, vous êtes consciente que vous élevez l'héritier Garland. C'est une importante responsabilité. Votre petite fille est merveilleuse aussi. (Il lui avait lâché le bras, mais ses mots la retenaient.) Il est peut-être temps d'arrêter les fadaises, Aurie. D'arrêter de vous inquiéter pour rien. À mon avis, vous devriez consacrer votre vie à l'éducation de vos enfants et au divertissement. Éventuellement avec Eddie. Il vous épouserait sans hésiter. Vous le savez.

— Bay...

— Vous devriez l'épouser. C'est mon avis. Épousez-le. Et coulez ensemble des jours heureux jusqu'au crépuscule de vos vies.

— De quelles fadaises parlez-vous ? Que voulez-vous que je cesse ?

— Ce n'est pas moi, avait-il dit en portant la main sur son cœur pour attester de sa bonne foi. Je ne suis que le messager. Ce sont des gens bien, Aurie. Des gens qui ne veulent que votre bonheur.

Perplexe, elle avait vivement secoué la tête.

— Je ne peux pas épouser Eddie. C'est impossible. Je...

Le sourire s'était brusquement évanoui sur le visage du parlementaire comme s'il l'avait remballé pour le ressortir à une prochaine occasion.

— Vraiment pas ? C'est votre choix, bien sûr, mais c'est dommage. Enfin, vous êtes seule juge.

Il lui avait souhaité bonne nuit.

III

Elle aurait prévenu Eddie, mais leurs chemins refusaient de se croiser. Elle l'avait appelé plusieurs fois chez lui : c'était toujours Mindy qui répondait. Elle avait également essayé le numéro de son bureau – il continuait d'enseigner à mi-temps à Georgetown : les appels étaient transférés au secrétariat du département. Elle avait même tenté de le joindre par le truchement de son agent littéraire, qui avait promis de lui transmettre le message. Ce soir-là, alors qu'elle dînait avec Megan Hadley, Aurie se disait que l'obscure nation tout entière devait savoir que la veuve de Kevin Garland se jetait éhontément à la tête de son ex-petit ami.

La nuit, elle continuait d'étudier les carnets en vue de décoder les indices laissés par Kevin et, par trois fois, elle était même allée, dans ses petits souliers, s'asseoir dans le bureau de Tristan Hadley, poussant jusqu'à flirter un peu avec lui afin qu'il accepte de poser, mine de rien, quelques questions à sa femme. Chaque fois, Tris s'était présenté chez elle avec les réponses et Aurie lui avait poliment offert un café. La troisième fois, il lui avait apporté des roses, cadeau que le devoir commandait qu'elle refuse, mais qu'elle accepta néanmoins pour ne pas se couper d'une source. On pourrait dire qu'elle se servait de lui. Sur un campus, comme dans une petite ville, tout se sait, et si elle voulait conserver son informateur et éviter les ragots, il fallait que ses rencontres avec Tris soient brèves et discrètes. Ils avaient déjeuné une fois dans un boui-boui à l'autre bout de Trumansburg, un quartier ouvrier. Un autre jour, ils avaient réussi à se croiser par hasard dans les allées de la bibliothèque Olin, où Tristan lui avait volé un baiser par surprise, ce qui lui avait permis de s'offrir le plaisir de le gifler.

Tristan s'était contenté d'en rire et, les jours suivants, chaque fois qu'Aurelia avait croisé Megan, elle s'était raidie de honte.

Toujours est-il qu'aujourd'hui, grâce à l'aide de Tristan, elle commençait à avoir une image plus nette de la situation. Deux ou trois soirs par semaine, après avoir couché les enfants, elle s'enfermait dans sa chambre et sortait les carnets. Elle savait que Kevin avait été membre d'une organisation qui s'appelait le « Grand Conseil » – analogie moderne avec le conseil des démons et des anges déchus qui, dans *Le Paradis perdu* de Milton, avait aidé Satan à se rebeller contre Dieu. Le chef du Grand Conseil se faisait appeler le « Principal » ou l'« Auteur ». Il y avait quelques années – elle n'avait pas encore réussi à traduire en dates ce qu'elle avait décodé –, le Conseil avait été formé pour exécuter un plan, le Projet, qui « ébranlerait le trône ». Dans le poème de Milton, l'expression faisait référence au projet de Satan en vue de ruiner la création de Dieu, puisque Dieu lui-même s'était révélé hors de portée. Au début, Aurie avait cru qu'il suffisait de procéder à une simple substitution, que les membres du Grand Conseil étaient noirs et que le trône qu'ils avaient prévu d'ébranler était le siège du pouvoir blanc. Mais elle s'était vite rendu compte qu'elle se fourvoyait, et pas seulement parce que la note qu'elle avait trouvée dans le coffre-fort du bureau de Kevin avait été écrite dans les années 1950, dans un hôtel de Floride strictement réservé aux Blancs. Il y avait d'autres indices. Du reste, les membres du Conseil venaient d'horizons très variés, de même qu'il y avait parmi les démons de Milton des dieux vénérés par de nombreuses cultures non chrétiennes.

Elle n'avait pas encore découvert la teneur exacte du Projet. Elle savait que sa mise en œuvre devait s'étaler sur une longue période, qu'il faudrait plusieurs générations pour ébranler le trône, et qu'une guerre devait être menée. Elle ne savait pas précisément s'il s'agissait d'une véritable lutte armée ou d'une métaphore, mais le recours à une certaine violence semblait acquis. Tout ce qu'Eddie lui avait confié suggérait que Phil Castle avait été membre du Conseil. Peut-être son ami physicien dont la mort à Los Alamos avait été classée comme suicide en faisait-il partie aussi. Tout comme ce pauvre Matty.

Et très vraisemblablement Kevin.

Mais il y avait autre chose – raison pour laquelle elle avait senti, rationnellement ou non, qu'Eddie allait être assassiné au Vietnam. En reprenant la liste des morts, Phil Castle, Joseph Belt, Matty, Kevin, il apparaissait que les membres du Conseil étaient éliminés les uns après les autres. Comme si quiconque ayant une connaissance directe du Projet devait mourir.

Son éducation catholique la poussait à se conduire en bonne citoyenne, à s'en remettre aux autorités, à transmettre ses renseignements au FBI, à appeler Nixon ou quelqu'un d'autre. Mais pour dire quoi ? Pour expliquer qu'une personne dont elle ne connaissait pas l'identité assassinait systématiquement tous ceux qui avaient eu vent d'un plan qu'elle était incapable de décrire ? Un plan dont l'origine remontait à l'obscure nation d'Eddie ? Elle tremblait rien qu'en imaginant les répercussions qu'une telle révélation aurait sur sa communauté. L'enquête qui serait lancée et la défiance entre Blancs et Noirs qui s'ensuivrait ébranleraient sans aucun doute le trône – mais ce ne serait pas le bon.

Elle gardait donc tout cela pour elle et collectait patiemment les informations, dans l'espoir de venger son mari, en attendant que... Elle ne savait pas vraiment ce qu'elle attendait. Elle savait seulement que cela ne s'était pas encore produit.

Une preuve. Il lui fallait une preuve solide et pas une simple théorie.

Il lui fallait le testament de Castle.

IV

Fin mars, Dwight Eisenhower mourut. Aurelia se rendit à Washington, parce que le Président lui avait dit qu'elle devait assister aux funérailles. Elle alla donc prendre sa place dans la cathédrale nationale, à côté des autres Garland : Oliver et sa femme, Claire, la mère de Kevin, Wanda, et Cerinda, venue de Chicago. Nixon l'invita à prendre le petit déjeuner avec Pat et lui le lendemain dans ses quartiers privés de la Maison Blanche. Le Président était inquiet, les étudiants de Harvard occupaient le bâtiment de l'administration de l'université.

— Je pensais que l'on en avait terminé avec ce genre de comportement, dit-il.

— Ils sont en colère à cause de la guerre, lui répondit Pat.

— Ce n'est pas la mienne. C'est celle de Johnson. Celle de Kennedy. On m'a élu pour que je ramène nos gars au pays et ces tocards ne vont même pas m'accorder deux mois pour agir...

Il continua à maugréer. Pat regardait Aurelia qui prenait soin de ne pas sourire avant que la Première Dame l'ait fait.

Le Président arrivait à la fin de sa tirade. Il posa sa serviette sur la table.

— Savez-vous pourquoi je vous ai fait demander ? Vous devez dire à votre ami Eddie d'arrêter.

— D'arrêter quoi ? demanda Aurelia, surprise.

— De fomenter le trouble. De soulever des lièvres. (Il attrapa un exemplaire du *Rapport au quartier général*, posé sur une petite table.) Il ne nous laisse aucune chance.

— Le livre a été écrit sous le gouvernement précédent, avança Aurelia pour calmer le jeu.

Nixon hocha la tête.

— Dites-lui de venir me voir. Qu'on s'entende. On peut s'entraider. Nous avons des projets à l'œuvre. Ce premier semestre, nous allons le consacrer aux affaires étrangères. À nos sphères d'influence. Le semestre prochain... eh bien, nous nous pencherons sur la politique intérieure. Dites-le-lui.

Aurelia promit de le faire. Elle se demanda si le Président savait à quel point ses propos ressemblaient à ceux d'Eddie, à l'époque où il défendait la politique de Kennedy.

— A-t-il fini par retrouver sa sœur ? demanda Nixon en la raccompagnant à l'ascenseur où un huissier l'attendait pour l'escorter jusqu'à la porte. Est-ce que votre ami Eddie la croit vivante ?

Surprise, Aurelia hésita.

— Y a-t-il des raisons de croire qu'elle ne l'est pas ?

— Je n'en ai aucune idée. Aucune. Je me posais simplement la question. (Le drôle de sourire se redessina.) Dites-lui de venir me voir, c'est tout. Il faut qu'on parle. C'est important.

Malheureusement, elle n'avait aucun moyen de joindre Eddie directement. Elle décida donc de biaiser.

48

L'autre héritier

I

Gary Fatek débarqua dans la région des lacs Finger à bord de son jet privé, qu'il fit atterrir à l'aéroport du comté de Tompkins, où il demanda à son pilote de l'attendre. Son assistant et son garde du corps ne cachèrent pas leur surprise quand il leur ordonna d'attendre eux aussi. Aurelia était assise dans sa voiture, devant le terminal. Gary lui avait recommandé de ne pas en descendre. Inutile de donner à quiconque l'occasion de voler une photo de leur accolade. Elle comprit tout de suite. Des rumeurs avaient couru sur la préférence de l'héritier Hilliman pour les femmes noires. Certaines personnes avaient même raconté qu'il était l'homme que Mona avait épousé à Chicago en 1959 et dont elle avait divorcé un ou deux ans plus tard, et qu'il serait donc le père inconnu de ses jumeaux. Un échotier avait été jusqu'à éplucher les registres du comté de Cook, mais n'avait rien trouvé – preuve évidente qu'il y avait quelque chose de louche ! Pendant ce temps, Gary avait épousé une actrice célèbre dont il avait eu rapidement un enfant avant de divorcer. C'était sa manière de donner le change. À quarante ans, il était à la tête d'une fortune colossale et, comme il l'avait dit à Mona qui l'avait répété à Aurie, il n'avait aucunement l'intention de se remarier.

Si Gary Fatek avait une vie sexuelle, personne n'en savait rien. Cela faisait longtemps qu'Aurelia avait renoncé à le connaître vraiment. Ses positions politiques avaient pris un virage à cent quatre-vingts degrés. L'ancien protestataire de Harlem soutenait à présent les causes les plus conservatrices qui soient, y compris certaines dont l'existence dépendait entièrement de ses fonds. Les républicains ne faisaient pas un geste sans le consulter. On racontait que Nixon et lui étaient intimes. Certains avaient même affirmé que Gary avait été le plus gros sponsor de George Wallace, le gouverneur ségrégationniste de l'Alabama, qui s'était présenté comme troisième candidat dans la course à la présidence, ce qui avait permis d'envoyer Nixon à la Maison Blanche. La fondation dont Gary avait désormais la charge avait financé une étude signée par des professeurs des plus grandes universités affirmant que la prétendue libération des femmes allait détruire la cellule familiale, le « fondement de toute la civilisation ». Feu Erebeth Hilliman aurait été fière.

Pourtant, il continuait de prendre les appels de Mona, et il téléphona à Aurelia le lendemain du jour où cette dernière avait demandé à son amie d'établir le contact. Il avait tout de suite accepté de voir Aurie et lui avait proposé de se rencontrer dès le lendemain. Lorsqu'elle avait objecté qu'elle ne pouvait pas tout laisser en plan pour sauter dans un avion pour New York, il lui avait répondu que ce n'était pas un problème : il se déplacerait.

Tandis qu'ils roulaient, Gary lui posa les questions d'usage sur ses enfants et sa carrière. Il savait aussi qu'elle s'apprêtait à publier sous son nom. Un roman, n'est-ce pas ? Il avait hâte de le lire. Oui, il voyait sa fille aussi souvent que possible mais, à la vérité, il se rendait compte que sa mère était la mieux placée pour l'élever. C'est dans les gènes. Un trait commun à tous les mammifères : ce sont les femelles qui élèvent les petits. C'est la nature, expliqua-t-il. Aurelia, qui avait du mal à se retenir d'exploser, tourna la tête vers lui et vit qu'il souriait comme un gamin qui aurait réussi à faire croire à la maîtresse qu'il avait bien fait ses devoirs mais que, par malchance, le chien avait déchiqueté son cahier.

II

Ils allèrent dîner à Trumansburg car Gary ne voulait pas être aperçu près du campus. Cela ferait jaser, dit-il, le président l'apprendrait et l'approcherait pour lui soutirer de l'argent.

— Le président de l'université, précisa-t-il au cas où elle se serait demandé de quel président il parlait. Remarque, ça ne serait peut-être pas une mauvaise idée...

Il lui parla de son neveu Jock qui n'était pas franchement doué mais qui voulait entrer dans une université Ivy League. Maintenant que Gary gérait les trusts de la famille, il lui appartenait de régler les problèmes de cet ordre.

— Il faudra sans doute que je donne un demimillion à quelqu'un, conclut-il d'un ton morose.

Ils mordirent chacun dans leur sandwich spongieux.

— J'ai besoin de parler à Eddie, dit Aurelia quand ils en eurent terminé avec les préliminaires.

— Parle-lui.

— Il ne prend pas mes appels.

— Les hommes sont bizarres.

— Bizarres ?

Gary hocha la tête. Il dut faire signe plusieurs fois à la serveuse avant qu'elle comprenne qu'il voulait un autre café.

— Où vous procurez-vous ce mélange ? Je n'ai jamais rien bu de pareil.

— À l'A&P.

Une fois qu'elle fut repartie, Gary reprit.

— Eddie t'évite.

Aurelia se raidit.

— Je l'avais compris.

— Il n'est ni fâché ni jaloux.

— Il doit y avoir une raison.

— À mon avis, c'est par amour. (Il touilla son café. Il avait renoncé au sandwich. Ses yeux verts se perdirent un instant dans le vague.) Tu te souviens de la première fois où nous nous sommes rencontrés. Cette sauterie à Northampton ?

— Les filles de Smith et les garçons d'Amherst.

— Les filles de Smith accompagnées de leur chaperon, corrigea-t-il. Vous aviez quasiment chacune le vôtre. (Il but une gorgée, fit une grimace et ajouta du sucre. Beaucoup de sucre.) Cette nuit-là, Eddie m'a dit qu'un jour il t'épouserait.

— Il était romantique, dit-elle en rougissant.

— Il l'est toujours, Aurie. Pour le monde entier, il apparaît comme un cynique. À cause de son article sur la perspective américaine. Mais quand il s'agit de toi, il est romantique. Il veut être ton chevalier sur un destrier blanc ou je ne sais quel personnage les hommes amoureux rêvent d'être pour leur belle. Il a bien eu quelques aventures. Tu le sais. Avec cette Torie, il a même eu une histoire pendant quelques mois. Mais il n'a jamais épousé personne, Aurie. Il attend toujours de voler à ton secours.

Aurelia triait consciencieusement les frites dans son assiette.

— Gary, essaies-tu de me dire qu'Eddie ne me prend pas au téléphone parce que je ne vais pas l'épouser ? C'est plutôt enfantin. Et même insultant.

— Ce n'est pas pour ça. (Il repoussa son café sur le côté. Attrapa son verre d'eau, fronça les sourcils en voyant les traces sur le bord et le reposa.) Non, Aurie. C'est un romantique. Il serait heureux de mourir en t'ayant aimée tranquillement à distance. Il veut toujours te sauver. C'est pour ça qu'il ne veut pas que tu l'approches en ce moment. Il essaie de te protéger.

— De quoi ?

— Je n'en suis pas sûr, Aurie. Il lui est arrivé quelque chose en Asie. Il ne m'a pas dit quoi. Tu as entendu parler de cette nuit à Hong Kong où il se serait soûlé ?

Elle se souvenait des titres. Des photos.

— Bien sûr. Je n'ai pas pu y croire. Il ne boit pas. Tu le sais. Il ne boit plus que du thé depuis que son père... oh !

Gary acquiesça.

— Tu comprends. C'était un piège. On a voulu nous faire croire qu'il était ivre. Ceux qui l'ont piégé ne savent pas qu'il ne boit pas. (Il lui piqua une frite.) Je ne sais pas ce qui s'est passé parce qu'il refuse d'en parler. Mais d'après le peu qu'il m'en a dit, il lui est arrivé quelque chose qui l'a transformé. Il est convaincu d'être en danger, et il veut t'en protéger.

Aurelia ne put s'en empêcher. Les mots lui sortirent de la bouche avant même qu'elle s'en rende compte.

— Dans ce cas, pourquoi est-ce qu'il n'en protège pas Mindy ?

— Mindy ? Qui est donc Mindy ?

— Son assistante.

— Ah oui, son assistante, dit Gary comme si retenir le nom d'une assistante ne seyait pas à sa condition. Et alors ?

— Elle l'accompagne partout. Est-ce qu'elle n'est pas en danger, elle aussi ?

Il resta un moment sans comprendre.

— Oh, je vois ! Tu es jalouse. (À l'entendre, c'était une telle évidence qu'il était inutile de tenter de le contredire.) Il n'a pas besoin de protéger Mindy. Quoi qu'il lui soit arrivé à Hong Kong, il s'en est tiré. Je ne crois pas qu'Eddie soit inquiet pour sa propre sécurité, il m'a paru assez confiant. Non, Aurie, je crois que c'est toi qui risquerais d'être en danger.

— Moi ?

— Si vous vous voyiez. Si ceux dont il s'agit venaient à s'imaginer que vous travaillez ensemble. C'est à ce moment-là qu'il y aurait un risque. (Il lut sur son visage.) Ne t'inquiète pas, Aurie. Il ne se passera rien. Eddie est convaincu qu'il ne se passera rien tant qu'il ne s'approche pas de toi.

Elle détourna les yeux pour regarder par la fenêtre le beau soleil d'automne qui se reflétait sur les voitures et les camionnettes garées dehors. Ithaca devait être son refuge. Le sien et celui des enfants. Elle se remémora sa conversation avec Bay Dennison après le bal inaugural de Nixon. *Voilà comment vous devriez passer le reste de votre vie... à vous amuser*. Puis le parlementaire avait parlé d'Eddie. *Épousez-le. Et coulez ensemble des jours heureux jusqu'au crépuscule de vos vies*.

Jusqu'à cet instant, elle n'avait pas imaginé que ces mots étaient une mise en garde plutôt qu'une suggestion. Pourtant Kevin lui-même avait tenté de la mettre en garde, il y avait des années, lorsqu'elle avait avoué avoir lu les dossiers dans le coffre de son bureau. *Tu n'as jamais entendu parler d'ébranler le trône, ou de l'Auteur ou du Pandaemonium. Tu ne sais rien. Souviens-toi de ça. Surtout s'il venait à m'arriver quelque chose.*

Gary lui toucha délicatement la main. Il parlait doucement.

— Je peux envoyer quelqu'un si tu veux. (Il attendit un instant avant de poursuivre.) Pour te protéger. Je connais des gens compétents, Aurie.

— Mais je ne suis pas en danger. (Elle réussit à sourire.) C'est gentil à toi de me le proposer, mais tout va bien. De toute façon, je ne crois pas qu'ils s'en prendraient à moi.

— Eddie pense le contraire.

— Mieux vaut sans doute qu'il continue de le penser. Je vais le laisser tranquille pour le moment. Dis-le-lui. Dis-lui que nous nous sommes parlé et que je vais lui ficher la paix.

De retour à l'aéroport, Aurelia remercia Gary de tout ce qu'il avait fait, surtout pour Mona. Il hocha la tête et lui déposa un baiser sur la joue. Pendant qu'elle regardait l'avion fendre le ciel limpide, le reste de sa conversation avec Bay Dennison lui revint. *Vous élevez l'héritier Garland. C'est une importante responsabilité.*

Locke Matthew Garland. Ainsi baptisé en hommage à Alain Locke, l'écrivain du *Harlem Renaissance*, et à son grand-père, Matty. Locke, l'héritier Garland.

Tout cela était donc lié à son fils.

49

Le retour du golden boy

I

— Je ne vais pas rester pour la fête, dit Lanning Frost. Agir autrement serait éthiquement injustifié.

— Je comprends, répondit Aurelia qui savait déjà par Margot que le sénateur ne serait pas présent et qui aurait préféré qu'il soit parti avant son arrivée.

Il était soit trop malin, soit trop bien conseillé pour dire un seul mot sur Kevin, décédé depuis quatre ans.

Il la gratifia d'une poignée de main électorale avant de quitter la salle entouré de son armée de conseillers. La réception était organisée par Margot Frost à son domicile de Georgetown, en l'honneur du succès inattendu du premier roman d'Aurelia, paru le mois précédent avec très peu de publicité. On était en mai 1969. La Californie était en guerre. Cela faisait toutes les unes. La garde nationale armée de baïonnettes avait chargé les manifestants à Berkeley. Un hélicoptère avait lancé une attaque chimique. Mona était surexcitée. Aurelia terrifiée. Pas pour le pays, mais pour Eddie, qui était sur place, à mettre le feu aux poudres rhétoriques. Il avait toutefois réussi à filer avant l'attaque aérienne. Pendant ce temps, la réception se déroulait comme si tout allait pour le mieux dans le meilleur des mondes. Aurelia venait de publier un roman sentimental. La critique était convaincue que ce genre de littérature n'intéressait plus personne. Les membres de l'intelligentsia se plaisaient à raconter qu'elle devait la publication de l'ouvrage au grand Edward Wesley Junior. Pourtant le roman avait trouvé son public.

Margot guidait Aurelia parmi les notables de Washington qui emplissaient la pièce. Depuis que son mari avait failli être assassiné, Margot Frost était devenue l'une des hôtesses les plus prisées de la ville. Des gens qui, jusqu'à ce jour, n'avaient jamais entendu parler d'Aurelia lui disaient le plus grand bien de son œuvre. Quelques vieux amis et quelques mondains professionnels demandèrent des nouvelles de ses enfants. À son heure, elle avait été, elle aussi, une hôtesse rodée, mais depuis qu'elle s'était réfugiée à Ithaca, après la mort de Kevin, elle s'était repliée sur elle-même et n'était plus très à l'aise dans le monde. Elle s'étonnait du succès de son roman. Elle ne comprenait pas que la nation avait soif de simplicité au milieu du chaos. Elle ne voyait qu'un salon richement décoré où se pâmaient de nombreux inconnus qui faisaient plus cas de Margot (en sa qualité de future Première Dame) que d'elle.

Ce manque d'attention lui convenait.

Elle était postée à côté du bar, écoutant vaguement une conversation sur les événements de Californie, quand elle aperçut, dans un coin près du piano, l'ancien golden boy de Harlem, Perry Mount, une vieille connaissance, l'homme qu'Eddie était allé chercher à l'autre bout du monde. Il était toujours aussi grand et imposant, son physique dégageait une impression d'énergie contenue, prête à jaillir à la moindre sollicitation. Un verre de ginger-ale à la main, Perry avait créé une zone interdite autour de lui. Personne ne l'approchait. Aurelia se dit que personne ne devait savoir qui il était ni ce qu'il faisait là. Il accrocha son regard et leva son verre dans sa direction. Elle se retira de la conversation en cours en s'excusant et se dirigea vers lui.

— Ça fait longtemps, dit-elle avec un large sourire parce que, face à ce visage familier, son savoir-faire de Harlem reprenait le dessus.

Elle se rappela que le jour de la mort de Kevin, Eddie lui avait dit qu'il soupçonnait Margot et Perry de comploter quelque chose. Peut-être avait-il raison. Après tout, Perry était ici, chez Margot.

— Tu as bonne mine, dit-elle.

Autrefois, Perry réservait aux femmes un demi-sourire aussi doux qu'un baiser, qui les charmait et se moquait d'elles à la fois. Il lui servit le même.

— Toi aussi, Aurelia. Superbe, comme toujours. Permets-moi de te féliciter pour le succès de ton livre. Je ne l'ai pas encore lu, mais ça ne saurait tarder.

— Quand es-tu rentré ?

— Rentré ?

— J'ai entendu dire que le Département d'État t'avait envoyé à Saigon.

— Oh. J'ai démissionné. Dix ans, c'est plus qu'assez au service de son pays. Je travaille pour un *think tank* à présent. C'est mieux payé et moins risqué. (Son sourire s'élargit, mais ses yeux sombres, énormes derrière les verres de ses lunettes, restaient aux aguets.) Et pas besoin de voyager. Je songe à fonder une famille. J'ai la quarantaine, Aurie. Tu ne crois pas qu'il est temps ? (Il s'amusait à faire tourner le ginger ale dans son verre.) Je sors avec Chamonix Bing. Tu te souviens de Chammie ? Elle était mariée à Charlie Bing, à l'époque. Écoute, quand tu seras moins prise, on peut essayer de faire quelque chose ensemble un de ces jours.

— Avec plaisir. (Elle décida de ne pas tourner autour du pot.) Perry, est-ce qu'Eddie t'a trouvé ? Il est allé jusqu'au Vietnam pour...

— Oh oui, Eddie...

Il la sonda d'un regard à la fois implorant et autoritaire. Le regard d'un homme habitué à commander. À vaincre. Aurelia se demanda s'il était possible de lui cacher quoi que ce soit. Ou de lui résister s'il avait décidé de vous séduire.

— Disons que nous nous sommes trouvés.

— Est-ce qu'il... comment est-ce qu'il...

— Il avait l'air d'aller bien quand je l'ai vu à Hong Kong. (Le sourire s'évanouit. Le golden boy avait à la fois l'air d'un guerrier et d'un gamin, mélange qui rendait les filles folles.) Ne me dis pas que ton Eddie ne te donne pas de nouvelles. Ça ne lui ressemble pas.

Elle ne releva pas.

— Perry, si tu as vu Eddie, tu sais qu'il espérait que tu puisses...

Il ne la laissa pas terminer.

— Je ne sais pas où est Junie. Eddie ne le sait pas non plus. J'en suis certain. (Il sembla particulièrement satisfait en disant cela. Puis son regard se durcit.) Je ne sais même pas si elle est encore en vie.

Aurelia n'avait jamais manqué d'audace, et elle était convaincue qu'une telle opportunité ne se représenterait pas. Elle sentait que les gens commençaient à s'approcher.

— Eddie disait que tu étais resté en contact avec elle. Avec Junie. Dans la clandestinité.

Perry secoua la tête.

— Quelqu'un n'a pas tenu sa langue. Je vois. Tu

devrais savoir que je ne peux pas parler de ça, Aurie. Laisse-moi juste te dire que quoi que j'aie fait, je l'ai fait dans le cadre de mes fonctions officielles.

— Tu étais en contact avec elle. Tu l'étais forcément.

— Le fait que je ne puisse pas répondre n'équivaut en rien à une confirmation. (On aurait dit qu'il récitait des consignes.)

— As-tu jamais entendu parler d'ébranler le trône ? dit-elle, abattant sa dernière carte. Il y a des années, tu avais dit à Eddie quelque chose dans ce goût-là, et que Harlem avait des secrets.

— Ah oui ? J'étais un petit prétentieux à l'époque, pas vrai ? (Ses yeux durs se levèrent, mais son regard se dirigea derrière l'épaule d'Aurelia.) Margot, ma chère, tu ne viens pas m'enlever cette ravissante créature, j'espère ?

Bien sûr que si.

Perry tendit sa carte de visite à Aurelia.

— Appelle-moi la prochaine fois que tu viens en ville, dit-il, affichant à nouveau son sourire enjôleur.

II

À la fin de la réception, Margot demanda à Aurelia de rester. Elles ne s'étaient pas vues depuis l'enterrement d'Eisenhower, et elles n'avaient pas échangé plus d'un mot ou deux depuis celui de Kevin. Restons entre copines, avait dit Margot. Mais Aurelia savait que Margot Frost était le genre de femme qui n'avait jamais eu de copine de sa vie.

Elles s'étaient installées pieds nus au salon et Margot avait ouvert un excellent château-carbonnieux blanc de 1947. Son goût était étonnamment léger, sa couleur ambrée, et Margot proposa qu'elles terminent la bouteille à deux, comme au bon vieux temps. Sauf qu'elles n'avaient jamais partagé aucun bon vieux temps et que Margot Frost était la dernière personne avec laquelle Aurelia souhaitait se soûler. Elle buvait donc à petites gorgées, tandis que Margot, les jambes repliées sous elle, s'envoyait les verres de vin comme si c'était de l'eau. Aurelia se dit que si la future Première Dame voulait s'enivrer, la seule chose à faire était justement de ne rien faire, et de rester assise à l'écouter.

— Tu paraissais assez intime avec Perry, dit Margot sur un ton taquin.

— Nous nous connaissons depuis longtemps.

— Et ton petit ami, Eddie ? Comment va ce cher Eddie ?

— Ce n'est pas mon petit ami, Margot. Je lui ai à peine parlé depuis son retour.

— Il paraît qu'il recherche sa sœur. (Elle leva son verre, le pencha dans un sens, puis dans l'autre, s'amusant de son propre reflet.) Crois-tu qu'il va la retrouver ?

— Je n'en sais rien.

— Peut-être qu'elle ne veut pas qu'il la retrouve.

— Peut-être. (Aurelia commençait à se méfier. Elle venait de se rappeler que si Margot était le génie qui manipulait Lanning, cela signifiait avant tout qu'elle était un génie.)

— Les femmes fuient les hommes. On voit ça tous les jours.

— J'imagine.

— Je l'ai croisé à Hong Kong. Ton Eddie. Est-ce que je te l'ai dit ? (Margot but une longue gorgée de vin.) Il m'a paru très... déterminé.

Elles furent interrompues par une domestique qui rapportait des biscuits. Margot, qui semblait pouvoir en ingurgiter des kilos, avait fini le plateau. Aurelia eut l'impression qu'un terrible souci rongeait la future Première Dame. Elle se demanda si c'était aussi terrible que semblait le croire Eddie.

La domestique repartit.

— Il faut que tu comprennes Lanning, répéta Margot plusieurs fois. Il n'est pas comme on le décrit. Ce n'est pas un idiot. Il n'a pas toujours le verbe facile, mais cela nous arrive à tous, n'est-ce pas ? Il fera un grand président. Un grand président. (Elle but une lampée de vin et Aurelia lui remplit généreusement son verre.) Tu sais, la situation n'est pas simple. Ton mari... était un homme bon. Lanning est un homme bon, mais ce n'est pas toujours facile d'être son épouse. Il a besoin d'aide, Aurie. De mon aide. Et de celle des autres aussi.

Aurelia marmonna qu'elle comprenait.

— J'ai été élevée dans cette optique, poursuivit Margot. Pour être Première Dame. Je ne le suis pas encore, mais tout le monde sait que je vais le devenir. Je ne peux même plus lâcher mes cheveux, plus jamais. (Les yeux brillants de malice, elle s'empressa de le faire et de ruiner une coiffure qui avait dû coûter une fortune.) J'exagère. Je n'ai pas été élevée pour devenir Première Dame, mais pour épouser un homme important et contribuer à son succès. C'est moi qui négocie les alliances et les contrats, c'est aussi moi qui collecte les fonds. Je ne comprends pas pourquoi les journaux font de moi une intrigante qui ne recule devant rien. Pourquoi écrivent-ils des choses pareilles ? Je suis une épouse, rien de plus. J'aide mon mari. N'est-ce pas le rôle de toute épouse ? D'aider son mari ? Est-ce que tu n'aidais pas Kevin ? (Elle se servit un autre verre. Elle s'échauffait.) C'était plus facile pour toi, Aurie. Tu n'avais pas à répondre aux mêmes attentes.

Je ne reculerais devant rien pour aider mon époux à atteindre le sommet. C'est une valeur que tu partages, n'est-ce pas ?

— Bien entendu.

— J'aimerais te ressembler un peu plus, reprit Margot à la grande surprise d'Aurie. J'aimerais être capable de m'enterrer dans une petite ville pendant trois ou quatre ans et revenir... bref, je ne sais pas si je reviendrais ou non. Il y a tant à faire. Tant de choses à faire et si peu de gens à qui je peux me confier. Il y a Perry, bien sûr.

— Je ne savais pas que tu le connaissais, glissa Aurie, l'air de rien.

— Nos familles sont liées depuis des années. (Elle plissa son large front, où trois petites rides se dessinèrent, davantage n'aurait pas été seyant.) On raconte qu'il était amoureux de la sœur d'Eddie. Tu y crois, toi ? Tu ne crois pas que ça lui aurait causé des ennuis auprès de ses employeurs ? Je veux dire le gouvernement.

— L'amour ne se commande pas, Margot.

La future Première Dame semblait trouver cette proposition discutable. Elle avala une gorgée de château-carbonnieux et sombra dans un silence dubitatif.

— Je vais te dire une chose, Aurie. L'intrigant ambitieux, c'est plutôt Perry. Ce n'est pas moi, mais Perry. C'est lui qui sait où sont enterrés tous les cadavres. C'est un agent de la CIA, tu le savais ? Et tous ces articles qu'Eddie a écrits, sur l'opération « Phoenix » et tout ça, c'était l'œuvre de Perry. C'est à cause de ça qu'il a été rappelé et qu'il a dû quitter l'Agence. Eddie a ruiné sa carrière. Tu le savais ?

— Tu plaisantes ?

— Je suis très sérieuse au contraire. Perry doit lui en vouloir terriblement. (Margot s'approcha, son haleine sentait le vin.) Tu sais ce que dit Lanning ? Perry aurait laissé des morts derrière lui là-bas.

— C'était la guerre.

— Je ne parle pas de ce genre de cadavres. (Elle mit la main devant sa bouche pour s'interdire de poursuivre.) Nous avons assez bavardé, n'est-ce pas. Tu m'as bien dit que Claire Garland et toi aviez des billets pour un spectacle ce soir ?

Quand elle poussa Aurelia vers la porte, elle n'avait pas l'air soûl du tout. Sur le trajet qui la ramenait à l'hôtel, Aurie se demanda comment Margot réussissait à se contrôler au point de paraître ivre ou sobre sur commande. D'un autre côté, compte tenu de son implication dans le Projet, peut-être avait-elle seulement voulu lui faire passer un message.

Une menace ?

Ou un appel à l'aide ?

50

Conversation avec un juge

I

À cette époque, Aurelia en était venue à partager la paranoïa d'Eddie. Elle avait souvent l'impression d'être suivie. Elle apercevait le même visage pâle derrière elle au supermarché, dans l'ombre de la statue d'Ezra Cornell sur l'Arts Quad, ou derrière la portière ouverte d'une voiture garée quelques mètres derrière la sienne sur le parking de Jamesway Discount. Ce n'était pas Mr Collier. Eddie ne lui avait jamais vraiment dit dans le détail de quoi il soupçonnait l'ancien garde du corps, mais de toute façon elle l'aurait reconnu n'importe où. C'était quelqu'un d'autre. Puis, au cours de l'été 1969, celui qui la suivait changea si brusquement d'identité qu'elle se demanda si elle n'avait pas été victime de son imagination tout du long. Cet été-là, l'incontrôlable Locke avait onze ans et la sage Zora venait de fêter ses treize ans. Aurelia décida que toute la famille avait besoin de vraies vacances. Fin juin, après s'être rendus sur la tombe de Kevin, au cimetière de Beechwood à New Rochelle, où ils allaient chaque année le jour de son anniversaire, ils embarquèrent pour Martha's Vineyard où Aurelia avait loué une petite maison victorienne décrépie au sommet de la colline qui surplombe le port d'Oak Bluffs, à l'intérieur des terres, derrière la plage d'East Chop, dans la partie de l'île qu'on appelle les Highlands.

Elle y fut suivie.

Par une femme, cette fois. Une brune au teint d'albâtre, facilement repérable parce qu'elle était seule, sans famille. Et blanche de surcroît. En ce temps-là, l'île de Martha's Vineyard, au large de Cape Cod, n'était pas encore connue du grand public. Les années de ségrégation avaient conduit les classes moyennes et supérieures de l'obscure nation à élire leurs propres lieux de villégiature : Sag Harbor, à la pointe orientale de Long Island, Atlantic Beach, en Caroline du Sud, et quelques lieux isolés dans la partie ouest du Connecticut, du Massachusetts et du nord de l'État de New York avaient connu leurs heures de gloire. Mais l'engouement pour l'île avait duré plus longtemps, notamment en raison de sa difficulté d'accès et de sa cherté qui en faisaient un club très fermé. Claire et Oliver Garland avaient acheté une maison à Oak Bluffs au début des années 1960 et y passaient tous leurs étés. Aurelia et Kevin y avaient souvent été invités. Mais cet été 1969, c'était la première fois qu'Aurelia retournait sur l'île depuis la mort de son mari, quatre ans plus tôt, et elle voulait un endroit à elle.

— Tu devrais acheter avant que les prix flambent, avait conseillé Claire.

— Je vais y réfléchir, avait répondu Aurie qui n'était pas encore très à l'aise avec son niveau de fortune et conduisait la même voiture depuis six ans.

La famille arriva début juillet. Il faisait un temps magnifique. Tous les matins, Aurelia réveillait les enfants tôt pour descendre à la plage, à quelques minutes à pied de la maison. Ils allaient prendre le « bain de l'aube », pour reprendre une expression de Kevin. Le plus souvent, Aurelia repérait le visage pâle, qui était déjà sur la plage. En souvenir du film *Funny Girl*, qu'elle avait tant aimé l'année précédente, elle décida d'appeler son ombre blanche Streisand et son homologue masculin Sharif. Une fois la famille installée dans sa routine estivale, il arrivait que Streisand soit déjà dans l'eau ou qu'elle les attende en lisant un magazine sur un banc du terrain de jeux des Highlands où ils se rendaient tous les trois avant le déjeuner. Les enfants adoraient le tourniquet rudimentaire fait d'une dangereuse plate-forme en bois plantée de barres métalliques auxquelles ils s'accrochaient avec délice pour ne pas tomber pendant qu'Aurelia les faisait tourner de plus en plus vite. Un jour où les enfants jouaient sur la balançoire à bascule, leur mère décida de s'amuser un peu elle aussi. Elle alla s'asseoir sur le banc à côté de Streisand et lui offrit un biscuit du paquet qu'elle avait toujours sur elle pour le goûter.

Aurelia ne savait pas trop à quoi s'attendre. La femme allait-elle brandir un badge ? Un pistolet ? La rabrouer avec arrogance, s'éclipser, gênée, pour disparaître sous le soleil de Vineyard ?...

Streisand ne fit rien de tout cela. Elle leva les yeux de son magazine, la gratifia d'un sourire complice et refusa poliment le biscuit avant de se replonger dans sa lecture. Aurie retourna vers ses enfants. Lorsqu'elle leva de nouveau les yeux, son ombre avait disparu.

Les après-midi, quel que soit le temps, ils allaient en ville, à pied ou en voiture, pour que les enfants fassent des tours de manège Aux chevaux volants, dont la plupart étaient des modèles originaux datant du XIXe siècle. Zora faisait signe à sa mère en riant et Locke tentait désespérément d'attraper l'anneau de cuivre qu'agitait un bras en bois pour gagner des tours gratuits. Aurelia prenait des dizaines de photos avec son Instamatic. Quelquefois, Streisand se montrait, mais pas toujours. D'autres fois, non. Il arrivait qu'Aurelia passe la moitié de la nuit assise sur son lit à se demander quelle part de réalité il y avait dans tout cela. Elle aurait aimé pouvoir en parler à quelqu'un. Elle ne pouvait pas appeler Eddie et avait peur d'appeler Mona, qui, par moments, se piquait de l'analyser. Elle tenta Gary Fatek. Ne bénéficiant pas des mêmes privilèges que Mona, elle ne franchit pas les barrages qui avaient pour fonction de le protéger du tout-venant. Malgré tous les larbins qui promirent de transmettre son message, il ne lui retourna pas l'appel.

Elle réussit à joindre Callie Finnerty, son amie de Mount Vernon, et la chaleur amicale de sa voix lui mit du baume au cœur. Elles bavardèrent longuement des enfants jusqu'à ce qu'Aurelia décide de couper court, parce que le téléphone en tarif de jour coûtait cher.

Sur l'île, le nom prestigieux de Garland et la notoriété croissante d'Aurelia faisaient pleuvoir les invitations, mais elle les refusait toutes si Zora et Locke n'étaient pas conviés également. Dorothy West, l'une des figures mythiques du Harlem Renaissance, possédait une maison dans les environs et accueillait volontiers les enfants. Elle alla même jusqu'à dire à Aurelia qu'elle pouvait, si elle le souhaitait, se contenter d'envoyer les enfants à sa place. Adam Clayton Powell, qui passait autrefois l'été dans le coin, ne venait plus dans cette partie de l'île. Son ancienne maison appartenait désormais à sa première femme, Isabelle, qui n'était pas celle qu'Aurelia avait rencontrée à Harlem, et qui bourrait les petits de biscuits et de limonade en racontant des histoires de l'époque où la famille Garland ne comptait pas encore. C'est toutefois au magnifique cottage de Claire et Oliver qu'Aurie, Zora et Locke réservaient la plupart de leurs visites. Construction anarchique d'une cinquantaine d'années, bâtie sur Ocean Park, la victorienne offrait une vue magnifique sur une vaste prairie, le détroit de Nantucket et Cape Cod à l'horizon. Oliver, qui était à présent juge fédéral, ne venait plus que rarement sur l'île, même l'été, mais Claire et les quatre enfants s'y installaient de la mi-juin à la fin août. Addison, l'aîné, s'apprêtait à entrer à l'université ; Abby, la benjamine, était un intrépide garçon manqué de huit ans ; Talcott, le plus jeune des garçons, avait le béguin pour sa cousine Zora, mais c'est à Mariah, âgée de quatorze ans, que Zora s'était attachée. Les deux filles ne se quittaient pas, elles allaient d'une maison à l'autre, descendaient ensemble se baigner, déambulaient sur Circuit Avenue à la recherche de la meilleure glace. Aurelia se retrouvait souvent seule avec Locke qui, n'ayant plus à se démarquer de sa sœur, devenait plus sérieux et commençait à poser les questions insolubles dont les enfants ont le secret : « Comment peux-tu être sûre que papa est au paradis ? », « Est-ce que personne ne va en enfer ? », « Si tu as un nouveau mari et de nouveaux enfants, est-ce que tu ne nous oublieras pas ? »

Un jour, prise d'une soudaine intuition, Aurelia attendit que les deux filles quittent la maison pour leur promenade quotidienne jusqu'à Circuit Avenue. Elle laissa passer cinq minutes et partit à leur recherche. Elle n'eut aucun mal à les repérer grâce à la présence de la pâle Streisand, en short, qui faisait semblant de bricoler sa bicyclette devant la confiserie Darling.

Au moment où Aurie la dépassa, elle lui fit un signe amical de la main.

II

Gary Fatek finit par la rappeler au cours de la deuxième semaine de leurs vacances sur l'île. Aurelia s'efforça de lui expliquer son problème, mais elle avait l'impression de passer pour une folle. Si elle ne se méfiait pas, elle risquait de mentionner l'Auteur et le Pandaemonium, et le Grand Conseil qui avait prévu d'ébranler le trône, mais le contrôle du Projet lui avait échappé. Elle risquait de lui dire qu'elle pensait que la bombe avait Kevin pour cible et non Lanning Frost.

Mais Gary, qui avait complètement perdu le sens de l'humour qui le caractérisait autrefois, écouta toute son histoire de filature avec le même sérieux qu'il devait accorder aux rachats d'entreprises.

— Que veux-tu que je fasse précisément ? demanda-t-il après qu'elle eut terminé.

La question décontenança Aurie. C'était pourtant évident. Est-ce qu'il cherchait à se défiler, estimant qu'il en avait déjà assez fait au nom de leur amitié ?

— Pourrais-tu savoir de qui ça vient ?

— Je peux essayer.

Aurie remarqua qu'il prenait soin de ne pas s'engager. Elle était à l'arrière de la maison, sur la véranda équipée d'une prise de téléphone. Installées à la table de pique-nique dans le jardin, Zora et Mariah étaient en pleins conciliabules ponctués d'éclats de rire. Locke lisait à l'intérieur. Aurie eut l'impression de voir quelque chose remuer dans le rideau d'arbres au bout du jardin, mais ce devait être son imagination.

— Tu penses avoir une réponse quand ? demanda-t-elle en espérant le coincer.

Il s'en tira par une autre question :

— As-tu parlé à Eddie ?

— Eddie ?

— Afin de savoir pourquoi Nixon fait une fixation sur lui ?

Il fallut un moment à Aurelia pour s'adapter au nouveau tour de la conversation.

— Non, Gary, l'occasion ne s'est pas présentée.

— C'est important, Aurie. Nous avons vraiment besoin de le savoir.

— Nous ? Je te l'ai déjà dit, il ne prend pas mes appels. Je sais, tu m'as expliqué que c'était pour me protéger. Mais il ne les prend toujours pas.

— Dommage. (Il lui sembla entendre un long soupir, mais c'était peut-être un souffle sur la ligne.) Bon, ne t'inquiète pas. Je vais voir ce que je peux faire.

À quel propos ? Streisand et Sharif ? Eddie et elle ? Impossible d'en savoir plus, Gary avait déjà raccroché. Il était devenu un personnage bien trop important pour gaspiller son temps à dire au revoir.

Cette nuit-là, Aurie était assise sur son lit à éplucher ses carnets quand elle entendit des pas sur le palier.

Quand elle ouvrit la porte, ce n'est pas son ombre qu'elle découvrit devant elle, mais Locke, pieds nus et en pyjama, la mine renfrognée.

— Tu fais du bruit. Tu m'empêches de dormir.

Le garçonnet avait une expression distante et insondable, qui lui rappela Kevin la nuit où il l'avait menacée de sa chaussure en exigeant un héritier. Elle frissonna. Elle avait dû tester ses scénarios à voix haute. Les cloisons de leur maison en bois étaient minces comme du papier à cigarette.

— Maman travaille, mon cœur. Je suis désolée de t'avoir réveillé. Je vais m'installer dans le salon.

Mais Locke, songeur, grimpa sur le lit. Aurelia ferma les carnets aussi brusquement que s'il s'agissait de revues pornos.

— Est-ce que c'est un secret ?

Les yeux noisette de son fils cherchaient à lire sur son visage.

— De quoi parles-tu ?

— Ton travail. (Il posa la main sur la couverture cartonnée.) Ce que tu faisais qui m'a réveillé. Est-ce que c'est un secret ?

Aurelia vacilla. Elle se sentait bête, mise à nue. Elle ne comprenait pas qui se cachait derrière ce regard d'enfant.

— Oui, mon cœur, réussit-elle tout de même à répondre. C'est un secret. (La gorge nouée, elle posa le carnet sur la table de chevet et prit la main de son fils.) Tout le monde a des secrets.

— Est-ce que c'est un bon ou un mauvais secret ? demanda-t-il tandis qu'elle le ramenait dans sa chambre.

Mon Dieu, aidez-moi.

— Un bon secret, mentit-elle. (Locke se glissa dans son lit. Aurelia remonta sa couverture de Superman et lui déposa un baiser sur le front.) Il te plairait, je te le promets.

— Maman ?

— Oui, mon ange.

— Je n'aime pas les secrets.

— Moi non plus.

— Les enfants de tante Claire disent que je serai riche quand je serai grand. C'est vrai ? Tu ne devrais pas en faire un secret si c'est vrai. (Sa petite voix prit un ton sévère.) Tu devrais me le dire.

— Oh, mon ange...

— Moi aussi, j'ai des secrets.

Elle se tenait dans l'embrasure de la porte, osant à peine respirer.

— Qu'est-ce que tu as comme secrets, mon cœur ?

Il gloussa.

— Si je te le dis, ça ne sera plus un secret.

Aurelia sentit ses yeux interrogateurs qui la jaugeaient au moment où elle tira la porte derrière elle. Locke aimait qu'elle soit fermée.

III

La semaine suivante, Aurelia et les enfants furent invités à Ocean Park, en compagnie de trois ou quatre autres familles, pour regarder Neil Armstrong faire les premiers pas sur la Lune. Après le dîner, les adultes jouèrent au bésigue et les enfants se lancèrent dans une partie de cache-cache à travers la maison. La conversation passait de la guerre à Teddy Kennedy dont la voiture, deux nuits plus tôt, était tombée à l'eau à la sortie d'un virage sur Chappaquidick. Une jeune femme qui se trouvait dans la voiture avec Kennedy aurait trouvé la mort dans l'accident. Il y avait de la tristesse dans les voix. C'était notre meilleure chance d'espérer battre Nixon, maintenant c'est fichu, dit l'un des invités. Oliver Garland gardait prudemment le silence. Il était républicain comme tous les Garland, dans la tradition des anciennes classes dirigeantes noires. À Harlem, il y a quinze ou vingt ans, personne n'avait honte de voter républicain, mais ce temps-là était bien fini. Les spéculations allaient bon train pour savoir qui d'autre pourrait se présenter en 1972, maintenant que Kennedy avait perdu sa chance. Ed Muskie, bien sûr. Frost, peut-être. Humphrey, sûrement pas, il avait perdu toute crédibilité en soutenant la guerre.

On demanda à Aurelia ce qu'elle en pensait. Tout le monde savait pourtant que sa branche de la famille était proche de Nixon.

— La politique ne m'intéresse pas, répondit-elle sans lever les yeux de la table.

— Voyons, Aurie. Contre qui Nixon veut-il se battre ? De qui a-t-il peur ?

— Je n'en ai aucune idée.

Oliver changea de sujet, en rapportant une rumeur selon laquelle Nixon envisageait de faire sortir le pays du système de l'étalon or. Cette action aurait des répercussions sur toute l'économie mondiale. Qu'en pensaient ses hôtes ?

Sa question fut accueillie par les sourires entendus que l'on réserve aux élucubrations des personnalités les plus brillantes, ou les plus folles. Seule Zora, que la partie de cache-cache avait lassée et qui s'était rapprochée des adultes, expliqua, après un instant de réflexion, qu'en conséquence tout le monde ferait semblant d'avoir de l'argent. Ce serait comme des enfants qui jouent à la marchande, conclut-elle.

L'assemblée éclata de rire, sauf Oliver qui hocha la tête d'un air grave.

— Tout à fait. (Il se tourna vers Aurelia.) C'est un petit génie, murmura-t-il.

Les invités prirent ça pour une boutade, mais Oliver ne plaisantait pas.

La joyeuse assemblée commença à retenir son souffle à mesure que l'heure de regarder Armstrong approchait. Tout le monde voulait garder une distance cynique, marmonnant que l'argent dépensé pour le projet Apollo aurait été mieux employé à nourrir les affamés, mais personne ne voulait rater l'événement. L'idée de ne plus être confiné sur la planète Terre tournait les têtes et même le stoïque Oliver semblait céder à l'hystérie silencieuse. Tout le monde se figea à l'instant où la silhouette d'Armstrong posa le pied sur l'échelle. Sa botte toucha le sol. Lorsque CBS afficha le logo « Armstrong sur la Lune » sous l'image floue d'un être humain debout sur la surface lunaire, avant de couper et de revenir sur le visage goguenard du célèbre journaliste Walter Cronkite, la moitié des invités avaient les larmes aux yeux. Tout le monde applaudit. Aurelia se sentit étonnamment triste, cette échappée sur la Lune lui faisait plutôt l'effet d'une désertion. Les conversations reprirent à bâtons rompus. Eddie lui manquait. Matty lui manquait. Kevin lui manquait. Sa vie d'autrefois lui manquait.

Soudain, elle tendit l'oreille.

Quelqu'un venait de remarquer que les astronautes étaient « assis où nous n'oserions prendre l'essor ». Paraphrasait-il le vers 827 du livre IV du *Paradis perdu* ou avait-il simplement une imagination fertile ? Aurelia ramena son attention vers l'assemblée, mais elle ne découvrit pas lequel de ces visages bruns avait prononcé ces mots. D'ailleurs, avaient-ils été prononcés ?

Plus tard, au moment où les invités commençaient à partir, elle réussit à voler un moment seule avec Oliver, dans la petite bibliothèque au premier.

— Ça va jaser, dit le juge en souriant.

— Je voulais te poser une petite question d'histoire familiale.

— Je t'en prie.

— Cela concerne ton oncle.

Oliver acquiesça. Il portait des lunettes à monture dorée. Il les retira et les essuya avec son mouchoir en soie.

— Je t'écoute.

— Je sais que ça va te sembler bizarre, mais accorde-moi un instant. Est-ce que Matty t'a jamais parlé d'une importante réunion dans les années 1950 ?

Quelque chose où... disons... des hommes blancs et des noirs auraient... euh... discuté d'un projet ?

Il hocha de nouveau la tête.

— Bien sûr. La réunion chez Burton Mount. Ici même à Oak Bluffs, sur Winemack, une rue qui donne sur New York Avenue. Ce n'est pas très loin de la maison que tu as louée, maintenant que j'y pense. Elle existe toujours. C'est le ranch avec des barrières blanches. Ce devait être... laisse-moi réfléchir. (Il fit claquer sa langue pour raviver sa mémoire. Il ne semblait pas le moins du monde gêné.) Je pense que ce devait être en 1951 ou 1952. Oui, c'était l'été 1952... Claire et moi nous étions mariés l'année d'avant.

— Tu y étais ?

— À mon mariage, bien sûr. À la réunion, non.

— Tu sais de quoi il s'agissait ?

Il chaussa ses lunettes. Si les gens appelaient Oliver « le Juge », avec un J majuscule, ce n'était pas tant à cause de son titre que de son aplomb. Autrefois, on l'appelait Ollie, mais les temps avaient changé.

— Je n'étais pas si proche de mon oncle que ça, dit-il en se tapotant la lèvre du doigt. Matty et Burton Mount étaient très liés. Je me souviens que quand j'étais petit, après quelques verres Burton lançait toujours une idée bizarre comme le retour en Afrique ou un grand soulèvement au nom de la justice raciale, des trucs dans ce genre. Burton s'enflammait et Matty argumentait contre. Pas assez réaliste. Trop coûteux. Burton Mount était un rêveur. Matty avait les pieds sur terre. (Oliver sourit de nouveau.) Du reste, ils se sont même disputés le jour de mon mariage. Durant la réception, tout le monde était un peu gai. Burton a déclaré que si nous avions deux sous de bon sens – nous, les gens de couleur –, nous ferions ce que font les Blancs. Nous trouverions un moyen de terroriser la terre entière afin d'obtenir ce que nous voulons. Oncle Matty lui a demandé comment il comptait s'y prendre. Burton a répliqué que ce n'était pas si difficile. Que c'était une question d'engagement. Mon père s'est interposé. Il a affirmé que l'engagement avait conduit pas mal de gens à l'asile. Je ne crois pas que Burton ait trouvé ça drôle, mais...

— Ah, vous voilà..., dit Claire en entrant dans la bibliothèque.

Elle avait l'air tendue, nerveuse. Aurelia comprenait. Elle était veuve, disponible et, malgré tous ses efforts, sa réputation n'était pas irréprochable. Oliver déposa un baiser sur la joue de sa femme.

— Je t'ai cherché partout, chéri, reprit-elle. Lisle et Betty veulent prendre congé. (Oliver sortit de la pièce et elle se tourna vers Aurelia.) Je crois que Mariah aimerait que Zora reste dormir à la maison. Tu n'y vois pas d'inconvénient ? Nous garderions aussi Locke, bien sûr. Talcott et lui s'entendent si bien. Tu pourrais venir les reprendre demain matin. Ou l'après-midi, si tu veux.

Aurelia l'écoutait à peine. Elle était épuisée et se demandait pourquoi elle avait mis le pied dans la famille Garland.

— Oui. Aucun problème. Merci.

— Je t'en prie, ma chère. Ce n'est rien. Ça nous fait plaisir, tes enfants sont si charmants. Ah, au fait, autre chose.

— Oui, Claire ?

Le ton de sa voix ne changea pas d'un iota.

— Si je te trouve encore une fois seule avec mon mari, je t'arrache les yeux.

Seule au volant de sa voiture, écrasée de solitude, Aurelia décida de faire un détour avant de rentrer.

Même dans le noir, elle trouva facilement la maison sur Winemack, en haut d'une pente herbeuse, avec vue sur le lac Crystal et Cape Cod. Elle descendit de voiture au moment où les premières gouttes de pluie tombaient. La barrière dont Oliver lui avait parlé était en ruine. L'herbe arrivait aux genoux. La maison était fermée, les volets craquelés, délavés. Il y avait des ordures dans la cour. Elle tenta d'imaginer la scène qui s'était déroulée là dix-sept ans plus tôt, au cours de l'été 1952, les voitures s'avançant dans l'allée pour déposer les hommes puissants qui composaient le Grand Conseil. Qui, en dehors de ceux qu'elle connaissait déjà, avait assisté à la réunion ? Comment avaient-ils réussi à la tenir secrète ? La maison devait être illuminée, un somptueux repas avait dû être servi, accompagné de grands crus. Il devait aussi y avoir un ou deux gardes du corps. Aurelia s'efforçait de se représenter les détails de la scène. Mais son imagination d'habitude si fertile refusait de voir autre chose que les ruines qui se dressaient sous ses yeux.

Comme la ruine du Projet qu'ils avaient conçu cette nuit-là.

La pluie se fit plus drue. Aurelia remonta en voiture pour rejoindre son lit vide dans sa maison vide et Streisand la dépassa gaiement sur sa bicyclette, le catadoptre rouge de son garde-boue arrière tressauta une fois ou deux avant de disparaître dans le brouillard nocturne.

51

Dennison

I

Elle ne pouvait pas éviter Eddie indéfiniment. Lui non plus. Ils se croisèrent, pour la première fois depuis son retour, au réveillon du Jour de l'an 1969, à l'occasion de la soirée annuelle que Byron Dennison donnait dans la salle de bal de l'hôtel le plus chic de Boston. Pour les nantis de l'obscure nation, la soirée du parlementaire était l'endroit où se montrer, à condition de dégotter une invitation, bien sûr. Aurie ne s'y était pas rendue depuis la mort de Kevin, mais cette année, de toute évidence, elle faisait son come-back.

Elle n'avait pas de cavalier, mais Bay lui avait demandé d'être l'hôtesse de la soirée. Aurelia ne se fit pas prier. Elle avait déjà joué ce rôle à plusieurs occasions au cours des derniers mois, se montrant en public à son bras. Les gens pouvaient bien penser ce qu'ils voulaient. Byron Dennison était drôle, divertissant, et il connaissait tout le monde. Aurelia ne se sentait plus menacée par ses attentions. En septembre, il lui avait annoncé ce qu'elle avait déjà deviné : son orientation n'était pas les femmes. Au Capitole tout le monde s'en moque, lui avait-il expliqué, mais ce n'est pas le cas de mes électeurs.

Aussi le parlementaire encourageait-il la rumeur qui voulait qu'il courtise la veuve, professeur et maintenant romancière, et Aurelia le laissait faire. Elle aimait bien Bay et, dans l'ensemble, lui faisait confiance. Elle voulait que lui aussi lui accorde sa confiance. Elle avait investi du temps et elle estimait, à la veille du Jour de l'an, qu'il était l'heure que son investissement lui rapporte. Elle avait conduit les enfants à Hanover, chez Mona, et elle passerait la nuit à Boston. À la fois par commodité et pour entretenir la rumeur, elle dormirait dans l'hôtel particulier de Bay sur Beacon Hill. Cela lui permettrait de lui poser les questions qui la taraudaient.

La réception était fastueuse, brillante. Si le public restait en majeure partie noir, on comptait tout de même plus de Blancs qu'autrefois. L'orchestre joua toute la soirée, en sourdine. Les cotillons, confettis et serpentins voletaient en tous sens dans la pièce illuminée et somptueusement décorée. Aurelia volait d'un groupe à l'autre, serrant des mains, donnant accolades ou baisers sur la joue selon les invités. Avec Bay à ses côtés. Ou seule. « Quelle joie de vous voir », répétait-elle, chaque fois avec le même accent de sincérité. « Le Représentant et moi sommes ravis que vous ayez pu venir. »

Puis elle aperçut Eddie.

Il était assis près de la piste de danse, le nœud papillon desserré, plongé dans une conversation animée avec d'autres hommes de lettres. À ses côtés, un bras posé sur son épaule comme pour marquer son territoire, trônait une activiste noire récemment sortie de prison, le corps svelte, surmonté d'une volumineuse coiffure afro. Ses doigts caressaient lentement la nuque d'Eddie. Son geste dévoilait une intimité qui rendit Aurelia folle. La manière dont Eddie, pour sa part, ne semblait guère y prêter attention suggérait aussi qu'il n'y avait rien de nouveau dans tout ça, que le stade de la séduction était largement dépassé.

C'était simplement sa manière à elle de rendre la chose publique.

Aurelia avala d'un trait son pink gin-fizz et se dirigea vers le bar pour en commander un autre. Comment se faisait-il qu'elle n'ait pas été informée qu'Eddie voyait quelqu'un ? La croyait-on vraiment si fragile ? Ou avait-on pensé qu'elle s'en fichait ? Quoi qu'il en soit, elle n'allait pas le confronter. Eddie ne voulait pas lui parler et elle comprenait pourquoi. Elle venait de décider de battre en retraite quand Bay se matérialisa à ses côtés.

— Vas-y, dit-il. Les cœurs faibles ne conquièrent jamais les vaillants chevaliers.

— Je ne cherche pas à le conquérir. Du reste, il est déjà pris.

Mais Byron Dennison n'aurait jamais eu la carrière qu'il avait s'il s'était arrêté à un refus. Il lui prit la main, la baisa et la passa sous son bras. Puis il se dirigea avec grâce vers la table d'Eddie.

À leur approche, toutes les têtes se dressèrent.

Eddie écarquilla les yeux. Les autres sautèrent sur leurs pieds, tous sauf la petite amie qui prit ostensiblement tout son temps, lissant sa jupe en se levant.

— Salut, dit Aurelia qui, oubliant son rôle, ne s'adressa qu'à Eddie.

— Salut.

La petite amie passa son bras sous celui d'Eddie. Puis, armée d'un sourire carnassier, tendit sa main libre. Bay Dennison s'en saisit et la lui serra tout politiquement, en lui disant qu'il était heureux qu'elle soit sortie de prison, que la dignité qu'elle avait montrée dans l'épreuve était une inspiration pour chacun. Intarissable, il la poussa gentiment, mine de rien, à l'autre bout de la pièce où se tenait justement quelqu'un qu'il voulait absolument lui présenter.

Il fit un clin d'œil à Aurie par-dessus son épaule.

— Ça va, depuis le temps ?

— Bien, bien. Et toi ? Au fait, le roman était super. Merci de me l'avoir envoyé.

— De rien.

— Et les enfants ?

— Ils grandissent.

Eddie baissa la tête.

— Je regrette de ne pas avoir appelé. J'ai de bonnes raisons.

Quiconque portant le nom de Garland savait réagir à ce genre de propos les yeux fermés. Aurelia se redressa, releva un peu le menton et afficha le sourire de circonstance.

— Oh, mon pauvre Eddie. Ça fait si longtemps. Je suis navrée. J'ai eu tant à faire que je ne m'en suis pas rendu compte.

— Arrête, Aurie.

— Arrête quoi, Eddie ?

— Ton cinéma. Pas la peine avec moi. Je comprends tes raisons, mais ce n'est pas la peine. Je veux te parler, Aurie.

— Me parler de quoi ?

— De ce qui se passe... (Il jeta un regard alentour pour s'assurer qu'il n'y avait pas d'oreilles indiscrètes. Ils étaient près du bar, mais il y avait foule autour d'eux.) Et aussi des raisons pour lesquelles je n'ai...

Aurelia lui posa doucement la main sur la bouche.

— Je suis vraiment désolée, Eddie. Ça me fait très plaisir de te voir, mais il faut absolument que je retourne près du Représentant. Ta petite amie est tout simplement adorable et ce cher Bay a toujours un œil sur les jolies femmes.

Elle le planta sur place en espérant qu'on l'avait entendue.

II

— Vas-tu l'épouser ou non ? demanda Bay dans la limousine.

Aurelia dormait à moitié, blottie au fond de l'agréable siège en cuir. Il était près de quatre heures du matin. Elle ne s'était pas sentie aussi épuisée depuis longtemps. Elle avait ôté ses chaussures, qui la faisaient souffrir le martyre. Elle avait dansé la moitié de la soirée avec Bay, l'autre moitié avec une douzaine de cavaliers différents, pas une seule fois avec Eddie.

— Épouser qui ? répondit-elle, toujours piquée.

— Ton Eddie.

— Je te l'ai dit, Bay, il est pris.

— Autant que toi. (Il lui tapota gentiment l'épaule.) Il séjourne chez les Copley au cas où tu serais intéressée.

— Je ne le suis pas, Bay. Je t'en prie, laisse tomber.

Le reste du trajet se poursuivit en silence. Une fois chez lui, il la fit asseoir dans la cuisine pendant qu'il chauffait un peu de lait. Elle protesta qu'elle n'avait besoin de rien, qu'elle piquait déjà du nez. Mais Bay insista : ça l'aiderait à s'endormir.

En effet. Elle s'accouda sur le bar, posa le menton dans le creux de sa main et ferma aussitôt les paupières.

— Aurie, dit-il doucement.

— Hmm ?

— Que voulais-tu me demander ?

Elle se redressa et cligna des yeux.

— Qu'est-ce que tu as dit ?

Il sourit.

— Je suis un animal politique, ma chérie. Je sens les choses venir. Je sais à quel point je suis divertissant, mais je sais aussi que tu n'es pas venue uniquement pour festoyer. Tu veux quelque chose. Alors autant me dire ce que c'est.

— Oh. Bon. D'accord.

— J'écoute.

Elle avait un mal fou à garder les yeux ouverts.

— L'année dernière, tu m'as dit que j'élevais l'héritier Garland. Et que je devrais épouser Eddie et m'amuser. Tu t'en souviens ?

— Vaguement.

Il ne se départit pas de son sourire.

— Tu m'as dit que tu me faisais passer un message. (Elle ne put retenir un bâillement.) Je veux savoir de qui il vient.

— Oh, mon Dieu, Aurie. Cela fait si longtemps. (Il s'esclaffa. Se donna facétieusement une tape sur la joue.) Tu n'espères pas que je vais me souvenir de ce genre de détail.

— Allons, Bay.

Le regard avisé du vieux renard la jaugea. Il croisa les bras sur sa poitrine et, pendant un instant, lui rappela Matty.

— Tu sais, Aurie, les bonnes actions ne se font pas toujours au grand jour. Certaines doivent être menées dans l'ombre. Il arrive que pour progresser, nous soyons obligés de faire des choses dont nous ne pouvons pas parler. Le fait que nous ne puissions rien dire ne signifie pas que ce sont de mauvaises actions.

— Il y a quand même plus de chances qu'elles le

soient. (Aurelia se leva. Elle tanguait un peu, mais réussit à tenir debout.) Lorsqu'on reste dans l'ombre, qu'on ne se montre jamais au grand jour, que personne ne peut jamais voir ce que l'on fait, c'est très facile de se croire supérieur. Très facile de se convaincre que l'on a raison. Tant qu'il n'y a personne pour te dire que tu trompes...

Elle s'interrompit. Elle était soûle, épuisée et courbatue, et elle avait perdu le fil. Elle avait sans doute voulu dire quelque chose à propos de la violence, mais elle avait oublié quoi. D'ailleurs, peut-être disait-il la vérité. Peut-être n'était-il que le messager, et rien de plus.

— Je suis crevée, reprit-elle en se dirigeant vers l'escalier. Je vais me coucher.

— Et surtout ne bouge ni pied ni patte. (Il éclata de rire.) Oh, j'ai oublié l'expression exacte...

II

Elle se réveilla cinq heures plus tard. Inutile de vérifier le réveil posé sur la table de nuit, elle ne dormait jamais plus de cinq heures d'affilée, même les jours où, comme aujourd'hui, elle avait une vilaine gueule de bois. Elle se redressa un peu trop vite et l'éclat vif du soleil qui se reflétait sur la neige lui brûla les yeux. Elle grogna et se laissa retomber... avec précaution. Elle referma les yeux, se massa le front, et repoussa les couvertures. Elle était trempée de sueur. De mauvais rêves. Elle rouvrit les yeux. Lentement. La chambre d'amis au deuxième étage, à l'arrière, ouvrait sur un petit jardin qui donnait dans une rue étroite de l'autre côté de laquelle s'élevaient d'autres maisons de ville. La chambre de Bay était en façade, donnant sur le jardin public et le Common.

Ils étaient seuls dans la maison.

Bien sûr – c'était l'élément indispensable pour maintenir la fiction : pas de personnel qui aille raconter que les choses n'étaient pas ce qu'elles avaient l'air d'être.

Elle se redressa une nouvelle fois. Son cerveau protesta. Son estomac aussi. Elle connaissait un remède qu'elle tenait de Kevin et, si Bay avait du gingembre et du tabasco dans la cuisine elle pourrait s'en préparer un verre. Elle s'arrêta dans la salle de bains, se passa de l'eau fraîche sur le visage, enfila un peignoir et des chaussons. Elle se trouva vieille dans le miroir. Eddie avait l'air si jeune. Mais il n'avait pas d'enfant à élever. Il batifolait avec de jolies assistantes et des révolutionnaires glamour.

Ça suffit !

Aurelia sortit sur le palier où elle fut accueillie par le bruit violent d'une tronçonneuse : Bay Dennison ronflait. La porte de la chambre de maître était ouverte. Aurie s'en approcha sur la pointe des pieds et jeta un œil à l'intérieur. Les rideaux étaient tirés. Le parlementaire n'était qu'une boule sous les couvertures. Pourquoi avait-il laissé la porte ouverte ? Épuisé, il avait sans doute oublié qu'elle était là. Bay, pour le moins, était encore plus soûl qu'elle.

Il allait sans doute dormir encore un moment.

Elle tira la porte et descendit au rez-de-chaussée. Elle trouva les ingrédients qu'il lui fallait dans la cuisine et s'arracha la gorge en avalant le mélange de Kevin. L'effet ne se fit pas attendre, elle était à présent parfaitement réveillée. Elle fit du café et mit un muffin à griller. Elle alla ramasser le journal du matin sur le perron et s'installa dans la cuisine pour lire les nouvelles.

Ou du moins faire semblant.

Elle attendit. Aucun signe de Bay. Ni le bruit de la porte d'entrée ni l'odeur du café et du pain grillé ne l'avaient réveillé. Elle remonta au premier, entrebâilla la porte.

La tronçonneuse allait bon train.

C'était maintenant ou jamais.

Outre la cuisine, le rez-de-chaussée abritait une salle à manger, une salle de réception et une salle de bains. Au sous-sol, le parlementaire avait aménagé une salle de jeux pour ses parties de poker et un bureau sans fenêtre.

En dépit des admonestations des religieuses de son enfance, Aurelia descendit l'escalier. Elle avait emporté le journal comme alibi. Elle pourrait toujours prétendre que la lumière l'éblouissait après leurs fastes de la veille et qu'elle était descendue au sous-sol pour lire dans la pénombre.

Il ne la croirait sans doute pas.

La porte du bureau aussi était ouverte, comme s'il se moquait qu'on y entre. Peut-être s'en fichait-il. Peut-être n'avait-il rien à cacher.

Elle jeta un coup d'œil par-dessus son épaule avant d'allumer le néon. À l'image du reste de la maison, le bureau était impeccablement rangé. Il y avait des rapports, des livres. Des dossiers soigneusement empilés. Rien sur le bureau, à l'exception du téléphone et d'un bloc-notes. Déboussolée par tant d'ordre, Aurelia se montrait négligente. Elle ouvrait grand les tiroirs, les classeurs, les placards. Elle ne savait pas ce qu'elle cherchait. Si tout était ouvert, il était évident qu'elle ne trouverait rien.

C'est ce qui faillit arriver.

Elle fit pourtant une découverte. Quelques notes sur le bloc près du téléphone, griffonnées par un homme débordé, comme une sorte de pense-bête. Un pense-bête qu'il aurait oublié là ou dont il n'aurait pas eu besoin.

Lui poser la question pour E. Si elle s'inquiète, la rassurer. Aucun détail. Rester dans le flou. Éveiller sa curiosité sans l'effrayer. La rassurer. Qu'elle comprenne qu'il n'y a pas de danger. Qu'elle continue à chercher. Pas P. mais J. Il faut qu'elle parle à E.

Aurelia leva les yeux vers le plafond : aucun bruit de pas. Elle les baissa de nouveau vers les mots, dont le sens était clair. Byron Dennison, l'un des membres les plus importants de la Chambre des représentants, avait parlé à quelqu'un au téléphone et cette personne lui avait dicté ce qui n'était autre chose que des ordres. Il était censé la rassurer, trouver un moyen de la rabibocher avec Eddie, dans l'idée d'obtenir des informations sur sa quête. Ils voulaient qu'Aurie continue de chercher. Sans doute voulaient-ils qu'Eddie en fasse autant.

Continuer à chercher.

Pas P. mais J.

Peu importait que P. désigne Perry ou le Projet, il fallait qu'ils se concentrent plutôt sur J.

Ils – qui qu'ils soient – voulaient donc qu'Eddie et Aurelia retrouvent Junie pour eux.

Junie.

Elle était revenue à la case départ.

52

Bienvenue au pays

I

Lorsque Eddie revit Aurelia, au réveillon du Jour de l'an 1969, cela faisait neuf mois qu'il était rentré au pays. Il avait atterri à l'aéroport Dulles en mars 1969, à quelques semaines de ses quarante-deux ans, deux mois après l'entrée en fonction de Nixon et le début d'une nouvelle ère politique. L'électeur américain, comme il a tendance à le faire tous les vingt ans, avait radicalement changé d'opinion. Martin Luther King était mort. Robert Kennedy aussi. La colère grondait dans les universités. Les villes étaient à feu et à sang. La Grande Société promue par Lyndon Johnson avait été réduite en cendres – à Saigon, selon certains, ou dans les incendies qui faisaient rage dans les grandes villes du pays. L'Amérique blanche se repliait dans les banlieues cossues. Après leur lourde défaite dans la guerre de Sécession, les défenseurs de la Confédération avaient déclaré que le Sud renaîtrait ; c'était chose faite : un siècle plus tard, un raz de marée avait ramené les conservateurs au pouvoir au Congrès à la faveur de mots codés et d'allusions.

C'est du moins ce qu'avait proclamé Eddie dans une interview à *Rolling Stone*, parue quelques semaines avant qu'il remette les pieds sur le sol américain.

On ne savait pas dans quel camp le classer. Ses positions avaient toujours été si modérées que la gauche se méfiait de lui alors que la droite le tolérait à peine. Il n'était apprécié de personne, à l'exception de quelques critiques littéraires. Ses ouvrages écrits à l'étranger révélaient une telle colère – notamment le *Rapport au quartier général*, dont Megan Hadley avait fait plus tard l'éloge au cours d'un dîner avec Aurelia. On racontait même, une fois de plus, que les nombreux prix littéraires qui lui avaient été décernés allaient lui être repris. C'était une chose de prendre position contre la guerre, c'en était une autre de se montrer antiaméricain à ce point.

À l'aéroport de Dulles, il passa la douane, et Mindy, de retour à son service comme assistante, l'attendait tout sourire de l'autre côté de la barrière avec un panneau qu'elle eut du mal à déplier et où l'on pouvait lire : « BIENVENUE AU PAYS. » Dans l'intervalle, elle avait pigé pour des magazines. Après les événements de Hong Kong, Eddie avait rendu visite à un écrivain qu'il connaissait en Inde, où il avait séjourné aussi longtemps que son hôte l'avait acepté, puis il avait donné des cours à l'université Makererere à Kampala, considérée à l'époque comme le Harvard de l'Afrique, avant de se rendre à Oxford en qualité de professeur invité. Il avait longuement réfléchi à ce qu'il allait faire ensuite. Le retour dans une Amérique qu'il ne comprenait plus ne figurait pas sur sa liste de priorités.

Mindy était accompagnée d'un jeune homme élégant de leur nation, un diplômé de Morehouse prénommé Zach, qui se révéla être son fiancé. Il s'occupa des bagages d'Eddie. Ils avaient emprunté un break à une connaissance. Zach conduisait. Eddie s'était installé à côté de lui. À l'arrière, Mindy lui vantait avec enthousiasme toutes les opportunités qui s'offraient à lui.

— C'est ce qu'il paraît, dit Eddie.

— Vous êtes dans toutes les librairies. En *vitrine*.

Eddie se contenta de hocher la tête. Il n'arrivait pas à suivre. Il rentrait dans un pays qui lui était devenu étranger, où les écoliers blancs lisaient les auteurs noirs. Les programmes scolaires étaient méconnaissables : *Homme invisible, pour qui chantes-tu ?* de Ralph Ellison avait remplacé *Silas Marner*, et deux des romans d'Edward T. Wesley étaient régulièrement inscrits sur la liste des lectures obligatoires au lycée. Dans toutes les universités du pays, des étudiants incorporaient à leur dossier d'entrée à l'université un essai sur la science comme métaphore dans *La Théorie des champs unifiés* ou sur les inversions sociales dans *Mal blanchi*. Sa maison d'édition était ravie. Les programmes scolaires, lui avait expliqué son éditeur, c'était une mine d'or. Il importait maintenant de surfer sur la lancée. Eddie lui avait promis un roman sur un Noir à Hong Kong – un « Black », comme on disait maintenant – et son éditeur, Stock, ne cachait plus son impatience. Le nouveau roman, s'écria Mindy, serait un succès colossal. Ses fans l'attendaient. Cela faisait cinq ans que *Pâle imitation* avait paru. Kasten, son agent littéraire, avait déjà demandé et obtenu une avance astronomique.

Mais Eddie était bien décidé à ne pas se presser. Il n'était pas encore complètement remis de son séjour en Asie du Sud-Est. Il avait besoin de solitude. Il reprit son poste à l'université de Georgetown. Mindy lui avait dégotté une grande maison sur Albermale Street, près du parc de Rock Creek. Elle y avait fait installer tous ses meubles et ranger sa bibliothèque. La nouvelle maison avait des étagères dans toutes les pièces. Construite en retrait de la route, à l'abri d'une rangée d'arbres, elle ne comptait pas moins de cinq chambres. Après l'y avoir déposé, ils lui demandèrent s'il voulait qu'ils restent un moment avec lui.

Il refusa.

Seul dans cette Amérique qu'il ne reconnaissait pas, il se dirigea vers la cuisine et s'aperçut avec plaisir que Mindy avait rempli le garde-manger. Il prit une pomme et se posta à la fenêtre. Était-il surveillé ? Il ne vit rien, mais il en était venu à douter de ses perceptions. Parfois, depuis les événements de l'entrepôt, Eddie remarquait des choses qui n'existaient pas ou, au contraire, ne voyait pas ce qu'il avait sous le nez. Une sorte d'inversion s'était opérée dans son esprit, avait-il expliqué au psychiatre pédant qu'il avait consulté à Oxford. Comme si j'étais à nouveau plongé la tête en bas dans la bassine d'eau. Disons que cela m'arrive tous les deux ou trois mois. Le psychiatre avait hoché la tête d'un air supérieur en lui proposant de remonter à l'origine de ce fantasme, car il ne croyait pas un seul instant que les événements de cette horrible nuit à Hong Kong avaient réellement eu lieu.

Eddie avait abandonné au bout de la troisième séance.

Et tout ça pour n'avoir trouvé aucune trace de Junie. On lui avait tiré dessus. Il avait été tabassé, torturé. Il avait démasqué Benjamin Mellor et permis à Collier de le retrouver, mais il n'avait rien appris sur sa sœur. Peut-être était-elle vraiment morte...

Eddie croqua dans la pomme, puis lança le trognon dans le jardin. Il continuait d'observer la rue grise où s'allongeaient les ombres grises des maisons grises. Il les scruta jusqu'à ce qu'elles s'évanouissent dans la masse sombre des arbres, sans bouger. La nuit était tombée. Eddie était incapable de quitter son poste.

Tôt ou tard, ils viendraient le chercher, il le savait.

II

Trois jours après son retour aux États-Unis, Eddie dîna avec Gary Fatek dans un restaurant de grillade sur K Street. La touffe de cheveux roux de Gary s'était clairsemée, sa corpulence épaissie. Il était venu deux fois voir Eddie en Angleterre et une fois en Inde, et aujourd'hui, en chemin pour Buenos Aires, il s'était arrêté pour accueillir son vieil ami de retour au pays. Il attaqua sa côtelette comme un homme trop occupé pour prendre le temps de manger.

— J'ai appris que tu étais maintenant un éminent républicain, dit Eddie qui n'en revenait pas.

— Pas moi. C'est simplement la tendance familiale.

— Mais toi dans tout ça ?

Gary haussa les épaules.

— Moi, je n'ai plus le temps de faire de la politique. J'ai cru comprendre que toi, en revanche...

— Si tu dis ça à cause du livre...

— Non. Je ne l'ai pas lu. Et je n'ai pas l'intention de le lire. Les guerres sont des faits sans importance. C'est l'économie qui compte. C'est ce que disait Erebeth, et elle avait raison. Dommage. (Il se pencha pardessus la table.) Tu as rencontré Nixon, n'est-ce pas ? J'ai appris à bien le connaître. C'est un type plutôt parano, qui pense toujours que tout le monde veut le coincer. Tiens, par exemple, je l'ai vu deux ou trois fois depuis sa prise de fonctions. Il me demande chaque fois si j'ai des nouvelles de toi. Il a tendance à être plutôt obsessionnel, et il est obsédé par toi.

— Non !
— Si. Il veut savoir ce que tu as contre lui.
— Je n'ai rien contre lui, Gary. Peux-tu le lui dire ?
— Bien sûr. (Il coupa un morceau de viande.) Mais je ne suis pas sûr qu'il me croie.

Le lendemain soir, Mona Veazie téléphona de Hanover. Elle voulait savoir si Eddie accepterait de donner une conférence à Dartmouth. C'est Gary qui lui avait donné son numéro.
— Je n'ai rien contre, dit Eddie, épuisé.
— Tant mieux. J'ai une femme à te présenter.
— Tu as quoi ?
— Une femme. Elle s'appelle Gwen. Vraiment charmante. Tu devrais la rencontrer. Ne t'inquiète pas, elle est noire.

Eddie se souvint que la mère de Mona, Amaretta, n'était pas seulement la plus grande des Tsarines de Harlem, mais aussi la plus grande entremetteuse.
— Je ne suis pas preneur, répondit-il gentiment.

Par ailleurs, la presse regorgeait d'articles sur Lanning Frost. Son ascension semblait inévitable. Cela faisait deux mois que Nixon était au pouvoir et les journaux faisaient déjà des pronostics sur ses éventuels successeurs en 1972. Le sénateur Frost était décrit comme un homme à poigne, honnête et travailleur.

Sa femme était qualifiée d'« intelligence brillante ».

Un matin, Eddie les regarda donner une interview sur la guerre à la télévision. « Il ne m'appartient pas, dit le sénateur, de m'avancer à deviner quel serait le possible résultat de stratégies qu'il ne serait pas correct de ma part, je crois, de divulguer dès à présent. »

Le visage subjugué du journaliste laissait entendre au spectateur qu'il n'avait jamais rien entendu de plus profond.

III

La semaine suivante, Eddie emprunta la toute nouvelle Route 95 pour remonter vers le Nord et rendre visite à sa mère à Boston. Il s'attendait à la retrouver l'ombre d'elle-même après quatre ans de veuvage, mais il fut surpris de découvrir Marie débordante de vie, sous la garde d'une Marcella étonnamment songeuse. Sa sœur le suivait de pièce en pièce comme si elle craignait qu'il ne file avec l'argenterie. Marie avait mitonné un repas pantagruélique composé de tous les plats que son fils adorait depuis l'enfance. Eddie n'avait pas souvenir de s'être jamais senti aussi bien parmi les siens. Du moins pas du vivant de son père, songea-t-il, plein de culpabilité.

Plus tard dans la soirée, il s'installa à la table de la cuisine avec Marcella, toujours d'humeur contemplative, emmitouflée dans une longue robe de chambre et des chaussons en forme de Bugs Bunny. Elle avait fait du thé. Marcella était grande et charpentée et, comme leur père, elle semblait bâtie pour l'éternité. Elle avait épousé Sheldon un mois après être sortie de l'université et ils s'étaient tout de suite appliqués à procréer. Le frère et la sœur entamèrent une conversation d'apparence anodine. Ils se racontèrent des histoires sur Junie, dont certaines étaient vraies. Ils se demandèrent où elle pouvait bien être.

— Il y a quelque chose dont je voudrais te parler. J'ai lu ce que tu as écrit sur la guerre. Dans l'ensemble, je partage ton point de vue. (Marcella touilla son thé.) Mais dis-moi, Eddie, si tu avais un fils et qu'il avait dix-huit ans, qu'est-ce que tu ferais ? Par rapport à la guerre, tu sais ?

La question le prit par surprise. Il n'y avait jamais

réfléchi. Sans même penser aux événements de Hong Kong, les souvenirs de son bref séjour au Vietnam suffisaient à le tenir souvent éveillé. Il revoyait la main calcinée dont les os avaient craqué comme des os de poulet sous ses pieds. Il n'avait jamais envisagé, dans sa chair et son sang, pas même un instant, qu'il puisse trouver la mort dans une rizière, le casque enfoncé dans le crâne, ou qu'il puisse être déchiqueté à une terrasse de café. Ça n'arrivait qu'aux enfants des autres.

— Je ne sais pas. Je n'ai pas de fils.

— Mais si tu en avais un ? insista Marcella.

Eddie était pris au piège. Il attendit la décharge d'adrénaline qui le paralysait dans les moments de stress. Mais non, pas cette fois.

— Je l'enverrais au Canada. Que faire d'autre ?

Sa sœur fronça les sourcils.

— Je n'ai que des filles. Ma Sarah sortira diplômée de Boston College l'année prochaine et Ruth est en deuxième année. Si j'avais eu des garçons, ils auraient l'âge d'être appelés. (Elle baissa les yeux, son regard était sombre.) Et je leur dirais d'y aller, Eddie. Cela me serait odieux. Je pleurerais tout le temps qu'ils seraient loin. Je déteste cette guerre, Eddie. Je trouve qu'elle est terrible. Mais je leur dirais d'y aller. Pas au Canada. Au Vietnam. C'est leur devoir, Eddie. Ils ont le devoir de rendre quelque chose à la nation. (Les yeux noirs se levèrent vers lui, tristes mais stoïques.) L'Amérique nous a beaucoup donné, Eddie. Nos enfants n'ont pas le droit de se défiler.

— Comment peux-tu dire que l'Amérique nous a beaucoup donné ? Songe à l'histoire de...

— Regarde le *présent*. Dans quel autre pays voudrais-tu élever tes enfants ?

Eddie, à qui l'on avait maintes fois posé cette question au cours des dernières années, servit sa réponse habituelle.

— As-tu déjà lu cette nouvelle de Langston Hughes, « Pauvre petit garçon noir » ? C'est l'une de ses meilleures, Marcie, et il en a écrit beaucoup de très bonnes. C'est l'histoire d'un enfant noir élevé dans une famille blanche. Son père, qui était le serviteur de la famille, meurt en France pendant la Première Guerre mondiale. La famille élève son fils comme le leur. Ils l'aiment, mais ils le font dormir au grenier, parce qu'ils se disent qu'il sera gêné s'ils l'installent au même étage qu'eux. Ils cherchent ensuite une bonne université noire où l'inscrire parce qu'ils pensent qu'il ne se sentira pas à l'aise à Harvard. Tout ça pour son bien. Lorsque la famille l'amène en France après ses études, il décide d'y rester au motif qu'il déteste l'Amérique. La femme blanche qui l'a élevé fond en larmes et lui dit : « Ton père est mort pour l'Amérique. » Le jeune homme – ce n'est plus un petit garçon, il est maintenant capable de se forger son propre avis –, le jeune homme, donc, la regarde et répond : « Il était donc stupide ! » Tout ça pour dire que...

— Oh, je sais très bien ce que tu veux dire, Eddie. Seulement il se trouve que je ne suis pas d'accord. En fait, je trouve qu'il n'est pas juste de se contenter de prendre ce que le pays a de bon et de veiller ensuite à ce que ce soient les enfants des autres qui paient quand il a besoin de nous.

— Imagine que cette guerre soit immorale ? Que penserais-tu dans ce cas-là ?

— Tu y envoies tes enfants tout de même, répondit Marcella très calmement. (Il se rendit compte qu'elle avait dû répéter plusieurs fois cette conversation dans sa tête, mais qu'elle n'avait pas trouvé d'interlocuteur.) Tu n'as pas le droit d'envoyer quelqu'un d'autre mourir à leur place. Ensuite, à toi de faire ton possible pour mettre un terme à la boucherie.

— Moi, je ne les enverrais pas.

Eddie s'arrêta là. Sa sœur ne lui permit pas de poursuivre. Il ne l'avait jamais connue si loquace. Si véhémente. Il se dit que le flambeau de chef de la famille avait été transmis.

— L'absence de foi te rend faible. Il ne s'agit pas de toi uniquement, mais du pays tout entier. Les enfants sont devenus une sorte de talisman. Un bien que l'on possède. L'amour du prochain, la confiance dans l'autre n'existent plus, on ne reconnaît aucune puissance supérieure vers laquelle se tourner. L'idolâtrie reprend le dessus. La vie des enfants doit être préservée à tout prix. En aucun cas, les gens n'acceptent de les mettre en danger. Surtout si l'on peut exposer les enfants des autres à la place des siens. (Elle agitait la cuillère dans sa tasse, mais ne buvait pas.) Ce n'est pas très charitable, Eddie, conviens-en.

— Tu parles comme papa.

Marcella esquissa un bref sourire.

— J'adore tes romans, Eddie. Je les ai tous lus. Tu as du talent. Ton style est remarquable. L'année dernière, j'ai commencé ton texte sur la guerre. Le *Rapport*. Je n'ai lu que les premiers articles. Je n'ai pas pu continuer, Eddie. Je ne parvenais pas à croire que tu puisses entretenir de tels sentiments à l'égard de ton pays.

L'ancien Eddie aurait bataillé pour avoir le dernier mot, quitte à gâcher le week-end, mais le nouvel Eddie, celui qui avait vécu les événements de ces dernières années, se contenta de sourire et d'embrasser sa sœur en lui souhaitant bonne nuit.

— Je sais très bien ce qui te met en colère, dit

Marcella qui le précédait dans l'escalier. Ce n'est pas l'Amérique, c'est Junie.

Eddie s'arrêta net.

— Marcie, j'adore Junie.

— Tu l'adores et tu la détestes en même temps. Tu l'aimes, bien sûr. Mais tu es en colère contre elle. Pas pour les attentats. Non, le grand Edward Wesley Junior ne va pas se préoccuper de quelques crimes mineurs. Tu lui en veux de ne pas avoir repris contact avec toi, pendant toutes ces années, et d'avoir fait confiance à d'autres plus qu'à toi.

Là-dessus, elle fila dans sa chambre.

IV

De toute évidence, la conversation de la veille était oubliée. C'était Marcella qui préparait le petit déjeuner, elle avait interdit à sa mère de bouger le petit doigt. Marie était aux anges. Eddie mangea juste assez pour ne pas être impoli. Il était sidéré. Comment sa mère pouvait-elle avoir cet air enjoué ? Son mari était mort, son fils en disgrâce, et sa benjamine une terroriste recherchée par la police sur trois continents pour attentat à la bombe.

Pourtant, sa mère semblait heureuse.

Il en fut troublé pendant tout le week-end. Il ne comprenait pas ce qui la rendait si joyeuse. Ce n'est que le dimanche soir, pendant qu'il préparait ses bagages, qu'il comprit. Les mots qu'avait prononcés Marcella le vendredi soir lui revinrent comme une claque en pleine figure. Il se laissa tomber lourdement sur le lit. Il se souvint de la note de Junie à Benjamin Mellor, qui se trouvait toujours dans son coffre à Washington.

Pas la peine de tourner autour du pot. Il descendit

à la cuisine et demanda à sa mère si elle avait des nouvelles de Junie.

Marie Wesley se cacha derrière un sourire innocent.

— Voyons, Edward, cela me paraît franchement impossible, tu ne crois pas ?

— Au contraire, je crois que c'est tout à fait possible.

— Tu te rends compte du risque encouru, Edward ? Pourquoi ta sœur prendrait-elle un tel risque ? Ne sois pas stupide.

Marcella le suivit jusqu'à sa voiture.

— Tu as raison, Eddie.

— À quel propos ?

Il n'avait pas voulu parler d'un ton si rude, mais la joie des retrouvailles était bien loin tout à coup.

— Ce n'est pas maman qui veut te cacher la vérité, c'est Junie qui lui a demandé de ne rien dire. (Un bref sourire passa sur ses lèvres.) Je vois que j'ai réussi à capter l'attention du grand écrivain. Oui. Elle a eu des nouvelles de Junie. Junie a demandé à maman de ne rien te dire, mais elle n'a rien précisé à mon sujet. Junie ne m'a rien demandé à moi. J'estime donc que je suis en droit de t'en parler.

Eddie avait du mal à contenir son impatience pendant que sa sœur digressait. Pourtant il était forcé de reconnaître que, contre toute attente, il venait de trouver une alliée. Marcella avait pris sur elle de divulguer un secret.

— Elle a reçu une lettre de Junie. Il y a quatre ans environ. Juste après la mort de papa. Tu te souviens que le FBI était à l'enterrement...

Bien sûr qu'Eddie s'en souvenait. Il y avait au moins une douzaine d'agents à la sortie de l'église et il y avait aussi des renforts au cimetière, au cas où le Commandant M. aurait décidé de sortir de sa planque.

— Quelque temps après, maman a reçu un premier mot. Elle était à Pittsburg, chez tante Sadie et un jour, en rentrant des courses, elle a trouvé un mot au fond de son sac. Junie lui disait qu'elle était désolée pour tout ce qui s'était passé et qu'elle ne voulait pas que maman s'inquiète pour elle, que tout irait bien. C'est tout. Pas un mot au sujet de papa.

À cette idée, un voile de désapprobation passa dans la voix de Marcie.

L'esprit d'analyse d'Eddie avait enfin repris ses droits.

— Tu es sûre qu'elle a dit que tout « irait » bien et non « allait » bien ?

Sa sœur acquiesça.

— Elle a envoyé une autre lettre à maman quand tu étais au Vietnam. (Elle marqua un temps d'hésitation.) Quelqu'un l'a déposée à l'église dans la boîte du conseil paroissial. L'enveloppe portait le nom de maman. (Elle poursuivit d'une voix un peu plus assurée.) Bref, dans cette deuxième note, elle disait que les choses s'arrangeaient et qu'elle était heureuse.

— Heureuse ?

— C'est ce qui était écrit. (Son ton laissait entendre qu'elle trouvait cela aussi étrange que son frère.) Ne me regarde pas comme ça, je ne suis que la messagère.

Eddie réfléchit. La première lettre disait que tout irait bien et la deuxième qu'elle était heureuse. Cela signifiait-il que ce qui irait bien au moment de la première note s'était réalisé comme prévu ?

— Je connais l'église de papa et tu la connais aussi bien que moi, Marcie, reprit-il. Si quelqu'un a laissé un mot adressé à maman dans la boîte aux lettres, une bonne douzaine de bigotes l'auront lu avant qu'on la prévienne qu'il y avait du courrier pour elle.

— Elle était sur place ce jour-là.

— Maman était à l’église lorsque le mot a été déposé ?

— Oui.

— Tu l’as vu, ce mot ?

— Non. Maman ne m’a montré que le premier. Elle s’est contentée de me dire ce qui était écrit sur le deuxième.

Eddie faillit tomber à la renverse. Le mensonge était cousu de fil blanc. La deuxième fois, Junie n’avait pas pris la peine d’adresser un mot, elle était venue elle-même. Au moment où les choses allaient mal pour elle, soucieuse de la rassurer, le Commandant M. était venu voir sa mère.

53

Conversation dans un café

I

En juin, reprenant son rôle de journaliste, Eddie assista au congrès national des Étudiants pour une société démocratique, à Chicago. Officiellement, il voulait savoir comment les vrais radicaux avaient évolué pendant son absence. Officieusement, il voulait glaner des infos sur sa sœur.

Dans le ventre de la bête.

Dans l'avion, il songea à Aurelia. Son roman l'avait étonné. Il l'avait ramené à une autre époque qui, par son éloge de la patience et du travail, faisait aujourd'hui l'effet d'une contre-culture. C'était le genre d'ouvrage qui était accueilli avec succès à l'heure où Nixon proclamait qu'une majorité d'Américains restaient insensibles à la révolte qui grondait dans les rues. Les gens s'imaginaient qu'Eddie l'avait aidée à le faire publier, mais c'était faux. Il n'avait même pas lu le manuscrit et avait été surpris de l'engouement du public. Le jeune Eddie, celui qui n'aurait pas vécu l'expérience de l'Asie du Sud-Est, aurait sans doute été piqué de jalousie car, en dépit du succès du *Rapport au quar-*

tier général, qui avait été un best-seller de la catégorie essais en 1968, rien ne comptait à ses yeux que la fiction et il n'avait publié aucun roman depuis cinq ans. Le nouvel Eddie voyait les choses autrement. Son seul objectif était Junie. Et à cette étape de sa quête, il était primordial d'éviter tout contact avec Aurelia. Il ne pouvait pas se permettre d'être coupable par association. Les groupuscules du type des Étudiants pour une société démocratique affûtaient leur théorie sur la nécessité de mener une attaque révolutionnaire contre les « privilèges de la peau blanche ». Le roman d'Aurelia la dénoncerait à leurs yeux comme réactionnaire.

Eddie se demandait comment ils le voyaient, lui.

Par sécurité, il donna tout de même des instructions précises à Mindy et à Zach au cas où il lui arriverait quelque chose.

— Quel genre de chose ?

— Je vous en parlerai à mon retour.

Le congrès de Chicago avait mal commencé et allait de mal en pis. Les orateurs se coupaient la parole les uns après les autres. Les affiches étaient arrachées. Les participants voulaient tout brûler. Eddie était surpris de voir à quel point la gauche s'était fracturée en son absence – le fossé n'était pas seulement entre les réformistes en fauteuil et les activistes radicaux. Il y avait de vives dissensions idéologiques entre les groupes sur des points dont le sens, à son avis, échappait à la plupart de leurs partisans. Sur le podium, un homme vociférait contre les trotskistes et les casseurs, pendant qu'une femme – Eddie ne parvenait pas à comprendre s'ils étaient alliés ou adversaires – s'en prenait aux déviationnistes. Le deuxième soir, il dîna avec un groupe de maoïstes de Stanford, mais deux d'entre eux en vinrent aux poings quand il fut question de savoir quels bâtiments il convenait de mettre à sac en premier. Devaient-ils s'en prendre à ceux qui avaient un lien direct avec la guerre et qui hébergeaient l'école d'ingénieurs ou, au contraire, attaquer le cœur même de la bête, c'est-à-dire les départements qui regroupaient les humanités où les cerveaux malléables étaient gavés à l'idéologie impérialiste ? De retour dans sa chambre d'hôtel, Eddie écrivit dans son journal que Nixon avait déjà gagné la partie. La majorité silencieuse pouvait dormir tranquille. La gauche se mourait de ses propres incohérences. Les mauvaises idées gagnent toujours face à l'absence d'idées.

Cédant à une impulsion soudaine, il appela Aurelia à Ithaca. C'est la jeune Zora, âgée de quatorze ans, qui lui répondit et l'informa que sa mère était sortie pour un rendez-vous.

Eddie préféra ne pas laisser son nom.

II

Cette nuit-là, piteux, il erra dans les rues de Chicago sous une pluie battante, typique du Midwest où les averses s'abattent sur le sol avec la violence d'un bombardement aérien. Il entra dans un club de jazz et s'accouda au bar. Il épiait les conversations de radicaux aux cheveux longs et sales. Il tendait l'oreille à l'affût de la moindre mention de l'Agonie de la Couronne ou du Commandant M. Rien. L'Agonie avait été réduite au silence par les vociférations de ses concurrents. À trois heures du matin, épuisé, échoué dans un café alternatif de Lincoln Park où un groupe de poètes voués à rester méconnus se lamentaient dans le micro, Eddie se rendit à l'évidence : ce congrès ne le mènerait nulle part. Il se frayait un chemin vers la sortie quand une voix l'interpella.

— Hé-oh, Wesley !

Il fit volte-face. Dans la pénombre, il distingua un autre génie méconnu qui s'approchait du micro. Les serveuses s'étaient volatilisées. L'air était alourdi par la fumée âcre de la marijuana, mais la nourriture servie était sans conservateur.

La voix l'appela de nouveau.

— Wesley !

Cette fois, il parvint à en identifier la source, un box vers le fond de la pièce. Une jeune femme blanche y était affalée, la fin d'un joint dans une main et un scotch dans l'autre. Ses deux mains tremblaient. Ses cheveux courts étaient mal coupés, comme si elle les avait taillés elle-même. Sur son T-shirt informe, on distinguait le drapeau américain à l'envers. Elle avait la maigreur des grands drogués.

— Assieds-toi, ordonna-t-elle en désignant un siège.

Un étudiant replet au visage candide, portant une barbiche et un T-shirt de Tufts University, lui céda immédiatement la place et disparut dans l'ombre.

— On se connaît ? demanda Eddie.

La fille tira une longue bouffée sans pour autant arrêter de trembler. Vu de près, son visage lui parut plus âgé qu'au premier abord.

— Disons qu'on se connaît sans se connaître, dit-elle sur un ton plus sérieux. On s'est déjà *parlé*. Enfin, ce serait plus juste de dire que moi, je parlais et que *toi*, t'écoutais, assis comme un *bon* petit garçon. Mais on ne t'a *pas* eu. T'es bien trop *malin*.

Eddie se redressa.

— Sharon. Sharon Martindale.

Elle gloussa. Il se dit qu'elle était complètement stone ou complètement dingue, peut-être les deux.

— J'étais Sharon. *Putain* de Sharon Martindale.

J'en ai eu des *noms* depuis ce temps-là. J'fais partie de c'*putain* de Weatherman, maintenant...

Parsemer ses phrases de jurons semblait être la seule révolte qui demeurait à sa portée aujourd'hui. Il connaissait les crimes dont elle était coupable et savait que la folie ne la rendait pas moins dangereuse. Elle poursuivit.

— Sauf qu'on va changer de nom, bordel. Qu'est-ce que tu penses de Faction Weather ? Ou Weather *Underground* ? Parce que *Weatherman*, c'est trop connu, on ne veut plus qu'on nous rattache à Dylan...

Elle s'interrompit pour s'enfiler une lampée de scotch.

Eddie aurait voulu l'empoigner par-dessus la table et la secouer jusqu'à ce qu'elle crache des réponses.

— Junie ! Où est Junie ?

— Junie n'est pas avec ce bordel de *Weatherman*. Elle n'aurait *pas* été acceptée. Elle ne *croit* pas à l'imminence de cette *putain* de révolution mondiale. (Sharon ferma les yeux un instant.) On va bientôt entrer dans la clandestinité.

— Junie et toi ? Vous étiez déjà dans la clandestinité.

— J'te parle de *Weatherman*. T'es con ou *quoi* ? *Weatherman* va entrer dans la clandestinité. Ça fait un bail que *Junie* est partie.

— Partie ? (Ses doigts agrippèrent le bord de la table.) Morte ?

— Elle a quitté la *ville*. (Sharon avait hérité du ton de sa mère et s'adressait à lui comme à un débile.) Elle *déteste* les congrès. *Déteste* les débats. Elle croit – *bordel*, je sais pas ce qu'elle croit. Mais pas à la *révolution* imminente.

— Elle était là ?

— *Tout* le monde était là.

Il avait tant de questions à poser. Sur l'Agonie de la Couronne. Sur le recrutement et le financement. Sur celui qui avait tenté d'assassiner Lanning Frost. Pourtant, maintenant que l'occasion se présentait, il n'en avait plus qu'une en tête.

— Où est-elle, Sharon ? Où est-elle allée ?

— Je me fous de ce *qu'elle* fait. Je suis *pas* l'*gardien* de ta sœur, bordel. (Elle baissa la tête, mais pas sa voix haut perchée.) Consignes de sécurité. *Compartimenter*. Les cellules se connaissent pas entre elles. (Une autre lampée.) Ça vaut mieux pour *nous* tous.

Eddie se pencha par-dessus la table et attrapa gentiment le joint qu'il déposa dans le cendrier. Puis il prit le verre.

— Où est-elle ? Pourquoi m'as-tu hélé ? (Sharon le regardait avec de grands yeux hébétés et dans le regard la même folie que sa mère.) Qu'y a-t-il ? Qu'est-ce que tu voulais me dire ?

— On a tout *fait* pour que tu arrêtes de chercher. Tu as *refusé*. Bordel, on t'a prévenu. C'était *de Junie* l'idée.

Son regard se perdit, comme si sa pensée avait trébuché. Elle semblait vouloir lui tirer une balle à bout portant. Quelques tables plus loin, un type à la tignasse rousse gueulait parce qu'on lui avait piqué sa chaise préférée. Personne ne devait plus jamais s'asseoir sur *sa* chaise. Ses invectives étaient accueillies dans l'indifférence générale. Sharon fut prise d'une quinte de toux qui la secoua de la tête aux pieds. Eddie reporta son attention sur elle.

— Elle n'*aime pas* ça, reprit-elle. (Elle tendit la main pour attraper son verre, mais Eddie le recula.) *Vivre* comme elle *vit*. Bordel, elle est *crevée*, Eddie. On est tous crevés, bon sang.

— Aide-moi à la retrouver, Sharon.

— T'es complètement *dingue* ? J'suis pas une *balance*.

— Tu ne balances personne. Je suis son frère.

— Laisse-moi te dire un *putain* de truc. La famille, on s'en fout. Y a pas de frère, pas de sœur qui tienne. Pas de pays non plus. Y a qu'une *seule* chose qui compte, bordel. De quel côté tu es. (Sharon attrapa son joint et tira une longue bouffée.) Et ta sœur et toi, vous êtes pas du même.

— Je serai toujours du côté de Junie, objecta-t-il.

— Ouais, sauf que ta sœur, elle a un côté bien à *elle*. Elle *croit* pas à la *révolution*. Elle dit que la révolution, maintenant, elle est *pourrie*.

Elle reprit son verre et le leva, mais aucune serveuse ne vint le remplir et elle le laissa retomber lourdement sur la table comme si son bras décharné n'arrivait plus à en soutenir le poids.

— *Tout* est pourri, je lui ai dit. Le *monde* entier est pourri, bordel. Faut *tout* brûler et *reconstruire*. D'après *elle*, si tu mets le feu aux poudres, c'est le type qui tient l'*allumette* qui brûle le premier.

— Ces mots sont de moi. Je les ai écrits il y a quatre ou cinq ans au sujet de l'Agonie de la Couronne.

— Elle le *sait*, ça, Eddie. Elle lit *tout* ce que tu écris. (Un sourire méchant lui barra le visage.) Elle est convaincue que *tu la détestes*.

— Que quoi ?

— Elle a une putain de trouille de toi, Eddie. Chaque fois que tu approchais, elle s'enfonçait un peu *plus loin* dans la clandestinité.

— C'est faux ! (Son exclamation tentait de masquer sa peur d'avoir passé des années à aggraver la situation.) J'aime Junie. Elle le sait. Elle l'a toujours su.

— Peut-être, mais ta chère sœur voulait que tu ne la *retrouves* jamais, bordel.

— Je ne comprends pas.

— C'est la raison pour laquelle elle a *fui* plus loin. Parce que *tu* approchais, bordel, bien trop *près*.

La grimace qui déforma le visage torturé de la révolutionnaire dénonçait son mensonge. Elle ne disait pas la vérité à Eddie, mais ce qu'elle aurait voulu qu'elle soit. Il secoua la tête.

— Je sais ce qui s'est passé, Sharon. Je suis au courant du procès. Je sais que vous l'avez exclue. Et ça ne date pas de cette année. Alors arrête de mentir. Dis-moi où elle est.

— Bordel, j'en sais rien où elle est. Elle n'a *pas* voulu me le dire, bordel !

— Tu sais pourquoi elle est partie, non ? Tu connais la vraie raison.

Sharon Martindale ne répondit pas. Elle hocha la tête.

— S'il te plaît, Sharon, écoute-moi. Je sais que tu as peur. Je ne vais pas te dire que je peux t'aider. Je n'ai aucune relation. Je n'ai pas les moyens de t'éviter la prison, s'ils t'arrêtent. Je te le demande pour l'amour de Junie. Ce n'est pas pour moi. Je veux aider ma sœur. Tu sais que je ne lui ferai jamais de mal. Je t'en prie, Sharon.

Il était allé trop loin, il s'en rendit compte. Sharon s'était enfoncée dans sa chaise. Son regard balayait frénétiquement la salle à la recherche de quelqu'un qui viendrait la tirer des griffes de cet écrivain belliqueux.

— Je me souviens de la nuit où le premier bébé est né, dit-elle après un moment de silence. Elle voulait *même pas* que je le voie. Elle voulait pas que je vienne à l'*hôpital*, bordel. Elle a pris un *putain* de train dès le *lendemain* pour aller déposer l'enfant quelque part. Je n'ai jamais su où. Ni même si c'était un *garçon* ou une *fille*. Et pareil pour le deuxième. (Eddie s'apprêtait à l'interrompre pour dire qu'elle ne répondait pas à sa question, mais il réalisa qu'en fait si.) Ses *mômes*, dit Sharon d'une voix presque douce. Elle est partie à la recherche de ses putains de mômes. (Elle rit.) Putain. Si j'avais des gosses, bordel, moi aussi je partirais à leur recherche.

Tout à coup, c'était clair. Sur le chemin qui le ramenait à son hôtel, toujours sous une pluie battante, Eddie avait le sourire. Il ne savait pas où était sa sœur, mais il détenait une information que n'avait pas Sharon Martindale : Junie était sortie de la clandestinité pour faire savoir à sa mère qu'elle était heureuse. Après avoir perdu le pouvoir, Junie avait quitté l'Agonie pour partir à la recherche de ses enfants.

Si elle avait rendu visite à sa mère, c'est qu'elle les avait retrouvés.

III

Eddie prit le vol du matin pour Washington. Il retrouva Bernard Stilwell à la National Gallery of Art, devant un Goya. Les deux hommes se mêlèrent aux flots de touristes. Eddie voulait négocier. Le seul problème est qu'il n'avait aucune information susceptible d'intéresser les fédéraux. Stilwell savait déjà que Sharon Martindale avait assisté au congrès des Étudiants pour une société démocratique à Chicago.

— Avez-vous vu votre sœur ?

— Si je l'avais vue, je ne serais pas en train de discuter avec vous.

— Vous pourriez obéir à votre devoir de patriote.

— Mon premier devoir est envers ma famille.

Stilwell sourit.

— Voulez-vous savoir pourquoi vous ne l'y avez pas vue ? Elle n'y était pas.

— Sharon Martindale dit que si.

— Sharon Martindale est une droguée. Elle est folle. Elle est en train de mourir d'au moins six maladies différentes. Je n'accorderais aucun crédit à ses paroles.

— Pourquoi ne l'avez-vous pas arrêtée ?

— Elle est bien trop facile à suivre.

Dans la grande salle du musée, Stilwell raconta à Eddie ce qu'il savait déjà – que sa sœur avait quitté l'Agonie pour retrouver ses enfants –, puis il ajouta un détail qu'Eddie ignorait.

— Nous avons retrouvé la trace de l'un des enfants, le premier, dans un orphelinat. Elle avait été adoptée, il y a peut-être six ou sept ans, mais tenez-vous bien, les parents adoptifs n'existaient pas. Fausse identité, fausse adresse. Rien que ça.

— Est-ce qu'ils ne sont pas censés enquêter sur les adoptants ? Il y a bien une loi, non ?

— Il faut croire qu'ils ne l'ont pas observée.

— Où était cet orphelinat ?

L'agent secoua la tête.

— Je prends ma retraite, Eddie. C'est ce que je voulais vous dire. Je n'ai pas encore l'âge légal, mais franchement, il est grand temps. Je n'apprécie pas ce qui se passe dans cette ville. Je suis venu à Washington pour poursuivre les méchants et maintenant... peu importe. Tant pis. Écoutez. Au cas où, contre toute probabilité, vous souhaiteriez prendre contact avec le Bureau, appelez le même numéro. Quelqu'un vous répondra. Il se peut même qu'ils vous écoutent.

Les brefs adieux qu'ils échangèrent sur les marches avaient un air tragique, comme une réunion d'anciens élèves dont la moitié auraient entre-temps quitté ce monde.

— Le Bureau finira, tôt ou tard, par retrouver Junie, conclut Stilwell en gardant les mains dans sa poche pour éviter une poignée de main. Elle a épuisé toutes ses possibilités de fuite, Eddie. Nous avons failli l'attraper dans l'attentat de San Antonio, l'année dernière. Oui. Votre sœur y était. Un jour ou l'autre, nous la ramasserons dans la rue. Après, vous pourrez lui rendre visite aussi souvent que vous le souhaiterez, à la prison fédérale pour femmes de Tallahassee.

54

Derniers potins

I

— Il faut que tu rencontres des gens, dit Mona Veazie.

Ils étaient sur South Main Street en compagnie de quelques autres professeurs de Dartmouth et d'un ou deux étudiants. Ils venaient de finir de dîner. Dans quelques minutes, Eddie donnerait une conférence intitulée « Saison creuse pour la gauche ». Deux des groupuscules politiques les plus agités du campus étaient déterminés à l'empêcher de parler. On était en novembre et les premiers flocons tourbillonnaient. S'infiltrant par les plus petits interstices de sa veste mi-saison, la bise du New Hampshire lui glaçait les os.

— J'ai une amie charmante qui...

— Sans façon, merci, dit Eddie d'un ton irrité.

— Laisse tomber, Mona, intervint un autre professeur, il sort avec cette communiste célèbre dont le nom m'échappe.

— Elle n'est pas communiste, dit un autre. C'est une nationale-socialiste.

Quelle horreur ! Eddie fronça les sourcils devant une

telle amnésie historique. Mais la mémoire avait foutu le camp. C'est pourquoi il avait choisi de démontrer lors de sa conférence comment Woodstock et la starisation des « Sept de Chicago », qui étaient jugés pour complot, avaient détourné les forces progressistes de la nation des véritables défis. La gauche, avait-il l'intention de dire, n'avait plus que deux préoccupations : faire tomber des têtes et se défoncer. On s'attendait à une salle comble. Edward Wesley Junior était tout de même l'auteur du *Rapport au quartier général* et il semblait évident que c'était lui que Spiro Agnew visait dans sa récente attaque contre les détracteurs de la guerre en les qualifiant de « négativistes nantis et bavasseurs ».

Le petit groupe avançait en direction du théâtre où Eddie devait donner sa conférence. Mona continuait de le taquiner en lui parlant des femmes de son passé. Avait-il des nouvelles de Torie Elden ? Savait-il que la petite Cynda s'était mariée ? Elle les nomma toutes sauf Aurelia, sa meilleure amie, afin de laisser croire qu'Aurie, de son côté, l'évitait autant qu'il l'évitait lui-même. Il supposait qu'il tomberait sur elle le mois prochain à l'occasion du réveillon de Nouvel An de Bay Dennison, mais...

— Sais-tu que Chammie Bing se remarie ? poursuivit Mona sur le ton désapprobateur qu'employait sa mère autrefois. Tu te souviens de Chammie ? L'ancienne femme de Charlie ? Devine qui elle épouse cette fois.

Les potins mondains avaient toujours laissé Eddie indifférent et c'était encore plus vrai depuis son retour de voyage.

— Qui ?

— L'ancien galant de ta sœur, Perry Mount.

Eddie s'arrêta net. La terre se déroba sous ses pieds,

il perdit contact avec le réel. Il était de nouveau prisonnier de l'eau glacée. Le prochain plongeon le tuerait. Il serra les poings. Sur le sol de l'entreprôt, un papier de Baby Ruth...

— On va passer par-derrière, dit un doyen quelconque. (Eddie se rendit compte que des policiers s'étaient joints à eux. Le doyen pointa du doigt.) Des manifestants. Désolé.

Eddie se força à sourire.

— Les soldats disent que parfois il faut gagner durement sa solde. Passons donc par l'entrée principale.

C'est ce qu'ils firent. Les quolibets, les sifflets et les slogans furent sans doute dominés par les acclamations, mais dans le tumulte, avec la bise assourdissante en fond sonore, et les bruits d'eau dans l'entrepôt de Hong Kong, il n'était sûr de rien.

II

Ils étaient assis dans la cuisine en désordre de Mona, qui habitait une jolie maison coloniale sur North Balch Street, à l'est du campus. Ses jumeaux, Julia et Jay, s'amusaient à courir dans l'autre pièce. Mona proposa du vin, mais Eddie resta au thé.

— Excuse le désordre, dit-elle. (Dans l'évier, une pile d'assiettes attendait d'être lavée. Plusieurs portes de placards étaient ouvertes. La mère d'Eddie n'aurait jamais toléré un bazar pareil. Eddie non plus. De toute évidence, l'esprit rebelle de Mona s'exprimait aussi dans la tenue de sa maison.) Il arrive que je sois débordée.

— Ça ne me gêne pas.

— Tant mieux. Au fait, très bonne conférence. Sauf quand ce type de la ligue Spartacus a tenté de monter sur scène. (Elle grignotait un biscuit salé Ritz. Sa nervosité était palpable dans toute la pièce. La vie de Mona n'était pas particulièrement organisée, mais la présence d'Eddie la désorganisait encore plus.) Tu es vraiment doué pour gérer les gens qui ne sont pas d'accord avec toi. Enfin, sauf ceux qui veulent te faire sauter la cervelle. (Elle reprit une bouchée.) Maintenant, dis-moi ce qui se passe. J'imagine que ce n'est pas à mon corps que tu en veux.

— Je veux que tu me parles de Perry Mount.

— Perry ? Que veux-tu savoir ?

— Tu m'as dit qu'il s'apprêtait à épouser Chamonix Bing...

— Franchement ! (Elle fit claquer sa main sur le comptoir dans un geste qui rappelait le Harlem d'autrefois.) Elle est adorable. Je n'arrive pas à croire que Charlie l'ait quittée pour une vulgaire allumeuse. Ça fait déjà six ans, Eddie. Et elle élève les enfants seule... Tu sais ce que c'est. Bref, il était grand temps qu'un homme se rende compte que c'est une sacrée nana. (Mona poussa sa tasse sur le côté. Une ombre de chagrin passa sur son visage : elle était une femme seule. Les enfants déboulèrent dans la cuisine pour s'emparer d'une boîte de biscuits avant de disparaître à nouveau.) Les gosses d'aujourd'hui ! soupira-t-elle avec un sourire forcé.

Elle se leva, ouvrit le réfrigérateur d'où elle sortit deux bières.

— Non, merci, dit Eddie lorsqu'elle lui en tendit une.

Mona se servit et but une rasade. Elle ferma les yeux un instant. Eddie réalisa qu'il ne savait quasiment rien de sa vie. Il avait devant lui la meilleure amie d'Aurelia et il la connaissait à peine. Les deux femmes avaient partagé un traumatisme qui les avait liées à jamais, mais il n'avait aucune idée de ce qui s'était passé. Mona lui parut profondément malheureuse. Elle avait l'air de vivre sa maternité comme un fardeau.

— Je vais t'en raconter une bonne au sujet de Chammie et de Perry. D'après elle, il n'est pas amoureux. Il lui aurait dit qu'elle correspondait au type de femme que ses parents auraient voulu qu'il épouse. Tu sais... issue d'une grande lignée de Harlem, etc. Selon lui, il satisfait aux convenances. Et ça arrange tout le monde. Et Chammie ? Disons qu'une fois passé un certain âge, on ne se préoccupe pas de savoir si le type nous aime ou pas. Il lui a dit – Eddie, je compte sur toi pour tenir ta langue – bon, Perry lui a dit qu'il avait songé à épouser une femme plus jeune, mais qu'elle ferait aussi bien l'affaire. Voilà ce qu'il a dit à Chammie. Qu'elle ferait l'affaire. C'est vrai qu'il a toujours été un peu bizarre.

— Pour le moins, dit Eddie en frissonnant rien que d'y penser.

Mona lui lança un regard curieux et reprit.

— Bon, jusqu'à présent Chammie s'en accommodait. OK, ce n'était pas le grand amour, mais tout de même un mari, et le golden boy de surcroît. Qui s'en plaindrait ? Sauf que les choses ont pris un tour étrange. (Elle se versa un autre verre.) Il lui a confié que la raison pour laquelle il avait songé épouser une femme plus jeune est qu'il avait besoin d'un héritier. Il était grand temps, disait-il. Plus que temps. Comme s'il obéissait à un calendrier. Tu te rends compte ? (Eddie ne répondit rien, mais il se rendait parfaitement compte.) Et Perry lui a dit ensuite qu'en l'épousant, elle, il aurait un héritier plus vite qu'avec une femme plus jeune. Il n'avait pas besoin d'un bébé. Seulement d'un héritier. Son fils à elle – tu te souviens de

Jonathan ? –, il lui a dit que Jonathan ferait très bien l'affaire. Il lui a même dit que Johnny serait mieux qu'un nouveau-né parce qu'il avait déjà onze ans et qu'il était assez grand pour comprendre.

— Comprendre quoi ?

— Ses responsabilités. Il lui a dit que les grandes idées avaient besoin de grands penseurs à l'origine, et de bons administrateurs par la suite. Perry a expliqué qu'il était lui-même le régisseur d'une grande idée et que son fils devrait prendre le relais après lui.

Eddie se demanda combien d'autres héritiers étaient en cours de formation avant de prendre leur place au sein du Grand Conseil. Il se demanda aussi qui était désigné pour former Locke, le fils d'Aurelia.

Mona jeta un œil à sa montre.

— Mazette, il est déjà tard. Tu ferais bien de partir, sinon ça va jaser.

Marchant dans la nuit froide en direction du Hanover Inn, Eddie s'étonnait de l'empathie qu'il ressentait envers son bourreau. Perry, de toute évidence, subissait de fortes pressions. Cela n'avait rien d'étonnant si l'on considérait que le Projet dont il avait la charge était complètement sorti des rails.

Peut-être était-ce ce que Benjamin Mellor avait voulu lui dire à Saigon, avant que Collier ne lui règle son compte. Il ne pensait pas au mariage, mais à Perry : il n'avait pas dit à Chammie qu'il était un régisseur mais *le* régisseur.

Perry Mount était à la tête du Grand Conseil.

III

Trois jours après sa conférence à Dartmouth, Eddie était attendu à New York où il devait prendre la parole au vernissage d'une exposition sur les livres interdits. En chemin, il s'était arrêté à Boston pour rendre visite à sa mère. Au cours du dîner, ils avaient parlé du passé, revenant souvent sur les mêmes histoires. Marie Wesley commençait à s'étioler. Elle lui avoua que la maison devenait trop lourde pour elle et qu'elle songeait à la restituer à la congrégation de Wesley Senior et à emménager dans un appartement. Eddie fit la vaisselle. Sa mère monta se coucher de bonne heure. Elle lui parut de nouveau tendue. Peut-être Marcella lui avait-elle confié qu'Eddie savait que Junie avait repris contact. Quoi qu'il en soit, Eddie ne comptait pas acculer sa mère à parler. Il voulait simplement s'assurer que lorsqu'elle rendrait la maison, si elle poursuivait dans cette idée, elle aurait le plus bel appartement de la ville.

À New York, deux jours plus tard, Eddie déjeuna avec Charlie Bing. Il cuisina son vieil ami de Harlem pour apprendre tout ce que Chammie aurait dit concernant son mariage imminent avec Perry Mount. Mais Charlie n'était pas homme à se préoccuper de ce que faisaient ses ex-femmes, surtout qu'il en avait déjà deux.

— En tout cas, elle a l'air plutôt pressée, dit Charlie. J'aurais cru que Perry serait d'abord venu me trouver. Tu sais. Pour me demander si je n'y voyais pas d'inconvénient. (Il s'anima.) Il y a tout de même une chose qu'elle a dite, c'est que Perry est tout le temps fâché. Tu te souviens que Chammie avait fait un peu de théâtre dans le temps ? Eh bien, elle dit que Perry ressemble à un acteur qui devrait se contenter des seconds rôles pendant qu'un autre moins bon que lui tient le haut de l'affiche. Une colère de ce type.

— A-t-elle laissé entendre qui serait cet homme moins bon que lui ?

— Peut-être qu'elle m'aime encore, dit Charlie qui avait toujours tendance à s'imaginer ce genre de choses.

Le soir même, l'exposition sur les livres interdits ouvrait à la bibliothèque de New York à l'angle de la 5e Avenue et de la 42e Rue. Eddie fit l'éloge qu'on attendait de lui sur la liberté de penser, accueilli comme il se devait par des applaudissements polis. Ensuite, émerveillé, il parcourut les vitrines où étaient exposées les premières éditions de Whitman, Pascal, Voltaire, Cleland, Joyce et Lawrence...

Lawrence !

L'Amant de Lady Chatterley. Bon sang ! Quel idiot ! L'un des bibliothécaires, un grand admirateur du *Rapport au quartier général*, alla lui en chercher un exemplaire de consultation. Eddie le parcourut. Comment avait-il pu laisser échapper un indice aussi énorme ? C'était là, au début du premier chapitre.

« Pas comme dans une époque essentiellement tragique. » Ces mots figuraient sur l'une des cartes qui se trouvaient dans l'enveloppe de Philmont Castle.

Grâce à Lawrence, Eddie venait d'en comprendre le sens.

55

Conversation dans un jardin

I

— Connaissez-vous bien Nixon ? demanda le sénateur Lanning Frost.

— Je l'ai rencontré à quelques reprises, répondit nerveusement Eddie qui détestait que l'on aborde ce sujet parce qu'il savait ce qui allait suivre.

Cela ne manquait jamais.

— Vous avez écrit cet article sur lui dans la *National Review* lorsqu'il a perdu la bataille pour un mandat de Gouverneur en 1964, n'est-ce pas ? Vous l'avez décrit comme un archétype américain, un patriote, quelque chose dans ce goût-là.

— En réalité, l'article est paru dans *The Nation*, il s'agissait de l'élection de 1962 et mon propos se voulait ironique.

Le sénateur hocha la tête. Eddie avait le sentiment que son interlocuteur aurait été incapable d'expliquer ce que signifiait « ironique », même si sa vie en dépendait. Ils se faisaient face, des volutes de buée s'échappaient chaque fois qu'ils ouvraient la bouche. On était en janvier 1970, trois semaines après le bref entretien qu'il avait eu avec Aurelia à la soirée de Bay Dennison. Le sol était couvert de neige, mais Lanning Frost, fils du Midwest, estimait que l'air était vivifiant. Aussi leur conversation avait-elle lieu dans le jardin intérieur de la luxueuse résidence du sénateur à Georgetown, où Margot et lui menaient grand train ainsi qu'il sied à un futur président. Lanning donnait l'image d'un homme tranquille, drôle, qui ne s'en laisserait pas compter. Il s'était attiré les faveurs de la gauche lorsqu'il avait pris en défaut le secrétaire adjoint à la Défense au sujet des excédents de dépense du Pentagone, lors d'une séance de questions au Parlement retransmise à la télévision. Et celles de la droite lorsqu'il avait prononcé un discours vibrant au Sénat appelant à ce que les rebelles qui avaient mis le feu au drapeau soient jugés, drapeau pour lequel il s'était lui-même battu. Habituellement, le jardin regorgeait de mécènes et de quémandeurs, le champagne coulait à flots et les deux colleys du sénateur, Darrin et Samantha, reniflaient sous les nappes élégantes à la recherche de quelque pitance. Les journaux plaçaient Frost en tête de lice pour 1972. Par-derrière, les journalistes qui le connaissaient le traitaient d'idiot.

Le sénateur se passa la main dans les cheveux. Il mesurait une tête de plus qu'Eddie et sa carrure était plus large. Il courait près de huit kilomètres par jour et veillait à ce que la presse relaie l'information.

— Il est encore tôt, Eddie, mais nous pensons que Nixon sera fragilisé aux prochaines élections. Très fragilisé.

— C'est ce que j'ai entendu dire.

Les conversations de salon avaient le don de l'agacer.

— Nous allons le battre, Eddie. Nous serons organisés, bien financés et prêts. Il nous suffira de tenir l'aile du parti sous l'influence de McGovern et de passer un accord avec Muskie. On peut y arriver. La guerre nous y aidera. Il y a quelque cinq cent mille soldats américains là-bas – plus que ça, soit près de deux pour cent de la population mâle. (Son calcul était non seulement faux, mais complètement ridicule, une remarque qu'Eddie garda pour lui.) Peut-être le Président souhaite-t-il vraiment les ramener au pays, comme il l'a dit. Sauf qu'il ne sait pas comment s'y prendre. D'après les services de renseignement, il y a des lignes de ravitaillement ennemies à travers le Laos et le Cambodge – ou du moins l'un des deux. Et c'est un autre pays, Eddie. Qu'est-ce que Nixon peut faire ? L'envahir ? Non, Eddie. (Comme si son interlocuteur l'avait contredit.) Non. La guerre va se retourner contre lui. L'économie aussi. Il y a des licenciements en masse dans ma région. Les gens perdent leur *emploi*.

— Il n'y a qu'un an que Nixon a pris ses fonctions, objecta Eddie, sans doute pour perturber son interlocuteur. Tout ne peut pas être sa faute.

— Justement, dit le sénateur, qui avait réussi à perdre complètement Eddie.

Un chien lui passa entre les jambes. Frost se pencha pour lui caresser la tête d'un geste précis et savamment étudié. Par une fenêtre éclairée à l'étage, on pouvait voir Margot rire au téléphone. Eddie se souvint de son ton larmoyant dans l'appartement de Hong Kong, demandant ce qu'ils lui avaient fait.

— Mon équipe a envisagé plusieurs cas de figure intéressants, poursuivit le sénateur. (Il sortit de sa poche une feuille de papier pliée. C'était un modèle d'autocollant pour les pare-chocs de voitures, rouge et blanc, sur lequel était écrit en lettres bleues : « Avec

Frost, pour le dégel en 72. ») C'est accrocheur, vous ne trouvez pas ?

Eddie trouvait ce slogan ridicule.

— Je ne saurais dire.

— C'est vrai, j'ai oublié. Vous détestez la politique. Vous estimez que peu importe qui gagne.

Eddie mit fin à la plaisanterie par une remarque acerbe.

— J'ai fait de la politique autrefois, mais tous les candidats que j'ai appuyés ont été assassinés.

Les yeux bleu vif le sondèrent.

— Il y a autre chose à propos de Nixon. Les gens ne le trouvent pas sympathique. C'est vrai qu'ils ont voté pour lui aux dernières élections, du moins quarante pour cent d'entre eux (le chiffre exact était trente-trois pour cent), mais c'est parce que le parti s'était déchiré lors de la convention. Au fond, les gens ne lui font pas confiance. C'est également à notre avantage. (Il marqua une pause.) C'est là que vous intervenez, Eddie.

— Moi ?

— Je pars du principe que vous êtes démocrate. Vous avez travaillé pour Kennedy.

Eddie déclina d'un signe de la main.

— J'étais plus jeune, sénateur.

— Nous avons tous été plus jeunes que nous ne le sommes aujourd'hui, rétorqua son hôte en lui prenant son verre des mains. Laissez-moi vous resservir. (Ils se dirigèrent vers le bar installé devant les portes-fenêtres. Le colley les suivit tel un orphelin abandonné. Lanning lui versa deux doigts de ginger-ale qu'il fit tourner dans le verre comme si c'était du cognac, et le lui tendit.) Je n'ai pas l'intention d'argumenter avec vous, Eddie. Je n'ai pas votre intelligence. Je le sais. Mais je m'efforce de m'entourer de gens plus brillants que moi... (Il leva les yeux.) Chérie, fit-il avec un soulagement perceptible.

Margot venait de les rejoindre dans le jardin.

— Mon très cher Eddie, roucoula-t-elle en lui tendant la joue. (Sans perdre de temps, elle entra dans le vif du sujet.) Ce que mon mari essaie de te dire, Eddie, c'est que les gens de Nixon ne jouent pas franc-jeu. Ils ne l'ont jamais fait. Ces dernières élections ont été propres sans doute parce que Nixon ne se sentait pas réellement menacé, mais pour les prochaines ils reprendront leurs vieilles habitudes. Je te le garantis. Il s'est déjà assuré les services de gens peu recommandables.

Eddie se souvenait de la conclusion de l'article qu'il avait publié il y avait si longtemps déjà : « Si certains sont frappés par le fait que Dick Nixon semble trop prompt à l'attaque, ils devraient se poser la question de savoir si la nation qui l'a honni autant qu'elle l'a encensé ne montre pas les mêmes dispositions. Nixon n'est pas une aberration nationale. Il est plutôt notre produit national. »

— Si tu le dis, répondit calmement Eddie tandis que le chien lui reniflait les chevilles.

— C'est effectivement ce que je dis. Et si le Président passe à l'attaque, nous devons être prêts à lui répondre. (Un sourire carnassier lui barra le visage.) Connais-tu le secret de Nixon ? La raison pour laquelle il gagne à tous les coups ou presque ? Il profite du fait que personne ne croit en sa victoire, personne ne s'en méfie. C'est une erreur que nous ne commettrons pas, Eddie. Il va nous attaquer sur tous les fronts. Nous devons être prêts à lui rendre la pareille.

— Parfaitement, ajouta Lanning qui couvait sa femme d'un regard béat d'admiration.

Eddie repensa à Perry Mount. Il se demandait à

quel point Lanning était au courant des agissements de sa femme.

— Je vois...

Les Frost échangèrent un regard. Margot inclina la tête. C'était au tour du sénateur.

— Nixon me traîne dans la boue. Il va donc falloir que je le salisse aussi. C'est un méchant, Eddie. La campagne va être sans pitié. C'est pourquoi je voudrais que vous puissiez discuter avec des gars de mon équipe qui vous aideront à vous souvenir de choses auxquelles vous auriez assisté... des trucs pas clairs que je pourrais utiliser.

Vous aider à vous souvenir. Une tournure qui plaisait particulièrement à Eddie.

— Je n'ai rencontré le Président qu'une seule fois.

Il éloigna le chien, qui alla se coucher au pied du mur et posa le museau sur ses pattes d'un air boudeur, en attendant qu'on lui prête de nouveau attention.

Margot reprit :

— Peu importe. Donne-nous simplement quelques pistes à suivre. (Elle marqua une pause.) Tu n'es pas le seul que nous sollicitons, Eddie. Nous avons l'intention de nous adresser à d'autres anciens fidèles du Président. Mais toi, c'est différent. Tu es spécial.

— Ah ?

— Nous avons des sources, peu importe lesquelles, mais nous en avons. Des sources fiables, crédibles. Des sources à qui nous faisons entièrement confiance. Et ces sources nous ont affirmé que tu inquiètes les gens de Nixon.

Eddie fut pris de court. Gary Fatek lui avait dit à peu près la même chose.

— Comment ça, je les inquiète ?

— Nos sources n'en savent rien. Les gens de Nixon non plus. Mais selon nos sources, Nixon pense que tu sais quelque chose sur lui, il est terrifié à l'idée que cela vienne à se savoir.

Eddie étudia les visages des deux politiciens. L'un affichait un air entendu et l'autre un air inquiet.

— Je ne sais pas ce que Nixon croit que je sais. Ni ce que vous imaginez tous les deux. En revanche, je sais pertinemment que la seule raison pour que vous m'ayez invité ici, courant le risque d'être vus avec un personnage aussi peu recommandable que moi, c'est que vous devez avoir une sacrée trouille de ce que Nixon pourrait utiliser contre vous.

Lanning n'en croyait pas ses oreilles. Personne ne parlait à un sénateur des États-Unis sur ce ton. Margot eut la présence d'esprit de sourire.

— Tu es toujours aussi malin, Eddie. Oui, bien sûr, Lanning a des choses à cacher. Comme tout le monde. Quelle était ta formule, déjà ? La « perspective américaine » ? C'est vrai que nous serions une nation plus noble si nous nous intéressions moins au linge sale des uns et des autres. Malheureusement ce n'est pas le cas. Nous sommes coincés par la politique telle qu'elle se pratique chez nous, Eddie. Cette fois, nous avons l'intention de gagner la partie. La seule question est de savoir si tu veux nous aider à nous débarrasser de ce type en 1972 ou si tu veux rester sur la touche.

Eddie se perdait en conjectures. Que craignait Nixon ? Première possibilité : Nixon, et non Benjamin Mellor, était le père secret des enfants de Junie. Impossible. Quoi que l'on puisse dire de lui, il n'avait pas la réputation d'un coureur de jupons. Du reste, il était difficile d'imaginer qu'une jeune femme, même aussi futée que Junie, ait réussi à garder secrètes ses rencontres avec un homme qui, à l'époque, était le Vice-Président des États-Unis.

Deuxième possibilité : Nixon était le protecteur

secret de Junie. Il connaissait sa planque et tremblait à l'idée qu'elle puisse informer Eddie du rôle qu'il avait joué. S'il était absurde d'imaginer que Junie ait pu avoir des contacts réguliers avec le Président, il était plus absurde encore de ne pas voir qu'il aurait, dans ce cas, été très simple de régler le problème en la faisant disparaître pour de bon.

Par conséquent, tout cela ne pouvait avoir qu'un lien indirect avec sa sœur. Il examina Lanning Frost dont le visage révélait un esprit éminemment calculateur. Eddie n'était pas idiot. Il ne pouvait pas croire qu'il existait un lien entre Nixon et sa sœur sur les seules insinuations de ce couple machiavélique.

— Je vais y réfléchir, dit-il.

Margot lança un regard entendu à son époux.

— Il est presque dix-huit heures, chéri. Ne devais-tu pas appeler Mike Mansfield ?

II

Ils restèrent seuls. Il commençait à faire frais dans le jardin et ils rentrèrent. Le colley bondit à leur suite. Ils étaient debout dans l'entrée en marbre, derrière les fenêtres à claire-voie.

— Tu as l'air en pleine forme, dit Eddie.

C'était vrai. Même si Margot, qui n'avait jamais été mince, avait pris du poids, elle semblait radieuse, en pleine forme, prête à assumer ses devoirs à la Maison Blanche. Quelques ridules autour des yeux, une ou deux mèches de cheveux gris – elle approchait de la quarantaine – contribuaient à l'image générale de maturité et de confiance en elle qu'elle cultivait. À la voir, il était évident qu'en tant que Première Dame, elle participerait activement à la présidence de son mari et que le pays s'en porterait d'autant mieux. Eddie se dit qu'à une autre époque, à l'heure où les femmes auraient des rôles différents à jouer, c'est Margot qui apparaîtrait comme ayant l'étoffe d'un président.

— Dis plutôt en formes pleines. (Elle fit claquer ses mains sur ses hanches.) Quatre enfants et voilà le résultat. (Son sourire s'élargit.) Toi, en revanche, Eddie, tu voles de succès en victoire. J'ai à peine le temps de me retourner que tu publies un nouveau livre ou mènes campagne pour faire sortir un activiste de prison.

— Je fais de mon mieux pour que ma vie continue d'être intéressante.

— De la même manière que tu as réussi à t'attirer des ennuis à Hong Kong ?

— Peut-être.

Eddie cherchait à capter le regard de Margot, mais celle-ci s'était retournée pour foudroyer la bonne qui s'était approchée et s'éloigna à contrecœur. Tournant de nouveau son attention vers lui, elle lui prit la main entre les siennes,

— Lanning n'est pas au courant, Eddie. Et... je ne tiens pas à ce qu'il le sache. Notre union n'est pas seulement politique. Notre mariage est un vrai mariage. Oh, nous avons eu quelques difficultés au début, mais aujourd'hui... notre couple est solide. Et je veux qu'il le reste.

— Je comprends... (Il se demandait quelles avaient été ces difficultés et si elles étaient liées à ce que Lanning craignait que les gens de Nixon ne déterrent.)... Ce n'est pas par moi qu'il l'apprendra.

— Qu'est devenu ton ami ?

— Quel ami ?

— Le petit gars qui conduisait le taxi ?

Eddie eut un sourire triste.

— Tu as vu la photo prise tout de suite après qu'on a tiré sur Martin Luther King ? Celle où l'on voit tout son entourage pointer du doigt en direction d'où était venu le coup ?

— Bien sûr.

— Eh bien, le type chauve, debout à côté d'Andy Young, c'est frère Leonard Peace. Tu as entendu parler de lui ?

— Nous avons dîné avec lui plusieurs fois pour discuter de la question des droits civiques. Lanning et moi avons... disons plutôt que Lanning a développé quelques idées novatrices que tu devrais vraiment...

Il lui fit signe de ne pas se donner la peine de poursuivre.

— Frère Leonard est le petit gars, selon ta propre expression, qui conduisait le taxi. Sauf qu'à cette époque, il était plutôt gangster. Une petite frappe.

Margot marqua un temps de surprise, puis éclata de rire.

— Vraiment ?

— Il aurait entendu l'appel du Seigneur. Il a ensuite changé de nom alors même que personne ne le prenait au sérieux. Tu es libre de me croire ou pas, mais je pense qu'il est sincère. S'il ne l'était pas, pourquoi aurait-il accepté de subir autant de passages à tabac dans le Mississippi en 65 ?

Elle continua de sourire, ce qui, l'espace d'un bref instant, lui redonna son air espiègle d'autrefois. Elle lui caressa la joue.

— Eddie. Ça marche vraiment bien pour toi, n'est-ce pas ?

— Pour toi aussi, dit-il en acquiesçant.

Il posa la main sur celle de Margot et l'éloigna gentiment de sa joue.

Margot hésita.

— Eddie, à propos de Junie. Est-ce que l'on peut faire quelque chose ?

— Ton mari est candidat à la présidence. Tu crois vraiment qu'il peut faire quoi que ce soit ?

— Le président de Yale University a pris la parole pour dénoncer le fait qu'aucun membre des Black Panthers ne bénéficiait d'un procès équitable...

— Junie ne fait pas partie des Panthers. Ni de Nation of Islam. Elle n'appartient pas non plus aux Yippies ou aux Sept de Chicago. Elle est membre de l'Agonie. Ils ont tué des gens, Margot. Des Blancs. Ils ont commis des attentats à la bombe. Ils font peur. (Il se força à se calmer.) Merci, Margot, mais nous savons, toi et moi, que si elle se fait prendre, personne ne pourra rien pour elle.

— Elle n'a aucune chance d'avoir un procès équitable.

— Ni toi ni Lanning ne pouvez rien y faire.

— Eddie !

— Ce n'est pas ton problème, Margot. J'ai ma petite idée, mais... oublie ça. (En bas du perron, le chauffeur du sénateur avait ouvert la portière de la voiture. Eddie hésita un instant.) Écoute, Margot, je t'aiderai si je peux. Je ne crois pas que Nixon soit le diable incarné, mais je ne crois pas non plus qu'il soit l'homme dont nous avons besoin à la Maison Blanche. Il a des idées étriquées et c'est un parano. Donc, c'est d'accord. Je rencontrerai l'équipe de Lanning. Je doute de pouvoir faire grand-chose pour vous aider, mais j'essaierai tout de même. (Il prit son temps avant de poursuivre car il voulait trouver les mots justes. Des flocons virevoltaient dans la lumière des réverbères.) Mais il faudra me donner quelque chose en échange, Margot. (Leurs regards se soutinrent : la gravité des yeux bruns d'Eddie dans la prudence des yeux verts de Margot.) Quelque chose que tu es la seule à pouvoir me donner.

Le sourire s'évanouit. Si elle avait pu le faire sans que cela se voit, elle l'aurait giflé.

— Non, Eddie. Il n'en est pas question. Je te l'ai dit à Hong Kong, je ne suis pas une femme de ce genre. Ce n'est même pas la peine de...

— Ce n'est pas ce que je propose, dit-il en levant les paumes pour attester de son innocence. J'ai simplement besoin que tu répondes à une question.

— Quelle question ?

— Est-ce que Lanning connaît la signification de la Croix ?

Elle sembla ne pas comprendre.

— La Croix ? Tu veux dire Jésus ? La Bible ?

— Le crucifix. Celui que tu portais autour du cou. Celui que ta mère t'a donné quand tu étais petite. (Les yeux clairs restèrent impassibles.) Tu sais, la Croix qu'elle t'a rapportée d'Italie, celle qui porte une inscription. La croix de saint Pierre.

— Je ne comprends pas.

— Tu l'avais autour du cou le soir où nous nous sommes connus.

Elle fit mine de réfléchir un instant et secoua lentement la tête.

— Je regrette, Eddie. Je ne me souviens pas que ma mère m'ait jamais donné de croix et je ne crois pas qu'elle soit allée en Italie avant que mon père l'y ait emmenée quelques années avant sa mort. (Brouillant les cartes un peu plus.) Elle avait toujours voulu y aller.

— Tu m'as dit qu'elle était à moitié italienne.

— Maman ? Non. Tu as dû mal comprendre. Ma mère était de La Nouvelle-Orléans.

Elle referma la porte.

III

Le lendemain, Eddie déjeuna avec Torie Elden, qui était maintenant l'adjointe de John Ehrlichman, le premier conseiller de Nixon pour les questions de politique intérieure. Elle le prévint avant même qu'ils s'installent qu'elle fréquentait quelqu'un, et Eddie lui dit qu'il était ravi pour elle.

Puis il en vint à la raison qui l'avait amené.

— Non, dit Torie une fois qu'elle fut certaine d'avoir bien compris la question. Désolée, Eddie, personne à la Maison Blanche n'a jamais parlé de toi. Du moins pas en ma présence, et j'assiste à pas mal de réunions. Je ne crois pas que le Président ait la moindre inquiétude à ton sujet. Je ne suis même pas sûre qu'il ait jamais entendu parler de toi. (Elle s'échauffait toute seule.) Les gens ont d'autres chats à fouetter, Eddie. Le monde ne tourne pas autour de toi.

56

Conversation dans une bibliothèque

I

Le premier vendredi de mars 1970, une bombe explosa dans un immeuble d'habitation à New York, tuant trois membres de Weatherman qui, de toute évidence, prévoyaient de commettre un attentat lors d'un bal militaire dans le New Jersey. La bombe avait été remplie de clous à la manière d'un shrapnel. Le journal du soir n'eut pas assez de temps d'antenne pour donner la parole à tous les pontes de Washington qui voulaient joindre leur voix au concert de condamnations. Les chaînes nationales ouvrirent avec une intervention du Président et deux d'entre elles passèrent ensuite le sénateur Lanning Frost. Le lundi soir, Eddie surprit Aurelia en l'appelant à son bureau pour lui assurer que Junie ne faisait pas partie des victimes, mais peut-être voulait-il se rassurer lui-même.

— Tu savais que l'Agonie a été absorbée par Weatherman ? demanda-t-il.

— Non.

Ce détail avait échappé à Aurelia.

— Junie ne fait plus partie de leur mouvement.

Ça, oui, elle le savait.

— Aurie, écoute. Je voulais te demander de m'excuser.

— De t'excuser ? À quel propos ?

Un Garland n'oubliait jamais un affront, mais ne s'abaissait jamais à l'admettre. Elle était en train d'assembler ses notes et ses bouquins pour le cours qu'elle devait donner dans dix minutes.

— On devrait se voir, un de ces jours. Juste pour parler, précisa-t-il.

— Pour parler de quoi ?

— De choses. (Elle s'attendait à ce qu'il en dise plus mais il changea tout de suite de sujet.) Lanning et Margot veulent que je les aide dans leur campagne contre Nixon.

— Je croyais qu'elle faisait partie de ta grande conspiration !

Incapable de répondre par une boutade, il laissa s'imposer un silence gêné.

— C'est compliqué, finit-il par dire.

Après avoir raccroché, Aurelia se demanda ce qu'il voulait au juste. Pour quoi il l'avait appelée. Pour lui faire savoir qu'il l'aimait ? Ou qu'il ne l'aimait plus ? Margot Frost faisait-elle partie des méchants ou non ? Et qu'avait voulu dire Gary en lui demandant de se tenir à l'écart ?

Elle aurait voulu parler à Eddie de ce qu'elle avait découvert. Mais elle se sentait tenue par sa promesse à Kevin : « Tu ne sais rien, l'avait-il mise en garde. S'il m'arrive quelque chose... ton rôle est d'élever les enfants, de dépenser l'argent et de profiter de la vie. » Elle ne voulait pas non plus salir sa mémoire sans avoir de preuves supplémentaires.

Peu importe dans quoi il avait trempé.

Quoi qu'il en soit, les membres du Grand Conseil

étaient éliminés les uns après les autres. Dès qu'elle saurait qui était derrière ces assassinats, elle saurait aussi ce qui était arrivé à son mari.

Sur son bureau, elle avait placé une photo de lui. Elle la prit pour y déposer un baiser avant d'aller donner son cours.

Le week-end suivant, à Washington, Perry Mount épousa Chamonix Bing en grande pompe à la cathédrale nationale. La mariée était radieuse. Aurelia et ses enfants étaient assis à côté de Mona et des siens, près d'un juge fédéral, juste derrière Lanning et Margot Frost. Tout le gratin était là.

Tout le monde sauf Eddie Wesley.

II

Deux soirs après son retour à Ithaca, Tris Hadley téléphona à l'heure du dîner.

— Tu n'as plus de citations à identifier ?

— Non.

Le combiné jaune poussin était accroché au mur de la cuisine. Lui parler devant les enfants la mettait mal à l'aise, elle se sentait nue.

— On pourrait peut-être se voir ce soir. Megan est en voyage.

— Non.

Installés à table devant leurs hamburgers, Zora et Locke la regardaient bizarrement.

— J'ai des informations pour toi. Des informations très importantes.

— Hmm.

— Retrouve-moi pour prendre un verre.

— Je ne peux pas. Pas ce soir, ajouta-t-elle bêtement.

Les enfants échangèrent un sourire. Ils étaient convaincus que leur mère avait un petit ami, même s'ils n'avaient pas encore réussi à savoir qui.

— OK. Appelle-moi dès que tu es libre. Crois-moi, Aurie, ça va t'intéresser. C'est énorme.

— D'accord, dit-elle en maudissant la situation de dépendance dans laquelle elle s'était mise.

Si seulement elle s'était adressée directement à Megan. Maintenant c'était trop tard.

— D'accord pour quoi ?

— Je le ferai.

Elle raccrocha.

Plus tard dans la nuit, elle appela Mona, mais tomba sur le répondeur.

III

Elle retrouva Tristan Hadley le vendredi après-midi. Elle traversa le campus en longeant le bâtiment Willard Straight, qui abritait le syndicat étudiant et avait été récemment occupé par les radicaux noirs, événement repris dans tous les médias. Les photographes avaient insisté pour que les manifestants posent avec leurs fusils et les journalistes, voyant de jeunes hommes noirs armés, en avaient fait des unes terrifiantes. Aucun des articles ne mentionnait que ces photographies étaient de commande.

Ils s'étaient donné rendez-vous au deuxième sous-sol de la bibliothèque Olin, près des archives des microfiches, dans une alcôve formée par des étagères en métal contenant principalement des pamphlets entreposés dans des boîtes patiemment indexées. Personne n'y descendait jamais, à la rare exception d'un bibliothécaire qu'on entendait approcher à son pas traînant.

Avant de s'engager dans l'escalier métallique, Aurelia vérifia les alentours pour s'assurer qu'il n'y avait personne. Cela faisait longtemps qu'elle n'avait plus repéré les ombres de Sharif et de Streisand qui l'avaient suivie tout l'été. Elle se sentait tout de même surveillée. Elle était à cran comme une femme en route pour un rendez-vous galant. Au moment où elle atteignait l'alcôve, elle crut entendre un bruit derrière elle et se retourna vivement, mais ne distingua que le doux murmure de l'eau dans les tuyauteries au-dessus de sa tête et le cliquetis régulier d'une pièce cassée dans le système.

— Tris ? murmura-t-elle.

— Par ici, répondit-il, tout excité. (Il s'était caché dans un recoin.) Je croyais que tu ne viendrais plus...

Il tenta de lui passer le bras autour des épaules, mais elle le repoussa. Il hésita un instant puis se dirigea vers une vieille boîte en bois. Il avait disposé plusieurs volumes ouverts sur une étagère et un carnet sur la table adjacente.

— C'est notre couverture, dit-il. Au cas où quelqu'un viendrait.

— Que veux-tu, Tristan ? Quelle est donc cette grande trouvaille ?

Il fit une tête de gamin vexé.

— Est-ce que je ne mérite pas un bonjour enjoué ? Ou même une franche accolade ?

— Salut ! fit-elle en prenant soin de garder les bras le long de son corps.

— Très bien, dit-il en faisant la moue tandis qu'il attrapait un exemplaire du *Paradis perdu* parmi la pile de livres. Venons-en à nos affaires.

— Qu'est-ce que c'est que ça ? demanda-t-elle en sursautant.

Debout à côté d'elle, il parcourut du regard les rayonnages gris.

— Il n'y a rien, ma chérie, dit-il en lui caressant le bras. Tu es nerveuse.

— C'est toute cette mise en scène et ces cachotteries qui me mettent les nerfs en pelote.

— Tu connais un meilleur lieu de rendez-vous ?

Aurelia fut à deux doigts de répondre qu'elle n'avait pas envie de le voir du tout. Mais elle se contenta de hausser les épaules.

— C'est bon. Montre-moi.

Il lui jeta un regard furtif. Elle l'avait désarçonné. Il avait prévu de lui faire une grande démonstration à l'issue de laquelle, sans aucun doute, Aurelia lui aurait exprimé sa gratitude, mais sa froideur le prenait de court.

— J'ai repensé aux deux autres membres de phrase que tu avais notés. Peu importe d'où venaient les autres, dit-il avec un sourire forcé pour montrer qu'il se fichait qu'elle ne lui fasse pas entièrement confiance. La première citation était « force sans limite » et l'autre « le jour 20 ». Tu te souviens, je t'avais dit qu'elles n'apparaissaient ni l'une ni l'autre dans le poème.

— Je m'en souviens, Tris.

— Je n'ai toujours pas trouvé ce à quoi pouvait se référer ce jour 20. Mais pour ce qui est de la première citation, nous avons fait chou blanc parce que nous n'avons pas cherché correctement. (Il recommençait à s'emballer.) Regarde, là, dans le sixième livre, au moment où Milton décrit la bataille entre les armées de l'enfer conduites par Satan et les armées célestes conduites par Michel. Elles se livrent un combat sans merci sans qu'aucune d'elles ne remporte la bataille. Elles sont dans l'impasse.

— Je l'ai lu, dit-elle d'un ton las. (En effet, elle avait lu chaque strophe du *Paradis perdu* au moins une dizaine de fois.) La situation est bloquée jusqu'à ce que Satan parvienne à opposer à Michel son bouclier impénétrable. Puis Michel réussit quand même à reprendre l'avantage et Dieu envoie son fils pour mettre fin au combat.

Tristan hocha la tête, avec l'impatience typique de tout universitaire face à un confrère exposant ses connaissances alors que lui-même brûle d'entamer sa propre démonstration.

— Reviens en arrière, dit-il. Remonte au début de la bataille. Au vers 227, qui explique pourquoi la balance est égale. Ici, regarde.

Il désigna la ligne du doigt. Aurelia entendit de nouveau un bruit, regarda par-dessus son épaule pour scruter l'obscurité, puis revint vers le livre.

... si le Roi tout-puissant et éternel,
tenant le ciel d'une main ferme,
n'eût dominé et limité leur force...

— Tu vois ? dit Tristan avec enthousiasme. L'une ou l'autre armée aurait pu gagner la bataille, sauf que le roi éternel avait limité leur force. Tu comprends ? (Elle acquiesça, forcée de reconnaître qu'il y avait longuement réfléchi.) Donc, si quelqu'un parle de « force sans limite »...

— Cela signifie qu'ils ont dépassé les limites imposées afin que leur camp puisse gagner.

— Oui. Mais ces limites ont été posées par Dieu...

Aurelia comprenait où il voulait en venir et baissa la voix.

— Ce qui signifie qu'il faut être Dieu pour les supprimer.

— Exact.

— Dans ce cas, Dieu signifie...

Tristan la regarda longuement. Ses yeux clairs lui disaient qu'il avait tout compris. Elle avait oublié à quel point il était intelligent. Tris savait. C'était aussi simple que ça. Tris savait depuis le début.

— Cela renvoie au pouvoir qu'ils essaient de renverser.

— Renverser, répéta-t-elle. (Aurelia venait de comprendre ce qu'ils voulaient. Elle venait de comprendre pourquoi ils avaient fait sauter son mari : il les gênait.) Oh, mon Dieu, murmura-t-elle sur un ton de prière.

Elle fondit en larmes.

Tristan se tint à distance un moment. Puis il passa un bras autour de ses épaules. Elle le laissa faire. Il la réconforta et lui murmura à l'oreille. Elle le laissa faire. Il lui embrassa le front...

— Hé ! s'écria-t-il en la repoussant.

Aurie, surprise, heurta la boîte en bois. Elle vit Tristan détaler en courant dans l'étroit couloir formé par les étagères de métal. Il criait à quelqu'un de s'arrêter. Elle hésita, puis le suivit. Le bruit de leurs pas se mêla à ceux de la personne qu'ils avaient prise en chasse.

— Hé ! cria-t-il à nouveau. Arrêtez-vous !

Tristan disparut au coin d'une alcôve. L'instant suivant, elle l'entendit hurler de douleur. Quand elle arriva à la hauteur de l'alcôve, elle se heurta à un homme qui s'enfuyait. Il portait un petit objet sombre, elle crut un instant que c'était un revolver. Elle attrapa un extincteur qui se trouvait là et le lança contre le torse de l'inconnu. Aurelia n'avait pas beaucoup de force – et, malgré les injonctions de Mona, elle ne faisait pas de sport –, mais elle réussit tout de même à le ralentir dans sa course. Il laissa entendre un grognement et perdit l'équilibre, mais parvint à se retourner et à la saisir par le bras. Une douleur aiguë la traversa. Tristan surgit et sauta sur le dos de l'homme. Aurelia lui balança un coup dans les testicules.

Il s'affaissa.

Ils le plaquèrent au sol. L'homme n'avait pas les cheveux blonds. Ce n'était pas Mr Collier. Cela ne l'étonna pas, car elle soupçonnait Collier d'être capable de les maîtriser de sa seule main gauche.

— Qui êtes-vous ? demanda Tristan.

L'homme était trop occupé à gémir pour répondre. Aurelia passa la main sous son coupe-vent et ressortit un portefeuille de la poche intérieure. Elle l'ouvrit et sans un mot le tendit à Tristan. C'était un détective privé, et l'objet noir qu'il avait laissé tomber était un appareil photo, chargé d'une pellicule ultrarapide permettant de faire des photos dans l'obscurité sans flash.

— Un détective privé, dit Tristan d'un ton méprisant, fier d'avoir eu le dessus sur un autre homme. Et pour qui travaillez-vous ?

— Laisse-le se relever, dit Aurelia.

L'anthropologue la regarda.

— Mais il... oh, d'accord, je comprends.

IV

Humiliée, elle téléphona à Mona qui l'écouta pendant cinq minutes avant de lui dire qu'elle ne s'adressait pas à la bonne personne et de raccrocher. Contrite, elle se résigna donc à appeler Megan pour lui expliquer que les apparences étaient totalement trompeuses mais Megan aussi lui raccrocha au nez. Se sentant prise au piège, elle chargea les enfants dans le break et roula jusqu'à chez son amie, bien déterminée à lui faire comprendre qu'elle n'avait aucune aventure.

Megan resta sur le pas de la porte à l'écouter d'un air triste.

— Mon mari est amoureux de toi, Aurelia.

— Je n'ai jamais...

— Il dit qu'il veut demander le divorce. Ça me va. Tu peux le prendre.

Les enfants étaient restés dans la voiture, le visage collé à la fenêtre.

— Il ne s'agissait que d'un projet de recherche, dit Aurie.

— Et tu n'as jamais eu conscience de ses sentiments envers toi ? Il ne t'en a jamais fait part ? Tu n'as jamais pensé qu'il était temps d'arrêter de faire des recherches avec lui ? Tes recherches étaient donc si importantes que tu étais prête à l'encourager ? J'ai des photos, Aurelia. Des photos de toutes vos charmantes rencontres au restaurant, à la bibliothèque et...

Elle referma la porte.

De retour chez elle, Aurelia s'efforça de se sortir cette histoire de la tête. Pour un moment du moins. Elle avait tenté de faire son devoir envers Megan, et s'y était prise trop tard. Elle n'avait aucun moyen de rectifier le tir. Il fallait qu'elle se remette au travail. Qu'elle appelle Eddie pour lui dire que Tristan Hadley, étonnamment, semblait avoir réussi à décoder à quoi correspondait le Projet.

Le Grand Conseil voulait remplacer celui qui était aux commandes.

Elle avait aussi autre chose à lui dire. L'idée lui était venue après que Tristan eut commencé à lui expliquer la chronologie. Le jour 20. *Le Paradis perdu* était divisé en livres, pas en jours. Elle l'avait lu si souvent qu'elle était maintenant capable d'en dessiner un diagramme. Elle s'était installée à la table de la cuisine et avait tiré un trait rouge sur les strophes qui marquaient la fin et le début d'un jour. Elle en avait compté vingt.

Tout était clair.

Au vingtième jour du poème, Satan renonce à l'idée de s'attaquer de front aux forces célestes et décide au contraire de s'en prendre à la création de Dieu. Il souillera donc la terre.

C'est ce qu'il fallait comprendre. Le Grand Conseil ne comptait plus livrer bataille. Il était désormais question de corrompre de l'intérieur en remplaçant celui qui était aux commandes. Ce qu'Eddie craignait était donc vrai.

Le Conseil – du moins ce qu'il en restait – s'apprêtait à élire le Président des États-Unis.

57

Conversation au petit déjeuner

I

En mai 1970, la garde nationale de l'Ohio ouvrit le feu sur les manifestants et quatre étudiants de l'université d'État de Kent trouvèrent la mort. Les balles mortelles provenaient de fusils M-I, versions simplifiées des armes utilisées par les troupes américaines au Vietnam. Les soldats plaidèrent la légitime défense, peut-être avaient-ils craint de périr par les flammes car de nombreux manifestants étaient « armés » de bougies. À l'annonce de ces événements, l'indice Dow Jones chuta autant que le jour de l'assassinat du Président Kennedy. Wall Street prenait le pari du chaos et, pendant quelque temps, les actualités lui donnèrent raison. Le Président Nixon fit une annonce officielle pour rappeler que toute contestation qui s'exprime par la violence ne conduit qu'à de telles tragédies. Dans ce cas, les contestataires étaient sans doute les troupes de la garde nationale, répétaient à l'envi les mauvais esprits. Dans tout le pays, il y avait près de deux millions d'étudiants en grève et des manifestations, organisées ou improvisées, dans toutes les villes, les grandes comme les petites. Il y eut des débordements. Des affrontements. À New York, des ouvriers du bâtiment attaquèrent des manifestants pacifistes à coups de tuyaux et de planches, ces altercations envoyèrent de nombreux étudiants à l'hôpital et portèrent un rude coup à l'alliance ouvriers-étudiants encore prônée sur de nombreux campus. Les ouvriers brandissaient des bannières qui proclamaient : « Que Dieu bénisse l'establishment » et, dans leur élan, ils tentèrent même de prendre la mairie d'assaut. Les troupes de la garde nationale étaient mobilisées sur tout le territoire et occupaient des dizaines d'universités. Et d'autres lieux stratégiques. Les entreprises commencèrent à organiser le transport de leur personnel. Des unités de réserve étaient mobilisées dans tout le pays, au cas où la révolte deviendrait impossible à maîtriser.

Quatre jours après les événements de Kent, une grande manifestation devait marcher vers le National Mall. Des autocars arrivaient de partout. Les étudiants organisèrent une veillée de prière. William Sloane Coffin fit un sermon. Judy Collins vint chanter. La colonne se mit lentement en marche vers la Maison Blanche dans l'intention de déposer des bougies allumées le long de la grille en fer forgé à la mémoire des morts de Kent. La ville s'était préparée au pire. Des soldats en armes avaient été postés en protection des bâtiments officiels. Divers obstacles – rouleaux de barbelés, bus, sacs de sable – renforçaient les murs et les barrières existants.

Après la marche, les étudiants installèrent un campement sur le Mall. Eddie avait été invité à prendre officiellement la parole, mais il s'était déjà mêlé à la foule la nuit précédente. Aussi idiot que cela puisse paraître, il s'était dit que Junie y serait peut-être. Il avait même cru l'apercevoir une fois ou deux, mais chaque fois il s'était trompé. Eddie avait apporté sa propre tente. Il aidait aussi d'autres manifestants à monter la leur. Ses années de scoutisme portaient finalement leurs fruits. Il ne voulait pas dormir chez lui la veille ni le lendemain de la manifestation. Il ne voulait pas avoir à forcer son chemin dans la foule pour rejoindre le Mall au moment de son intervention. Il voulait être sur place au cas où les choses tourneraient mal. Outre sa tente, il s'était arrangé, par l'intermédiaire de Gary Fatek, pour réserver une chambre à l'hôtel Marriott qui affichait plus que complet.

Mais il préférait tout de même rester sur le terrain. Les fédéraux, cela va de soi, étaient infiltrés en grand nombre parmi les étudiants. Eddie guettait les chaussettes bien blanches qui les révélaient. Il écoutait aussi les histoires que racontaient les étudiants sur des voitures remplies d'hommes en costume qui sillonnaient la foule en prenant des photos.

Juste avant cinq heures du matin, il commença à y avoir du remue-ménage. Il enfila un pull et une paire de baskets et sortit de la tente pour emboîter le pas aux rares manifestants déjà debout. Il s'était muni d'un calepin. D'épais nuages de fumée de marijuana remplaçaient la brume matinale. Une poignée de gamins s'était rassemblée sur les marches du Memorial. Quelques soldats étaient postés autour, l'air tendu. Peut-être couvraient-ils une arrestation. Il sortit son carnet, au cas où. S'approchant, il se retrouva face au Président des États-Unis en train de discuter nerveusement avec des étudiants.

II

Eddie n'en croyait pas ses yeux.

Il se souvenait du Nixon des années 1950, quelque

part en Amérique latine, plongeant au milieu d'un groupe de manifestants où il avait été accueilli par des crachats. C'est ce que les électeurs appréciaient chez lui. Et voilà qu'il remettait ça ce matin, au cœur de la tempête. Il ne se contentait pas de parler, il écoutait. L'ami d'Aurelia. L'homme dont Lanning Frost voulait salir la réputation. Eddie s'approcha plus près. Un jeune homme exprimait sa colère avec respect. Il expliquait au Président qu'il était prêt à mourir pour ses idées. Nixon répondait qu'il les comprenait, que les hommes de sa génération s'efforçaient de bâtir un monde où les gens n'auraient plus besoin de donner leur vie pour défendre leurs opinions. Les étudiants avaient l'air sceptique, mais ils étaient impressionnés de le voir là. Nixon leur recommanda de faire entendre leur voix le lendemain puisque l'Amérique le permettait, mais de rester calmes.

Échange de poignées de main.

Puis, avec un sourire timide, le Président fendit la foule jusqu'à sa voiture, entouré par sa garde personnelle et un nombre croissant d'agents de sécurité de la Maison Blanche, qui avaient rejoint le petit groupe. Arrivé à la hauteur d'Eddie, le Président dégaina la main pour une poignée de main politique, Eddie ouvrit la bouche pour parler. Nixon poursuivit sa route. Eddie se sentit vexé. Il trouvait que Nixon était un Président épouvantable, mais une partie de lui aurait tout de même apprécié une marque d'attention particulière. Arrivé à sa voiture, Nixon fit un geste gauche en direction des manifestants et se retourna pour murmurer quelque chose à son aide de camp.

— T'as vu ça ? (L'étudiant qui se tenait près d'Eddie avait la poitrine couverte de médailles militaires achetées au marché aux puces.) Le tueur d'enfants américains en personne !

Eddie s'apprêtait à répondre quand il sentit quelqu'un l'attraper par le coude. Un homme des services secrets l'invita à le suivre. Il le mena vers le bas de la colline, sortit de la foule et le poussa vers la rue. Un instant plus tard, Eddie était assis dans la limousine, face à Nixon.

— Je n'ai pas voulu vous mettre en porte-à-faux devant les gamins, lui expliqua le Président comme s'ils se voyaient tous les jours. Il ne faudrait pas qu'ils s'imaginent que vous fricotez avec le pouvoir. Nous allons au Capitole, dit-il au chauffeur.

— Vraiment ?

— Je ne vous ai jamais remercié de vos mots aimables à mon endroit. (La voix râpeuse de Nixon ne favorisait pas l'expression des sentiments. En réalité, il l'avait déjà remercié, sept ans plus tôt.) Mon cher, je suis ravi que vous soyez revenu sain et sauf de vos voyages. Je sais que vous devez prendre la parole demain. Vous devrez sans doute me critiquer sévèrement. Je le comprends. C'est la politique qui veut ça. Faites ce que vous avez à faire. Nous n'avons pas le choix, Eddie. C'est ce que nous faisons ici-bas... (Eddie regardait Constitution Avenue défiler par la vitre. Il n'y avait qu'un seul conseiller assis à l'arrière avec eux, un jeune type austère qui n'avait pas l'air à son aise face aux élucubrations du Président.) Ces gamins sont fantastiques, poursuivit-il. J'adore les jeunes. C'est vrai que certains d'entre eux sont des jean-foutre et mettent le feu aux campus. Mais la majorité veut simplement la paix. Qui n'en voudrait pas ? Vous saviez que j'avais été quaker autrefois ? Neville Chamberlain était l'un de mes héros. Et je considérais Churchill comme un monstre. Vous voyez que je n'y comprenais pas grand-chose. Enfin, c'est bien naturel de vouloir la paix. C'est normal.

— Oui, monsieur, dit Eddie qui n'en revenait pas d'être assis face au Président, vêtu simplement d'un jean et d'un pull-over.

Il avait laissé son sac à dos dans la tente. Il se félicitait d'avoir pensé à prendre son calepin et son portefeuille. Il se demanda si quelqu'un avait profité de son absence pour libérer son sac de couchage de l'esclavage de la propriété privée.

— Vous savez que nous avons promu Oliver Garland à la Cour d'appel ? C'est un type bien. Un homme de cœur. Un ami. Et quelqu'un qui sait garder un secret. C'est aussi l'un de vos amis, n'est-ce pas ?

— Oui, monsieur.

Il y eut un bref silence. Assez long toutefois pour qu'Eddie se rende compte que Nixon détestait les silences.

— Un type bien, conclut le Président dont les doigts tapotaient le rebord de la fenêtre. (Même un geste aussi simple sonnait un peu faux, comme un instrument mal accordé.) Kevin aussi était quelqu'un de bien. Tout comme Matty. Tous des Garland. Nous avons besoin d'hommes de cette trempe, avec le cœur au bon endroit, Eddie. Surtout de nos jours. Je pourrais avoir besoin de votre aide un de ces jours. Un homme comme vous, un homme de cœur avec une tête bien faite, et sur les épaules. Le monde change et certaines des choses que nous avions prévues...

Il s'arrêta. Ils venaient d'arriver au Capitole. Nixon descendit, entraînant son petit entourage à sa suite devant des gardes qui paraissaient soudain tout à fait réveillés. Ils trouvèrent quelqu'un pour leur ouvrir la Chambre des représentants et Nixon montra à Eddie son premier siège de parlementaire. Il s'y assit – Eddie songea qu'il avait l'air de s'amuser – et envoya l'un de ses conseillers s'installer au perchoir. L'aube se leva sur cette scène irréelle : le Président, débordant d'énergie, racontant des anecdotes du passé devant un Eddie engourdi de sommeil. Au Lincoln Memorial, tout à l'heure, Nixon ressemblait à un homme usé, presque confus. À présent, il rajeunissait sous le regard fatigué d'Eddie. Repartant vers la sortie, il plaisanta avec les équipes de nettoyage qui arrivaient. Une femme noire lui demanda de signer sa bible. C'en fut trop pour Eddie, qui se sentait à fleur de peau. Il était prêt à chercher un taxi pour retourner dans sa tente, mais Nixon le rattrapa par le coude et l'entraîna vers la limousine. Le chef de Cabinet se matérialisa comme par enchantement et les pria de regagner la Maison Blanche, mais le Président refusa sous prétexte qu'il allait prendre le petit déjeuner avec son ami Eddie.

— Non, vraiment, je devrais...

— Vous ne pouvez pas dire non à votre Président, répliqua Nixon gaiement.

Quelques minutes plus tard, ils pénétraient dans le restaurant de l'hôtel Mayflower sous le regard abasourdi du maître d'hôtel. Les serveuses ne quittaient pas le Président des yeux, pas plus que ce curieux petit homme noir en jean crasseux. Par la suite, les journaux prétendraient que le Président avait offert à déjeuner à un pauvre qui vivait dans la rue, sans doute une opération publicitaire visant à détourner l'attention des manifestations. Le Président et Eddie s'installèrent seuls à une table. Le Président commanda des œufs et des pommes de terre sautées. Eddie, qui était resté frugal, se contenta d'un bol de cornflakes et d'un demi-pamplemousse.

— Avec Aurelia, dit le Président qui faisait honneur à son plat, que s'est-il passé ? J'avais cru que vous deviendriez l'un des couples en vue de notre élite.

Cette fois encore, Eddie marqua sa surprise. Il n'en

revenait pas que Nixon ait su qu'il y avait eu quelque chose entre eux et que, de surcroît, il s'y intéresse. Il est vrai qu'il était un vieil ami de la famille. Depuis leur entrée à la Maison Blanche, les Nixon avaient rendu visite deux fois à Wanda Garland, la mère de Kevin, ce que toute l'obscure nation savait.

— Ça n'aurait pas marché, répondit Eddie en choisissant ses mots.

— Pour vous ou pour elle ? Donnez-lui une autre chance. Je vais vous dire une chose. J'ai su que j'épouserais Pat la première fois où je l'ai vue. Quand on ressent une chose pareille... (Il s'interrompit pour mastiquer.)

— Oui, monsieur, bredouilla Eddie, ébahi.

— Je sais ce que vous devez faire demain, reprit Nixon en revenant à leur conversation initiale. Allez-y. Écorchez-moi vif. Je ne suis pas une mauviette. En réalité, je suis plutôt coriace. Je sais que Frost veut que vous travailliez avec son équipe. Ne vous privez pas, Eddie. Dites à Frost ce qu'il veut savoir. Cela n'a pas d'importance. Il ne peut pas gagner. Croyez-moi. Ce pauvre type n'a aucune chance. Alors ne vous gênez pas, faites ce que vous avez à faire. Mais quand vous aurez fini, venez me voir. Il y a de grandes choses à accomplir dans ce pays, peut-être pourrons-nous y travailler ensemble.

— Merci, monsieur le Président.

Eddie était surpris que Nixon soit si bien informé. Il se demandait ce que le Président pouvait vouloir de lui. Peut-être n'en savait-il rien lui-même.

— J'ai appris que vous aviez traversé des moments pénibles au Vietnam.

— Ce n'était facile pour personne. (Eddie lui servit sa réponse habituelle.) Monsieur...

— C'est la guerre de Johnson, pas la mienne. C'est

Kennedy qui l'a déclarée. Mais peu importe, si vous êtes de quart à ce moment-là, vous ne pouvez pas quitter le navire. Tout arrêter et vous replier. L'Amérique ne se comporte pas comme ça.

— Même si l'Amérique se trompe ?

— Cela n'a rien à voir avec le fait d'avoir raison ou tort. C'est une question de réputation. Il faut que les autres sachent que vous... (Il s'interrompit pour engloutir une autre bouchée. Son sourire timide lui donnait l'air de s'excuser.) On ne peut pas reculer.

— C'est comme au poker, monsieur le Président, dit Eddie en espérant que sa métaphore serait convaincante. Vous savez ce que l'on dit. Si vous dépensez pour rien, vous n'avez plus les moyens de suivre avant même que...

— L'Amérique ne recule pas.

Le Président balaya la salle du regard, plusieurs fois de chaque côté. Il semblait tout à coup impatient et mal à l'aise. Il avait la réputation d'avoir un tempérament mélancolique, trait de caractère qu'Eddie reconnaissait au premier coup d'œil. Eddie observa la salle à son tour. Les gardes du corps regardaient derrière eux et bien au-delà. Quelques lève-tôt écarquillaient les yeux. Le Président avait sous ses ordres des tas de gens doués, mais c'est Eddie qu'il avait sorti de la foule pour prendre le petit déjeuner avec lui. Tout à coup, l'écrivain comprit. Le président des États-Unis n'avait personne d'autre avec qui partager son repas. Il avait besoin de compagnie et, ce matin-là, un journaliste plutôt à gauche, qui détestait la guerre mais qui avait publié un essai vaguement élogieux, huit ans plus tôt, était la meilleure compagnie qu'il avait pu trouver. Nixon voulait qu'Eddie soit son ami, mais il n'avait aucune conversation et il incombait donc à son invité de lui renvoyer la balle. Eddie savait quelle balle choisir. Il prit une cuillère de cornflakes avant de se lancer.

— Monsieur le Président, si vous le permettez, il y a une question que j'aimerais vous poser.

— Allez-y.

— C'est au sujet de ma sœur.

Le Président enfourna maladroitement une autre bouchée.

— Personne n'est au-dessus de la loi, dit-il après un instant de silence.

— Je sais que cela risque de vous paraître curieux, monsieur. Je vous en prie, ne me jugez pas impertinent pour autant. Mais je me demandais, monsieur le Président, si vous l'aviez déjà rencontrée. Ma sœur ?

— Vous savez, je les comprends. Les radicaux. (Nixon laissa retomber sa fourchette si lourdement que son verre d'eau vacilla.) Les gens sont pressés, de nos jours. Les gamins ont tout. Les hommes de ma génération ont dû se battre pour... (Il but une gorgée.) On a pris les armes et on s'est battus. Tout simplement. Maintenant, c'est leur tour. (Il reposa le verre bruyamment.) On ne peut pas les laisser tout brûler. La première responsabilité du Président est d'assurer la sécurité de la nation. Nous prêtons serment, Eddie. Contre tous les ennemis, qu'ils soient extérieurs ou intérieurs.

— Oui, monsieur. Mais au sujet de ma sœur...

— Vous comprenez, Eddie, que les méthodes que l'on utilise pour défendre le pays, eh bien, ne peuvent pas toutes être révélées au grand jour. (Son regard s'éclaira un peu.) On me dit qu'elle est intelligente, votre sœur. Diplômée d'une université Ivy League. Ce doit être une femme brillante.

— Oui, en effet.

— Dommage qu'elle ait choisi ce camp.

— Oui, monsieur.

— Elle passera des années en prison quand on l'arrêtera. Je suis désolé, Eddie. Elle ne peut pas y échapper. Mais ce n'est pas si mal. Quelques-uns des meilleurs textes du XXe siècle ont été écrits en prison.

Eddie balaya la salle du regard. Les convives assis aux autres tables continuaient de les dévisager.

— La raison pour laquelle je vous pose cette question sur ma sœur...

— L'avez-vous jamais retrouvée ? Tout le monde raconte que vous la cherchez. L'amour d'un frère. C'est ce qui compte.

— Non, monsieur, je ne l'ai pas retrouvée. Pas encore.

— Vous avez des pistes ?

Eddie se rendit compte que son hésitation était visible. Était-ce vraiment le but de l'exercice ? Le Président des États-Unis avait-il réellement traversé le Mall et soustrait Eddie à la foule dans l'espoir de parler de Junie ?

— Aucune, monsieur, répondit Eddie en l'observant attentivement.

— Mais vous allez continuer de chercher. C'est ce que font les frères. C'est très bien.

Lui en donnait-il la permission ? se demanda Eddie qui garda le silence.

— Je ne l'ai jamais rencontrée, reprit Nixon. Je ne lui ai jamais parlé. Tout ce que je sais d'elle vient des rapports que je reçois. On me dit qu'elle est à la recherche de ses enfants. J'espère qu'elle les retrouvera.

— Moi aussi, monsieur.

— Venez me voir. Après votre intervention. Quand tout ça se sera tassé. Venez me voir. Il y a des choses que nous pourrions faire ensemble et qui...

Il fit tomber sa fourchette. Deux gardes du corps foncèrent pour la ramasser. Un serveur en apporta une autre mais les hommes de la Maison Blanche avaient été plus rapides. Ils profitèrent de cette interruption pour inviter le Président à se remettre en route. Eddie se leva sans savoir très bien quelle attitude adopter. Il n'était pas question qu'il remonte dans la voiture. Heureusement, l'entourage du Président était parvenu à la même conclusion. Un jeune homme au teint blafard vint le remercier pour son temps, l'adjurer au silence et faire diversion avec son babillage faussement sympathique jusqu'à ce que le Président ait passé la porte. Ce n'est qu'à ce moment-là que le visage très pâle lui demanda s'il avait besoin qu'on le reconduise.

Eddie lui fit savoir qu'il se débrouillerait très bien seul, merci.

Le jeune homme régla l'addition. Eddie regarda s'éloigner l'escorte présidentielle. Il enfonça ses poings dans ses poches et entama sa longue marche dans la brume matinale en direction du Lincoln Memorial. Des troupes étaient rassemblées çà et là. Eddie ne parvenait pas à haïr Nixon et se disait qu'il éprouverait sans doute le même sentiment s'il n'avait jamais rencontré l'homme. Il n'y avait pas beaucoup de place pour la haine dans le cœur d'Eddie, pas même à l'égard de ses ennemis. Il croyait à la justice et au progrès de l'histoire. Se contenter d'abreuver ses adversaires des insultes les plus virulentes ne réglait aucun problème. Wesley Senior avait prêché un nombre incalculable de sermons sur l'amour du prochain, surtout dans des circonstances difficiles, et le jeune Eddie les avait écoutés les yeux écarquillés. Il était à présent horrifié de réaliser à quel point il était imprégné de l'enseignement de son père.

Il fit un signe aux soldats en passant. Une ou deux mains se levèrent timidement pour lui répondre.

Un couple d'étudiants s'était installé dans sa tente. Eddie les laissa dormir. Il extirpa son sac à dos et se fraya un chemin jusqu'au Marriott où il n'avait pas annulé la réservation que Gary Fatek avait faite à son nom. Ses bagages avaient été déposés dans la chambre. Il dormit deux heures, se doucha, se rasa et s'habilla en regardant les nouvelles.

Il ne pouvait s'empêcher de repenser à ce curieux moment passé avec Nixon. Eddie se considérait comme un excellent juge des caractères. Nixon était la personne la plus difficile à déchiffrer qu'il ait connue, mais Eddie ne croyait pas que le Président lui avait menti. Nixon n'avait jamais rencontré Junie, et ne savait pas où elle se trouvait.

La boue qu'il craignait qu'Eddie ne soulève se rapportait donc à autre chose.

58

Retrouvailles

I

Pour aller prononcer son grand discours, Eddie choisit une tenue plutôt classique. Ce n'était pas la première fois qu'il était invité à parler devant des manifestants, mais il ne s'était jamais adressé à une foule aussi nombreuse. Il revoyait son père se préparer à prendre la parole devant sa congrégation. Même s'il ne faut pas se fier aux apparences, tout le monde le fait, répétait Wesley Senior. C'est pourquoi Eddie opta pour un costume. Après tout, il avait la quarantaine et, pour ces gamins, il était déjà vieux. Il avait publié six livres, dont cinq romans, et ces jeunes en avaient lu un ou deux au lycée, ils avaient même écrit un ou deux devoirs sur son œuvre, ce qui le vieillissait d'autant plus. Il porterait donc l'habit qui faisait le moine, laissant aux autres artistes les chemises taillées dans des drapeaux américains et les jeans rapiécés. Eddie se présenterait en adulte. Il choisit un costume d'été bleu-gris, qu'il avait fait confectionner à Hong Kong, une cravate rouge, blanc et bleu. Il hésita à accrocher un drapeau américain à sa boutonnière à la manière de Nixon, mais se dit que les étudiants ne comprendraient pas l'ironie de son geste. De toute façon, il n'en avait pas.

Il se demanda si Junie serait là pour l'entendre.

Puis il prit un taxi en direction du Mall. Il dut parcourir à pied les quatre derniers blocs en se frayant un chemin à travers la foule. Au moment de passer dans la zone protégée près du podium, on lui fit quelques ennuis à cause de son badge. Une femme lui expliqua que les vaches tentaient d'infiltrer des saboteurs. Une fois les barrières passées, l'ambiance était festive, la musique assourdissante, et les jeunes dansaient dans le Grand Bassin du Lincoln Memorial. Leur joie l'étonna. Il s'efforça de sentir Junie à ses côtés, souriant pour l'encourager, mais ne parvint qu'à l'imaginer terrée dans une planque, pâle et fatiguée. Il aperçut le drapeau Yippie, avec sa feuille de marijuana et son étoile rouge sur fond noir. Il secoua la tête. Il y avait quinze ans la gauche, armée d'une idéologie sérieuse, s'était donné pour mission de convaincre, pas de s'autocélébrer. Ces gamins étaient à côté de la plaque. Ils ne voyaient pas l'intérêt de s'adresser à ceux qui n'étaient pas déjà convaincus. Et pourtant, la pureté de leurs intentions le touchait.

Eddie attendit son tour en écoutant les vedettes. Le docteur Benjamin Spock prit la parole. Jane Fonda, récemment ralliée au mouvement, mit la foule en transe. Puis ce fut au tour d'Eddie de monter sur le podium. L'écrivain revenait d'une tournée des centres de l'oppression colonialiste dans le monde, expliqua l'étudiant chargé de le présenter. Aujourd'hui encore, la sœur d'Edward T. Wesley était en cavale, poursuivie par les vaches...

Saisi de tremblements, Eddie le fit taire.

Quelques secondes plus tard, debout devant le micro,

il laissait son regard courir sur la foule. Il n'avait jamais pris la parole devant autant de monde.

Il serait incapable après coup de se rappeler un seul mot du discours qu'il avait prononcé. Les vingt-quatre heures qui suivirent furent bien trop mouvementées. Il avait été accueilli par un concert d'acclamations. Mais les jeunes avaient l'acclamation facile à cette époque. Car l'exercice n'était pas celui qu'Eddie préférait. Il était bien meilleur à l'écrit. Lorsqu'il prenait la parole en public, en particulier devant une large foule, il s'emportait au point de dire n'importe quoi. Il se prit les pieds dans son texte, descendit du podium en trombe avant la fin des applaudissements et rentra à toute allure à son hôtel, courant pratiquement tout le long du trajet.

Il décida de ne pas y rester la nuit et de braver les embouteillages et les postes de contrôle pour rentrer chez lui, à Abermale Street. Il venait de régler sa note à la réception quand un hippie sur le retour, portant des lunettes noires, de longs cheveux sales et une veste militaire, traversa le hall d'un pas chaloupé pour le féliciter de son intervention.

Eddie connaissait cette voix.

— Où peut-on parler ? murmura Benjamin Mellor.

II

— Combien de fois comptez-vous vous en sortir avec le même artifice ? l'interrogea Eddie. (Il conduisait la Cadillac sur la 16e Rue et n'avait nullement l'intention d'amener Mellor à Abermale Street. Il songeait à cette pauvre Teri, à la femme de Mellor, et surtout à Junie.) C'est ça, votre truc : vous attendez d'avoir causé assez d'ennuis à une fille pour disparaître ?

Le professeur ôta ses lunettes. L'angoisse avait creusé de fines rides sur son visage.

— Je n'aurais rien pu faire pour elle, Mr Wesley. Ils sont venus me trouver juste avant notre rendez-vous. J'étais armé. J'ai eu de la chance. J'ai réussi à m'échapper. J'étais dehors quand elle vous a déposé en voiture. J'ai voulu lui faire signe, mais c'était trop tard, elle était déjà repartie et ils l'attendaient au coin de la rue. Ils l'ont attrapée et j'ai pu fuir.

— En laissant quelqu'un d'autre se faire torturer à votre place, marmonna Eddie en essayant de repousser la vision de l'eau glauque qui s'imposait à lui.

— Je ne suis pas venu pour me disputer avec vous, Mr Wesley. Je vais disparaître à nouveau, et pour de bon cette fois.

— C'est une excellente idée.

Mellor regarda par la vitre. Plus ils avançaient vers le nord de la ville, moins il y avait de soldats et de policiers.

— J'ai vécu çà et là, Mr Wesley. Une communauté. Une piaule. À droite. À gauche. J'ai eu le temps de réfléchir. Je veux faire quelque chose de bien avant de disparaître pour de bon. Je veux terminer la conversation que nous avons entamée à Saigon. Vous vous souvenez, je m'apprêtais à vous dire...

— Pourquoi votre vie était en danger. Je m'en souviens, professeur.

Son regard se durcit comme sous le coup d'une insulte.

— Vous croyez que vous êtes seul. Vous ne l'êtes pas. Le Conseil lui-même est divisé. Il l'est depuis... bref, depuis que ses membres ont changé, depuis qu'ils ne sont plus les Vingt du départ. Certains membres sont opposés au Projet, Mr Wesley. Des gens bien, quoi que vous en pensiez. Des gens corrects. Vous devriez prendre contact avec eux. L'opposition loyale, si l'on peut s'exprimer ainsi. Ils peuvent vous aider. Je crois du reste qu'ils l'ont déjà fait.

— Allez-vous me donner un nom ?

— Non, Mr Wesley. Je ne peux pas.

Eddie freina brusquement. Ils étaient sur U Street, près de la 12e, dans l'un des quartiers les plus dangereux de la ville. Il se pencha vers son passager.

— Si je vous filais une rouste dans ce coin, personne ne s'en inquiéterait.

Mellor se recroquevilla contre la portière.

— Ce n'est pas que je ne veux pas, Mr Wesley. C'est que je n'en connais pas. En vérité, je ne sais pas qui sont les dissidents.

— Dans ce cas, comment puis-je savoir s'il y en a ?

— Il y a des indices. Des détails que Perry a mentionnés au Vietnam.

— Mais ce ne sont pas eux qui vous traquent ? Les membres dissidents du Conseil. À Saigon, vous avez mentionné une troisième force. C'est de cette force que vous vous cachez.

— Ils croient que je sais où se planque Junie. Mais je l'ignore. Ils sont convaincus que je le sais et s'ils m'attrapent... bref, vous savez ce qui se passera. (Mellor frissonna.) Perry m'a caché. Je vous l'ai déjà dit. Mais il ne peut plus m'aider.

— Pourquoi ?

— Parce qu'il a rejoint cette troisième force. Le Conseil a été décimé. Perry tente de le reconstituer.

Eddie, qui avait attrapé le professeur par le col, desserra son étreinte. Il venait de se souvenir du mot qu'il avait trouvé dans l'appartement de Mellor à Saigon. Junie voulait que Mellor les arrête. Eddie avait trouvé ce message crypté. Il venait de comprendre.

— Ce n'est pas vous le père, n'est-ce pas ? Le père de l'enfant de ma sœur, ce n'est pas vous.

Mellor hocha la tête.

— Ce n'est pas moi. On m'a demandé d'intervenir pour l'aider.

— Qui ? Le Conseil ?

— Principalement. (Son regard se fit fervent.) J'y croyais à cette époque, Mr Wesley. Sincèrement. J'ai été formé à la politique par mon père. Il m'avait enseigné que le plus important était d'obtenir le résultat recherché. De lutter pour la justice avec les armes disponibles. Il faut que vous compreniez que ce groupe qu'on appelle le « Conseil » existait avant la réunion de 1952. Le Conseil avait été créé cinquante ans plus tôt. Ses membres à l'époque étaient tous des Blancs puissants jusqu'à ce que Burton Mount et mon père... bref, disons qu'ils l'ont intégré avec cette idée folle. (La flamme retomba.) Ils ont élaboré leur fameux Projet. Instauré l'Agonie de la Couronne. Recruté votre sœur. Vous connaissez la suite.

— Non, je ne connais pas la suite, protesta Eddie. Comment les choses ont-elles mal tourné ?

— Mon père et Burton Mount ont été bernés. Ils ont cru qu'ils tenaient les rênes. Ils ont cru que l'objectif était la justice raciale. Ils étaient naïfs. Moi aussi. Ils n'ont jamais été à la tête du Conseil et le Conseil n'a jamais eu cure de la justice. C'est la troisième force qui menait la danse depuis le début.

— Pourquoi recherchent-ils Junie ?

— Elle peut les arrêter. Ou du moins ils le croient. Pour tout vous dire, je ne sais pas pourquoi. Je n'ai jamais été vraiment dans les secrets du Conseil. (Il posa la main sur la portière.) Vous voudrez bien m'excuser, Mr Wesley. Je crois que je n'ai pas le temps de poursuivre.

— Attendez !

— Je sais que vous avez d'autres questions. La meilleure façon d'obtenir des réponses est de retrouver votre sœur. En ce qui me concerne (il ouvrit la portière), je sors de votre vie pour de bon.

Il se fondit dans la foule des piétons.

Eddie retraversa la ville et remonta par Rock Creek Park. Il engagea la voiture dans l'allée devant chez lui et découvrit Aurelia, assise dans un rocking-chair, sur sa terrasse, une valise à ses pieds.

Elle se leva à son arrivée.

— Gary m'a envoyé son avion.

— Pardon ?

— Dick a appelé. (Dehors, elle ne pouvait pas prononcer son nom complet.) Il a dit que tu avais besoin de moi. Il m'a dit de venir au plus vite. J'ai appelé Gary. Il savait où tu étais et il m'a envoyé son avion. J'ai déposé les enfants chez mes voisins et, bref, tu m'avais dit que si j'avais un jour besoin d'un autographe... Eddie, ça va ? Pourquoi me regardes-tu comme ça ?

— Tu veux visiter la maison ?

Une fois à l'intérieur, Aurelia tenta d'imposer sa loi. Pas pour longtemps.

III

Ils avaient des années à rattraper.

Eddie n'avait jamais parlé de Benjamin Mellor à Aurelia, ni de ce qui s'était passé à Hong Kong, ni de ses soupçons concernant Lanning Frost et surtout sa femme. Aurie n'avait jamais rien dit à Eddie au sujet des dossiers de Kevin, ni des craintes qu'il avait exprimées avant sa mort, ni des transcriptions sur lesquelles elle avait travaillé avec l'aide de Tristan Hadley. Ils comparèrent leurs notes, partagèrent leurs informations, et se redécouvrirent l'un l'autre. Tant physiquement qu'affectivement.

— La présidence, dit Eddie, ébahi. Lanning !

— C'est ce que tu avais déduit.

— Mais c'est un abruti.

— Pas Margot. Et elle est très proche de Perry Mount.

Ils se turent.

— Je n'avais jamais vu Nixon en entremetteur, dit Eddie lorsqu'ils firent une nouvelle pause.

— Dick est un romantique.

— Qu'en sais-tu ?

— Je connais les hommes.

Plus tard, elle lui demanda ce qui s'était vraiment passé avec Torie Elden.

— Je l'ai fait beaucoup souffrir, avoua Eddie. Je n'arrivais pas à faire semblant.

— Si tu me fais beaucoup souffrir, je t'arrache les yeux.

Ils s'assoupirent. Se taquinèrent. Reprirent leur conversation.

— Je n'arrive pas à croire que tu ne m'aies pas dit ça.

Une phrase qu'ils reprenaient autant l'un que l'autre, tant au sujet de leurs sentiments que de leurs découvertes.

Eddie jura qu'il n'avait jamais couché avec Mindy. Aurelia qu'elle n'avait jamais rien fait avec Tristan.

— J'ai pourtant été tentée, confessa-t-elle.

— Moi aussi.

Vers minuit, Aurelia annonça qu'elle avait faim et se leva. Dans la cuisine, ils se préparèrent à manger avec ce qui restait dans le frigo. Entre deux bouchées, Eddie lui demanda pourquoi elle avait changé d'avis.

— Je n'ai pas changé d'avis. Du moins pas complètement.

— Je ne comprends pas.

— Dick m'a dit que tu avais besoin de moi. Pas que tu me désirais. « Besoin » est le terme qu'il a employé. (Elle prit sa main droite sur la table et lui embrassa les doigts.) Kevin avait besoin de moi auparavant. Toi, tu me voulais. Je suis une femme dont il faut avoir besoin, Eddie.

Il réfléchit à ce qu'elle venait de dire.

— D'accord. Je suis d'accord. Et j'ai besoin de toi, Aurie. Désespérément, en fait.

— J'avais remarqué.

— Je ne parle pas de ce type de besoin. Ou du moins pas seulement. (Il dégagea sa main.) Maintenant, dis-moi. Dans quel sens n'as-tu pas complètement changé d'avis ?

— Je ne vais pas t'épouser.

— Te l'ai-je demandé ? contra-t-il, vexé.

— Si je ne te préviens pas, dit Aurelia en tirant trop fort sur sa cigarette, tu le feras.

Eddie réfléchit.

— Et si je te disais que ce n'est pas comme ça que je te veux ?

— Tu mentirais.

IV

Au réveil, ils s'installèrent dans la cuisine pour mettre leurs recherches en commun et, à nouveau, se demandèrent pourquoi ils ne l'avaient pas fait plus tôt. Ils réussirent même à établir une sorte de chronologie. Ils inscrivirent chaque fait sur une fiche. Ils étalèrent ensuite toutes les fiches sur la table en les réorganisant jusqu'à ce qu'ils parviennent à reconstituer la séquence des événements.

Au début des années 1950, Burton Mount et Hamilton Mellor envisagent la création d'une organisation radicale dans le but d'effrayer l'Amérique. Burton organise une réunion dans sa villégiature de Martha's Vineyard pour en discuter. Vingt hommes sont présents, dont Philmont Castle, Matthew Garland et, probablement, Joseph Belt. Tous les trois sont décédés, de même que Burton Mount et Hamilton Mellor.

Au début des années 1950, inspirés par Le Paradis perdu *de Milton, les fondateurs se nomment le « Grand Conseil » et parfois les « Vingt ». Leur chef est l'« Auteur », nom sous lequel Milton désigne Satan. Le premier Auteur est Burton Mount.*

Au milieu des années 1950, le Conseil commence à intégrer de nouveaux membres, dont Perry Mount et feu Kevin Garland. Perry fait entrer June Wesley, qui est censée prendre la tête de l'organisation radicale, son engagement en faveur de l'action non violente étant supposé éviter les dérapages. Elle collabore étroitement avec Phil Castle qui, apparemment, aurait financé la création du groupe avant d'être pris de remords.
Au milieu des années 1950, Phil Castle est assassiné. Le Conseil apprend qu'il a laissé un testament derrière lui, dans lequel il décrit vraisemblablement leurs activités. Kevin Garland est chargé de le retrouver.

Aurelia avait besoin d'être un moment seule. Eddie comprit. Il ne la toucha pas. En robe de chambre et en chaussons, il sortit prendre l'air dans le jardin. D'après ce qu'il pouvait voir, ils n'étaient pas surveillés. Quand il revint, Aurelia était passée à la salle de bains et, sans être gaie, elle paraissait du moins prête à poursuivre.

— Ça va ? demanda-t-il.

— Reprenons.

Vers la fin des années 1950, les plans du Conseil sont légèrement perturbés par la grossesse de Junie. Elle confie l'enfant pour adoption. Benjamin Mellor, le fils d'Hamilton, reconnaît en être le père.

— Une minute, dit Aurelia en tapotant la page. Mellor t'a dit que ce n'était pas lui, le père ?

— Oui.

— Comment as-tu eu l'idée de lui poser la question ?

Eddie était ravi de faire étalage de sa culture littéraire devant un professeur de lettres.

— Phil Castle adorait la littérature. C'est ce que m'avait dit Langston Hughes. Le mot dans l'enveloppe laissée par Castle disait : « Pas comme dans une époque essentiellement tragique. » La première phrase de *L'Amant de Lady Chatterley* se lit : « Époque essentiellement tragique que la nôtre : aussi refusons-nous de la prendre au tragique. »[1] Tu comprends ? « Pas comme dans une époque essentiellement tragique », cela signifie que la réalité ne correspond pas au roman.

Aurelia avait l'esprit extrêmement vif.

1. D.H. Lawrence, *l'Amant de Lady Chatterley*, traduction de Pierre Nordon, Paris 1991. *(N.d.T.)*

— Dans le roman, l'amant de Lady Chatterley est le garde-chasse, Mr Mellors.

— Exact.

— OK. Donc le contraire : si, dans le roman, l'amant est Mellors, cela veut dire que dans la réalité le professeur Mellor n'est pas l'amant. Voilà ce que signifie ce mot.

— Exact.

— Ne me regarde pas avec ces yeux de chien battu, Eddie. C'est mon métier. (Elle l'embrassa.) OK. C'est très malin. Maintenant, remettons-nous au travail.

1957 : Junie disparaît avec sa copine Sharon Martindale. Elles rejoignent toutes les deux le groupe radical connu désormais sous le nom d'« Agonie », ou « Agonie de la Couronne ». Dès le départ, Junie en prend la direction. Elle sera remplacée plus tard par Sharon.

Fin des années 1950 : l'Agonie entre en action.

1959 : Junie accouche d'un deuxième enfant.

Début des années 1960 : le Conseil est préoccupé par le testament de Castle qui n'a pas été retrouvé. Kevin Garland dit que le Projet est hors de contrôle.

1960 : Matty Garland est assassiné.

1963 : attentat de Birmingham, première action de l'Agonie qui fait des victimes.

1965 : Kevin Garland est tué par une explosion. La cible était peut-être le sénateur Lanning Frost. Ou Kevin. Les autorités ont déclaré que l'Agonie avait revendiqué les faits. Sharon Martindale assure à Eddie que l'Agonie n'était pas impliquée.

Aurelia avait de nouveau besoin d'une pause. Cette fois, elle demanda à Eddie de rester près d'elle. Ils sortirent faire quelques pas dans le jardin. Il lui rappelait Ithaca. Elle désigna un arbre malingre, au tronc presque blanc.

— C'est un bouleau. Un bouleau nain. Ces arbres ne survivent pas seuls, Eddie. Il faut en planter plusieurs. Sinon il va mourir. (Elle se pinça les lèvres.) Il a l'air si seul.

— Nous ne sommes pas des bouleaux, ma chérie.

— Quelquefois je me dis que si.

Ils retournèrent à leur ouvrage.

Milieu des années 1960 : Junie Wesley est expulsée de l'Agonie pour avoir renoncé à la violence. Elle disparaît pour retrouver ses enfants. C'est le début du déclin de l'Agonie.

Fin des années 1960 : les derniers membres de l'Agonie sont absorbés par Weatherman. Le Grand Conseil, affaibli, tombe sous le coup de ce que Benjamin Mellor appelle la « troisième force », sans doute Margot Frost, mettant en œuvre les dernières volontés de son père, avec l'aide de Mr Collier. Perry Mount aide Mellor à se cacher en Asie, mais rejoint ensuite la troisième force.

Fin des années 1960 : Eddie est torturé à Hong Kong, sans doute par Perry Mount, dans le but de découvrir s'il sait où se cache sa sœur.

Fin des années 1960 : le Représentant Byron Dennison conseille vivement à Aurelia de renouer avec Eddie.

— Stop, dit Aurelia, épuisée.

— Stop, acquiesça Eddie, guère plus vaillant.

Ce soir-là, ils sortirent dîner avant d'aller au cinéma, s'affichant ensemble pour la première fois. Personne ne les reconnut et Eddie en fut presque déçu. Plus tard dans la nuit, alors qu'ils étaient couchés, Aurelia lui dit qu'elle devait rentrer à Ithaca.

— Il faut que je trouve un moyen d'en parler aux enfants.

— Les enfants, en général, se rendent compte de ces choses-là tout seuls.

Aurelia s'étira près de lui. Sa peau était chaude, sa voix pleine de sommeil et de confiance.

— Tu peux me conduire jusqu'à New York et, de là, je prendrai l'avion.

— Je peux te conduire jusqu'au bout.

— Je pourrais prendre un avion d'ici, mais nous avons une bonne raison de nous arrêter à New York.

— Quelle raison ?

— Nous devons passer prendre un testament.

Eddie se redressa.

— Tu sais où il est ?

— Tu le saurais aussi si tu faisais des mots croisés.

— Où est-il ?

— Tu le verras bien quand nous serons en ville.

Il eut beau la chatouiller comme un fou, elle refusa de lui dire.

59

Jumel Terrace

I

— Tu es un idiot, dit Aurelia en retournant la cosse entre ses doigts. Tu le sais ?

— On me l'a déjà dit.

— Eh bien, je confirme.

Elle reposa la cosse sur le mot manuscrit. Ils étaient dans le bureau de l'appartement qu'Eddie avait conservé au 435 Convent Avenue. Ils avaient quitté Washington en fin de matinée dans la Cadillac d'Eddie et étaient arrivés à Harlem juste après seize heures. Eddie était prêt à se mettre en chasse, mais Aurelia, amusée, lui avait affirmé qu'ils devaient attendre la nuit pour récupérer le testament.

— Pourquoi ?

— Parce que nous devons commettre un cambriolage, répondit-elle d'un air espiègle. Tu aurais dû deviner ça tout seul, Eddie. C'est toi qui es censé être bon en histoire. Pourquoi ne m'as-tu pas montré cela la première fois ?

Eddie se tenait à la fenêtre. Il regardait Harlem. Les gens qu'il avait fréquentés n'étaient plus là. Langston Hughes était décédé pendant son séjour au Vietnam. Il se demandait souvent pourquoi il conservait cet appartement.

— De quelle première fois parlons-nous ?

Aurelia sourit.

— Ce mot, dit-elle en tapotant la page. « Sa femme l'a. »

— Je sais ce qui est écrit.

— Et moi, je sais de quelle femme il s'agit. Je sais même de qui elle est l'épouse. (Bref silence.) Chose qui apparemment t'a échappé.

Eddie revint vers la table, s'y assit et lui prit la main. Elle avait enfilé l'un de ses peignoirs, dans lequel sa peau semblait plus brune. Elle était magnifique. Entre eux, un paquet de Virginia Slims.

— Je t'en prie, éclaire-moi.

Aurelia s'étonnait qu'il soit capable d'autant de patience et de calme, après toutes ces années de quête. Elle reprit la cosse entre ses doigts.

— Je dirais qu'elle provient d'un *platanus acerifolia*. Eh bien, cela pourrait évoquer la bourre des cosses des platanes, ce qui nous amènerait à Burr, Eddie. Tu sais, Aaron Burr. Tu te souviens, il fut Vice-Président il y a cent cinquante ou cent soixante ans.

— Et alors ?

— Oh, mon chéri. Comment as-tu pu vivre à Harlem autant d'années sans savoir cela ? Je croyais que tout le monde le savait. Aaron Burr était le deuxième époux de Madame Jumel. Il a volé sa fortune.

Il lui lâcha la main.

— Madame Jumel ! Tu sous-entends que...

Aurelia acquiesça. Elle jubilait.

— Le testament de Castle est caché dans la résidence Jumel.

II

Ils se tenaient debout face à la résidence aux volets clos de Jumel Terrace, qui avait autrefois appartenu à Shirley Elden et où, il y avait de cela des années-lumière, le tout-Harlem avait célébré les fiançailles d'Aurelia et Kevin, dont Eddie s'était enfui, vexé, pour trébucher sur le cadavre de Philmont Castle. La rue pavée était déserte. L'hôtel particulier aux murs blancs se dressait dans la nuit silencieuse. Il était entouré d'une grille en fer forgé aux pointes acérées. Ils cherchèrent un passage en vain et durent se résoudre à escalader. Selon les vieilles légendes de Harlem, la maison était hantée par le fantôme de Madame Jumel. Debout dans la brume, ils avaient du mal à ne pas y croire.

Pourquoi n'y avait-il pas pensé plus tôt ?

C'était là que Philmont Castle avait été assassiné. Son cadavre n'avait pas été déposé après le meurtre comme Eddie l'avait cru au départ. Celui qui l'avait étranglé l'avait suivi ici. De toute évidence, l'assassin n'était pas au courant du testament, sinon il l'aurait cherché le soir même.

— Il faut que je passe la première, dit Aurelia.

— Pourquoi ?

— Parce que je ne pourrai jamais te pousser pardessus la grille.

Eddie l'aida. Elle accrocha son pull-over sur l'une des pointes et dut se résoudre à le déchirer pour pouvoir sauter de l'autre côté. Il se hissa après elle, sauta et se réceptionna si mal qu'il se tordit la cheville. Une fois dans le jardin, ils échangèrent un sourire complice.

— Nous formons une sacrée paire d'agents secrets, dit Aurie.

Un mouvement furtif derrière eux les fit sursauter. Ce n'était qu'un oiseau de nuit qui volait bas à la recherche de sa pitance.

— Calmons-nous, dit Eddie. Personne ne sait que nous sommes là.

— Espérons que non.

Ils empruntèrent l'allée dallée qui menait à la maison dont ils éclairèrent le soubassement avec leurs torches. Ils repérèrent la fenêtre de la cave. Eddie ramassa une grosse branche.

— Et s'il y a une alarme ? demanda Aurie.

— On laisse tomber.

— Ça ne va pas être du gâteau d'escalader la grille avant l'arrivée de la police.

Eddie la dévisagea.

— C'est peut-être un peu tard pour penser à ça.

— Et toi, tu as bien tardé à me montrer la cosse.

En réponse, il donna un coup sur la fenêtre. Elle trembla, mais la vitre tint bon.

Il rit un bon coup. Recommença. Même résultat.

— Cette branche est trop longue, dit-elle. Tu n'as pas de prise.

— Quoi ?

— Tu n'as jamais été un casseur, Eddie. (Même dans le noir, il pouvait deviner le sourire sur ses lèvres.) Voilà où ça mène d'avoir un père pasteur ! Les cambrioleurs se servent de petits objets. On n'a jamais vu personne casser une vitre à coups de branche. Donne un bon coup de pied dedans ou sers-toi d'une pierre.

Prêt à rétorquer, Eddie se contenta de sourire. Elle avait raison. Il ramassa une pierre, la lança. À côté. Il donna un coup de pied et réussit à fêler la vitre.

— Plus fort, ordonna-t-elle.

— À vos ordres, madame !

— Faudra t'y faire.

Il donna un coup de pied plus fort. Une troisième

fois. La vitre ne céda pas. Du moins pas aussitôt. L'instant suivant, toute la fenêtre s'effondra dans la cave, dans un fracas à réveiller les morts. Ou les voisins, s'il y en avait eu.

Tremblants, ils guettèrent. Rien.

— Cette fois, c'est moi qui passe le premier et qui te réceptionne à l'arrivée, dit Eddie.

Aurie scruta l'obscurité.

— Ça me paraît une bonne idée.

III

La cave se révéla n'être qu'une cave. Vieille, humide et sombre. Son contenu n'avait rien de particulier : chaudière, chauffe-eau, tuyauterie au plafond, non isolée en majeure partie. Des cartons dans un coin, quelques meubles dans un autre. Plusieurs malles empilées près de l'escalier, à hauteur d'homme.

— C'est une cachette idéale, remarqua Eddie, abattu, en promenant la lampe torche autour de lui pour la troisième ou la quatrième fois. Il nous faudra au moins une semaine pour passer tout ça en revue.

— Heureusement, ce n'est pas la peine.

— Pourquoi pas ?

— Parce que le testament n'est pas ici.

Il se retourna vers elle, intrigué par tant d'assurance.

— Tu sais quelque chose que j'ignore, Aurie ?

Elle leva la main pour se protéger les yeux du faisceau de la lampe.

— Je sais qu'il ne faut pas braquer une lampe dans les yeux de sa petite amie !

— Excuse-moi. (Il jeta un dernier coup d'œil alentour.) On monte ?

— Deux étages.

Quelque part au-dessus de leurs têtes, une lame de parquet craqua. Une seule fois. Puis plus rien. Puis, tout à coup, un nouveau craquement.

— La maison respire, dit Eddie.

— Ou il y a quelqu'un là-haut.

— Ou les deux, renchérit-il.

Elle baissa sa lampe.

— Il est trop tard pour reculer.

— Dis-moi au moins où nous allons.

— « Sa femme l'a. » C'est ce que disait la note, n'est-ce pas ?

— Oui.

— Mais sa femme est morte, Eddie. Ce n'est plus qu'un fantôme. Et tous ceux qui prétendent l'avoir vue l'ont toujours aperçue au même endroit. À la fenêtre de sa chambre.

Nouveau craquement.

— La chambre, répéta-t-il.

— Exact. (Elle fit un geste en direction de l'escalier.) Ouvre la voie.

L'escalier se terminait par une porte, qui n'était pas verrouillée et s'ouvrit du premier coup sans même grincer. Ils débouchèrent dans le vestibule, qui donnait sur deux grandes salles de chaque côté et l'escalier monumental au fond.

— Avance, dit Aurelia. Je surveille tes arrières.

— Super !

Ils étaient arrivés au milieu du grand escalier quand ils entendirent un nouveau craquement, sous eux, cette fois. Peut-être dans la salle à manger. La maison respirait. Ou quelqu'un faisait de gros efforts pour ne pas faire de bruit. Mais personne n'aurait pu les suivre sans qu'ils s'en aperçoivent. La rue, les jardins étaient déserts.

— C'est peut-être un rat, dit Eddie.

— Ou le fantôme.

Une fois sur le palier, ils avancèrent vers l'arrière de la maison. Aucune des portes n'était verrouillée. Sauf une. Un instant plus tard, ils entraient dans la chambre à coucher. Fermée pour travaux. Dans les faisceaux de leurs lampes, ils distinguèrent le lit, les baldaquins ; le dais manquait. Une vieille coiffeuse, pas assez ancienne toutefois. Curieusement, un meuble à dossiers suspendus, plutôt anachronique. Cette pièce fermée, comme la cave, servait donc de débarras. Aurelia s'approcha. Leurs lampes éclairèrent le lustre branlant et se dirigeaient ensemble vers la porte quand quelque chose vola à travers la pièce.

Ils s'immobilisèrent.

— Le fantôme, dit Aurelia avec un rire nerveux.

Eddie, luttant contre la panique, fit un geste vers la faible lueur qui entrait par la fenêtre sale.

— C'est là qu'elle s'assied pour effrayer les mouflets.

— Tu crois ?

— Il doit se trouver là. À l'endroit où sa femme s'assied.

Ils orientèrent leurs lampes dans cette direction, éclairèrent le canapé et le monstre lové sur les coussins usés se dressa, gigantesque, fétide, poussant un cri strident, dardant vers eux à travers l'obscurité ses gros yeux fauves. Ils reculèrent. Aurelia hurla. Eddie se cogna la tête contre l'un des piliers du lit et lâcha sa torche qui alla rouler par terre. De douleur, il tomba à genoux. Le fantôme plongea. Ses ailes démoniaques le giflèrent. Il attrapa des griffes qui se plantèrent dans ses mains. Et se rendit compte, à la lueur de la lampe d'Aurelia, qu'il se battait contre une énorme chouette. Eddie lâcha prise. L'oiseau était aussi terrorisé que lui. Après leur avoir jeté un dernier regard, il s'envola majestueusement vers le palier.

Aurelia s'agenouilla près de lui. Cette fois, elle riait de bon cœur. Elle caressa son visage ensanglanté.

— Un bisou et tu ne sentiras plus rien !

— Je veux surtout que tu arrêtes de rire.

— Alors arrête de me faire rire, dit-elle en l'embrassant tout de même.

Ils se relevèrent et avancèrent vers le canapé. Il était tout défoncé. Ils regardèrent dessous. La poussière les fit tousser. Rien, hormis des crottes de souris. Ils secouèrent l'armature. Rien. Ils entreprirent de palper les coussins. Aurelia se piqua le doigt sur un ressort cassé, mais refusa d'interrompre les recherches.

Un bruit de pas.

Ils se retournèrent vivement, éclairant la porte de leurs lampes.

Rien.

— Calmons-nous, dit Eddie.

— Dépêchons-nous, surtout, dit Aurelia.

— Pourquoi ?

Elle frissonna.

— Tu ne sens rien ?

En réalité, il le sentait aussi. Comme si la maison se réveillait lentement, le pouls battant. Le vent sifflait dans la charpente. Son murmure était glacial et mauvais. Les planchers et les murs craquaient. Et l'esprit malin que cette maison abritait était en train de grimper l'escalier. Leurs mains se mirent à fouiller plus vite. Rien. Ni enveloppe, ni papier, ni photographie. Ils se regardèrent, perplexes.

— Nous nous sommes trompés, dit Eddie.

— Impossible.

— C'est à cette fenêtre qu'elle s'assied. Je ne sais pas à quel autre endroit chercher.

Aurelia se leva, se mit sur la pointe des pieds, se pencha.

— Le bas de la fenêtre est cloué, dit-elle.

— Et alors ?

— Elle ne peut donc pas se pencher à la fenêtre.

— Nous parlons d'un fantôme, pas d'une personne réelle.

— Peut-être, mais les gens la voient se pencher par une fenêtre ouverte. Du moins, c'est là qu'ils la voyaient... Eddie, les clous sont neufs.

Il regarda. Ils avaient été vernis.

— Non, ils ne sont pas neufs.

Elle leva sa lampe et passa son doigt sur la peinture.

— Tu vois comme elle s'écaille. Regarde ! Mais pas là, à l'endroit où les clous ont été plantés.

— Tu veux dire que...

— Que quelqu'un les a plantés il y a quelques années seulement.

Eddie sentit l'excitation le gagner.

— Et personne ne s'en est rendu compte parce que cette pièce est condamnée.

— Ou on aura pensé que cela a été fait par un ouvrier.

— Que fait-on ?

Elle tira sur l'un d'eux.

— On les enlève.

Ridicule. Les clous étaient bien plantés et ils n'avaient évidemment pas pensé à apporter de pied-de-biche ni aucune espèce d'outil. Ils regardèrent autour d'eux en vain.

— Le bureau, au rez-de-chaussée, proposa Aurelia.

— J'y vais.

— Pas sans moi.

Dans l'escalier, ils entendirent de nouveau des pas.

— Il n'y a pas de fantôme, répéta Eddie.

— Aucun, renchérit Aurie en claquant des dents.

La porte du bureau était verrouillée. Ils l'enfoncèrent. Dans la pièce, une table, des rangements, des étagères, des boîtes de souvenirs vendus aux visiteurs.

— Trouvé ! s'exclama Aurelia en sortant du cabinet de toilette attenant.

Une caisse à outils.

De retour à l'étage, ils vinrent facilement à bout des clous et soulevèrent le bas de la fenêtre. La partie haute s'abaissa d'un coup, leur écrasant les doigts et cassant plusieurs carreaux dans un vacarme assourdissant. Eddie et Aurelia s'en rendirent à peine compte. Une longue enveloppe, cachée à la jonction des montants de la fenêtre, venait de tomber sur le sol. Aurelia l'ouvrit et Eddie en sortit le contenu : huit pages manuscrites, de l'écriture en pattes de mouche de Philmont Castle.

Le testament.

Eddie se rapprocha d'Aurelia, mais elle avait déjà commencé à lire par-dessus son épaule. Enfin, ils tenaient la réponse à leurs questions et... si Dieu le voulait, le moyen de retrouver Junie. Dans les faisceaux de leurs lampes, ils lurent :

Mon nom est Philmont Castle. Je suis membre du barreau de la ville et de l'État de New York, et de la Cour suprême des États-Unis. J'écris ces mots dans l'espoir que, s'il devait m'arriver malheur, celui ou celle qui les lira soit en mesure de prévenir le scandale que j'ai contribué à planifier. Je ne pouvais rien faire pour l'arrêter, parce que ma famille était prise en otage contre mon allégeance. Ma seule prière est que celui ou celle qui découvrira mon testament ait la force d'arrêter ce qui doit l'être. Les détails que je vais révéler suffiront à faire échouer le Projet lui-

même, mais aussi la carrière des hommes qui l'ont élaboré.

Au cours de la deuxième semaine d'août 1952, une réunion s'est tenue à la villégiature de Burton Mount, sur Winemack Street, dans la ville d'Oak Bluffs, à Martha's Vineyard, dans le but de planifier un crime immense, audacieux et stupide, au nom de la construction d'une Amérique meilleure. La réunion a été ouverte par un dîner auquel aucune épouse n'était conviée. Mrs Mount était en visite dans de la famille sur l'île, chez les Powell, je crois. Deux bonnes disposèrent le repas sous forme de buffet et furent congédiées. Burton, comme à son habitude, assura une excellente chère. En entrée, des coquilles Saint-Jacques et des moules dans une succulente sauce à la crème. Entre les mets, il avait fait préparer des crêpes aux baies au lieu de sorbets. Burton servit ensuite des queues de langouste...

Agacé, Eddie sauta des lignes. Combien de pages du testament se perdaient-elles ainsi dans la description des lieux et des mets ? Aurelia posa la main sur la sienne.

— Il écrivait pour la postérité, dit-elle. Il faisait un clin d'œil à son lecteur.

— Que veux-tu dire ?

— Tu n'as jamais lu Pline le Jeune, n'est-ce pas ? Les Romains écrivaient de cette façon.

Tout ce qu'Eddie savait de Pline, c'était que Wesley Senior l'avait cité une fois dans un sermon, tirant de son œuvre une preuve indirecte de l'existence du Christ.

... Entre les mets, il avait fait préparer des crêpes aux baies au lieu de sorbets. Burton servit ensuite

des queues de langouste, suivies d'un filet de bœuf savamment découpé et grillé à point. Chaque plat était accompagné du meilleur cru. Après le dîner, nous prîmes place au salon pour le cognac et les cigares. Le personnel de maison y avait préparé un feu. Burton s'installa juste devant, silhouette fantasmagorique affichant un sourire mauvais. J'ai été frappé, déjà ce jour, par la ressemblance de Burton avec Satan, nous souhaitant la bienvenue en enfer. L'image se révéla plus juste que je ne l'aurais cru.

J'étais l'un des vingt hommes présents à cette réunion. Huit d'entre eux étaient noirs et les douze autres Caucasiens. Nous sommes les Vingt, dit Burton le dos contre les flammes. Nous formons le Conseil. Il annonça qu'avec plusieurs partenaires – dont il ne donna pas les noms –, il avait conçu un plan destiné à mettre l'Amérique sur de bons rails. Il expliqua que le plan était dangereux. Qu'il pouvait conduire à la violence. Pourtant il était convaincu – c'est le terme qu'il employa –, convaincu de son succès.

En raison des risques encourus, ses partenaires et lui-même ne le mettraient pas à exécution avant de l'avoir soumis à un examen approfondi. Les vingt hommes présents, ce soir d'août, devaient jauger le plan. Nous allons en évaluer les mérites, poursuivit Burton, dans l'espoir d'en pardonner les offenses. Cette évocation de la liturgie avait pour objectif de s'en moquer, j'en suis certain. Cela ne fit rire personne, à l'exception du sénateur Elliot Van Epp, qui était assis à côté de moi. Van Epp avait quelque peu abusé des excellents vins. Si nous estimons que le plan ne vaut pas la peine, il sera abandonné, précisa Burton. Dans le cas contraire, les hommes présents dans le salon en deviendraient les gardiens. Burton était un homme sérieux. C'était un orateur envoû-

tant, doté d'un charisme extraordinaire. Il exerçait une influence quasi hypnotique sur son auditoire.
Burton remplit lui-même le verre de chacun. Il demanda si quelqu'un souhaitait partir. C'était le moment de le faire. Il assura que celui qui déciderait cela, il ne lui en serait pas tenu rigueur, que sa présence serait oubliée. J'ai été surpris par le murmure nerveux qui troubla les invités. Il n'y avait que des hommes puissants assemblés dans ce salon et aucun n'objecta à cette subtile menace. Peut-être étions-nous tous sous le charme de Burton. Peut-être étions-nous retenus par la curiosité. La peur. Burton donnait l'impression d'avoir à sa disposition des ressources, des légions, des armées de démons qu'il lâcherait sur quiconque s'opposerait à sa volonté. Sa posture indiquait que notre seul rôle était d'approuver, nous n'étions pas en position de le contredire.
J'ai des preuves de ce que j'avance. Après que Burton eut présenté les grandes lignes de son plan, Ralph Shands, pianiste de jazz de renom, se dressa d'un bond, le poing levé, en criant que Dieu ne permettrait pas la réussite d'un plan aussi maléfique. Burton sonna. Une bonne apparut avec le manteau de vigogne de Shands. Je ne sais absolument pas comment elle avait pu deviner qu'il nous quittait. Deux ans plus tard, le pianiste mourut d'une overdose d'héroïne.
Burton avait divisé sa présentation en trois parties, comme la Gaule...

— Bien joué, Mr Wesley.

Eddie et Aurelia sursautèrent. Les faisceaux tremblants de leurs lampes percèrent l'obscurité sans découvrir d'où venait la voix.

— Posez vos lampes par terre.

Eddie s'exécuta immédiatement. Voyant Aurelia hésiter, il lui arracha la torche des mains et la posa sur le sol. Il avait reconnu la voix. Il savait à qui ils avaient affaire.

— Eddie..., chuchota-t-elle.

Il lui intima de se taire.

— Les mains en l'air, tout de suite ! demanda-t-il.

Une ombre sortit de derrière la vieille coiffeuse. Eddie tenait Aurelia par le poignet. Elle se libéra d'un geste brusque et remit de l'ordre dans sa mise. La fenêtre cassée laissait entrer un filet de lumière à travers les décennies de crasse. Ce n'était toutefois pas suffisant pour déterminer à coup sûr si l'objet métallique qu'ils distinguaient dans la main de l'intrus était une arme. Eddie était incapable de jauger depuis combien de temps George Collier les observait.

— Non. Contentez-vous de poser les pages par terre et reculez jusqu'au canapé.

— Depuis quand nous suivez-vous ? demanda Eddie.

— Je ne suis pas de ceux qui donnent des explications. Nous ne sommes pas dans un film. Les pages, s'il vous plaît.

— Écoutez...

— Ne perdons pas de temps, Mr Wesley. Si je dois tirer, je crains de devoir commencer par Mrs Garland. N'y voyez rien de personnel.

— Pas du tout, dit Aurelia en plantant ses ongles dans le bras d'Eddie.

L'arme fit entendre un déclic.

— Toutes les pages. Y compris celle que vous venez de glisser sous votre pull, Mrs Garland. En arrière. Tout de suite.

À court d'idées, priant pour un miracle, ils posèrent les pages sur le sol et reculèrent.

— Asseyez-vous.

Ils obtempérèrent, en prenant garde aux ressorts. La silhouette se pencha, son arme pointée sur Aurelia. Des doigts gantés bougèrent. Le testament disparut.

— Fermez les yeux.

Eddie refusa. Il scruta l'obscurité en se demandant ce qu'il éprouverait, ou même s'il sentirait quelque chose. Il se souvint du Vietnam, des balles qui sifflaient de toutes parts, arrachant des morceaux du corps des plus braves, terrifiant les plus jeunes. Il sentit une chaleur sourde monter de son estomac. Quelle partie du corps visent les professionnels ? La tête ? Comme pour Jack Kennedy et Martin Luther King ? Le torse, comme pour Bobby ? Aurie tremblait dans ses bras. Il n'était pas prêt à mourir et avait honte de l'admettre. Au moins, il était avec la femme qu'il aimait. Elle murmurait. Il la serra plus fort. Il entendit : « Protège... » Puis : « Mon Dieu, je vous en prie... » Une prière. Il réalisa avec surprise qu'il ne lui était pas venu à l'idée de prier. Il entendit : « Prenez soin d'eux. » Aurie ne suppliait pas Dieu de la sortir de ce bourbier mais de prendre soin de ses enfants. L'amour le submergea. Il desserra les doigts, bondit sur ses pieds et fonça vers l'endroit où il avait aperçu l'arme. Il était prêt à essuyer les balles afin de donner à Aurelia la seconde nécessaire pour sauter par la fenêtre.

Il plongea dans le noir, espérant au moins faire tomber Collier avant de mourir.

Et atterrit face contre terre sur le tapis usé.

George Collier avait disparu.

60

À la une

I

En août, un juge californien fut assassiné au cours d'une piètre tentative visant à libérer le radical George Jackson. Tous les groupes radicaux du pays furent accusés d'y avoir pris part, y compris l'Agonie, alors que, selon la plupart des experts, l'organisation avait été dissoute. Cette hypothèse eut la faveur des politiciens qui s'empressèrent de dresser la liste des crimes à l'actif de l'organisation, exigeant que les coupables soient traduits en justice. Les agents du FBI venus interroger Edward Wesley à son domicile de Washington rapportèrent fidèlement que l'intéressé niait tout contact avec sa sœur. Ils le crurent. Ce n'était qu'un interrogatoire de routine. Ils n'insistèrent pas plus que ça. Ils pensaient sans doute qu'elle était morte et étaient déterminés à clore le chapitre de l'Agonie une fois pour toutes.

À cette époque, Eddie et Aurelia ne se cachaient plus, bien que leur liaison restât intermittente. Du coup, les gens hésitaient à les inviter ensemble. D'autant qu'ils étaient entourés d'une aura de scandale depuis leur arrestation, en mai dernier, à l'intérieur de la résidence Jumel. Ils avaient fait les gros titres : intrusion illégale, cambriolage, destruction de biens publics. Au bout du compte, ils avaient été relâchés le jour même sous une accusation mineure avec une simple amende. Mais le mal était fait. Ils s'étaient doublement fait avoir. George Collier avait couvert sa fuite en appelant la police, à qui il avait dit exactement qui chercher. Pris sur le fait, Eddie et Aurelia ne pouvaient même pas tenter d'expliquer ce qui s'était réellement passé sans avoir l'air de se chercher une stupide excuse.

— Pourquoi est-ce qu'il ne nous a pas tués ? demanda Aurelia. (Ils roulaient vers le Nord. Elle fumait de plus belle. Et ses mains tremblaient toujours.) Il aurait dû nous tuer.

Eddie lui jeta un coup d'œil.

— Au Vietnam il m'a dit qu'il obéissait aux ordres.

— De qui ?

— De son employeur. Je n'essaie pas de faire le malin. Tout ça nous ramène à Junie, d'une manière ou d'une autre. Je ne trouve pas la clé de l'énigme, Aurie. Il manque la dernière pierre. Mais ils ne toucheront pas à un seul de nos cheveux tant que Junie sera en cavale. C'est la seule chose dont je sois sûr.

— Il était autrefois le garde du corps du sénateur Van Epp, alors peut-être travaille-t-il pour Lanning à présent.

— Qu'est-ce que tu sous-entends ? Que nous sommes encore en vie à cause de la gratitude de Lanning envers ton mari ? (Une autre idée lui vint à l'esprit.) D'ailleurs, est-ce que nous n'avons pas décidé que notre problème n'était pas Lanning ?

— Peut-être que Collier travaille pour Margot.

— Mais pourquoi Margot voudrait-elle nous garder en vie ?

Aurie sourit.

— De tendres souvenirs ?

— Très drôle.

— Je ne plaisante pas.

Elle avait brusquement l'air irrité et lui demanda de la déposer, prétextant qu'ils feraient mieux de se séparer quelque temps.

— Nous avons été séparés pendant dix ans.

— Douze.

— C'est bien ce que je dis.

Ils étaient dans l'entrée de sa maison. Les enfants étaient à l'école. Ce soir, grâce au retour imprévu de leur scandaleuse maman, ils dormiraient dans leur lit pour la première fois depuis une semaine.

— Les choses vont changer, promit-elle. Tout ira bien. Donne-moi juste un peu de temps pour m'habituer à la situation.

Elle l'embrassa en gage de bonne foi.

II

Les enfants ne savaient pas comment se comporter. Quand elle les avait laissés, elle était tout simplement maman, et maintenant ils se retrouvaient face à une excentrique dont le portrait faisait la une des journaux, dont l'*Ithaca Journal*. Aurelia les installa sur un banc dans l'entrée afin de leur expliquer qu'il ne s'agissait que d'un malentendu fâcheux et qu'il y avait des risques que l'on raconte n'importe quoi à son sujet.

Zora, qui allait sur ses quatorze ans, accepta l'argument d'un air grave. Elle croyait toujours tout ce que lui disait sa mère.

Locke, âgé de douze ans, avait une question.

— Est-ce que tu vas te marier avec lui ?

— Qui ?

— Wesley, le type qui t'a fait arrêter dans la maison hantée.

— Je n'ai pas été arrêtée par sa faute. Je t'ai dit que c'était un malentendu. (Elle les serra tous les deux dans ses bras.) Non, mon chéri, je ne vais pas l'épouser.

Locke se dégagea vivement.

— Pourquoi pas ? Qu'est-ce qui ne va pas avec lui ?

Aurelia accusa le choc. Zora ordonna à son frère de se calmer, il obtempéra. Plus tard dans la soirée, elle expliqua à sa mère que Locke voulait un père à tout prix.

— Et toi ?

Aurelia appréhendait la réponse de sa fille.

— Je te trouve cool, dit-elle – ce qui ne répondait pas à la question.

De retour dans son bureau à l'université, Aurelia avait du mal à se concentrer. Les étudiants s'étaient mis en grève pour protester contre les assassinats de Kent et la plupart des examens avaient été annulés, mais les plus ambitieux avaient néanmoins glissé leurs devoirs de fin de semestre dans la boîte aux lettres de leurs professeurs en faisant attention de ne pas se faire surprendre par leurs camarades. Aurelia n'était pas en avance pour rendre ses notes. Le chef de son département lui demanda si elle avait besoin de congés. Il lui parla d'un ton doucereux, à la manière dont on s'adresse aux mourants. Dans la vie universitaire, ceux qui s'absentent tendent à être oubliés très vite. Leur place est rapidement attribuée à quelqu'un d'autre. Aurelia le rassura. Elle mit les bouchées doubles pendant un jour et demi et réussit à remettre ses notes dans les délais.

À ses heures perdues, elle réfléchissait. La part

d'elle-même qui avait toujours cru à l'Amérique voulait rendre la chose publique, appeler les journalistes qu'elle connaissait, ou même demander à Eddie de parler à ses contacts politiques. Mais Eddie rejetait violemment cette ligne d'action. Compte tenu des divisions dans le pays, notamment sur la question raciale, il craignait l'hystérie collective et ses conséquences. En outre, personne ne les croirait. Collier, en orchestrant leur arrestation à la résidence Jumel, les avait savamment mis hors jeu. Aurelia, bien malgré elle, se laissa convaincre.

Vers la fin juin, elle enfourna les enfants dans la voiture pour leur pèlerinage annuel à New Rochelle sur la tombe de Kevin. Pendant qu'ils nourrissaient les oiseaux autour du bassin, Aurelia s'attarda devant la pierre tombale. Sans doute avait-elle de nombreuses questions à poser à son mari, et des permissions à lui demander.

Deux semaines plus tard, Tristan Hadley, à présent séparé de sa femme, invita Aurelia à sortir. Elle refusa. Il demanda si ce refus signifiait qu'elle formait un couple établi avec Eddie. Elle répondit qu'elle n'en avait aucune idée, ce qui le réjouit. Du coup, Tris se mit à lui envoyer des fleurs. Des cartes. Il n'y avait plus moyen de l'arrêter. Il ne la lâchait pas, au point que, de guerre lasse, elle finit par accepter un rendez-vous. Au cours du dîner dans un restaurant de grillades chic d'Ithaca, alors même qu'une femme qui aurait bien pu être Streisand était assise à une table voisine, Tristan sortit une bague avec l'intention de la lui offrir.

Aurelia faillit tomber de sa chaise.

Elle lui dit qu'il était adorable, mais qu'elle n'avait nullement l'intention de se marier. Il accepta sa réponse et demanda à la revoir. Non. Elle refusa gentiment mais fermement. Plus tard dans la soirée, elle appela

Mona. Elle lui parla d'abord de la tendance introvertie de son fils, de ses sautes d'humeur. Mona lui expliqua qu'il était normal à cet âge qu'il entre en rébellion, notamment contre sa mère. Puis Aurie aborda la véritable raison de son appel.

— Je n'arrive pas à gérer.

— Si tu disais oui à l'un des deux, l'autre te laisserait tranquille.

— Je ne peux pas dire oui.

— Alors ne sors pas avec eux.

Aurelia en convint. Mais lorsque Eddie l'appela pour lui proposer d'aller passer quelques jours dans les Caraïbes, après que les enfants seraient partis en camp d'été, elle accepta tout de suite.

— Je te demande seulement de ne pas apporter de bague, dit-elle.

Leur choix se porta sur la Barbade. Un inspecteur de police très courtois les suivit dans leurs moindres déplacements. Au lit, une nuit, ils tombèrent d'accord sur la personne à qui parler.

III

Le salon avait été refait depuis la mort d'Erebeth Hilliman. Les antiquités et le chintz avaient cédé la place à des meubles contemporains qui seraient sans doute démodés dans cinq ans. Eddie eut l'impression qu'il y avait moins de personnel à Quonset Point, et nota l'absence de dame de compagnie. Ils sirotèrent du jus de fruit en guise de sherry, parce que Gary traversait une phase « cure de santé ». Il n'avait pas beaucoup de temps à leur consacrer. Son neveu Jock, un étudiant trop gâté qui se fourrait toujours dans les ennuis, l'attendait.

— Quelle est la part de faits dans tout ça et quelle est la part de spéculation ? demanda-t-il en croisant les doigts sur ses genoux, une fois qu'ils eurent terminé.

— Nous pouvons te montrer nos notes, dit Eddie.

Aurelia et lui avaient pris place, main dans la main, dans un canapé bas de designer scandinave.

— Des notes prises au cours de vos conversations l'un avec l'autre. Vous voyez le problème, n'est-ce pas ? dit Gary en pointant l'index. L'acteur principal dans tout cela, ce n'est pas toi, Eddie. C'est Aurie. Et on dira qu'elle a compilé ces notes à partir de deux sources avec lesquelles elle avait des relations sexuelles. Correction. Trois sources, si l'on compte son mari. (Il leva les mains en signe d'excuse.) Je sais que tu n'as pas couché avec Tristan Hadley, mais tout le milieu universitaire affirme que tu as brisé son ménage. (Il se leva et se mit à arpenter la pièce.) Je ne dis pas que je ne vous crois pas. Il y a eu des morts, et ce ne sont pas que des coïncidences. Ni des morts naturelles. Deux meurtres, un suicide et un accident de ski. (Il s'arrêta devant la fenêtre, laissant son regard courir sur sa plage privée.) Quant à ce Collier, mes informateurs m'ont également parlé de lui.

— Dans quels termes ?

À peine eut-elle posé la question qu'Aurelia comprit que Gary comme Eddie attendaient de voir qui abattrait ses cartes le premier.

— George Collier est un tueur. Vous l'avez peut-être déjà deviné. Il a exécuté un ou deux contrats pour le gouvernement. Impossible d'obtenir des détails. Son poste dans l'armée était une couverture. Mes sources ont été incapables de savoir pour quel service il travaille en réalité. Toutefois, c'est une légende vivante dans le monde de l'espionnage. Du moins c'est ce que l'on m'a dit. Il est particulièrement doué pour faire porter le chapeau de ses agissements à quelqu'un d'autre. Il ne laisse derrière lui aucune affaire non classée dans laquelle un journaliste pourrait aller fourrer son nez des années plus tard. Si vous avez Collier comme ennemi, vous devriez envisager d'emménager chez moi, c'est une forteresse et, pour tout vous dire, j'apprécierais d'avoir un peu de compagnie.

— Je ne crois pas qu'il nous fera du mal, dit Eddie qui se demandait pourquoi Gary refusait de les regarder.

— Oui. Tu l'as déjà dit. Mais tu accordes beaucoup de crédit aux propos qu'un tueur t'a tenus dans un hôtel de Saigon.

— Il aurait pu me tuer à Saigon. Il aurait pu nous tuer tous les deux à Harlem.

Gary secoua la tête.

— Non. Non, Eddie. Tu ne comprends pas. Il ne pouvait pas tout simplement vous tuer à la résidence Jumel. À quoi cela lui aurait-il servi ? Je viens de te l'expliquer, il ne laisse pas de crime non résolu derrière lui. Il planifie ses assassinats pendant des mois, d'après ce que j'ai appris. Voire des années.

Eddie et Aurie échangèrent un regard. Ils avaient le sentiment que l'héritier Hilliman ne leur disait pas tout.

— Imaginons que tu aies raison, poursuivit Gary. Que ta théorie soit juste. Que devrions-nous faire, à ton avis ? Tu crois que parce que je suis riche comme Crésus, je n'ai qu'à claquer des doigts pour faire disparaître quelqu'un ? (Brusquement, il eut l'air très nerveux.) Tu n'as pas la moindre preuve pour faire arrêter quiconque. Admettons que tu dises : « Faisons tomber Lanning Frost. Très bien. Je pourrais financer toutes sortes de campagne contre lui. Qu'est-ce que tu dis de ça ? Dégotte-moi d'autres candidats et je les finance. (Il marqua une pause. Bien trop longue.) Ou songeais-tu à une action plus directe ?

Les choses étaient dites.

Gary leur demandait s'ils attendaient de lui qu'il loue les services d'un George Collier.

— Bien sûr que non, s'écria Eddie. C'est l'idée la plus folle que j'aie jamais entendue !

— Nous ne sommes pas des tueurs, renchérit Aurelia, les yeux exorbités. Tu parles d'assassinats, Gary !

Le milliardaire rit, et se tourna enfin vers eux. Il s'appuya sur le rebord de la fenêtre en croisant les bras. Maintenant qu'il avait vidé son sac, il semblait moins tendu.

— Tu sais, Eddie, ce que t'a dit Lanning Frost est vrai. Si ton adversaire a de quoi te salir, il faut que tu en aies le double sur lui. Et si ton adversaire a George Collier de son côté... tu me suis ?

Il leur proposa la chambre d'amis, mais ils préféraient rentrer à Manhattan le soir même après le dîner. Avant qu'ils montent dans leur voiture, il leur dit de l'appeler s'ils changeaient d'avis.

— Quelle perte de temps.

Aurelia était furieuse.

— Non, fit Eddie. Il nous a transmis un message.

— Disant que nous devrions tuer quelqu'un ?

— Bien sûr que non. Si nous avions acquiescé, il aurait trouvé une excuse. Non, le seul but de tout ce discours était de nous faire comprendre qu'il ne bougerait pas le petit doigt.

— Mais c'est impossible. C'est... (elle en bafouilla) c'est ton ami.

— Plus maintenant, dit Eddie. Nous sommes seuls, ma chérie.

Tandis qu'ils roulaient à vive allure dans la nuit,

Eddie se rappela son unique rencontre avec Erebeth Hilliman, plus de dix ans auparavant. Il ne serait jamais un véritable écrivain, avait-elle affirmé, avant d'avoir lu Milton.

John Milton, l'auteur du *Paradis perdu*.

61

L'aide d'un professionnel

I

1971 succéda à 1970, et Eddie n'avait rien appris de plus sur Junie. Il finissait par se demander si sa sœur n'avait pas fui le pays. La violence politique avait gagné le monde entier. La bande à Baader pillait des banques en Allemagne. Était-il possible que Junie les ait rejoints ? Le Front de libération du Québec avait enlevé un diplomate britannique. En Uruguay, les Tupamaros en avaient kidnappé un autre. Junie était-elle impliquée dans ces actions ? Quelqu'un devait forcément le savoir. Malgré un cynisme affiché, Eddie, comme de nombreux radicaux américains avant et après lui, croyait dur comme fer à la toute-puissance de son gouvernement. Il lui paraissait impossible qu'il ait à ce point perdu la trace de Junie. Il s'agissait forcément d'un complot. D'une conspiration. Ce n'était pas une défaillance des hommes, mais l'œuvre de leur malice. Seul le mobile lui échappait.

L'actualité continuait de lui fournir des sujets pour ses essais. Une décision de la Cour suprême sur le ramassage scolaire. Les dossiers du Pentagone. Mais son écriture avait perdu sa fulgurance. Tout le monde s'en rendait compte. Le roman annoncé sur Hong Kong tardait à venir. Incapable de se concentrer, il déambulait dans son immense maison. De temps en temps, il allait rendre visite à Aurelia. D'autres fois, c'est elle qui venait. Certains jours, elle le trouvait insupportable.

En septembre, une émeute éclata à la prison d'Attica. Les prisonniers prirent des otages. L'assaut donné par la police et la garde nationale, au bout de trois jours, fut la plus grande tuerie d'Américains par des Américains au XXe siècle. L'une des victimes était Maceo Scarlett, l'un des leaders de la révolte. Harlem avait oublié l'ébéniste et c'est Eddie qui paya ses funérailles. Seules une dizaine de personnes y assistèrent, dont Bernard Stilwell.

Eddie et lui allèrent ensuite manger un morceau ensemble.

— Je ne vous ai jamais expliqué pourquoi j'avais quitté le bureau ? (L'agent à la retraite avait mauvaise mine. Ses mains tremblaient.) Le Directeur est un vieillard, Eddie. Il est dingue. Sa plus grande folie a été de lancer un programme de contre-espionnage : COINTELPRO. Vous n'en avez jamais entendu parler ? Ça ne saurait tarder. Vous savez que Hoover aime collecter des renseignements sur les puissants. Le genre d'infos pour lesquelles je vous avais sollicité quand vous travailliez à la Maison Blanche. Eh bien, COINTELPRO a pour objectif d'utiliser ces renseignements. Le Bureau infiltre toutes les organisations que le Directeur juge radicales. Certaines d'entre elles ont recours à la violence. Les Black Panthers. Weatherman. Mais la plupart sont simplement des groupuscules que le Directeur voit d'un mauvais œil. Nous avons des dossiers sur quasiment tous les leaders du mouvement pour les droits civiques. Je sais de quoi je parle, Eddie.

J'ai contribué à la direction du programme pendant un moment.

Stilwell fut pris d'une quinte de toux à s'étouffer. Eddie eut un mouvement de compassion inattendu.

— Pourquoi me racontez-vous cela ? demanda-t-il plus gentiment qu'il ne l'aurait voulu.

— Il ne me reste pas longtemps à vivre. Vous l'aurez deviné. (Nouvelle quinte de toux.) J'essaie peut-être de me racheter. Disons que je ne veux pas mourir avec certaines choses sur la conscience. (Il avala une gorgée de café.) Eddie, le Bureau suivait l'Agonie à la trace depuis le début. Ces gamins ne pouvaient pas faire un pas sans que nous le sachions. Dès l'entrée de votre sœur dans l'organisation, pendant ses sessions d'entraînement dans le comté de Rockland, lorsqu'elle était en planque dans le Tennessee. Le Directeur les tenait depuis le début. L'organisation ne s'appelait même pas l'« Agonie de la Couronne ». C'est un nom que nous avons inventé pour trier les vrais aveux des faux. Leur vrai nom était l'« Agonie perpétuelle ». Bref, quoi qu'il en soit, ils étaient complètement infiltrés. Sauf qu'ils sont tout de même parvenus à nous échapper. Ils ont reçu l'aide d'un professionnel. Quelqu'un qui connaissait nos méthodes par cœur. Et nous les avons perdus. Le Directeur était furieux. Du coup, plusieurs carrières ont été brisées.

« L'aide d'un professionnel ». Eddie réfléchit. Peut-être s'agissait-il d'un agent de la CIA. Un homme qui se faisait appeler Ferdinand, qui aurait vu les rapports de Hoover et aurait voulu sortir la femme qu'il aimait de ses griffes. La femme qu'il aimait ou l'organisation terroriste mise sur pied par le Grand Conseil dans le but d'effrayer l'Amérique, pour reprendre les termes de Phil Castle dans son testament.

— Il y a une chose que je voulais vous dire,

Eddie. Jusqu'à ce que l'Agonie nous échappe, leurs actions n'avaient jamais fait de victimes. C'est-à-dire à l'époque où l'organisation était dirigée par votre sœur. Après que nous avons perdu leur trace, c'est Sharon Martindale qui a pris la direction, et c'est là qu'il a commencé à y avoir des morts. Je voulais que vous le sachiez.

Eddie comprenait. Et il s'en voulait de ne pas avoir compris plus tôt. Les dates dans les rapports qu'il avait lus à Ithaca correspondaient aux actions menées par l'Agonie. L'attentat à la bombe de Birmingham en 1963. La première action meurtrière de l'Agonie. Junie se trouvait alors au Ghana. Puis, en 1965, l'assassinat de Kevin Garland revendiqué par l'Agonie. Junie avait renoncé à la violence après ça. Elle avait été démise de son autorité et, dans les deux ans qui avaient suivi, elle avait quitté l'organisation pour partir à la recherche de ses enfants. Après le départ de Junie, l'Agonie avait continué à tuer.

Avec Sharon à sa tête... et Perry qui tirait les ficelles.

Pas étonnant qu'il veuille à tout prix qu'on retrouve Junie.

II

Fin 1971, Eddie reçut son invitation annuelle pour le réveillon de Byron Dennison. De sa maison à Abermale Street, il appela Aurie. Oui, elle avait reçu la sienne. Elle était d'avis qu'ils y aillent ensemble.

— Tu plaisantes ?

— Nous devrions lui parler.

— Il est impliqué dans tout ça.

— Je n'en suis pas sûre, dit-elle après un moment de réflexion. Je ne crois pas que ce soit un méchant.

Sans être convaincu, Eddie céda. Comme tous les ans, Aurie emmena les enfants à Hanover juste après Noël. Elle retrouva Eddie à Boston. Dans le taxi, elle le sentait tendu.

— Il ne nous fera aucun mal, dit-elle.

— Ce n'est pas ce qui m'inquiète.

— Qu'est-ce qui t'inquiète ?

Il lui montra une coupure du *Boston Globe* datée du matin même. L'article passait quasiment inaperçu. Il ne faisait que trois paragraphes, enfouis au milieu du journal. « UN ANCIEN MEMBRE DU DÉPARTEMENT D'ÉTAT ENTRE DANS L'ÉQUIPE DU SÉNATEUR FROST. » L'article relatait que Lanning Frost s'était adjoint un ancien diplomate ayant servi dans plusieurs pays et l'avait chargé de développer son programme de politique étrangère pour les prochaines présidentielles. Le sénateur était de toute évidence entouré d'une armée de conseillers, mais il s'agissait là d'une tête nouvelle, dont personne n'avait jamais entendu parler. Dans le dernier paragraphe, Perry Mount – « un Noir diplômé de Harvard » – était présenté par les vétérans comme un possible conseiller en politique étrangère, si Lanning obtenait la nomination en 1972 à la place du favori, Muskie.

— Que veux-tu faire, Eddie ? Rappeler Gary pour lui dire que nous acceptons son offre ?

Son amant était perdu dans ses pensées, et elle savait qu'il valait mieux ne pas insister.

La soirée était grandiose, comme toujours. Bay était ravi de les voir, et fit grand cas de leur présence. Le Gouverneur du Massachussetts donna une chaleureuse poignée de main à Eddie, comme si le romancier radical faisait partie de ses intimes. Claire Garland salua Aurie comme s'il n'y avait jamais eu aucun différend entre elles. Les deux amies se retrouvèrent à une table avec cinq ou six autres femmes de la haute société. Aurelia perdit la trace d'Eddie.

Quand Chamonix Bing vint s'asseoir à côté d'elle, elle comprit que les choses allaient mal tourner. Le nom de famille de sa vieille copine était désormais Mount.

Quelqu'un posa la question qui brûlait toutes les langues.

— Perry est merveilleux, s'extasia Chammie. Je suis ravie d'être à nouveau mariée, surtout à un homme aussi remarquable. Les enfants l'adorent, et lui aussi les adore. Surtout Jonathan. Je suis la plus heureuse des femmes.

Mais personne n'écoutait plus les louanges qu'elle faisait de son couple : une bagarre venait d'éclater à l'autre bout de la pièce.

III

— Il y a une leçon à retenir de tout ça, dit Byron Dennison à Aurelia, occupée à désinfecter l'arcade ensanglantée de son amant. (Eddie tenait une poche de glace sur sa lèvre coupée.) Ne jamais donner de coup de poing à un ancien agent de la CIA.

Ils étaient assis dans l'office attenant à la salle de bal. Les serveurs allaient et venaient par la porte battante. Les bruits de la fête leur parvenaient par vagues. Le pugilat n'avait pas décontenancé les invités. Perry et son épouse avaient quitté les lieux.

— J'aurais bien voulu lui filer plus qu'un coup de poing.

— Vous n'avez jamais aimé Perry, dit Dennison. Est-ce qu'il n'a pas eu une aventure avec votre sœur autrefois ? Je me demande bien comment il a obtenu son habilitation secret défense.

— Quelqu'un l'a peut-être aidé, marmonna Eddie avec un regard appuyé vers Bay.

Aurelia l'embrassa sur le front.

— Arrête, murmura-t-elle.

Le parlementaire avait l'air songeur.

— Si vous voulez bien me dire ce qui se passe, je pourrais peut-être vous aider.

La colère d'Eddie n'était pas encore retombée. Il avait besoin d'un exutoire.

— Comme vous avez déjà tenté de le faire ? En me faisant dire par la femme que j'aime d'orienter mes recherches vers Junie pour laisser Perry tranquille ? (Il repoussa la main d'Aurie et se leva en titubant.) Quelle était votre mission, Bay ? Que je poursuive mes recherches pour que votre Grand Conseil mette la main sur elle ? Oui, je suis au courant pour le Grand Conseil. Je sais aussi que Perry en est l'Auteur. Est-ce que le Conseil sait que son Auteur a du sang sur les mains ? Est-ce que le Grand Conseil sait ce qu'il faisait à Hong Kong ?

Le parlementaire ne cilla pas. Aucun des cuisiniers n'était assez proche pour entendre leur conversation.

— Pourquoi ne m'éclairez-vous pas, Eddie ?

— Pourquoi devrais-je vous faire confiance ?

— Vous n'avez pas que des ennemis, Eddie. Certains d'entre nous... disons que nous n'approuvons pas tous la direction prise par Perry. (Il hocha la tête, prenant Aurie à témoin.) Tu te souviens, pas l'année dernière, celle d'avant ? Lorsque tu m'as dit que ceux qui agissent tout le temps dans l'ombre n'ont jamais personne pour leur dire qu'ils se trompent ? C'est exactement le problème de Perry. Burton était fou mais, au fond, c'était un honnête homme. Je ne suis pas certain que l'on puisse dire la même chose de son fils.

Eddie faillit trop en dire, mais Aurelia lui coupa la parole.

— C'est donc Burton qui est à l'origine du plan ?

Le parlementaire acquiesça.

— Burton était à la tête de l'Empyrée, notre ancien club de Harlem. C'est de là que vient toute cette terminologie stupide : l'« Auteur », « ébranler le trône », toutes ces phrases pompeuses. Les membres de l'Empyrée ont puisé dans *Le Paradis perdu* pendant des années. Peut-être pensaient-ils que le poème était une métaphore de l'histoire raciale. Je n'en sais rien. Toujours est-il que, lors de la réunion, Burton a proposé d'utiliser les mêmes termes et tout le monde a approuvé. C'est ainsi que tout a commencé. Le Grand Conseil (il se pinça les lèvres), c'était un canular. Un canular aux dépens de l'Empyrée. Bien sûr, le sénateur Van Epp a laissé les Noirs mener la réunion. Il a aussi laissé croire que l'idée venait de Burton. Mais ce n'était pas le cas. Pas vraiment.

— Burton était un homme de paille, dit Aurelia.

— Je pense qu'il ne l'a jamais su, reprit le parlementaire. Elliot Van Epp était un homme bizarre. Cela faisait des années qu'il rassemblait sa coterie de conspirateurs. Il n'avait pas entièrement confiance dans la démocratie. Selon lui, elle devait être guidée. C'était son terme de prédilection, « guidée ». Et Burton était homme à se faire facilement avoir. Vous comprenez ? Burton Mount a cru que lui et les membres de son club avaient rallié les Blancs à leur cause. Sauf que c'était le contraire depuis le départ. Allez-y. C'est ce que disaient Van Epp et ses petits copains. Amusez-vous. Nous sommes avec vous – du moins tant que cela sert nos intérêts.

— Et ce n'est plus le cas ?

— Je ne sais pas quelle direction ont prise les choses. C'est la vérité. Perry ? Disons que, pendant un temps, j'ai cru qu'il faisait partie des dissidents. Mais ce n'est plus le cas. J'ai l'impression qu'il a signé pour le gros lot.

— Pourquoi ne mettez-vous pas fin à ses agissements ? demanda Aurelia.

Dennison sourit.

— C'est ce que je ferais si j'avais le testament. Ou Junie.

— Pourquoi est-ce que Junie est aussi importante ? demanda Aurie en posant sa main sur la bouche d'Eddie qui s'apprêtait à intervenir.

— Je vais être franc. Je n'en sais rien. Mais Perry est obnubilé par elle. Je crois qu'elle détient ou sait quelque chose qui pourrait bouleverser, disons, son interprétation du Projet. Tu as découvert mes notes, Aurie. Je m'en suis rendu compte après ton départ. Tu as vu mes notes et tu t'es dit que je devais faire partie des méchants. Ce n'est pas le cas. Eddie, la seule raison pour laquelle je voulais qu'Aurie vous détourne de Perry était pour vous protéger. Je voudrais que vous retrouviez Junie pour mettre un terme à toute cette affaire.

— L'élection de Lanning Frost, dit Aurelia. Lanning dans le Bureau ovale et Perry qui tire les ficelles au bout du couloir.

Le parlementaire hocha gravement la tête.

— Le Grand Conseil à la tête du pays.

— Vous pourriez tout révéler...

Eddie s'arrêta net. Il se souvint de Benjamin Mellor à Saigon lui expliquant que Hoover gardait pour lui tous les renseignements sur le Conseil. Et aussi de ses discussions avec Aurelia sur les conséquences que cela aurait pour l'obscure nation si l'Amérique venait à découvrir que son destin était dirigé en secret par une cabbale d'hommes noirs.

— Il faut que je retourne à mes invités, dit Dennison. Et vous deux, remettez-vous au travail, ajouta-t-il, la main sur la porte battante. Si vous la retrouvez...

— Je ne vous le dirai pas, lança Eddie. Je regrette, Bay. J'apprécie ce que vous nous avez dit ce soir, cependant, moi aussi je vais être franc, je n'ai pas confiance en vous.

— Vous n'avez aucune raison de m'informer, Eddie. Je n'allais pas vous suggérer de le faire. Je voulais simplement dire... si vous la trouvez, mettez à profit ce qu'elle sait. Il faut mettre fin à tout ça.

Il sortit pile à l'instant des douze coups de minuit. Tout le monde se sautait dans les bras. L'orchestre entama « Auld Lang Syne » pour dire adieu à l'année écoulée. 1972 commençait.

62

Oignons

I

— « Un cambriolage de troisième ordre », dit Aurelia en poussant l'*Ithaca Journal* de l'autre côté de la table. Les conseillers de Dick disent que c'est une broutille. J'ai parlé à Ehrlichman ce matin. Il dit que ça n'a rien d'inquiétant. Il a ri. Ils ne sont pas mouillés, Eddie. Ils vont gagner haut la main. Quelle raison auraient-ils de cambrioler les locaux du comité national démocrate ?

— Nixon est capable de tout.

— Tu ne le connais pas aussi bien que moi. (Elle prit une bouchée d'œufs brouillés. Faute de pouvoir raconter leur histoire à quelqu'un – à quelqu'un qui les croirait –, ils s'efforçaient d'apprécier la vie.) Je ne dirais pas que c'est la personne la plus honnête que j'aie rencontrée. Mais c'est un homme politique avisé. Très avisé. Il ne commettrait pas une bévue pareille. Il perdrait tout.

Eddie continua de manger en feuilletant le journal. C'était une belle matinée de juin 1972. Ils étaient installés dans la cuisine de la maison de Fall Creek

Drive. L'année scolaire était terminée, et les adolescents d'Aurelia dormaient encore. Eddie était arrivé de bonne heure. Lorsqu'il se rendait à Ithaca, il passait la nuit au Statler, géré par l'école hôtelière de l'université de Cornell. Les enfants s'étaient habitués à voir le grand Edward Trotter Wesley Junior tourner autour de leur mère. Ils l'appelaient « oncle Eddie », parce qu'il n'existait encore aucune formule décente pour décrire une liaison monogame entre adultes non mariés. Locke et Zora se doutaient, bien évidemment, que leur mère dormait de temps en temps avec son galant. Cependant Aurie, dont l'éducation catholique n'était jamais très loin, préférait maintenir la fiction.

— Je suis d'accord, Nixon est trop malin pour ça, reconnut Eddie. À moins que quelque chose ne l'inquiète vraiment.

— Comme quoi ?

Il reprit l'article. Le cambriolage avait eu lieu au Watergate, un vaste ensemble qui comprenait un hôtel et des immeubles d'appartements et de bureaux.

Aurelia but une gorgée de café.

— J'ai parlé de toi à Granny Vee, l'autre jour.

— Granny qui ?

— Vee. C'est comme ça que les enfants de Mona appellent Amaretta depuis qu'elle s'est installée chez eux...

Il fallut un moment à Eddie pour se représenter cette femme altière, autrefois l'une des Tsarines les plus influentes de Harlem, finissant ses jours dans la chambre d'amis de la maison de sa fille, dans un quartier entièrement blanc d'une ville universitaire du New Hampshire.

— Elle me téléphone de temps en temps, reprit Aurelia. Elle me donne des conseils. Je crois que Mona refuse de l'écouter.

— Que t'a-t-elle conseillé, cette fois ?

— Elle voulait savoir... où nous en étions. Toi et moi. Elle m'a demandé si je connaissais la différence entre patience et hésitation. (Son regard se perdit un instant dans ses pensées.) Je lui ai répondu que je n'y avais jamais vraiment réfléchi.

— Quelle différence y a-t-il ? Est-ce qu'elle te l'a dit ?

— Elle m'a dit que la patience était une vertu : celui qui est patient a l'avenir devant lui, tandis que celui qui hésite n'a aucun avenir, puisqu'il est tourné vers le passé.

— De quoi parlait-elle, tu as une idée ?

— Évidemment. Je t'en prie, épargne-moi ta condescendance. (Aurelia recula si brusquement sa chaise qu'elle faillit renverser le vieux Crunch qui venait d'entrer dans la pièce.) Excuse-moi, chéri. (Impossible de dire si elle s'adressait à Eddie ou au chien.) Je suis tendue. Je vais voir ce que font les enfants.

Eddie ne l'avait pas écoutée. Son regard était fixé sur le journal.

— Aurie ? Je crois que je viens de comprendre ce qui inquiète Nixon, dit-il sans lever les yeux. Peut-être était-il à la réunion.

— Nixon ? Membre du Grand Conseil ? C'est ridicule.

— Pourquoi ? Le sénateur incarnait la loi et l'ordre. Pourtant il y était. (Eddie gardait un doigt rivé sur la page.) C'est une chose qu'il tenterait de cacher, n'est-ce pas ? Sa présence à une réunion durant laquelle il fut décidé d'établir une organisation terroriste ?

Elle secoua la tête.

— Voyons, Eddie. Nixon n'était pas un simple sénateur. Il était en lice pour la vice-présidence. Il ne pouvait pas si facilement s'échapper pour assister à une réunion secrète avec un groupe d'hommes d'affaires noirs.

Ils restèrent interdits.

— Matty...

— Était son ami et un grand collecteur de fonds, poursuivit-il.

— Cela pouvait servir de couverture. Il ne s'agissait pas d'un simple dîner entre amis, mais de lever des fonds pour le ticket républicain.

— Comment le savoir ? demanda Eddie à haute voix. Je pourrais appeler la bibliothèque de l'université Georgetown. L'une des bibliothécaires est capable de remonter toutes les pistes.

Aurelia sourit.

— Je peux le savoir plus vite.

— Comment ?

— En appelant Oliver Garland. Il me le dira.

— Aurie...

— Oui. Je sais. C'est le cousin de Kevin. Tu penses qu'il est forcément impliqué dans cette affaire. Mais je n'en suis pas si sûre. Il est bien trop intègre. (Elle balaya l'objection d'Eddie d'un revers de main.) Je sais, tu ne crois plus à l'intégrité. Tu es convaincu que les gens n'agissent que par intérêt personnel. Mais, Eddie, réfléchis. Toi, tu agis bien par amour pour Junie. Tu sacrifierais ton intérêt personnel pour elle.

— Et alors ?

— Pourquoi t'est-il si difficile d'imaginer que quelqu'un d'autre puisse faire des sacrifices par amour pour son pays ou par sens du devoir ?

— Est-ce qu'Oliver a jamais fait un seul sacrifice ? Il était avocat à Wall Street et il est aujourd'hui juge fédéral ! Tu ne crois pas qu'il pourrait devoir ces postes au Grand Conseil ?

— Je crois que certains êtres obtiennent ce qu'ils ont mérité.

Elle alla téléphoner dans son bureau. Eddie fit la vaisselle, la sécha et la rangea. Les enfants descendirent, Zora la première, seize ans, maigre, brillante et gauche, suivie quelques minutes plus tard du charismatique Locke, quatorze ans, beaucoup moins brillant mais tellement plus drôle, le genre de gamin à être élu cinq fois délégué de sa classe avant que sa sœur ait son premier rendez-vous. Eddie leur prépara des œufs brouillés. Zora l'observait attentivement, mais en silence. Elle ne lui disait rien de plus que « bonjour », « oui », « merci ». Locke feuilletait *Sports Illustrated*. C'était un véritable moulin à paroles, il racontait des blagues et faisait de gros efforts pour amener Eddie à parler de Reggie Jackson, le joueur des Oakland Athletics qui avait choqué le monde du base-ball en se laissant pousser la moustache, quand il jouait en ligue majeure, avant la Première Guerre mondiale. Eddie n'éprouvait aucun intérêt pour le sport et ne l'écoutait que d'une oreille. Le regard rivé sur l'entrée, il guettait le retour d'Aurelia. Il était en train d'élaborer une nouvelle théorie au sujet de ce qui avait pu arriver à Junie. Sa validité dépendait en grande partie du résultat du coup de fil d'Aurelia.

II

Par un heureux hasard, elle réussit à joindre Oliver, qui se trouvait dans sa maison de Shepherd Street à Washington. Son épouse s'était cassé le bras et celui qu'on appelait le Juge avait pris quelques jours pour l'aider. Aurie trouva cela touchant, mais avant de lui passer son mari, Claire lui avoua qu'il restait le plus clair de son temps enfermé dans son bureau à travailler.

Une fois qu'elle eut Oliver au bout du fil, Aurelia, bien trop nerveuse pour satisfaire aux politesses d'usage, entra dans le vif du sujet.

— Je n'étais pas à la réunion, dit-il. Tout ce que j'en sais m'a été rapporté. Ce ne sont que des ouï-dire.

— Je comprends, Oliver. Je ne te demande aucun détail. Je veux juste savoir si cette réunion était une collecte de fonds pour Nixon.

— Pourquoi veux-tu savoir ça ?

— Je ne peux pas te le dire. Je te demande de me faire confiance.

Le Juge prit un instant pour réfléchir.

— Je n'ai pas une très haute opinion de ton ami Nixon, Aurelia. Et ça ne date pas d'aujourd'hui. Je ne suis pas de ceux qui pensent que la fin justifie les moyens. Je suis un peu vieux jeu. Pour ma part, j'estime qu'il y a des règles et qu'on doit les respecter, même si cela signifie que son propre camp risque une défaite. Nixon pense le contraire. Comme la plupart des gens de nos jours. (Il soupira.) Ce qui se passe en ville depuis quelques années ne me plaît pas. (Nouvelle pause.) Que ce soit en politique, dans le journalisme ou n'importe quoi. Je n'aime surtout pas la manière dont on collecte des renseignements en vue de compromettre son adversaire. Je me plaisais à croire que la politique était une occupation pour grandes personnes. Je n'en suis plus si sûr. Toutefois, si tu essaies d'obtenir des renseignements embarrassants sur Nixon, ne compte pas sur moi. (Il sembla prendre un autre parti tout à coup. Mais peut-être que l'intégrité était un parti en soi.) Nous sommes en train de transformer les électeurs en cyniques, Aurie. Toute cette fange va finir par sonner le glas de la démocratie.

— Je ne cherche pas à salir qui que ce soit, Oliver. J'ai juste besoin de vérifier un fait. Je ne peux pas t'en dire la raison maintenant, mais fais-moi confiance. Si tu aimes ton pays, il est primordial que tu répondes à cette question.

Il y eut un si long silence qu'elle était à peu près sûre d'avoir perdu la partie.

— Non, finit par répondre le Juge. La réunion n'avait pas pour objectif de collecter des fonds pour Nixon. Ni pour Eisenhower. Ni pour le ticket présidentiel. Voilà. Est-ce que cela répond à ta question ?

Elle revint dans la cuisine juste à temps pour entendre Locke demander à oncle Eddie quand il se déciderait à épouser maman.

— Ce ne sont pas tes oignons, lança-t-elle.

Plus tard dans la matinée, Eddie et Aurelia allèrent se promener au bord du lac Cayuga.

— Si le prétexte de la réunion n'était pas de collecter des fonds, dit Aurelia, il n'y a donc aucune raison que Nixon y ait assisté. Sa présence n'aurait pas pu rester secrète.

— C'est vraisemblable, répondit Eddie, perdu dans ses pensées.

III

Eddie quitta Ithaca le lendemain. Il fit promettre à Aurelia de ne pas commettre d'imprudence. Il sentait que les colonnes se formaient en prévision de la bataille. Il allait se passer quelque chose très vite. Le cambriolage du Watergate était lié à toute l'histoire. Eddie en était sûr. Il connaissait certains éléments qu'Aurie ignorait. Et il était bien décidé à s'en servir.

Il avait dit à Aurie qu'il retournait à Manhattan,

mais il avait besoin d'un téléphone qui ne soit pas sur écoute. Il s'arrêta pour la nuit dans un motel à New Rochelle d'où il appela son ancienne assistante, Mindy, qui était maintenant l'heureuse épouse de Zach. Une heure plus tard, elle le rappelait, après avoir pris les dispositions qu'il lui avait demandées.

Le lendemain matin, Eddie roula jusqu'à Rhode Island. Cette fois-ci, Gary l'emmena faire de la voile, comme si lui aussi craignait d'être sur écoute.

— C'est très simple, dit Eddie. (Le voilier glissait depuis un moment sur une mer d'huile.) J'ai besoin de savoir de quel côté tu es.

— De quel côté ?

— Du côté de Perry ou de Bay ?

— Je te prie de m'excuser ?

— Il y avait un Hilliman présent à cette réunion, n'est-ce pas ? Regarde-moi. En 1952, chez Burton Mount. Il y avait un Hilliman. Ton grand-père, je parie. Il a choisi Erebeth comme héritier, pas vrai ? De la même manière qu'il l'a choisie pour gérer la fortune familiale. Il se fichait que ce soit un homme ou une femme. Il se préoccupait uniquement de savoir qui serait le meilleur pour exercer le pouvoir. Et toutes ces leçons qu'Erebeth te donnait. Tu es l'héritier qu'elle a choisi, Gary. Ce n'est plus la peine de finasser. J'ai simplement besoin de savoir si tu as protégé mes arrières, ou si tu m'as surveillé, ou les deux. Je sais déjà que tu fais partie du Grand Conseil.

Les yeux verts restèrent impassibles.

— Non, Eddie. Je n'en suis pas.

— Je ne te crois pas.

— Ça m'est égal que tu me croies ou non. Il n'y avait aucun Hilliman à cette réunion. Oui, je suis au courant. Erebeth m'a raconté toute l'histoire avant de mourir. Son père avait été sollicité, mais il a refusé. Il a gardé un œil sur eux ensuite, car toute personne tentant de gouverner le pays constituait une menace pour les intérêts de la famille, et c'était la seule chose qui comptait pour grand-père. Je crois qu'elle a voulu te rencontrer et a fait allusion à Milton parce que notre amitié l'inquiétait. Elle craignait que tu ne sois en train d'être formé pour devenir membre du Conseil.

— Moi !

Gary acquiesça.

— C'est ce qu'Erebeth pensait et, sincèrement, Eddie, cela me paraît plausible. (Il leva la main.) Épargne-moi ton indignation. Des gens se font assassiner et toi, miraculeusement, tu survis. George Collier te laisse en vie. Alors qu'il avait toute l'Asie du Sud-Est pour couvrir ses traces. Franchement, Eddie, cela dépasse l'entendement. (Il renonça à poursuivre. Ils revenaient vers la rive.) Je sais pourquoi tu es venu, Eddie. Je me renseigne sur tes faits et gestes. Tu veux que j'envoie quelqu'un pour protéger Aurelia, n'est-ce pas ? C'est déjà fait. Deux ombres surveillent chacun de ses déplacements.

— Streisand et Sharif ?

Gary sourit.

— Ce sont les surnoms qu'elle leur a donnés. Ils sont plutôt bons. Pas autant que Collier, mais tout de même.

— Mais la surveiller n'est pas leur seule fonction, n'est-ce pas ? Tu fais suivre Aurelia parce que tu as peur de me surveiller, moi ? (Il y eut un silence pendant qu'ils remontaient le dériveur sur la grève.) Tu as peur que je sois membre du Conseil et que j'aie aussi des agents à ma solde.

— On peut voir les choses comme ça.

Eddie refusa l'invitation à déjeuner de Gary. Ils se serrèrent tout de même la main dans l'allée.

— Avons-nous jamais été amis ? demanda Eddie.
— Nous serons toujours amis, Eddie.
— Même si nous ne nous faisons pas confiance ?
— Ce n'est pas si grave entre amis.

Eddie continua sa route vers Washington. Il poursuivait sa quête. Seul.

Sixième partie

Washington - Ithaca - Hanover
1973-1974

63

Conversation au bord d'une piscine

I

La réalité blanche, brutale, le tira de son rêve d'une éternité noire et paisible. Des lampes torches fouillaient l'intérieur de la berline. Des marines scrutaient son visage. Le panneau sur la grille indiquait : « DÉPÔT DE LA MARINE – THURMONT. » Eddie bâilla et regarda l'heure à sa montre. Bientôt vingt-trois heures. La porte grillagée coulissa. La voiture dépassa un mirador, longea un bosquet touffu et quelques bungalows vivement éclairés pour raison de sécurité. Des hickorys et des chênes agitaient leurs branches dans la nuit. Arrivés devant le bâtiment de la réception, le chauffeur ouvrit la portière à Eddie. Après la voiture surchauffée, la fraîcheur de la nuit d'avril le réveilla. Un huissier nerveux lui souhaita la bienvenue à Camp David. Le chauffeur était tendu. Les agents des services secrets aussi. Leur stress gagnait Eddie sans qu'il comprenne pourquoi. L'huissier lui donna le temps de se rafraîchir avant de le précéder sur un sentier qui gravissait un monticule. Les gardes devant l'entrée de l'Aspen Lodge les laissèrent passer sans interférer. Une porte s'ouvrit de l'intérieur. Un bureau inoccupé. L'huissier frappa à une deuxième porte qu'il ouvrit sans attendre la réponse.

— Mr Wesley, annonça-t-il. (Il s'écarta pour le laisser entrer.) La soirée a été pénible, murmura-t-il. Tâchez de lui remonter le moral.

Eddie aperçut immédiatement la silhouette voûtée, postée devant la baie vitrée comme si l'homme contemplait la campagne boisée du Maryland pour la dernière fois. Il avait oublié à quel point le Maryland est pentu dès que l'on s'éloigne des plaines marécageuses où, dans leur sagesse, les pères fondateurs avaient établi la capitale de la nouvelle nation.

— Vous m'avez fait demander, monsieur ?

Le Président resta aussi immobile qu'une figure de cire. Sa peau en avait d'ailleurs pris la pâleur vaguement luisante.

— Ils ont démissionné, éructa finalement Nixon sans se retourner. Haldeman et Ehrlichman.

Vos heures de gloire aussi, songea Eddie.

— Oui, monsieur le Président.

— Vous avez entendu ? Il y a eu des fuites ?

— Des rumeurs aux informations, monsieur.

— Des rumeurs, il n'y a que ça dans les médias.

« Et quelques faits qu'on aurait préféré rumeurs. » Eddie garda toutefois sa remarque pour lui.

— Oui, monsieur.

— Dean aussi a quitté le navire. (Ses mains livides se serraient et se desserraient mécaniquement.) Bon vent ! (Ce sursaut de colère retomba aussitôt et le Président s'affaissa. La pièce était grande. Les épais rideaux ouverts sur la nuit la faisaient paraître plus vaste encore.) C'est fini, Eddie.

— Je le regrette, monsieur.

— Nous avions tant d'espoirs. De rêves. Nous allions changer les choses.

Eddie fut horrifié de voir les larmes couler sur ce visage dévasté. Il tenta de se souvenir du mangeur de rouges des années 1940 et 1950, de l'architecte de la « stratégie pour le Sud » qui avait savamment exploité la colère blanche contre la déségrégation des écoles afin de mettre en place une coalition républicaine pour les élections. Mais il ne revoyait que l'homme timide et seul qu'il avait découvert au petit matin, s'efforçant de convaincre des étudiants en grève qu'au fond, il était un type bien. C'était faux. Eddie se rendait compte qu'il avait vu juste dans son article publié en 1962. Nixon était l'Américain type. Gagner la partie comptait plus que l'honneur, l'intégrité, et toutes les valeurs que prêchait Wesley Senior.

— Je suis navré, monsieur, mais vous savez...

— Tant pis. Laissez-moi plutôt vous dire pourquoi vous êtes là. (Nixon promena son regard sur la pièce, s'arrêtant dans les coins d'ombre.) On fait pression sur moi... (Il s'interrompit.) Il y a des choses... (Il s'arrêta de nouveau.) Il est venu me voir, finit-il par dire, hochant la tête comme s'ils savaient tous les deux qui était ce « il ». Ça pourrait mal tourner. C'est pourquoi je vous ai fait venir, vous plutôt qu'Aurie. Comment va-t-elle ?

— Très bien, monsieur. Très bien.

— On m'a rapporté que vous formiez un sacré couple.

— Peut-être, monsieur le Président. Je n'en sais rien. Elle vous transmet ses compliments.

Nixon hocha la tête. Il arpentait la pièce de long en large. Il divaguait.

— Nous avons fait la Russie. La Chine. Réduit les armements. Tenté de juguler les dépenses d'énergie. OK. Des erreurs ont été commises. Il y a eu des écueils. (Il était difficile de savoir s'il parlait de la régulation des coûts de l'énergie ou du Watergate. Ce recours à la voix passive était classique du style de Nixon. Puis, soudain, sans crier gare, il attrapa Eddie par le bras.) Nous avions prévu de grandes choses pour votre peuple, Eddie. Le temps a manqué. Vous comprenez ?

— Vous avez parlé de pressions ?

— Oui. Oui. (Il était retourné se poster à la fenêtre.) Malgré nos différences, j'ai toujours pu compter sur vous. Je veux que vous sachiez que je vous en suis reconnaissant, Eddie. Reconnaissant. (Interloqué, Eddie resta coi.) J'ai prié, hier soir, avoua Nixon. Vous arrive-t-il de prier, Eddie ?

Pris de court à nouveau, Eddie opta pour une réponse neutre.

— Pas souvent, monsieur.

— Vous devriez, Eddie. À votre avis, quel était l'objet de ma prière ? (Il se mit à déambuler le long de la baie vitrée derrière laquelle la montagne se dressait dans le noir.) Ne pas avoir à me réveiller ce matin. (Il appuya sa paume sur la vitre en regardant dehors.) Ce n'est pas comme ça que ça marche. Je dois penser aux futurs présidents. Croyez-vous que je devrais démissionner aussi ?

Eddie, qui ne voulait pas être témoin d'un tel effondrement, tenta de redonner un peu de légèreté à la conversation.

— Ça dépend, monsieur le Président. Si vous voulez être l'homme par lequel arrivera le Président Agnew...

Nixon éclata de rire.

— Le Président Agnew ! Trop drôle. (Il se rembrunit aussitôt.) Il a des ennuis, lui aussi. Il ne pourrait pas prendre la présidence.

— Dans ce cas, vous risquez de devoir rester.

— Le puis-je ? La question est là. Serai-je en mesure de gouverner ? Il dit que j'ai abusé la confiance des électeurs. (Le Président avait recommencé à arpenter la pièce.) C'est faux. J'ai été trahi. Je suis une victime, Eddie. J'étais mal entouré. Mal conseillé. (Il pivota comme s'il entamait un petit pas de danse.) Si je démissionne, cela créera un précédent. Vous comprenez, Eddie ? Il est dans la nature de l'homme de commettre des fautes – de petites fautes –, c'est vrai qu'elles s'additionnent, mais tout de même...

Il s'interrompit, haussa les épaules et offrit un sourire timide.

Eddie fit preuve de prudence.

— Veuillez m'excuser, monsieur le Président. Je ne suis par certain de savoir de qui vous parlez. Quel est l'homme qui veut que vous démissionniez ?

— J'ai besoin de prendre l'air, dit Nixon.

II

Le Président ouvrit la porte de derrière. Un pont en bois menait à une piscine chauffée. Un agent des services secrets se tenait à proximité et, à la lisière des arbres, deux marines patrouillaient avec un chien. Eddie suivit Nixon à l'extérieur.

— Vous voyez tout ça ? C'est ce que je déteste. La sécurité. Pas une seconde d'intimité. Laissez-moi vous dire une chose, Eddie. Vous pouvez toujours tenter de couvrir vos traces. De protéger vos plans. De faire tout ce que vous voulez pour garder un secret. Il y a toujours quelqu'un qui connaît la vérité. Vous ne pourrez jamais acheter tout le monde.

Maintenant qu'ils étaient dehors, le Président parlait avec plus d'aisance. Eddie se demanda si Nixon craignait d'être écouté. Pourtant les États-Unis possédaient la technologie nécessaire pour empêcher que leur dirigeant soit mis sur écoute contre sa volonté.

— C'est magnifique ici, reprit Nixon. (Il se tenait sur la dalle près de la piscine aux formes arrondies. Des volutes de vapeur montaient de la surface chauffée. Il posa la main sur l'échelle en fer et se pencha au-dessus de l'eau.) Il paraît que c'est un bon moyen d'en finir. La noyade. Un moment de panique et après, une grande paix.

Eddie chercha du regard l'agent des services secrets qui le regardait fixement. Pouvait-il entendre les élucubrations du Président depuis l'endroit où il se trouvait, près de la maison ?

— À mon avis, c'est horrible, dit Eddie en venant se placer entre Nixon et la piscine.

Les souvenirs de Hong Kong s'imposèrent. Près du chalet, de timides fleurs de printemps souffraient silencieusement du froid.

— Ça n'est pas pire que de mourir sur un champ de bataille. (Une pause. Son regard glissa vers Eddie, puis se détourna.) J'ai fait la guerre en Europe. Il y a eu de nombreuses victimes innocentes. Mais je n'étais pas un héros. Le hasard a voulu que je me retrouve sous une pluie de bombes.

Il s'éloigna de la piscine vers un sentier qui se faufilait entre les arbres. Deux gardes se matérialisèrent à leur suite et un troisième devant eux pour ouvrir la voie. À cette altitude, le froid était mordant, mais les émotions brûlantes qui dévoraient Nixon et celles qui couvaient plus sourdement en Eddie leur tenaient suffisamment chaud. Le Président s'approcha si près de son hôte que leurs têtes se touchaient presque. Il baissa la voix.

— Des choses que j'ai faites, il y a longtemps. Ce n'est pas juste. C'était pour aider. Votre peuple, Eddie. Pour aider votre peuple et maintenant... (Il hocha lourdement sa grosse tête.) Il m'a envoyé un message. Votre ami. J'ai accepté de le voir parce que... bref, il fallait. Je n'avais pas le choix. Impossible de négocier avec des gens de cet acabit. On ne peut pas les acheter. Ils ne veulent rien. La plupart des gens ont un prix, mais pas... (Il s'interrompit. Son ouïe était incroyable. Au tournant du sentier, deux marines apparurent, marchant vers eux dans un parfait silence. Ils firent le salut militaire, que le Président leur rendit d'un geste incertain.) Vous avez raison, reprit-il dès que les marines se furent éloignés. Il faut que je reste. Je ne peux pas abandonner la présidence à Agnew. Il va bientôt être inculpé. C'est encore un secret, mais c'est la vérité. Écoutez. Il s'agit de la présidence. C'est pour ça qu'il faut que je reste. Je ne peux pas démissionner. Nous allions faire de grandes choses, Eddie. De grandes choses. C'est encore possible.

La boucle était bouclée. Ils étaient arrivés sur un autre pont qui traversait une rivière nonchalante. Nixon se pencha par-dessus la balustrade, ses yeux pochés semblaient aimantés par l'eau noire. Peut-être se demandait-il à nouveau ce qu'on ressentait en se noyant.

— Monsieur le Président, finit par dire Eddie. Qu'attendez-vous de moi ?

— Avez-vous retrouvé votre sœur ?

— Junie ? Non.

Nixon secoua la tête.

— Dommage. Vraiment dommage.

— C'est vrai, monsieur, je...

— Peut-être que si vous la retrouviez, je saurais... (Il reprit.) En vérité, Eddie, je n'ai jamais cru que quelqu'un... (Troisième tentative.) On fait des choses quand on est jeune. Des folies de jeunesse. Cela devait rester secret. Mais il n'est jamais permis d'oublier, n'est-ce pas ?

Eddie dévisagea le président des États-Unis.

— La réunion de 1952, monsieur. Vous y étiez. (Il n'y avait pas cru. Même quand, dans le salon d'Aurelia, à Ithaca, ils s'étaient lancés dans de folles spéculations à ce sujet, il avait rejeté l'idée comme absurde. Mais l'absurdité était bien réelle, là, face à lui.) Vous étiez chez Burton Mount en 1952, et quelqu'un utilise cette information pour vous forcer à démissionner. (Nixon ne répondit pas. Il avait l'air à bout et usé.) C'est la raison pour laquelle vous m'avez fait venir ici ce soir. Pour me demander si j'avais enfin retrouvé Junie. Et c'est la raison pour laquelle vous nous encouragiez, Aurelia et moi, à renouer. La pauvre s'imagine que vous êtes un romantique dans l'âme. En vérité, vous espériez simplement que si Aurie et moi joignions nos forces, nous retrouverions plus facilement la trace de ma sœur. (Eddie sentit son corps reculer.) La réponse est non. Je ne sais pas où elle est. Et même si je le savais, monsieur le Président, vous ne pouvez pas penser que je vous aiderais. Pas pour ça. Je suis navré, c'est impossible.

Le Président hocha la tête.

— Ma ligne d'action est fixée. Très pragmatique. Il faudra que j'intervienne dans l'enquête d'ici cinq ou six mois de façon à faire empirer les choses, jusqu'à ce que je sois obligé de quitter mes fonctions l'été prochain. (Il se redressa. Nixon tel qu'on le connaissait : sûr de lui et roublard.) À moins que vous ne retrouviez votre sœur avant.

— Je regrette, monsieur, mais je viens de vous dire que...

— Je sais ce que vous venez de dire. Je comprends, croyez-moi. (Il lui fit un clin d'œil.) Mais ce n'est pas la peine de vous inquiéter, Eddie. Il n'y a pas de micros en dehors du chalet.

— Des micros ? Êtes-vous en train de me dire que...

Le Président lui donna une tape sur l'épaule et lui serra vigoureusement la main.

— L'avantage avec les ennuis, c'est qu'ils vous permettent de savoir qui sont vos vrais amis.

Cinq minutes plus tard, Eddie pénétrait dans l'antichambre.

— Tout s'est bien passé, monsieur ? demanda l'huissier qui l'avait escorté à son arrivée. Vous avez réussi à lui remonter le moral ?

Eddie était perdu dans ses pensées. Nixon, sans le vouloir, lui avait révélé un indice.

Des folies de jeunesse, avait dit le Président. *Cela devait rester secret*. Eddie se serait giflé de ne pas y avoir pensé avant. *Ils vous permettent de savoir qui sont vos vrais amis.*

Il savait où retrouver sa sœur.

64

Altercation dans un bureau

I

Tout d'un coup le temps pressait. C'est pourquoi Eddie préférait ralentir. Il demanda à l'agent des services secrets de le ramener chez lui, afin de donner le change s'il était filé. Il voulait que le monde sache qu'il n'avait rien fait de spécial à son retour de Camp David. Aucun coup de téléphone. Pas de visite. Pas de panique. Mais le monde en avait décidé autrement. En accrochant sa veste au portemanteau, il aperçut l'enveloppe à son nom sur la console.

Eddie regarda autour de lui. La maison semblait en ordre. La porte d'entrée n'avait pas été forcée. Il alla tout de même chercher un couteau dans la cuisine avant de vérifier les fenêtres qui donnaient sur le jardin. Fermées. Il jeta un œil à l'étage. Personne. Pourtant, l'enveloppe se trouvait indéniablement à l'intérieur. Il la décacheta. Elle contenait une photocopie du testament de Philmont Castle.

Le testament dérobé par George Collier.

Inutile de chercher à savoir d'où cela venait. Il sauta les pages jusqu'aux dernières et releva le nom des participants. Il eut quelques surprises. La plupart d'entre eux étaient morts. Il n'y avait aucun Hilliman, comme le lui avait affirmé Gary. Parmi ceux qui étaient encore en vie figurait bien Richard Nixon.

Ma ligne d'action est fixée. Très pragmatique.

Eddie sauta dans sa voiture. Il fallait qu'il se sorte Junie de l'esprit. Pas question de l'approcher pour le moment. Pas avant d'être certain que tout était terminé, qu'il n'était plus suivi. Il devait se concentrer sur le présent. Il conduisit jusqu'à une épicerie 7-Eleven et fonça à la cabine téléphonique avant que quiconque ait eu le temps d'entrer derrière lui, puis il acheta un café et se remit au volant. Il roula ensuite jusqu'au campus de Georgetown, se gara près de son bâtiment, y pénétra et vérifia deux fois que la porte était bien refermée derrière lui. Il se rendit à la photocopieuse, fit deux copies du testament et prépara trois enveloppes cachetées. Il inscrivit la boîte postale privée de Gary sur l'une d'elles et la mêla au courrier sortant en ayant pris soin d'indiquer le nom d'un collègue comme expéditeur. Il adressa la deuxième à son banquier, avec comme instruction de la conserver scellée au coffre en attendant qu'il vienne lui-même la déposer dans son coffre personnel. Il prit également soin d'inscrire le nom de quelqu'un d'autre comme expéditeur. La troisième, qui contenait l'exemplaire qu'il avait trouvé chez lui, il la glissa dans la poche de sa veste. Il ne voulait toujours pas savoir qui l'avait déposée chez lui ; de toute façon, c'était facile à deviner.

Il sortit ensuite dans le couloir, et Benjamin Mellor lui assena un coup de crosse de revolver à l'arrière du crâne.

Eddie s'affala immédiatement, Mellor le frappa une fois de plus avant de le retourner et de s'asseoir sur son estomac, le canon de l'arme pointé sur son visage.

Il arborait encore son déguisement de hippie, sans les lunettes, et ses yeux exorbités révélaient sa peur.

— Où est-il ? demanda le professeur.

— De quoi parlez-vous ? (Eddie cherchait à se rebiffer.) Que faites-vous ? Lâchez-moi !

— Ne croyez pas que j'hésiterais à vous tuer, Mr Wesley. Vous avez le testament. C'est évident à votre comportement ce soir. Vous avez ce que je veux.

Eddie secoua la tête.

— Vous vous trompez, dit-il calmement. Je n'ai pas le testament. Allez. Lâchez-moi maintenant.

— Voyons, Mr Wesley. La présidence de Nixon s'effondre. Vous étiez à Camp David ce soir. C'est forcément vous. Vous montez votre coup. Maintenant donnez-le-moi et je vous laisse tranquille. C'est la garantie de ma sécurité et... bref, vous connaissez la suite.

— Je ne l'ai pas, répéta Eddie.

Il tenta de faire basculer Mellor, qui, malgré sa maigreur, avait la force du désespoir. Eddie regarda autour de lui à la recherche d'une arme. L'extincteur. Trop loin. Il y avait bien des coupe-papier dans le bureau dont il venait de sortir, mais ils auraient été sur la Lune, ç'aurait été pareil.

— Vous mentez, gronda Mellor. (Il cogna le crâne d'Eddie contre le sol.) C'est moins drôle d'être celui qui reçoit les coups, n'est-ce pas ? (Il lui cogna la tête une deuxième fois, ce qui, en une fraction de seconde, eut pour effet de ramener Eddie dans l'entrepôt de Hong Kong.) Votre arrogance n'a d'égale que votre ignorance. Vous étiez arrogant à Cambridge. Arrogant à Saigon. Et vous l'êtes encore. Vous croyez me berner ? Quelle bêtise. Allez, c'est fini. Donnez-moi le testament, Wesley. C'est la dernière fois que je vous le demande.

Eddie réfléchit. Il entrevit une chance de s'en sortir.

— Il est dans mon bureau.

Avec une agilité surprenante, le professeur se releva d'un bond et recula.

— Levez-vous. Lentement. Ne vous approchez pas de moi.

— Vous voulez les clés ?

— C'est vous qui allez ouvrir la porte.

Eddie s'exécuta. Il entra dans la pièce. Mellor était forcé de le suivre s'il ne voulait pas se retrouver enfermé à l'extérieur. Eddie se pencha par-dessus son bureau. Son agresseur attendit. Dans le tiroir du bas, il y avait une machine à café. Quasiment à plat ventre sur le bureau, Eddie l'attrapa, roula sur lui-même et la lança de toutes ses forces sur le professeur.

Il ne le toucha qu'à l'épaule.

Mellor recula, se redressa et pointa son arme sur le ventre d'Eddie. Avant que celui-ci ait pu se relever, il entendit deux coups simultanés.

Aucune douleur.

Eddie se redressa. Il n'avait pas été touché, mais le professeur de droit n'était plus qu'un tas ensanglanté sur le sol. George Collier se tenait dans l'embrasure de la porte.

II

— Et maintenant ? dit Eddie.

— J'effacerai les traces. Faites ce que vous avez à faire.

— Je ne comprends pas.

— Vous avez le testament, non ? (Il fit un geste pour désigner la poche de la veste d'Eddie.) Alors faites ce que vous avez à faire. Mais avant, rendez-moi un service. (Il sortit les deux autres exemplaires qu'Eddie avait laissés dans le courrier sortant.) Brûlez ceci.

— Mais pourquoi vous...

L'assassin lui fit signe de se taire.

— Tout n'est pas noir ou blanc, Mr Wesley. Vous croyez que je n'aime pas mon pays parce que je fais ce boulot ? Que je me fiche de qui le gouverne ? Si c'est le cas, vous vous trompez. Mais l'heure n'est pas à la discussion. Un cadavre gît sur le sol de votre bureau. Ce sont des traces que vous ne sauriez pas effacer. Alors laissez-moi faire mon travail et faites le vôtre. (Il s'était glissé derrière le bureau où il attrapa l'ouvrage dans lequel s'était nichée la balle de Mellor.) Ne me regardez pas comme ça, Mr Wesley. Vous vous souvenez de notre conversation à Saigon, lorsque vous m'avez demandé ce qui était arrivé à l'amie de Mr Mellor ? Mon job a ses mauvais jours. C'est aussi simple que cela. (On aurait dit qu'il cherchait à se convaincre lui-même.) Oui, je sais. J'ai dit à Mrs Garland, il y a des années, que certaines personnes ne méritaient pas d'être protégées. Cela étant, vous ne pouvez pas en déduire qu'en ayant reçu l'ordre... Inutile de poursuivre. Vous avez des choses à faire ailleurs. Je suggère que vous vous exécutiez.

— Nous devrions appeler une ambulance, parvint à dire Eddie. La police.

— Il est grand temps de vous mettre en route, Mr Wesley.

Dans le couloir, les jambes en coton, Eddie se retourna.

— J'ignore ce que vous mijotez, Mr Collier, mais vous n'avez pas tiré sur Mellor pour me sauver la vie. Je sais que si je suis vivant, c'est que vous avez des ordres. Vous me tueriez sur commande sans hésiter. Vous et moi restons ennemis.

Agenouillé près du corps, le tueur ne leva pas la tête pour lui répondre.

— Je ne voudrais pas qu'il en soit autrement, Mr Wesley. Dans votre intérêt, donc, espérons que nos routes ne se croiseront plus.

65

Visite surprise

I

Devant lui, la nuit sans fin. Même sans les sarcasmes de Collier, Eddie aurait su où aller. Il avait du mal à croire que Benjamin Mellor venait de se faire descendre dans l'enceinte de l'université, mais à mesure qu'il s'éloignait du campus, les événements des dernières heures devenaient plus réels. Il connaissait sa mission. Le testament en poche, cadeau d'un tueur à gages qui avait commencé à réfléchir par lui-même, il ne lui restait qu'à foncer. Pour ça, il fallait qu'il garde tout son sang-froid. La phase suivante exigerait qu'il se tienne sur ses gardes, en pleine possession de ses moyens.

Il gara la voiture dans une petite rue à l'est du pont, là où M Street coupe Rock Creek Parkway. Il avait décidé de terminer à pied, ce qui lui donnerait le temps de remettre de l'ordre dans ses idées et de repérer une éventuelle filature. À quatre heures du matin, le silence régnait sur Georgetown, les épiceries de nuit étaient fermées, les néons des bars éteints. Des ombres inamicales l'accompagnèrent jusqu'à P Street.

Il avait prévu que la maison serait gardée ou du moins surveillée par des rondes comme il seyait au domicile d'un présidentiable, mais rien ne le détournerait. Dès qu'il eut passé le coin, il repéra le dispositif de sécurité : une berline postée de l'autre côté de la rue, un policier en civil devant la porte.

— Puis-je vous aider, monsieur ?

— Je suis un ami de la famille.

— Votre nom ?

— Edward Wesley.

Le flic consulta une liste, sur laquelle le nom d'Eddie ne semblait pas figurer. Sur le trottoir d'en face, la porte du passager de la berline s'ouvrit.

— Il est quatre heures du matin, Mr Wellesley. Drôle d'heure pour une visite de courtoisie. Vous avez rendez-vous ?

— Pas exactement. (Il désigna la fenêtre éclairée au rez-de-chaussée.) Renseignez-vous, vous verrez que je suis attendu.

Le policier se cala les mains sur les hanches.

— Cela risque de vous étonner, Mr Westerly, mais je ne sonne pas chaque fois qu'un individu se présente en affirmant être un ami de famille. Je vous conseille de passer votre chemin, et si vous désirez voir les Frost, téléphonez avant.

La porte d'entrée s'ouvrit.

— Tout va bien, inspecteur Craig, dit Margot Frost. Je ne pense pas que Mr Wesley songe à commettre un meurtre. (Une lueur espiègle passa dans ses yeux verts.) Du moins, pas ce soir !

II

Ils s'installèrent dans la cuisine, qui donnait sur le jardin où, trois ans plus tôt, Lanning Frost lui avait demandé de déterrer des faits compromettants sur Nixon, parce que Nixon cherchait à le compromettre, lui. Les mêmes colleys effrontés, Darrin et Samantha, arpentaient la cuisine comme s'ils voulaient l'encercler. La bonne leur proposa du thé et des sandwichs, mais Margot la renvoya dans sa chambre. Question d'intimité, dit-elle après que la bonne fut sortie. Eddie lui retourna un sourire complice. Margot, qui n'avait rien d'une femme d'intérieur – sauf pour les électeurs –, ouvrit les placards au hasard ; ils durent se contenter de ce qu'elle trouva. Eddie grignota une pomme. Margot se bourrait de chips goût barbecue et de limonade – tout le contraire du régime qu'elle affichait en tant que potentielle future Première Dame ou de ce qu'elle mangeait devant son mari, lui confia-t-elle. Elle lui fit promettre de garder le secret. Elle parlait sur le ton de la plaisanterie, mais la tension sur son visage rose et joufflu n'échappa pas à Eddie. Il se dit qu'il devait avoir l'air encore plus crispé qu'elle. Cela lui rappela le regard vide du lieutenant Cox, lorsqu'ils s'étaient revus à Saigon après la bataille : *nous avons tenu la colline*.

— Lanning est sorti pour une collecte de fonds, dit Margot. Il faudra te contenter de ma compagnie.

— Tu savais que j'arrivais. C'est pour ça que tu n'étais pas couchée. (Eddie hésitait. Il calculait, se demandait ce qu'elle savait réellement.) Tu as quelqu'un à la Maison Blanche.

— Lanning, oui.

— Un espion ?

Elle hocha vigoureusement la tête. Un des deux chiens vint poser sa truffe sur sa jambe.

— Quelqu'un qui a l'intérêt de son pays à cœur, Eddie. Quelqu'un qui n'est pas prêt à tout laisser partir à vau-l'eau à cause des lubies d'un parano...

Il l'arrêta de la main.

— Je t'en prie, Margot, garde ces arguments pour ta campagne.

Elle se leva brusquement, faisant sursauter les chiens qui s'étaient couchés chacun à un bout de la pièce, et alla rouvrir brutalement les portes des placards jusqu'à ce qu'elle déniche un paquet de biscuits aux pépites de chocolat. Elle sourit.

— Je suis censée faire attention, mais tu sais ce qu'on dit. (Elle revint s'asseoir.) L'enfer est pavé de bonnes intentions. (Elle s'adressa aux chiens.) Je compte sur vous pour ne pas cafter. (Elle déchira le paquet et commença à grignoter un biscuit, se délectant de sa propre faiblesse, puis l'enfourna tout entier dans sa bouche.) Excuse-moi. Je manque à tous mes devoirs. Tu en veux un ? dit-elle en lui tendant le paquet.

— Tu sais pourquoi je suis venu, Margot.

— Ah oui ?

— Si tu ne le savais pas, tu ne serais pas restée debout et tu n'aurais pas renforcé la sécurité autour de chez vous cette nuit. On t'aura prévenue. Toi ou quelqu'un d'autre. Qui a appelé, Margot ? Qui t'a dit que je venais ?

— Personne ne m'a appelée. Je ne me couche jamais de bonne heure. J'ai entendu la voix du policier. J'ai regardé par la fenêtre et je t'ai reconnu.

Eddie ne la laissa pas poursuivre. Il avait eu plus que sa dose de mensonges.

— Je parie que tu ignores qui est allé à Camp David dans le but de faire chanter Nixon.

— Faire chanter Nixon ? Eddie, qu'est-ce que...

— Peu importe, Margot. Écoute, j'ai repensé à ce que tu m'avais dit à Hong Kong.

Elle rougit et baissa les yeux.

— Eddie, tu sais, j'étais bouleversée de te voir dans cet état. Je ne sais plus ce que j'ai dit ou fait...

Elle ne termina pas sa phrase. Eddie attendit que le silence commence à lui peser et qu'elle se dandine sur sa chaise.

— Parle-moi de ta mère.

— De ma mère ? Oh, elle était merveilleuse. C'était une excellente mère, une épouse hors pair. (Elle eut un sourire nostalgique et s'empressa de poursuivre.) Elle tenait son rang parfaitement quand père travaillait au bureau du Gouverneur, puis au Sénat.

— Et elle était... noire.

Margot laissa brusquement tomber la moitié d'un biscuit, l'un des deux chiens bondit à ses pieds, en position d'attaque. Peut-être étaient-ils dressés comme chiens de garde. La dernière ligne de défense.

— Elle était quoi ?

— Noire. Nègre. Femme de couleur. Membre de l'obscure nation. Afro-américaine. Comme tu préfères. (Il s'approcha d'elle.) Ta mère était noire. Son nom était Summer Mount, n'est-ce pas ? C'était la tante de Perry. Celle qui s'est fait passer pour blanche dans les années 1930. Elle avait la peau très claire, mais elle était noire. C'est pour ça qu'elle était si brune. Pour ça aussi que tu ne te souvenais jamais si tu avais dit aux gens qu'elle était à moitié grecque, ou italienne, ou originaire de La Nouvelle-Orléans. J'imagine que depuis tu as mis de l'ordre dans tes versions. Le seul point commun entre tous ces mensonges, c'est qu'ils justifiaient qu'elle ait la peau foncée, pas vraiment bistre, mais presque. C'était une femme noire qui t'a élevée comme une Blanche. Ce n'est ni un péché ni un crime, c'est fréquent. (Il répondit à l'expression qu'il lisait sur son visage.) Non, ça ne me dérange pas. Je n'ai pas l'intention de révéler cette information. Je suis conscient que cela ruinerait la carrière de Lanning. Je sais que l'on se plaît à répéter qu'en 1973, l'Amérique est au-dessus de ça. En vérité, l'Amérique n'a pas dépassé grand-chose. Oui, continue de le cacher. Je comprends. Au fait, est-ce que Lanning le sait ?

— Bien sûr que oui. (Son teint était devenu gris. Elle avait pris vingt ans en l'espace de quelques secondes.) Je n'ai aucun secret pour mon mari.

— Ou très peu.

— Oui, Eddie, très peu.

L'un des deux chiens avait quitté la pièce, sans doute à la recherche d'une discussion moins stérile. L'autre continuait de surveiller la scène, le museau posé sur ses pattes repliées.

— Ce qui signifie que Perry et toi, vous êtes... cousins issus de germain ?

— Germains. Ma mère était la sœur de son père, Burton. (Elle souleva le biscuit, l'observa et le reposa.) Je sais ce que tu penses. Je mange comme certaines femmes boivent. En secret. Parce que je suis malheureuse. À cause du stress. De la solitude. (Elle força un rire pénible.) C'est faux. Je mange parce que Lanning me l'interdit. Il veut que je mincisse, alors j'épaissis. Voilà, Eddie. Tu connais mon secret le plus intime.

— Je ne te juge pas, Margot.

— Dans ce cas, pourquoi me regardes-tu ainsi ?

— Parle-moi de l'Agonie.

— Je ne qualifierais pas ma vie d'agonie, Eddie. Je souffre, mais ce n'est pas...

Il leva la main. Perdue, elle s'interrompit immédiatement.

— Je parle de l'Agonie avec un A majuscule. Ceux que la presse appelle l'« Agonie de la Couronne ».

Margot pencha la tête de côté avec un petit sourire qui lui rappela la nuit où ils s'étaient rencontrés.

— Tu veux dire l'organisation de ta sœur ? Que veux-tu que je te dise ?

— Je t'en prie, Margot. Je connais la vérité.

— Quelle vérité ? Au sujet de l'Agonie ?

— Le nom est tiré du deuxième livre du *Paradis perdu*. (Eddie se dit que Margot jouait la stupéfaction à merveille.) La portière de l'Enfer s'adresse à Satan. Elle décrit le séjour dans l'abîme comme une « perpétuelle agonie ». (Margot continuait de le dévisager sans ciller. Il aurait voulu la secouer violemment. Il se contenta de pointer son cou du doigt.) Allons, Margot. Arrête ton cinéma. Je parle de l'organisation dont tu portais l'effigie, la croix autour de ton cou, le soir où je t'ai rencontrée et au sujet de laquelle tu m'as menti la dernière fois que l'on s'est vus.

Margot rougit et baissa les yeux.

— Je le regrette, Eddie. Je regrette d'avoir menti. Mais je n'aurais jamais dû te laisser voir la croix. Ma mère était furieuse. J'étais censée la porter ce soir-là, mais je n'étais pas censée m'éclipser dans un coin avec toi.

— Tu étais censée la porter ?

Elle acquiesça.

— Maman m'avait demandé de la porter à la soirée. À l'intention de quelqu'un qui devait la voir. C'est tout ce qu'elle a accepté de me dire.

Quelqu'un. Si ce n'était pas Gary Fatek, qui ? Un autre membre du Conseil, sans aucun doute. Quelqu'un qu'il ne parviendrait pas à identifier parce que, de toute évidence, Margot n'en savait rien. Il repensa à Nixon. *Des folies de jeunesse. Savoir qui sont vos vrais amis.* Il repensa à cette histoire d'héritiers. Elliot Van Epp n'était pas obligé de choisir sa fille comme héritier.

— Oh non. C'est pas vrai !

— Quoi ? Qu'est-ce que tu as ? Ce serait plutôt à moi d'être fâchée. Tu débarques sans crier gare et...

Inquiet, Eddie se tassa sur son siège.

— Je me suis trompé. Je croyais que c'était toi. Ce n'était pas toi. C'est lui, n'est-ce pas ? Depuis toujours, c'est Lanning.

— Qu'est-ce que tu racontes ?

— J'ai cru que tu étais le contact. J'ai cru que Lanning était... disons, votre marionnette. À toi et à Perry. En réalité, quand tu rendais visite à Perry en cachette, c'était seulement parce qu'il est ton cousin. Rien d'autre. Juste pour passer un moment avec lui. (Il ne parvenait pas à y croire.) J'ai cru la même chose que tout le monde. Que ton mari était un idiot. Un homme de paille. Que l'objectif était de donner la présidence à Lanning pour que ton cousin et toi dirigiez le pays.

— Lanning n'est pas un idiot...

Eddie la fit taire.

— Je sais. Je sais. Tout le monde s'est trompé. Il faisait semblant. C'est Perry seul qui est derrière tout ça. Tu n'y es pour rien, excepté leur rencontre – c'est toi qui les as mis en contact. Ou ton père, peut-être. Perry et Lanning. Et Collier s'est chargé du reste.

— Quel reste ? (Panique dans les yeux magnifiques.) De quoi parles-tu ?

— Ton mari. C'était le projet de ton père depuis le début. Que tu séduises ton mari. Que tu prépares son ascension vers la Maison Blanche.

— Le projet de qui ?

— Du Grand Conseil. L'idée de ton oncle Burton. Tu n'as jamais entendu parler du Conseil, n'est-ce pas ? Ni de l'Empyrée ? Il n'y a aucune raison pour que tu le connaisses. C'est un club de Harlem. Tu as été élevée comme une Blanche. Tu ne sais rien des clubs de Harlem.

— Je ne comprends toujours pas de quoi tu parles.

— Malheureusement, je te crois.

— Je suis heureux que vous croyiez mon épouse, fit Lanning Frost derrière lui. Du reste, elle dit la vérité.

66

L'héritier présomptif

I

Il traversa la pièce. Grand, mince. L'allure d'un président. Son nœud de cravate était desserré, il se montrait décontracté et sûr de lui. Derrière lui, son conseiller en politique étrangère, Perry Mount.

— Je suis navré que Mr Wesley t'ait dérangée, ma chérie. Tu souhaites sans doute te retirer et nous laisser bavarder.

— Dois-je comprendre que tu es au courant de tout cela ? demanda Margot qui avait perdu son assurance habituelle. Le plan ? Préparer ton ascension ? Lanning, que se passe-t-il ?

— Tu devrais te retirer, Margot.

— C'est une bonne idée, renchérit Perry de la voix douce et innocente qu'il affectait généralement.

— Mais...

— Sors, lança sèchement Lanning.

Resserrant son peignoir autour d'elle, Margot quitta la pièce, avec un dernier regard pour Eddie, un regard de désespoir, de crainte et de mise en garde.

Le chien qui se trouvait encore sur place la suivit.

Perry ferma la porte et se posta devant, les bras croisés. Lanning, voyant la table encombrée, ramassa les biscuits et les chips qu'il jeta à la poubelle. Il ouvrit le réfrigérateur où il rangea la limonade.

— Elle sait pourtant qu'elle ne doit pas manger ces cochonneries. Il faut qu'elle maigrisse. L'excès de poids est mauvais pour sa santé, lança-t-il par-dessus son épaule.

— Elle a à peine quatre ou cinq kilos de trop.

Le sénateur était déjà passé à un autre sujet.

— Vous n'auriez jamais dû déranger ma femme, Eddie. Qu'est-ce qui vous a pris ? Vous auriez dû venir me trouver en premier. Nous aurions tiré cela au clair.

— C'est-à-dire ?

Eddie se tenait raide sur sa chaise, les yeux rivés sur Perry, l'ancien espion, son persécuteur. Perry lui rendit son regard, impassible.

— Vous vous posez en adversaire, Eddie. Je ne comprends pas pourquoi. (Frost récitait sa leçon par cœur en lavant la vaisselle.) J'essaie de construire une Amérique meilleure. Une Amérique digne d'être aimée à nouveau. Une Amérique libérée des affres de la pauvreté, de l'injustice raciale et des menaces extérieures. En quoi est-ce que cela vous dérange ? (Après avoir essuyé les assiettes et les verres, il les rangea à leur place.) Je pensais vous compter dans nos rangs, Eddie. Vous vous battez pour une Amérique meilleure depuis des années. Vous nous avez tendu le miroir pour que nous nous regardions en face. (Il s'appuya contre l'évier et croisa les bras sur sa poitrine dans une attitude semblable à celle de Perry.) Vous connaissez les lacunes et les points forts de notre pays. Je les vois aussi. Vous êtes conscient des abus de pouvoir. Vous savez que le pouvoir peut être mis au service d'une bonne cause. Moi aussi. Pourquoi vous acharner contre moi, Eddie ? Qu'ai-je donc fait pour mériter votre vindicte ? (Il déployait tout son charme pour séduire son interlocuteur.) Nous allons changer le monde, Eddie. C'est le thème de ma campagne. Nous allons rendre l'Amérique plus forte et plus sûre, mais aussi plus honnête et plus juste. Tout en préservant l'héritage de notre passé, nous le dépasserons pour en faire de grandes choses. Pourquoi ne pas nous aider ?

Eddie jeta un regard à Perry qui ne bronchait toujours pas.

— Parce que vous êtes un monstre, sénateur. Un monstre qui a vendu son âme au diable.

Le sénateur siffla.

— Le diable. Rien que ça, Eddie.

— C'est pourtant vrai. Vous et votre Grand Conseil.

— Eddie, je vous en prie. Abandonnons ces folles théories conspirationnistes. Cessons toute cette paranoïa. Je n'imagine pas un instant que votre patriotisme explique à lui seul ce combat pour épargner à l'Amérique un président dont vous n'aimez pas les amis. Voyons. Nixon ne respecte quasiment aucune règle, et pourtant vous êtes amis. Qu'est-ce qui vous retient d'être l'ami de Frost ?

— Nixon n'a jamais trahi ma sœur.

Un lourd silence s'imposa. Derrière lui, Perry se raidit. L'atmosphère était tendue comme avant un combat. Le sénateur plissa les yeux et leva son menton autoritaire d'un millimètre à peine :

— N'a jamais quoi ?

— Junie. Ma sœur. Vous l'avez trahie, sénateur. Je ne parle pas des membres de l'Empyrée ou du Grand Conseil. Mais de vous. À titre personnel. Vous l'avez séduite. Vous l'avez mise sur des rails. Vous l'avez fait entrer dans la clandestinité quand cela servait vos intérêts. Et puis vous l'avez fait exclure et vous l'avez laissée pourrir.

II

Perry, toujours posté devant la porte, éclata d'un rire incrédule. Le sénateur s'éloigna de l'évier et vint s'asseoir sur le rebord de la table. Son sourire se voulait aimable.

— Et sur quoi fondez-vous cette théorie exactement ?

— Les saloperies que vous aviez peur que Nixon découvre sur vous. J'ai cru qu'il s'agissait de votre appartenance au Grand Conseil, mais je me suis trompé. Il va de soi que vous préférez cacher le contrat que vous avez passé, par l'intermédiaire de Perry et la mère de Margot, j'imagine. Mais ce n'est pas ce qui vous préoccupait le plus. Tout a commencé dans les années 1950. Vous aviez une maîtresse, Lanning. Une maîtresse... noire. C'est cette information que les Soviets ont achetée à Phil Castle. Rien à voir avec les armes nucléaires. Ils collectaient les mêmes renseignements que Hoover. Des renseignements qu'ils pourraient utiliser par la suite, pour faire du chantage. Vous avez tué Castle parce que vous vouliez revenir à la case départ. Sauf que vous n'avez pas retrouvé ce que vous cherchiez, pas vrai ?

— Je n'avais même pas de mandat parlementaire.

— Mais vous en formiez le projet. Le père de Margot vous avait ouvert la voie. Il avait participé à la réunion de 1952. Il savait que le Conseil s'était donné pour objectif d'élire son président dans les vingt ans à venir. (Eddie tourna la tête.) Ébranler le trône, hein, Perry ? Il n'en aurait pas l'opportunité lui-même, il fallait donc qu'il se choisisse un héritier. Et il savait parfaitement sur qui faire pression, pas vrai ? (Eddie eut un rire triste.) En cela, la position du FBI selon laquelle le colonel Abel n'avait pu fournir aucun renseignement d'importance est particulièrement intéressante. Si c'était le cas, comment se fait-il que les Russes l'aient accueilli en héros quand il a été échangé ? Est-il possible qu'ils l'aient récompensé pour les renseignements compromettants qu'il avait recueillis sur les futurs présidents des États-Unis ? Y compris Lanning Frost ?

Silence total. Au point où il en était, autant continuer.

— L'été qui a précédé son entrée en troisième année de droit, Junie a travaillé quelques semaines comme assistante de recherche pour Benjamin Mellor et, jusqu'à la fin de l'été, elle a fait un stage dans votre cabinet d'avocats, à Chicago. C'est là que vous vous êtes connus, à moins que vous ne vous soyez rencontrés avant. Vous étiez marié, mais vous avez eu une aventure. Qui s'est poursuivie à Cambridge. Puis, un jour, elle vous a annoncé qu'elle était enceinte, c'est ça ? Elle a refusé d'avorter et vous avez mis sur pied cette fiction d'une aventure avec le professeur Mellor. Vous, ou le sénateur Van Epp. Junie a marché dans la combine. Elle m'a même dit à moi que le père était Mellor. C'était faux. C'est ce que signifiait la note laissée par Castle : « Pas comme dans une époque essentiellement tragique. » Une référence littéraire. Peu importe à quelle œuvre. Cette note dit clairement que Benjamin Mellor n'était pas le père de l'enfant de Junie.

Eddie marqua une pause. Il espérait entrevoir une fissure dans la façade du sénateur. Mais celui-ci se contentait de se caresser le menton. Perry restait impassible.

— Reprenons tout cela, dit le sénateur. Imaginons que j'aie eu une maîtresse. OK. Ce sont des choses qui arrivent. Je ne confirme rien, mais admettons. Il n'y a aucune raison de supposer qu'il s'agissait de votre sœur, Eddie. Même si elle a travaillé à mon cabinet pendant l'été 1956. À cette époque, je suis au regret de vous informer que j'étais vraisemblablement occupé à collecter des fonds en prévision de ma campagne pour les législatives.

— Vous étiez candidat en 58, pas en 56.

— Et vous croyez qu'une année suffit pour nouer toutes les relations nécessaires et collecter les fonds ? Vous êtes un radical vraiment naïf, Eddie. Écoutez plutôt. Supposons que je sois effectivement doté d'un pouvoir de persuasion hors du commun, sans parler d'une absence totale de conscience, et que je sois parvenu à trouver un amant de substitution, comme vous le suggérez. Pour quoi votre sœur aurait-elle accepté ?

— Pour vous, espèce de salaud. Elle l'a fait pour vous. Elle vous aimait, sénateur. Connaissez-vous ce mot ? L'amour. Elle vous aimait et elle aurait gardé votre secret jusque dans sa tombe. Mais l'amour est un sentiment qui vous dépasse. Auquel vous ne croyez pas. (Eddie hésita. Il sentait que le vent risquait de tourner. Les mots ne venaient pas.) Mais c'est un risque que vous ne pouviez pas courir. (Il reprit des forces.) Vous l'avez tout d'abord éloignée. Puis vous avez appris ce qu'elle faisait et vous l'avez contactée. Elle est restée dans la clandestinité. Elle a dirigé l'Agonie comme vous le souhaitiez.

— L'Agonie, vous vous en souvenez peut-être, a attenté à ma vie.

— Excellente manœuvre, n'est-ce pas ? Qui vous

a permis de conforter votre position auprès des électeurs modérés, parce qu'un groupuscule révolutionnaire violent vous avait pris pour cible. L'échec de leur action est intéressant, vous ne trouvez pas ? Ils ont tué Kevin et vous ont raté. Une hécatombe parmi ceux qui connaissaient le plan de Burton Mount, pas vrai ? Castle, Belt, Hamilton Mellor, dans les années 1950. Matty Garland et Kevin Garland dans les années 1960. (Il se tourna vers la porte.) C'étaient tes amis, Perry ! C'étaient tes amis qui se faisaient assassiner. Tous ces morts pour que les cartes changent de main. Tu croyais que ton père dirigeait le Conseil. C'est aussi ce qu'il croyait. Sauf que, depuis le début, c'était Elliot Van Epp, Perry. Et le tueur à son service. George Collier a ensuite été recruté par le sénateur Frost. Tous ceux qui ont cru manipuler Lanning Frost sont tombés les uns après les autres. Ce soir, ils ont eu ton ami Ben Mellor, Perry. Tu le savais ? Sous mes yeux. Tu es sans doute le dernier, Perry. Méfie-toi. Tu seras peut-être le suivant.

Nouveau silence. Eddie sentit qu'il ne maîtrisait pas toute l'histoire. Il avait raté quelque chose. Il le voyait dans le regard confiant de Frost.

— Dites-moi, sénateur, est-ce que le deuxième enfant est aussi le vôtre ? Peut-être aviez-vous renoué avec ma sœur à l'époque où elle faisait tout sauter. (Silence. Il se tourna vers celui qui gardait la porte.) Tu as aimé ma sœur autrefois, Perry. Tu vas le laisser s'en tirer aussi facilement ? (Puis, se retournant vers Lanning.) Que se passe-t-il maintenant ? Perry me tire dans le dos ?

Lanning ne s'était toujours pas départi de son sourire confiant, politicien.

— Oh, je ne crois pas qu'un tel mélodrame soit nécessaire, Eddie. Votre histoire révèle une imagination fructueuse et possède les qualités qui donnent sa force à votre œuvre romanesque. Son seul défaut est qu'elle ne tient pas debout. (Il se pencha en avant, tapotant ses doigts tendus les uns contre les autres.) Réfléchissez, Eddie. C'est tellement malin. Je tue les meilleurs amis de mon beau-père, je m'arrange pour faire sauter ce pauvre Kevin Garland tout en me faisant passer pour cible – rien que ça... Mais toute cette belle construction ne repose que sur une seule hypothèse. L'hypothèse selon laquelle Junie et moi avons eu une aventure. OK. Reprenons. Supposons que votre sœur ait été ma maîtresse. Supposons qu'elle ait été enceinte de moi. À votre avis, quand les Soviets ont-ils jugé que ces renseignements pourraient leur servir ? Votre sœur a disparu pendant l'été 1957. Est-ce que le colonel Abel n'avait pas déjà été arrêté ? En outre, Castle est mort en 1955. Si Junie a accouché au cours de l'été 1957, à quand remonte sa grossesse ? Fin 1956 ? Quand suis-je censé l'avoir mise enceinte ? Et comment l'enveloppe laissée par Castle pouvait-elle contenir cette information ?

III

Eddie se mordit les lèvres. Il était passé à côté de ce qui sautait aux yeux quand Lanning l'avait vu du premier coup. Eddie s'était montré patient. Pendant quinze ans il avait collecté les faits, les avait arrangés et réarrangés, jusqu'à parvenir à une hypothèse qui se tienne. Et Lanning Frost, d'une simple objection, balayait toute sa théorie.

— Je suis navré de vous décevoir, Eddie. Je sais ce que votre sœur représentait pour vous. Ce qu'elle représente toujours. Si vous avez raison et que le pauvre professeur Mellor n'est pas le père de l'enfant de votre sœur, alors cet énergumène court toujours. (Le sénateur devint songeur.) Et le bébé aussi. Voyons, née en juillet 1957, votre nièce aurait aujourd'hui presque seize ans... Peut-être devriez-vous mettre votre inépuisable énergie et votre talent à sa recherche, Eddie. Peut-être a-t-elle besoin de vous.

— Je ne vous ai jamais dit que l'enfant était une fille.

— Non ? Je suis certain que vous l'avez mentionné.

— Je ne l'ai jamais dit à personne, sénateur. Sûrement pas à vous. Et je suis certain que Junie n'en aurait jamais parlé à un étranger. (La tête lui tournait. Il paniquait, comme quand on se retrouve au bord du précipice entre ce qu'on a toujours voulu et ce dont on a toujours eu peur.) Junie me l'a dit à moi. Mais à vous, qui vous l'a dit ? Je crois que personne au monde ne le sait, hormis Junie, moi... et le père de l'enfant.

— Nous y revoilà, alors.

Le sourire s'évanouit.

— Oui, sénateur. Nous y revoilà.

— Vous y croyez toujours. En dépit de votre petit problème de dates ?

— Je ne me l'explique pas mais, oui, sénateur, j'y crois toujours. Et je crois aussi que je suis prêt à m'en servir contre vous.

— Très bien, Eddie. La liberté d'expression est un droit reconnu en Amérique. Racontez ce que bon vous semble, à qui vous voudrez. Je ne vous en empêcherai pas. Une histoire aussi dingue que celle-ci ! Force est de reconnaître que vous nous en avez conté de belles ces dix dernières années. Appelez le *Washington Post*. CBS News. Rameutez large pour raconter votre sale petite histoire. Les tabloïds adoreront. Les autres médias vérifieront vos sources et l'ignoreront.

Comme il se doit. Les vengeances personnelles sont la plaie de la démocratie. Nixon en a fait ses choux gras, c'est la raison pour laquelle il doit démissionner.

— J'ai appris que vous receviez des menaces de mort.

— Comme tous les politiciens.

— De Junie ?

Le sénateur haussa les épaules mais son regard vacilla, un quart de seconde.

— Nous nous en occuperons.

— Pourquoi est-ce que Junie menacerait de vous tuer si elle ne vous en voulait pas ?

— Je n'en sais rien, Eddie. Quel est le mobile des radicaux marginalisés ? Obtenir de l'attention ? Ignorer leurs propres lacunes ? Qu'est-ce que j'en sais.

Eddie explosa.

— Inutile d'attendre Junie, sénateur. Je pourrais tout aussi bien vous tuer moi-même pour ce que vous lui avez fait.

Au moins cela lui valut de capter l'attention du sénateur.

— Je suppose que vous pourriez essayer, c'est vrai. Et votre cadavre après votre attentat raté assurerait mon élection. (Le sourire fat reprit sa place.) Surtout une fois que j'aurais révélé que vous étiez un ancien amant de cette pauvre Margot. (Il fit un geste des doigts pour ouvrir les guillemets.) « LE ROMANCIER WESLEY TROUVE LA MORT EN ATTENTANT À LA VIE DE FROST – L'ÉCRIVAIN FOU ÉTAIT AMOUREUX DE L'ÉPOUSE DU SÉNATEUR, SELON CERTAINES SOURCES. » Pour ma part, j'aime assez ce scénario. Allez-y, Eddie. Je vous en prie. Passez à l'acte. (Il éclata de rire.) Il faudra aussi que nous pensions à dire que vous étiez un ami de Nixon. Avec ça, je suis sûr de crever le plafond.

— Je pourrais réussir.

Le sourire disparut.

— C'est vrai, Eddie. C'est possible. Vous pourriez réussir à me tuer. Vous pourriez convaincre le pays qu'un groupe d'hommes d'affaires influents de Harlem dirigeait le pays en secret. Et vous seriez directement responsable du pogrom qui ne manquerait pas de suivre. Imaginez ce que le pays ferait à votre peuple après qu'un Noir aurait assassiné le futur Président et qu'on aurait appris que d'autres Noirs s'apprêtaient à commettre des crimes plus graves encore ? (Il se leva.) Il y a pire, Eddie. C'est que vous n'êtes pas certain d'avoir raison. Et vous ne voudriez pas commettre un meurtre, prendre une vie humaine, et amener les foudres de l'enfer sur la tête de votre peuple, sans être absolument sûr que vous avez raison. (Il se pencha par-dessus la table.) Laissez tomber, Eddie. Vous avez perdu d'avance. Certaines choses sont inévitables.

— Ce n'est pas ce que je crois. Les gens ont le droit de connaître la vérité.

Lanning Frost secoua la tête.

— Non, Eddie. Pas votre version de la vérité. Le pays n'y souscrira jamais. Et votre peuple n'y survivrait pas. (Il regarda sa montre.) Il se fait tard, Eddie. J'aurais préféré vous avoir comme allié que comme ennemi. Mais, quoi qu'il en soit, je crains qu'il ne faille clore cette réunion.

— Vous ne vous en sortirez pas comme ça.

— Vous pouvez très bien tenter de m'arrêter. Mais n'oubliez pas de mesurer les conséquences de vos actes.

Son sourire retors était devenu glacial. Le sénateur avança vers la porte. Son conseiller le laissa passer.

— Perry, raccompagnez notre invité, voulez-vous.

C'est toujours un plaisir, Eddie. Je saluerai Margot pour vous.

IV

Dans le vestibule, Eddie se retourna vers son escorte silencieuse.

— Et toi, Perry. Tu as aimé Junie, autrefois. Tu vas le laisser s'en tirer comme ça ?

— C'est-à-dire ? (Perry tenait la porte ouverte. La rue était déserte. Pendant leur conversation, le jour s'était levé. C'était une matinée dominicale claire, froide et tranquille.) Le pays va changer, nous allons le faire changer. Il n'y a rien d'autre qui compte, Eddie. Rien.

— Perry, voyons. Il a fichu la vie de Junie en l'air. Elle a commis des crimes horribles.

— C'était son choix.

Eddie ignora cette réponse.

— Après il l'a laissée tomber. Partir seule à la recherche de ses enfants. Dont un est le sien, peut-être les deux.

Perry caressa sa barbiche.

— Et tu sacrifierais l'obscure nation tout entière pour sauver ta sœur ?

Eddie choisit de s'abstenir de le frapper : le coup n'atteindrait jamais son but.

— Je ne pense pas que ce soit le seul choix qui s'offre à moi.

— Mais si c'était le cas, tu n'hésiterais pas, n'est-ce pas ? (Eddie ne répondit pas tout de suite et Perry s'échauffa.) Je parie que tu as lu *Le Paradis perdu* au moins une centaine de fois. Tu te souviens de la fin ?

Il hocha la tête.

— Adam et Ève prennent leur chemin vers le monde devant eux.

— Exactement, Eddie. Ils regardent derrière eux et la porte du paradis a été obstruée de figures redoutables et d'armes ardentes. Ils ont écouté le serpent – le tentateur, le souverain, l'auteur, Milton utilise tous ces termes –, ils l'ont écouté et les portes se sont refermées sur eux. Il le fallait. (Il désigna la maison derrière lui.) Tu crois que c'est là tout le Projet ? Tu crois que le rêve de mon père était de voir Lanning Frost à la présidence ? Si c'est ce que tu crois, tu te trompes. Le Projet est plus vaste, il est autonome. On ne peut pas l'arrêter.

— Mais cette élection...

— Lanning Frost n'est rien d'autre qu'une opportunité à saisir. C'est l'œuvre du hasard. Un jour ma tante Summer a décidé de partir dans le Midwest et de se faire passer pour blanche. Le père de Margot est tombé amoureux d'elle. Lanning est tombé amoureux de Margot. Ce sont des choses que nous n'avions pas prévues. Comment aurions-nous pu ? En revanche, nous serions stupides de ne pas en tirer profit. Mon père a commencé à négocier avec Elliot Van Epp. Il n'avait pas prévu tout cela, mais le plan reste le sien néanmoins. Si Lanning l'emporte, la communauté fera un petit pas vers la justice. Et, oui, mon bureau sera à côté du Bureau ovale pour surveiller qu'il fait ce qu'il doit sur les questions les plus cruciales pour notre peuple. D'un autre côté, si Lanning perd, la communauté n'en souffrira pas pour autant. Parce que le Projet perdurera. (Ses yeux enflammés semblaient contempler un avenir radieux.) Il n'est plus temps de nous arrêter, Eddie. L'heure de la victoire approche. Crois-moi. Nous allons ébranler le trône. Si ce n'est pas au cours de cette décennie, ce sera dans la suivante. Tu aurais pu être des nôtres, Eddie. Tu es un adversaire de taille.

— Des décennies ? C'est pour cela que vous avez besoin d'héritiers.

— Nous sommes patients.

— Ne touche pas à Locke. Ne t'avise pas de l'approcher. Il ne fera jamais partie de votre Projet. Jamais. Si tu tentes de le recruter, je te tuerai.

Perry avait l'air de s'amuser.

— Les garçons deviennent des hommes, Eddie. Et les hommes se forgent leurs propres opinions. Mais c'est une question dont nous parlerons une autre fois. (Ses yeux brillaient. De malice ? De victoire ?) Ce qui compte, Eddie, c'est que maintenant, au moins, le Projet est remis sur les rails. Lanning à la présidence nous facilitera la tâche, mais nous pouvons nous passer de lui.

— Je me fiche de votre Projet. C'est Lanning que je veux arrêter.

— Alors fais-le. La question de ta sœur vous concerne, Lanning et toi. Nous n'avons aucune position sur ce point.

— Mais...

— Nous ne sommes pas sans morale, Eddie. Nous ne sommes pas non plus des dingues. Nous n'avons pas tué Philmont Castle. Ni Belt ni aucun des Garland. (Ses yeux étincelaient à présent. Confiants et inspirés.) Ce qui compte pour nous, c'est le Projet. Ce n'est pas Lanning Frost. Ni les élections présidentielles de 1976. Uniquement le Projet. Si tu parviens à faire tomber Lanning Frost sans porter préjudice au Projet, nous n'interviendrons pas. (Il fit une grimace.) Bien entendu, je ne peux parler au nom du sénateur.

— Et pour ce qui est des conséquences dont Lanning parlait ?

Perry Mount, chef du Grand Conseil, inclina son beau visage.

— Nous ne saurions permettre que cela se produise, Eddie.

— Explique-toi.

— Ce que tu décides de faire au sujet des secrets de Lanning Frost ne nous concerne pas. En revanche, ce que tu fais à propos des nôtres...

— Pourquoi as-tu fait ça ?

— Quoi ?

— Échangé les enveloppes pour t'assurer que j'entre en possession des indices concernant Lanning et Junie au lieu des renseignements que Belt avait sortis de Los Alamos. Tu t'es débrouillé pour que Leona Castle les échange. Ou le pasteur. Les Russes n'achetaient pas des renseignements sur les candidats à la présidence. Ce scénario m'était destiné, à moi uniquement. Comment auraient-ils pu savoir sur qui acheter des renseignements si longtemps à l'avance ? Non. Ils étaient à la recherche de secrets nucléaires à Los Alamos, et Joseph Belt leur en fournissait, comme l'a dit Hoover. Cela étant, quelqu'un à Charleston s'est débarrassé des photographies que voulaient les Russes et les a remplacées par les lettres et une note de Phil Castle. Par la suite, quelqu'un a ajouté la note à propos de D. H. Lawrence. Et cela une fois que tu as été certain que j'allais venir chercher l'enveloppe. La première note, « Sa femme l'a » était bien de Castle, n'est-ce pas ? Il l'a écrite à l'intention de Langston Hughes afin qu'il sache, au cas où il lui arriverait quelque chose, où se trouvait le testament. Le Conseil a intercepté la note mais n'a pas réussi à la décoder. Vous me l'avez donc laissée. Mais cette autre note, à propos de l'époque essentiellement tragique, a été écrite de ta main, n'est-ce pas, Perry ? C'était ton assurance vie.

Un sourire fugace éclaira le visage fatigué. Si fugace qu'Eddie n'aurait pu jurer l'avoir vu.

— Je ne vois pas de quoi tu parles. Je faisais mon deuxième cycle.

— Tu voulais que je sache. Tu voulais que l'information soit consignée quelque part, au cas où Lanning deviendrait incontrôlable.

— Tu nous accordes trop de crédit, Eddie. Quand tu ne nous accuses pas de tous les maux.

— C'est toi, depuis le début, qui sèmes des miettes pour que je les ramasse. Quand tu m'as fait torturer à Hong Kong, tu ne l'as pas fait pour que j'abandonne. Tu l'as fait pour me mettre dans une telle colère que je ne lâche pas. Je n'avais rien trouvé de concluant au Vietnam, alors tu as commandité ça pour me conforter dans mon idée.

Perry était une statue de pierre.

— C'est pour ça que j'ai ta permission, n'est-ce pas ? Tes calculs se révèlent *faux*. Frost *est* ingérable. Tu *veux* que je l'arrête. (Il se couvrit la bouche un instant.) Tu ne veux pas que Lanning soit président, c'est ça. Tu as cru les articles disant que c'était un idiot. Tout le monde les a crus. Sauf qu'il se montre plus intelligent que ce que tu pensais. Plus indépendant. Plus... (Il le lut sur son visage.) Tu as peur de lui. C'est un tueur. Il s'est attaché les services de Collier pour retrouver le testament, et il détient maintenant la liste complète. La liste de tous ceux qui étaient présents à la réunion organisée par ton père. Et tu ne trouves aucun moyen de l'empêcher de nuire. Toutes les bonnes raisons pour lesquelles je ne pouvais pas le tuer qu'il a exposées dans la cuisine, ni même le faire tomber... C'est à *toi* qu'il s'adressait, pas vrai ? Il te rappelait qui tient les commandes.

— Pures spéculations, cingla Perry.

— Peut-être. Mais alors pourquoi perds-tu ton temps à m'écouter au lieu de m'éconduire ? (Eddie ricana.) Peut-être que je me trompe. Si ça se trouve, George Collier ne travaille même pas pour Frost. Mais s'il est à sa solde, le Grand Conseil a de sérieux ennuis, n'est-ce pas ? Le monstre se retourne contre son créateur. Peut-être es-tu en train de vivre la scène à la fin du *Paradis perdu* quand Dieu maudit Satan, le condamne à rester serpent, à ramper sur le ventre et à siffler. C'est toi, ça, Perry. Tu rampes et persifles dans l'espoir que je ferai le sale boulot à ta place. Oh, Perry !

Devant le visage impassible de l'ancien espion, Eddie se retourna et scruta l'air glacé du matin. Il pivota soudain pour dire à Perry que personne ne le tenait, mais se retrouva face à la porte fermée. Il était presque six heures. De l'autre côté de P Street, les badauds commençaient à affluer. Il y avait aussi un manifestant solitaire dont la pancarte proclamait que le droit de brûler le drapeau serait le dernier qui resterait.

V

Eddie remonta jusqu'à la 27e Rue, puis bifurqua sur Dumbarton où se dressait un temple en brique rouge. Le premier temple baptiste de Georgetown, fondé par un ancien esclave en 1862, toujours débordant d'activité, bien que la communauté avoisinante d'où venaient autrefois les paroissiens soit aujourd'hui blanche et indifférente. Eddie était juste à l'heure pour le culte du matin. Il jeta un coup d'œil alentour au cas où quelqu'un qu'il connaissait l'aurait remarqué et se glissa à l'intérieur. Il s'installa sur un banc à l'arrière et attendit. Au bout de quelques minutes, Aurelia le rejoignit.

— Que s'est-il passé ?

— J'ai échoué.

— Échoué ? (Elle lui serra le bras.) Dans quel sens ?

Il recula au fond du banc et ferma les yeux.

— Nixon est perdu, mais je n'y suis pour rien. Il va démissionner avant la fin de l'année. Je regrette, Aurie.

— Et Lanning ?

Eddie mit un long moment avant de répondre.

— Lanning Frost sera le prochain président des États-Unis.

67

Promesse

I

Un an et demi plus tard, Eddie et Aurelia, enlacés sur le canapé du salon à l'arrière de sa maison d'Abermale Street, regardaient l'un des plus célèbres journalistes américains expliquer d'un ton sentencieux la décision du Président Gerald Ford de grâcier son prédécesseur Richard Milhous Nixon.

— Pauvre Dick, dit Aurelia qui n'avait jamais oublié sa gentillesse.

Sa tête reposait sur l'épaule d'Eddie, il lui passait la main dans les cheveux, qu'elle portait désormais à l'afro à la manière d'Angela Davis. Eddie l'embrassa sur le front.

— Il n'était pas un bon Président.

— Il n'a pas mérité ce qui lui est arrivé.

Eddie songea aux deux secrets de Nixon, tous deux si révélateurs de sa prédilection pour le complot : sa tendance paranoïaque qui avait conduit aux délits en chaîne, révélés par la suite sous le nom de Watergate, et sa présence à la réunion de Burton Mount où avait été élaboré le plan d'instituer l'« Agonie perpétuelle ». Peut-être Nixon avait-il souscrit au projet pour les mêmes raisons que le sénateur Van Epp : il estimait que la présence sur le sol américain de révolutionnaires violents ralentirait le changement social ou même l'inverserait. Mais quels qu'aient été ses motifs, Eddie savait ce que Wesley Senior aurait décrété : Richard Nixon a semé le vent et il récolte la tempête.

— Il l'a mérité, dit-il.

Eddie était fasciné par la puissance de persuasion de Burton Mount qui avait su rallier les libéraux à son projet fou en leur parlant de justice raciale et les conservateurs en leur faisant miroiter le retour aux traditions nationales.

Aurelia lui mordilla le cou.

— Des hommes pires que Nixon se sont retirés avec les honneurs. (Elle réfléchit.) Et n'ont pas été inquiétés pour des exactions plus graves.

Eddie préféra ne pas poursuivre sur ce terrain. Il l'embrassa et se leva. Lovée dans son peignoir, Aurelia le regarda retirer des livres d'une étagère et attraper quelque chose derrière. Elle but une gorgée de vin. Elle connaissait la suite. Elle déplia ses jambes et arrima ses pieds sur le sol, afin d'y puiser la force nécessaire pour s'arc-bouter. C'était la fin août. Son deuxième roman, qui poursuivait dans la veine sentimentale, se vendait bien. Locke était à Martha's Vineyard avec Claire, Oliver et leurs enfants. Le lendemain, Aurelia monterait à New York récupérer Zora qui avait fait un stage au *New York Times* pendant l'été. Le jour suivant, elle irait chercher Locke à Cape Cod. Dans une semaine, Zora, qui avait sauté une classe, repartirait pour Radcliffe où elle entrait en deuxième année, et Locke commencerait son avant-dernière année de lycée. Mais avant tout ça, il y avait cette scène obligée avec Eddie.

À la télévision, Lanning Frost parlait de restaurer la grandeur de l'Amérique. Le sénateur s'exprimait depuis deux ans avec une grande aisance, mais personne ne semblait remarquer la différence.

Eddie éteignit la télévision.

— Nous allons peut-être devoir le supporter pendant huit ans, rien ne nous oblige à commencer tout de suite.

— Je souscris à cette proposition, répondit Aurelia sans conviction.

Elle était assise le dos droit, observant l'homme qu'elle aimait sortir la boîte bien emballée de sa cachette. Cela faisait un an qu'il n'avait pas tenté de lui offrir une bague. L'heure était venue pour lui de demander et pour elle de refuser, même si elle ne pouvait pas lui expliquer pourquoi. Il serait blessé, puis fâché. Ils échangeraient de ces mots qu'on regrette ensuite et passeraient cette dernière nuit dans des lits séparés. Elle filerait à l'aube.

Aurelia se raidit quand il vint s'asseoir près d'elle, la boîte à la main. Il ne passa pas le bras autour d'elle.

— Eddie..., commença-t-elle.

Il l'embrassa tendrement pour la faire taire, puis l'embrassa encore.

Aurelia détourna la tête.

— Je regrette, dit-elle.

Eddie souriait. La boîte n'avait pas bougé.

— Je te l'offrirai en décembre, dit-il.

— En décembre ?

— Juste après Noël. Ça te donnera quelque chose à espérer.

— Je t'en prie, Eddie. Pas ça.

Il l'embrassa, prenant tout son temps.

— Tu te souviens quand Granny Vee t'a expliqué que la patience est une vertu, car tu as l'avenir devant toi ? Eh bien, elle avait raison. Nous pouvons nous montrer patients, Aurie, parce qu'en décembre tu diras oui. Juste après Noël.

— Non, Eddie. C'est faux.

— Tu iras chez Mona, n'est-ce pas ? Comme d'habitude ?

— Sans doute.

Elle se sentait faible, vulnérable, fâchée de voir avec quelle facilité il la mettait dans cet état.

— Je te retrouverai là-bas.

— Pourquoi ?

— Parce que je sais pourquoi tu ne veux pas m'épouser.

II

Les quatre mois suivants, Aurelia s'interrogea. Elle enseigna, s'efforça de ne pas trop couver son fils, prit des notes en vue d'un futur roman. Mais la nuit, seule dans son lit, dans sa maison de Fall Creek Drive, elle ne trouvait pas le sommeil. Aurelia n'avait jamais été un oiseau de nuit, mais elle entretenait désormais des conversations clandestines avec Mona jusqu'aux petites heures du matin. Eddie ne sait rien, lui affirmait Mona. Il bluffe. Il veut simplement te déstabiliser. Mais c'est plutôt Mona qui avait l'air de perdre pied.

— C'est toi qui m'as entraînée là-dedans, dit Mona un soir de tempête, en octobre. Je n'ai aucun regret, ma belle. Je suis ravie. Mais avoue que tu es dans une drôle de position pour me faire part de tes hésitations aujourd'hui.

Après cette conversation, Aurelia l'appela moins souvent.

Elle vit Eddie deux fois au cours de l'automne.

La première fois, fin septembre. Ils étaient tous les deux invités à une table ronde, à Duke University, sur l'avenir du roman afro-américain. Personne n'ignorait leur relation, bien sûr, et il leur avait été proposé de partager une suite, mais ils demandèrent des chambres séparées. Pendant la table ronde, les deux auteurs célèbres exprimèrent vivement leur désaccord sur la question de savoir si les écrivains de l'obscure nation devaient simplement écrire des histoires, comme le pensait Aurelia, ou mettre leur talent au service de la cause, comme le faisait valoir Eddie. Le public, étonné, se demandait ce qui arrivait à leur couple littéraire chéri. Cette nuit-là, ils firent l'amour comme s'ils se livraient combat, au point qu'Aurelia demanda à Eddie contre quoi il se battait.

— Le passé, répondit Eddie en se rhabillant pour retourner dans sa chambre. Le présent.

— Pas l'avenir ?

Il secoua la tête.

— Notre avenir sera merveilleux.

— Eddie...

— Je te le promets. Après Noël, ta dernière excuse s'envolera.

Elle le vit pour la deuxième fois fin octobre. Elle sortait de sa classe de doctorat et traversait le Quad en compagnie d'une étudiante. Une Blanche, aux fins cheveux blonds, dévouée à la littérature de l'obscure nation, qui avait été violemment réduite au silence par les littérateurs blancs, comme elle se plaisait à les appeler, pour qui les Noirs formaient une classe inférieure aux femmes, ou peut-être était-ce le contraire – Aurie n'était jamais certaine de l'argument avancé. L'étudiante gesticulait et s'enflammait pour la poésie d'Eloise Bibb, qui n'avait jamais été appréciée à sa juste mesure. Elles arrivèrent à hauteur de la statue d'Andrew Dickson White, cofondateur de l'université, et tombèrent sur Eddie, assis sur le socle en pierre où l'on pouvait lire : « L'humanité s'élève au-dessus de toutes les nations. »

— La poésie d'Eloise Bibb, dit Eddie en s'adressant à l'étudiante et non à Aurelia, n'est pas appréciée parce qu'elle n'a rien d'original. (Il sourit en voyant la jeune femme rougir de confusion.) Vous devriez choisir un autre sujet pour votre thèse.

Une fois dans son bureau, dans le bâtiment Goldwin Smith, Aurelia eut du mal à se retenir de rire. Elle regarda Eddie aussi sévèrement qu'elle put.

— Tu n'as jamais entendu parler d'Eloise Bibb de ta vie.

— C'est vrai.

— Bibb était un génie. Surtout pour son époque. Elle écrivait dans le Sud.

— Si tu le dis.

— Tu sais que Nancy t'a reconnu. La pauvre. Le grand Edward Trotter Wesley lui a tout simplement dit de choisir un autre sujet de thèse. Il va falloir qu'elle recommence à zéro.

— Tu es la grande Aurelia Treene Garland, tu peux rattraper ça.

Aurelia s'assit à son bureau. Elle était encore fâchée de leur dernière rencontre en Caroline du Nord.

— Que veux-tu, Eddie ? Que fais-tu ici ?

Elle remuait les papiers sur son bureau, veillant à ce que ses mains restent occupées pour ne pas qu'elles lui attrapent le cou par inadvertance.

— Je croyais que tu partais au Zaïre pour le match du siècle. Tu n'es pas censé couvrir le combat pour *Rolling Stone* ou je ne sais quel magazine ?

— Pour *Saturday Review*. Je pars demain. Je voulais te dire au revoir.

— Foreman va le mettre en pièces. (Elle était incapable d'expliquer pourquoi elle ne parvenait plus à converser normalement avec l'homme qu'elle aimait depuis tant d'années.) Ali risque d'être blessé, Eddie. Gravement blessé.

— Aurelia...

— Je ne supporte pas l'idée de le voir finir ainsi.

— Vas-tu te taire un instant et m'écouter ?

— D'accord. Qu'est-ce qu'il y a ?

Sans y avoir été invité, Eddie poussa une pile de copies et s'installa sur la chaise branlante en face d'elle.

— Je voulais te dire avant de partir que j'ai fait le ménage. Tout est terminé.

— Quel ménage ?

— Je suis allé à Vineyard. La bibliothécaire s'est montrée très utile. Elle a sorti les journaux de l'été 1952. Le Conseil était plus intelligent que nous ne l'avons cru. Ils ont tenu leur réunion au vu et au su de tous.

— Comment ça ? Ce n'était pas une collecte de fonds pour Dick. Oliver me l'a assuré. Il n'aurait pas menti.

Eddie eut un bref sourire.

— Je crois qu'Oliver s'est un peu amusé. C'est vrai, il ne s'agissait pas d'une collecte de fonds pour Nixon, mais pour Elliot Van Epp. Personne sur l'île n'allait prêter la moindre attention à un sénateur républicain venu taper ses riches copains.

— Mais Nixon...

— On ne parle pas de lui dans les articles, Aurie. Pas avant plusieurs semaines. Il semblerait qu'il ait été un invité surprise. À plusieurs titres, je parie. Je suis sûr que c'est Matty qui l'a amené, pour impressionner Burton. (Son ton redevint grave.) Sans compter Nixon, seuls deux des hommes mentionnés dans le testament sont encore en vie. Je leur ai rendu visite à tous les deux. Ils ne veulent pas parler. Ils ont peur. Ils sont âgés et terrorisés. (Aurelia tripotait un porte-mine doré.) Peut-être vaudrait-il mieux qu'ils parlent. Qu'ils n'essaient pas de cacher tout ça sous le tapis. (Tout à coup, elle comprit où il voulait en venir.) Toi et moi savons aussi ce qui s'est passé à cette réunion. Est-ce que nous devrions avoir peur ?

— Il n'y a plus personne de qui avoir peur.

— Si. Il reste celui dont ils ont peur aussi. Lanning Frost.

Aurelia se souvint de l'expression vide sur son visage quand ils s'étaient retrouvés dans le temple.

— Tu disais qu'il ne pouvait rien contre nous.

— Il ne peut rien.

— Comment le sais-tu ?

— Je te le dirai au mois de décembre.

— Eddie !

— Après que tu auras dit oui.

Aurelia se frotta les tempes. Elle sentait la migraine arriver.

— Eddie, arrête. Je ne dirai pas oui. Ni maintenant, ni en décembre, ni jamais. Je ne peux pas.

Il affichait un sourire à toute épreuve.

— Tu peux au moins m'embrasser pour me dire au revoir.

Elle le fit, mais ne s'attarda pas.

III

Le lendemain soir, elle était invitée à dîner dans le quartier de Cayuga Heights. Elle se retrouva assise à côté de Tristan Hadley, heureux divorcé, qui tentait encore de temps en temps sa chance. Tris dominait la conversation, comme à son habitude. Ce soir, il voulait parler de Lanning Frost dont il envisageait de soutenir la candidature à la Maison Blanche, l'année suivante. Aurelia rongea son frein en silence jusqu'à ce que quelqu'un la prenne à parti et rappelle à la tablée que feu son mari avait travaillé pour le sénateur.

— Kevin a simplement collecté quelques fonds pour lui, dit-elle en levant à peine les yeux.

Après le dîner, Tris Hadley la raccompagna à sa voiture.

— Tu t'en es bien sortie, dit-il.

— À quel propos ?

— En cachant qui était vraiment ton mari.

Aurelia marchait un pas devant lui dans la rue jonchée de feuilles mortes, de façon à éviter qu'il ne lui prenne le coude. Elle s'arrêta net et se tourna vers lui. Une étincelle de désir traversa ses yeux bleus, pleins de suffisance. Du calme, se dit-elle. Garde ton sang-froid, Tris est juste en train de s'amuser un peu. Tu as vu les noms des hommes qui se trouvaient à la réunion chez Burton Mount ; il n'y avait aucun Hadley.

— Kevin a été républicain toute sa vie, dit-elle. Pour autant que je sache, Lanning est le seul démocrate qu'il ait soutenu.

— Ton mari a fait pour Lanning bien plus que son simple devoir.

Aurelia se sentit vaciller une fois de plus. Non. Impossible. Il faisait sans doute référence à ce que tout le monde croyait, au fait que le loyal Kevin avait fait écran de son corps pour protéger Lanning.

— Ce n'était pas un héros, dit-elle. Il s'est juste trouvé là.

— Tout ce que je dis, c'est que je comprends que tu sois anti-Frost.

— Je ne le suis pas.

— Bien sûr que si. Ça se voit dans tes yeux. Ta voix. Tu ne peux pas le supporter. C'est parce que tu lui en veux, n'est-ce pas ? À cause de Kevin.

— Pardon ?

— Je comprends, Aurie. Crois-moi. Je suis là si tu as besoin d'en parler.

Aurelia aurait dû fondre en larmes. Ou gifler ce visage plein d'arrogance. Mais elle éclata de rire, ce qui les surprit autant l'un que l'autre. Elle rejeta la tête en arrière et rit de bon cœur en voyant à quel point Tris se trompait.

— Tu es un idiot, dit-elle sur un ton plus chaleureux qui les étonna tous les deux. (Il lui avait du moins permis de se sentir désirable, au moment où elle commençait à en douter.) Parfois tu es même adorable. (Elle se hissa sur la pointe des pieds et lui déposa un baiser sur la joue.) Pourtant, je t'en prie, Tristan, s'il te plaît, sors-toi de la tête l'idée que je pourrais un jour me retrouver dans ton lit.

Elle se glissa dans sa voiture, le plantant sur le trottoir. Sur le trajet qui la ramenait à Fall Creek Drive, elle se demanda ce qu'Eddie croyait savoir et comment il entendait s'y prendre pour la forcer à l'épouser. Elle se souvint de la nuit à l'université où Mona avait pris trop de cachets et où elle avait conduit son amie récalcitrante à l'hôpital, en supportant ses invectives vaseuses. Une semaine plus tard, une fois rétablie, Mona lui avait promis que, le jour venu, elle lui rendrait un service d'égale importance. Il y avait quelques années, Aurie avait finalement demandé à Mona de s'acquitter de sa dette. Dans un extrême secret. Aurelia tressaillit. Si Eddie avait découvert...

C'était impossible.

Du moins l'espérait-elle.

IV

Eddie fut absent deux mois. Après son séjour au Zaïre où Mohamed Ali, contre toute attente, réussit à mettre Foreman KO dans le combat du siècle, Eddie retourna à Kampala pour enseigner à l'université Makere, sauf qu'à cette époque la Harvard de l'Afrique s'était affaiblie sous les coups du Président Idi Amin Dada, qui avait exilé les membres les plus éminents de la faculté. Eddie partit au bout de deux semaines. Déprimé, il erra. Il passa quelques jours à Londres, quelques jours à Paris, et une semaine chez des amis près de Toulouse, où il envisageait d'acheter une maison de campagne. À chaque escale, il était surveillé par les services secrets américains, car il figurait toujours sur leur liste. Sa sœur, la dangereuse révolutionnaire, n'avait jamais été arrêtée. Même si l'organisation à laquelle elle appartenait avait été dissoute et les recherches pour la retrouver officiellement abandonnées, il y avait toujours une possibilité qu'elle resurgisse. Eddie, parfaitement conscient d'être suivi, s'amusait à entraîner les agents dans les ruelles les plus sordides, aux heures les plus froides des nuits les plus humides, avant de retourner se coucher sans avoir parlé à personne.

Personne ne devina qu'il refaisait l'itinéraire qu'Aurelia avait suivi durant sa lune de miel avec Kevin Garland, dix-neuf années auparavant. Eddie lui-même n'aurait su dire pourquoi. Il songeait qu'il avait dû haïr Kevin à cette époque, de même qu'une partie de lui avait aussi haï Aurelia pour l'avoir épousé. Aurelia avait passé dix ans auprès de son mari et Eddie refusait de croire qu'elle l'avait fait pour la fortune des Garland. Non. Aurelia avait aimé son mari. Et, sans le savoir, l'avait changé. D'un partisan du Projet fou du Grand Conseil, elle avait fait un sceptique. Pulvérisé par une bombe à cause de ses doutes. Belle récompense pour une victoire. Wesley Senior avait été plus proche de la vérité qu'il ne l'aurait pensé quand il avait écrit à son fils, vingt ans plus tôt, que cette croix inversée était peut-être un symbole de l'adoration du diable.

Eddie n'eut qu'un seul moment d'angoisse, à Marseille, dans un bar où il payait des verres à des marins corses plutôt louches, s'imprégnant des détails de la scène pour un passage de son prochain roman. Il s'efforçait de se souvenir d'une blague que l'un d'eux avait racontée en plusieurs langues quand il aperçut, dans un coin sombre, un briquet qui s'allumait et s'éteignait à un rythme régulier, éclairant des cheveux blonds. Quand il regarda une deuxième fois, l'homme avait disparu. Plus tard, incapable de s'endormir dans sa chambre d'hôtel, se languissant d'Aurelia, il se dit que George Collier n'avait aucune raison de le suivre. Il devait s'agir de quelqu'un d'autre et ce n'était que sa propre nervosité qui lui avait fait imaginer le visage du tueur. Collier lui avait redonné le testament. Il avait tué Benjamin Mellor, et annoncé que la partie était finie pour lui. Sauf qu'il avait peut-être menti...

À force de se poser des questions, Eddie finit par sombrer dans le sommeil.

68

L'envers de la vérité

I

Le matin enneigé du deuxième jour après Noël, Eddie débarqua chez Mona Veazie, sur North Balch Street, à Hanover, dans le New Hampshire. Il avait rapporté des cadeaux d'Afrique pour les quatre enfants : des pagnes colorés pour Julia et Zora, une coiffe de guerrier masaï pour Locke, et un fer de lance Umkhoto pour le frère de Julia, Jay, qui, au grand désespoir de sa mère, souhaitait intégrer l'armée.

Pour les deux femmes, il n'avait rien acheté.

Ils déjeunèrent tous les sept en ville, invités par Eddie. Il observait attentivement les enfants de Mona. Locke aussi, car son béguin pour Julia était aussi visible que sans espoir. Julia, à quatorze ans, s'amusait à flirter et se moquait de lui sans vergogne, mais Eddie savait qu'aucune des deux mères ne permettrait qu'une relation amoureuse se développe entre eux.

Trop risqué.

Après le déjeuner, les enfants partirent dans le 4 × 4 de Mona pour aller à la patinoire sur Occom Pond. Eddie annonça qu'il emmenait Aurelia faire un tour en voiture. Mona s'assombrit mais n'objecta pas. Elle avait toujours su que ce jour finirait par arriver. Ils le savaient tous. Trois minutes après avoir quitté la maison, le couple d'amants traversa le fleuve Connecticut par le pont de pierre qui reliait Hanover à Norwich, dans le Vermont.

— Où allons-nous, chéri ?

Aurelia posa plusieurs fois la question, mais Eddie ne répondit pas.

La petite maison aux murs blanchis se dressait au nord de Main Street, à l'extrémité orientale de la pelouse du village, avec un toit de bardeaux, typique de la Nouvelle-Angleterre. Ils restèrent un moment garés dans l'allée. Sur la boîte aux lettres était inscrit : « G. Cullen. »

— Que faisons-nous ici ? demanda Aurelia. À qui est cette maison ?

— Elle appartient à une femme qui s'appelle Gwen. Gwen Cullen. Elle enseigne à l'école primaire du village. (Eddie regarda sa bien-aimée observer la maison avec des yeux écarquillés en se rongeant les ongles. Il ne l'avait jamais vue aussi nerveuse. Pas même le jour où Collier avait pointé son arme sur eux dans la résidence Jumel.) C'est une amie de Mona.

— Une amie ?

Eddie acquiesça.

— Mona a voulu me la présenter, un jour, mais j'ai cru qu'elle essayait de me piéger.

— De te piéger ? Tu veux dire en te présentant un flirt ?

— C'est ce que j'ai cru à l'époque. Mais aujourd'hui, je suis quasiment sûr que c'était par culpabilité. (Il ouvrit la portière. Au moment où Aurelia s'apprêtait à le suivre, il posa la main sur son bras.) Attends-moi ici.

— Pourquoi ?

— Tu sais pourquoi.

Il sortit.

De la voiture à la porte d'entrée, il n'avait que quelques mètres à parcourir, mais ce furent les plus longs de toute sa vie. À travers la vitre, il aperçut un salon bien tenu et douillet, tout en chintz. Un gros chat noir regardait, indifférent, par la fenêtre. Il lui fallut un an pour lever la main jusqu'à la sonnette et le reste de sa vie pour sonner. Une jolie mélodie se déclencha. Rien ne bougea. Il sonna une deuxième fois.

Toujours rien. Mais il y avait quelqu'un. Il avait repéré une voiture dans le garage et aperçu une ombre à l'étage. Il était décidé à attendre. Debout sur le perron, les mains sur les hanches, il regarda Aurie qui se rongeait frénétiquement les ongles. La buée de son souffle s'élevait en volutes avant de disparaître dans l'air cristallin. Il se demanda si...

Il entendit la chaîne racler contre la porte. Il se retourna d'un bond.

La femme pâle qui lui ouvrit la porte avait beaucoup grossi depuis la dernière fois qu'il l'avait vue, mais c'était il y a plus de vingt ans.

— Salut, sœurette.

II

Ils s'installèrent sur les sièges en chintz du salon, aux murs décorés d'aquarelles abstraites, et de pastels pâles, dans les tons doux de la Nouvelle-Angleterre, où tranchaient des taches rouge vif. Aucune étreinte. Ils échangèrent à peine quelques mots. Junie avait choisi un fauteuil au capitonnage épais et désigné le canapé à Eddie. Le chat avait sauté sur ses genoux et elle le laissait presser ses griffes sur une balle bleu vif qu'elle lui retirait par moments.

— Elle s'appelle Mira, dit Junie.

— Salut, Mira, dit Eddie, qui doutait plus de l'issue de sa visite qu'au moment où il avait sonné à la porte.

Peut-être le Beretta que sa sœur tenait près de sa hanche y était-il pour quelque chose. Le revolver était à présent posé sur la table.

— C'est le diminutif de Miranda.

— J'avais deviné.

Pendant un long moment, Eddie regarda sa sœur taquiner le chat. Une activité qu'elle avait beaucoup pratiquée pendant les dix-sept dernières années, laissant des mots pour ce pauvre Benjamin Mellor, pour sa mère, sans chercher une seule fois à prendre contact avec son frère. La pièce regorgeait de livres. Les étagères en étaient bourrées et il y en avait des piles sur les tables. Des romans pour la plupart. Eddie ne repéra aucun des siens, mais aperçut les deux d'Aurie. Il n'y avait pas de journaux, ni de télévision. C'était là tout l'univers de Junie : des romans, le chat, ses propres peintures, et les journées passées à enseigner aux petits. Elle s'était construit un abri par la force de l'imagination pour se protéger non seulement du passé, mais aussi du présent.

Pourtant elle avait une arme dans la maison. Au moins un revolver.

— Qu'est-ce que tu fais ici, Eddie ? finit-elle par dire sans lever les yeux. Qu'est-ce que tu veux ?

Tout d'un coup, les mots lui manquaient. N'était-ce pas évident ?

— Tu es ma sœur. Je voulais te retrouver.

— Il ne t'est jamais venu à l'esprit que je ne voulais peut-être pas que l'on me retrouve ? (Avant même qu'il puisse répondre, elle émit un son de dégoût entre reniflement et raclement de gorge, ce que leur mère appelait un « raniflement ».) Je leur ai dit que c'était une idée idiote. Qu'on ne réussirait à berner personne.

— Tu parles de Mona et d'Aurelia ? (Comme Junie ne répondait pas, il poursuivit.) Tu as berné tout le monde pendant longtemps. Je ne crois pas que quiconque sache.

— À l'exception de la personne qui te file le train.

— Je ne suis plus suivi, Junie. C'est fini.

— Je m'appelle Gwen. (Elle avait redonné la balle au chat qui avait sauté de ses genoux et la chassait dans les replis du plaid.) Et ça fait longtemps que je ne crois plus au Père Noël.

— Il faut que tu me racontes. (Il ne bougea pas du sofa, mais luttait contre son besoin de réduire l'espace qui les séparait.) Cela fait près de vingt ans, Junie. Je connais presque toute l'histoire. J'ai besoin de savoir le reste. Même si c'est horrible. Il faut que je sache.

Il envisagea de lui dire qu'il avait failli mourir en la cherchant, mais décida qu'il n'obtiendrait aucune compassion. Sa sœur avait sans doute traversé de pires épreuves.

— Horrible, c'est ça. (Elle eut un rire triste. Ses cheveux étaient rassemblés en une longue queue de cheval. Elle attrapa une paire de lunettes sur la table près d'elle mais ne les chaussa pas, se contentant de jouer avec les branches.) Tu n'as aucune idée de ce qu'« horrible » signifie, frérot. Tu ne sais pas ce que c'est de se terrer dans une planque en attendant le bruit qui annoncera l'arrivée des vaches, et de voir la maison exploser le lendemain au moment où tu es sortie acheter du lait. Tu ne sais pas ce que c'est de ramper dans la boue à travers les frontières parce que tu figures sur la liste du gouvernement parmi les personnes à abattre à la moindre tentative de fuite. Ni de savoir que l'une de tes propres balles... (Elle s'interrompit, se mordit la lèvre, suivit le chat du regard sur le tapis.) Horrible. Oui, c'était horrible.

— Junie...

— Je savais que tu finirais par trouver. Je ne savais pas que cela te prendrait si longtemps. (Elle leva sur lui un regard torturé.) Ou est-ce Aurelia qui a vendu la mèche ?

— Non, elle a gardé tes secrets.

— Je lui ai dit de t'épouser. Elle a répondu qu'elle ne pouvait pas avec un tel secret sur la conscience.

— Elle m'a gardé à distance. Pour te protéger. Si elle avait accepté de m'épouser, comment aurait-elle pu m'empêcher de te retrouver ?

Junie renifla une nouvelle fois.

— Ce n'est pas la seule raison, Eddie. Aurelia est très bonne pour garder les secrets. Elle t'a berné à Harlem en te parlant de son enfance et de ses parents. Elle aurait pu te berner à mon sujet pour le reste de ta vie. Elle avait tout simplement peur, si tu découvrais notre secret, que tu sois furieux qu'elle ne t'ait rien dit. C'est pour ça qu'elle ne pouvait pas accepter de t'épouser. Elle avait peur que tu la détestes. Tu la détestes ?

— Non, Junie. Je l'aime.

— Gwen. (Elle inclina la tête.) Elle est dans la voiture ?

— Mais ce n'est pas elle qui a conduit. C'est moi.

Junie acquiesça.

— Mona a appelé. Tu devais t'en douter.

— J'y ai pensé.

— Elle m'a prévenue de filer. Mais j'ai passé dix ans en cavale. Je ne fuirai plus. (Elle tapota le revolver.) Je ne vais pas les laisser m'emprisonner. J'ai déjà été en prison.

Cela l'étonna.

— Quand ?

— L'un des pays où l'on s'était planqués un temps avait eu l'idée de... Oublions. Ça n'a pas d'importance. (Soudain, elle sourit. Son visage s'éclaira. Elle redevint la Junie des années 1950.) Regarde-toi, Eddie. Tu es devenu l'écrivain que tu rêvais d'être. Célèbre dans le monde entier. Ami des Présidents et des Premiers ministres. Est-ce que tu es heureux ? Maintenant que tu as tout ?

— Je n'ai pas tout.

— Pas d'enfant. Pas de femme. C'est parce que tu es un imbécile, et romantique, et idiot. Tu te souviens de la perspective de Junie. La catastrophe opposée à la providence.

— Je me souviens.

— Eh bien, ta vie est un don de Dieu. Tu as décidé de te languir d'Aurelia. C'était un choix idiot, mais c'est celui que tu as fait. Tu aurais pu épouser qui tu voulais. (Son visage se ferma à nouveau.) Ma vie aussi est un don de Dieu. Je veux que tu comprennes ça. Pas une catastrophe. La providence. J'étais dans la panade et Dieu m'en a sortie. J'ai un travail qui me plaît. Je suis proche de mes enfants. (Elle refoula le début d'un sanglot.) Et je suis heureuse. Je suis leur stupide tante Gwen. J'ai la chance de les voir grandir. Je peins, ça me protège de la folie, et j'attends les vaches. Eddie, qu'est-ce que tu fous ici ? Je t'en prie, va-t'en.

— Junie !

— Je sais ce que tu veux me demander. Est-ce que j'étais le Commandant M. ? Oui. Est-ce que le premier enfant est de Lanning ? Encore oui. De qui est le second ? Ça ne te regarde pas. Qui a eu cette idée ? Ta maîtresse. On l'avait décidé dès le début, lorsque je suis tombée enceinte pour la première fois. Nous nous téléphonions souvent pendant la nuit. J'ai eu mon diplôme, après quoi nous nous sommes, disons, perdues de vue. Quand j'ai voulu m'en sortir, j'ai repris contact avec Aurie. On a organisé une entrevue. Je voulais voir mes enfants. Je ne voulais pas aller en prison. Il y avait des dispositions à prendre. Des papiers à faire. Trouver un endroit où habiter. Un boulot. Ça a pris presque un an, Eddie. À ce moment-là, Aurie en avait déjà parlé à Mona, Mona avait accepté. Voilà. Tu es content ?

— Pourquoi est-ce que tu n'as pas pris contact avec moi ?

— Parce que le monde entier te surveillait. Ils te surveillent sans doute encore. En outre, tu aurais désapprouvé ce que je faisais. Tu ne sais pas ce que c'est, frérot, de se heurter à ta désapprobation. Quand tu grimaces d'un air méprisant. C'est bien pire que cette Voix ne l'a jamais été. Pas étonnant que Torie Elden n'ait pas pu te supporter. (Elle s'adoucit. Le chat reprit sa place sur ses genoux.) Ce n'était pas par manque de confiance, Eddie. Ni par désamour. Mais ce n'était pas une bonne idée. Et ce n'en est toujours pas une. On va sans doute m'arrêter demain. (Son regard tendu se dirigea une fois de plus vers la fenêtre et se posa à nouveau sur le revolver.) Ou ce soir.

— Non.

— Tu n'en sais rien.

— Si.

Un long silence gêné. Trois femmes, songea Eddie. Trois femmes brillantes et belles qui auraient dû être à la tête de l'obscure nation. Trois vies de souffrance, trois vies sacrifiées. Aurie qui ne se remarierait pas. Mona qui élevait Julia et Jay comme si c'étaient ses enfants, les faisant passer pour des jumeaux afin de brouiller les pistes, épousant une succession d'hommes blancs qu'elle n'aimait pas pour que son obsession justifie aux yeux du monde ses enfants métis. Et Junie seule avec son chat et sa peinture comme unique thérapie. Toutes ces aquarelles représentant la paisible Nouvelle-Angleterre transpercée de flèches de douleur rouge.

Eddie reprit.

— Il y a quelque chose que tu ne me dis pas.

— Il y a beaucoup de choses que je ne te dis pas. Beaucoup de choses que je ne te dirai jamais.

— Au sujet de tes enfants.

— Quoi ?

Elle était sur la défensive, grondant presque. Même le chat s'en rendit compte.

— Ta fille Julia est née en 1957.

— Et alors ?

— Tu continues de protéger Aurelia, n'est-ce pas ? Pas étonnant que mes détectives n'aient pas pu retrouver la trace du bébé dans les agences d'adoption aux alentours de Boston. La petite Julia était dans le Midwest, pas vrai ? Peut-être élevée par les mêmes religieuses qui ont élevé Aurelia. (Il parlait tout seul à présent.) Puis tu es entrée dans la clandestinité. Tu es de nouveau tombée enceinte – peut-être voyais-tu toujours Lanning ou l'enfant est de quelqu'un d'autre – et ce n'est que deux ans plus tard... C'est à ce moment-là que tu as pris contact avec Aurelia. Pas quand tu voulais tout lâcher. Tu voulais t'assurer que les enfants seraient pris en charge. Tu as accouché du garçon, Jay, et d'une manière ou d'une autre tu l'as confié à Aurelia. Perry vous a peut-être aidées. Je sais que tu ne me le diras pas. Mais tu as confié Jay à Aurelia et Aurelia l'a confié à Mona, et c'est ensuite qu'elles sont allées à l'orphelinat de Cleveland récupérer Julia, pour qu'ils soient élevés ensemble. Mona a raconté à tout le monde à Harlem qu'ils étaient jumeaux, puis elle s'est installée dans le New Hampshire où personne ne risquait d'objecter que Julia était plus âgée que Jay. Elle ne s'est pas montrée pendant plusieurs années, et puis, quand elle est revenue, il lui a été facile d'expliquer que Julia était plus grande parce que les filles mûrissent plus vite que les garçons. Mona devait connaître la vérité...

— Tu as terminé ?

— Terminé ?

— Fini d'étaler ton intelligence. Je sais à quel point tu es intelligent. C'est une autre raison pour laquelle je ne voulais pas que tu sois impliqué. Il arrive que l'on soit trop intelligent, Eddie. Trop curieux. Quelquefois il faut laisser les choses comme elles sont.

— Oui, mais...

— Je ne vais pas continuer à parler de ça, ni t'écouter discourir sur le sujet.

Eddie acquiesça et se contenta de dire gentiment :

— Je suis simplement content que tu ailles bien.

— Merci.

— Tu vas bien, n'est-ce pas ?

— Bien sûr. (Le regard se fit anxieux à nouveau.) Je vais bien.

— As-tu besoin de quelque chose ? Est-ce que je peux t'aider d'une manière ou d'une autre ?

Nouveau raniflement.

— Je subviens à mes besoins.

— Ce n'est pas ce que je voulais dire.

Mais ça l'était. Il se rendit compte qu'il conversait avec une inconnue, que la petite fille qui se glissait dans son lit pour lui raconter ses rêves avait disparu à jamais. Le lien qui les unissait s'était brisé depuis longtemps et n'existait plus que dans les souvenirs embellis d'Eddie.

— Si tu veux faire quelque chose, dit-elle avec une agressivité étonnante, sers-toi de tes relations pour tenter de faire sortir Sharon Martindale de prison.

— Je n'ai plus de relations à ce niveau.

— Ou tu penses qu'elle mérite d'y rester. (Il ne répondit pas. Junie avait sans doute raison.) Elle n'est pas pire que moi, Eddie. Dès que tu auras compris ça, tu sauras que tu n'aurais pas dû venir.

Avant qu'il puisse répondre, le téléphone sonna dans une autre pièce.

III

Quand Junie revint, elle resta debout. Elle avait passé un pull-over plus épais, comme si cette conversation avec son frère l'avait glacée. Ses bras étaient croisés sur sa poitrine, son regard perdu.

— Il est temps que tu partes.

— Junie !

— Gwen !

— Gwen, qui était-ce ?

— Le FBI. La CIA. Mon amant. Ma copine. Qu'est-ce que ça peut faire ? (Elle désigna la fenêtre.) Aurie est dehors. Elle doit s'inquiéter. Sans doute avoir froid. Tu devrais y aller.

— Nous pourrions l'inviter à entrer.

— Non.

Eddie serra les poings pour lutter contre le sentiment de frustration qui l'envahissait. Il ne savait pas à quoi il s'était attendu, mais assurément pas à ça.

— Junie... Gwen, écoute. Je reviendrai. Aussi souvent que tu me le permettras. Chaque semaine. Chaque mois. Comme tu voudras.

— Non.

— Non, quoi ?

— Non, tu ne peux pas revenir.

— Bien sûr que si. Ce n'est pas si loin et...

Junie leva la main et lui couvrit la bouche – un geste d'autrefois. Un vague sourire se dessina sur ses lèvres.

— Ce n'est pas ce que je veux dire. Désolée. C'est mon tour d'être égoïste, plus le tien. (Elle laissa retomber sa main. Ses doigts tremblaient.) Je regrette, Eddie, mais je ne peux pas me permettre de te laisser m'approcher. Tu es venu une fois, ça passe. Tu es en visite chez Mona. Si tu reviens une deuxième fois, tous tes petits copains – le FBI, la CIA, Lanning et les autres – se demanderont pourquoi. Ma couverture est bonne, mais pas extraordinaire. Je suis protégée par le fait que personne ne songe à regarder ce qu'il y a dessous et que personne n'a les moyens d'enquêter sur toutes les femmes de mon âge à travers tout le pays. Il est beaucoup plus simple de te suivre, toi, jusqu'à ce que tu les mènes à moi.

Junie traversa la pièce, tira le rideau, scruta dehors. Elle ne se retourna pas. Ses épaules tremblaient. Eddie supposa qu'elle pleurait, mais il savait qu'il valait mieux s'abstenir de la réconforter. Il se rendit compte que si sa sœur avait gardé ses distances pendant de si longues années, c'est parce qu'il avait indéniablement servi d'informateur au FBI pour l'arrestation de Rudolf Abel. Sur ses conseils à elle.

— J'ai la vie que j'ai, Eddie, reprit-elle au bout d'un moment. J'ai fait la paix avec moi-même. Je ne retrouverai pas ma vie d'avant. Je me contente de celle-ci. Je peins. J'enseigne. Et, de temps en temps, je vois mes enfants. (Elle laissa retomber le rideau.)

L'alternative serait d'aller en Algérie ou ailleurs, ou encore de me rendre. Ils ont des inculpations prêtes à peu près dans tous les États.

— Mais tu n'as rien fait, objecta bêtement Eddie. Tu étais seulement... toute cette histoire... ce n'était pas réel.

— L'Agonie a mené de nombreuses actions.

— Mais ce n'était pas toi, à titre personnel.

— J'étais le Commandant M., frérot. De ce fait, je suis responsable. (Elle eut un rire grave.) Du reste, tu n'as aucune idée de ce que j'ai fait. (Elle se retourna vivement, ses yeux gris s'étrécirent.) Aucune idée.

Eddie était incapable de soutenir son regard. Il y avait dedans trop de choses qu'il préférait ne pas imaginer. Il se demanda si elle avait déjà tout raconté à quelqu'un, mais il sut immédiatement que non. De longues conversations avec elle-même. Junie n'avait que ça. C'est une chose terrible que d'être si seule.

— D'accord, dit-il.

— Tu devrais partir.

Il leva la tête. Junie avait le visage crispé à force de réprimer ce qu'elle pouvait bien éprouver à cet instant.

— Je viens d'arriver, dit Eddie qui, les membres comme du plomb, était de toute façon incapable de se lever.

— Il faut quand même que tu partes.

— J'ai une question.

Elle secoua la tête. Sa voix était coupante. C'était celle du Commandant M.

— Non, frérot. Aucune question. Je ne te dirai pas où je suis allée, ni comment et par l'intermédiaire de qui. Je ne te donnerai pas les noms de mes six amants préférés ni ceux de mes six pires ennemis. (Elle sembla lire quelque chose sur son visage.) Que veux-tu que je fasse, Eddie ? Que j'ameute la presse ? Que j'appelle mon Représentant ? Je serais morte avant même qu'il décroche le téléphone.

Eddie comprenait cela fort bien.

— Ce que je veux savoir, c'est... Écoute, Junie. J'ai lu le texte. Le testament de Castle. Je suis au courant de la réunion chez Burton Mount. Je sais qui était présent. Je sais pourquoi ils t'ont choisie pour diriger l'Agonie. Ils cherchaient quelqu'un qui veillerait à ce qu'aucun véritable crime ne soit commis. Tu étais pacifiste, Junie. Tu n'aurais pas fait de mal à une mouche. C'est pour ça qu'ils t'ont choisie.

— Je ne parlerai pas de tout cela.

— Je ne veux rien savoir du passé, sœurette. Ni comment tu t'es retrouvée dans l'Agonie, ni rien de tout cela. Je n'ai qu'une seule question, sans rapport avec le passé. Elle ne concerne que le présent, Junie. Je veux savoir si tu es toujours pacifiste.

— Il se fait tard, frérot.

Eddie était incapable de bouger.

— Ces menaces contre la vie du sénateur. Elles sont réelles. Elles viennent de toi. (Junie ne répondit pas. Elle jouait avec le chat, lui grattait la nuque.) C'est juste pour qu'il se tienne à carreau, n'est-ce pas ? Tu n'as pas vraiment l'intention de les mettre à exécution.

Toute son attention était concentrée sur le chat. Elle le caressait à deux mains. Lui disait des mots doux. Et le chat s'étirait et miaulait de plaisir. Eddie fit une nouvelle tentative :

— Tu ne veux pas qu'il oublie ce qu'il te doit, c'est ça ? Ce qu'il t'a fait ? C'est sa punition, n'est-ce pas ? Il n'a pas le droit d'oublier ?

— Il a fichu ma vie en l'air, dit Junie en s'adressant plutôt au chat. Oui, c'est vrai. Ce sale type a ruiné la vie de maman, pas vrai, mon cœur ? (Elle attrapa le chat par les joues.) Regarde-moi, frérot. Il a foutu ma vie en l'air, il mérite de souffrir.

— Oui, il le mérite. De souffrir. Rien d'autre. (Il cita ensuite Wesley Senior qui avait pris la mesure des crimes de sa fille à l'aune de Gandhi et non de la Bible.) Œil pour œil et le monde entier finira aveugle.

— Hmm-hmm.

— Hmm-hmm... cela signifie que tu es d'accord ?

Junie se leva, le chat posé sur son épaule.

— Tu ferais mieux de partir, dit-elle et son sourire ressemblait à un été d'enfance, inoubliable et irrattrapable. Avant que les méchants se demandent où tu es passé.

Ils se serrèrent dans les bras, brièvement, et leur étreinte avait le goût du deuil.

IV

Lorsque Eddie remonta dans la voiture, le visage de marbre, Aurelia l'inonda d'un torrent d'excuses et d'explications. Eddie lui couvrit la bouche de la paume de sa main et l'embrassa. Puis il se pencha pour ouvrir la boîte à gants. Il en sortit l'écrin du bijoutier et le lui tendit.

— Plus de secret, dit-il. C'est la seule règle.

Aurelia le regarda. Mal à l'aise, elle ouvrit l'écrin et en sortit la bague. Une bague lourde, ancienne ; sans doute un héritage. Peut-être avait-elle appartenu à sa mère. Elle le dévisagea, l'interrogea du regard. C'était l'heure de l'ultime vérité. À la fenêtre, Mira, le chat, les observait. Il n'y avait aucune trace de Gwen.

— Cette fois, je ne change pas de nom, dit Aurie.

Épilogue

Un dernier contrat avant la retraite

I

Le deuxième samedi de mars 1975, Edward Trotter Wesley Junior épousa Aurelia Treene Garland au cours d'une cérémonie privée, au domicile de la mariée sur Fall Creek Drive, à Ithaca, dans l'État de New York. Le témoin du marié était Gary Fatek, celui de la mariée Mona Veazie. Il y avait quelques invités, dont Marcella qui représentait la famille du marié. Personne ne représentait celle de la mariée, mais son fils et sa fille l'escortaient. L'après-midi était particulièrement chaud pour la saison et la petite assemblée se déplaça dans le jardin. Gary orchestra les toasts comme il l'avait fait au premier mariage d'Aurelia, vingt ans plus tôt. Mona le surveillait de près. Parmi les nantis de l'obscure nation, certains croyaient encore que l'héritier Hilliman était le père des enfants de Mona, mais cette rumeur s'éteindrait avec la génération qui l'avait lancée. L'Amérique noire n'était plus si groupée à présent. Le goutte-à-goutte qui avait fait sortir les classes moyennes des quartiers noirs était devenu un torrent sous l'effet de la déségrégation. Les jeunes consacraient beaucoup moins d'énergie aux thés mondains où s'édifiait leur petit monde et dont se moquait tant Langston Hughes.

Eddie aussi tenait Gary à l'œil. Il comprenait mieux l'attitude évasive de son ami, pris entre le marteau et l'enclume. Gary avait forcément été l'autre personne, celle qui avait aidé Junie à fuir et dont elle avait refusé de donner le nom. Voilà sans doute pourquoi Aurie s'était montrée si inquiète à l'idée que Gary ait pu les trahir. Sortir Junie de la clandestinité avait dû demander des fonds et des relations. Gary avait les deux et, à cette époque, il était encore prêt à tout pour Mona.

Comme il était prêt à permettre aux rumeurs les concernant de circuler. Un mensonge si scandaleux que personne n'irait imaginer autre chose.

Vers cinq heures, le temps fraîchit et les invités partirent. Zora les avait quittés de bonne heure pour rentrer à Cambridge. Locke, pour qui c'étaient les vacances de printemps, était convié dans le New Hampshire, chez Mona et ses enfants. Les jeunes mariés passeraient leur lune de miel dans les Caraïbes. Eddie avait déjà chargé le break de sa femme en prévision de leur court trajet jusqu'à l'aéroport du comté de Tompkins. Attendant au rez-de-chaussée qu'elle décide de se montrer quand elle se jugerait présentable, il errait de pièce en pièce. La maison était immense, mais c'était ici qu'Aurelia avait choisi de vivre. Elle adorait Cornell et Ithaca. C'était ici qu'elle s'était épanouie ; elle ne voulait pas courir le risque de s'étioler ailleurs. Eddie était un homme de la ville, mais il se disait qu'il pouvait écrire n'importe où. En outre, Washington ne présentait plus aucun attrait pour lui. Il en avait fini de la politique.

L'espace d'un instant, la douleur se fit poignante à l'idée qu'il ne pourrait jamais revoir Junie. Il lutta pour l'évacuer comme il l'avait fait chaque jour ces derniers mois, comme il devrait sans doute le faire pendant les trente années à venir.

Tant pis. Junie appartenait au passé. C'était aussi simple que cela. Junie représentait le passé, l'avenir était avec Aurelia. Il devait vivre pour l'avenir.

Du pied de l'escalier, il appela :

— Tu es prête ?

— Une minute, chéri.

— C'est ce que tu m'as déjà dit il y a une demi-heure.

— Il va falloir t'y habituer, mon petit gars.

Il jeta un œil à sa montre.

— Nous allons rater l'avion.

— Il y en a un autre à treize heures trente.

— Nous risquons de rater notre correspondance et de devoir passer la nuit à New York.

— Dans ce cas, laisse-moi m'habiller.

Eddie sourit. Il attrapa une pomme dans le compotier sur la table de la salle à manger et s'installa sur un banc dans le vestibule, avec le dernier roman de Toni Morrison.

On sonna à la porte d'entrée. Eddie posa son livre pour aller ouvrir, certain qu'on venait livrer un cadeau tardif.

Il avait tort.

Sur le perron se tenait George Collier.

— Faisons quelques pas, dit le tueur.

II

— Nous avons un souci, Mr Wesley.

— Vraiment ?

Collier hocha la tête. Il était vêtu d'un coupe-vent

et d'un jean. Le blouson était ample et rembourré, la fermeture Éclair remontée jusqu'au col. Eddie se demandait ce qu'il cachait.

— J'ai décidé de me retirer des affaires et de passer la main.

Ils étaient arrivés au pont suspendu. Collier s'écarta et fit signe à Eddie de le précéder. Collier jeta un coup d'œil à la maison. Eddie n'avait pas besoin de regarder. En sortant, il avait dit à Aurelia qu'il revenait tout de suite, il savait qu'elle était à la fenêtre.

— Le problème, poursuivit Collier, c'est qu'un homme qui fait le métier que je fais ne laisse pas de témoins derrière lui. Cela risquerait de lui créer des ennuis pas la suite.

— Je vois en quoi cela peut vous préoccuper, dit Eddie, guettant l'instant où le blond relâcherait sa vigilance pour qu'il puisse le balancer par-dessus la rambarde, au fond de la gorge, soixante mètres plus bas.

— Vous pourriez me causer de graves ennuis, Mr Wesley. (Il fit un geste pour désigner la maison derrière son épaule.) Votre femme aussi. D'ailleurs, si elle est maligne, elle devrait être en train de chercher une arme.

— Elle est très maligne.

— Je n'en doute pas. Sauf que c'est moi qui ai son arme, dit-il en tapotant l'une des bosses de son blouson.

— Je vois.

Eddie attendait la suite. Ils se tenaient appuyés sur la balustrade, au milieu du pont, qui oscillait lentement dans la brise.

— Vous pensez que je suis venu pour vous tuer.

— L'idée m'a traversé l'esprit.

— Ce ne serait pas très malin de ma part de vous tuer à Ithaca. Si je voulais vous tuer, Mr Wesley, j'attendrais que votre charmante épouse et vous arriviez à Eleuthera. Il n'est pas rare que les couples se noient pendant leur lune de miel. (Collier tapota l'épaule d'Eddie.) Non. Je suis là pour vous proposer un arrangement.

— De quel ordre ?

— Je vous ai déjà dit que mes employeurs avaient insisté pour que je vous laisse en vie. Je crois maintenant que je sais pourquoi. Ils craignaient que l'on touche un seul de vos cheveux. Ils savaient qu'elle interviendrait. Qu'elle révélerait leur secret. Leur lien avec l'Agonie.

Eddie se rua sur lui.

— Vous... vous n'avez pas...

— Mais si, Mr Wesley. C'est votre faute. Vous avez laissé de nombreux indices derrière vous. Je suis allé à Norwich. Ne me regardez pas comme ça. Votre sœur est toujours... (il paraissait chercher ses mots) indemne. Pour le moment.

— Que voulez-vous, Collier ?

— Un simple échange. Vous me laissez tranquille. Et je vous laisse tranquille.

— Et Junie ?

— Vous voulez dire Gwen ? Je la laisse en paix. Je prends ma retraite, comme je vous l'ai dit. Je possède une ferme où je compte m'installer. Je vais même me marier. Oh, à ce propos, félicitations. (Rire jaune.) Vous voyez où je veux en venir, n'est-ce pas, Mr Wesley ? Si jamais le FBI débarque un jour ou si l'un de mes anciens clients m'envoie une équipe de tueurs, je saurai qui les a envoyés. Je sais où vous trouver. Où trouver votre femme. Et votre sœur. Vous me suivez ?

— Parfaitement.

— Très bien. Dans ce cas, laissez-moi vous souhaiter une belle lune de miel. (Le tueur lui tendit la main. Eddie la refusa.) Vous avez sans doute raison. Nous ne sommes pas amis. Nous ne sommes rien l'un pour l'autre, au fond. (Il tira sur son blouson.) Tout est en ordre. Nous ne nous reverrons pas, Mr Wesley. Un dernier contrat et je disparais.

Eddie plissa les yeux.

— Un dernier contrat ?

Collier hocha la tête.

— Vous ne voulez pas savoir.

— Vous avez raison. Je ne préfère pas.

Puis il se souvint de ce que Collier lui avait dit après avoir descendu Benjamin Mellor : *Vous croyez que je n'aime pas mon pays parce que je fais ce boulot ?* Et de ce qu'il avait dit à Aurelia dans l'appartement de Lanning Frost, il y avait des années : *Il y a sans doute des gens, Mrs Garland, qui ne méritent pas d'être protégés.*

— Si la chose se fait..., commença Collier.

Eddie saisit la balle au bond.

— Je ne dirai rien.

— C'est exact, Mr Wesley. Vous ne direz rien, parce que vous savez ce qui se passera si vous parlez. (Il se redressa, sans se retourner.) Tout va bien, Mrs Wesley, vous pouvez laisser tomber votre couteau.

— Mon nom de famille est Treene, dit Aurelia en baissant tout de même le bras.

— Lâchez-le, s'il vous plaît.

Sur un signe de son mari, elle lâcha le couteau qui fit un bruit sourd en heurtant le goudron. Sans même tourner la tête, Collier donna un coup de pied dedans. Le couteau pivota et glissa sous la rambarde avant de plonger dans la rivière. Eddie le regarda briller avant de s'évanouir comme les rêves de jeunesse.

— Marché conclu ? demanda Collier.

— Oui, dit Eddie en passant le bras autour de la taille de son épouse.

— Oui, renchérit Aurelia.

— Parfait.

Eddie plongea son regard dans les yeux pâles du tueur. L'Amérique était en proie à une telle violence. Les assassinats étaient désormais monnaie courante. Le public ne s'en étonnait plus. Les chaînes de télévision en étaient friandes : cela faisait de l'audience. Horreur et catastrophes représentaient les spectacles les plus populaires. C'était peut-être ça, la véritable perspective américaine. Le public regardait, pleurait, se refermait sur les siens. Wesley Senior aurait dit : « Accrochez-vous à ce qui est bon. » Eddie se surprit à serrer sa femme plus près de lui dans une étreinte protectrice. Lanning Frost, à qui les élections de l'année suivante étaient données pour acquises, était un sale type qui avait commis des atrocités. Sa route vers le Bureau ovale était pavée de violence. Pourtant lui aussi avait une famille qui l'aimait. Il y avait en outre des moyens légaux de se débarrasser des hommes de son acabit. Inculpations. Procédure d'*impeachment*. Procès. Le pays, agonisant pour plus d'intégrité, avait forcé un Président à la démission sans recourir à la force. Aurait-il l'énergie de recommencer ?

Peut-être. Ce n'était pas sûr.

— Ce que vous planifiez est mal, lança soudain Aurelia qui avait suivi le même raisonnement.

Le tueur eut un nouveau rictus qui découvrit ses dents.

— *Mal*. Voilà un mot dont le son me plaît. Court et précis. Je me demande ce qu'il signifie. (Il haussa les épaules.) Laissez-moi vous dire, Mrs Wesley, le jour où l'Amérique en découvrira le sens et s'y pliera, je m'inclinerai aussi.

Il tourna les talons et les quitta pour toujours.

Note de l'auteur

Ce roman dont l'action se déroule sur vingt ans a pour sujet les années 1960. Pour moi, les années 1960 couvrent deux décennies, qui vont de la décision de la Cour suprême dans l'affaire *Brown c. Board of Education*, en 1954[1], à la démission de Richard Nixon en 1974. *Brown*, à l'instar de la Guerre froide et du programme Apollo, est le résultat de l'optimisme bouillonnant de l'après-guerre. La chute de Nixon représente un pessimisme nouveau. La guerre du Vietnam établit le lien entre les deux. Comme de nombreux conflits, cette guerre a été portée par l'idéalisme et la certitude, elle s'est achevée dans le cynisme et le doute. Le Vietnam représente certainement le plus grand fléau de l'histoire de la politique étrangère américaine et ses conséquences au plan national se font encore sentir. La fin de la guerre en 1975 marque la fin du règne de la génération de la Seconde Guerre mondiale et l'avènement de la nouvelle Amérique – celle d'une politique

1. Arrêt historique de la Cour suprême, qui a servi de catalyseur au Mouvement des droits civiques de la fin des années 1950 et des années 1960, par lequel la Cour a conclu que la doctrine « séparés mais égaux » ne s'appliquait plus dans le domaine de l'enseignement public, que les établissements d'enseignement séparés fondés sur la race étaient « inégaux » et que les lois des États qui exigeaient cette ségrégation étaient contraires à la Constitution. *(N.d.T.)*

étriquée, régie par l'intérêt personnel, la défiance, les slogans, le rejet de tous ceux qui ne sont pas d'accord, et le chacun pour soi. Tout cela révèle un manque d'audace et de confiance en soi. Des deux côtés de l'échiquier politique, les Américains ne supportent pas la contestation, faute d'avoir le courage d'y répondre honnêtement.

Pourtant, malgré cet effondrement de la confiance en soi de l'Amérique, la réussite individuelle reste possible. J'ai tenté d'en donner ici une représentation, sans déformer la vérité. Je me suis efforcé de ne pas exagérer la violence des années 1960. À l'exception des crimes que j'attribue spécifiquement à l'Agonie, toutes les actions décrites dans ces pages ont eu lieu et je n'en ai repris qu'une partie. Le temps embellit nos souvenirs de cette époque et il est facile d'oublier les horreurs qui ont été commises et dont la responsabilité est partagée par les partisans de droite comme de gauche.

Je reconnais que je n'ai pas entièrement respecté le contexte historique. Les premiers chapitres du roman reposent sur un petit anachronisme. La société de Harlem dans laquelle évolue Eddie Wesley reflète plutôt les années 1940 que les années 1950, puis les années 1950 plutôt que les années 1960. Au moment où Eddie Wesley devient un auteur reconnu, l'exode des classes moyennes de Harlem vers le centre de Manhattan et les banlieues cossues était déjà bien avancé. Quelques matrones tentèrent de maintenir le tourbillon des grands salons, mais au début des années 1960, la plupart des artistes et des écrivains avaient déménagé, sauf Langston Hughes, qui est resté à Harlem jusqu'à sa mort. Il est vrai que le monde des années 1940 et 1950 était intellectuellement moins riche que l'avaient été les salons du Harlem Renaissance, en particulier celui d'A'Lelia Walker, la fille unique de Mrs C. J. Walker. Le salon de A'Lelia fut sans aucun doute le plus grand de tous, et la fin du Harlem Renaissance coïncide avec sa mort, au cours de l'été 1931. La tradition s'est ensuite maintenue quelque temps, mais se focalisant plutôt sur la position sociale que sur la culture. Dans les années 1960, comme je l'ai déjà dit, les salons n'existaient plus. Cependant j'avais besoin que ce tissu social à la fois étrange et terrifiant perdure pour y planter des personnages sur plusieurs générations, et j'ai donc pris quelques libertés avec l'Histoire. Ma seule excuse, en dehors des contraintes narratives, est d'avoir voulu présenter le passage du temps d'une manière qui rende justice à mon sujet car, quelles qu'aient été les lacunes et les contradictions de la société harlémite du milieu du XXe siècle, sa vertu première résidait dans ses efforts incessants de solidarité : ils essayaient. Au moins, ils essayaient.

J'ai aussi déplacé plusieurs événements historiques pour les besoins du récit. Par exemple, les auditions de Robert Oppenheimer eurent lieu en avril et mai 1954, pas en mars et avril 1955, mais j'avais besoin qu'elles se déroulent au moment du mariage d'Aurelia et de Kevin Garland. Le futur directeur de la CIA, William Colby, fut envoyé pour la deuxième fois au Vietnam en 1968, non en 1967, comme dans le roman, mais c'était trop tard pour qu'Eddie l'y rencontre. L'opération de la CIA n'a été connue sous le nom de « Phoenix » qu'après qu'Eddie eut quitté le Vietnam. L'arrestation de l'agent soviétique qui apparaît sous les traits d'Emil Goldfus et dont l'histoire se souvient comme de Rudolf Abel, ce qui n'était pas son vrai nom non plus, a été déplacée de juin à mai 1957, parce que Eddie avait autre chose à faire en juin. C'est au printemps 1961 et non au cours de l'hiver

1962 qu'Allen Dulles s'est efforcé de convaincre le Président Kennedy de recommander l'adoption d'une version américaine de la loi sur les secrets officiels. La marque de cigarettes Virginia Slims n'existait pas avant 1968, mais je n'imaginais pas qu'Aurelia puisse fumer autre chose. De la même manière, ce n'est que deux ans après que la jeune Mindy débarque au cottage au volant de la sienne que les Subaru sont entrées sur le marché américain, mais cette voiture correspondait parfaitement à son personnage. La théorie d'Aurelia concernant les bouleaux nains est erronée.

Eddie n'a pas pu travailler à la Maison Blanche, dans le département chargé de l'écriture des discours sous l'administration Kennedy, car cette fonction n'a été instituée que sous Nixon. C'était toutefois un emploi qui lui convenait, alors j'ai à nouveau pris la liberté de le lui donner. C'est au début des années 1960, pas à la fin des années 1950, que Langston Hughes a entrepris de faire retirer sa médaille d'or de littérature à William Faulkner. Le cabinet de Lloyd Garrison ne s'est installé sur Park Avenue que dans les années 1960. À l'époque où Eddie l'a rencontré, dans les années 1950, ses locaux se trouvaient près de Wall Street, mais je voulais éviter qu'il y ait trop d'avocats financiers. Les références à l'œuvre de Foucault au chapitre 21 sont outrancières, mais c'était trop tentant. Au moment où Eddie rencontre l'agent Bernard Stilwell en 1969, la prison pour femmes de Tallahassee n'avait pas encore été construite. J'ai avancé l'occupation des bureaux de l'administration à Harvard de quelques jours pour qu'elle coïncide avec la visite d'Aurelia à la Maison Blanche, le lendemain des funérailles d'Eisenhower. J'ai également avancé la grâce présidentielle de Nixon par Ford de quelques semaines. Je me suis en outre permis de faire quelques aménagements dans la ville d'Ithaca (New York) et ses environs, y compris le campus de l'université Cornell, pour faciliter la vie d'Aurelia. Le lecteur avisé découvrira sans aucun doute d'autres passages où le récit s'écarte de la vérité historique. J'espère que ces écarts sont le résultat d'un choix et non d'une erreur.

Cela étant dit, de nombreux événements risquent d'apparaître au lecteur comme des inventions de ma part alors qu'ils sont réels. Par exemple, l'altercation entre les Indiens Lumbee et le Klan à Maxton est véridique. La réunion de l'été 1959 dans la propriété des Kennedy à Cape Cod, en vue de convaincre diverses personnes influentes que le jeune sénateur pouvait l'emporter, a bien eu lieu. De même, Nixon a réellement négocié avec Martin Luther King et s'est efforcé de convaincre les républicains d'adopter une loi sur le droit de vote à la fin des années 1950 dans le but de briser la coalition du New Deal. Einsenhower n'a pas suivi. Nixon est vraiment sorti en catimini de la Maison Blanche en mai 1970 pour discuter avec des manifestants contre la guerre et s'est ensuite rendu au Capitole pour se remémorer son passage à la Chambre. De même, il a pris son petit déjeuner à l'hôtel Mayflower. Pour ménager un effet plus dramatique, j'ai décrit la scène de nuit plutôt que de jour. Selon plusieurs témoignages, Nixon a effectivement pleuré après que Haldeman et Ehrlichman eurent démissionné, il a ensuite déambulé aux abords de la piscine en proie à un tel désarroi que ses collaborateurs ont raisonnablement craint qu'il attente à ses jours.

Le fil narratif de la nouvelle d'Eddie Wesley, « Prière du soir », est tiré d'un conte célèbre du grand écrivain, grand avocat, grand homme, Thurgood Marshall. C'est à la fin d'une vie riche et haute en couleur qu'Adam Clayton Powell a conseillé de « porter la plus grosse part du fardeau ». J'avais espéré trouver de la place dans le roman pour la personnalité fascinante de Powell, mais cette histoire devra attendre. Quelques lignes, de même que les personnages d'Irene et Patrick Martindale, ont été écrits en hommage à l'immense John Le Carré. Ceux qui admirent son œuvre autant que moi en comprendront la raison.

L'immeuble d'habitation dans lequel vécut Eddie Wesley au 435 Convent Avenue était autrefois l'une des plus prestigieuses adresses de Harlem, à égalité avec le prestigieux 409 Edgecombe Avenue (où dans le roman résident Mr et Mrs Kevin Garland). Parmi les résidents célèbres du 435 Convent Avenue, on citera Adam Clayton Powell ; une des branches de sa famille y demeura pendant plusieurs générations.

Les lecteurs de mon roman *Échec et mat* auront remarqué quelques modifications mineures dans la structure de la famille Garland. Mais je ne les connaissais pas encore si bien à l'époque. De même, la vie de Mona Veazie et de ses enfants n'est pas exactement celle dont se souvient Julia dans mon autre roman *La Dame noire*. Mais le temps nous joue des tours à tous.

De nombreuses personnes ont apporté leur contribution à ce roman, notamment en partageant leurs souvenirs du Harlem des années 1950. Je voudrais citer en particulier les souvenirs dont m'ont fait part mon père, Lisle Carter, et Mrs Constance Wright. J'ai reçu une aide précieuse du personnel de Morris Jumel Mansion, sise sur Jumel Terrace, dans Harlem, un très beau musée dont je recommande la visite. Les modifications de l'architecture de l'hôtel particulier sont entièrement de mon fait. (Du reste, le personnel dément formellement que la résidence soit hantée.) Je me suis appuyé pour mes recherches sur des sources trop nombreuses pour les citer toutes. J'espère que j'ai correctement retenu les leçons de chacune. Mon éditeur, Phyllis Grann, et mon agent, Lynn Nesbit, ont cette fois encore su restreindre les transports de mon imagination sans altérer l'intégrité du récit.

En dernier lieu, je remercie mes enfants, Leah et Andrew, qui continuent de m'inspirer même si j'ai dû m'habituer à ce qu'ils ne dorment plus dans leurs chambres au-dessus de ma tête pendant que j'écris, et mon épouse depuis vingt-six ans, Enola Aird, qui est mon premier et mon meilleur lecteur, mon partenaire et mon supporter, et, surtout, un véritable cadeau de la providence.

Cheshire, Connecticut,
décembre 2007

Toutes les citations du *Paradis Perdu* de John Milton sont reprises de la traduction de Chateaubriand, Paris, Poésie Gallimard, 1995.

POCKET N° 12098

« (...) encore plus qu'un thriller palpitant, un excellent roman, tout simplement. »

Christophe Mercier
Le Point

Stephen CARTER

ÉCHEC ET MAT

Le juge Garland vient de mourir. Patriarche irascible et autoritaire, il laisse derrière lui nombre de zones d'ombre et d'ennemis. Assassinat ou mort naturelle ? Son fils Talcott, le seul des enfants Garland à partager avec le juge la passion des échecs, se trouve entraîné dans une partie diabolique. Mais s'il veut sauver sa famille, son couple et sa propre vie, il n'a pas le choix...

Retrouvez toute l'actualité de Pocket sur :
www.pocket.fr

Composé par Nord Compo
à Villeneuve-d'Ascq (Nord)

Imprimé en Espagne par
Black Print CPI Iberica
à Barcelone
en avril 2013

POCKET – 12, avenue d'Italie – 75627 Paris cedex 13

Dépôt légal : février 2013
S23086/02